阿寅 著

作家出版社

图书在版编目（CIP）数据

花儿 / 阿寅著. -- 北京：作家出版社，2021.6
ISBN 978-7-5212-1286-0

Ⅰ. ①花… Ⅱ. ①阿… Ⅲ. ①长篇小说 – 中国 – 当代
Ⅳ. ①I247.5

中国版本图书馆CIP数据核字（2021）第003681号

花　儿

作　者：阿　寅
责任编辑：郑建华　李　雯
装帧设计：
封面题字：马步升
出版发行：作家出版社有限公司
社　　址：北京农展馆南里10号　　　邮　　编：100125
电话传真：86-10-65067186（发行中心及邮购部）
　　　　　86-10-65004079（总编室）
E-mail:zuojia@zuojia.net.cn
http://www.zuojiachubanshe.com
印　　刷：唐山嘉德印刷有限公司
成品尺寸：170×240
字　　数：640千
印　　张：36
版　　次：2021年6月第1版
印　　次：2021年6月第1次印刷
ISBN　978-7-5212-1286-0
定　　价：82.00元

花儿是流行于中国西北地区的民歌，因将年轻女子比喻为"花儿"而得名，被称为"大西北之魂"。2009 年列入世界非物质文化遗产。

——题记

花儿本是心上的话，
不唱是由不得个家；
刀刀儿拿来头割下，
不死是就这个唱法。

——河州花儿

上　卷

第一章

1

那是一双红褐色的眼睛，明吼吼的，像镜子一样，里面可以看见远处高高的雪山和刀子一样锋利的边缘。

黑色的云朵就像长在天爷上的毒蘑菇，实密密地罩在雪山顶上。而且越来越厚，越来越沉，并不断地往下摁，雪山有些招架不住了，一点一点往下缩……

麻五魁直勾勾地盯着眼前这座雪山已经好长时节了，那固执的样子，像要把这座巨大的雪山用他的眼睛剜出两个窟窿来。

从桑柯草原刮过来的风夹杂着谷粒儿大的雪渣子，怒吼着，像刺耳的风钻，在红褐色的背景上疯狂地撕搅……

"啪"的一声，一片红桦树的叶子随风拍在麻五魁的脸上，他这才回过神来。

这驴日的天气，像三岁尕娃的脸，说变就变。

麻五魁眨巴了一下眼睛，缩回身子，斜靠在崖边的一块大青石下。

崖顶的风格外尖。麻五魁贴身只穿一件主袄。他通共只有两件上衣，一件单褂，夏天穿，秋冬春三季，不管啥天气，都穿主袄。说是主袄，但年辰太久，扛不住冻，冷风一吹，冰得就像铁皮，挨在肉上，反倒把身上的热全都吸了去，冻得他上下牙一个劲地打仗。

在他旁边，一帮土兵围成一团，津津有味地谝着男人和女人间那些见不得人的烂事，听得几个没见过世面的实光棍"咕咚、咕咚"咽涎水。

"再给你们讲一个新鲜的。不过我先交个底，这故事，还从来没跟哪个讲过，今儿个头一回亮出来，给弟兄们尝个鲜，保证叫你们记到骨头里。"谝得最厉害的要数那个短脖子壮汉。他祖上是跑脚户的，走南闯北，见过些世面，他就从先人那里拾了不少唾沫渣子。加上他平时爱留心一些稀奇古怪的事儿，积攒下来，就有了一肚子的物事。闲下来的时节，专意谝给周围那些没出过尕藏地界的窝里佬。

"说是胭脂岭那边有一个新媳妇。这可是有名有姓的真事，怕跟你们沾亲带故的，我就不说她的名姓了。今年开春的一天，那新媳妇胳膊底下夹了一只老母鸡去转娘家。那天天爷晴朗朗的，路旁的杨柳树正发着嫩芽芽，地里的庄稼也刚刚拔出新苗子。好长时节没有见到个家的娘老子了，新媳妇一出庄子，就高兴地哼起了花儿。她一路走一路哼，刚拐过一个弯儿，忽地瞭见一处场院。那场院不大，四周围也没啥院墙围着，是个浪场子。场院里有一老一少，年轻的牵着一头驴站在院中间，白胡子老汉牵着一匹马，围着那头驴转来转去。他们这是做啥呢？新媳妇不由得停下脚，站在一棵大柳树下，瞪直了眼睛瞅视起来……"短脖子壮汉谝到兴头上，嘴角泛着白沫子，溅出来的渣子，像雨点一样落在人们的脸上。土兵们一个个听入了迷，没有人在意落在脸上的唾沫渣子。即使感觉到了的，也只是下意识地用袖口抹一下脸，继续抿起耳朵屏住气仔细听，生怕漏掉啥要紧的情节。而短脖子壮汉早就挖透了这帮窝里佬的心思，每次刚开个头，偏偏又打住不讲，故意吊胃口。

"咋不说了？说呀。"短脖子壮汉身旁的一个年轻人见他不讲了，沉不住气，用胳膊肘捣了他一下。

"嫑急，等我品一口烟缓个劲。"短脖子壮汉慢腾腾地从腰带上解下羊脚骨做的烟杆，装上一锅子黄烟。很快，就有人殷勤地递上火绳。

短脖子壮汉狠狠咂了几口烟，然后在众人眼巴巴的期待中，一边慢吞吞地吐着烟雾，一边开言道："那一老一少是爷孙俩。孙子牵着的是一头浑身上下锅灰样黑的草驴，老汉拉着一匹枣红色儿马往那头草驴跟前靠。原来呀，那爷孙俩正在操心①驴呢。新媳妇一看那架势，脸'唰'地红到了耳苲根里。不走吧，实在难怅，也怕有人撞见，传出去叫人笑话。走吧，又有些不死心……"讲到这儿，短脖子壮汉又故意打住了，周围的人催促了好几遍，他才咳嗽了一声，

---

① 操心：这里指配种。

清清嗓子，重又续上了，"那白胡子老汉拉着缰绳使劲拽，可那儿马像没相中那头黑不溜秋的草驴，前蹄跳着地，死活拉不到一起。"

"那咋办？"有人替那头草驴着急起来。

"你们有所不知，儿马看不上草驴，不是啥惊怪事，就好比皮特果配不上仙桃，嘎啦鸡①配不上凤凰。"

"照你这么说，那就配不成了？"一旁一个窄脸汉子盯着短脖子壮汉的脸，问道。

"儿马真要是不配草驴，那阳间世上还能有骡子？"短脖子壮汉抹了一把嘴角的白沫子，"那配种的老汉精着呢，他眼珠子一骨碌，跑进身后的牲口棚牵出一匹骒马。那骒马天生一副好坯子，通身雪里白，没有一根杂毛，吃得又是毛光肉圆。儿马一看，像烫了大烟，忽地来了精神，嘶叫一声，'腾'地抬起前腿，像人一样站了起来。"短脖子壮汉用手比画着，众人的目光不约而同地盯着短脖子壮汉扬起的手掌，仿佛那儿马就站在他的手掌上。"就在这节骨眼上，老汉叫他孙子紧着牵走骒马，把那头草驴'哧溜'塞进了儿马的身子底下。"短脖子壮汉忽地收起手掌，往前指去。众人的目光也"刷"地落下来，朝前望过去。

"凤凰换成了嘎啦鸡。"有人插嘴道。

"儿马性子上来了，收煞不住，哪还顾得了凤凰还是嘎啦鸡。"窄脸汉子色眯眯地冲那人挤了一下眼睛。

"耍打岔。"那个年轻人瞪了一眼窄脸汉子，又用胳膊肘捣了一下短脖子壮汉，"接下来咋了？紧着讲嘛。"

"咋了，这还用问？"短脖子壮汉说到这儿，人群里一阵叽叽咕咕的笑。

那年轻人莫名其妙地看看短脖子壮汉，又看看窄脸汉子。

"看啥呢，瓜娃，等你娶了媳妇，啥都亮清了。"窄脸汉子打趣道。

周围又一阵浪声浪气的笑。

"那个新媳妇呢？走了，还是没走？"笑了一阵，那年轻人猛地想起短脖子壮汉前头提到的那个新媳妇。

"走？碰上这样的好事，她还能走？"短脖子壮汉接着讲道，"那新媳妇看见儿马上了草驴的胯子，像泥塑神一样塑在地上不动了。"

---

① 嘎啦鸡：大石鸡。

"嗬……"周围的人又兴奋起来,一个个瞪大眼睛盯住短脖子壮汉堆满白沫子的嘴,浑身的肌肉都绷得紧紧的。

"接下来的事你们这些老半茬都亮清。"短脖子壮汉跟那个窄脸汉子挤了下眼睛,"等那儿马完了事从草驴胯子上跳下来时,新媳妇才缓了一口气。"

"哦……"那帮人像揭掉了头顶的磨扇,一个个长长地舒了一口气。

短脖子壮汉忽地压低嗓门儿:"就在这当儿,新媳妇才想起夹在胳膊底下给娘老子准备的老母鸡,慌忙抓起一看,早就没气了。"

"咋了?"那个年轻人不知就里,好奇地问。

"刚才看到要紧弦子上,那新媳妇暗暗地替儿马用劲,不承想用过了头,把胳膊底下的老母鸡给活活夹死了。"短脖子壮汉说着,朝年轻人的脑袋拍了一巴掌。

"哈哈哈……"一阵粗野而又快活的笑,像狂风一样扫过崖顶。

"吃上大豆谝屁哩。"铁匠麻五魁不屑地扫了他们一眼,将抱在怀里的大刀横过来,担在大腿面子上,用大拇指的指头蛋轻轻试了试大刀的刀刃。

2

这口刀是麻五魁个家打的,但麻五魁从来没有用个家的刀砍过人。这几天,他想得最多的就是咋样把旁人的头从脖子上砍下来。

麻五魁有过一次亲眼看土司府行刑人赤烈砍头的机会,可他错过了。要是早知道现今要砍旁人的头,就是放下天王老子的事情也得去看看赤烈的刀法。

那是好几年前的事了,麻五魁记得那一天正是立春。

尕藏人把立春又叫打春,打春的头一天,尕藏的三老四少在尕藏街的南郊举行了声势浩大的打春牛、迎春神仪式。也就在迎春神那晚,尕藏草场抓了一个盗马贼。第二天,那倒霉的盗马贼被绑在土司府广场的行刑台上砍了头。

尕藏镇的韩土司最恨盗马贼,只要抓住就砍头。

土司府马厩的后墙上,码了一溜盗马贼的头骨,那是韩土司用来警示那些把个家的脑袋当尿泡的盗马贼。每每刮风的夜里,那些头骨发出呜呜咽咽的声气,听得人后背发麻。马厩后面是一片野地,尕藏人把那儿看成凶险之地,个个都趔得远远的。

如今土司府马厩的后墙上又要新添一颗盗马贼的脑袋，那野地里凄厉的大合唱就会多一个新鲜的男高音。

砍盗马贼那天，土司府广场围了好些人。

铁匠麻五魁不愿看个家打的刀砍旁人的头，躲在铁匠铺里没去看热闹。事后，土司府的行刑人赤烈来铁匠铺订刀时，夸麻五魁打的刀钢水足，刃口阔大，砍头就像剁豆腐。

赤烈原本是土司府的遛马娃。土司府的老行刑人死后，韩土司就让他兼起了行刑人的差事。按照土司府的规程，凡是府上的手艺人都得子承父业，偏巧那老行刑人没有后人①，就让赤烈当了顶缸。如今的赤烈已经是一大把年纪的人了，看上去精瘦精瘦的，脸上和手上的青筋一条条暴突起来，像爬出地皮的盘根错节的老树根。一双浑浊而布满血丝的眼睛，好似一对生锈的钢蛋，死死地扣在一对空洞的眼眶里。要是没见过赤烈的人晚夕里猛乍乍看见他，准以为碰上鬼了。尕藏的尕娃们都怵赤烈，要是大人喊一声赤烈来了，正在哭闹的尕娃会一下子住下来，不敢吱声。

"砍头就像剁豆腐？"麻五魁皱紧眉头，使劲想了半天，还是没想出赤烈砍头的情形。

"你这人看时通着哩，吹时密着哩。"赤烈一把掀开麻五魁，空手演示起他砍头的拿手好戏来。

他把麻五魁打铁的砧子当砍头的墩子，把一只干枯如柴、爬满青筋的手高高扬起来当刀："啪，手起刀落，你说那刀有多快？"

"多快？"麻五魁紧张地咽了一口唾沫。

"脑袋飞出去的一霎，那人大喊了一声'好刀'！"

赤烈的一声"好刀"，把麻五魁惊了一大跳，他手中打铁的锤子"咚"的一声，掉在地上。

后响，麻五魁经过土司府前的广场时，看见了挂在行刑台前松木杆上那个盗马贼的脑袋。

那是一张黑黑的四方脸。

麻五魁心里"咯噔"一下。

这个盗马贼昨个他还见过。

---

① 后人：专指儿子。

那是天快黑的时节，因为白天跟着迎春神的人一起去了一趟南郊着了凉，回来又接着打铁，麻五魁觉得浑身的骨头散了架，实在懒得做饭，就去铁匠铺对面的何记馆子要了一碗浆水面片。

何记馆子的何掌柜是尕藏街的老住户。他家的刀具一直从麻五魁家的铁匠铺订制，两家又是对门，正如俗话说的，远亲不如近邻，近邻不如对门，两家交往了几辈子，相互照应，关系一直很对劲。麻五魁没钱的时节，常在这里赊账吃饭。

"五魁师傅，今儿个又没做饭？"何掌柜一面非常娴熟地往锅里丢面片，一面忙里偷闲跟麻五魁呱嗒起来。

"身子不受活，没心做。"麻五魁斜靠在柜台上，耷拉着脑袋说。

"你这铁板一样的身子，还有不受活的时节？"

"吃五谷生百病哩。"

"说得也是。前一向，我的腰闪了一下，错了气，在马神仙那儿吃了三服草药才缓过来。"何掌柜将最后一片面片丢进锅里，扭过头，对麻五魁说，"还是你好呀，一人吃饱，全家不饿。哪像我呀，拉着一大家子，拖累大，难心着呢。"

"瘦猪也哼哼，肥猪也哼哼。"麻五魁偷偷瞪了何掌柜一眼，嘟囔道。

馆子里人不少，都是尕藏街上的熟人，只有柜台旁的一张桌子前坐着一个外乡人。那人四方脸，脸色黑得像炭。

"阳间世上还有比我还黑的人。"麻五魁端了饭坐在他对面。

外乡人要的也是浆水面片。他吃饭的速度很快，声气也很大，引得其他桌上的人不住地抬起头看他。

因为吃得急，外乡人的眉梁和两鬓间都流出了汗。

一会儿的工夫，那人连吃三碗浆水面片。

"饿死鬼转世。"麻五魁心里悄悄骂了一句。

吃罢饭，外乡人用手使劲抹了一把嘴，拾起放在桌上的褡裢，搭在肩膀上，跟何掌柜结了账，准备出门。

"活人炕上躺着哩，死人街上走着哩。"外乡人一只脚刚迈出门槛，就听见门口那张桌子上正在吃饭的王半仙冲他嚷了一声。

王半仙是尕藏街有名的算匠，方圆周围连三岁的尕娃都叫得上他的名号。当年，他阿爷就在尕藏街摆摊算命，据说他阿爷观麻衣相、滚卦、看风水的本事大，次次应验，从不落空。那时，尕藏的各道四处都能看见他阿爷褡裢里装着个罗经四处奔走的身影。俗话说，牡丹再好，终归有开败的一天。为了让个家的手艺有接续，王半仙阿爷想在生意处在红口的时节传给后人。可事不遂心，王半仙阿大脑子死，王半仙阿爷带了他十来年，还是表皮上逛荡，没学到真本事。一次，胭脂岭有一户人家死了媳妇，请王半仙阿爷扎新坟。王半仙阿爷觉得后人跟着他练了这么些年，总不能一辈子护在翅膀底下不出窝，该让他单飞了，就让王半仙阿大一个人单干这趟差。哪知没过几天，东家找上门来说，家宅里闹鬼，鸡飞狗跳的，乱架了。原来，他家的坟茔按龙脉应该取甲山庚向，可王半仙阿大却取了甲山庚与卯山酉之间的空亡线，犯了风水大忌。

"可……可能是窜针了。"东家找上门来，王半仙阿大慌了神。

"这盘罗经我快用了一辈子，从来没窜过针，咋到你手里就窜针了？"王半仙阿爷看着个家不争气的后人，又气又羞，厉声问道。

"要不……要不就是遇上颤针了。"王半仙阿大吓得嘴角都哆嗦。

"遇上鬼了，你这个吃屎的半年汉①，把我王家几辈子的脸皮戳到脚后跟了。"王半仙阿爷一捆子下去，打得王半仙阿大原地转了三个磨磨②。

为这事，王半仙阿爷气得心口疼了好几天。

眼看后人是稀泥糊不上墙了，王半仙阿爷只好改带孙子王半仙。

王半仙尕的时节就脑子灵，不管是看风水，还是观麻衣相，一点就通。王半仙阿爷悬着的心总算落在地上。

王半仙十二岁那年，河州城一家豆腐店的店主抬埋先人，请王半仙阿爷去看风水。下罗经的时节，王半仙阿爷把指针盯在了新坟对面岭子上的一棵松树。那棵松树虽说不大，可身子挺拔，枝繁叶茂，武士样雄赳赳地立着，很有气势。

"头枕山脚踩松，不出两年，必得福荫。"观罢罗经，王半仙阿爷站起来，拍拍手上的土，沾沾自喜地嘟囔着。说完，他还让王半仙趴在地上学他的样子看看。

王半仙仔细瞅视了一下罗经上的指针，抬起头朝岭那边望了大半天，最后，他将罗经轻轻往左移了一些。

---

① 半年汉：傻子。

② 磨磨：圈圈。

"做啥呢，龟孙子。"王半仙阿爷紧忙上前拦挡。

"阿爷，你看。"

王半仙阿爷满心狐疑地趴在地上，顺着罗经上的指针看过去，岭子那边的远山顶上云雾缭绕的空里，隐隐糊糊有一座庙堂。

王半仙阿爷心里一热，站起来，拍着王半仙的脑袋说："你龟孙子一辈子的吃喝就押在这座坟上了。"

就这样新坟对端远山顶上的那座庙堂扎了下来。

一年后，那家豆腐店的老板得了一笔歪财，一夜暴富。王半仙的名声盖过了他阿爷。

从那时起，河州城请王半仙看风水的人在尕藏街挤破头哩。尕藏街的人说，王半仙的本事比他阿爷大，把河州城当个家的堂屋走哩。

王半仙阿爷死后，尕藏街的算命摊就成了王半仙的了。

那个外乡人进馆子吃饭时，王半仙一直盯着他。

外乡人听了王半仙刚才那句莫名其妙的话，不由收回脚来，盯住王半仙问道："先生啥意思？"

"啥意思？"王半仙正要攃菜，听到外乡人问他，忽地来了精神，将筷子担在碟子上，挪了一下屁股，说，"躺在炕上的病人，你麼看他气息奄奄，保不准明儿个就缓上阳来，活蹦乱跳。走在街上的好人，你麼看他气力冒壮，保不准晚夕里就蹬腿咽气，呜呼哀哉。"

外乡人一听，脸上忽地飘过一片阴云，出门时还被门槛绊了一下，差点栽倒在地。

"跌倒不如先趴下。"王半仙冲着那人的背影，又撂了一句。

第二天一早，麻五魁听说尕藏草场夜里捉了一个盗马贼。

"这王半仙还真是个神算哩。"望着挂在松木杆上那颗熟悉的脑袋，麻五魁忽地想起在何记饭馆吃黑饭时，王半仙给这个盗马贼说的那些话来，他下意识地伸手摸了一把个家的脖子。

3

眼下，麻五魁就要用个家打的刀砍人，心里就像打鼓似的"咚咚"直响。

"要把头活生生从脖子上砍下来，欸——那不疼死才怪呢。"砍头成了麻五魁心上绾紧的一个疙瘩。

他一边回忆着赤烈在铁匠铺给他演示砍头的情景，一边铆足劲儿想象咋样用刀把旁人的头从脖子上砍下来。

想了半天，想得嘴干，他解下系在腰里的水皮胎，拖出塞子，"咕噜、咕噜"喝了两口水。

黑山峡背后是一望无际的桑柯草原，远远看去，就像个巨大的漏斗，黑山峡正处在漏斗咀上。这里是从川西进入桑柯的咽喉之地，地势险要，易守难攻。要是把牢了黑山峡，甭说是人，就连一只黄鞑子①也很难飞得过去。

时下是阴历八月，草原上正是绿叶子转黄的时节，各色鲜花开的开，败的败，眼看一年的好日子就要过去了。

尕藏河像一条悠长的哈达，从桑柯草原的中间蜿蜒而过，再经尕藏大峡谷，一直流向尕藏镇。

要是遇上晴天，秋季的桑柯草原跟夏季一样迷人。云朵一样飘来飘去的羊群，溪水一样"哗哗"往心里直钻的牧歌，风中懒洋洋飘扬的嘛呢旗，经声中慢慢摇晃的喇嘛寺，叫人的心情像熨斗熨过一样舒坦。

而此时，天上布满了黑云。

那一疙瘩一疙瘩的黑云，像暴躁的海浪在风中不停地呼啸着、翻卷着。同时，云缝里还不时像撒盐粒儿一般向下抛下一阵一阵的雪渣子，打在脸上生疼生疼的。

黑色的云朵间有时会冷不丁裂开一道缝隙，挤扁了的阳光突然像一把烧红的宝剑，从云缝里插下来，在黄绿相间的草地上"烧"出一个亮晶晶的洞。

飞舞的雪渣子围着火红的"宝剑"，像碎银子一样闪闪发亮。

麻五魁望着远处耀眼的"宝剑"，不由得想起跟阿大一起打铁的日子。

那时，阿大打铁，麻五魁给打铁的阿大打下手。

麻五魁用火皮胎将炉火烧得旺旺的。

阿大高举着铁锤，将砧子上烧红的大刀敲打得火星四溅。这是麻五魁一辈子记得最牢的情景，就像用刀子刻在他的骨头里一样。即使河州东校场的刽子手砍下他脑袋的那一霎，他的脑子里依旧固执地飞溅着铁匠铺里耀眼的

---

① 黄鞑子：黄蜂。

火星。

麻五魁四五岁起，就坐在炉膛前用火皮胎吹火。阿大站在砧子前，一手用钳子夹着烧红的铁坯，一手用铁锤将红彤彤的铁坯砸得叮叮当当直响。

通常，打铁需要一个打下手的，老师父用尕锤引路，徒弟按师父的指点抡大锤。两个人你一下我一下，直到把疙疙瘩瘩的铁坯砸得服服帖帖。可麻五魁阿大手头捏得紧，害怕花钱，没有雇帮工。

麻五魁长大后，抡大锤的差事完全落到他身上。当阿大用铁钳从炉火中夹出铁坯时，麻五魁紧着丢下火皮胎，提起立在砧子旁的大铁锤，瞅准阿大的尕锤落下的点使劲砸下去。麻五魁身子骨健壮，有使不完的力气，他手中的锤子一动，身上的肌肉就开始欢快地跳起来。

大锤的声气特别实沉，震得整个尕藏街都在战抖。而尕锤就不一样了，"叮叮叮"的，像寺庙里的铜磬一样受听。每天清晨，沉睡了一夜的尕藏街，就在麻五魁家打铁的声气中慢慢清醒。

4

"睢啾，睢啾。"一只红布裆裆欢快地鸣叫着飞过崖顶，落在半崖上的一棵杜鹃树上。

红布裆裆是阿尼念卿山很常见的一种雀儿。落在树上的红布裆裆，看着不咋起眼，可它一旦飞起来，就会露出肚子底下红色的羽毛，尤其是两腿空里的那一撮，红得就像烧红的火炭。

麻五魁认出落在杜鹃树上的红布裆裆是一只雌的。

一眼能认出红布裆裆雄雌的功夫，是麻五魁跟他阿大学的。在整个尕藏镇有这般绝技的，也只有麻五魁父子。

麻五魁收起大刀，趴在身后的大青石上学起红布裆裆的叫声："睢啾，睢啾，睢——睢——睢啾。"

红布裆裆机警地四下瞅视了一番，并不急着回应，像是要确认一下这只"雄红布裆裆"的真伪。

"睢啾，睢啾，睢——睢——睢啾。"麻五魁模仿得惟妙惟肖。

"睢啾，睢啾，睢——睢——睢啾。"红布裆裆终于对上了。

尕的时节，麻五魁经常跟着阿大到林子里捕红布裆裆。

在所有的雀里，麻五魁阿大专好红布裆裆。

据说，麻五魁阿大专好这一口，还颇有些缘由。

尕藏镇是河州行商脚户经桑柯南下四川或山南藏民走动河州城的必经之地。脚户的频繁走动，带来了尕藏镇商贸的兴盛，这里一街两行的商号一家挨着一家。众多的商号之中，骡马店是尕藏镇最吃香的行当。

麻五魁阿娘是尕藏镇骡马店掌柜的女儿，很有些姿色。当时，骡马店掌柜心想要把女儿嫁给打铁的麻五魁阿大，他看上了麻五魁阿大的铁匠铺。麻五魁阿大的铁匠手艺在尕藏镇拔头梢，就连远在河州城的同行提起麻五魁阿大，也得揸大拇指。

可骡马店掌柜女儿早就看上了常来骡马店的年轻脚户。

那尕脚户是见过些世面的，人又长得白净。他每次来店里，总给掌柜女儿带点外面的时兴尕玩意，掌柜女儿也总是做点好吃的偷偷报答尕脚户，两人你来我往，情投意合。

相比之下，麻五魁阿大是个黑干憔悴的老实疙瘩，掌柜女儿根本瞧不上眼。

当掌柜女儿提出她的想法时，掌柜一口拒绝。他觉着麻五魁阿大有铁匠铺，吃的是坐地饭，实在，牢靠。那尕脚户四海飘摇，做的是没根的买卖，靠不住。他执意要将女儿嫁给麻五魁阿大。哪个也没想到，掌柜女儿嫁给麻五魁阿大的第二年，就乘麻五魁阿大去河州城送货的时机，撇下还在呷奶的麻五魁，跟那个尕脚户下了四川。骡马店掌柜原本就有心痛症，一听个家的宝贝女儿跟人跑了，一口气没有接上来，一命归西了。

起初，麻五魁阿大还以为媳妇一时脑子发热，等热劲过了就会回来。他一边拉扯后人，一边实心等媳妇。可是几年过去了，没捞着媳妇的半点音信。

没了媳妇的麻五魁阿大，玩起了红布裆裆。

阿尼念卿山的林子里，有的是红布裆裆。每年开春，头窝雀出窝的时节，到处可以看到成群的红布裆裆。

麻五魁阿大的铺子里经常挂满红布裆裆。当然，这些红布裆裆清一色全都是雌的，没有一只雄的。

一呼百应的红布裆裆，使麻五魁阿大死气沉沉的日子变得有声有色。

镇子上有人笑话说麻五魁阿大将红布裆裆当媳妇玩哩，麻五魁阿大并不介意。祖上留给他的那几间铺子虽然简陋，但足以养家过日子。在那里，他觉得个家就是至高无上的王，那些各式各样的雀笼，就是他一个人的后宫，那成群的红布裆裆就是他形影不离的后宫娘娘。

在一屋子红布裆裆的叫声中，麻五魁一天天长大，长大后的麻五魁性情癖好也随了他阿大，喜欢玩红布裆裆。

阿尼念卿山各式各样的雀儿里，红布裆裆是特别挑嘴的，它天生吃荤不吃素。每年秋后，天气渐渐变冷，红布裆裆要迁徙到南面能吃到虫子的地方去，来年开春再赶回阿尼念卿山。到了冬天，尕藏地面上找不到喂红布裆裆的虫虫，麻五魁阿大只好到街上买猪肉羊肉，切成细丝儿，喂他那些娘娘般贵气的红布裆裆，而他个家一年四季差不多顿顿水见面，沾不到一些些荤腥。其实，麻五魁阿大心里，那一屋子的红布裆裆，比皇上后宫里的娘娘还要金贵。

5

跟阿大在一起的日子，并不是天天玩红布裆裆那么快乐，有时也会夹枪带棍。

麻五魁的阿大脾气柔中带刚，平常闷里闷气的，不咋爱说话，可要是惹躁了，他比哪个都歪。每当麻五魁惹了祸，他阿大既不打也不骂，就让麻五魁跪在铺子门前顶柱顶石。

在尕藏，教训媳妇用皮鞭，教训后人用柱顶石，这几乎是当地约定俗成的家法。如果你随便走进一户尕藏人家，稍加注意，就可以发现堂屋门背后挂着一根皮鞭，那是专意给媳妇准备的。尕藏有句俗语，下雨天打媳妇，闲着也是闲着。尕藏的男人打媳妇并不需要啥理由，只要他们想打，随时可以抢起鞭子将媳妇抽得满地乱窜。而院子里随意扔着的盖房子剩下的柱顶石，就是专意对付那些个犟板筋后人的。

十几斤重的柱顶石放在头上，短则一瓶烟工夫，长则一两个时辰，脖子困得要命，但麻五魁不敢让它掉下来，得鼓着硬强死命撑着。

有一次，麻五魁顶着柱顶石跪在铺子门前，他阿大忙着打铁，竟忘了时辰，麻五魁实在顶不住了，身子一晃，"咚"的一声，柱顶石从他头上掉了下来。

"咋了？"麻五魁阿大听见门口的动静提着锤子往外奔。

麻五魁一个激灵，赶在他阿大出来前抱起柱顶石顶在头上，引得过路的人捂着嘴"咕咕咕"地笑。

不过麻五魁并不跟阿大记仇，脑子里尽量记着阿大的那些个好。每每想起阿大的好，麻五魁的心里热乎乎的。

六年前，麻五魁阿大死了。他是得咳血病死的。

那天，麻五魁依旧用火皮胎将火烧得旺旺的。

麻五魁阿大正打一把刚刚订制的镰刀。

麻五魁手里捏着火皮胎，眼睛一刻不停地瞅着阿大。

麻五魁阿大原本身子精瘦，患了咳病之后，就更见瘦成了一副排骨。脸色黑干憔悴的，胳膊细得像麻秆。麻五魁的心担悬着，他真害怕阿大的胳膊会忽然"咔嚓"一声折了。

麻五魁这辈子最不想干的活儿，就是跟着阿大打铁。

撑船、打铁、磨豆腐，这是阳世上最苦的三件差事。麻五魁咋也想不亮清，尕藏镇那么多行当，他们家咋就偏偏干上了打铁。

后来，麻五魁阿大告诉麻五魁，麻五魁阿爷尕的时节，麻五魁太爷带他去逛河州城，路过一家铁匠铺时，麻五魁阿爷趴在铁匠铺的门槛上不动弹了，目不转睛地盯着一个黑脸大汉在砧子上将烧红的铁打得火花四溅。

"铁匠铺里潶星宿哩。"回来的路上，麻五魁阿爷嘴里不停地念叨着。

"铁匠铺里潶星宿哩。"很长一段时节，麻五魁阿爷见人就凑上去说他在河州城铁匠铺见到的情景。

"这娃魔怔了。"麻五魁太爷实在受不住了，拉着麻五魁阿爷去河州城找到那家铁匠铺，让麻五魁阿爷给那个黑脸铁匠磕了三个响头认了师父。到了麻五魁这一辈，他家的铁匠手艺已经传了三代。麻五魁虽然从他阿大手上承继了铁匠手艺，但他对铁匠活儿并不上心，对铁匠铺里的星宿更没啥兴趣，他打铁就是为了挣盘缠、赶山场、唱花儿。

麻五魁尕的时节就喜欢唱花儿。他头一次跟着大人去阿尼念卿山赶花儿山场时，一下子被那里的阵势吸引住了。在铁匠铺里，整天"叮叮当当"打铁的声气，快让个家的五脏六腑起皮了。而在这里，情形就完全不一样了，那丝线一样高入云端的调儿，那热乎乎、亮晶晶的能贴到心坎上的词儿，将麻五魁送进了另一个世界。他觉得他的命就在那调儿里、词儿里，那调儿词儿就在他的血脉里、骨头里。

6

这辈子，麻五魁最爱去的地方就是花儿山场。

在那里他可以说没有说出来的话，他可以诉没有诉出来的苦。

在尕藏，好多人一闲下来，喜欢夹着个香匣子走寺串庙，而麻五魁只朝拜花儿山场。他觉得花儿就是他的佛祖、他的神灵。

心里烦恼的时节，吼一嗓子花儿，腔子里就会亮堂。累得直不起腰的时节，吼一嗓子花儿，脚底下就会有劲。

每每花儿会开唱的时节，麻五魁就毛躁起来。听着阿大叮叮当当打铁的声气，麻五魁心跳得要从腔子里蹦出来。他一边操持着火皮胎，一边琢磨着咋样从这嘈杂的铺子里逃出去。

麻五魁阿大并不是十分反对麻五魁唱花儿，他只担心他的生意，要是放麻五魁去山场，就得耽搁打铁。每逢花儿会，他将麻五魁盯得严紧，生怕打个眯眼麻五魁会从他眼皮底下溜走。

为了防着麻五魁，麻五魁阿大竟然上茅坑也让麻五魁跟着。不过，阿大管得再严，空子总会有的。麻五魁一旦从铺子里溜出来，就跳着蹦子向花儿山场飞奔。

到了山场，他就像鱼儿回到了水里，蜜蜂钻进了花里。那些钢水呀、火候呀，可以统统丢到云霄；那些烦恼呀、惆怅呀，可以统统扔进河滩。

不过花儿会也就那么短短几天，完了还得回到铺子里。一踏进铺子，他不得不面临一个很实在的问题——跪在铺子门前顶柱顶石。

顶柱顶石的日子，也是麻五魁受磨练的过程。太阳尖了，燥热难当，浑身上下很快就叫汗水炸透了；天阴下雨，房檐底下打进来的潲雨泡透衣裳，冰得像铁。实在招不住，他就在心里使劲哼花儿，只要心里有花儿，他即使顶一座山也不怯。

长大以后，阿大不再强制麻五魁顶柱顶石，但他每每从山场回来，就个家从墙角搬来柱顶石顶在头上，跪在门前。直到阿大摔倒在砧子前起不来那天起，他成了一个完全自由的人。

麻五魁显显地记得，那天阿大将镰刀从炭火中夹出来时，就像一弯红彤彤的月牙。

麻五魁从来没有见过那么红的月牙。

麻五魁阿大将烧红的"月牙"放在砧子上，往手心里啐了一口唾沫，高高地举起锤子。

麻五魁抬起头，盯着阿大手中的锤子。那锤子在阿大的手中高高地悬着，但它终究没有像麻五魁期待的那样——有力地落下来。

麻五魁阿大泥塑神一样僵了半天，"哇——"的一声，吐出一大口血来。

那血全喷在砧子上。

"嗞——"砧子上的"月牙"灭了。

一股焦臭的味道。

麻五魁阿大倒在地上，再也没有起来。

出殡那天，麻五魁跪在阿大的灵柩前，先是一阵号啕大哭，惹得满院子帮忙的人心里凉刷刷的，有的眼里还闪起泪花花，可是哭着哭着麻五魁的哭腔忽地变成了花儿：

> 城头上打锣城根里响，
> 校场里点兵着哩；
> 十股子眼泪九股子淌，
> 一股子连心着哩。

花儿在当地被视为野曲，不准在村庄或有避辈的场合哼唱。哪个要是在婚丧嫁娶的仪式上唱花儿，更是大逆不道。

"这娃咋回事，脑子的游丝乱了。"一听麻五魁唱起了花儿，院子里忙活的人们一个个都傻眼了。

"麻五魁，你唱野曲哩。"有人紧忙跑过来提醒。

麻五魁正唱在兴头上，哪里听得劝，反而越唱越给劲：

> 大羊离了羊群了，
> 满山里转，尕羊羔没吃的奶了；
> 指甲连肉地离开了，
> 心扯烂，鱼离了河里的水了。

见麻五魁不听劝，帮忙的人慌慌张张逃了个精光，只有一帮不懂事的尕娃挤在门口看稀奇。

麻五魁唱了半天，唱乏了，停下来四处寻视，才发现院里已空无一人。

眼看择定出殡的时刻到了，麻五魁急了，紧忙跑到各家各户下话[1]。俗话说"亡人奔土如奔金"，出殡的事一刻也不敢耽搁，大家伙看在街坊邻居的分上，没再跟麻五魁计较，纷纷过来帮着将他阿大的棺材抬出尕藏街，埋在了麻五魁老家胭脂下川的祖坟里。

7

麻五魁家的这片祖坟占了好大一块地，由远到近，排了几十个坟骨堆，这里到底埋了几辈先人，麻五魁心里没数。他只知道这片坟地很有些来历，阿大曾给他讲过好几遍。

很早以前，麻五魁的祖先和胭脂下川杨老爷的祖先都是学阴阳的，麻五魁的祖先是师父，杨老爷的祖先是徒弟。明洪武年间，坐了南京城的朱元璋大兴移民，师徒二人也被迫从江南鱼米之乡千里迢迢来到偏僻的大西北，几经辗转，落脚到了河州地界的胭脂川。师徒二人离开故乡时，将各自的祖宗从祖坟刨出来，焚化之后装在坛子里带了出来。到了胭脂川安了家后，他俩商量着要择块好地将各自的祖宗高抬深埋。

师徒二人都是踩龙脉的高手。

师父是个实诚人，一是一，二是二，从不会耍奸弄滑，而徒弟就不同了，他是个心底里偷偷做事的料儿。那天，师父带着徒弟来到胭脂川后山根儿，他让徒弟下面等着，个家上山踩龙脉。师父从山顶一直踩到山脚下的一片草地停下来。他盯着那片绿油油的草地左看右看，总觉得那里气足脉旺，是抬埋祖宗的风水宝地。于是，他拿出看家本领，在那片草地上用罗经量定了十道天心，在天心处插了一根一尺来长的草秆，让徒弟看着，个家又上山了。到了山脊的最高点，他使劲往地上踩了三脚，朝下面大喊："草秆动不动？"

---

[1] 下话：央求。

草地上的草秆神奇地晃了几晃，而看草秆的徒弟却喊："不动！"

师父又踩了三脚："草秆动不动？"

徒弟还回答："不动！"

师父又踩："草秆动不动？"

徒弟依旧回答："不动！"

"龙脉明明通着哩，草秆咋不动？"师父纳闷儿，使劲挠了几下眉梁，跑下山来，气咻咻地冲徒弟喊："你去踩，我看着。"

徒弟上山后，站在师父踩龙脉的原地使劲跺脚："草秆动不动？"

草地上的草秆纹丝不动。

师父急了，大喊："驴日的，使点劲嘛。"

徒弟又跺："草秆动不动？"

草秆依旧不动。师父不死心，骂道："哎呀，你省着力气做啥呢嘛。"

徒弟跺够三次，草秆还是没一丝动静，师父只好叫他下来。

"踩了一辈子的龙脉，遇上这种事还是头一回。"师父瘫坐在草地上一个劲地嘀咕。

徒弟望着师父心里暗暗发笑。

第二天，师父另择了一块地埋了祖宗的骨灰。就在师父抬埋祖宗的当天后晌，徒弟也埋了他的祖宗，地点就是他和师父踩过龙脉的那片草地。

徒弟埋了祖宗刚走出坟地，迎面碰上了师父。

"你不是说草秆不动吗？"师父铁青着脸问道。

"草秆是不动，可……我看着这片草地地气旺，空着可惜，就……"

"啪——"徒弟的话还没说完，师父就朝他脸上狠狠放了一捆子。

原来，那天师父让徒弟到山顶踩龙脉，他不过是抬起脚做做样子，鞋底根本就没挨到地面。

从那以后，师徒二人成了仇人。但那片草地却是不争的风水宝地。徒弟杨家后来世世代代是胭脂川有名的头号财主，师父家却一直没抬起头来，传到麻五魁阿爷时出了个铁匠，也不过是下苦的行当。到了麻五魁父子，又好花儿又好雀，更贱。胭脂下川的杨老爷每次看见麻五魁，心里暗暗嘀咕："师父家脉气将尽了。"

红布裆裆是麻五魁阿大的魂儿。

麻五魁亮清他阿大在阳世上最扯心的是那一屋子的红布裆裆。阿大死后，麻五魁把阿大养的那些红布裆裆都提到坟地上。

"睢啾，睢啾，睢睢睢啾——"坟地上，那一只只红布裆裆振大嗓门儿唱戏一般纷纷鸣叫起来。

远远看去，那装着一只只红布裆裆的雀笼，像一盏盏燃烧的灯笼，把麻五魁阿大的坟骨堆映照得洞房一样亮豁。

麻五魁跪在阿大的坟前，望着个家为阿大营造的美不胜收的场景，一时把不住，又放开嗓门儿唱了起来：

> 清溜溜儿的长流水，
> 当嘟嘟儿地淌了；
> 热腾腾儿的离开你，
> 泪涟涟儿地想了。

8

"睢啾，睢啾，睢——睢——睢啾。"

"睢啾，睢啾，睢——睢——睢啾。"

麻五魁趴在黑山峡顶的大青石上，用一双红褐色的眼睛紧紧盯着红布裆裆。

在全尕藏，只有麻五魁父子长着这种古怪的红褐色眼睛，人们说那色气儿是铁匠家的记号，走到哪儿也混不掉。

"睢啾，睢啾，睢——睢——睢啾。"

"睢啾，睢啾，睢——睢——睢啾。"

那只雌红布裆裆确实把麻五魁当成雄红布裆裆了，它站在杜鹃树的枝头，一边机警地晃动着尕脑袋寻找雄红布裆裆，一边亮开个家的嗓门儿拿出最响脆的叫声吸引对方。眼下已是八月，杜鹃花已经开败了，但杜鹃树的叶子还很茂实，红布裆裆站在深绿色的枝叶间，不知就里的人还以为是杜鹃树上开出的一朵艳艳的花儿呢。

麻五魁跟红布裆裆正对得欢实，冷不防有人扔了块石子。红布裆裆受了惊吓，"嗖"的一下，展开翅膀，像武把式抛出去的火流星，在崖顶划了一道火红的弧线，没命似的朝谷底逃去。

麻五魁失望极了，扭过头骂道："哪个？见不得人好的瞎货！"

第二章

9

雪渣子住了，可天爷越来越黑。

桑柯不比尕藏镇，天气说变就变。朗朗的天爷，保不准过会儿就是大雨倾盆。春暖花开，冷不防捂一场大雪是常有的事。

从崖顶眺望，黑山峡就像根流星锤的绳子，一头系着山南草原，一头系着川西草原。这根"绳子"绵延十几里，两侧都是摔死长虫绊死雀的悬崖绝壁，要说是晚夕，就是白天走也会觉得胆战心惊。沟底狭窄，最窄的地方只能容一头牲口过去。平时那里不淌水，要遇上过雨①，四山头的雨水就会倾泻而下。走脚户的人最怕在黑山峡遇上山水，要是躲不及，就会人货两亡。

在黑山峡，脚户们担心的除了山水，还有劫匪。

四川的袍哥、山南的土匪，常在这里设伏打劫。过往的脚户自然是他们打劫的主要目标。脚户们都亮清，这些强人都是刀口上舔血的家伙，只要放下财物，一般不伤人性命。要是遇上大商队武装押运的，两家互不相让，刀对刀，枪对枪，打得你死我活。但不管哪个胜哪个败，受水的总是那些下死苦的穷脚户。

黑山峡是世代脚户心里黑色的魔咒。

尕藏镇土司府的商队也常走这条道，但韩土司不仅有山南大寺大活佛的令旗，还有十几杆快枪护着，劫匪也会掂量轻重，不敢轻易下手。有时两家冷不防遇上了，领队的掌柜给劫匪们舍散一些资财，也就相安无事了。

韩土司的土兵奉命驻守黑山峡，已经整整两天了。

① 过雨：阵雨。

峡口林子旁的帐篷里，韩土司手里握着一把藏式马刀，盘腿坐在一块牦牛毛编成的铺垫上。

这把马刀是祖上传下来的。韩土司虽然不知道它到底有多少年辰了，但他心里亮清这把刀的分量。它是尕藏土司权力和地位的象征，拥有它就拥有了在尕藏的土司辖地至高无上的生杀大权。不过韩土司心里更加亮清，这把刀是个双刃剑，用得得当，可以逢凶化吉，为个家劈开一条阳关大道；用得不当，就可能引祸上身，让祖宗留下的基业顷刻间灰飞烟灭。

韩土司反复把玩着手中的马刀，锋利的刀刃银光闪闪，在他黑褐色的脸膛上映出点点光斑。

帐篷里出奇地安静。

他的背后，挂着一幅吉祥天女图。

吉祥天女，又叫骡子天王，是藏密中的一个护法神。她通体发蓝，眼睛瞪得像铜铃铛，大嘴张得像血盆子。脖子上挂着两串人骨念珠，上身披人皮，下身系虎皮，肚脐眼上画一颗红彤彤的太阳。右手拿着短棒，左手拿着盛血的头骨碗。她侧身坐在一头骡子身上，两腿张开，飞行于血海之上。

韩土司在军帐内挂吉祥天女图，显然是祈盼这个护法神能给他带来好运。

韩土司上一次带兵打仗，还是二十多年前的事。

那是前朝宣统三年，武昌起义后不久，各省纷纷吵嚷着独立，西安也组织复汉军举义反正。哪知，义军占了西安城，屁股还没坐热，逃到甘肃的陕甘总督就组织甘军反扑了过来。那一次，尕藏民团也在应招之列，刚刚即位的韩土司只得率领土兵开赴前线。

韩土司他们进入陕西时，正值寒冬腊月，天上飘着鸡头大的雪花，土兵们个个冻得身子缩成一疙瘩，哪还有心思打仗。

乾州一役，城里的复汉军死命抵抗。城墙外甘军尸横遍野，抛洒的热血在寒冷的地上结成了黑红的冰坨子。

韩土司的土兵大多就死在那次战役中。

每每想起那次征战，韩土司的心里就会冷风飕飕。

从那以后，韩土司每逢出征，随身必带一幅吉祥天女图。

　　大马骑上了过雪山，
　　尕马儿走了个四川；

一晚夕想你着三更天，

肋巴骨抜成了算盘。

忽然，崖顶传来一阵高亢的花儿声。

"哪个在乱号？！"韩土司心里一沉，"嗖"地将马刀推进牛皮鞘里，怒喝一声。

立时，一个卫兵跑进帐内。

"去，上崖顶看看，是哪个唱野曲。"

卫兵一个原地打转，掉过头，奔出军帐。

10

黑山峡的崖顶上，刀子样的风，把林子里的树叶削得四处飞舞。

风经过凹凸不平的崖面，发出各种稀奇古怪的声气，听得人心里发瘆。

那些看起来叫人眩晕的断崖上，老鹰盘满了窝。窝下面的岩石上落了一层厚厚的黑白相间的鹰屎。

一只从川西草原觅食回来的老鹰，正顶风朝这边飞来。

它一会儿将身子扎进层层叠叠、波浪样起伏的山峦间不见了，一会儿又箭一般猛乍乍冒出来。它不断地调整着翅膀，上下翻飞，就像恶浪中飘摇的一叶帆船。

风更大了，可以看见它被风卷起的羽毛剧烈地抖动着。它努力拍打着翅膀，将身子尽量往下沉，直到劲风过后，才消停浮上来，朝个家的老窝缓缓飞去。

远处的雪山在狂风中变得隐隐糊糊，看不大真刻。近处的林子就像一个巨大的风匣，将秋霜杀过的枯枝败叶不断地从里面吹出来，在崖顶呼啸而过。

守在那儿的土兵们有的抱着老土炮，有的拿着大刀或矛子，蹴在冰凉的岩石背后。那些个扛老土炮的，腰里都系着一个火药葫芦，葫芦旁还别着一圈火绳，老土炮能不能打响，全靠这些物件。不过这玩意怕水，要是老天爷下起雨，它还不如一截儿火棍用着顺手。

因为周围有大片大片的松林，所以崖顶上湿气大，蹲久了，屁股底下潮乎乎的，再加上冷风刺骨，土兵们一个个冻得浑身打战。

尽管冷，但人们还是三三两两地拢在一起，或叼着烟杆，或卷一根黄烟棒子，一边过烟瘾，一边闲谝着打发难挨的时光。也有的靠在同伴身上，借着闲工夫，偷偷打盹儿。还有的竟然解下裤腰带，将脑袋埋在裤裆里捉虱子。

铁匠麻五魁还趄在那块大青石下，振大嗓门儿漫花儿。

麻五魁，这名字是当年王半仙阿爷给他起的。麻五魁过满月的时节，麻五魁阿大请王半仙阿爷给后人起名，王半仙阿爷见麻五魁那双红褐色的眼睛像红眼金刚，说这娃是天上的星宿投胎，往后会干出一番惊天动地的事来，就给他起了个响亮的名字——五魁。麻五魁阿大并不把王半仙阿爷的这番话当回事，因为他们家祖辈都是这种红褐色的眼睛，但哪个嫑说干过啥惊天动地的事，在尕藏连个响屁都没放过。王半仙阿爷见麻五魁阿大一脸的茫然，说，我给你交个底，这娃的头顶有三尊菩萨，一辈子有花不完的运气哩。麻五魁阿大半信半疑地眨巴了几下眼睛，完了，他照例买了一斤冰糖孝敬王半仙阿爷。麻五魁六岁那年，一场天花落下了满脸的窝坑，人们便在他的名字前加了个"麻"字，麻五魁就这样在尕藏街叫开了。

麻五魁脸色黝黑，唱花儿的时节，一张麻脸充血，像一骨朵熟透了的高粱穗。

青茶熬成牛血了，
茶叶儿滚成个纸了；
一身的嫩肉想干了，
只剩下一口气了。

麻五魁唱得正起劲，"嘭"的一声，屁股上重重地挨了一脚。

麻五魁一骨碌翻起来，刚要仰起脖子骂人，见汉营营长杨五七虎在他前面，眼睛瞪得像瓦陀罗[①]。

麻五魁"咕咚"一下，把将要出口的脏话跟唾沫一起咽了回去。

"叫驴样乱吼啥呢？"杨五七怒气冲冲地喝道。

"唱……唱花儿呢。"麻五魁臊了，低声说。

"啪！"杨五七对准麻五魁的大麻脸狠劲丢了一掴子，骂道："唱花儿？癞

---

① 瓦陀罗：瓷碗底子。

蛤蟆打哈欠，口气不尕。一个麻子，你还当个家是紫斑牡丹呢。"

"哄"的一声，周围的土兵大笑起来。

麻五魁气得脸膛变成了黑紫色。

韩土司的土兵被河州行署编为尕藏民团，下辖汉营、番营、塔拉营三个营。麻五魁被编在汉营里头。

麻五魁平时靠打铁攒钱，逢上花儿会他就关了铁匠铺子，收拾盘缠，赶山场。

河州一带的花儿山场有好几处，除了尕藏的阿尼念卿山场，还有南乡的松鸣岩山场、西乡的黄草坪山场、北乡的炳灵寺山场。入春以后的大部分时节，麻五魁就在各个花儿山场间来来回回地穿梭。直到最后一场花儿山场结束，麻五魁才回尕藏镇。于是，尕藏街上又响起麻五魁叮叮咣咣打铁的声气。

麻五魁爱唱花儿爱到了骨子里。照他的话说，饭不吃成哩，觉不睡成哩，花儿不唱急死人哩。

麻五魁人长得丑，但花儿唱得好，周围三山五岭的男唱家里，无人能及。

大前年，阿尼念卿山花儿山场上，麻五魁悬悬地跟胭脂岭的尕秀对上了歌。麻五魁觉得，那是他这辈子最走运、最得意的事儿。

在河州四乡，阿尼念卿山花儿山场最为红火。

这里花儿唱家多，爱听花儿的人也多。更重要的是，尕藏的韩土司和少爷格列都爱花儿。

尕藏的花儿山场，主要有两处。一处在离尕藏寺不远的尕藏草场上。每当尕藏寺进行重大的佛事活动时，花儿好家们就自然而然聚到一起，一头是念经的道场，一头是唱花儿的山场，对台戏似的，这边经声刚歇，那边花儿陡起，经声和花儿声，就像河里的浪水，互相扑打着，一浪一浪漫过人们的心坎。另一处在阿尼念卿山，每年农历的六月初六开始，前后持续六天。每逢花儿会，土司府要在阿尼念卿山脚扎下十几个帐篷，邀请河州城的头头脑脑和亲朋好友来这里听花儿。还有山南的藏民，从上百里外，拖家带口，穿越尕藏峡，赶过来凑热闹。那时，阿尼念卿山脚人头攒动，人声鼎沸，比尕藏街的集市还要红火。每隔几年土司府还在这里举行盛大的花儿比赛，获胜的人能得到白花花的椭子①，那可是花儿好家们最引以为豪的事情。

----

① 椭子：银元。

每年的阿尼念卿山花儿山场最惹眼的要数孕秀和麻五魁。

好多花儿好家就是冲孕秀和麻五魁来的。

那天，麻五魁和孕秀原本在不同的两堆人伙里唱歌，可浪潮一样涌来涌去的人群，将两伙人活生生融在了一起。

尽管麻五魁和孕秀是孕藏地界数一数二的花儿唱家，但他们在一起对歌，还是头一次。

孕秀穿一件桃红色的洋布汗褂，将脸骨堆映得杏花儿一般耀眼。

麻五魁穿一件又脏又旧的褐子单褂，打铁溅出的火星子在上面烫满了香头大的孕洞洞，看上去跟他的那张麻脸一个样儿。

"孕秀来一个，来一个！"

"麻五魁来一个，来一个！"

人们的呼喊声，地摇天动。

> 铁匠炉里加蓝炭，
> 风匣里拉出了火焰；
> 一步走到你跟前，
> 活像是睡梦里看见。

那天，麻五魁的底气格外足，歌声带着钢音。

> 樱桃好吃树难栽，
> 树根里渗出个水来；
> 你在岭下我岭上，
> 今儿个才认出你来。

孕秀的声气是那么地与众不同，悠悠荡荡的，就像一条抛向空中的白丝带，在阳光下轻巧地画出一道亮晶晶的弧线。唱到婉转处，那丝带又来一个优雅的回旋，然后就那么悬悬地打出一个丝结，再从丝结中缩一个花子穿出来，飘飘悠悠钻进半虚空的云朵里……

麻五魁：

手抓羊肉不敢想，
味儿们香喷喷的；
尕妹子人贵着维^①不上，
心儿里冰凉凉的。

尕秀：

院子里长的绿韭菜，
不要割，就叫它嫩嫩地长着；
阿哥是眼睛尕妹是泪，
不要眨，就叫它亮亮地闪着。

麻五魁：

铁匠们打个刀子来，
皮匠们配个鞘来，
尕妹们拿出个实心来，
阿哥们豁出个命来。

麻五魁和尕秀不愧是阿尼念卿山花儿山场的花王和花后。

花王与花后的对唱，将阿尼念卿山花儿会推向了高潮。

人群的潮涌，一浪高过一浪，围在中间的麻五魁和尕秀就像是浪尖上盛开的两朵耀眼的牡丹。

11

那天唱罢花儿，尕秀在众人的喝彩声中离开了山场。这些日子，尕秀阿娘病得厉害，她得早些赶回家做饭。

---

① 维：交往。

麻五魁拨开人群，悄悄跟在尕秀后头。

夕阳西下，整个阿尼念卿山被映照得迷迷蒙蒙的。

远处，隐隐传来丝丝缕缕的花儿声。

尕秀有些不舍地转过身，朝山脚下望去。就在她回眼的瞬间，发现了不远处的麻五魁。

麻五魁想躲，可来不及了，只好瞪大眼睛，痴痴地望着尕秀。

尕秀心里一阵慌乱，忙转过身，加快了步子。

下了山场，尕秀拐上官道。

清凌凌的尕藏河顺着官道，一路欢跳。路两旁是浓郁的柳树，枝头上各种雀儿叽叽喳喳，跳上跳下。树底下长满了白茅草、狗尾巴草和野燕麦，零星地还夹杂着一些扫帚草和米莲子。不过最多的还是芨芨草。它长长的穗子披散开来，在风中轻轻摇晃。

尕秀走得急，她的影子"欻欻欻"地从路边的野草上快速闪过。

麻五魁一路跟在尕秀的屁股后头，不近，不远，保持着一段合适的距离。

进了尕藏街，尕秀的尕脚就像两个起劲的鼓槌，飞快地敲击在街道的石板路上。

麻五魁红褐色的眼睛，鹰一样紧盯着尕秀。哪知他只顾了前头，没顾及脚底，冷不防被路上的一个窝坑拐倒了，引得两旁的人一阵哄笑。

尕秀回过头看见地上疼得嗷嗷大叫的麻五魁，脸一红，扑哧一笑。

麻五魁抹擦了几下扭疼了的脚孤拐，一骨碌站起来，顾不得疼朝前追去。

尕秀出了尕藏街，直奔尕藏河滩。

麻五魁一瘸一拐地追出尕藏街北头的土门洞时，尕秀已经下了河滩。他停住脚，用手在嘴前搭成个喇叭，高声唱起了花儿：

> 打一把五寸的刀子哩，
>
> 做一个乌木的鞘哩；
>
> 舍一个五尺的身子哩，
>
> 闯一个天大的祸哩。

尕秀没有回应，麻利地过了尕藏河上的尕窄桥，上了胭脂川。

麻五魁不死心，忍着疼像飞转的线杆一样下了河滩追过桥去，也上了胭脂川。

时下正是阴历六月天，胭脂川麦子已经麻黄，成片成片地在微风中浪一样荡漾着。

尕秀顺着田间的尕土路，一溜碎跑。她的桃红色的汗褡，在荡漾的麦浪间艳艳地闪动着。

麻五魁站在地头，眼睛牢牢地盯着尕秀远去的背影。

离这儿不远就是人庄子，麻五魁不敢唱花儿了。他亮清在庄子跟前唱花儿，不仅要挨打，还得拉羯羊赔罪，他哪里有闲钱买羊啊。

麻五魁远远地看着尕秀过了荡漾的麦田，上了胭脂岭。

胭脂岭腰际线以下全是红彤彤的红砂岩。据当地老汉们讲，胭脂岭这片红砂岩可是大有来头。

想当年，大美人貂蝉从临洮去洛阳路过尕藏时，不防打落了随身带的胭脂盒，胭脂全都撒在了路过的山岭，那山岭霎时变成了耀眼的红砂岩。后来，那火红的山岭就有了一个美丽的名字——胭脂岭，胭脂岭下面的川道就叫胭脂川。

虽然这只是个传说，但胭脂川一带出美人可是实情。正应了那句老话，一方水土养一方人，胭脂川的姑娘一个个出落得就像当年打这儿经过的貂蝉，连河州城的有钱汉也常常托媒人到胭脂川给个家的娃娃提亲。

不过，在麻五魁眼里，胭脂川一带所有的美人加起来，也抵不住一个尕秀。

麻五魁一直看着尕秀消失在他的视线里。

回家的路上，麻五魁心里使劲地想着桃红的汗褡，嘴里美滋滋地哼着花儿：

> 三寸的金莲上扎花哩，
> 身穿了桃红的汗褡；
> 尕妹走路是风摆柳，
> 站下是耀天下哩。

那次花儿会后，麻五魁心里头一次有了女人。

麻五魁亮清个家是个穷铁匠，又是一个黑不溜秋的麻子，配不上桃红花色的尕秀，可他却硬生生喜欢上了尕秀。尕秀的影子已经焊在他的心上，再也取不下来。

心里有了女人的麻五魁，跟以前变成两样了。晚上睡觉梦话连篇，白天打铁总是吃不准火候。

　　　　雁落沙滩鹰落树，
　　　　虎落在平川上了；
　　　　尕妹是水儿阿哥是鱼，
　　　　水走了，鱼困在干滩上了。

　　有时，麻五魁提着红布裆裆到尕藏草场唱花儿。

　　那红布裆裆是雌的，时节长了，把麻五魁当成了雄红布裆裆，一遍遍"雎啾，雎啾，雎——雎——雎啾"地应和着。

　　麻五魁把红布裆裆当成了他的尕秀，红布裆裆鸣叫得越动听，他就唱得越起劲，一直唱到声嘶力竭。

12

　　今年开春佛诞节那天，尕藏寺里念大经，尕藏草场的花儿会也拉开了帷幕。天爷麻麻亮，麻五魁就钻出被窝，怀里揣了头一天从尕藏街有名的"德祥号"买的一包四川冰糖去截尕秀。

　　尕藏河滩上烟雾迷蒙。远处的柳树在清晨的微风中轻轻晃悠，早起的雀儿在柳枝间响亮地鸣叫着。

　　麻五魁下意识地摸了摸怀里的冰糖，心里甜丝丝的，黑黑的脸膛上显出美滋滋的笑意。

　　从胭脂川去尕藏街离不过尕藏河上的尕窄桥。

　　麻五魁就在尕窄桥边的一块大麻石背后等尕秀。

　　尕藏河边有很多麻石头，尕哩尕大挤满了一河滩。尕的只有指头蛋大，大的居然有一人高。尕藏人盖房子砌石墙，就用这里的石料。

　　太阳刚冒花时，胭脂川和胭脂岭的几个女唱家出现在尕藏河旁。

　　麻五魁一眼认出穿着桃红汗褡的尕秀。

　　从一帮灰塌塌的女人伙里认出穿着桃红汗褡的尕秀，要比成群的红布裆裆中认出雌红布裆裆容易多了。

麻五魁浑身的血液一下子烧开了。他从大麻石背后一蹦子跳出来，放声唱道：

> 阿尼念卿山是石头山，
> 一道吧一道的塄坎；
> 尕妹是麝香鹿茸丸，
> 阿哥是吃药的病汉。

"五魁，这就是你的麝香鹿茸丸。"麻五魁一唱完，那几个女人合起来将尕秀从人伙里搡了出来。

"尕秀，唱一个，唱一个。"

"尕秀，唱一个，唱一个。"

尕秀羞红了脸，躲向一边。那几个女人嘻嘻哈哈地笑着，一个接一个跑过尕窄桥。

尕秀落在了后头。

"尕秀。"当尕秀最后一个走过尕窄桥时，麻五魁一把拄住尕秀的手。

"大白天的，做啥呢。"尕秀想挣开麻五魁，可麻五魁的手像钳子一样钳住了尕秀。

"尕秀，这是我从'德祥号'专意给你买的冰糖，黄楞楞的。"麻五魁从怀里掏出那包冰糖，向尕秀的手里塞去。

"尕妹是麝香鹿茸丸，阿哥是吃药的病汉。"这时，走在前面的那帮女人又约好了似的，争相跑回来，呼啦一下把麻五魁和尕秀围了起来。

尕秀慌了，一把打掉麻五魁手中的冰糖，一甩头就跑。

冰糖撒在河滩地的石头空里。

"这可是上好的川糖。"麻五魁心疼地叫喊着，"扑通"一声，跪在地上捡冰糖。

那帮女人走出河滩，其中一个好事的又站卜来，回身冲麻五魁唱道：

> 大豆开花白加黑，
> 尕豆花好像是紫葵；
> 人家的尕妹耍眼馋，

她就是草尖的露水。

13

初春的草场上，风有些尖。腐草的空里不断地冒出青草的气息，那气息，让人心里充满了一种说不出的冲动。

听花儿的人们在草场边围成一个大圈圈，一个个情绪激昂，有说有笑。

麻五魁从河滩地赶上来挤进人群时，一个瘦猴样的男人正和孞秀对花儿。

麻五魁热乎乎的身子一下子坐满了冰花。

孞秀：

大白土地里的洋芋花，
连开了三年的虚花；
听曲的阿哥夋笑话，
孞妹是才学的离家。

瘦男人：

东山拉雾着西山开，
清风吹起个雨来；
好花儿缠住着走不开，
坐下时没心思起来。

麻五魁一双红褐色的眼睛，狠狠地瞪着那瘦男人，嘴张得狮子一般，要活生生把他一口吞掉似的。

孞秀：

唐僧西天取经着哩，
白龙马做伴着哩；
孞嘴上说的能行着哩，

就害怕虚心着哩。

等尕秀一唱完，麻五魁一把搡开瘦男人，抢着对上了：

苏妲已装病着吃药哩，
比干哈挖心着哩；
割开了腔子看我的心，
阿哥们心实着哩。

麻五魁唱完，立等尕秀对过来。可尕秀站在地上，眼睛冷冷地盯着麻五魁，脸色阴沉得像要下雨。

那个瘦男人见状，朝麻五魁"哼"了一声，开口唱道：

腾云驾雾的孙悟空，
白龙马驮的是唐僧；
我为你背了个空名声，
过后了凭你的良心。

瘦男人刚唱罢，尕秀立马就对了过来：

三棱子荞麦豆儿圆，
胡麻花儿像水莲；
两家情愿事好办，
一个人情愿是枉然。

麻五魁又气又羞，扒开人群，冲了出去。

他一口气跑到铁匠铺，从墙角搬出那个好久没顶的柱顶石，摞在个家头上，跪在门口。

街上的人见了都觉得奇怪。麻五魁阿大死了好几年了，他咋还顶柱顶石，莫不是这娃顶柱顶石顶上瘾了？

麻五魁窝着一肚子气，心里狠狠地唱起了花儿。他一连唱了三首花儿，直到脖子实在困得不成，才从头上取下柱顶石，"嘭"的一声扔在地上。然后奔进铺子，将那包从河滩地捡回来的冰糖，搁在砧子上，用锤子砸成了面面。

14

前几天，河州行署给尕藏土司府下了文牒，说"流窜"到川西的红军正向川甘交界移动，省府命令河州方面组织兵力开往山南桑柯一线进行阻击。行署要求尕藏民团司令韩土司率领所属土兵即刻开往桑柯。

从尕藏开往桑柯有百里多路程，一路上土兵们为了排泄郁闷，动不动就撺掇麻五魁唱花儿。韩土司体谅土兵们行军的苦处，个家又是个花儿好家，也就睁一只眼闭一只眼，任他们耍闹。

可眼下不一样了，他们奉命在黑山峡崖顶潜伏，麻五魁唱花儿会暴露目标，犯了军中大忌。

民团进驻黑山峡后，韩土司下达了不准随便唱花儿的禁令。可是一连潜伏两天，还不见红军的踪影，大家心里烦，又开始撺掇麻五魁唱花儿。麻五魁这两天想尕秀想得厉害，正犯惆怅，一时没有把住，不顾军规唱起了花儿，引来杨五七的一顿打骂。

"不是紫斑牡丹咋了？我就是猪嫌狗不爱的狗尿苔！"麻五魁挨了杨五七的打，肚子里胀气，再说杨五七借"紫斑牡丹"嗤笑他的麻脸，他更是气上加气，便顶了一句。

"对，还是个拌了芝麻的狗尿苔。"一个土兵接着麻五魁的话茬，取笑道。

周围的土兵"哄"的一声，又大笑起来。

杨五七刚走了几步，听到土兵们的哄笑声，以为他们在取笑他，恼羞成怒，猛地转过身来，指着麻五魁大叫："来人，把这个有人养没人教的黑叫驴给我绑了。"

尕藏的土兵都是乡里乡亲的，平时虽然喜欢抬杠耍笑，但遇上事还是讲些交情的。所以，尽管杨五七下了令，还是没有一个来绑麻五魁。

杨五七躁了，掏出盒子枪，指着那个短脖子壮汉和他跟前的窄脸汉子威胁道："再不动弹，我连你们一起绑。"

"对不住了。"那两个人只好上来扭住麻五魁。

"做啥呢吗？"麻五魁不服，使劲扎挣起来。

"你不是嗓子门痒得很嘛，我给你好好治治。"杨五七不怀好意地嘿嘿一笑。

短脖子壮汉和窄脸汉子押着麻五魁走进后面的林子，按杨五七的指令，把麻五魁倒提腿吊在一棵松树上。

杨五七扯了一抱枯蒿，扔在地上，用洋火划着。

那蒿草潮湿，没有明火，但烟雾很浓，熏得麻五魁不住地咳嗽。

"杨、杨五七，你个龟孙子，敢、敢日弄你先人。"麻五魁受不住了，扯着嗓门儿叫骂起来。麻五魁的祖先很久以前是胭脂川杨家人祖先的师父，所以麻五魁在胭脂川杨家人面前总是以先人自居。

"麻子，我没工夫跟你扯那些烂芝麻陈谷子，你一个人消停享用这人间烟火吧。"杨五七一挥手，引着短脖子壮汉和窄脸汉子走了，任凭麻五魁呼天喊地。

第三章

15

大喇嘛桑杰睁开眼时，天爷已经麻麻亮。往常，大喇嘛一睡醒，就会马上穿衣下炕，可今儿个，他懒洋洋的，躺在炕上没心思起来。

就在刚才，大喇嘛醒来之前，做了一个噩梦。他梦见阿哥韩土司浑身是血，睁着一双恐怖的眼睛，挥舞着沾满血污的大手，向他求救，可他费了好大的劲，就是走不到韩土司跟前。

大喇嘛显亮亮看见韩土司的心口插着一支箭，乌黑的血从伤口"噗噗"地往外冒。

大喇嘛着急得不得了，心就要从腔子里跳出来，可他的双脚像是被钉在地上，一步也挪不动，眼睁睁看着韩土司慢慢地倒下去。

忽然，一阵黑风袭来，天昏地暗。随风而来的，是铺天盖地的秃鹫，它们恶狠狠地扑向倒在地上的韩土司。

韩土司一眨眼不见了，大喇嘛眼前只有一片黑压压的秃鹫。

不一会儿，那群秃鹫的身底下，冒出殷红的血来。

那血一直流到大喇嘛的脚下。

大喇嘛惊叫一声，猛地醒了。

醒了的大喇嘛浑身上下汗津津的，腔子里也空落落的，五脏六腑就像被哪个掏空了似的。

今早，大喇嘛要在大经堂诵一场吉祥大经，为远在黑山峡阻击红军的韩土司荐福。想到这事，大喇嘛还是扎挣着从炕上坐了起来。

伺候大喇嘛饮食起居的尕喇嘛云丹，早就把昂欠里里外外洒扫得干干净净。他见大喇嘛起了，紧忙打来洗脸水，放在廊檐坎的石台上。

云丹是个汉人，俗家在胭脂岭。

他妹妹就是尕藏有名的花后尕秀。

云丹兄弟姊妹有七个，三个早夭，现今还剩四个。云丹是老大，一生下来就是个豁子。为了给弟妹们匀出些吃食，六岁的时节，他阿大就把他许给了尕藏寺。

因为是个豁子，镇上的人都将云丹叫豁豁喇嘛。

云丹说话含糊不清，常常遭受寺里喇嘛的笑话。但他手勤脚勤，脑子也灵，大喇嘛桑杰就把他从尕藏寺要到个家的昂欠里使唤。

在尕藏寺，云丹是个人人瞧不起的杂役喇嘛，他做梦也不会想到这辈子还能伺候大喇嘛。所以到了大喇嘛昂欠，他格外尽心尽力。

大喇嘛洗漱完毕，云丹给他换了一套崭新的僧袍。

东方发亮的时节，大喇嘛带着云丹出了昂欠。

原先，尕藏寺历任大喇嘛的府邸在尕藏寺北边的一个山坳里，上一任大喇嘛，也就是桑杰的叔叔继任尕藏寺大喇嘛后，他嫌那里僻背，伦珠活佛就把昂欠让给了他，个家住进了大喇嘛原来的府邸。

活佛昂欠从那时起更换了主人，但尕藏人依旧还叫它昂欠。

大喇嘛昂欠坐落在尕藏镇后面的山坡上，这里地势高，整个尕藏街尽收眼底。

此时正是家家户户喝早茶的时节，屋顶上冒出的青烟跟晨雾搅和在一起，牵牵连连，弥漫在镇子上空。

尕藏街的院落都是典型的四合院。街上的居民多半是藏民，但他们的房屋基本都是汉式样范。正屋为堂屋，两侧为厢房。为了不让旁人看见院内的动静，门口都立有照壁。照壁一般都镶着砖雕，上面有牡丹、芍药、莲花等一些尕藏人普遍喜爱的花卉和各种吉祥图案。

这些院落一院挨着一院，其间也夹杂着些尕二楼，还有个别大户修有防土匪的三层碉楼。远远看上去，整个镇子层层叠叠，高高低低，错落有致。

尕藏人喜欢栽杏树。每到春天，家家户户杏花开放。微风吹来，杏花的香气在周围雾一样散漫开去，一点一点渗进每一个尕藏人的骨肉、血脉。走在尕藏地界，五脏六腑总有一股淡淡的杏花味袅袅娜娜地蒸腾。更让人惊诧的是，尕藏的杏花不像其他的花那样一朵、两朵按部就班、富有节奏地渐次开放，而是在某个朝霞的清晨，或是雨后的晌午，一下子冷不丁全开了，猛得叫人措手不及。要是遇上风天，粉红的花瓣四处飘散，街面上、房顶上、院子里、田地里、渠沟里、树窝里、河面上到处是杏花。从树底下走过，身上、头上总会粘上那么几瓣杏花，使劲抖也抖不掉。那时节的尕藏，整个是杏花的世界。要是下起过雨，各处流来的雨水裹挟着杏花漫过尕藏的青石板街道，那简直是一条杏花的河流。

在大喇嘛桑杰看来，杏花就是尕藏的精血、尕藏的性气，要是没有了杏花，尕藏的春天就会死，尕藏人就会变成空皮胎。

大喇嘛今年虚单五十岁，但他在尕藏寺已经生活四十多年了。长时节的念经打坐，使他原本高大的身材佝偻得厉害。但一双眼睛炯炯有神，黝黑的面容微微地透着暗红，像一把柴烟熏黑的红铜壶。

他是尕藏韩土司的兄弟。按照尕藏土司惯例，大后人管理政务，二后人管理教务，遇上独子时政教合一。四十多年前，尕藏寺的上一任大喇嘛，也就是桑杰的叔叔圆寂了，他就出家继任尕藏寺的大喇嘛。

尕藏寺坐落在离大喇嘛昂欠只有几百步远的另一个山嘴上。大喇嘛赶到时，尕藏寺活佛伦珠已经恭候在大经堂门口。

不一会儿，为韩土司举行的荐福大经在大经堂开始了。

大喇嘛桑杰坐在氆氇垫上，主持诵经仪式。

经堂前的院子里跪满了赶来敬佛献灯的信徒。

尕藏镇属于汉藏交界地带，这里的汉人大都信奉喇嘛教。就是大经堂里诵经的那些喇嘛里，也有不少像云丹那样俗家是汉人的。

尕藏寺每逢佛事活动，各道四处的善男信女，就像云儿听到风的召唤，齐聚这里。往往，大经堂里诵经一结束，大院里的信众这儿一堆，那儿一丛，围在一起念嘛呢。

大经堂顶的蟒号声响过之后，大经堂里传出洪亮的诵经声。

16

大经堂院子的中间，有一个巨大的煨桑台，从那里冒出的桑烟，带着柏枝、糌粑的香味，低低地飘过人们的头顶，顺着涌动的气流，朝屋顶荡散开去。

土司府的少爷、第二十代土司继承人格列也跪在大经堂的门口。

格列尕的时节就不喜欢诵经，尤其不喜欢参加尕藏寺每年举行的诵经法会，和那些浑身都是柏香味的喇嘛在一起，他心里难挨。

格列最讨厌的就是酥油味和柏香味，一闻就想吐。可他阿爸韩土司特别喜欢烧柏香。在土司府，不论是韩土司的内宅，还是他处理事务的大堂，以及接待客人的二堂和供奉祖先牌位的忠孝堂，一天到晚香炉里都烧着柏香。

在格列的内宅，他禁止下人烧柏香。

格列好雀，最喜欢的事就是拿着捕雀笼子，带着下人满林子捕雀。

只要逮着好雀，他总要提着雀笼到尕藏街的雀市上，趾高气扬地显摆。

尕的时节，格列跟铁匠铺的麻五魁要好，两人就像鸭子的爪爪，天天连在一起。有一天，格列带麻五魁上山，在一处崖缝里发现了一个雀窝。格列叫麻五魁蹲在地上，他踩着麻五魁的肩膀掏雀窝。不料雀窝里盘着一条长虫，咬了格列一口。格列惨叫一声，跌在地上，背过气去。

麻五魁一看吓坏了，紧忙背了格列，拼命跑回土司府。

格列躺在炕上，嘴唇紧闭，不省人事。

韩土司打发人从尕藏寺请来伦珠活佛。

土司府素来有个规程，占卜请大喇嘛，看病请尕藏寺的伦珠活佛。只有他俩吃不准了，才请外面的人。

大喇嘛在山南大寺学经的时节研修过密宗的观修法，而且还学会了各种占卜术，深得要领。而伦珠活佛是河州地界唯一一个精通藏医的人。

伦珠试了下格列的气息，又号了一会儿脉，忧心忡忡地说："毒太深，只能试试看。"

韩土司急了："请活佛费心，务必看松活了。"

伦珠从袍袖里摸出一个尕布袋，又从尕布袋里夹出一个油光纸包。打开油光纸，里面是一包黑乎乎的丸药。伦珠取了一颗，塞进格列的嘴里。

"能不能管用，就看少爷的造化了。"

第二天，格列醒了。

伦珠活佛的丸药起了作用。

格列捡回了命，可麻五魁被他阿大揪到铺子门口，顶着柱顶石跪了一个多时辰。

自那以后，格列对麻五魁更加贴心了，但凡哪个欺负麻五魁，他就立马挺身相护。

有一次，麻五魁在外面闯了祸，顶着柱顶石跪在铺子门前，被路过的格列碰上了，他不管三七二十一，上前一把掀掉麻五魁头上的柱顶石。麻五魁阿大听到动静赶出来，见是土司府的格列少爷，不敢吱声了。

麻五魁虽然家境贫寒，但手里只要得了啥好东西，头一个想到的就是格列。每每他和阿大在山里打了野物，他总是偷偷拖一块，跑到土司府寻格列。格列也有事没事总爱跑到铁匠铺看麻五魁父子打铁。有一年，他竟在大年三十夜里，从灶火偷了一笼子好吃的，跑到铁匠铺。韩土司派人寻了大半夜才从铁匠铺把他带回去。

那时节，格列和麻五魁经常跟土司府大管家吉美的两个后人玩耍。吉美的大后人旺堆脾气直爽，办事亮豁，哪个见了都揸大拇指。他的二后人尼玛就不一样了，心思歪，爱捣蛋，尤其不服气土司府的少爷格列，觉得格列是个中看不中用的大软菜，凭啥对他们发号施令，所以总是想着法儿挤对。而麻五魁事事处处偏向格列，哪怕个家受罪，也不让尼玛占格列的便宜。因为这，尼玛见了麻五魁，心里泛黑血。

有一年香浪节，他们转草场回来，半路上旺堆提议玩游戏。格列说好，那就猜谜。旺堆和麻五魁揸手赞同，尼玛不大愿意，猜谜这玩意是他的短处，但他一个人狠不过三个人，只得揸手。

四个人先是手心手背定庄家，结果格列赢了，格列便发号施令，哪个输了就驮着他围嘛呢堆转三圈。说完他出谜语先让旺堆猜：抓在手里只有一把，放在家里装满帐篷。旺堆不假思索地答道：酥油灯。格列又把头转向麻五魁：一个黑墩墩，方方又正正，肚里会说话，嘴里能吃人。麻五魁思谋了一会儿也答上来：黑牦牛帐篷。最后格列盯住尼玛：白白的寺院里住着黄黄的喇嘛。尼玛答不上，急得不住地揪头发。

"白白的寺院里住着黄黄的喇嘛。"格列又重复了一次。

"尕藏寺。"尼玛眼前一亮，猛地扬起头。

麻五魁一听，哈哈大笑起来："不对，是鸡蛋。"

"你知道个锤子。"尼玛冲麻五魁恶狠狠地骂道。

"五魁说得对，是鸡蛋。"格列最后裁定尼玛输。尼玛十分不情愿地驮着格列围着草场边的嘛呢堆转了三圈。

猜第二轮的时节，尼玛不高兴了，说，玩文的大家都玩不过格列，咱们玩武的。格列问，你说咋玩？尼玛响亮地答道，抛嘎^①。

"抛嘎就抛嘎！"格列毫不示弱，捋了捋袖子。

"少爷。"麻五魁知道玩这个格列是离家，忙上前拦挡。

"老子英雄儿好汉，阿爸卖葱娃卖蒜。怯啥！"格列不听劝。

第一轮下来，尼玛第一，旺堆第二，麻五魁第三，格列垫底。

尼玛闲着没事的时节，经常溜到尕藏草场跟荡羊娃们厮混，学得了一手抛嘎技术，而格列几乎没碰过那东西，自然不是尼玛的对手。不过接下来的两轮比赛有些出人意料，麻五魁两次都比格列抛得瓢^②，成了末底。

麻五魁心甘情愿驮着尼玛围着嘛呢堆转了三圈，但尼玛心里不平，他原本指定中看不中用的尕白脸格列驮他，哪知麻五魁从中捣鬼使坏，让他错失了报复格列的机会。

第二天，尼玛带着他的几个跟屁虫把麻五魁围在了一条断头巷里。

"昨个比抛嘎，你是不是故意输的？"尼玛眼里闪着凶光。

"不是。"麻五魁使劲摇着头。

"驴尕屁多，人尕鬼多。你能哄得了我？"尼玛一把抓住麻五魁的领口，"麻子，告诉你，你不过是格列那个尕白脸的玩物，他会真心对你？！"

"不用你管！"麻五魁用力甩开尼玛。

麻五魁虽然个子比尼玛尕，但他天天帮着他阿大打铁，手劲能抵得住一个大人。

"给我上！"尼玛躁了，一声吼，那帮跟屁虫一拥而上，将麻五魁掀翻在

---

① 抛嘎：抛石器。

② 瓢：弱。

地，好一顿拳打脚踢。尼玛还不解恨，叫他们摁住麻五魁，掰开麻五魁的嘴。

"今儿个，我要叫你好好尝尝跟我作对是啥滋味。"尼玛说着，解开裤带，朝麻五魁嘴里浇了一泡尿。

格列去找麻五魁是几天后的事了，麻五魁眼窝里的青斑还没有过。格列一问才知道那天发生的事，便不由分说，拉着麻五魁去了管家府。吉美一听尼玛往麻五魁嘴里灌尿，立马唤出尼玛，尼玛还想抵赖，被吉美一脚踹翻在地。

格列一看这阵势，怯了，给麻五魁递了个眼色，两人一起奔出管家府。紧接着，身后传来尖厉的皮鞭声和尼玛炸毛死怪的喊叫。

17

格列除了好雀好花儿，还特别喜欢追逐时尚，隔三差五，就会弄出一些孕藏人从没见识过的新名堂，冷不丁地，让孕藏人惊出一身冷汗。

格列不大喜欢穿藏袍，他嫌藏袍累赘、挡脚绊手的不方便。除非相当正规的场合，像拜祭忠孝堂、到喇嘛庙祈福等重大活动，才穿上藏袍装装样子，平常他就穿汉式的长袍马褂。今年春上，他去了一趟河州城，回来时穿了一套西装。

当格列骑着他那匹雪青色的大骟马走进镇子时，引起了轰动。

孕藏人没见过西装，以为镇子上来了耍把戏的，纷纷撂下手头的活，争相观看。

格列穿的是一套月白色的西装，打着一条梅红的领带，脚蹬一双黑白相间的鸡蛋头皮鞋，鼻梁上卡着一副圆框的墨镜，头发梳得溜光溜光的，在太阳底下忽闪忽闪地发亮。

"原来是格列少爷呀，还以为是耍把戏的。"

"看，少爷那头发，滑溜溜的，能把苍蝇的裆撇开。"

"他穿的是啥衣裳呀？"

"那是洋货，可值钱哩，我在城里见过。"

"啧啧啧，这阳间世还是有钱人闹的。"

"人家是胎里富，命大人。"

"人比人没活头，驴比骡子没驮头。"

"格列少爷真是咱孕藏的人尖子。"

街道两旁，不少人指手画脚地议论着。

"啥人尖子，我看就是一个洋浑子。"

"对着呢，少爷的脑子保准叫佛爷的驴踢了，没清顺的。"

"嗨，你亮清个啥，咱们少爷是虚空里走的人，上不挨天，下不着地。"

"土司府的好日子看来要到头了。"

也有不少人对格列少爷的所作所为摇头叹息。

而格列根本不在乎街上的人们说些啥，骑在他心爱的雪青马上一边美滋滋地笑着，一边不停地向一街两行的人招手。

格列兴冲冲地回到府上，不料刚进门就被韩土司迎面堵在院子里一顿臭骂。格列心里刚冒起来的那股子高兴劲，被韩土司一盆冰水浇灭了。从那天起，格列再也没穿过那套西装。

大喇嘛桑杰一向对他这位喜欢信马由缰的大侄子很是担心。

如今，局势动荡。河州行署几年前就有了"改土归流"的打算，胭脂下川的杨老爷时时觎视着胭脂上川的这块风水宝地。

胭脂川被一条红水沟隔成上川和下川，这里曾经都是杨家的势力范围。光绪年间，因为尕藏土司平叛有功，朝廷将胭脂上川赏给了尕藏土司。从此埋下了韩、杨两家为地盘你争我夺的祸根。胭脂上川大部分人是杨老爷的本家，暗地里杨老爷经常派人四处活动，企图挑起事端，使胭脂上川脱离韩土司。阿尼念卿山上的塔拉寨人已有好多年不缴租税了，土司府对他们的管制已经名存实亡。还有南方的红军已经打过川西，正往河州方向开来。土司府已经被压得喘不上气来。

尕藏镇眼看就要成为一个烂摊子，而身为土司继承人的格列却整天吊儿郎当，不务正业。

大喇嘛心头有一片阴云来来回回地飘荡。

> 瓦青的鸽子绿哨儿，
> 落到了寺庙的殿上；
> 尕妹是阿哥的命系儿，
> 我把你心疼着咽上。

尕藏寺正举行荐福仪式的时节，寺背后的草场上传来一阵一阵的花儿声。

大喇嘛不由得抬起头瞅了一眼格列。

格列听到花儿声，心里已是痒酥酥的，屁股底下也就如坐针毡了。

每当尕藏寺举行盛大的宗教仪式时，方圆周围的花儿歌手如约来到寺背后的草场漫花儿，这几乎成了惯例。

如果往常，两相照应，捧个人场，倒也热闹。可今儿个，大喇嘛是专意为他阿哥韩土司举行的荐福道场，这当儿漫花儿，他心里有一种说不出的别扭。

少爷格列的心境与大喇嘛截然相反，他是个花儿好家，一听到花儿声就犯瘾，一犯瘾就浑身不自在。他忍了好一会儿，实在熬不住了。

当大喇嘛再次抬头瞧格列时，他已经跑得没有了踪影。

"唉，这个把不住稠稀的洋浑子。"大喇嘛深深叹了口气。

18

格列离开尕藏寺，急急忙忙去了土司府。

到了府里，他脱掉累里累赘的藏袍，换上轻便舒适的长袍马褂，迫不及待往尕藏草场赶。

> 一张弓来三根箭，
> 射不上双飞的大雁；
> 没吃没穿要熬煎，
> 漫上个花儿是心宽。

当格列赶到尕藏寺背后的草场时，各路好家正漫得起劲。

俗话说，马槽里没马驴当差。花王麻五魁应征去黑山峡阻击红军，一帮平常根本唱不过麻五魁的男歌手们有了展示的机会，个个摩着拳头，攒足劲，准备一试身手。

女歌手虽然人数抵不过男歌手，但有了胭脂岭的尕秀，那帮男歌手就像星宿见了月亮，一下子变得灰塌塌的。

> 临着大门是三道岭，
> 哪一道岭上嘛上哩？

花儿

心上的花儿千千万，

不知道从哪里唱哩？

尕秀的嗓音是那么地圆润、甜美。

格列老远就听出尕秀的声气来。

尕秀的歌声还没有停稳当，男歌手们便争先恐后地对开了。

阿尼念卿山上的黑云彩，

清风儿吹着个雨来；

尕妹妹好比个嫩白菜，

一指头弹出个水来。

格列对尕秀并不上心，他早就看上了塔拉寨的女歌手茸巴。

茸巴的歌声虽说没有尕秀那么悠扬甜美，但她却有塔拉寨女人那种泼辣豪爽的野劲。听她的花儿，就像山野里吹来一股清新的风，让你通体透亮。

格列头一次听茸巴唱歌，就被她的歌声打动。

茸巴是塔拉寨猎户帕拉的独生女儿。她跟格列是在去年六月六花儿会上认下的。

那天，茸巴早早起来，啃了几口干馍，咕了几口冰水，就溜出了寨子。下了山道，和尕藏镇那边过来的一帮姐妹相遇，茸巴揸起手正要跟她们打招呼，冷不防旁边蹿出一个十七八岁的愣娃，朝她的腿子上捏了一把就拼命往前跑。

茸巴跟所有塔拉寨女人一样，都是精腿穿裙子。那愣娃当着众人的面捏了她的腿子，她又羞又气，顺手从地上拾起一疙瘩土块，使劲朝愣娃扔过去。那土块像长了眼睛一般，不偏不倚正着在愣娃的后脑勺上。

愣娃"哇"的一声，捂着后脑勺坐在地上。

"打得好，打得好。"这时，赶上来的格列恰好看到这情景，禁不住拍手叫好。

茸巴正窝着火，旁儿里冒出个看热闹的富家少年，没有好声色："今儿个是啥日子，撞上邪祟了。"

茸巴长一副瓜子脸，下巴尖尖的，脸色黝黑，但很亮，打了油光似的。棱鼻子，厚嘴唇，浓浓的眉毛下，一双浅蓝色的眼睛。

当格列看到那双幽幽的蓝眼睛，心里"怦"的一声："那不是眼睛，是两坨蓝格莹莹的天爷！"

格列正看得愣神时，那个挨了打的愣娃忽然跑过来，一把扯住茸巴的衣裳。

"你是野人呀，下这么毒的手。"那愣娃被气得脑门上青筋暴跳。

茸巴一听那愣娃骂她是野人，哪里能忍受，朝他脸上狠狠啐了一口。

愣娃气急了，揸起拳头就要动粗。

一旁的格列紧忙递了个眼色，他的两个随从立马奔上前去，将那愣娃架了起来。茸巴这才脱了身，跟那帮姐妹一起慌慌张张赶往花儿山场。

格列到了山场，忽地没了唱花儿的兴趣。他的心被刚才那两坨蓝莹莹的天爷罩住了。

"不中，得寻她！"很快，格列开始四处找茸巴。可蹊跷的是，找了大半天，也没见着茸巴的踪影。

花儿会快散的时节，格列灵机一动赶到塔拉寨路口，那是茸巴去寨子的必经之路。果不其然，在那儿端端截住了茸巴。

茸巴一见格列，试图夺路而逃，但几次都被格列挡住了。

"好狗不挡路。"茸巴被惹火了。

"比刀子还利的嘴。姑娘，今儿个你不好好谢我，要想过去。"格列双手卡腰，晃着脑袋说道。

"平白无故的，谢啥？"茸巴故意不理格列的茬。

"嗨，姑娘，你忘性比记性大，今早要不是我，你早被那愣娃砸扁了。"

这倒也是，当时要不是这位公子出手帮忙，还真不知咋收场呢。茸巴这样想着，不由得抬起头瞧了一眼格列。

早上的时节，让那愣娃闹得心里烦，茸巴根本没有顾上好好看一眼格列，这一次她倒是看了个详详细细。

"好白净的少年。"茸巴倒吸了一口气。

格列见茸巴盯住了他，也大着胆子用目光迎了过去。

"这位少爷，时节不早了，放我过去。"茸巴被格列看得难怅了，脸一红，要走。

"要放你过去也不难，你得好好给我唱一个。"格列摆出一副死乞白赖的样子。

"我……"茸巴想说啥，但又没说出口，勾下头时正好看见个家一双沾满泥巴的大脚，紧着交替着抬起来，往腿子上蹭。

格列望着茸巴的精脚片子，不由得一乐。

茸巴难怅极了，头一次感觉到个家的这双大脚是那么多余。

格列看出了茸巴的心思，乘机道："只要你唱一个，我马上放你过去。"

"你先放我过去，就唱给你。"

"好，就依你。不过，你可得说话算数，要不下次饶不过。"格列说完，让开了道。

"咱塔拉寨人说下钉子就是铁。"茸巴仰起头，理直气壮地说道。

> 泵藏河沿上种白菜，
> 叶叶儿咋这么嫩了？
> 没抹胭脂没抹粉，
> 模样儿咋这么俊了？

茸巴上了山道没走多远，果然站下来冲格列唱了起来。

这是格列头一次听茸巴唱花儿。那歌声带着大山的狂野，像高崖上倾泻下来的瀑布，浇在格列的心上，有一种醍醐灌顶的感觉。

> 阿尼念卿山里拉木头，
> 单为了做一对儿板凳；
> 不看你模样不看你人，
> 单看你一对儿眼睛。

格列紧着对了过去。

> 上河里鱼儿下河里来，
> 下河里喝一回水来；
> 山下的阿哥上山来，
> 上山了看一回我来。

茸巴唱完，冲格列意味深长地一笑，转身往山上跑去。

　　格列像着了魔一般，痴痴地望着茸巴的身影隐进远处的林子不见了。

　　从那天起，茸巴就像一粒种子，种在了格列的心里。

　　无论是白日还是晚夕，只要一闭上眼，格列脑海里就会映现茸巴那对天爷一样蓝莹莹的眼睛，甚至能感觉到她狂野的歌声从他的身上挨骨擦肉地扫过。

　　秋后，格列带着土司府的尕仆人达勒上了尕藏草场，说要看看草场的牧民从夏季牧场转场回来了没有。达勒当时就很纳闷儿，少爷是半虚空里行走的人，从不操心这样的事，今儿个咋忽地惦起转场了，莫非太阳从西边出来了？果不其然，到了草场格列又说，他不想看转场了，想去塔拉寨看看那里的猎户打猎。达勒急了，说，这可不敢，老爷知道了，要挑断走筋哩。土司府与塔拉寨有过节，韩土司严令土司府的人不准踏进塔拉寨，尤其是格列少爷。韩土司曾放出狠话，哪个要是带少爷去了塔拉寨，当心他脖子上的脑袋。格列说，你我都不吭声哪个知道？达勒说，老天爷知道哩。格列不言语了，仰起头久久地注望着阿尼念卿山，心绪就像丝丝缕缕的青烟，不断地飘进山林深处的塔拉寨……

19

　　今儿个格列从尕藏寺法会上溜出来，就是为了见到塔拉寨的歌手茸巴。

　　茸巴终于登场了：

　　　　天不下雨雷干响，
　　　　惊动了四海的龙王；
　　　　对面的阿哥好声嗓，
　　　　有心了我俩人对上。

　　格列亮清这是茸巴专意给他唱的，紧跟着对了过去：

　　　　麻鹬儿吃水时摇头哩，
　　　　八哥儿吃水时笑哩；
　　　　尕妹是清泉着喝不上，
　　　　渴死在泉沿上哩。

好家们一见土司府的少爷来了，就像晒蔫的秧苗突然听到了雷声，一个个挺起腔子亮开歌喉，花儿声一下子此起彼伏，浪一样在草尖上飘来荡去。

吃晌的时节，大部分花儿好家都坐在草地上吃个家带来的干粮，也有几个正对得给劲，一时歇不下架来。男歌手唱歌时，女歌手急急忙忙从馍兜里掐一块馍馍丢进嘴里快速地咀嚼，女歌手开唱时，男歌手也抢时节掐一块馍往嘴里塞。这样交替着，花儿声一直没有间断。

晌午的太阳越来越尖，整个草场被烤得热烘烘的。

格列忽地看见茸巴躲在草场边，一个人勾着头悄悄吃晌，便轻手轻脚走了过去。

"姑娘。"格列的声气尽管不是很大，却把茸巴吓了一跳。她回过头一看是格列，紧着把手里的半拉青稞面饼丢进馍兜里。

"姑娘，我请你到尕藏街吃馆子。"格列挨着茸巴坐了下来。

茸巴趔了一下，紧忙摇头。去年，她在六月六花儿山场头一回见到格列时，根本不知道这个面皮白皙、穿着光鲜的少年就是尕藏土司府的少爷。今儿个，她早早地来赶山场，多半就是为了见格列。然而，当她从伙伴们的说道中意外知道格列的身份后，既惊喜，又失望。她是塔拉寨一个穷猎户的女儿，高攀土司府的少爷，那不是癞蛤蟆想吃天鹅肉吗？想到这儿，茸巴不觉脸骨堆烧得像火烤一般。

"你馍兜里的是啥好吃的，给上些呗。"格列一看茸巴不理他，有些难怅了，紧着闲扯了一句，没想到茸巴竟然将她的馍兜扔到格列怀里。

格列打开馍兜，掐了一块青稞饼，丢进嘴里，边吃边说："好吃。"

茸巴龇睐一笑，站起来跑了。

花儿山场一直持续到太阳落西。

散场的时节，人伙里忽然瞭不见格列了。回寨子的路上，茸巴心里空空落落的。

走到半山坡，她回望了一眼身底下的草场。刚才还热热闹闹的花儿山场，已寻不到一个人影。

橘红色的霞光映红了大半个天爷。入秋的草场，显得非常空旷。花草大部分已经枯萎了，但仍有一些没有开败的，珍珠一样点缀在枯黄的草空里。一条人畜踩踏出来的便道，在那些花草的中间蚰蜒一样穿来穿去，最后在草场的东头拐进尕藏街。尕藏街上升起的炊烟，被风撕扯成一丝一缕的线线，向草场这边慢慢游弋。

"格列少爷回府吃黑饭去了。"茸巴这样想着，不由得叹了口气，"富人家的公子到底是起薹的萝卜，花开得好看，心儿里是虚的。"

> 雪青马要吃个河里的水，
> 啥时节河沿上到哩；
> 阿哥是腊月不消的冰，
> 啥时节太阳哈照哩。

茸巴正胡思乱想地走在回寨子的山道上，忽听得对面的山坡上传来花儿声。她抬起头一看，唱花儿的正是土司府的少爷格列。

茸巴一溜跑，绕到山坡顶上的一道梁梁，居高临下地对道：

> 黄铜的锅里下饭哩，
> 捞不到玉石的碗里；
> 阿哥好比是尕佛爷，
> 磕头着轮不上我哩。

格列：

> 尕喇嘛寺院里敲钟哩，
> 尼姑们要坐个禁哩；
> 三天不见是想疯哩，
> 五天上得一场病哩。

茸巴：

> 拔一股头发九股里分，
> 再不要拔，疼着五脏里进了；
> 腔子里点灯心里明，

阿哥的话，我听着骨头里渗了。

格列：

> 尕藏的大路通九州，
> 河州城靠的是兰州；
> 你有实心维人的意，
> 给阿哥换下个记手①。

茸巴：

> 尕兔娃吃的是嫩白菜，
> 尕羊羔吃一口草来；
> 我把你想来你把我爱，
> 一天吧三趟着看来。

茸巴唱完，从怀中解下一个尕荷包，使劲朝梁子下的山坡抛去。

格列拾起荷包，放在鼻子前，狠狠地嗅了一下。

荷包里装着阿尼念卿山独有的香草，那香味儿直端端渗进格列的心里，格列感到浑身的骨卯就像拔节的麦苗，"咯嘣、咯嘣"舒服地炸响……

第四章

20

"嗞"的一声，韩土司划着一根洋火，点着三根藏香，插在吉祥天女前的香

---

① 记手：即手记，是戒指的俗称，这里指信物。

炉上。香炉前摆着三盏酥油灯，中间一盏的捻子上坐满了灯花。韩土司静静地盯住那盏油灯，盯了好一会儿，伸出手去掐捻子上的灯花，不想那火炭一样的灯花一下子粘在他手上，疼得他狠狠地一甩，然后迅速将烫疼的手指放在冰凉的耳垂上。虽说这是一个微不足道的意外，但弄得韩土司有些心烦意乱。"唉。"他轻轻叹息了一声，落寞地坐回垫子上，开始祈祷。

这次黑山峡之行，对韩土司来说，真是皮胎里买毛，不亮清瞎好。

韩土司是从来不看报纸的，他说那上面油墨味臭破天，还屁谎连篇，没一句实话。有关红军的事情，他是从旁人口中捞到的。他知道前些年红军一直在南面活动，老蒋曾派重兵围剿。去年，他们从南面一路北进，老蒋费尽心机围追堵截，可终究还是没有挡得住。

老蒋都没有挡得住，尕藏这些拼凑起来的民团能挡得住？这不是拿脑袋往铡口上刃嘛。

前几天，韩土司接到开往山南黑山峡阻击红军的命令，临行前，他派管家吉美找大喇嘛桑杰预卜凶吉。

"南方凶神环伺，大有争锋斗气、血光充盈之象。"大喇嘛站在昂欠堂屋前的台子上，望着浓云密布的天爷，不无担忧地说。

"请大喇嘛明示。"管家吉美没听亮清。

"生死就像锅里的面片，舀到碗里，面片还是面片。"大喇嘛桑杰叹了口气，意味深长地说道。

管家把大喇嘛的话如实带给韩土司。

"面片还是面片？"韩土司听后，心里更是没底。

"司令，再聪明的人也看不出哪块云彩先下雨。"吉美宽慰道。

"不，大喇嘛的话可不是随便说的。"

"那，司令，我们是不是先缓缓，观观风向再说。"

"军令如山。再说刀把子捏在人家手里，下油锅也得去呀。"

"河州城那帮黄皮子，都是些抱着女人念经的假神。司令，这明明是贴水又贴面的差事。"话虽这么说，可吉美心里亮清，土司府再怎么狠也狠不过河州驻军。

"瞎子跳崖，随命吧。"

尕藏土司的祖先最早居住在西藏，唐末迁徙到山南桑柯，元末明初又从山南桑柯进入尕藏地区。不久，尕藏土司先祖献地投明，入京朝贡，被授为河州卫世袭指挥佥事兼武德将军，为头一代尕藏土司。明正德三年，第五代土司进京晋见皇帝时，皇帝赐其姓韩，从此尕藏土司以韩为姓。到清代，尕藏土司多次受封，势力极盛，成为朝廷衔接汉藏两地的一颗铆钉。

韩土司是第十九世尕藏土司。

韩土司即位时，正当土司府走下坡路。

胭脂下川的杨老爷，借韩土司逐渐败落的时机，依靠他在河州驻军当参谋的二后人杨建生，想借下坡赶乏驴，端掉韩土司，夺回胭脂上川。

胭脂上川是韩土司最重要的产粮区，失掉它好比堂屋抽掉了大梁，韩土司在尕藏的统治就会摇摇欲坠。再说，要是胭脂上川脱离了土司管辖，塔拉寨也会不保。塔拉寨人都是猎户，强悍刁蛮，难以驾驭，他们自归土司管辖以来，一直不服管教，时不时挑起事端。

能不能保住对胭脂上川和塔拉寨的管辖权，是韩土司继任以来最操心的事情。

大前年，发生在胭脂上川的那起人命案，差点让韩土司栽了个大跟头，至今想起来还会出一身冷汗。

那年，尕藏一带遭受旱灾，韩土司命管家吉美去胭脂上川查荒。吉美带人到了胭脂上川后，看见上川的地里旱情着实不轻，好多麦子还没来得及出穗，就已经干枯了。即使出了穗的，大多数穗头还没有指头蛋儿大。吉美不死心，又上上下下仔细搜寻了一阵，好不容易在一块夜潮比较大的地里发现了几颗大穗头，如获至宝，紧着命人摘下来，拿回去交差。

管家吉美跟胭脂上川头人杨老五曾有过节，这次他想借查荒的事，好好出一口恶气。

吉美和杨老五的过节，说到底是吉美的二后人尼玛惹起的。

尼玛平时游手好闲，好吃懒做，一天到晚不是捂在被窝里睡懒觉，就是吆五喝六地到尕藏街上吃耍、赌博。

尼玛认识香香是在几年前的花儿山场上。

尼玛不好花儿，但是喜欢赶花儿山场。他赶花儿山场的唯一目的就是绿头苍蝇一样跟在那些轻薄女人的屁股后头骚情。

那天韩土司有事要问格列，可是寻了半天没寻着，就叫吉美到花儿山场找一趟。

吉美骑马刚出镇子，正好瞧见去山场的二后人尼玛。

"驾！"吉美赶上尼玛，勒转马头，横在尼玛的前头。

尼玛见有人挡道，心里着气，正要骂，一看是个家的阿爸，吓得脸色都变了。

"看你这副吊儿郎当的样子。"吉美平时最讨厌尼玛的死狗样儿，一见就上火。

尼玛见了吉美，就像老鼠见了猫，扭身就要往回走。

"回来！"吉美大喝一声。

尼玛又乖乖地转过身。

吉美用马鞭往前一指，说："去，跑一趟山场。"

尼玛惊了一跳。阿爸平时最讨厌他们弟兄跑花儿山场，今儿个这是咋了，阿爸的脑髓变成糨子了？尼玛抬起头纳闷儿地望着吉美："阿爸……"

"紧着到山场把少爷叫回来，就说司令寻着呢。"

出了尕藏关不远，就可以看见阿尼念卿山下的花儿山场。

每逢花儿会，这里人山人海。坡上坡下，人们这儿一伙，那儿一堆，挤在一起漫花儿。尕藏河两岸的河滩地上，摆满了卖货的摊子。商贩们站在摊子前扯长嗓门儿，挣死亡命地招徕生意。商贩的喊声跟花儿唱家子的歌声混杂在一起，几乎听不清哪个在喊生意，哪个在唱花儿。

虽说唱花儿要避嫌，但花儿会这几天，尕藏人可以不分长幼尕大，自由自在地唱，加昼连夜地唱。

花儿会是尕藏镇的狂欢节。花儿会开场的头天，就会看到离河滩不远的阿尼念卿山脚扎满了帐篷。从三山五岭赶来的唱家子和逛山场的人，晚上就歇在那儿。好多人在帐篷里或是帐篷外的野地里加昼连夜地唱花儿。

尼玛在河滩边转了一大圈，没见到格列的影子，便想到河对面的山脚下去找找。尼玛亮清，土司府的格列少爷平时就爱凑热闹，哪儿人多，他就会往哪儿钻。

这一带的河面上平时很少有人来往，所以河上没有桥。唱花儿的人为了过河方便，临时担了一根一抱笨的松树弄成独木桥。尼玛来到桥边时，前面已经聚了好多等着过桥的人，他等了好长时节，也没轮上。

> 花儿装下两肋巴，
> 你叫唱啥我唱啥；

早晨唱到天黑下，
才唱了一根尕肋巴。

就在尼玛焦躁不安的时节，忽听得对面传来一阵美妙的花儿声。他循声望去，只见离独木桥不远的对岸，一个面皮像白牡丹一样的女子，在几个女伴的簇拥下，跟河这边的几个年轻人对花儿。

"哦，佛祖，阳世上还有这么细发的女人？"猛乍乍瞧见这么个白嫩女子，尼玛的眼睛发绿了。

毛毛的细雨里抓蚂蚱，
我看它飞哩吗跳哩；
抓住个尕手问实话，
我看你哭哩吗笑哩。

河这边有个年轻人跳出来对道。
白女子：

麻雀的蛋壳里照灯盏，
没一滴油，头发丝细的捻子；
我维的阿哥脸皮软，
开不下口，芝麻瓣大的胆子。

年轻人：

煮牛的大锅里照灯盏，
你有油，我有个缸奘的捻子；
尕阿哥原本脸皮软，
你有心，我有个天大的胆子。

听到这儿，尼玛紧着凑过去，抹起袖子，扯长脖子，用一副难听的公鸡嗓子挤了过去：

骑上个大马背上枪，

打一枪，枪子儿落给到水上；

尕妹的舌头是冰糖，

咂一口，气味儿赛过了麝香。

尼玛虽说不好花儿，但也记了几首上不了正趟的歪歌。

墙头上长下的金莲花，

还没开，闲手儿你不要摘它；

尕妹子爱的是实心的人，

冒儿鬼，你不是我要的下家①。

对面的"白牡丹"见尼玛不怀好意，即兴编了个词，耍弄他。

尼玛想再唱一首更歪的花儿回敬过去，但一时蒙住了，记不起词。

那群女子"哄"地一笑，拥着"白牡丹"朝尕藏河的下游奔去。

后来，尼玛几经周折，终于打听到那个"白牡丹"名叫香香，是胭脂上川头人杨老五的女儿。

从那时起，尼玛心里就开始盘算起香香了。

21

这年秋后，吉美叫尼玛去胭脂上川催租，路过杨老五家时，尼玛忽然想起花儿山场上见过的那个"白牡丹"，便临时起念拐进了杨老五家。

杨老五的女儿香香，正坐在闺房门前绣袜底。

她腿面上担着一个细柳条编的尕笸篮，笸篮里装满五颜六色的扣线。

阳光下，那花花绿绿的扣线将香香白白净净的脸骨堆映衬得花儿样迷人。

"啧啧啧，真个是白着耀人哩。"尼玛蹑手蹑脚走到香香跟前，咂嘴道。

---

① 下家：买卖中的买家，这里有贬义。

香香吓了一大跳，紧忙抬起头："你……"香香认出尼玛就是上次花儿山场上跟她对花儿的那个冒儿鬼，忽地站起来，端起针线笸篮，转身要进屋。

"急啥？"尼玛一把攥住香香的胳膊。

"做啥呢？"香香冷冷地盯住尼玛。

"做啥呢，男人和女人还能做啥？"尼玛顺势把香香推进屋里。

香香一个趔趄，身子靠在炕沿头上。

尼玛随手将门关上。

"放我出去。"香香急了，挺起身子，向门口冲去。

"没那么容易。"尼玛一把抓住香香的胳膊，一拧，香香疼得乖乖转过身去。

"我要出去，放我出去。"香香大声叫喊起来。

尼玛紧着腾出一只手，卡住香香的下巴："花儿里不是唱'尕妹的肚子是象牙床，冬热夏凉的美当'嘛，今儿个阿哥要亲身子试试。"

尼玛说着，抱起香香，撂口袋一样撂上炕。随即，恶狼一样扑上去，死死摁住香香。

香香被尼玛三下五除二，剥葱一样剥了个精光。

香香的身子一下子瘫软了。

格子窗上，阳光透过薄薄的窗纸，斜斜地照射下来，在香香洁白的身子上，映出好些个尕哩尕大的光斑。

"真是一朵稀世的白牡丹。"尼玛看呆了。

香香像一只待宰的尕羊羔，静静地盘卧在炕上。

尼玛伸出手，在香香身上轻轻摩挲。那雪白的肌肤，像绸子一般细发、柔滑。

"簌"的一下，尼玛的嘴角淌下一溜涎水。

就在这时，只听"哐啷"一声响，门开了。

杨家长工徐三娃，攥着拳头虎在门口。

尼玛起初有些恼怒，但一见徐三娃黑狗熊一样的身板，心里怯了，一蹦子趟下炕，想乘徐三娃不防，溜出门去。

徐三娃是个实诚人，没顾上多想，一把揪住尼玛，扬起蒜钵大的拳头，朝尼玛的眼窝狠狠捣了下去。

这一拳，差点捣瞎尼玛的眼睛。

这件事虽说全由尼玛挑起，但徐三娃毕竟是杨老五家的下人，咋说也不该对堂堂土司府大管家的后人下手，这不是太岁头上动土，犯上作乱嘛。就因为这件事，吉美对胭脂上川的头人杨老五一直怀恨在心。

如今，韩土司叫他到胭脂上川查荒，正好借这个机会公报私仇，整治一下杨老五。

韩土司看了吉美带来的麦穗之后，大怒，立即派人叫来了胭脂上川的头人杨老五。

"你们口口声声说夏粮成空，这么大的穗子是从哪里长出来的？"韩土司将管家吉美摘来的麦穗从桌子上抓起来狠狠地掷到地上。

杨老五知道管家吉美谎报灾情，气愤地从地上拾起麦穗，扔到他的怀里："这么大的麦穗，一块地里能寻见几个？"

"反了。司令，杨老五作为胭脂上川的头人，一向不为司令着想，反而撺掇刁民抗粮抗税，今儿个不给他点颜色，那还了得。"吉美夸张地叫嚣着，有意挑唆韩土司。

"抗粮抗税"正好戳在韩土司的疼处，窝在他心里几十年的怨气一下子翻江倒海。

盛怒之下，韩土司叫家丁把杨老五拖出去掌嘴五十。

杨老五在土司府受了气，又挨了打，回家后躺在炕上不住地呻唤。

左邻右舍的听说杨头人回来了，都过来打听消息，当他们看到杨头人被打得鼻青脸肿的样子，一时气愤，纷纷叫骂起来。

第二天，管家吉美带着几个土兵又到胭脂上川催粮。

吉美一行到了胭脂上川，也不去杨老五家，就在庄子边的麦场缓了下来。

"催命的鬼来了。"杨老五一听吉美来了，脸上的伤又疼了起来。但吉美毕竟是土司府的管家，他不敢怠慢，就使女婿徐三娃去麦场探视吉美。

尽管徐三娃不情愿，但他拗不过老丈人，磨磨蹭蹭动了身。

徐三娃娶了香香，成了胭脂上川头人杨老五的女婿，说到底还是那个混混子尼玛的功劳。

杨老五家跟胭脂川一带的殷实人家一样，分前院和后院。杨老五住前院堂屋，香香住前院偏房。后院主要是牲口圈，还养了一些猪、羊、鸡之类的家禽家畜，杨家长工徐三娃就住在后院牲口圈旁的榻榻房①里。那天，尼玛在前院骚

---

① 榻榻房：不出檐的平房。

情香香的时节，徐三娃正在后院给头口圈填土，他隐隐约约听到前院的吵嚷声，就急急忙忙奔了过来。

徐三娃打走了尼玛之后，正要出门，可就在他转身的当儿，鬼使神差地回头朝炕上瞅了一眼。

炕上，香香一动不动地躺着。

格子窗上，阳光透过薄薄的窗纸，斜斜地照射下来，在香香洁白的身子上，映出好些个尕哩尕大的光斑。

"神佛呀！"徐三娃惊叫一声，眼根直了。

好一会儿，徐三娃才回过神来。

回过神来的徐三娃心里一躁，拔腿就走。

"三娃！"香香喊住了徐三娃。

"三娃，过来。"香香的声气凄凄切切的。

徐三娃犹豫了一下，转过身，勾着头，走到炕沿边。

"三娃！"香香一把抱住徐三娃，幽幽地抽泣起来。

就在香香抱住徐三娃的一瞬，徐三娃一下子提不上气来。这是他平生头一次被一个精身子的女人抱在怀里，他紧张得心跳几乎停止了，有种要死的感觉。

过了好一阵子，徐三娃才捯上一口气来。

清醒过来的徐三娃用个家粗糙的大手揽起香香，慢慢放到炕上，又给她盖上被子，悄悄走出香香的房子。

从那以后，徐三娃的脑子里总是晃着香香白生生的身子。

而香香对徐三娃也格外地好了起来。

徐三娃的炕头上总是有香香烙的香喷喷的白面饼子。

香香出门，徐三娃总是扛着榔头，悄悄跟在后头。

徐三娃和香香就这么慢慢好上了。

但杨老五对他俩的事一直摇头反对。

徐三娃是外庄人，因为遭了天灾家里揭不开锅，在外面流浪拾荒。那年，他来到胭脂上川，见胭脂上川头人杨老五和他的女儿香香在地里拔麦子，二话不说，钻进地里帮了起来。

"夑，我付不起工钱。"杨老五见麦地里来了个生人，紧忙过来拦挡。

徐三娃使劲摇了摇头，继续拔麦子。

"夑，夑夑，饭我也管不起。"杨老五再一次拦挡。眼下正是荒月，好些人家已经揭不开锅。

徐三娃还是摇了摇头，接着干活。

杨老五没再拦挡。

过了一会儿，杨老五干得有些腰困，站起来伸了个懒腰，他惊讶地发现，徐三娃已经干到地那头了。

"真是块做活的好材料。"杨老五不禁赞叹起来。

吃晌的时节，徐三娃一口气吃了整整一个杂面饼子。吃完饼子，他像还没饱，在地上蹅摸了一阵，发现几粒掉在地上的馍渣，紧着从土空里拾起来，丢进嘴里。

香香见了，从个家那份里匀出半拉饼子，塞到徐三娃手里，徐三娃放进嘴里就吃。

"吃食货。"杨老五不满地瞪了一眼徐三娃。

"能吃就能做。"香香有意护着徐三娃。

就这样，徐三娃成了胭脂上川头人杨老五家的长工。

杨老五的媳妇死得早，膝下只有香香一个女儿。他一直盘算着要给香香找一个合方的上门女婿。

徐三娃是全庄子公认的干活把式，但他脑子太实，家境又寒碜，穷得苦不住屁股。所以他一提跟香香成亲的事，杨老五脑袋摇得像刷拉。

徐三娃急了，只好将吉美后人尼玛欺负香香的事说了出来。

"我……我哪辈子造的孽呀。"杨老五一听，捶胸顿足，指天骂地。

"大！"徐三娃"扑通"跪在杨老五的脚下。

"嫑，我受不起。"杨老五厌恶地瞪了徐三娃一眼，转过脸去。

"大，往后你就是我的亲大。"徐三娃声泪俱下。

"大！"这时，香香也跪在徐三娃身旁，"你就答应了吧。"

"你……"杨老五真想骂一句粗话，但没有骂出口。

几天后，杨老五给徐三娃和香香操办了婚事。

22

徐三娃来到麦场边，磨蹭了一会儿，终于下决心上了场院。

"管家老爷，我老丈人请你到家里喝茶。"徐三娃见了吉美，口气凉凉的。

"你是哪个？"吉美不拿正眼瞧徐三娃。

"我是杨头人的女婿徐三娃。"

"杨头人的女婿？"吉美不由得抬起头，盯住徐三娃。忽地，他想起那次后人尼玛挨打的事来，心里像被人扎了一锥子，生疼生疼的。

"这……这……这不是一朵牡丹插到一泡屎上了吗。"吉美故意扯长他那副破公鸡嗓子臊徐三娃。

"哼！"徐三娃原本对吉美就没啥好感，一听吉美这话，气不打一处来，转身就走。

"告诉你老丈人，缴清了今年的租子，咱就两齐了。"吉美振大嗓子在后面喊。

徐三娃回来后，将见吉美的情景给杨老五述说一遍。杨老五听后，又使徐三娃给管家吉美带去十个椭子的使唤钱①，希望他在韩土司面前说几句好话，免了今年的租子。

不一会儿，徐三娃回报说，番子吉美不肯。

"钱呢？"杨老五见徐三娃的钱袋子空着，忙问。

"收了。"

"收了使唤钱，还不办事？"杨老五急了。

"我也不亮清。哦，对了，差点忘了，番子吉美还说，今年不比往常，十个椭子算啥，给一百个差不多。"

"日他娘的，吃人不吐骨头，这不明摆着敲榔头②！"杨老五一听，气得大骂起来。

很快，管家吉美要收一百个使唤钱的消息传遍了胭脂上川。

对上川人来说，十个椭子只是一层薄霜的话，那一百个椭子就是一场黑雪，它伤到了各家各户的紫肉，他们纷纷叫嚷要把催粮的人拾掇拾掇。

"杀杀吉美的威风也好。"杨老五正在气头上，也没细想，放出狠话来。

有了杨头人的许可，庄里的人胆子大了起来，有人一声吆喝，大家纷纷奔出家门，赶到打麦场，不容分说，把管家吉美和那几个催粮的一块儿绑了。

---

① 使唤钱：好处费。

② 敲榔头：敲竹杠。

"杨老五，你这个长反骨的贼嗒鬼，早晚要你借麸子还面。"吉美一个劲地
破口大骂。

"虎落平阳了，还跳弹个啥？"

"富人不知穷人的难，都荒成这样了，还来催命。"

"死人的屁股里掏药钱哩。"

"该给他们点颜色了。"

麦场上，一腔子怨气的庄户人围定吉美，由着性子发泄起来。

23

自从胭脂上川闹抗粮以来，胭脂下川的杨老爷一直冷眼旁观。

胭脂上川和下川，原本都是杨老爷祖上的地盘，自从来了韩土司，胭脂上
川就成了他的封地。这好比个家的帐篷里闯进来一头旁人的牦牛，杨家怀恨在
心，一直等机会要把这头不知瞎好的畜牲赶出去。

这些年，尕藏土司的景况越来越糟，杨老爷觉得从韩土司手中夺回胭脂上
川的时机到了。

杨老爷是个扳着指头过日子的精细人，他一方面依靠河州驻军当参谋的二
后人杨建生，通过驻军牛长官和河州行署高层对韩土司施加压力，一方面利用
胭脂上川的老本家，从底子里动摇韩土司的根基。拿杨老爷的话说，脑袋顶上
用冰水浇，屁股底下用大火烧，就算他姓韩的是金刚不坏的身子，也得裂几条
炸缝。

胭脂上川和下川只有一沟之隔，更何况两川人都是本家，免不了人情世故
上的走动。当然，这只是明面上的，暗下里两川人也是豆芽炖粉条，勾勾连连，
牵扯不断。精于世故的杨老爷当然不会白白放过这种骨脉里就有的天然联系，
经常悄悄派杨府的下人七斤到胭脂上川头人杨老五耳旁吹风。

杨老五为人实诚，起初对杨老爷的游说并没有放在心上，但时节久了，也
觉得杨老爷的话不是没有道理。尤其近几年，年辰不好，天灾不断，可韩土司
的租税一点也不减，闹得胭脂上川人心惶惶，鸡飞狗跳。

当上川杨头人因为租子挨打的事一吹到杨老爷的耳根，他心里一惊，接着
一喜，觉得好戏要开场了。第二天，他又听到上川人把催粮的给绑了，又是一

惊一喜，好戏终于敲锣了。于是，他派人给杨老五传话吓唬他们说，上川人的脑袋忽噜①着哩。

杨老五一听，吓出了一身冷汗。

其实，杨老爷的话也不纯粹是吓唬人。吉美是土司府堂堂的大管家，绑了他，差不多就是绑了韩土司。一个尕不叽叽的头人，跟土司老爷作对，等于是老虎头上拍苍蝇，肯定没有好果子吃。

杨老五思前想后，还是打发徐三娃跑一趟下川，跟杨老爷讨教对策。

徐三娃不敢耽搁，一口气跑到胭脂下川。

徐三娃进杨府时，杨老爷正坐在堂屋八仙桌旁抽水烟。

"礼曰：'临财毋苟得，临难毋苟免。'"杨老爷文墨不高，但平时爱挖些古书，尤其是《礼记》，他几乎能背下上面所有的句子。尽管只是一知半解，不亮清确切的意思，但他张口闭口总爱拿上面的句子说事。要是逼急了，就会冷不丁冒出一句大白话来。

徐三娃是个睁眼瞎，哪里能懂《礼记》上的东西，急得两鬓间直冒汗："杨老爷，你快给拿个主意。"

"难办，难办呀。三娃，你丈人也是，巴掌大的一块地方，闯了一个天爷大的祸。"杨老爷脸一沉，使劲揪着他的八字胡。

杨老爷的头发是二毛子，这是民国初年剪辫子留下的。唇上留有两撇八字胡，中间离得很开。他的两撇眉毛也是八字形，像是专意照应他的八字胡，上下配起来，活生生一个白眼窝奸臣。

"杨老爷，看在本家的分上，拉扯一把吧，我丈人如今是屁股底下着火呢。"徐三娃拉着哭腔求道。

"俗话说大人说错重说哩，尕人说错挨打哩。杨头人太冒失了，韩土司的人应付应付就过去了，哪能动粗。吉美管家是能绑的吗？天上戳窟窿哩。"

"窟窿已经戳下了，咋办呢？"

杨老爷站起来，装模作样地在地上踱了几个来回，然后重又坐回八仙桌旁的太师椅上，不慌不忙抽起水烟。

徐三娃一眼不眨地盯着杨老爷。

杨老爷"咕噜噜、咕噜噜"地吸着水烟，从嘴里冒出来的烟雾，很快笼住

---

① 忽噜：动或微动。

了他的脸。

徐三娃努力扯长脖子，但在丝丝缕缕的烟雾空里，咋也瞅不清杨老爷脸上的表情。

"我有一个两全其美的办法，不知你们有没有胆子。"半晌，杨老爷放下水烟瓶，慢吞吞地说道。

"啥主意，只要管用，要我娘老子的脑袋都中。"徐三娃心里一热，紧忙凑上前。

"你说对了，这事只有脑袋才管用。"

"啊。"徐三娃吃了一惊。

"三娃，要是有人肯给脑袋，既可以逼韩土司免了你们的粮，还可以躲过绑吉美管家闯下的祸。"

"脑袋？杨老爷你是不是耍笑呢，哪个吃饱了没事干给你脑袋玩呢？那东西又不是韭菜，割了还能长出来。"

"要是真有人给呢？"

"这……这咋会呢？"

"动动心眼儿嘛。"杨老爷瞪了徐三娃一眼，"他要是个家抹①了呢？"

"个家抹了，杨老爷你是说自杀？"

"嗯。"杨老爷重重地点了一下头。

"哪个肯干这样的傻事？"徐三娃紧张得直咽唾沫。

"个家的鼻涕个家舔，哪个闯了祸哪个担。"

"杨老爷是要我自杀？"

"哪里。你的脑袋不值钱。"

"那……"

"韩土司要的是你们胭脂上川最值钱的脑袋。"

"我丈人？"

杨老爷没吭气。

"他肯自杀？"徐三娃追问道。

"可以帮嘛。"

"帮，咋帮？"

---

① 抹：用刀宰杀。

"这还不容易，乘他不在意的时节，咔嚓——"杨老爷用手掌在个家的脖子上狠劲比画了一下。

"哪个能下得了这手。"

"我思谋着有一个人能行。"

"哪个？"

"你。"

"我？"徐三娃差点吓掉了牙叉骨。

"你是个招女婿，只有你下得了这手。"

"杨老爷，你饶过我吧，杨头人是我媳妇香香的阿大，他对我有恩呀。再说，我有那心，也没那个胆呀。"

"事到如今，别无他法。杨头人已经闯下大祸，你不杀他，韩土司也不会饶他，你、你媳妇香香，还有所有的上川人都脱不了干系。你要是杀了他，就可以免了大家的罪。用一个人的脑袋换好些个人的脑袋，划算得很呀。"

"可他是我丈人。"

"三娃，听说吉美那个二后人尼玛瞄上了你媳妇香香。尼玛是啥人你不亮清？尕藏街上有名的绿头苍蝇呀，哪里有女人的味气他就朝哪里飞。"

"我又不是吃素的！"一提起香香，三娃的心里一下子紧张起来。

"你？在尼玛眼里，弄了你比吹灰还容易。"

三娃顿时傻眼了。

"我也是杨头人同宗同族的本家，要不是为了大家伙儿，我能出这样狠的招？三娃，你不杀他，他照样是个死，还要带上一大帮上川人。你杀了他，那就大不一样了，大伙不但不用担惊脖子上的脑袋，而且还能免去一年的租税。好好思谋思谋吧，七个多还是八个多，你个家掂量。"

"杨老爷，话虽这么说，可我……"

"尼一泡屎也会冒一口气呢。三娃，他吉美已经把你们逼到墙根里，你们没路了。"

"好吧，砍了脑袋碗大个疤，我豁出去了。"徐三娃思前想后，终于下了决心。

"好。"

"我这就赶回去。"

"切记，只割喉管，千万覅割得太深，深了会起疑。"

"嗯。"

"等抹了杨头人再放吉美管家。"

24

徐三娃回了上川后，把吉美一伙从麦场驱到个家后院的羊圈里。

当天夜里，徐三娃乘老丈人杨老五熟睡的时节，拿一把杀猪刀将他抹了。然后，到后院放了吉美管家和那几个催粮的。

吉美逃到镇子已是半夜时分，他没敢惊动韩土司，耐着性子挨到天亮，急急忙忙跑到土司府，将头天在胭脂上川发生的事报给韩土司。

"犯上作乱！"韩土司一听，气急败坏地吼了一声，随即带了一队土兵奔出土司府。

韩土司原本打算这次到胭脂上川一定要好好整治一下这个掂量不住轻重高低的杨头人，借机打黄牛惊黑牛，也给胭脂下川的杨老爷一点颜色。哪知韩土司一行刚进村口，远远看见杨老五家门口挂起了招魂伞，紧着派管家吉美前去打探。

吉美带了一个土兵匆匆忙忙朝杨老五家奔去。过了一会儿，他折回来，上气不接下气地报告："杨……杨老五昨晚夕个家拿刀抹了。"

"坏了。"韩土司一听，大惊。

"司令，还进村吗？"吉美问。

"进个屁，撤！"韩土司带着土兵仓皇撤出胭脂上川。

"韩土司逼租逼出人命了。"这消息很快传遍了尕藏镇。

当天，河州警察局刘局长带人来尕藏镇调查命案。

刘局长先到胭脂上川杨老五家踩访了一番，完了，回镇子坐在"努海手抓"饭馆品三炮台的盖碗茶。

韩土司打发人请了几次，他才磨磨蹭蹭进了土司府。

"这事难办呀。"刘局长高高地跷着二郎腿坐在太师椅上，脚尖不停地晃悠着。

"事已至此，还望刘局长费心周旋。"韩土司一脸的沮丧。

"人命关天呐，韩司令。从前，你们土司府丢了一匹马都要砍头，人家这是活生生一条人命呀。"

"只要刘局长能帮韩某渡过这一关，你就是韩某的救命菩萨。"韩土司从袖筒里摸出一张一千元的银票，递给刘局长。

原本，韩土司手里捏着尕藏辖地的生杀大权，但这两年河州行署借"改土归流"之名，将尕藏地界的大案要案全部收回由行署警察局查办，尕藏土司只负责一些普通的民事纠纷。这样一来，韩土司在尕藏的权威大打折扣，而且个家的辖地出了事还得往警察局的嘴上抹油。没了刀把子，堂堂的土司大人不得不在刘局长面前低三下四。

刘局长瞟了一眼银票，顺手揣进兜里："唉，韩司令，哪个叫我的心像酥油花一样软呢。"

刘局长离开尕藏时，带了徐三娃、吉美等一干涉案人员。

回到警察局，刘局长先审徐三娃。

"徐三娃，你是咋害死你丈人的，如实招来！"徐三娃被带进审讯室，刘局长虎着脸，猛乍乍问道。

徐三娃是没见过世面的窝里佬，一进局子，就打软腿，现今被刘局长这么一问，吓得脸上掉土："没杀人。"

"你没杀，那你丈人是咋死的？"

"个家抹的。"

"咋抹的。"

"用杀猪刀。"

"那就怪了，既然是他个家抹了，那这刀把子上咋会有你的手印？"

"没……没有。"

"拿刀来，当场验证。"

一个尕警察用木盘端上凶器。

"拿给他。"刘局长使了个眼色。

尕警察把木盘端到徐三娃跟前。

徐三娃一见盘里的刀子，浑身像筛子样抖了起来。

"心虚了吧，还不如实招来。"刘局长狠狠地往桌子上拍了一巴掌。

"我……我没有。"徐三娃两鬓间直冒虚汗。

"背着猪头不认赃，那好，拖出去上刑。"

过了一会儿，负责动刑的警察跑来报告："徐三娃招了。"

"哼哼，嫩瓜蛋！"刘局长冷冷地一笑。

徐三娃一招供，胭脂下川的杨老爷慌了神，亲自鞴了他那头黑叫驴，上河州城找他的二后人杨建生。杨建生哪敢迟疑，立马赶到警察局。

刘局长自然亮清这个杨家老二的厉害，不敢不给面子，于是两个人如此这般谋划一番。

最后，徐三娃以故意杀人罪，拉到河州东校场砍了头。

宣判书上，大粗描述了一番徐三娃杀死他丈人的经过，而胭脂下川杨老爷如何撺掇徐三娃的事只字没提。

胭脂上川的人命案就此了结。

韩土司心里亮清，徐三娃杀丈人，胭脂下川的杨老爷肯定没闲着，但他拿不出啥证据，只好作罢。好在他脱清了逼出人命的干系，悬在心里的石头终于"咚"的一声落了地。

徐三娃死后，他的女人香香疯了。

第五章

25

驻守黑山峡崖顶的是尕藏民团的汉营和塔拉营。因为番营是韩土司的嫡系，韩土司就让他们把守峡口。

韩土司的民团装备很瓢。塔拉营土兵基本上拿的是弓箭和矛子，汉营土兵拿的是老土炮和大刀。只有番营土兵除了挎刀之外，每人还带一杆叉叉枪。

汉营营长杨五七和塔拉营营长哈赤布置完防务，蹴在一棵松树下闲谝。

"哈赤老兄，你看黑山峡这一仗咱们能赢吗？"杨五七不停地玩弄着手中的盒子枪。整个汉营，就杨五七拿一把盒子枪，所以他视若珍宝，一刻都不离身，就是串门走亲戚也挎在身上，显摆他的威武。

"要是咱们个个都有这家伙，保准赢。"哈赤指着杨五七手中的盒子枪，说道。

"这算啥，河州驻军的黄皮子拿的来复枪才过瘾呢。"

"你用过？"

"没。胭脂下川杨老爷家有一杆，我见过。"

"要是咱民团都换上来复枪，那该多好呀。"

"说梦话哩，咱们手里有一根烧火棍就不错了。"

"哼，他番营有枪又有刀，是大奶奶养的，吃偏饭，咱们汉营和塔拉营是尕奶奶养的，只能看人家朝碗里舀肉，个家喝刷锅水。"

哈赤是塔拉寨头人斯库的后人。平常，斯库不服韩土司的管辖，像一匹养不熟的烈马，时时想挣脱韩土司的缰绳，独立门户。这次前往黑山峡阻击红军，要不是河州行署有公文，他才不想出兵。临行前，他还一再嘱咐后人哈赤，一定要长个心眼儿，甭死命地给韩土司挡枪子，得省着点兵力，将来才有本钱对付这个番子。

"哈赤营长，说得好听点，咱们是尕藏民团的土兵，实际上，是给韩司令卖命的炮灰。"

"杨营长，待会儿红军一到，咱们先放过去，让番营打，等他们打得差不多了，咱们再动手。"

哈赤给杨五七挤了一下眼睛，两人会意地笑了。

笑了一阵，两人的话题转到尕藏草场的风骚女人战秋身上。

"尕藏草场的'黑牦牛'战秋越来越像个发情的母牛。"哈赤一脸色眯眯的样子。

"这个爱抵人的骚货。"提起战秋，杨五七心里真不是滋味。

"这么大个尕藏镇，还真找不出一个降她的人。"

"会的，皮鞋压麻鞋，会有人出来降伏她。"

"听说吉美家的旺堆整天像只牙狗跟在战秋屁股后头打转。"哈赤知道杨五七喜欢战秋，故意刺激他。

"哼，这只西番狗！"在尕藏，杨五七最讨厌的就是旺堆。

战秋是尕藏草场龙布头人的女儿，出了名的大美人，杨五七早就盯上她了，可战秋一点也不喜欢他。战秋心中早就有了意中人，那就是土司府大管家的大后人民团番营营长旺堆。尽管杨五七知道战秋心里只有旺堆，但他并不死心，整天盘算着如何把战秋从旺堆手中夺过来，一有机会就像只绿头苍蝇围着战秋"嗡嗡"转。

去年，端午的时节，战秋到尕藏街找旺堆，可不想，旺堆陪着韩土司去了河州城。

每逢节令，尕藏韩土司都要备上厚礼，去城里打点那些有权势的肥头老爷。旺堆是尕藏民团番营营长，又是韩土司的近亲家伙，所以韩土司外出办事，总要带着旺堆。

战秋没见着旺堆，心里凉刷刷的，在集市买了一根花索，一只香包，又给阿爸买了一碗甜麦子，离开了尕藏街。

五月的尕藏草场满眼泛绿，迎面吹来的风热乎乎的，让人浑身轻巧，要飞起来的感觉。

> 想起个杨家将杨七郎，
> 乱箭儿射给着身上；
> 心想着阿哥哈看一趟，
> 不见个阿哥的影像。

战秋一边走一边漫起了花儿。

> 一面是黄河一面是崖，
> 扳船着挣出个汗来；
> 叫一声尕妹你转过来，
> 救我的相思病来。

战秋正唱得起劲，不想那边有个男人的声气对了过来，紧着抬眼一看，见杨五七站在不远处的坡坡上朝她招手。

"不要皮脸的坏尿！"战秋心里狠狠骂了一句，想远远地趔开，绕过他。

杨五七哪里肯罢休，跑下坡坡截住战秋。

战秋夺路要逃，被杨五七一把扰住。

"尕心肝，你跑不掉了。"杨五七狠劲一拉，将战秋拉进他的怀中。

"杨五七！"战秋躁了，怒吼一声。

"阿哥心头的肉肉，想死你了。"杨五七说着，勾下头就要亲嘴。

"放开我！"战秋挣开一只手，猛地从腰间抽出一把牛角弯刀，顶到杨五七心口。

"你……"杨五七怯了，乖乖地松开了手。

战秋收起刀子，一转屁股就走。

杨五七不死心，乘战秋转身，一个蹦子，朝战秋身后扑去。

战秋早有防备，顺手从草空里抓起一泡新鲜牛粪，朝杨五七脸上盖了过去。

杨五七躲不及，"乓"的一声，牛粪糊在了脸上。

杨五七好不容易将糊在脸上的牛粪弄下来，战秋已经逃得无影无踪。

想起那天的事情，杨五七至今还恨得牙痒痒。

"杨营长，要想得到战秋，得先过旺堆这一关，难呐。"哈赤还在一个劲地煽风点火。

"早晚剥他的皮子哩。"杨五七恶狠狠地盯着盒子枪乌青的枪口，愤愤道。

26

远处的雪山在太阳下闪着耀眼的白光。

一只苍鹰在黑山峡的上空，悠闲地盘旋着。

远远看去，黑山峡就像一只巨大的怪兽，龇牙咧嘴地张望着前面那片草场。

负责进攻黑山峡的是红军的先头连。

主力红军突破腊子口天堑之后，直扑岷州。为了迷惑敌人，又分出一个团的兵力，西进黑山峡，绕道桑柯，造成攻取河州的架势，以吸引兰州方面的注意力。

先头连天亮前出发，直到晌午才赶到黑山峡口前面的草场。

高原的太阳很毒，照在脸上，就像针扎一样，火辣辣地疼。

张连长因为在黑水战役时，腿子被藏兵打伤了，走起路来一瘸一拐的。

休息的时节，张连长撩起裤腿，发现伤口已经化脓了。

部队很长时节没有消炎药了，他只能忍着。

张连长掏出烟袋，抖出一点烟叶渣。张连长烟瘾大，心里一有事就卷烟棒子，要是没有了烟，就会发躁。行军打仗，断粮断顿填不上肚皮是常有的事，更不要说烟叶这样的奢侈品了。一旦断了烟，张连长就不得不用葵花叶、洋芋叶、艾蒿叶之类的东西来代替，有时甚至卷牦牛粪当烟抽。眼下，他从烟袋里抖出自制的混合烟渣，用一绺纸条熟练地卷了一根烟棒子，抽了起来。这些纸条，还是前些日子进驻卓克基时搞到的半张旧报纸裁成的，已经没剩多少了，还得省着点用。

刘指导员拿出一张皱皱巴巴的地图在张连长跟前的草地上铺开，用一口浓重的湖南话说道："马上就要进黑山峡了。"

"要让战士们做好战斗准备，黑山峡可是一根难啃的骨头。"张连长狠劲咂了一口烟。

"过了黑山峡就是开阔的桑柯草原，无险可依。"刘指导员指着地图说道。

"跟川西一样，这里也是藏区，告诉战士们，一定要遵守纪律，不能犯了藏民的禁忌。"

张连长所在的这个团，过了大渡河之后，沿途遭到卓克基土司、阿坝麦桑土司和黑水藏兵的阻击，损失惨重。由于长期在非常恶劣的环境中行军作战，部队缺吃少穿。除了作战伤亡，寒冷和饥饿随时威胁着每一位战士的生命。尤其进入草地之后，部队想搞到一点粮食更加困难。在这种情况下，战士偷吃藏民牛羊和寺里供品的事时有发生，这更加重了沿途藏民对红军的仇视，阻击和抵抗也就更为频繁和激烈。张连长一路上一再强调藏区纪律，即便饿死也不能动藏民的一头牛羊、一粒青稞。

"眼下，粮食是最要紧的事情，空着肚子啥也干不成。"刘指导员挨着张连长就地坐下来，"打黑水时得到的那点青稞，几天前就腾空了袋子，战士们都饿得浑身浮肿、晕晕乎乎。"

"再动动脑子，活人总不能叫尿憋死。"张连长用指甲掐着剩下的一点烟把子，使劲咂了几口，直到被烫得实在掐不住了，才扔到地上。

"凡是能吃的都吃光了。"刘指导员白皙的脸膛被高原的太阳晒得起皮了，一副琥珀色框子的近视眼镜，折了一只腿腿，用一根细麻绳拴着，勒在后脑勺上。

"那就只能挨着，等打过黑山峡再说。"

说话间，忽然传来一阵激越的马蹄声。张连长一扭头，只见不远处的草地上出现几个骑马的藏民，疯涨疯势朝这边赶过来。让张连长惊诧的是，那帮藏民的马后头还用绳子拴着三个红军战士。张连长一眼认出中间那个矮个子，就是在茅台镇新入伍的刘世新。

刘世新是茅台镇一家酒厂的学徒，他的名字还是后来张连长给他起的呢。

张连长记得红军打下茅台镇的第二天，打开刘世新学徒的那家酒厂的仓库，用那里准备做酒的大米煮了几锅米饭，还杀了一头猪做了一大锅红烧肉，请镇上的穷苦人来吃。

张连长看见刘世新时，他正端着个黑瓷碗一边大口大口地嚼着红烧肉，一边眼泪哗哗地淌个不住。张连长有些好奇地走过去问，吃着红烧肉咋还哭呢？刘世新使劲咽下嚼在嘴里的肉，哽咽着说，长这么大头一回吃肉。

红军离开茅台镇那天，刘世新来找张连长当了红军。

眼下，张连长一见刘世新几个，霍地站起来，一脸紧张。

那帮骑马的藏民来到张连长跟前停下了。

其中一个戴着藏式礼帽的中年男人翻身下马，迈着罗圈腿走过来，不慌不忙地摘下礼帽，向张连长点了一下头，算是打了声招呼。

"你们为啥抓我们的人？"张连长指着那三个红军战士，问道。

"是这样，他们三个……吃了我们的……佛爷。"那个戴礼帽的中年男人用生硬的汉话说道。

"佛爷，佛爷也能吃？"张连长惊愕地瞪大了眼睛。

"哦，是这么回事。"接下来，那个戴礼帽的中年男人用汉话吃力地向张连长叙述了事情的大致经过。

原来，先头连从阿坝那边打过来，已经有好些天没有军粮了，战士们个个饿得眼里直冒晶晶花。刚才路过藏民山寨时，刘世新实在饿得招不住，私底下联络了两个对劲的战友，偷偷溜进村寨旁的一座寺庙想找点吃的。

寺庙很破旧，他们在里面翻揭了半天，没找到一些些填肚皮的东西。就在他们失望地要离开时，刘世新忽然发现大殿正中的泥塑神身上有一粒青芽冒出，他用指头一抠，里面竟有几粒正在发芽的青稞。

"青稞！"他惊呼一声，其他两个一听，一个急转身扑过来。于是，他们三个疯一般扒开泥塑神，找里面的青稞吃。

藏地的许多佛像都是用当地的青稞秸秆和成草泥塑的，里面免不了会混些青稞粒，但一尊泥塑神里能有多少呢？

三个人掏完了里面的青稞，也就把殿里的泥塑神毁得差不多了，正当他们抹着嘴要出门时，迎面遇上了一帮端着叉叉枪的藏民。这时他们才意识到闯大祸了，可已经迟了，那帮藏民不容分说就将他们三个用牛毛绳捆了起来。

张连长听完中年男人的叙说，脸黑成了锅底。

"他说的是真的吗？"张连长走过去审问起刘世新他们。

三个年轻人惊恐万状，不敢抬眼看张连长，只是一个劲地哆嗦着身子。

"进藏区之前，我就反复给你们强调，一定要入乡随俗，一定要尊重当地藏民的习惯。你们倒好，毁了人家的泥塑神，真是……吃天吃地咋也不该吃人家的佛爷呀。"张连长说完，朝身后大喊一声，"来人！"

"连长，你不能听信一面之词，该问个亮清。"刘指导员紧忙上前劝道。

"看那尿样，还会有假？"张连长指着那三人气愤地说。

刘指导员回转身再次审问刘世新他们："人命关天，你们要说实话。"

"是真的……"一个战士瞄了一眼刘指导员，嘴里呜嘟了一句。

"这……这可咋办？"刘指导员一听，急得一个劲地搓手。

"咋办？枪毙！"张连长怒吼道。

"他们……他们可是跟我们一道出生入死的弟兄。"刘指导员激动起来。

"他们三人吃了人家的佛爷，不给个交代能放咱们走吗？指导员，马上就要攻黑山峡了，在这里纠缠下去，要误大事。"张连长将刘指导员拉到一旁，悄声说。

"我去跟他们谈谈。"刘指导员说完，来到那个戴礼帽的中年男子跟前。两人指手画脚地争犟了半天，中年男子转过身跟那几个藏民叽里咕噜嘀咕了一阵，然后回过头，冲刘指导员揸出一个手指头。

刘指导员紧忙跑到张连长身边，说："他们做了让步，一命抵一命。"

张连长听完，指着那三个战士厉声问道："你们三个哪个带的头？"

三个战士你看看我，我看看你，最后，刘世新咬了咬牙，站出来大声说："我！"

张连长二话没说，喊道："拖走！"

"张连长，他可是救过你的命呀。"刘指导员拽了一下张连长的袖口。

就在上个月，红军好不容易摆脱了麦桑土司的围追堵截，又在黑水陷入当地藏兵的包围。当时，张连长他们被黑水藏兵围困在一座喇嘛寺里，突围了好几次都没有冲出来。

张连长急眼了，等天一黑，亲自率领突围，但藏兵的火力太强大了，他们凭借寺庙跟前的民居和两边的山林疯狂射击。

"啊嗬！啊嗬！啊嗬！"不一会儿，隐在林子里的藏兵占了上风，他们粗野地叫喊着，一窝蜂冲下来。

混战中，张连长的腿上挨了一枪，跌倒在地。刘世新眼尖，冲过来，一边举枪还击，一边拉着张连长返回喇嘛寺。

那一次要不是刘世新，张连长恐怕活不到今儿个。

"刘指导员，眼下不是讲人情的时节。这条命，我迟早还他。"张连长重重拍了一下刘指导员的肩膀。

刘指导员无奈地叹了口气，神情凝重地来到刘世新跟前，给他擦了一下粘在脸上和嘴角的土。

"一个泥塑神却搭了一条活生生的命。"刘指导员望着刘世新哽咽道。

"红军打下茅台镇时，我咥了两大碗红烧肉。刘指导员，我不白活。"刘世新稚嫩的脸上带着笑，可眼睛里闪着泪花花。

刘指导员听不下去了，背过身子，朝他轻轻摆摆手。

不一会儿，远处的草地上传来一声沉闷的枪声。

张连长眼里含着泪水，仰起头。

虚空里，先前那只盘来盘去的苍鹰被枪声惊着了，朝雪山那边奋力飞去……

27

太阳跌窝的时节，负责侦查的探马跑进韩土司军帐报告说，红军的先头部队已经进了黑山峡。

"有多少人？"韩土司眼里划过一道闪电。

"大概……有上百人。"探马思谋了一下，答道。

"只有上百人？不可能，不可能。指定后面还有大部队。"韩土司盯住探马，"你还打探到了些啥？"

探马凑近了一步，压低声气，将红军的三个战士偷吃庙里的泥塑神，被当地藏民发现，以及刘世新被枪决的经过，一五一十给韩土司说道了一番。

"有这种事？"韩土司不敢相信。

"我看得亮亮清清。"

"看来这红军还真不是一般的队伍。把吉美管家叫来。"韩土司一挥手，卫兵旋风一样钻出军帐。

不一会儿，军帐的门帘被掀起一角，里面忽地投进一道亮光，管家吉美跟着亮光一起进了军帐。他将顶在头上的藏式礼帽摘下来，端在手上。吉美喜欢将长长的辫子一圈一圈绕在头顶上，盘成一个蛇抱蛋的样子，再用昆仑玉做的簪子卡住。饰在辫子上的玛瑙和绿松石，一闪一闪发着高贵的光亮。

"你说这红军来桑柯是久留呢还是借道？"韩土司在军帐内踱来踱去。

"久留？不可能，他们在这里没有根。老爷，他们是风，一阵子就刮过了。"吉美满有把握地说。

"照你这么说，红军只是借道？"

"无非穿过桑柯草原，经尕藏关，攻打河州城。"

"哦。"韩土司神情凝重，心上就像压了一块磨扇大的石头，"红军真要打河州，那尕藏关就首当其冲。要是破了尕藏关，尕藏镇肯定不保。"

"司令，民团全拉到黑山峡了，镇子上只有一个卫队……"

"指望那些人守关，怕是青稞秆儿顶门扇，根本靠不住。"

"看来只有死守黑山峡，把红军堵在峡口，才能保住尕藏镇。"

"传我的令，务必死守，只要挡住红军，重重有赏。"

其实，这次阻击红军，韩土司没有多少胜算。一是他摸不准红军的虚实，二是更不亮清红军攻打河州的真正意图。要是弄得好，跟红军摔个平跤，要是弄不好，黑山峡就是尕藏土兵的墓坑。

一箭双雕，借刀杀人，河州行署算盘打得可真好。

自民国以来，河州行署多次动议改土一事，要不是尕藏土司还有一点有用之处，"土司"名号早就不存在了。

这次河州行署派尕藏民团守黑山峡，就是想榨干尕藏土司最后一点油水，等他个家撑不住雪崩一样垮下来。

自继任尕藏土司以来，韩土司的心情从来没有这样沉重过。即使当年韩杨两家因为韩土司娶尕奶奶的事闹得不可开交的时节，韩土司也没感到这么落寞、无助。

那时韩土司阿爸和杨老爷阿大都还活着。

有一年，河州地区大旱，饥荒蔓延。尕藏一带属于二阴地区，田里的收成原本就很低，饥荒一来，更是招架不住，有些村子竟然出现了人吃人的事情。

灾民活不过，揭竿而起，纷纷叫嚷着"吃大户"。

灾民首先盯准的是尕藏镇的土司府。

但土司府有民团保卫，灾民没占上啥便宜，转而进攻胭脂下川的杨府。

起初，杨老爷阿大杨老太爷见灾民攻打土司府，心里还有点幸灾乐祸。可不料，那些欺软怕硬的灾民见土司府不好打，转而来攻杨府。一下子，杨老太爷水紧了，急忙派人向土司府求救。韩土司阿爸嘴上答应即刻发兵救援，但私底下却按兵不动。

杨老太爷一面命令家丁死命抵抗，一面一心指望着土司府的救兵。

杨府只有几杆老土炮，架在四周的碉楼上向灾民射击，但面对蝗虫一样涌来的灾民，那几杆老土炮根本不顶事。

灾民很快攻陷了杨府。

幸亏杨家祖先当年起府时在家里修了暗道。杨府上下乘乱从暗道逃得性命。但家里的粮食和金银细软悉数被灾民洗劫。

灾民被平息后，杨老太爷看到家中空荡荡的样子，大病一场，差点要了老命。

此后，韩杨两家的关系更是雪上加霜。

韩杨两家闹得水火不容，给整个尕藏蒙上了阴影。这时，有人出面牵线，想把韩杨两家撮合成儿女亲家。

韩土司阿爸一听这个主意，起初并不咋乐意。"韩杨两家再这么斗下去，除了两败俱伤，哪个也捞不到一些些好处，还要带累整个尕藏。"经不住中间人的一再说和，韩土司阿爸最终提了礼当，主动到杨家为个家的后人提亲，他说："韩杨两家是尕藏的大户，咱们要是联起手来，是尕藏的福祉，要是撕挖起来，就成了尕藏的灾难。为了尕藏，为了尕藏的几千子民，咱们过去的恩恩怨怨就一笔抹过。"杨老太爷见韩土司阿爸满心真诚，也就答应了这桩婚事。

在外人看来，韩杨结为儿女亲家，化干戈为玉帛，是一件十分的美事，但韩土司偏偏不买这个账。杨家这位大闺女尕的时节大门不出，二门不迈，除了做点女红之外啥都不会。更何况，杨老太爷只有这么一个女儿，一家人惯着，养成了一身的娇气。而韩土司是个直筒子，见不得忸忸怩怩的，夫妻俩骨子里不是一路人。当时他怕阿爸着气，表面上装得服服帖帖，等他阿爸一死，心中的不快很快就显现了出来。夫妻失和，成了土司府上上下下人人皆知的事了。也就在这个时节，韩土司认识了塔拉寨有名的花儿歌手白玛。

那天是韩土司的生辰，正好赶上阿尼念卿山六月六花儿会，为了图个喜庆，韩土司就在花儿山场搞了一次花儿大赛，在那些获奖的花儿唱家里，韩土司一眼瞧上了来自塔拉寨的女唱家白玛。

白玛虽然人长得并不咋漂亮，但她一双浅蓝色的眼睛，幽幽的，一下子抓住了韩土司的心："那不是眼睛，是两朵坨蓝莹莹的天爷。"

两人一见钟情，像两股风一样迅速缠到了一起。

第二年开春的一天，白玛突然告诉韩土司她怀上娃了。

韩土司不得不在府上公开提出娶尕奶奶的事。

知道女婿跟旁的女人鬼混在一起，作为胭脂下川大户人家的杨府，脸上自然挂不住了。于是，杨家派人去塔拉寨，以帮助塔拉寨脱离尕藏土司管辖为诱饵，让塔拉寨头人斯库出面摆平白玛。

斯库早就有摆脱尕藏土司的想法，这次杨府派人来联络，正好瞌睡遇上枕头。摆平白玛，一来可以给杨府卖一个人情，二来可以借机挑起事端，加大与尕藏土司的矛盾，以便为脱离尕藏土司制造口实。

几天后，在斯库的操作下，白玛被迫嫁给了塔拉寨的穷猎户帕拉。

韩土司得到消息后，大怒，立即召集汉番两营的土兵，进击塔拉寨。

韩土司与斯库开战，塔拉营自然跟着斯库干。汉营又被杨老爷私底下操控，只是来帮人场，并不真心卖力。

一直以来，塔拉寨名义上划归尕藏土司管辖，实际上，塔拉寨人一天也没有服过管，这让历任尕藏土司颇费脑筋。在征服塔拉寨的过程中，韩土司之前的十几任土司，有七人丧身于塔拉寨人的弓箭之下。

塔拉寨地处阿尼念卿山腹地，地势险要，易守难攻。那天，韩土司率领民团土兵行进到塔拉寨外缘的林子附近时，遭到塔拉寨人的伏击。

一时，林子里万箭齐发，呐喊震天。

韩土司的土兵历来对进击塔拉寨心存恐惧，他们一见这阵势，几乎没咋抵抗就一下子溃败下来。

塔拉寨人都是猎户，打仗时全民皆兵。要说是地形，就是兵力上，韩土司也不占优势。

混乱中，韩土司右臂中了箭，只好带着败下阵来的土兵，仓皇逃回土司府。

进击塔拉寨吃了败仗，而且个家还受了箭伤，韩土司心中的怒火一股脑儿发泄到了夫人身上。土司夫人哪里能忍这样的委屈，一气之下跑回娘家，再也没有回来。土司夫人原本身子瓤，生了后人格列之后更是成了整天离不开药罐子的病秧子。这次受了韩土司的羞辱，身心都遭受了重创。不久，在忧郁与悲愤中死去。

死讯传来，韩土司很是震惊。

土司夫人死在了娘家，这对韩土司来说是一件十分丢人的事。当下，他派人去杨府商量迎取土司夫人灵柩的事宜，但去了几次都被杨府拒绝了。

虽说土司夫人跟韩土司没啥感情可言，但她毕竟为韩土司生了一个后人，给土司府留下了传承香火的血脉，为这，韩土司动了恻隐之心。

第二天，韩土司亲自前往胭脂下川的杨府赔不是。

经过一番口舌之争，杨府最后提出，想把土司夫人的灵柩迎回去也不难，但必须要韩土司给夫人披麻戴孝。

"中，只要能把夫人的灵柩迎回去，叫我做啥都中。"哪个也没想到韩土司竟然一口答应。

原本这是杨府给韩土司出的难题，却不想韩土司想都没想就应承了，杨府给打住了嘴，没有了言语。

出丧那天，韩土司果真为夫人披麻戴孝，抱着才一岁多一点的后人格列，走在夫人灵柩的前面。

在尕藏一带办丧事，只给父母披麻戴孝，还没见过为媳妇披麻戴孝的。

尕藏街家家户户都拥到路旁看稀奇。

土司夫人死后不久，杨老爷阿大连病带气，一命呜呼。

一连两条人命，使韩杨两家的矛盾更是到了剑拔弩张、一触即发的地步。

这年秋后，白玛生下一个男娃，可那男娃来到世上还不到一个时辰就莫名其妙地咽了气。后来，韩土司想法子打听到，给白玛接生的是斯库派去的接生婆。

"这个进地狱的恶魔！"韩土司气极了，一刀将二堂的八仙桌劈成了两半。

28

高原的天气就像一个糙脾气的歪婆，说变就变。

部队刚进黑山峡，天上就浓云密布。

风野牛一样嚎叫着，在峡谷里横冲直撞。

战士们被冻得牙齿打战。

黑山峡峭崖耸立，沟底里只有一条脚户踏出来的窄道，而且坑坑洼洼难以搁脚。张连长最担心部队在峡谷里遭遇伏击。不过出人意料的是，先头连进入黑山峡之后，一路顺顺当当，没有遇到啥麻烦，只是到了峡口，才与扼守在那里的尕藏民团番营交上了火。

峡口交火的时节，天女像前祈祷的韩土司心里"咯噔"一下。

"司令，红军露面了。"管家吉美进了军帐。

"枪声咋这么近？"韩土司的眉毛拧成了疙瘩。

"就在峡口交上火了。"

"峡口，这么说崖上的伏兵没开火？"

"司令，我早就说过，汉人、塔拉寨人跟咱藏民是酥油和冰水，融不到一个碗里。这不？他们像怕死的鼠兔一样缩进洞里，让咱番营当出头的椽子。"

"传我的令，汉营和塔拉营立即组织攻击，哪个偷懒耍奸，军法从事。"韩土司一听崖上的伏兵没有向红军开火，气得头发都参起来了。

风怒吼着。和风一起怒吼的，还有带着火星的子弹。

扼守峡口的番营虽然人人手里有枪，但都是自制的土枪，跟红军的快枪没法比。还好，他们凭着峡口的险要地势拼命死守，红军一时很难得手。

张连长趴在一块大青石的后面，盯着峡口看了一会儿，对身旁的刘指导员说，把机枪手布上去。没过多久，红军的火力渐渐占了上风。

眼看守峡口的番营招架不住了，忽地"轰隆隆"一阵巨响，峡谷两边的崖上滚下许多石头、原木，有几个红军战士躲闪不及，被当场砸死。

队伍被逼进两边的崖根。

紧接着，一阵牛角号声响起，崖顶上冒出许多土兵。他们手里挥舞着老土炮、大刀和矛子，一边跺着脚，一边大声吆喝："啊嗬！啊嗬！啊嗬！"

张连长举起盒子枪，朝崖顶放了一枪，一个土兵趔趄了一下，栽下崖来，摔死在谷底的乱石空里。

崖上崖下枪声响成一片。

"崖上干上了。"军帐内，管家吉美听到崖那边传来枪声，喃喃道。

"看样子，红军要摸黑打过峡谷。"韩土司心里有些焦虑。

"司令，要是天完全黑下来，咱们崖顶的兵就起不了大作用。"

"等天一黑，将崖上的人全部撤下来，集中火力死守峡口。"

"哦呀。"吉美应了一声，退出军帐。

第六章

29

太阳渐渐西沉，血一样的霞光，染红了阿尼念卿山。

一头牛犊般大的麋鹿，在林子里狂奔，树枝间漏下来的霞光在它的脊背上火苗样跳荡着。

它的身后，一群猎手手持矛子，紧追不舍。

狂风一样的呐喊声，使整个林子都在战抖。

塔拉寨头人斯库，隐蔽在一丛黑刺杆后面，他不动声色，引弦搭箭，等待最佳时机。

狂奔的麋鹿进入他的射程，他心里一阵兴奋，"嗖"的一声，离弦的利箭带着尖厉的呼啸，牢牢插进麋鹿的脖子。

麋鹿惨叫一声，趔趄了一下，但它并没有停止奔跑。

斯库打了一个响亮的口哨，立时，两只高大的猎狗从他身后闪电一样蹿出去，直奔受伤的麋鹿。

不一会儿，那两条猎狗拖着奄奄一息的麋鹿，来到斯库跟前。

猎手们高扬着矛子，欢呼声地动山摇。

管家色目凑到斯库跟前，揸起大拇指献媚道："头人真是好箭法。"

"猎物越来越少了，好箭法有个屁用！"斯库阴沉着脸，狠狠地瞪了色目一眼。

色目讨了个没趣，不吱声了。

随即，斯库一声粗野的吆喝，四五个猎手用矛子架起麋鹿。狩猎的人马开始下山了。

斯库威风凛凛地走在前头，一语不发。

色目弓着腰，踏着碎步，轻轻地跟在后头。他时不时乜斜着眼，观察着头人的神情，想瞅机会给主子宽慰几句。

"头人，咱山上的猎物越来越少，都是因为韩司令大肆砍伐林子。如今林子越来越尕，猎物们都无处藏身了。他姓韩的这是要断咱的根呀。"出了林子，色目终于忍不住说道。

斯库停住步子，冷冷地瞧住色目，良久，咬牙切齿地说道："他要咱断根，我就叫他绝后。"

> 黑谷子倒在碾盘上，
> 要碾个金黄的米哩；
> 红心儿掏在案板上，
> 心跳着还想着你哩。

就在这时，林子下面的山道上传来一阵花儿声。

斯库循声望去，见一位十六七岁的姑娘悠闲自得地唱着花儿往山寨走来。

"那个唱野曲的尕母羔子是哪家的？"斯库低声问身旁的色目。

"头人，那是帕拉的女娃茸巴。"色目紧忙答道。

斯库心里一惊，帕拉的女人白玛可是塔拉寨拔头梢的唱把式。

一想起白玛，斯库的脸上掠过一丝不易察觉的奸笑。

十年前的一天，斯库去尕藏街吃酒，回寨子的路上，正好碰上赶花儿山场回来的白玛。

白玛曾经喜欢韩土司，要不是斯库从中使坏，把她强行嫁给帕拉，她也许早就成了尕藏土司府的女主人了。因此她心中对斯库有怨气，平常见了也没啥好声气。这天，她碰上醉醺醺的斯库，想紧着躲开，但斯库却摇摇晃晃地截住了她的去路。

"哎呀，我的甜蜜嘴金嗓子，给我唱一个。"斯库借着酒劲对白玛动手动脚。

"头人，嫑这样。"白玛羞得面红耳赤。

"咋的？你是咱塔拉寨的女人，他土司府的番子动得，我就动不得？"

"头人，我如今是帕拉的女人。"

"傻子，哪里的郎中治的不都是同一个病？"

斯库说完，猛地抱起白玛，就往路旁的林子里钻。

白玛一边扎挣着，一边不停地叫喊。可这里与寨子离得远，没人听得见。再说，即使有人听见了，哪个敢来管斯库的事？

一进林子，斯库粗野地扯掉白玛的裙子，像一只发了狂的牙狗，将白玛死死地压在身下。

当一股一股的酒味扑面而来时，白玛心里发潮，想吐，但只是干呕了几下，没有吐出来。

林子里很静，连一声雀叫都听不见，只有风吹得头顶的树叶"哗啦哗啦"作响。

斯库完了事，提起裤子，打了两个响亮的饱嗝，摇摇摆摆出了林子。

白玛呆呆地坐在草地上，直到天爷完全黑下来，才穿了衣服，往家赶。她走到个家的门前，从门缝里瞧见丈夫帕拉坐在火塘前抽黄烟。女儿茸巴躺在帕拉跟前的狗皮褥子上睡着了。

白玛不敢敲门，她觉得对不起个家的男人，对不起女儿。黑暗中，她流下两行痛苦的泪水。

几天后，人们在寨子背后的崖底发现了白玛。白玛已经被狼群撕咬得只剩下一堆骨骸，撕碎的衣服散落一地。

"帕拉的女人被狼吃了。"

塔拉寨的人们都信以为真。

帕拉压根儿就不相信个家的女人会被狼吃了。他每天坐在崖顶上，望着几十丈深的崖底出神。

斯库听说白玛死了，起先有些害怕，但过了些日子，发觉人们不再提这件事了，心里渐渐宽展了，就像没事人一般。

"帕拉的女娃已经长这么大了。"今儿个要不是见了白玛的女儿，斯库早已经把这事忘记了。

白玛跳崖时，茸巴只是个几岁的孩子。十年过去了，茸巴已经长成花骨朵般的大姑娘了。

色目见头人盯着茸巴不放，凑到斯库跟前，咬着他的耳朵悄悄咕噜了几句。

斯库听后，展开眉头，笑得合不拢嘴。

30

茸巴进家门时，阿爸帕拉正好打柴回来。

"又去山场了？"帕拉撂下肩上的柴火捆子，很不高兴地望着女儿。

"阿爸，你猜我今儿个遇到哪个了？"茸巴天真地笑着，拿起笤帚，帮帕拉掸去身上的尘土。

"我又不是尕藏街算命的王半仙，咋知道呢。"

"阿爸，告诉你，是土司府的人。"

"土司府的？准是土司老爷。"

"土司老爷去黑山峡了，大喇嘛还在寺里给他念大经荐福呢。"

"那，是吉美大管家？"

"也不是。"

"莫非是赤烈？"

"阿爸你猜到哪儿去了，是土司府的少爷。"

"茸巴，离土司府的少爷远一些，他是牛奶里打出来的酥油，可你是山沟沟里淌下来的苦水，你们俩粘不到一起。"

"阿爸，你要是浇一股热水就能粘到一起。"茸巴说着，"咯咯咯"地笑了起来。

"一个女娃娃，脸皮比城墙还厚。"帕拉装作生气的样子陡起脸来，"以后你蹇再去花儿山场了。"

"阿爸。"

"你蹇忘了，你阿妈就是赶山场叫狼叼去的。"

茸巴一听，不言语了。

茸巴的阿妈天生一副好嗓子，茸巴从记事起，阿妈就教她唱花儿。后来，阿妈死了，但茸巴一直没把花儿撂下，一有空闲就唱。那年，她头一次下山赶花儿山场，刚一亮相，就招来好多花儿好家争相对歌。茸巴的名声一下子在尕藏街、胭脂川传开了。

"阿爸，我不信阿妈是叫狼叼走的。"

"你不信？寨子里的人都亮清。"

"阿爸，你不要味我了，阿妈是咋死的，你心里有数。"

"唉……"帕拉长叹一声。

那年白玛一夜没回。第二天一早，帕拉就四处寻找，结果，他在寨子下面的林子里找到了成婚时他送给白玛的虎骨簪子，在发现簪子的草地上明显地留有打斗过的痕迹。帕拉是个打猎的行家，能从草地上留下的细微迹象里辨别出野物们在那上面做了些啥。

"白玛到林子干啥呢，她到底遇上了啥事？"帕拉觉得蹊跷。

后来，在崖底发现白玛被狼咬剩下的骨骸，帕拉断定，他的女人死得不一般。

"这是你阿妈留下的。"帕拉从怀里拿出白玛的虎骨簪子。

"阿爸，我阿妈是叫人害死的。"茸巴从阿爸手里接过虎骨簪子，肯定地说。

"我也这么想。"

"会是哪个呢？"茸巴忽然想起刚才山道上看见斯库的情景，脱口而出："是斯库！"

帕拉惊异地望着女儿。

"就是他，阿爸，就是他。"

"娃儿呀，这话可不敢随口说。"帕拉躲开女儿的目光。

"寨子里除了斯库，哪个还能干出这种伤天害理的事来？"

31

黑饭后，色目的影子忽地一闪，进了帕拉的家门。

帕拉正坐在火塘边抽黄烟，他抬眼望了一眼色目，没有吭声，继续抽他的烟。

色目也不生气，挨着帕拉坐在火塘边。

帕拉抽完烟，又装了一锅子，递到色目眼前。

"不啦，我抽过了。"色目推辞道。

帕拉慢腾腾地点了烟，接着抽起来。

色目望着帕拉漫不经心的样子，急得干搓手。

"咋，有事？"帕拉抽了几口，才转过脸来问色目。

"也不是啥大事。"色目凑近帕拉，"帕拉，过两天头人要祭祖，府上缺人手，头人要我物色几个手脚利落点的帮衬帮衬。这不，我想起我那大侄女茸巴来了。"

"茸巴还尕。再说她也没去过头人府，不懂规程，添乱。"

"放心吧，帕拉，不是有我吗。"

"你？不中。"

"帕拉，你不是不亮清，斯库头人可是再仁义不过。头人说了，只要茸巴在府上帮几天忙，你家去年的猎税全免了。你看，天底下哪有这样的好人？"

"这……"一提到猎税，帕拉的脸色顿时难看起来。

"帕拉，我也是好心呐。现如今，年辰不好，林子越来越尕，猎物越来越少。今儿个头人亲自出马，带几十个人忙活了一整天，才猎了一只上了年纪的老麋鹿。"

"管家，今年我已经打了两只猞猁。"

"那有啥用，你欠头人的是麝香。"

"你也亮清，林子里已经寻不到几只香獐了。"

"所以我说嘛，顺了头人的意，啥都好说。"

"我这把老骨头，还指望茸巴呢，不中。"

"嗨，老帕拉，头人又不是吃人的老虎，你怯啥。我保准大侄女囫囫囵囵地去，囫囫囵囵地来。"

"阿爸，我去。"这时，茸巴从里屋走了出来。

"还是我大侄女懂事理。"色目高兴得嘴咧到耳茬根了。

"茸巴。"帕拉一脸担惊的样子。

"放心吧阿爸，头人府又不是虎狼窝，能把人吃了。"

"好嘞，大侄女，那咱们这就走。"

"咋，这么急？"帕拉紧忙站起来。

"阿爸。"茸巴望着帕拉深情地唤了一声，"府上的活一完，我就回来。"说完，一转身大踏步地出了屋子。

色目怕跟丢了似的紧忙追出来。

帕拉倚在门框，揪心地望着女儿远去的背影。

32

太阳快要跌窝了，两个精脚汉子在头人府门前右首的空地上燎一颗巨大的猪头。那儿临时盘了一个土炉子，炉子里的柴火烧得"噼噼啪啪"乱响。一个汉子用双手揪着猪耳朵，另一个汉子从炉火中取出烧红的火扦子烫毛，一股一股的焦臭味扑鼻而来。

"没眼窍的东西，跑到这儿燎猪头。"色目骂了一句，捂着鼻子引茸巴进了府门。

院子里有几个女人还没有收工，正从一口大缸里不停地拿出酸白菜往清水里漂。

堂屋里传出男人们挣破嗓子划拳的声气。

从堂屋飘出来的酒气和腌白菜的酸味混合成一种奇怪的味道，茸巴闭住气，加快了步子。

一个女人抬眼见了茸巴，停住手里的活，朝同伴一努嘴，好几双眼睛灯笼样一起照向茸巴。

茸巴朝那几个女人微微笑了一下，快步穿过院子。

色目把茸巴带进头人府后园子的阁楼后，退了出来。

茸巴一个人站在屋里，左右打量。

突然来到这样一个陌生的地方，茸巴心里感到很不安。

稍微松了一口气，她来到阁楼的窗户跟前。窗扇是木格子的，用一根木棍支起来，从这里正好能看见远处的阿尼念卿山。此时，太阳的余晖映照在满山的林子上，就像涂了一层血。

茸巴能走路时起，就跟着阿爸进林子打猎。所以，眼前这片林子她再熟悉不过了。

林子里最多的动物要数盘羊和狍子，有时也能碰上棕熊。有一年，茸巴还见到了从阿尼念卿山下来的雪豹。

雪白的皮毛上布满灰色的斑纹，一双机警的眼睛里放射出犀利的光芒。那是茸巴头一次见雪豹，她觉得那是她见过的最美的动物。

倒霉的雪豹走进了阿爸的射程，阿爸用火绳点着老土炮的捻子。眼看捻子就要引着枪膛里的火药，茸巴灵机一动，故意用胳膊肘轻轻碰了一下阿爸的肩膀。

"砰"的一声，枪响了。

茸巴的眼前划过一道白色的闪电。

"这娃子，你要是不碰我，那精怪就打中了。"阿爸哭丧着脸责怪道。

茸巴扑哧一下，忍不住笑了。

天爷渐渐暗了下来，林子上的血色已经变成了乌紫。

山里的黑夜来得很猛，只要太阳一跌窝，整个山寨一霎间就会被黑暗吞没。

"吱呀"一声，房门开了，斯库酒气熏天地闯了进来。

"你就是帕拉家的茸巴？"斯库走到茸巴跟前，一双色眯眯的眼睛滴溜溜地打量着茸巴。

茸巴没有言喘，只是瞪大眼睛死死地盯着斯库。

"尕母羔子，你知道我为啥叫你来吗？"

"色目管家说……府上缺人手。"

"对对对，缺人手，我府上缺的就是你这样的嫩羔子。"斯库说着，一把抓住茸巴的手。

茸巴想抽回来，但斯库捏得很死。

"甦动，尕心肝。"斯库说着，将茸巴使劲往炕边拉。

茸巴双脚死死地趿在地上，不肯就范。

"进了我这儿的女人，没有囫囵出去的。"斯库来气了，一把拕掉茸巴裙子上的系绳。

随着裙子落地，茸巴"啊"地一声，跳了起来。

塔拉寨的女人从来不穿衬衣衬裤，要是被人掀掉了裙子，那就只剩下精身子了。

茸巴像兔子一样跳起来的时节，斯库顺势将她摁到炕上。

一直躲在门口听动静的色目，听到里面的撕扯声，以为斯库得手了，不怀好意地笑了笑，走下阁楼。

哪知色目刚走到院子，猛听得阁楼上传来斯库的一声惨叫。

起初色目以为斯库给茸巴这个黄花闺女开了苞，欢实得乱叫呢，可紧接着斯库杀猪似的号起来："来人，快来人哪！"

色目觉得事茬不对，紧忙跑上阁楼。

冲进房子，色目点了灯一照，吓坏了。斯库精身子坐在炕上，裆里的那东西上插着一根虎骨簪子，还不停地流着血，整个下身一片血红。

"追，快去追那个尕骚货。"斯库疼得龇牙咧嘴，指着窗子咆哮起来。

第七章

33

　　渐渐暗下来的天爷被两边高耸的山崖挤成了一道窄缝。云彩已经慢慢散去，峡谷里除了零星的枪声，啥也听不到。

　　稀稀拉拉的星宿，像是盖在虚空里若有若无的水印。

　　崖那边的枪声完全停了下来。

　　韩土司的土兵全部撤到峡口死守。

　　交夜之后，红军组织了几次试探性的突击，但都遇到峡口土兵的拼命抵抗，没有得手。

　　打不通黑山峡，会影响后面大部队的推进速度。况且刘湘的川军撵着屁股追上来了，要是前后受到夹击，处境会十分危险。

　　此时，张连长躲在崖下的一处浅窑里，"叭叭"地猛抽着烟棒子，一筹莫展。

　　"要不，我们跟韩司令谈判。"刘指导员凑到张连长跟前，提议道。他的嘴里咬着一截子草根，不停地嚼着。

　　"谈判？"张连长忽地转过脸，黑暗中盯住刘指导员。

　　"我想，谈判也许是摆脱目前困境最有效的办法。"

　　"韩司令能答应？"

　　"黑山峡地形险要，一夫当关，万夫莫开，硬拼的话太危险，还耽搁事儿。"

　　"可谈判也要冒很大的风险。"

　　"两害相权取其轻，我想很有必要试试。据我们掌握的情报，韩司令的民团装备很差，那些土兵平时为民战时为兵，缺少作战经验。更重要的是，韩司令和河州方面一直有着错综复杂的矛盾，这次河州方面让韩司令防守黑山峡，就是想借机消耗尕藏民团的实力，这一点他心里像明镜一样。"

　　"话虽这么说，可毕竟人心隔肚皮，我们吃不准韩司令到底咋想。这事还得好好琢磨琢磨，一路上我们吃的亏不少了。"张连长说着，猛吸了一口烟棒子。

34

天刚放亮，汉营营长杨五七走到谷口，察看下面的动静。

谷底里都是些密密麻麻的乱石头，石头空里有一条脚户走出的尕路，细线一般，围着石头缠缠绕绕的，一直消失在远处的雾霭中。

一阵晨风吹过，杨五七不禁哆嗦了一下。

"这驴日的鬼地方，冻得人扎站不住。"杨五七骂着，使劲擤了一把鼻涕。

"杨营长你看。"这时，杨五七身旁的一个尕土兵指着沟底叫了一声。

"喂，你们是干啥的？"杨五七发现谷底有两个晃动的人影，扯着嗓门儿大喊。

"我们是来谈判的！"两个人影停下来，前面那个尕个子跳上一块大石头，冲这边喊道。

"他说啥？"杨五七没听清，问身边的土兵。

"好像是说卖面的。"那个土兵仰起头回答。

"卖面？还卖石灰呢。人家明明说是谈判。"另一个土兵笑话道。

"谈判个屎！他们怕是招架不住了。"杨五七拔出盒子枪，放了一枪。

那两个人影紧忙卧倒。不一会儿，那个尕个子从石头背后探出头来，又喊："土兵弟兄们，不要开枪，我们是真心来谈判的，告诉韩司令，我们有要紧事情给他通报。"

"韩司令跟红军有啥要紧事？"杨五七嘀咕了一句，冲跟前的土兵们大声说，"你们给我好好盯着。"说完，转身走了。

杨五七踏进军帐时，韩土司正跪在垫子上，双手合在腔子前，面对吉祥天女图，嘴里念念有词。管家吉美站在一旁，静静地等候着。

"司令。"杨五七站在韩土司脊背后头，轻声叫道。

过了一会儿，韩土司才慢慢站起来，问道："啥事？"

"司令，有两个红军在谷底喊叫，说是要跟咱谈判。"杨五七上前一步，汇报道。

"谈判，他们到底要做啥呢？"韩土司转过脸盯住吉美。

"野狐向着猎人给笑脸，目的只有一个，是想从身边溜掉。"吉美说。

"莫非要咱们让道？"

"司令，要不把他们叫来当面问问？"

"也好。"

杨五七出去不一会儿，带着刘指导员和刚才那个喊话的尕个子战士进了韩土司的帐篷。

"这是我们刘指导员。"尕个子战士上前一步，指着刘指导员给韩土司介绍。

刘指导员腼腆地一笑，友好地伸过手去。

"幸会，幸会。"韩土司迟疑了一下，握住刘指导员的手，尴尬地笑道。

刘指导员又将手伸向韩土司身后的管家吉美。

吉美没敢出手，不知所措地望着韩土司。

韩土司给吉美递了个眼色。

吉美弓着腰"哦呀"一声，退到一边。

"请。"韩土司将刘指导员让到帐篷中间的坐毯上，分宾主坐定。

吉美喊卫兵给客人上了奶茶。

"久闻韩司令大名，如雷贯耳呀。"刘指导员轻轻呷了一口奶茶，夸赞道。

"刘长官过奖了，担个空名声而已。"

"韩司令久居尕藏，威震一方，咋能说是空名声。"

"好汉霸一方，好狗护一帮，这是我的职责。不过，我想请教的是，我与贵军一向井水不犯河水，贵军为何进犯我河州地界？"

"不是进犯，是借道。"刘指导员沉着地纠正道。

"借道？"韩土司故作惊讶地瞪大眼睛。

"韩司令，你应该知道，如今日军大举进犯，陷我中华大地、亿万同胞于危难之中，我军借道贵地，是为了北上抗日。"

"抗日？可我听说尕日本在东北，而你们红军来西北，驴头对不上马嘴嘛。"韩土司说完，轻蔑地冷笑了一下。

一旁的吉美和杨五七也捂着嘴"咕咕咕"地笑。

"韩司令，是不是抗日，将来自有分晓。"刘指导员按了按近视眼镜，镇定了一下，说道，"我这次拜访司令，是商谈借道一事。"

"刘长官一再强调借道，可据我所知，贵军兵败之后，一路逃窜，疲于奔命。现在刘湘的川军正向红原一带集结，贵军如果过不了黑山峡，就会成为川军灶火中的麻辣炝锅鱼。"

"韩司令只知其一，不知其二。我红军战略转移一路北上，虽然遇到国民党军疯狂的围追堵截，但我们始终能够逢凶化吉，化险为夷，韩司令知道这是为啥？"

"请赐教。"

"得道多助，失道寡助。我红军部队是一支正义之师，正义之师战无不胜。虽然我们目前受到了一点挫折，但这只是暂时的，倒是你韩司令的处境令人担忧。"

"哦，你这精腿子的倒担惊穿袍子的。那就说说你刘长官的高见。"

"黑山峡如此险要之地，为何只派韩司令的民团把守，而河州驻军全部龟缩到城里？其中缘由，不说自明。眼下两军对垒，韩司令能否守得住黑山峡，都得损兵折将，元气大伤。"

"保国安民，这是军人的天职。"

"韩司令除了是个军人，还是雄踞一方的土司。听说河州行署不止一次地动议'改土归流'。韩司令的民团可是抗拒改土的一个重要砝码，要是丢了民团，土司还能保吗？"

"你们汉人有句俗话，咸吃萝卜淡操心。"

"韩司令，我也知道你们藏民的一句俗话，越硬的牛皮越容易折断。"

"哼！"韩土司像是被黄鞑子螫了一箭，猛地站起来，"嗖"地拔出藏马刀。

第八章

35

坐落在尕藏街北头的土司衙门是全尕藏最气派的建筑，它顺坡而建，坐西朝东，在中轴线上依次有大照壁、牌坊、六扇门、仪门、大堂、二堂和忠孝堂。各院两旁配有排列整齐的廊房、厢房和配楼。北侧有两堂、书房及内宅，南侧有大仓院及大马号。这些都沿着中轴线按地势依次抬高，造成数门直线贯通，院落相连，越进越高。

大堂为韩土司发布政令、举行重大典礼、公开审理案件的地方，檐下悬挂着前朝康熙皇帝御书的"报国家声"横匾。这里是土司府的脸面，它的光鲜、它的辉煌，都在这里烙下深深的痕迹。经大堂，进如意门就是二堂，是韩土司接待客人和处理日常事务的地方。虽然二堂没有大堂起眼，可这里是土司府的脑子，好多有关成败的机密大事，都是从这里发酵、成形、出炉的。

土司府的内宅是典型的藏汉结合式院落，韩土司住前院，土司府少爷格列住二院。

内宅二院有一棵巨大的皮特果树，据说在这里已经长了三百多年。

格列不爱吃皮特果，好几次想挖了它，改栽杏树，都因遭到韩土司的训斥而作罢。

既然皮特果树不能挖，格列也不让它闲着。格列好雀，有各种各样几十个笼子，每天早上，他就让下人把那些雀笼从屋子里提出来，用挑杆挂在皮特果树上，猛一看，那皮特果树上结的不是果子，而是一树会唱歌的雀儿。

这天，格列坐在皮特果树下，一边等待侍女伺候他用早饭，一边兴致勃勃地欣赏那一树叽叽喳喳的雀儿。

格列不像麻五魁那样只好一种雀儿，他的雀笼里不仅有红布裆裆，还有铜铃、麻鹨、姑姑、八哥、云雀……有一阵子，格列还养过斑鸠、野鹊[①]、红嘴鸦这样的大雀。这些雀中，格列最喜欢的是养在金丝笼中的那只花头麻鹨。这只麻鹨不仅叫声好听，还通人性。平时不管哪个引逗它，它都瞪着眼睛不吱声，只有格列一引逗，它就立马张嘴回应。

这只麻鹨是格列花一头驴的价钱在雀市上买的。

尕藏街每逢阴历三六九赶集，逢集这天会有不少人提着雀笼在南市口骡马市的跟前卖雀，渐渐地形成了尕藏街的雀市。

那天，格列大清早去逛雀市。经过铁匠铺时，麻五魁正光着膀子在炉前忙活。

"五魁，放下家什，逛雀市去。"

麻五魁抬起头看了一眼格列，并没有停下手里的活："少爷，货郎拼茶客，我拼不过呀。"

"五魁，昨晚夕我做了一个好睡梦，今儿个保准能碰上一只好雀。"格列一

---

① 野鹊：喜鹊。

脚踏进铺子，扳住麻五魁的膀子，将他手中的铁锤拿过来扔在地上。

"哎呀我的大少爷，这是人家专意订的货，急等着用呢。"麻五魁急了。

"磨刀不误砍柴工，走吧。"格列把麻五魁放在条凳上的褂子拿起来扔给他。

"磨刀？这哪跟哪呀。少爷，你是饱汉不知饿汉饥。"麻五魁嘴里嘟囔着，不大情愿地穿了褂子，跟着格列出了铁匠铺。

到了雀市，没逛多久格列一眼看上了一个吊脸汉子提笼里的花头麻鹨。

"少爷，我这只雀可不是一般的雀。"吊脸汉子知道格列喜欢玩雀，故意掌起雀笼，在格列眼前晃了晃。

"是不是好雀得听叫声。"格列也是一副行家的样子。

"叫声？少爷，我这只雀不叫。"吊脸汉子故意卖起了关子。

"不叫的雀也当雀？"格列一脸的不屑。

"我这只雀会说话。"

"哦，那你让它说说。"格列根本不相信吊脸汉子的话。

这时，吊脸汉子这边已经围起了一圈人。

"大家听好了。"看着围过来的人多，吊脸汉子的脸上荡漾起兴奋的光彩。

"扛枪打仗，扛枪打仗。"吊脸汉子冲笼子叫喊了起来，可他引逗了半天，那雀儿只是一个劲地在架子上蹦跶，根本不吱声。

"雀要是说话那还不成精怪了。"有人笑话道。

雀儿不说话，急坏了吊脸汉子："许是人多，我的雀怯了，我的雀怯了。"他一遍一遍地嘟囔着，眉梁上已经渗出了汗。

"大清早的，碰上一个吹牛皮的，喊。"格列说完，转身要走。

"扛枪打仗，扛枪打仗。"就在这时，那只雀忽然开口了。

"我的雀说话了，我的雀说话了。"吊脸汉子高兴得跳了起来。

格列回过身朝吊脸汉子手中的笼子看去，那只花头麻鹨直端端对着他叫唤："扛枪打仗，扛枪打仗，杀！杀！"

格列浑身的血一下子暴涨起来。他正要开口问价钱，忽地从人空里冒出来一个背锅老汉来。

"这位少爷一看就是个行家，老汉替你议一议？"原来这背锅老汉是尕藏街上专意干牙行的。

"那就让老汉家费心了。"格列象征性地给背锅老汉施了一礼。

背锅老汉转过身把手塞进吊脸汉子的袖筒里，两个人在暗中捏了好一会儿指头。

背锅老汉跟吊脸汉子捏完指头，又过来把手塞进格列的袖筒里："少爷，这个数咋样？"

"中。"格列满口答应。

格列不还价，背锅老汉先是惊了一跳，接着是一脸的喜出望外。

格列从钱袋里搓出五个椭子溜到背锅老汉的手心里。

"五个椭子？一头驴的价钱。"麻五魁看着格列溜到背锅老汉手里的椭子，愣住了。

格列从吊脸汉子手中接过雀笼，转身就走。

麻五魁一把拖住格列："少爷，他们知道你是土司府的人，故意哄你呢。"

"哄？我还嫌他们出价低了呢。"

望着格列提着雀笼转身而去的背影，麻五魁一屁股坐在地上，叫道："天尊呀，我一年也挣不下一头驴。"声气像哭。

36

眼下，格列斜靠在一张竹躺椅上，噘起嘴巴引逗他的花头麻鹨："扛枪打仗，扛枪打仗。"

花头麻鹨听见格列的叫声，机灵地掉转脑袋，睁着明吼吼的一对尕眼睛，冲他兴高采烈地叫了起来："扛枪打仗，扛枪打仗，杀！杀！"

> 白马儿拉的是血缰绳，
>
> 杨六郎领的是败兵；
>
> 怀抱亲人诉苦情，
>
> 醒来时做了个睡梦。

格列跟他的花头麻鹨闹得正欢，忽地从外面传来一阵不搭调的"花儿"声。

"哪个在外面阴阳怪气地乱叫唤。"格列满心不高兴，直起脖子嚷道。

格列的贴身侍女拉姆紧忙跑出去打探。不一会儿她进来说："又是那个疯女人。"

"哪个疯女人？"格列不耐烦地问道。

"就是胭脂上川的香香。"

疯了的香香成天光着身子，嘴里哼着下流野曲，像一条无家可归的流浪狗，四处游荡。不久，一些心术不正的光棍瞄上了香香，把香香当成他们肆意发泄的对象。

到了夜里，香香就睡在尕藏寺大喇嘛昂欠背后一个废弃的窑洞里。

那些成天望着香香眼珠子放绿光的男人中间，就有土司府吉美管家的二后人尼玛。

尽管香香成了尕藏人眼里的疯子、荡妇，可尼玛每次见到香香，就会想起她当年白牡丹样白生生的身子，心也就"突突突"像要从腔子里蹦出来。

一天夜里，尼玛吃过黑饭，咂了几口酒之后，借口有事溜出家门。

天爷晴明，月光朗照，尕藏街上显得十分清静。尼玛走了一阵，停住步，左右扫视了一下，断定没有人注意他，便一个急转身，拐进街旁的一条尕巷里。

穿过尕巷，尼玛深一脚浅一脚地往镇子后面的山坡爬去。没走多远，尼玛脚下忽然窜出一只鼠兔，吓得尼玛"哎哟"一声，扑倒在地。

"驴日的，撞见鬼了。"尼玛从地上爬起来，捡起一疙瘩土块，朝鼠兔逃跑的方向用力甩去，好久，远处传来一声空洞的声响，随即，从那里瀽起一股白喳喳的尘烟……

尼玛好不容易摸到尕藏寺旁边的破窑洞，按住心口沉定了一下，悄悄朝里面摸去。

疯跑了一天的香香躺在窑洞里睡死了。

窑洞的里进很浅，月光一直够到了洞垴。

香香的身子在月光下反射出白牡丹一样柔和的光亮。

一阵狂喜掠过尼玛，他不顾一切地扑向香香。

哪知他刚刚抱住香香，窑洞口忽地传来一声咳嗽。

尼玛像一只受惊的兔子，一下子从香香身上跳了起来。

尼玛屏住气，轻手轻脚鬼魂样飘到窑洞口，月光下，他只看到酱红色的僧袍在大喇嘛昂欠的墙角一闪，不见了。

尼玛一阵后怕，仓皇逃下山坡，回了家。

"难道有人盯上我了？"好几天，尼玛的眼前总是晃动着那天夜里尕藏寺墙角一闪而过的酱红色僧袍。

俗话说，苜蓿地里縻不住驴。过了几天胆战心惊的日子，一心惦念香香的尼玛又大着胆子去找她，可同样的一声咳嗽，又惊得他从窑洞里跳了出来。不过这次，他可真真切切看清楚那个搅他好事的人不是旁人，正是尕藏寺的大喇嘛桑杰。

自那以后，尼玛不敢再去香香的窑洞了。

"一个出家人咋忽地热心起俗事来了？"尼玛起初以为大喇嘛发了善心要保护香香，但后来他不这么认为了。

那是韩土司带兵去黑山峡的前一天，吉美让尼玛去尕藏河滩督察水磨坊磨军粮的事儿。黄昏的时节，他查完军粮，哼着野调沿着尕藏河边的石头路往回赶，走着走着，隐隐糊糊听见尕树林那边传来"哗啦、哗啦"的撩水声。他停住步，侧耳细听了一会儿，猫着腰钻进林子。当他从林子的另一头钻出来时，眼前的情景让他惊呆了。

香香光着身子站在尕藏河边。太阳的余晖洒在她洁白的身上，就像敷了一层橘红色的薄纱。流动的河水划碎了她的倒影，远远看去，她就像踩着一朵盛开的莲花，从水中慢慢升起。

"菩萨呀！"尼玛惊叫一声，冲进河里。

尼玛的惊叫声让香香大吃一惊。她扭过头，惊恐地盯住尼玛。

"香香，我的活菩萨！"尼玛蹚着河水，向香香扑过来。

香香尖叫一声，转身就跑。

整个尕藏镇，香香哪个都不怵，就怵尼玛一个人。

尼玛哪里肯罢休，随后追上岸来。

一眨眼的工夫，香香钻进岸边的尕树林不见了。

"兔子跑得再快也逃不掉鹰鹘的爪子。"尼玛紧跟着钻进了尕树林，刚走几步，"咚"的一声，他的后脑勺上重重地挨了一棒。

尼玛醒过来时，已经躺在个家的炕上。

"要不是大喇嘛，你早就没命了，佛祖呀。"阿妈看着躺在炕上的尼玛，担心地说道。

"是大喇嘛救了我？"尼玛喃喃道。

"好好的你去林子干啥？"阿妈责怪道。

"天气热，我想到河里凫水，没承想钻林子时摔倒了。"尼玛顺嘴编了个谎。不过尼玛使劲想了半天，也想不起是香香打了他，还是大喇嘛打了他。

"这么巧，大喇嘛咋会在林子里？不对……"尼玛心里忽然一惊，"大喇嘛不是盯上了我，而是盯上了香香！"

37

往常，香香到处晃悠的时节，总唱一些乱七八糟的下流野调，而今儿个，她在土司府门前唱的是花儿《杨家将》。

> 穆桂英想起杨宗保，
>
> 枕头上落下泪了；
>
> 半夜里想起阿哥的好，
>
> 熬煎着不知道睡了。

"好好的歌，叫她给活活糟蹋了，轰走。"格列一挥手，吼道。

格列以前虽然不咋熟悉香香，但知道香香是阿尼念卿山花儿山场上的唱家子。香香疯了之后，格列在街上撞见过几回。有一次，精身子的香香竟然当街搂住了格列，格列费了好大的劲才挣脱逃回府上。从那以后，格列对香香心生厌恶，老远瞭见她，就早早躲开。

土司府的黑漆大门"吱呀"一声开了。一条黑藏狗冲出大门，冲着香香狂吠起来。

香香怯了，转身就逃。

街上跑过精身子的疯女人香香，铺子里的男人们伸出脑袋，睁大眼睛看稀罕。而女人们一边嘴里不干不净地骂着，一边惊慌失措地往家赶。要是碰上个家的男人在门口张望，就会立即揪住男人的耳朵，使劲朝门里头扯。

"香香，香香。"一帮不懂事的娃娃从街旁的阴沟里抓起泥巴，大声野气地叫喊着朝香香身上扔。

香香一口气跑出尕藏街，来到尕藏寺旁边的大喇嘛昂欠停下来。

> 穆桂英大雨里招亲哩，
>
> 活拿个杨宗保哩。

你死时陪你着死去哩，
不死时陪你着老哩。

香香对着昂欠又唱起了《杨家将》。

"去，去。"昂欠里的尕喇嘛云丹出来轰香香。香香不但不走，反而叉开双腿，冲云丹做了个下流动作。

云丹羞了，紧着用袍袖捂住脸。

这时节，大喇嘛桑杰从尕藏寺那边过来了。

"看，那疯尼（女）人胡来呢。"云丹指着香香给大喇嘛说。

"不怕，去，拿条毯子来。"

云丹跑进昂欠，拿来一条氆氇披毯。

大喇嘛接过披毯，披在一丝不挂的香香身上。

香香瞪大眼睛，木木地瞧了大喇嘛一阵，忽地冲他风情烂漫地笑了。

大喇嘛心里一臊，红铜色的脸立时变成煮过了的猪肝。

"哼。"香香忽地敛起脸来，取下披毯，狠狠甩给大喇嘛，嘴里哼着花儿走开了。

身穿白袍的穆桂英，
又戴了宗保的孝了；
晕晕昏昏地做睡梦，
好像是你跟前到了。

望着香香远去的背影，一种不祥的预感袭上大喇嘛的心头。

"'身穿白袍的穆桂英，又戴了宗保的孝了；晕晕昏昏地做睡梦，好像是你跟前到了。'难道这是佛爷通过这个疯女人在给尕藏预示着啥？"大喇嘛忽地想起那天早上做的噩梦来，心里一阵悲凉。

当天后响，大喇嘛使云丹往香香住的窑洞送去了铺盖和香香扔下的那条氆氇披毯，大喇嘛还嘱咐云丹，每天给香香送些水和糌粑过去，并让云丹放出风去，哪个再骚情香香，当心寺里的铁棒喇嘛砸断脚巴骨。

第九章

38

过了尕藏河上的尕窄桥，就是胭脂川了。

地埂上的扫帚草，已经长得冒过腰了，有的竟有一人高。每到秋里，它通体变红，就像一道一道燃烧的火焰。

田野里，到处弥漫着苞谷甜丝丝的味气。

"又到摘苞谷的时节了。"杨永生尽情地呼吸着田野里清新的空气，觉得整个身心有一种脱胎换骨的透彻。

杨永生授课的私塾在尕藏街，离他胭脂下川的家有五六里地，平常，杨永生住在私塾，很少回家。

今儿个，杨永生给学娃们放了两天忙假，个家也趁机回家看看娘老子和后人留留。

过了红水沟，就是胭脂下川了，走不多远，可以看见庄子空里的杨府。

杨府共分前后两院，杨老爷和太太住前院堂屋。靠近灶火的北厢房，以前是杨永生的新房，现在空着。隔壁是老二杨建生的屋子，自从他进了河州城之后，这里一直由奶娘杨嫂住着。南厢房紧挨着门道的那间房子，是杨永生阿娘杨太太的佛堂。

杨永生的房门前有一棵杏树。

这是杨永生阿爷年轻时节从野地里移来的。刚移来时，只有一拃长，如今，几十年过去了，这棵杏树已经长成老树了。

树上结的是夏至杏，通常在麦子·麻黄的时节就可以吃了。

后院是粮仓、柴草房和牲口棚。牲口棚里养着一头走骡和一头叫驴。

那走骡是一头马骡，浑身褐色，体格健硕，更难得的是它脾气温驯，容易驾驭。平常杨太太出远门或是到胭脂岭转娘家，都用这头走骡。而杨老爷却喜欢骑那头黑叫驴。

整个府院的四角都有碉楼，那是为了对付土匪和灾民专意修建的。

杨永生一进院子，奶娘杨嫂紧忙取下挂在柱子上的蝇刷，要给杨永生掸土。

"我个家来。"杨永生从杨嫂手中拿过蝇刷，掸起了裤脚和鞋面上的尘土。

尕藏的蝇刷多半是用马尾巴做的，也有用牦牛尾巴的。平常用它赶蚊蝇，有时也用来掸土。

杨老爷家的堂屋迎门的墙上挂一幅中堂，画的是一只工笔下山虎。两面配有一副对子，上联是"啸一声惊动天地"，下联是"睁双眼照耀乾坤"。

中堂下面挨墙放着一张长条几，条几的中央是祖宗的牌位，平常用黑绸子苫起来，逢年过节揭开来拜祭。紧挨着牌位，供着一只犁铧，上面扎一绺红绸子。这是每年开春时开犁用的，春种之后，卸下来擦干净，重新供在桌上。牌位两边各摆着一只青花瓷的花瓶，但花瓶里并没有插花，而是各插了几根锦鸡长长的尾羽。条几前面是八仙桌，八仙桌两旁摆着一对太师椅。

这一对太师椅是杨老爷和客人的专座，家里的晚辈和女人是不能落座的。

太师椅右首摆着一个三格子的面板柜。板柜是枣红色的，面子上有三幅精美的漆画山水。板柜上面摆着一个白板箱子，那里是杨太太专意装白面馍的。箱子里的白面馍一般是招待贵客的，家里除了杨老爷和孙子留留哪个也休想碰。箱子平时锁着，钥匙在杨太太手里。

靠山墙码着一排口袋，里面装的全是麦子，而苞谷、糜子、谷子之类的杂粮都放在后院的粮仓里。杨太太觉得，那些细粮口袋只有放在堂屋里她天天瞭得见的地方，心里才踏实。每天睡觉前，她要仔细数一遍口袋，要不就睡不瓷实。

杨永生进堂屋时，杨老爷正坐在炕上，将水烟瓶"咕噜噜、咕噜噜"吸得像滚锅的开水般叫嚣。杨永生的后人留留坐在阿奶杨太太的怀里，用胖嘟嘟的尕手抓扑从杨老爷嘴里喷出来的烟雾。

杨永生问过杨老爷、杨太太，脱了鞋子上炕坐在杨老爷的下首。

留留嘴里嚷着吃糖瓜，蹿到杨永生跟前，翻揭起他的衣兜。翻揭了半天，糖瓜的魂丝也没找到，倒是翻出了杨永生的水笔，捏在手里把玩起来。

"街上这两天有啥动静？"杨老爷一边抽水烟，一边问杨永生。

"听说那个疯女人又去闹土司府。"杨永生随口答道。

杨老爷知道大后人杨永生所说的疯女人就是香香。当年他出点子让徐三娃杀了香香阿大杨老五闯下大祸，杨老爷个家也被装在里头，受了水，窝了人。

好长一段时节，他见了胭脂上川的杨家人，脸上烧晃晃的。所以，杨永生一提起香香，杨老爷心里发虚。

"你在街上就只听见疯女人的事？"杨老爷有些着气。

"你不就上心土司府的事嘛。"杨永生有些不服，低声嘟囔了一句。

"混账，我不上心土司府还上心啥？他韩家背了我杨家两条人命。"

杨永生见阿大发了火，不再吱声了。

"老二那边有音信吗？"稍停，杨老爷板着脸又问。

"听说红军已经打到黑山峡，河州守军全都缩进城里，说是要死守。"

"韩司令的土兵能守住黑山峡吗？"

"悬。"

"要是红军攻过来，那咱尕藏镇不成了案板上的肉？"

"红军又不是洪水猛兽，有啥怯的？"

"你不怯？"

"我一个教书匠，行得端，走得正，怯啥？"

父子俩正说着，只听"嘭"的一声，灶火里传来炝锅的声气。在胭脂川一带，庄里人吃素饭时，喜欢用野葱花炝锅。饭熟的时节，把铁勺放在火上烧得红红的，然后，倒进清油，等油一过，放上晒干的野葱花连勺带油杵进锅里，随着"嘭"的一声巨响，香喷喷的味气很快飘出灶火，飘出门道……杨太太过日子细发，舍不得用清油，又怕旁人说她，就想了一个两全的好办法——把不放油的铁勺烧红后直接杵进锅里，只听见响，闻不到香。"这不是哄个家哩嘛。"杨老爷对杨太太的这种做法很窝火。杨太太说："咱家铁勺响声好，比放了清油还受听。"

不一会儿，奶娘杨嫂把黑饭端上炕桌。

杨老爷撇下水烟瓶，拿起筷子正要吃，可一看碗里的饭，不悦地瞪了杨太太一眼："咋又是杂面旗花，不见一些油花花。"

"今年年辰不好，新麦子还没磨，你就凑合着吃吧，好多人家都揭不开锅呢。"杨太太埋怨道。

"你这老婆子，真能省。"杨老爷摇了摇头皱着眉头吃起来。

"有钱汉不是挣下的，是省下的。"杨太太没好气地回敬道。

"我要咂奶。"这时，留留"啪"地撂下手里的水笔，闹开了。

留留快四岁了，但一直没隔奶。通常，吃饭前奶娘要给他咂一阵奶，要不就闹个不停。

"杨嫂，快去抱留留喂奶。"杨太太冲堂屋外喊道。

杨嫂应声赶来，从炕上抱起留留走到北厢房，坐到门槛上，撩起大襟，给留留喂奶。

杨嫂的房子斜对着堂屋，杨老爷一转头就能从窗户看见门槛上的杨嫂。当杨嫂撩起大襟，那一对白晃晃的大奶子跳出来时，杨老爷心里"咯噔"一下。

杨嫂很熟练地将她色气儿像杏花瓣一样的奶头塞进留留的嘴里。留留一下子安静了下来，一边大口大口地吸吮着，一边用胖嘟嘟的尕手摩挲着杨嫂圆鼓鼓的奶子。

"看啥呢，饭都冰了。"杨太太不满地瞪了杨老爷一眼。

杨老爷紧忙转过头，端起碗呼噜呼噜吃了起来。

杨太太跳出堂屋，走到廊檐坎，骂起了杨嫂："喂奶也不择个地点，好眼窍！"

而杨嫂只是挪了一下屁股，侧过身子，继续喂奶。

"老大，你成天只知道操心那些学娃们，看这个家都成啥样了，还不快点儿给留留找个娘。我拉扯了虱子又拉扯虮子，你要把我这老骨头明个就填进土里？"杨太太心里不敞亮，回到堂屋埋怨起后人杨永生。

"阿娘，这事不急。"杨永生搪塞道。

39

杨永生的媳妇是那年生留留时难产死的，想起这事，杨永生心里一直觉得有亏欠。

杨永生的媳妇是河州城有名的大粪王刘掌柜的女儿。

刘家在河州城经营大粪生意很有些年辰了，刘掌柜个家也不知道刘家的大粪生意传到他已经传了多少代了，但到了他这一代，刘家的大粪生意做得是风生水起。

刘掌柜的粪场在河州东郊，没事的时节他总爱去那里坐坐。他让下人把桌椅搬到粪场的院子里，坐下来，一边刮着三炮台的盖碗茶，一边欣赏着面前堆积如山的粪饼。在刘掌柜眼里，那些堆满场院的不是臭气熏天的大粪，而是金光灿灿的元宝。

刘掌柜手下有几十号雇工，他们一部分在河州城收粪，一部分在场院里做粪饼，整天忙得连放屁的工夫都没有。

刘掌柜的大粪生意在河州是独行，没有第二家。河州城周围的庄稼人种田用粪，都得到刘掌柜这儿。他占着上风头，根本不愁买主。

有了钱的刘掌柜并不像他的父辈们那样缩着脑袋只做生意，而是想尽法子往富人堆里钻。他觉得有钱腰里就硬梆，可以跟那些有身份有地位的人平起平坐。然而，河州城那些上流社会的人并不拿正眼瞧他，见了他不是说一些风凉话讥讽他，就是老远捂着鼻子躲开他。

有一次，河州驻军牛长官的后人娶媳妇，筵席设在牛公馆的大院里。本来，刘掌柜跟牛长官没啥交情，但刘掌柜为了攀附权贵，也去溜沟子搭礼。那个记礼的尕白脸一见大粪王刘掌柜，心里一潮，捂着嘴，差点吐出来，弄得刘掌柜当场下不来台。

搭了礼，刘掌柜就在大院里拣了一个座儿坐下，可他屁股还没有坐定，那桌上的人一个个都跑了……

最伤刘掌柜脑筋的还是他女儿的婚事。因为高不成低不就，一拖再拖，一直拖到女儿二十出头，也没找到一个合适的婆家。

那时，杨永生正在河州师范学校上学。当时学校里有一个进步学生组成的秘密组织"河州青年社"，领头的就是杨永生的国文老师黄吼吼。黄吼吼本名叫黄道，但他常常犯哮喘，嗓子里吼喽喽、哈啦啦的，所以同事们给他起了个妖名①黄吼吼。时节久了，人们只记住他的妖名，本名反而给忘了。黄吼吼曾领杨永生参加了几次青年社的活动，杨永生深受触动。渐渐地，杨永生成了河州青年社的骨干分子，深得黄吼吼器重。黄吼吼是中共河州支部的负责人，在他的介绍下，杨永生秘密加入了党组织。后来，河州青年社的活动被河州警察局瞄上了。不久，河州行署下令取缔河州青年社。

那天，杨永生从尕藏回到城里，正往学校赶，忽听得学校门口传来刺耳的警笛声。

杨永生不知发生了啥事情，紧忙停住步，他刚躲到一棵大槐树后头，只听"咚"的一声，从学校围墙跳下一个人来。杨永生定睛一看，是黄吼吼。

---

① 妖名：绰号。

"快，警察来抓人了。"黄吼吼拉起杨永生就跑。

"他们朝那边逃了，快追！"身后传来警察的叫嚷声。

黄吼吼和杨永生迅速拐进一条巷道。

进了巷道没跑多远，黄吼吼就跑不动了。他的哮喘病犯了，嗓子像个破风匣，"吼哧、吼哧"地喘不上气来。

警察追赶的脚步声越来越近。

仓皇间，杨永生忽地发现他们正站在一户高宅大院的门前。

杨永生一推门，门虚掩着，便扶着黄吼吼"哧溜"一下躲了进去。

那帮警察追到大院门门口，不见了黄吼吼和杨永生。

一个警察抬头见宅子的门楣上挂着一幅十分精致的牌匾，上面用楷体写着"刘府"二字，便说："这不是大粪王的宅子吗？"

"真倒霉，快走。"另一个警察一声招呼，大家一起捂着鼻子朝巷道那头冲去。

黄吼吼和杨永生站在门道里，听警察的脚步声远了，才缓过一口气。他俩正准备逃走，只听身后"吱呀"一声门响。

两人惊了一跳，忙回身看去，只见一位剪着二毛子的大姑娘站在堂屋门口。

那姑娘看见大门道的杨永生和黄吼吼，也被吓了一跳。

"黄老师！"正当杨永生和黄吼吼不知咋办时，那姑娘忽然认出黄吼吼来。

"你是？"黄吼吼有些茫然。

"黄老师，我在河州中学念书时听过你的演讲。"原来，这姑娘是大粪王刘掌柜的女儿，前些年，她在河州中学上学时，曾和同学一起去师范学校的大礼堂听过黄吼吼有关时政的演讲。

黄吼吼一听，立时轻松了下来。

接下来，刘姑娘将黄吼吼和杨永生让进堂屋。

因为事情紧急，黄吼吼直接把警察搜捕的事告诉了刘姑娘。

"这事不难，我给你们想法子。"刘姑娘给黄吼吼和杨永生沏上茶后出了宅子。

约莫半个时辰，刘姑娘来了，同时还带来了她家的两个掏粪客。

当下，刘姑娘就让黄吼吼和杨永生换了掏粪客的衣服，拉着装满大粪的架子车，混出了河州城。

过了些日子，杨永生准备了礼当，去刘府相谢。

一来二去，两人互生好感。刘姑娘阿大刘掌柜见杨永生文质彬彬，一表人才，又知道杨永生是尕藏镇胭脂下川大东家杨老爷的大公子，觉得这是天上掉下来的好机会，便鼓动女儿跟杨永生保持交往。

杨永生在河州师范学校毕业时，也到了谈婚论嫁的年纪。不料杨永生阿大杨老爷一听后人找的是河州城大粪王的女儿，一下子跳了起来。

"不成，这事万万不成。"杨老爷口苦硬得像铁。

"阿大，为啥呀？"

"为啥，跟一个卖大粪的做亲家，你没脑子呀。"

"卖大粪的咋了，要是没有卖大粪的，那河州城不早成了大粪城？"

"你要跟我犟了。尕娃，你屁股上的屎还没揩净，跳弹个啥。"

"阿大，你有话好好说嘛。"

"好好说？我好心好意供你读书，你却成天跟一些不三不四的人混在一起，告诉你，要不是我到行署打点，你早进班房了。"

杨老爷说的是杨永生参加河州青年社的事。河州行署取缔河州青年社后，对参加河州青年社的人一一进行了审讯。还派人到胭脂下川对杨老爷进行了一番告诫警示，杨老爷不得不拿银票息事宁人，这样，杨永生才得以完成河州师范学校的学业。

"阿大，这跟我的婚事有啥关系？"

"有啥关系？我看你脑子里装的不是圣贤书，是猪粪截截。哼！"杨老爷气得胡子乱颤，袖子一甩，出门走了。

杨永生没办法说转杨老爷，只好又回城里跟刘掌柜父女商量。

刘掌柜是个精明人，一听杨永生的话苦，心里便有了对策。他告诉杨永生，只要杨家肯答应这门亲事，刘家不要聘礼，而且陪送照常。

杨永生回家后把刘掌柜的话原原本本给家里人说了一遍。

杨太太一听刘家不要聘礼，还白搭陪送，心里乐开了花。杨老爷自是经不起太太的说道，最终勉强答应了这门亲事。

合八字的时节，杨老爷知道刘姑娘比个家后人人三岁，又开始打退堂鼓。

"女大三抱金砖，这不正好吗。"在杨太太眼里，最大的规程就是白花花的椽子。

"唉，十只老鼠害死一只猫呢。"杨老爷无奈地勾下头来。

40

刘姑娘来杨府之前，以为杨府在胭脂川是有名的大财主，生活条件跟她城里的娘家差不了多少，进了杨府之后才发现这里的一切与她想象的完全是两码事。

杨太太是个针尖上削铁的人，平常恨不能一块麻钱掰成两半用。

有一次，杨老爷陪杨太太去胭脂岭转娘家。回来的路上，杨老爷因为吃得太多，肚子胀，想屁，但杨太太不让，说："夹一夹吧，眼见着就到下川个家地头了，屁到上川，肥了旁人的地，心疼死了。"

杨老爷只得一直夹到了个家地里，才屁了下来。回家后杨老爷竟然大病一场，请马神仙诊治了一个来月，才诊治松和。

"一泡屎，花了我一个锞子，这抠不过板的抠婆娘。"气得杨老爷躺在炕上砸腔子。

杨老爷以前爱抽黄烟，在家跟前的一块地种了半块烟。但杨太太总是看着不顺眼，常常唠叨："吃了五谷还吃六谷。"每年种庄稼的时节，她就悄悄朝烟地这边占一点，年节长了，杨老爷的烟地就剩下屁股大一坨。杨老爷着气了，拿了铁锹，干脆把黄烟铲了个精光。

为了烟地的事情，老两口一个多月没说话。二后人杨建生看不下去了，说，阿大的烟我来供。他还说，现在城里人都喜爱抽水烟，那东西干净，抽起来绵软，不像黄烟那么扎嗓。此后，杨老爷就改抽水烟，烟丝由二后人杨建生定期从城里送过来。

"羊毛出在羊身上。"杨太太还是气不平。她觉得，一切跟填肚子无关的花销，都是瞎老①的骨堆上烧香，白费银钱。杨太太把田地、粮食看得比个家的命还要金贵。平时，就是打个饱嗝带上来一些饭渣，她也要重新嚼两下再咽回去。

刘姑娘嫁过来的那年春上，刘掌柜为了讨好亲家，给杨府送来了两大车大粪。杨太太高兴坏了，像白捡了两大车金元宝。她把那些大粪全上了麦地里。心想，杨府今年的麦子上了这么多肥，是"胎里富"，保证能有个好收成。

五月里，麦子灌浆的时节，杨府麦子长得高、穗子大，庄里人见了都稀罕

---

① 瞎老：鼹鼠。

得直咂嘴。

"攀个攒大粪的亲家真不赖，臭是臭些，可实在呀，哪个会捧着香喷喷的白面说臭？除非脑子里灌了屎糊糊。"

可哪知，就在这个节口上，老天爷不长脸，连着三天又刮风又下雨，杨府的麦子全都倒伏了。杨太太趴在地头上，哭得死去活来："亲家呀，我的亲亲的亲家呀，你这臭大粪，咋就这么毒呀，活活地害杀我了……"

"萝卜是菜，便宜是害！"看见杨府的庄稼遭了灾，有不少人捂着嘴偷偷地笑。

在杨府，不论是家里人，还是转门的亲戚，哪个也不容许丢剩饭。只要是舀到你碗里的，都得挖进嘴里，咽到肚里。拿杨太太的话说，宁叫眼里挣出晶晶花，不叫碗底剩旗花。

更让刘姑娘目瞪口呆的是，杨府有吃罢饭后舔碗的规程，实在让刘姑娘难以接受。可杨太太自有她的软办法，只要刘姑娘一放下碗，杨太太就替她把碗舔得干干净净，还教训刘姑娘说，甭看这么些饭渣渣不咋起眼，可它是从地里春夏秋冬务劳出来的，是大家挣死亡命苦下的，不敢轻易糟蹋。起初刘姑娘不服，一吃完，转过屁股走人，可过了几天，实在不忍心看婆婆天天为她舔碗，只好学着婆婆的样子开始个家舔碗了。

有了这么个抠婆婆，刘姑娘进了杨府后，不但不能像有钱汉家的少奶奶那样当主子享清闲，反而跟下苦人一样啥活儿都干。

实际上杨府婆媳妇不过是多了一个只干活不要钱的长工。

刘姑娘生娃的时节难产。

杨府请来的接生婆忙活了几个时辰，还是没让刘姑娘生下来，她只好跑到堂屋，说，麻达了，娃娃和婆娘只能保一头。

杨老爷和杨太太主张保娃，而杨永生要保媳妇。

"媳妇就像汗褟，没有了再买一件，娃娃可是咱杨家的骨血，不能白白糟了。"杨老爷说。

"阿大，娃娃还可以再生，可媳妇……"杨永生据理力争。

"甭犟了，保娃！"杨老爷一锤定音。

接生婆回到厢房开始动手。

杨永生冲向门口，想阻止接生婆。

"拉开他！"随着杨老爷的一声喊，长工七斤冲上来，死命抱住杨永生不让他进厢房。

"不——"杨永生一声撕心裂肺的叫喊,划破了夜晚的宁静……

半夜,刘姑娘死了,她给杨府留下了一个孙子。杨老爷给他的宝贝孙子起名叫留留,盼望他能够好好长大,给杨家传宗接代,留下一脉香火。

杨永生死了媳妇之后,心灰意冷。杨府托人给他物色了好几个女人,他都没有答应。

第十章

41

"头发猪鬃换颜色哩!头发猪鬃换颜色哩!"尕藏街上忽然来了一个秦州口音的佛香客。尕藏人管货郎叫佛香客,因为来这里的货郎柜子里挑的主要是颜料、扣线和佛香。

佛香客一般到偏僻的地方走庄串户,很少到镇子上叫卖。所以一听到佛香客的叫卖声,临街的铺子家撩开门帘子,遮住半个脑袋好奇地往外张望。

卖面的见不得卖石灰的。尕藏街的铺子家见了佛香客,一个个眼睛瞪得要出血。

"头发猪鬃换颜色哩!"佛香客每喊叫一声,都要"梆啷、梆啷"摇一阵手中的巴郎鼓。

几个尕娃娃跟在他的屁股后头看稀罕。

"左脸青右脸红,一进城门打死人。"佛香客经过王半仙的卦摊时,王半仙半眯着眼睛,冷冷瞅视着他,随口吟出一句《封神演义》上的谶语。

佛香客停下来,朝王半仙挖视了一眼。

王半仙紧着转过头,跷起二郎腿,用大拇指和二拇指不停地拽揪着长出鼻孔的鼻毛,每拽一根,眉头都要痛苦地攒一下。王半仙的鼻根很细,若有若无,而鼻头很大,紫红紫红的,就像脸面上硬生生栽了一骨朵紫皮大蒜。

佛香客回转身刚要挪步,王半仙又拽出一根鼻毛,"噗"地一口吹掉,冷不丁来了一句："跌倒不如先趴下。"

佛香客没有搭理王半仙，担着货柜大步流星穿街而过。

佛香客走到尕藏街的南头，往右一拐上了去尕藏私塾的那条巷道，街上的人这才缩回脖子去忙活个家的事情。

佛香客担着货柜，踮着脚上了坡。他来到私塾的院墙根站下来，但没有放下货柜，而是换了个肩膀继续担着。他机警地左右瞧了瞧，见没人注意他，才朝里喊了一声："头发猪鬃换颜色哩！"喊完，又是一阵"梆唥、梆唥"的巴郎鼓。

杨永生正在给娃娃们上课，听到巴郎鼓，朝外头瞅了一眼。私塾的院墙很矮，只挡住佛香客的多半个身子。

杨永生朝佛香客挥挥手，示意他离开。可佛香客装作没看见，故意振大嗓门儿喊："头发猪鬃换颜色哩！"

杨永生有些着气了，放下书，走到院子里，冲佛香客喊："你这人好没眼色，这里是私塾，娃娃们念书的地方。"

佛香客不但不走，反而放下担子，双手做成喇叭状压低声气喊："花儿本是心上的话，不唱是由不得个家。"

杨永生忽然警觉起来，他朝后望了一眼，有两个胆大的学娃正扒在门框上，眼睛明吼吼地看他。杨永生一摆手，他俩"嗖"地躲了起来。杨永生这才往前紧走几步，仔细端详了一下佛香客，对了一句："刀刀拿来头割下，不死是就这个唱法。"

"杨永生！"佛香客悄声喊了一声。

"黄老师！"几乎同时，杨永生也认出了黄吼吼。

原来，那首花儿，就是当年杨永生和黄吼吼分手时定下的联络暗号。

"黄老师，你装扮成这样，我差点认不出来了。白天人多眼杂，晚夕你来私塾，暗号照旧。"

黄吼吼会意地点点头。

"头发猪鬃换颜色哩！"黄吼吼摇着巴郎鼓离开了私塾。

42

头鸡叫的时节，人们已经入睡了。杨永生一直在个家的宿舍一边看书一边等黄吼吼。

　　杨永生的宿舍不大，板床紧挨着办公桌，桌子上靠墙放着一个自制的简易书架，书架上密密实实码着两排书。里面大多是他上河州师范时用过的课本，还有几本进步书刊和一套《水浒传》。这套《水浒传》是黄吼吼送给他的，杨永生一闲下来就打开看几页，如今已经翻得书角都卷起来了。"他时若遂凌云志，敢笑黄巢不丈夫！"杨永生最喜欢宋江在浔阳楼上题写的这两句反诗，还专意用水笔在这两句诗下面画了两道横杠。

　　黄吼吼摸黑溜进私塾，和杨永生对了暗号见了面。久别重逢，两人都显得非常激动。黄吼吼告诉杨永生，那年，他逃出河州城之后就去了兰州。后来又被甘肃支委派遣到秦州开展工作。前几天，甘肃支委接到红军攻打河州的消息后，又将黄吼吼改派到河州跟杨永生接头。

　　"秦州那边刚刚打开局面，去年成立了支部，今年又组建了一个上百人的游击队，明里暗里跟国民党反动派斗，形势喜人呐。永生，你这边咋样？"

　　杨永生一听，脸上忽地黯淡下来："尕藏这地方，老百姓大都是些睁眼瞎，守旧，恋家，实在难以下爪。"

　　"俗话说得好，'一尕块牛粪烧不开奶茶，一尕片毡子搭不起毡房'。要想搞好尕藏的工作，就得发动群众。人多力量大嘛。不过，发动群众还得掌握火候，对症下药，一点也急不得。我刚到秦州那会儿，有的同志工作就是抓不到弦子上，给扛长工的讲地税，给种地的讲屠宰税，这不是乱弹琴嘛。"

　　"尕藏人历来把种田缴租子、放钱吃利银看得就像吃饭穿衣一样顺理成章，根本看不出有啥不合理。"

　　"要让他们明白他们种的地是他们个家的，个家种个家的地，缴的哪门子租？"黄吼吼说，"该给他们树立个榜样，让他们看到希望。"

　　"开展群众工作，我是没一点经验，还得老师多多提点。"

　　"只要你俯下身子，多跟下面的人打交道，就会慢慢摸着门道。不踩两脚泥是闻不出土味的。"黄吼吼笑道。

　　"老师见教得是，我脑子里到底还是有一些剥削阶级的残余。"

　　"永生，我们无法选择出身，但我们有权利选择革命！"黄吼吼的语调激昂起来。

　　"老师。"杨永生被黄吼吼的情绪感染了，嗓子里热乎乎的。

　　"永生，我相信你会把尕藏的工作搞好的。"

"唉，也怪我把大量精力耗在了教书上。"

"私塾也是传播革命思想的重要阵地，只要你做好统筹，两者完全可以兼顾。"稍停，黄吼吼说，"这次红军打河州必定经过尕藏，这可是锻炼你的一个好机会。"

"放心吧老师，我一定把握好这个机会。"

"帮红军开展工作，要注意方式方法，不要引起敌人的怀疑，更不能叫他们抓住啥把柄，因为尕藏以后还有更重要的工作等着你哩，你一定要在这里立住脚，扎稳根。"

"请老师放心，我一定竭尽全力。"灯光下，杨永生的脸上洋溢着兴奋。

"你要密切注意土司府的动向，土司府跟河州方面的矛盾对我们十分有利。还有，要利用你河州驻军的兄弟，尽可能多地收集方方面面的情报，及时给组织汇报。"

"这不难，都是亲戚，一家人，熟门熟路。"

"这就好。嫑看尕藏土司现如今处在下风，但在地方上还是有相当的号召力，必要时……"黄吼吼忽地压低了声气。

43

听说红军打过黑山峡，直奔尕藏镇而来，街上顿时乱了架。铺子纷纷关了门，就连尕藏河那边的胭脂上下川也都家家顶门闭户，不敢露面。

格列一边组织兵力准备在尕藏关阻击红军，一边派人去河州城求援。可派去求援的人回来禀报说，红军进攻的主要目标是河州，现在分不出援兵给尕藏，河州方面要格列个家想办法守住尕藏关。

"一群白眼狼。"格列破口大骂。

正当格列被阻击红军的事弄得心里熬油的时节，大喇嘛桑杰带着云丹进了上司府。

格列把大喇嘛让进了二堂。

土司府每逢大事都要请大喇嘛来府上议事。

"咋，没叫杨家大少爷？"大喇嘛一进二堂，没见着胭脂下川杨老爷的大后人杨永生，就问格列。

韩土司因为夫人的事和胭脂下川的杨老爷闹翻后，一直互不往来，但他一直跟杨永生保持着联系。杨永生是他的妻侄娃，更重要的是他上过新学堂，有学养，有见识，所以土司府遇上啥难心的事情，总喜欢把杨永生叫过来商量。

"叫他做啥？"格列一向不大喜欢他这个拿稳作势的姑舅哥，刚才打发人请大喇嘛桑杰的时节就没请杨永生。

"你说做啥？遇上这么大的事，你能拿得住？"大喇嘛有些不高兴了。

"老子英雄儿好汉，阿爸卖葱娃卖蒜。我也是堂堂儿子娃，怯啥，天塌下来有大个子呢。"格列一拍腔子，说道。

"你以为个家是金刚，能顶天立地？"大喇嘛的口气严厉起来。

格列不敢再犟了，只好打发下人去私塾请杨永生。

私塾离土司府不远，去请杨永生的人很快就回来了，他说，杨先生回胭脂下川了。

"算了。"大喇嘛挥挥手，下人一缩脖子退出二堂。

"派探马了吗？"大喇嘛坐在八仙桌旁的太师椅上，望着格列问道。

"早派出去了。"格列懒洋洋地答道。

"有音信吗？"

"还没有。"

"摆啥道场念啥经，阻击红军的事顶得住就顶，顶不住就撤，要打折了胳膊往袖子里藏。你得给我记牢，你是土司府的命系系，千万不能有啥闪失。"

"大喇嘛放心，只要我格列在，尕藏关就是红军的葬身之地。"

"要说大话了，当心闪折了舌头。"大喇嘛一向不看好他这个做事没高没低的洋浑子侄子，更不相信他还能带兵打仗。

"大喇嘛要门缝里瞧人，我格列手下这支卫队不是吃素的。"

"踩进烂泥前最好还是思谋思谋咋样退出来。"大喇嘛亮清土司府的土兵都被韩土司带到黑山峡去了，只留下少量人马和一支卫队看家护院，靠这些人去阻挡红军，不过是指屁吹火，根本不顶用。

"我就不信红军是三个脑袋的哪吒！"格列在土司府信马由缰惯了，哪里听得进大喇嘛的话。

傍晚，格列坐在土司府的凉台上，等尕藏关那边的消息。据晌情报，红军顺着尕藏峡谷朝尕藏挺进，估计入夜可到尕藏关。

尕藏关是河州二十四关中最重要的一个关隘。峡窄谷深，形势险要。尕藏河穿峡而过。顺着河岸有官道，连接着山南山北。关门设在尕藏河西岸坡根，那儿建有二层碉楼，两边筑有坚固的边墙。尕藏关既是河州通往山南藏区的咽喉之地，又是易守难攻的军事要塞。明朝末年，尕藏第十二世土司率领土兵与攻打河州城的李自成一部战于尕藏关，李部殊死相拼，连失两员猛将，终究没能攻取尕藏关。为此，尕藏土司受到大明朝廷和河州府的嘉奖。

夜幕降临，还没有红军攻打尕藏关的音信。

尕藏关那边的山岭已经完全被吞没在无边的黑暗中。亮明星早早地爬上山顶，孤零零地眨着眼睛，那忽明忽暗、捉摸不透的光亮，看得人心里发毛。

格列沉不住气了："再派人去探。"

"哦呀。"一个下人答应着，旋风一样冲下凉台，只听门扇"哐"的一声巨响，那人冲出了大门。

"简直是一头野驴。"格列不满地骂了一句。

侍女拉姆用茶盘端着三炮台的盖碗茶上了凉台。

"少爷，喝口热茶焐焐身子。"拉姆把碗子放到桌子上，又给格列披上一件青绒披风。

格列端起碗子呷了一口茶，说："去，把我的花头麻鹩请上来。"

拉姆在黑暗中朝身旁的尕仆人达勒递了个眼色，达勒乖乖下了凉台。

不一会儿，达勒提着花头麻鹩上了凉台。

格列接过雀笼。

花头麻鹩不知主人深更半夜请它出来要干啥，莫名其妙地东瞅瞅西望望。

"扛枪打仗——"格列瞅视了一番花头麻鹩，忽地，冲它叫了一声。

花头麻鹩摆了一下尕脑袋，像是亮清了主人的意思，伸伸脖子高声应和："扛枪打仗，扛枪打仗，杀！杀！"

"哈哈哈，杀得好！杀得好！"格列高兴得手舞足蹈。

"扛枪打仗，扛枪打仗，杀！杀！"花头麻鹩的叫声，穿过空洞的夜色，从远处的街巷传来隐隐约约的回声。

约莫半个时辰后，探马回来，说，还不见红军的影子。

"少爷，天凉了，回屋歇吧，红军怕是今晚夕不过尕藏关了。"拉姆给格列披了一下披风的摆子，说。

"是啊，少爷，咱尕藏是啥地方，有尕藏寺的佛爷保着，有桑杰大喇嘛护着，还怕几个红军不成？"格列身旁的一个卫兵也附和道。

格列架不住众人的劝说，从躺椅上起来，准备回房歇息。忽听得天空中几声巨响，格列身子抖了一下，披风滑落在地。"看！"有人惊叫一声，只见三颗像彗星一样的星宿，拖着长长的尾巴，从尕藏关那边飞速升起。

身旁的几个侍从见状，慌忙跪在地上，捣蒜似的磕起头来。

格列一时也慌了神，凉台上乱作一团。

过了一阵，守卫尕藏关的土兵全都撤回来了。

土司府卫队的肥肥队长，像个大气球一样滚到格列跟前时，格列一把抓住他的领口急问，为啥不放一枪。

尕队长上气不接下气地说："少爷，红军有神助，不得了。"

原来，红军进攻尕藏关时发了三颗信号弹，土兵没见过，以为是天降流星，视为大凶，一窝蜂似的从阵地上逃了下来。

"养一头猪还杀二百斤肉呢，我咋就养了这么一群废物？"格列指着肥肥队长的鼻子大骂。

"少爷，还是趁早躲躲，红军眼看着就进尕藏了。"尕队长扁着嘴下话道。

"唉。"格列不甘心地朝尕藏关方向瞅了一眼，在一帮土兵和侍从的护卫下，逃出土司府躲进了尕藏寺。

当夜，红军占领尕藏镇。

44

第二天，人们看到尕藏街上到处都是浅蓝色的队伍。

这支浅蓝色的队伍跟以前来尕藏的各种颜色的队伍比起来有点奇怪：他们一个个穿得破烂不堪，补丁摞着补丁，但他们个个都精神头儿十足，脸上始终洋溢着友好的微笑。他们见了老百姓问长问短，亲亲热热，这是尕藏人从来没有遇见过的。

张连长和刘指导员一大早就来找大喇嘛桑杰。

大喇嘛昂欠的院子里有一棵菩提树，据说是尕藏寺的头一位大喇嘛从印度带回来的种子。大喇嘛桑杰对这棵菩提树十分喜爱，每天都坚持到树底下磕头诵经。

张连长和刘指导员进门时，大喇嘛正在菩提树下一边磕头一边诵经。

菩提树有一抱粗，枝叶繁茂，罩住了大半个院子。

没有风，菩提树一动不动。

院子里出奇地安静。

一片干枯的叶子从树上悄无声息地掉下来，在半空中晃晃悠悠了好几个来回，才轻轻落在大喇嘛脚下。

大喇嘛在菩提树下不间断地匍匐下去，站起来，又匍匐下去，再站起来……

张连长和刘指导员看着大喇嘛如此虔诚的样子，不忍心打扰，静静地站在一旁等候。

大喇嘛将全部身心投入到面前的菩提树上，似乎没有感觉到张连长和刘指导员的存在。

约莫等了一顿饭工夫，大喇嘛停歇下来，转身招呼张连长和刘指导员。

大喇嘛穿一身酱红色的僧袍，手提一串檀香木的素珠，脚蹬一双黑底勾花蒙靴。他面皮黝黑里泛着红润，眼睛十分清澈，从那里似乎看不出一些些的私欲和杂念。

大喇嘛把张连长和刘指导员让进堂屋。

几句客套之后，张连长跟大喇嘛说明来意："我们想找土司府的格列少爷。"

大喇嘛说："不巧，少爷去了城里，有啥事跟我说吧。"

刘指导员拿出一封信交给大喇嘛："这是韩司令写的。"

大喇嘛拆开信，读完，说道："既然家兄跟贵军订了合约，我们遵照就是了。"

原来，那天刘指导员跟韩土司谈了大半天，韩土司掂量来掂量去，终于答应放红军过黑山峡，条件是，红军必须保障尕藏镇和土司府的安全。

当天夜里，韩土司的民团在谷口朝天爷开了一通乱枪，放红军过了黑山峡。随后，韩土司指挥民团假模假样地追击了一阵，便收兵到远处的山脚安营扎寨。

"大喇嘛，我军大部队随后就到，希望能借用一下土司府，作为我军的临时指挥部。"刘指导员跟大喇嘛商量，尽量把口气放得很随和。

"当然可以。"大喇嘛一口应承。

"还有一事，得烦劳大喇嘛。"

"帮忙帮到底，送佛送西天。"

"张连长的腿子有伤，能不能暂时住在大喇嘛昂欠养几天。"

"中，待会儿我叫云丹请伦珠活佛过来诊治诊治。"

45

尕藏街上空荡荡的，显得十分冷清。

街两旁的铺子大多数都已经搭门了。铺子家不是躲到附近的亲戚交往家里，就是藏在铺子里，隔着门缝偷偷瞅视街面上的动静。

算命的王半仙依旧坐在他那个折了腿腿的破椅子上，半眯着眼睛，打量老远走过来的红军先头连的刘指导员。

刘指导员经过王半仙的卦摊时，朝王半仙摆了一下手。王半仙紧忙站起来，狠狠点了一下头。

平常，王半仙见了生人，总喜欢说一两句不着边际的谶语唬人，但今儿个见了刘指导员，他只是眼巴巴地盯着，嘴边上没有半句词儿。

王半仙的对面是尕藏街的太召铺①。铺子里没有人光顾，一个秃头老太召正在一块生牛皮上来来回回地荡刀。

刘指导员走过来时，也给老太召招了一下手，老太召没想到当兵的还会给他招手，紧忙住下手里的活，点了一下头。

王半仙一直望着刘指导员走远了，回过头跟老太召对视了一眼，嘴一扁，身子一缩，回坐到椅子上。

到了街北，刘指导员见马神仙的药铺没搭门，但里面黑洞洞的，看不到人影。门口高高的桦木杆上，杏黄色的大幌子在风中有气无力地摇摆着。刘指导员望了一会儿幌子上的"济世堂"三个大字，意味深长地咧了一下嘴。

最北头的土门洞口，一个红军战士背着枪在那里站岗。

时节正是晌午，太阳朗朗地照着，刘指导员身上汗津津的。

绕过牌坊门，有个战士从土司府大门跑出来，向刘指导员报告说，土司府的死牢里发现一个老汉，让他走，他死活不走。

"还有这种事？去看看。"刘指导员跟着那个战士进了土司府死牢。

---

① 太召：剃头匠。

土司府的死牢一大半在地下，一进门就有一股刺鼻的霉臭味。刘指导员使劲抽搐了几下鼻子，才算适应了些。死牢并不大，只有七八间牢房，里面幽暗、潮湿、沉闷。

最里面的一间牢房里，坐着一个老汉。

这里的味气更加难闻。刘指导员取下眼镜，用手指揉了揉眼睛，重又戴上，仔细打量起眼前这个待在死牢里不愿出来的老汉。

老汉穿一件破烂不堪的长袍，花白的头发乱麻一样披在肩上，上面油腻腻的，沾满了脏东西。

从刘指导员进牢房的那一刻起，老汉一直用一双浑浊的眼睛死死地盯着他。

刘指导员来到老汉跟前，蹲下来，和颜悦色地说："老人家，你可以回家了。"

"回家？"老汉的目光忽地离开刘指导员，仰天大笑起来，那笑声在空洞的牢房里荡来荡去，听得人心里直发瘆。

"老人家，你可以回家了。"刘指导员又大声重复了一句。

"不，我哪里也不去，我要看着土司府断子绝孙。"老汉的眼睛里闪出一道犀利的光亮。

刘指导员心里不禁一颤。

46

土司府比刘指导员想象的要大得多，他带着十几个战士一直忙到了后晌，才整顿出个眉目。

回昂欠的路上，刘指导员一直琢磨着土司府死牢里这个不同寻常的老汉，觉得太不可思议。到了昂欠之后，就迫不及待地将土司府死牢看到的情景告诉了大喇嘛。

"那个疯老道是土司府的一疙瘩毒瘤子。"大喇嘛喃喃道。

"哦？"刘指导员惊异地瞅着大喇嘛，"怪不得那么古怪。"

"古怪？他原本就不该来尕藏。"

"是啊，我也在想，既然是个道士，咋会圈在土司府的死牢？"

"说来话长，都是造化弄人。"稍停，大喇嘛将老道士的来龙去脉，给刘指导员详详细细说了一遍。

那是二十年前的事了。

那天，韩土司刚从大堂办完案子出来，管家吉美急急忙忙跑过来，悄声对他说道："司令，看坟的老边巴捉了一个道士。"

"哪个道士？"韩土司停住步，不悦地问道。

"就是前几天来咱尕藏闹事的那个疯道士。"

"是他，捉他做啥？不是已经赶走了嘛。"

"是赶走了，可那畜牲今儿个在咱土司府祖坟上尿尿，还尿湿了老祖宗的石碑，给老边巴捉了个正着。"

"啥？"韩土司的脸一下子黑成了铁，他狠狠咬了一下牙，"打进死牢！"

关于这个疯道士，尕藏人哪个也说不上他是从哪里来的，只知道他脑子不清顺，有些癫狂。

自从疯道士进了尕藏，就像一头横冲直撞的野驴，将不大的尕藏街搅得尘土飞扬。他一连几天在街面上白吃白喝，要是馆子家追着他要钱，他便说，他是韩土司请来祈福的贵客，赊下的账，到时节土司府一疙瘩结算。

有人将疯道士打着土司府的旗号蹭吃蹭喝的事告到土司府，韩土司一听，大怒，差人把疯道士捉进了土司府大堂。

"说，哪来的疯道士，敢来我尕藏撒野？"韩土司坐在公案前的太师椅上，怒目而视。

"我不是疯子，也不是来撒野的，我是专意为土司老爷祈福来的。"疯道士站在大堂中间，拍着腔子，不慌不忙地说。

"那你说说看，说得有理，重重有赏，说得无理，乱棍打出。"

"几个月前我夜观天象，看见北方的吉祥星——菩萨神星被乌云盖住。"

"哦？"

"当时我心里纳闷儿，菩萨神星是降福降祥的吉星，咋会叫乌云盖住呢？我紧着掐指一算……不好，这是个凶兆。果不其然，没几天，我看见一颗贼星[1]朝尕藏滑落。"

"贼星滑落是常事，有啥稀奇。"

"土司老爷，这颗贼星跟往常不一样，尾巴上带着扫帚。"

---

[1] 贼星：流星。

"扫帚？"

"土司老爷，你要是不信，就当我放屁，要是信，就得赶早禳衍，不然迟早受水。"

"那，依你之见……"

"简单，你在尕藏给我起一处道观，我天天给你作法祈福。"

"混账，我尕藏寺供养着那么多高功师父，还用得着你一个外乡来的疯道士？"韩土司一听，大为光火。

"土司老爷也太高看你那帮肉头和尚。"疯道士说着，哈哈大笑起来。

"放肆！"韩土司说完，拂袖而去。

疯道士还想说啥，被土司府的卫兵轰出了大堂。

疯道士被轰出来后并没有离开土司府，而是坐在土司府的牌坊门前，解开裤带，抓起了裤裆里的虱子。那疯道士每抓到一只虱子，就顺手丢进嘴里，"咔"的一声，咬得血水乱溅，虱子的血将他的牙齿都染红了，直看得土司府守门的卫兵心里一阵一阵地发潮。

这天夜里，两个蒙面的汉子把那个疯道士劫持到镇子外，悄悄扔进冰凉的尕藏河里。

第二天，就发生了疯道士在尕藏土司祖坟上尿尿的事情。一怒之下，韩土司将他打入死牢。

几天后，疯道士被绑在土司府广场的行刑台上。

土司府的行刑人赤烈用木盘端着行刑用的各种器具快步走上行刑台。

行刑台周围挤满了看热闹的人。

疯道士四肢分开绑在一个"井"字形的木桩上。

时节正是初春，天气有些冷。

杏树刚打出苞，那略微带些苦涩的香气，在街头巷尾丝丝缕缕地飘动着。

赤烈端着木盘走上行刑台的时节，恰好有一股清风从台面吹过，但它并没有走远，而是猛地晃悠了一下，就地变戏法一样变成一股旋风。

那旋风在台子上像陀螺一样急速地旋转了一圈，然后放慢速度，围着绑疯道士的"井"字形木桩溜达了几个来回。

赤烈正要把木盘放在台子旁的条桌上，那旋风倏的一下，向赤烈的脚下扑来。

赤烈吓了一跳，身子一个趔趄，手中的木盘差点掉在地上。

"哈哈哈，行刑人，你杀人无数，还怕旋风？放心吧，那恶鬼不会索你的命，你的命太贱。"疯道士说完，大笑起来。

赤烈恼羞成怒，对着旋风恶狠狠地踩了一脚。

旋风忽地不见了。赤烈抬起脚，发现脚底下有一只踩死的铁偏①。

赤烈顺脚一抹，可怜的铁偏被抹得只留下一点模模糊糊的黑紫色痕迹。

赤烈抬起头，狠狠瞪了疯道士一眼。

疯道士看到了赤烈眼里的杀气，心里不禁颤了一下。

按照赤烈的设想，今儿个的行刑过程分三步。头一步，割掉疯道士油腔滑调的舌头。第二步，开膛剖肚，挖出疯道士肮脏的心肝。第三步，拿疯道士的舌头和心肝喂狗。

"啥土司老爷，分明是山南跑过来的邪魔，地狱不收的野鬼！"忽然，疯道士扯长脖子，大声叫嚣起来。

"早知道你会嚷嚷的。"赤烈嘴里嘀咕着，不慌不忙，从木盘里挑选合适的刑具。

要割舌头先得把嘴绷开。赤烈从众多的刑具里挑出那把铁绷子。

赤烈记得这把绷子是麻五魁阿大打的，赤烈总共用过两回。前两回都用在尕藏人身上，他们一个是骂了已经故去的老土司，一个是骂了尕藏寺的佛爷，那两回这绷子用得都不是很顺手，今儿个是第三回，他要在这个外乡人身上好好耍耍手段。

"老西番，我咒你断子绝孙！"疯道士越骂越难听。

一声"老西番"激怒了行刑台周围的藏民。

"赤烈，快把这疯子的舌头给剜了。"

"杀死他，杀死这个异教的魔鬼。"

下面的藏民一个个群情激昂，叫骂声像风暴一样向行刑台席卷而来。

在一阵一阵的叫骂声中，赤烈拿着绷子来到疯道士跟前。

"哼哼。"赤烈冷笑一声，扬起手中的绷子。

"老西番……"疯道士张大嘴还想骂，但赤烈手中的绷子已经塞进了他的嘴里。

"咔"的一声，绷子撑开，疯道士的嘴就像炕洞门一样张着，再也叫不出一

---

① 铁偏：一种黑色的甲壳虫。

丝声气来。

"好——好——"下面的叫声炸雷一般，震得台子像敲响的鼓面一样战抖。

赤烈转身拿了木盘中的剜刀，准备剜疯道士的舌头。

疯道士绝望地闭上双眼。

"哼哼。"赤烈又一声冷笑。那双生锈的钢蛋一样的眼睛，似乎已经看见疯道士的舌头被剜出来时血淋淋乱跳的样子。

"慢着。"就在这时，韩土司出现在了行刑台前。

"司令。"赤烈将已经塞进疯道士嘴里的剜刀拿出来，垂手待在一旁。

韩土司怒气冲冲地走上行刑台，来到疯道士跟前。

疯道士的嘴被绷子绷着，说不出话，两只眼睛瞪得大大的，像夜猫子一样盯着韩土司。

"疯道士，你咒我断子绝孙？那好，今儿个先留下你这条狗命，我倒要看看你的咒言灵还是不灵。"韩土司转过身对赤烈使了个眼色，"把这个疯子给劁了，扔回死牢。"说完，"噔噔噔"下了行刑台。

疯道士的嗓子像风匣一样"呼哧、呼哧"喘着，脸涨得像猴子的屁股一样红。

"哼哼。"赤烈对着疯道士再次冷笑一声，转身从木盘里拣出一把劁猪刀，衔在嘴里。

赤烈虽然没有劁过人，但他却是尕藏镇劁猪的高手。

赤烈劁猪不用帮手，他把猪娃的两条前腿并起来，用脚踩住，把猪娃的两条后腿也并起来，用另一只脚踩住，然后用劁猪刀麻利地豁开尕猪娃后裆里那两疙瘩肉囊，取出鲜嫩的睾子，再用事先穿好麻绳的大针把刀口缝住，最后在缝合处抹点花椒水和清油就算完事了。

赤烈劁猪不在乎赏钱，但是割下来的睾子他要带回去当下酒菜，赤烈平生就好这么一口。

眼下，赤烈来到疯道士跟前："嘿嘿，今晚夕又有下酒菜了。"说着，一刀挑开他的系腰，裤子一卜子落到了脚后跟。

台子下漫过一片惊叫声。

女人们没想到割舌头霎时变成了割那东西，一个个忙不迭地背过脸，想从人缝里钻出去，而男人们却故意挡着不让。

疯道士也没想到堂堂的韩土司会来这阴损的一手，一时急了，但他的四肢被绑定在木桩上，即使使出浑身的气力，也丝毫动弹不得。

赤烈取下衔在嘴上的劁猪刀，伸进疯道士的裆里。

台下的人都屏住呼吸，一眼不眨地盯着赤烈手中的刀子。

"啊——"疯道士一声惨叫，就像停中间被活生生劈开了。

随即，赤烈从他裆里取下那两疙瘩要命的肉肉，淌下来的血珠子雨点一样打在行刑台上。

吃黑饭的时节，赤烈把疯道士的那两疙瘩肉炖在砂锅里当了下酒菜。

一年后，韩土司的太太生下一个男娃，取名叫格列。

春分那天，土司府为尕少爷格列办了一场红红火火的满月筵席。整个尕藏街张灯结彩的，就像过年一样。

作为满月筵席最尊贵的客人，土司夫人的外家人杨府杨老太爷、杨老爷和杨太太老早就被请到土司府。

按规程，尕少爷的外奶要为他剪发赐福，但是杨老太爷的夫人早年过世，就由尕少爷的舅母杨太太代行。

"头一剪子剪了个长命百岁，二一剪子剪了个荣华富贵，三一剪子剪了个黄榜高中。"随着尕少爷的三绺头发落到木盘里的红绸子上，满月筵席正式开始了。

这天早上，韩土司还专意派人把死牢里的疯道士押到土司府，绑在大堂院墙根的杏树上，为的是让疯道士看看土司府已经顺利传宗接代，延续香火，他疯道士的咒言连个屁都不如。

剪发仪式过后，韩土司抱着襁褓中的后人格列，来到疯道士跟前，笑呵呵地说："看看，带把的，顶门立户的后人，多攒劲。"

"哼，嫑高兴得太早，你今儿个没断子，保不准明儿个不绝孙。"疯道士一字一句从牙缝里蹦出来。

韩土司一下子变脸了，但转念一想又忍住了，扭过头对身旁的卫兵说："押回去，好酒好肉招待。"

这两年，河州行署收回了土司府辖区重大案子的审理权，疯道士是圈在土司府死牢的最后一个死犯。

"怪不得他死活不肯离开死牢。"听了大喇嘛的讲述，刘指导员心里一下子亮清了。

天爷擦麻，红军大队人马进驻尕藏镇。

红军的团部就设在氽藏土司府。

氽藏镇一时热闹起来。

第二天，刘指导员一大早就带领几个战士在临街的墙面刷写标语。

氽藏镇的街道上，到处可以看到"反蒋抗日，不当亡国奴""只有苏维埃，才能救中国""信教自由，保护喇嘛寺""不打人，不骂人，不要苛捐杂税，不抓兵，不拉夫，不调戏妇女，不拿群众东西"之类的标语。

土司府大门上，还用白石灰刷写了一副很大的对子："奋斗中间莫放手，牺牲到底不回头"。

47

大喇嘛在北厢房云丹的隔壁房子安顿了张连长之后，就打发云丹去氽藏寺请来了伦珠活佛。

伦珠活佛年纪并不是很大，但他的牙掉得早，深窝进去的嘴呼噜呼噜的，像咀嚼着永远嚼不烂的东西。他走路喜欢勾着头，脚尖总是往里盘，一摇一摆的，看起来像只胖乎乎的大鸭子。伦珠活佛为人很谦和，无论对待佛爷还是俗人，始终一副十分温顺的样子。他在大喇嘛昂欠北厢房昏暗的光线下点观了一下张连长受伤的腿子之后，呼噜着嘴说："殰脓了，得挤出来。"说完，让云丹上炕，把张连长的身子压住。

可张连长抬手挡住云丹："不用压，我受得住。"

伦珠活佛用赞许的目光看了一眼张连长，跪到炕沿上，将他受伤的腿子抬到个家的大腿上，双手聚住他的伤处，用力一挤，一股臭烘烘的脓血从伤口冒了出来。

张连长的身子一阵猛烈的抽搐，豆大的汗珠从两鬓间滚落下来，但他紧咬牙关强忍着，没有哼出声来。

"真是金刚的身子！"大喇嘛望着张连长，从心底由衷地赞叹道。

挤完了脓血，伦珠活佛让张连长服了一颗他个家炮制的大蜜丸，回了氽藏寺。

吃过黑饭，大喇嘛进了昂欠佛堂念经去了。云丹拿起扫帚开始扫院子。收拾完院子，他走进张连长住的屋子，想点观一下张连长的伤情。

张连长还不能下炕，但气色明显好了许多。

"云丹师父，你是山南人？"张连长将云丹招呼到炕沿头，跟他喧起了家常。

"不系（是），我系（是）尕江（藏）音（人），胭吉（脂）岭的。"云丹回答。

"咋来寺里了呢？"

"家里穷，养不活，就捐给系（寺）里了。"

"都是穷人空里长大的。"

"将（长）官也系（是）穷音（人）？"云丹惊异地瞪大了眼睛。

"啥长官，告诉你吧，我以前是给财主扛长工的，咱们呐，是一根藤上的两颗苦瓜。"

"长工？那……咋又当了红军？"

"革命呀。"

"革命？"

"对，革地主老财的命，革反革命的命。"

"啥系（是）反革命？"

"这个……云丹师父……"张连长停了一下，"就是……不叫你好好活的人。"

云丹不问了，偏着脑袋，细细揣摩起来。

就在这时，刘指导员推门进来了，他一见张连长就悄声说："刚才门口撞见大喇嘛了。"

云丹一听"大喇嘛"，紧忙起身回了个家房里。

第十一章

48

刘指导员来尕藏镇私塾找杨永生时，他正在给学娃们上课。

刘指导员在门口等了好一会儿，才与杨永生见了面。

　　杨永生在河州师范学校毕业后，原本可以留在河州城教学，但他执意回到尕藏办起了私塾。而刘指导员参加红军之前，也在长沙师范学校读过两年书，所以刘指导员见了杨永生后喧得特别投机。临了，刘指导员提出要借用私塾教室组织群众宣传革命，杨永生满口应承。

　　第二天，刘指导员在尕藏私塾举行演讲，可是听讲的人除了私塾的学娃，没几个大人，这让刘指导员高涨起来的热情一下子低落下来。

　　"一铁锨挖不出井来。这事急不得，得慢慢来。尕藏这地方僻背，除了那些个跑脚户的外，大都是围着那两亩薄田养命的窝里佬，没见过世面。你讲的那些大道理又太生，他们听不亮清。"杨永生劝道。

　　"对着呢，我们才来两三天，对这里的情况不熟，以后还请杨先生多多提点。"

　　"谈不上提点，咱们一起动脑筋，三块破茬石，就能支起一口锅。"

　　　　宗保显魂着虚空里站，
　　　　月蓝的袍，血染了紫金的带了。
　　　　睡梦里梦见你跟前站，
　　　　尕手里抓，就好像亲眼睛见了。

　　那天，刘指导员从私塾出来，无精打采地往大喇嘛昂欠走，刚上了台子，看见一个女人披着一件脏兮兮的氆氇毯子站在昂欠后面的坡顶上唱花儿。尽管她的歌声有些嘶哑，但那高亢的旋律让刘指导员怦然心动。

　　"那女人叫香香，是个疯子。"正好这时行刑人赤烈路过大喇嘛昂欠，见刘指导员站在那儿伸长脖子望着远处唱花儿的香香，顺口说道。

　　刘指导员回过头，看了一眼赤烈，问道："她唱的是啥歌？"

　　"不是歌，是野曲。"赤烈没好气地丢了一句，踏着碎步朝坡下走去。

　　"野曲？"刘指导员望着远去的赤烈，揣摩了好一会儿，还是没揣出个道道来。

　　进了昂欠，他顾不得看张连长，就去堂屋找大喇嘛桑杰问野曲的事，大喇嘛告诉他野曲还有一个好听的名字——花儿，是当地非常流行的一种民歌。

　　"既然演讲效果不佳，为何不利用当地人喜欢的花儿进行宣传呢？"想到这儿，刘指导员心里豁然开朗。

当天夜里他就去找杨永生，要杨永生给他介绍几个花儿歌手。

两天后，杨永生的私塾里来了几个唱花儿的高手，其中就有胭脂岭的尕秀。

> 藏地的走马千万匹，
> 不知道挑哪一匹哩；
> 心上的花儿千万支，
> 不知道从哪里唱哩。

"天籁之音，天籁之音呐。"听了尕秀的演唱，刘指导员赞不绝口，他感觉这是他有生以来听过的最好听的歌子。从那一刻起，尕藏的花儿深深印在了刘指导员的心上。

刘指导员在长沙上师范时学过音乐，曾在湘西一带采集过民歌，参加红军后他还经常改编一些民歌在队伍里传唱。他听了尕秀她们的花儿演唱后，当场就把一首花儿改编成了革命歌曲，给大家教唱。

> 桦木劈成碌碡①棋，
> 穷人要个家做主哩；
> 豁出脑袋手里提，
> 你把我们啊么哩。

一下子，刘指导员改编的这首新花儿，在尕藏镇到处传唱。

49

麻五魁再次出现在尕藏镇时，已经变成了哑哑。

那天杨五七将麻五魁倒挂在树上，点了一堆蒿草，引着土兵走了。

地上的蒿草捂起的烟雾熏得麻五魁眼泪直冒，他拼命地扎挣、拼命地叫喊，但是周围除了呼呼的风声，连个鬼影也没有，更要指望有人来救他。

———————————————

① 碌碡：碌磙。

他的眼睛被熏得啥也看不见了，嗓子被熏得叫不出声了。他绝望了，不再跳弹了，任凭臭烘烘的烟雾钻进他的眼里、嘴里，直到昏死过去。

红军大部队经过黑山峡时，负责搜山的战士发现麻五魁，把他从树上放了下来。

麻五魁虽然得救了，但他的嗓子被蒿草熏哑了。

红军拿下尕藏镇的第五天，麻五魁回到了他的铁匠铺。

铁匠铺好久没开张，到处落满了灰尘。

那只漂亮的红布裆裆，因为长时节没人照料，饿死了。

麻五魁跟他阿大一起玩了多少红布裆裆，心里没有数，可他亮清，阿大死后，这是他个家养的头一只红布裆裆。这只红布裆裆，不是他用雀笼抓的，而是顺路拾来的。

那是去年春上的一天，麻五魁去尕藏关给那里的守兵送他们订制的大刀。回来的路上，他听见不远处的崖底下传来红布裆裆的叫声。他循声找去，发现一只刚出毛的尕红布裆裆在崖底下的湿地上不停地扑腾。它见麻五魁过来，不敢吱声了，缩成一团，用一双冰豆样的尕眼睛惊恐地盯住麻五魁。

"这么尕的雀儿，咋就出窝了？"麻五魁想着，抬起头朝崖上望去，他发现半崖上有一个拳头大的尕洞洞。

原来，那只尕红布裆裆乘大红布裆裆飞出去找食的时节爬到洞口，想个家试着飞一飞，不料，没飞起来，反而跌到崖下，再也回不了洞里。

"唉，不经事的憨雀儿。"麻五魁把尕红布裆裆从地上拾起来，试着放回洞里，可是那洞实在太高，没法子够到。尕红布裆裆要是回不到洞里，肯定活不成了。咋说也是一条命哩，不能就这样眼看着不管。于是，麻五魁拿定主意，要把尕红布裆裆带回铺子里个家养。

麻五魁捧着尕红布裆裆刚走上官道，一只大红布裆裆就追来了，它在麻五魁头顶一边大声叫唤，一边焦急地飞来飞去。

麻五魁进了镇子，那只大红布裆裆也跟着进了镇子。

麻五魁进了铺子，那只大红布裆裆就洛在铺子的房檐上，不停地叫唤，声气一阵紧过一阵，听得人心里直发毛。

"把后人还给你，你也没能耐弄进窝里呀。"麻五魁望着房檐上焦急的大红布裆裆，无奈地摇了摇头。

随后，麻五魁找来一只笼子，把尕红布裆裆放进去，给它喂水，它不喝，又到外面寻虫子喂它，它也不吃。

大红布裆裆在屋檐上亡命似的鸣叫，尕红布裆裆在笼子里"吱吱吱"地回应着，像是呼唤大红布裆裆紧着把它从这里救出去。

麻五魁听着心里烦，可他除了急得转磨磨，一点办法也没有。

天快黑的时节，大红布裆裆飞走了，再也没回来。尕红布裆裆鸣叫了一阵，好久不见大红布裆裆回应，慢慢安静了下来。

第二天一早，麻五魁从睡梦中醒来，竖起耳朵听铺子里的动静。铺子里静悄悄的，一点声气都没有。麻五魁一把掀掉被子，一骨碌爬起来，跑进铺子去点观笼子里的尕红布裆裆。

尕红布裆裆因为一天一夜没吃没喝，无精打采地蜷曲在笼子一角，绝望地看着走进铺子的麻五魁。

看见尕红布裆裆还活着，麻五魁放下悬着的心来。他打开铺子门板，准备开张打铁。

麻五魁码好门板，一抬头猛地看见那只大红布裆裆嘴里叼着一只虫子，在屋檐上跳来跳去。

麻五魁心里一亮，紧忙转身跑进铺子，把笼子提出来，挂在铺子外面，然后躲到门背后偷偷地瞄。

不一会儿，大红布裆裆从房檐飞下来，扒在笼子上。尕红布裆裆见了大红布裆裆，急切地鸣叫着从笼子的格档里探出嘴来，张得大大的，一副嗷嗷待哺的样子。

扒在笼子上的大红布裆裆机警地向四周瞧了瞧，觉得安全了，才将叼在嘴里的虫虫塞进尕红布裆裆张大的嘴里。

就这样，麻五魁白天把笼子挂出来让大红布裆裆喂尕红布裆裆，天黑又把笼子收进去，一直到尕红布裆裆个家能吃东西为止。

自从有了这只红布裆裆，麻五魁的铁匠铺里有了不少生气。

每天早上起来，麻五魁头一件事就是把雀笼挑到铺子外面的房檐下。随着红布裆裆的头一声鸣叫，他一天的活就开始了。红布裆裆俨然成了他的报时器。

麻五魁闲了的时节，经常望着红布裆裆腿空里那团火炭一样红的羽毛发呆。

为此，镇上不少人笑话他：龙生龙，凤生凤，老鼠的后人会打洞。麻五魁跟他阿大好一个调调，喜欢把红布裆裆当媳妇玩。

前些日子，他跟民团土兵一起去黑山峡阻击红军，临行前，还买了一些猪大腿上的紫肉，切成碎末，分装在两个食盒里。他原想，去黑山峡要不了多少日子，那些肉末儿完全够尕红布裆裆扛三五天的。可没想到这一去就是十几天。

走了一趟黑山峡，麻五魁觉得就像闯了一遭鬼门关。

如今，嗓子熏坏了，唱不成花儿。心爱的红布裆裆也死了，他没有了伴儿。

麻五魁从雀笼里取出死了的红布裆裆，欲哭无泪。他的铁匠铺从此没了红布裆裆的叫声。

没了红布裆裆叫声的尕藏街，猛然间空洞了许多。

更叫人们惋惜的是，河州地界所有的花儿山场再也听不见花王麻五魁的歌声了。

唱不成花儿的麻五魁就像没了魂似的，身子轻飘飘的像一张纸。

50

这天后晌，私塾里的花儿声惊动了麻五魁。

> 桦木劈成碌硅棋，
> 穷人要个家做主哩；
> 豁出脑袋手里提，
> 你把我们啊么哩。

尕秀的声气依旧是那么地亮，那么地悠长，就像一条抛向天爷的白丝带，在太阳下闪着银光，划出一道亮晶晶的弧线。而如今，这亮晶晶的弧线，无疑是一根长长的刺，一下一下戳在麻五魁的心上。不能唱歌的麻五魁，再也没脸见尕秀了，他忽然觉得个家矮了一大截。

当私塾那边再次传来尕秀的声气时，麻五魁忽地抓起刚才撂下的铁锤，用铁钳夹出炉火中烧红的铁块，放在砧子上用力敲打起来。在麻五魁心中，他敲打的不是铁，而是丝丝缕缕飘进铁匠铺的那些亮晶晶的弧线，他要把那些弧线一根一根砸断，就像砸断他对尕秀千丝万缕的牵念。但是麻五魁无论咋用力，都无法阻止那亮晶晶的弧线一股子一股子地闯进他的铺子，并一圈一圈把他缠绕得瓷瓷实实。

麻五魁觉得个家的身子一阵一阵地发紧，紧得他喘不上气来。

麻五魁停止敲击，把放在砧子上还没打好的铁块丢进淬火的木桶里。

"哧——"的一声，木桶里冒出一团蘑菇状的蒸汽。

麻五魁一屁股坐在墙根的地上，再也不想起来。

扁豆子出土分杈哩，

红军教我唱歌哩；

……

尕秀的花儿声又起了，可不知咋地，刚唱了两句就猛乍乍停了。

"曲儿还没完，咋停了？"麻五魁纳闷儿，从地上站起来，出了铁匠铺。

邻近的几个铺子家站在门口，手搭凉棚，遮住阳光，朝私塾那边张望。

麻五魁走过去想打听一下发生了啥事，可他嗓子坏了说不出话，急得耍着手乱比画。

"王半仙带着一伙人去了私塾。"有人告诉麻五魁。

麻五魁不明白算命的王半仙去私塾做啥呢，一个劲地摇头。

"嗨，你嗓子哑了，耳朵也哑了？私塾里唱野曲呢，这下可惹了乱子。"

麻五魁一听，急了，撒开腿，朝私塾跑去。

尕藏镇的私塾原先是土司府的一处杂货仓库，后来杨永生办私塾时，韩土司就把它腾出来，让杨永生当教室。

麻五魁赶到那里时，王半仙已经带着一伙人围在私塾门口。

"杨先生，你是知书达理的人，全尕藏都把你当正人君子，可你……可你咋就干出这般下作的事。"王半仙指着杨永生教训道。

"王先生，红军在这里教的是革命歌曲。"杨永生耐心地解释着。

"革命歌曲，革哪个的命哩？是我的，还是你阿大的？"王半仙叫喊着，唾沫渣子都溅到了杨永生的脸上。

"在私塾里唱野曲，简直是往圣人脸上抹屎呢。"有人乘机起哄。

"各位乡党，要生气，要生气嘛。今儿个唱的歌子，都是刘指导员改过的革命歌曲……"

"换汤不换药，曲子还是野的。"有人打断杨永生的话。

"对着呢。家家都有避辈哩嘛，天天在这里唱野曲，叫咱们咋过哩嘛。"

"对，把那些唱野曲的骚货都赶出私塾。"

门口的人群又开始涌动。

有几个婆娘冲出人伙，往教室闯。

"乡亲们，乡亲们。"刘指导员上前去阻拦，被前面一个肥婆娘一屁股夯倒在地。

不一会儿，最先闯进去的那个肥婆娘，揪着尕秀的头发把她拖出教室，随后，跟尕秀一起唱歌的几个女子都被婆娘们揉了出来。

"唱野曲也不择个地点，这是娃娃们念书的私塾，从今往后哪个还敢往这里送娃呢。"那肥婆娘嘴里嚷嚷着，使劲往尕秀的腿子上踹了一脚。

"咚"的一下，尕秀跪倒在地上。

那肥婆娘还不解气，扬起肥巴掌就要打尕秀，冷不防被一只有力的大手死死抓住。

"麻五魁，你做啥呢？"肥婆娘抬眼一看是麻五魁，怒冲冲地喝道。

麻五魁用力一掀，把肥婆娘掀了个仰面朝天。

一旁那几个跟尕秀一起唱花儿的女人，忍不住"咯咯咯"地大笑起来。

麻五魁一把拉起尕秀，大步流星地朝大门走。

"麻五魁，你要造反不成？"王半仙伸开双臂挡住了麻五魁。

麻五魁一把抓住王半仙的领口，使劲一推，王半仙一个趔趄，倒退了好几步。

麻五魁拉着尕秀出了私塾。

一出私塾，尕秀甩开麻五魁，顺着坡路，朝街上跑去。

麻五魁张大嘴干喊了几声，但没喊出一丁点声气。

"热脸蹭到了冰屁股。"

听到身后有人说风凉话，麻五魁猛地回过身，见王半仙和那个肥婆娘一伙人正站在私塾门口，咧着嘴望着他。

麻五魁臊了，狠狠地挖视了一眼王半仙。

刘指导员在尕藏教唱新式花儿的坛场刚刚铺开，就在王半仙一伙的搅扰下草草收场了。但是，他教给大家的那首新编花儿却永久地留在了尕藏镇。

在以后的日子里，尕秀每每赶山场都要唱刘指导员教给她的那首歌：

　　桦木劈成碌碡棋，

穷人要个家做主哩；

豁出脑袋手里提，

你把我们啊么哩。

尕秀觉得，这首花儿跟她们往常唱的不一样，一唱它，就会觉得心里亮堂，浑身有劲。

51

一轮圆月，在胭脂岭的后山顶高高地挂着。

河滩地上，到处可以看到月光照亮的大麻石，绵羊一样安静地盘卧着。

尕藏河银光闪闪，偶尔可以听见鱼儿跃出水面的声响。

河边的林子密密实实的，树梢间笼了一层淡淡的雾气，月光下，有一种飘飘渺渺的感觉。

刘指导员和杨永生在河滩地一并排散步。

"尕藏真是个好地方啊。"刘指导员望着眼前的情景，由衷地感叹道。

"好是好，就是有些僻背。老百姓一辈子窝在这里，大门不出，大字不识，唉，他们太需要教育，太需要文化了。"

"不光要让他们有文化，更重要的是要让他们明事理。"

"是啊，有文化难，明事理更难呀。刘指导员，今儿个后响你都看见了，唱花儿明明是件好事，可他们就是不让你好好唱。"

"王半仙那帮人是不是不喜欢花儿？"

"哪儿呀刘指导员，他们都是装的，私底下好得心抖。"

"那……"

"咱尕藏啊，把花儿看作是野曲，有很多禁忌，只容许在没有人烟的野地里唱，登不了大雅之堂。"

"这就怪了。"

"咱尕藏地方不大，怪事不少。"

"听着这里的花儿，我就想起了家乡的山歌。"

"我听过你们的《刘海砍樵》。"

"像《刘海砍樵》这样的民歌，咱们湖南还有很多很多。那年，我在长沙师范上学时，和同学们一道去桑植采风，那里的高腔山歌可真是高亢悠扬，听得人浑身的血就像滚开的水一样汩汩地往上冒。"

"咱尕藏的花儿也不瓤，光曲令就有几百种。"

"不管哪里的民歌，都是藏在土里的夜明珠。杨先生，你是文化人，应该好好挖掘挖掘，让它大放光彩。"

"我也正有这个想法，这些年搜集了不少花儿，准备寄给报社，要是能发表，就会有更多的人了解咱尕藏的宝贝。"

"杨先生，那个叫尕秀的女子唱得可真好。"

"她是咱尕藏的花后。"

"怪不得呢。杨先生，等尕藏建立了新政权，我们就可以把花儿正大光明地写进书里，搬上舞台。到那时，像你这样的文化人，就可以派上大用场了。"

"那该多好哇，再也不怕王半仙那伙人来捣乱。"杨永生嘴里喃喃道。

两个人说着，不觉来到河边。刘指导员蹲下身，撩了一捧水，擦了一把脸，不由得打了一个冷战。

"尕藏这地方地气凉，河水格外冰。"杨永生把长衫子撩起来，紧挨着刘指导员蹲下来。

"听说令弟是河州驻军的参谋？"刘指导员抬起头，望着杨永生。

"是，是。"杨永生不自在地咧了一下嘴。

"十个指头有长短。"刘指导员轻轻扶了一下他瘸了腿的近视眼镜，"我的家庭出身跟你一样。父亲是当地出了名的大财东，光土地就有三千垧，都是上好的水浇地。我参加革命时，他死活不同意，还派人来绑我，幸亏我们班长及时发现救了我。从此，我就跟父亲一刀两断了。"

"真佩服你的勇气！"

"要革命就不能瞻前顾后，我舍弃了那个封建的旧家庭，却拥有了一个革命的大家庭。"刘指导员的眼睛里闪烁着晶莹的亮光。

秋风轻轻荡过河面，远处的树影微微晃动着。

林子边的草地上，黑蚂蚱"唧唧吱——唧唧吱——"地叫个不停，河对面胭脂上川的庄稼地里，还隐隐传来地狗吹喇叭一样的叫声。

那一晚，刘指导员和杨永生在河边谈到很晚才回来。

杨永生将刘指导员送到大喇嘛昂欠的门口，掏出一个巴掌大的尕本本送

给刘指导员，并交代，那上面记了一些朶藏地区很有代表性的花儿，值得
一看。

刘指导员回到大喇嘛昂欠的北厢房，点着酥油灯，迫不及待地打开了杨
永生给他的朶本本，刚翻两页，忽地从中间掉出一绺朶纸片，他紧着拾起来，
借着灯光一看，上面写着一行十分清秀的毛笔字：河州驻军欲攻朶藏，请
防范。

原来，听到红军大部队进驻朶藏的消息后，胭脂下川的杨老爷就派七斤偷
偷摸进河州城，给他的二后人杨建生通风报信。七斤临回时，杨建生一再嘱咐，
最近这些日子，府里的人千万不要去镇子上走动。

杨老爷从七斤带回来的口信中，闻到了河州驻军要对朶藏红军下手的气味。
他紧忙使七斤到私塾把大后人杨永生叫回来。

七斤赶到私塾，已经是吃黑饭时节了。

"大少爷，老爷叫你放了学娃，回府上住些日子。"

"为啥？"

"为啥……"七斤吭哧了半天，"这……这个我不能说。"

"你不说，我就不回。"杨永生说完，干脆坐在凳子上不动了。

"我……跑了一趟城里。"

"你去见了二少爷？"

七斤望着杨永生狠劲点了一下头。

这下，杨永生啥都亮清了，城里的驻军要攻打朶藏。打发走了七斤，他寻
思，得想法子把这消息紧着传给红军。黑饭后，他就写了一个条子，夹在他平
时记花儿的朶本本上，然后约刘指导员见面。

"指导员，你咋还不睡？"刘指导员翻动朶本本的响动惊醒了张连长。

"你看。"刘指导员把手中的字条递了过去。

"这是哪儿来的？"张连长看完字条，着急地问。

刘指导员凑到张连长耳根，把刚才和杨永生一起在河边散步，分手时又给
他送了朶本本的事，给张连长叙述了一遍。

"真没想到，朶藏这僻背的地方，也有咱们的人。"张连长听完，一骨碌从
炕上坐起，激动地说。

第十二章

52

月光像一层薄霜铺在山道上。

坡底下的尕藏镇没有一星儿灯火。

镇子边上那一排排高大的箭杆白杨，像高高低低的栅栏，静静地拱卫着尕藏镇。

树尖上的野鹊窝黑乎乎的，像一只只空洞的眼睛，盯着镇子外面虚无的空旷。

远处的尕藏河在月光下闪着明明灭灭的波光。

夜很静，只有大喇嘛的蒙靴轻轻擦过地面时发出轻微的声响。

偶尔，坡顶拂过一股微风，带着草场上湿漉漉的清香，扑面而来。

大喇嘛心里似乎只有一个念想，那就是香香住的窑洞。

但到了洞口，大喇嘛犹豫下来。黑乎乎的窑洞，看上去就像一只张大嘴的怪物。

大喇嘛瞪大眼睛，跟那怪物对峙着。

带着花草香气的风又从坡顶吹下来，大喇嘛的僧袍微微地摆动起来，就像嘛呢堆上摇摇晃晃的经幡。

窑洞里传来香香均匀的呼噜声。那呼噜声似乎附着了一种奇异的魔力，"歘——"的一下，将犹豫不定的大喇嘛推进了窑洞。

香香精身子睡在大喇嘛给她的那块氆氇毯子上。她背对着窑洞门，从外面透进来的微弱亮气，映在她的身子上，使她雪白的肌肤散发出温润的光亮。

大喇嘛的眼前忽地浮现出十几年前转山的情景。那年正是藏历马年，大喇嘛踏上了朝拜阿尼念卿神山的征程，那是他早年发下的宏愿。

阿尼念卿山的转山路基本是沿着雪线伸展开的，头天下过一场大雪，山上整个是冰天雪地，白茫茫一片。

风裹挟着地上的雪渣从身旁呼啸而过。大喇嘛牛皮做的络蹄①踩在雪地上，发出"咯吱——咯吱——"的声气。

太阳出来了，起起伏伏的雪山，从那灰蒙蒙的雾气中渐渐显现出来。

那神奇的景色一下子攫住了大喇嘛的心。"阿尼念卿！"他大呼一声，颤巍巍伸出双手，想亲手摸摸那洁白的、犹若圣女的肌肤般闪耀着奇异光芒的山峦……可就在这当口，白光一闪，耳门上传来一声惊心动魄的炸雷。

大喇嘛给炸醒了，他哀叫一声冲出窑洞，踉踉跄跄向坡下奔去。

风忽地大了起来。

大喇嘛酱红色僧袍的下摆被风吹起来，"噼噼啪啪"的声响，让他心惊肉跳，他用力将僧袍的下摆收起来，紧紧揽在怀里。

下了坡，他放轻脚步，像一团云雾一样飘进昂欠的大门。

回到昂欠，大喇嘛坐在堂屋炕上，脸色煞白煞白的，就像魂儿落在了香香的窑洞。

"晴晴朗朗的天，哪来的炸雷？"大喇嘛抱着头思谋了好半天，也没思谋出个道道来，便和衣躺下来，重新睡了。可他不管是朝天躺还是折棱躺，咋也睡不着，眼前头总是闪现出房背后香香那黑乎乎的窑洞门，像张大嘴的怪物，一口吞掉他似的。

第二天早上，大喇嘛起炕时，忽地发现他那件羊毛绾的红围脖不见了。

那是他在桑柯大寺学经回来时，寺里的大活佛赠给他的送别礼物。

大喇嘛紧忙唤来云丹四处寻找。云丹翻箱倒柜寻遍了昂欠，结果在昂欠大门找到了围脖。

那围脖就系在昂欠大门的铜门环上。

"香香？！"大喇嘛心里一惊，脊背上出了一层冷汗。

一连几天，大喇嘛满脑子都是那晚的电闪雷鸣和怪物般张大嘴的窑洞。

大喇嘛不敢出门了，躲在昂欠的佛堂里一天到晚念经。

云丹寸步不离地守在昂欠，生怕大喇嘛生啥事故。

但这般沉闷的日子没过多久。一天后晌，昂欠的佛堂里忽然传来大喇嘛野牛似的号叫。

云丹看见院子里的菩提树"哗啦啦"地摇摆，他吓坏了，紧忙赶过去。

---

① 络蹄：自制的皮靴。

大喇嘛疲惫地坐在佛堂的精地上，撕碎的经书散落在他的周围。

云丹把大喇嘛扶到蒲垫上。稍稍缓了一会儿，大喇嘛才轻轻摆摆手，云丹退了出来。

大喇嘛桑杰得梦游症了。

这天夜里，大喇嘛披着僧袍又悄悄摸出来。

大喇嘛开门的声气惊醒了云丹。

"大喇嘛有啥急事会半夜出门呢？"云丹觉得不对劲，紧忙追出昂欠。

月光下，大喇嘛依旧像踩着云朵一样，飘飘忽忽朝昂欠背后走去。

云丹紧走几步，在大喇嘛身后干咳了两声，但大喇嘛没啥反应，继续飘飘忽忽前行。

"大喇嘛是不是得了魔怔？"云丹忽然联想起这些天大喇嘛古怪的样子，心里有些怯，冲到大喇嘛前面，把他拦了下来。

大喇嘛想绕开云丹，从他旁边挤过去。

云丹急了，一把抓住大喇嘛的胳膊。

半天，大喇嘛猛地甩了一下头，缓了过来："咋了，我这是咋了？"

云丹一脸的惘然。

"我得了梦游症？"

"唔、唔、唔。"云丹使劲点了几下头。

大喇嘛腿子一软，差点栽倒。

云丹紧着揽住大喇嘛，扶进昂欠。

大喇嘛坐在堂屋炕头，冷静了一会儿，说："这事嫑给旁人说。"

云丹点点头。

"以后你夜里警醒着些，要是再犯，就把我挡回来。"

云丹又点点头。

53

红军开进尕藏镇时，大喇嘛桑杰的身子已经被梦游症搞得快要虚脱了，但他的脑子却陀螺一样转个不停，他想得最多的一个问题就是："红军到底属于哪路神？"

河州那面传来的消息说，红军都是些红脸红头发的妖魔，而且他们共产共妻，见啥拿啥。可是据大喇嘛这几天的观察，红军并不像传说的那样可怕。他们虽然衣着破旧，但个个面带笑容，精神抖擞。他们当官的没有官架子，跟下面的士兵没有两样，更重要的是他们见了老百姓就像见了多年没见的亲戚，问长问短，帮这帮那。

"这支队伍不一般。"大喇嘛感觉这支蓝颜色队伍跟他以前见过的其他色气的队伍相比，一个在天上，一个在地下。

胭脂下川杨老爷的大后人杨永生是见过世面的人，大喇嘛一向也很器重他，所以大喇嘛想去尕藏私塾找找他，或许他能解开个家心里的疙瘩。

大喇嘛桑杰亲自去私塾找杨永生，这还是头一回。平常他有啥事需要跟杨永生商量，都是派云丹把杨永生请到昂欠来。

"他们不是哪路神仙，他们是共产党领导的劳动者的队伍。"在私塾里，杨永生听了大喇嘛心里的疑惑，有点兴奋起来。

"劳动者？"大喇嘛早就听说过"共产党"，可"劳动者"这个词他还是头一次听到，感到很陌生。

"就是像麻五魁、尕秀那样的人。"

"会唱野曲的？"大喇嘛脱口而出。

"不。"杨永生笑了一下，"就是靠个家的双手吃饭的人。"

"唔，你说的劳动者就是下苦人。"

"对。红军就是为像麻五魁、尕秀这样的下苦人打天下的，跟河州城的那些黄皮子完全不一样。"

"你是说城里二少爷的队伍？"

"嗯。"

"二少爷可是你的亲兄弟。"

"大喇嘛，这跟亲兄弟没啥关系。"

"大少爷是共产党的人？"

"这……大喇嘛，你看像吗？"

大喇嘛望着杨永生微微一笑。

54

时下是晌午时分，太阳正照在头顶上。

从私塾出来，走了一段上坡路，大喇嘛浑身热烘烘的。他停下来，把裹在身上的僧袍拉松了一些，然后畅了一口气，继续往上爬。

坡道两旁长满了一丛一丛的马莲草。长长的叶子被太阳晒得有些打蔫，像支不起身子骨的样子。大部分马莲花已经开败了，但还有零零星星的，在越来越深的秋中扎挣着绽放。那淡蓝色的花朵，看上去幽幽的，带着几分忧郁。

大喇嘛非常喜欢马莲花，大概是它的情状正好应和了他的心境。

尕的时节，他跟阿哥——后来的韩土司，常用马莲草长长的叶子编成转轮，支在尕藏河边，让它在流水中欢快地旋转。有一次，他俩一起动手，在河边挖了一条尕渠沟，将编好的好多转轮架在渠沟上，那是多么壮观的情景呀！

如今，他和阿哥快乐的笑声，还在他耳根前一遍一遍地回旋。

自从阿哥韩土司带兵去了黑山峡之后，大喇嘛一直提心吊胆的。这几天，红军住进了尕藏，可韩土司除了带来一张协议外，再没有一丁点消息。

大喇嘛的心里越来越烦躁。

"大喇叭（嘛）。"云丹站在昂欠大门口，望着走上坡来的大喇嘛喊了一声。

大喇嘛瞅了一眼云丹，没有吱声，背搭着手，继续朝尕藏寺那边走。

云丹紧忙关了昂欠门，"噔噔噔"跟了上来。

尕藏寺是尕藏地区唯一的一处喇嘛寺。它坐落在尕藏街通向尕藏草场的半坡上，跟大喇嘛昂欠只隔一个梁梁。尕藏寺最光鲜的是挂在寺门上的"尕藏寺"匾额，那是前朝康熙皇帝钦赐的。

进了寺门，迎面便是大经堂。大经堂是尕藏寺的主殿，殿门前巨大的立柱上刻有一副对子："不二门中云结彩，三千界里雨飞花。"大经堂右侧立有石碑一块，上面题有古诗一首："色不异空色即空，空空色色认分明。昙花贝叶有神意，伏虎降龙无俗情。白马传经千古懔，金人入梦一时惊。声吹海螺唤迷津，法雨淋淋度众生。"

尕藏寺有上百喇嘛，他们大多数散居在尕藏寺旁边山坡上的尕木屋里，诵经时都到尕藏寺的大经堂里。每天天爷麻麻亮，值班喇嘛就登上寺庙最高的大殿顶上，用公牛一样雄壮而低沉的声气反复呼喊："米米泽哇德清坚色斯——"全体喇嘛在呼喊声中纷纷起床，穿上酱红色的僧衣，从分布各处的僧舍钻出来，然后在大喇嘛、活佛和领诵师的带领下，潮水般涌进大经堂作早祷。其间负责饮食的尕喇嘛进入经堂依次盛上酥油茶和"土巴"粥，喇嘛们边吃边喝边念经，深沉而浑厚的诵经声响彻大殿内外。

大喇嘛桑杰的生活一向很有规律。

每天早上他听到寺里的海螺声就从炕上起来，起身后的头一件事就是先到昂欠的尕佛堂，佛龛前的七个供杯里装满水，接着一边念经一边磕头。做完这些之后，再回到堂屋取出扣在炕柜里的木碗，盛上炒面，浇上酥油和茶，边捏糌粑边念供养咒。捏好糌粑后，就着酥油茶开始吃早点。接下来的整个白天，他或去喇嘛寺诵经，或在个家的昂欠里读书。有时也到尕藏河滩去散步。

大喇嘛每天睡觉很晚，但睡觉前，总是要把吃糌粑的木碗反扣在炕柜里。

他说，死亡无处不在，哪个也不知道接下来会发生啥，所以要时刻做好面对无常的准备。

绕过大经堂便是万岁殿，里面供有"当今万岁万万岁"牌位，专供土司朝拜。但自宣统皇帝退位后，尕藏土司再也没有进过这个殿。

万岁殿后面，是一排一排的僧舍，那是寺里的值班喇嘛歇息的地方。此时是喇嘛午休的时节，所以院子里静悄悄的，听不见一些儿响动。

僧舍的后面有一个独立的尕院子，是尕藏土司来寺里礼佛时临时歇脚的地方。

院门是拱形的，门虚掩着，云丹上前轻轻一推，"吱——"的一声，开了。

迎门是一块花圃，里面也没种啥旁的，只种了马莲草。

这里的马莲草跟外面坡上的比起来，旺了许多，有的正开得起劲，有的还在打苞，里面鼓鼓囊囊的花瓣快要顶开苞片，迫不及待地涌出来。

"去，看看少爷做啥哩。"大喇嘛站在花园边，冲云丹努了一下嘴。

云丹紧走几步，轻轻敲了几下格列少爷的房门，见没动静，慢慢推开。

红军进驻尕藏后，格列就搬进了这个尕院。

"少爷不在房几（子）里。"云丹走进房子一看没人，一蹦子跳了出来。

"这个不安分的洋浑子！"大喇嘛低低地嘟囔了一句。

云丹见大喇嘛生气了，又奔过去推开达勒的房门，达勒也不在房里。

"哪一个？"这时，格列的侍女拉姆听到外面的动静，从隔壁房子里走出来，一见云丹，没好气地骂道："疯涨疯势，叫魂呢？"

"拉姆，少爷不见了。"云丹拉着哭腔说道。

拉姆这才看见院子里站着的大喇嘛，紧着勾下头，低低地说："咋会呢，刚才还在房子里。"

"还不紧着寻。"大喇嘛话音还没落地，云丹已经像兔子一样双蹦子蹦出院门。

大喇嘛狠狠瞪了一眼拉姆，转身走出院子。

大喇嘛从尕院走出来，见僧房前站满了喇嘛，他们一个个睁大眼睛，悄悄朝这边张望着。

"都缓着吧。"大喇嘛朝他们摆摆手。

55

云丹一口气跑到街上。

今儿个尕藏街逢集，买卖人将不大的街道挤了个水泄不通。

云丹打亮眼睛，在人空里寻摸格列的影子，可一直寻到土司府广场，也没瞅见格列的魂丝儿。

云丹正愣在那里没法子的时节，忽地发现土司府的牌坊门下晃悠着两个喇嘛。

云丹满腹狐疑地朝那边走去。快到牌坊门前时，那个尕一点的喇嘛正好扭过头，跟云丹打了个照面。

"达勒？"云丹一下子认出那尕喇嘛正是土司府打杂的达勒。云丹心里立时有数了，旁边那个大一些的喇嘛保证是少爷无疑了。

"少爷！"云丹轻轻唤了一声，奔了过去。

达勒一把拄住云丹，捂住他的嘴："紧着闭上你的臭豁豁。"

这当儿，那人转过身子来，云丹一看，果然是少爷格列。

原来，今儿个吃过晌午饭，大家都回房缓了，可格列说天天捂在这个尕院里，身子快要长毛毛了。于是，他悄悄鼓动达勒去僧房偷了两套僧衣，两人扮成喇嘛，溜出尕藏寺。

下了坡，格列看见巷道两边的墙上写满了红军的标语，嘟囔道："五麻六道的，乱抹的啥呀？"

"少爷，红军说，这叫标语。"

"好端端的墙，弄成这样！"

走了几步，格列忽地拽住达勒的袖口："这几天你在外面见他们杀人了吗？"

"没有。"达勒使劲摇摇头。

"抢东西了吗？"

"没有。"

"那……烧房子了？"

"也没有。"

"这是兵吗？听起来像菩萨。"格列皱起了眉头。

"像不像菩萨我不亮清，不过我看见他们帮老百姓做活，还教尕秀她们唱歌。"

"唱歌，啥歌？"

"我唱给你听。"

达勒说完，轻轻地哼唱起来：

> 桦木劈成碌砫棋，
> 穷人要个家做主哩；
> 豁出脑袋手里提，
> 你把我们啊么哩。

"'穷人要个家做主哩'，他们要做啥主呢？"格列听完，细细揣摩起歌词里的意思来。

"哦，对了，红军的郎中还给各道四处的病汉看病，不要钱。"达勒继续说。

"不要钱？"格列心里一惊。

"对，不要钱，白看。"

"那……红军的脑袋叫黄鞑子叮了？"

"对着呢，济世堂的马神仙也是这么说的，他天天埋怨红军搅了他的生意。"

两人说话间，已经到了街面。

集市到了高潮，街上的人像水一样涌来涌去。

红军刚到尕藏时，街道上很少看到人影，就是逢集也是三三两两、稀稀拉拉的。可这几天，红军的仁义之举起了神效，不光街面上走动的人多了，而且逢集比往常更火爆了。

"蓝颜色的队伍买卖公平，从不差半毫。"一提起红军，尕藏的买卖人都揸大拇指。

看着街面上人挤人的样子，格列就带着达勒穿过僻背的巷道，绕了个大圈来到土司府广场。

土司府广场搭了好几座帐篷，达勒说，那里是红军的临时医院。

格列远远望着那些身穿蓝军装、头戴红五星的军人从帐篷里出出进进的，喃喃道："这红军也不是啥九个脑袋的妖魔嘛，长得跟咱们一样。"

达勒说："可不是嘛，不多胳臂不多腿，也不少胳臂不少腿。"

"就这德行，也值十个椭子？"格列想起红军来尕藏之前，河州行署曾给尕藏民团许愿，打死一个红军赏十个椭子。

格列说完，转身朝土司府衙门走去。

他躲在牌坊门柱后边偷偷望过去，土司府大门旁站着两个持枪的红军战士。

"走，进去看看。"格列说着，就朝牌坊门里走。

"少爷，可不敢胡来，听说里面住着红军的大官。"达勒一把拖住格列。

"可我的花头麻鹩还在里头呢。"

"少爷，那不过是一只雀儿……"

"怯啥，这可是咱的家。"

"不中，这不是寻活哩嘛，要是大喇嘛知道了，剥我的皮子哩。"

"你是土司府的人，还是尕藏寺的人？"

"啊呀，佛爷们打仗，尕喇嘛受水，你体谅体谅吧。"

两人正在争执，恰好云丹寻来了。

格列一见云丹，知道是大喇嘛打发他来的，没有好脸色："咋，催命来的？"

"少爷，快……快回吧，大喇叭（嘛）躁了。"

"不回，好不容易出来一趟。"

"你不回，大喇叭（嘛）可不依我。"

"嘁！"格列一甩袖子，"你们大喇叭个家清心寡欲也就算了，咋就见不得旁人开荤！"格列一急，也成了大舌头。

56

一阵激烈的枪炮声，把麻五魁从睡梦中惊醒。

麻五魁奔出铺子，竖起耳朵一听，枪炮声是从土门洞那边传来的。

他跑到土门洞时，那里已经聚集了好些人。麻五魁这才知道，土门洞外面，进驻尕藏的红军和河州城牛长官的队伍干上了。

早在红军的先头连进驻尕藏的那天，张连长就派人在离尕藏街一里来地的官道两旁挖战壕、修工事，以防河州方面的袭击，并在尕藏四周要紧的地方放了岗哨，尤其他们收到杨永生的那张字条后，更是加强了戒备，时刻准备迎敌。

今儿个后半夜，负责监视河州方向的哨兵发现异常，尕藏红军立刻进入战备状态。

天亮时分，双方交上了火。

开战的地方离尕藏不远，在土门洞那儿能真真刻刻听到子弹的呼啸声，时不时还传来炮弹爆炸的巨大声响。

"老乡，让一让，让一让。"这时，两个红军战士抬着一个伤员上了土门洞，围在那里的人紧着让开一条道。

等那两个战士送完伤员再次经过土门洞时，麻五魁从人空里跳出来，一把夺过后面那个战士的担架，冲出土门洞。

"哎，老乡。"那两个战士一边喊，一边追，可麻五魁已经扛着担架跑得没影了。

在黑山峡，红军把奄奄一息、走到鬼门关的麻五魁救了下来，所以他很想为红军做点事儿，报答他们的救命之恩。

尕藏河旁，箭杆白杨上的野鹊，被枪炮声惊得异常焦躁。它们"嘎、嘎、嘎"地惊叫着，从这个树尖飞到那个树尖，又从那个树尖飞到另一个树尖。

野鹊是尕藏人心目中的神物。平时，他们听到野鹊叫，就像碰上啥喜事似的，心底里美滋滋的。而今儿个，听着野鹊的叫声，一个个烦得心神不宁、满地乱窜。

风带着刺鼻的火药味，弥漫在街道上，一股死亡的气息逼近尕藏。走在街上的男男女女，脚步慌张，脸拉得二尺长，眼睛里闪着不可言状的恐惧。

尕藏寺里经声乍起，那声气比平时高出好几倍。喇嘛们似乎拼上了老命，想用个家的经声压制住外面的骚动……

晌午，外面的枪炮声停歇了下来。没过多长时节，红军都从阵地上撤了下来。麻五魁也夹杂在队伍里面，他那兴高采烈的样子，似乎这场仗就是他打胜的。

晚夕里，躺在炕上的麻五魁像烙在热锅里的饼子，翻过来，倒过去，咋也睡不着。

白天的事情，就像尕藏河里的浪花，一朵一朵从他眼前闪过。

红军的队伍，跟城里牛长官那些穿着展脱脱的黄皮子比起来，简直就像一群叫花子，可他们打起仗来一些些也不含糊！那个在尕藏私塾给尕秀她们教唱新花儿的刘指导员，平时文弱得一股风就能吹倒，可一上战场，真个像一只阿尼念卿山林子里钻出来的豹子，比哪个都不瓤。尤其那个在战壕里蚰蜒一样穿来穿去的卫生员，惊得麻五魁大半天回不过神来。那是他头一次看见一个女娃子混在男人空里打仗。麻五魁想，这不就是花儿里唱的穆桂英嘛，啧啧，出了奇事。要是尕秀也能和那个卫生员一样，把头发剪成二毛子，穿着蓝军装，背着药箱子上前线救伤员会咋样呢？他眼前一会儿出现那个女战士，一会儿出现胭脂岭的尕秀，像变戏法似的，变过来变过去，最后两个人竟然合二为一。要是胭脂岭的尕秀真能当红军，我五魁也一定会关了铁匠铺，扛起个家打的刀，和尕秀一起上前线拼命！

今儿个，麻五魁算是真正上了一回战场。子弹打着尖厉的口哨，从他头顶划过。红军的机枪手用肩头顶着枪托，"嗒嗒嗒"地扫射着，声气就像饲养员给牲口炒豆料一样脆生。那机关枪前面支着一个叉叉，就像番营土兵的叉叉枪一样。不过番营枪上的叉叉多半是羚羊角做的，而红军机枪上的叉叉是铁的，麻五魁是铁匠，看这个是行家。

城里的黄皮子被红军的机关枪压制着，占不上便宜。可他们有尕钢炮，那火力威猛，炸在战壕旁的草地上，扬起的泥土有一丈来高，连根拔起来的枯草，"咝咝"地冒着白烟，落满了战壕。麻五魁想，比起这些威猛的家伙，他打的大刀算啥呀，屁也不是。

麻五魁又想起黑山峡的时节，天天琢磨咋样用大刀砍头的事来，不禁在被窝里偷偷地笑起来。

"五魁师傅，五魁师傅。"麻五魁躺在炕上正信马由缰地想着，忽然听见一阵急促的敲门声。

"会是哪个呢,这么迟了。"麻五魁嘀咕着,慢慢腾腾起身去开门。

"五魁师傅,我们刘指导员叫你。"打开门,借着月光,麻五魁瞧清楚找他的正是白天和他一起救伤员的那个红军战士。

麻五魁一听刘指导员找他,连铺子门都没来得及关,跟着那个红军战士朝土司府广场奔去。

麻五魁被带进土司府广场最大的那个帐篷里。

帐篷里挂着一盏马灯,明晃晃的。一张用破门扇搭起来的简易病床上,躺着早上麻五魁从战场上抬下来的那个红军战士。当时,子弹打穿了他的脖子,血就像泉眼的水一样往外冒。那个二毛子卫生员给他做了包扎后,就将他抬回土司府广场的临时医院。因为伤势太重,麻五魁害怕耽搁了,一路上拼命地跑。等跑到广场时,他已经累得喘不上气了。

眼下,那位战士直挺挺地躺在床上,脸色白得没一些血丝。

"他已经牺牲了。"站在一旁的刘指导员一脸悲伤。

麻五魁的心像是被刺猛扎了一下,倒吸了一口冷气。

"叫你来是想请你帮个忙。"刘指导员转过身,望着麻五魁。

麻五魁虽然不知道刘指导员要说啥,但他却使劲点着头。他想,不管刘指导员叫他做啥,他都会答应,哪怕是上刀山下火海,他也不怯。

"麻烦你把这位战士背到僻背处埋了,千万不能让人看见。"刘指导员说着,从兜里摸出一块椽子,递了过来。

麻五魁瞪了刘指导员一眼,"咣当"一声,一把打掉他手上的椽子。

麻五魁将牺牲的战士背出帐篷。他怕人看见,没有直接走尕藏街,而是出了街北头的土门洞,再沿着尕藏河滩绕过尕藏街,一直到阿尼念卿山脚下的林子里……

57

杨永生带着刘指导员走进堂屋时,把杨老爷弄了个手忙脚乱。

"刘长官,稀客,稀客。"杨老爷跟刘指导员打了招呼,扭过头埋怨杨永生,"家里来这么要紧的贵客,也不早些言喘一声,好叫你杨嫂拾掇个尕鸡娃,款待款待。"

"不必，杨老爷，随意就好。"刘指导员紧忙劝道。

"我家老大是个书呆子，掂不来轻重，叫刘长官见笑了。"杨老爷说着，将刘指导员让到太师椅上坐下。

很快，杨嫂沏好三炮台的盖碗茶端上来。

杨太太听见家里来了一个当官的红军，躲进个家的佛堂里，一边装模做样地念经，一边抿起耳朵仔细听堂屋里的动静。

幸亏红军进驻尕藏的当天，她就让七斤将堂屋墙根码的那些细粮全部扛到后院的麦衣子①房里藏了起来。还吓唬七斤说，千万把紧两片嘴，说出去挑断走筋哩。

俗话说，怯啥来啥。今早杨太太一起来，右眼就跳个不停，她找了一截儿麦草片粘在眼皮上，这才跳得松了些。没承想，刚过屁大一会儿工夫，老大杨永生就引着刘指导员悬悬地进了家。

堂屋里，杨老爷望着刘指导员，心里直打鼓。

早在红军先头连进驻尕藏的那天，杨老爷就派七斤偷偷跑了一趟河州城，给牛长官带话，说尕藏的红军只有一个连，乘他们没站住脚跟，紧着派队伍围剿，那百来号人就会包了扁食。牛长官犹豫不决，说，那百来号人不过是红军的诱子，后面肯定有大部队，可不敢揽大头活，做折本的买卖。

几天后，兰州方面一连来了几道电报，催促牛长官进击尕藏红军，牛长官被逼无奈，只好派了一个营的兵力，做了一次试探性的进攻。这时节的尕藏，已经住进了红军的一个团，牛长官的一个营明摆着是拿鸡蛋碰石头，勉强打了一阵，灰溜溜地撤回去，再也不敢出城。

"桌上不吃肉，桌下啃骨头！"气得杨老爷直砸腔子。

"莫非……红军抓住了我给牛长官报信的把柄？"忽地，杨老爷警觉起来。

"刘长官光临寒舍，不知有何指教。"杨老爷呷了一口盖碗茶，文绉绉地发话了。他得先探探清楚，这位红军指导员肚子里装的到底是啥货。

"杨老爷，我也就不兜圈子了。这次拜访贵府，不为旁的，专为粮食。"

"粮食？"杨老爷身子一抖，端在手中的碗子盖儿"啪啦啦"抖了起来。

刘指导员看出了杨老爷的心思，紧忙宽慰道："杨老爷，你放心，我们会给

---

① 麦衣子：小麦外壳。

你打个借据，将来一定还。"

"刘长官，你找错庙门了，在咱尕藏，土司府才是财神爷。"杨老爷一急，把土司府推到前头。

"杨老爷，土司府已经借了一百石。"

"哎呀，我的刘长官……"杨老爷吭了半天才说道，"你要信外面那些传言，我杨家其实就是个空皮胎。再说今年天旱，庄稼歉收，那些个佃户又赖着不交租子。你看，已经到秋后了，我还没闻见今年的新粮是啥味气。"

"阿大，咱码在山墙根的那些粮食咋不见了？"突然，杨永生指着空空的山墙根，惊奇地说。

杨老爷吓了一大跳，狠狠瞪了一眼杨永生："哪里去了，问问你那屎肚子！"

"那么多的粮食，几天就吃完了？"

"礼曰……"杨老爷气得说不上话来。

"阿大，我知道咱家有粮食才带刘指导员来的，可……"

"……"杨老爷只有吸的气，没有出的气。

这天晌午，红军借走了杨老爷家的十口袋粮食。

"我的亲娘亲老子的菩萨啊，我昼夜无明地供着你，清油费了好几缸，你眼睛咋眯实了呀！"杨太太坐在廊檐坎上，一把眼泪一把鼻涕地哭天喊地。

杨老爷站在堂屋地上，眼睛直勾勾地盯着山墙根，一遍一遍地唠叨着："豁豁兔给老牛攒食呢。"

第二天，杨永生回家，想给二老解释解释。没承想，杨老爷拿着蝇刷将他赶出家门，还上了门闩，挡了门担①。

"阿大，阿大。"杨永生从外面使劲拍着门扇。

"甭叫，饭碗里养大的仇人，红军才是你阿大！"杨老爷骂完，背搭着手走回堂屋。

"回吧，永生，回私塾吧。"杨太太见杨老爷回了堂屋，从佛堂走到门道，劝后人。

"阿娘，红军现在有难处，咱帮他们一把不好吗？你老人家可是天天拜佛念经呀。"

"娃呀，那不一样，佛爷可没借咱家的粮食。"

----

① 门担：闩门的横木。

第十三章

58

"走水了——走水了——"

那天大喇嘛醒得早，刚要下炕，隐隐约约听见镇子里传来一阵呼叫声。大喇嘛心里一揪，紧着奔出昂欠，只见尕藏街北头的土司府一片火海。

"佛祖呀。"大喇嘛不顾一切地向坡下跑去。

土司府前挤满了人。

"真缺德，好心借给房子住，临走还一把火烧了。"

"婊胡说，你见了是哪个烧的？"

"猜也能猜得到。"

"抬起脚割掌子，念完经打喇嘛，啧啧啧。"

人们七嘴八舌地议论着。

原来，昨儿个后晌尕藏镇的红军接到上级命令，要求他们尽快绕过河州，强渡洮河，闪击岷州。今儿个天亮前，他们神不知鬼不觉地撤出了尕藏镇。

其实，红军占领尕藏镇，直逼河州不过是迷惑敌人的假象，真正的目的是分散敌人注意力，乘机冲破封锁，挥师北上。

"快救火！"大喇嘛拨开人群，大呼一声，人们才急急忙忙救火。

随后，格列带着尕藏寺的喇嘛也赶到了。

天放亮时，火势的蔓延得到了控制，但土司府的大堂已化为灰烬。

伦珠活佛望着被烧毁的大堂，跺着脚大骂："河里淌的尕娃捞不得呀！"

格列撇下化为灰烬的大堂，跑进二院看他的花头麻鹑。

那天从土司府撤出来，走得太急，竟然忘了提他的花头麻鹑。这些日子，他在尕藏寺一天到晚老惦着花头麻鹑，吃不好饭，睡不好觉，像丢了魂一般。

进了院子，格列迫不及待地冲进雀房。

雀房里所有的雀都活得好好的。

花头麻鹨见了格列，歪了一下脑袋，眼睛"扑欶、扑欶"地看着格列。

食盒里谷子满满的，水盒里清水满满的。

格列提悬的心终于放下了，满腔子热乎乎的。

"扛枪打仗，扛枪打仗。"忽然，花头麻鹨欢快地叫了起来，似乎要给格列显摆一下主人不在的这些日子它照样过得有滋有味。

"红军连尕雀儿都照顾得这么好，会烧土司府？"格列望着活蹦乱跳的花头麻鹨，思忖道。

59

土司府大堂葬身火海只是土司府灾难的开始。

第二天傍晚，一骑快马飞一般从尕藏关驰来。

骑马的是尕藏民团番营营长旺堆。

他高高的鼻梁、高高的眉骨、高高的脸骨堆，就像石头上錾出来的一般棱角分明。一头长长的鬈发，被风吹散开来，像头发怒的雄狮。

旺堆驰马穿过尕藏街，来到土司府前，使劲勒住缰绳，战马的长嘶，闪电一般划破镇子的宁静。

"土司府到底遇上啥事了，咋会变成这样？"一进大门，旺堆看见土司府大堂的废墟，大吃一惊。

"驾！"旺堆紧忙跑出来，飞身上马，直奔大喇嘛昂欠。

大喇嘛昂欠的堂屋里，大喇嘛正跟格列少爷和伦珠活佛说话。

旺堆一见大喇嘛，"扑通"一声跪倒在地，喊道："出大事了。"

大喇嘛急问："咋了？"

"司令……司令被红军杀害了。"旺堆的脸痛苦地抽搐着。

"啥？"在场的人同时一惊。

"司令殁了！"旺堆说完，已是泪流满面。

"旺堆，到底出啥事了？"格列往地上狠狠跺了一脚。

旺堆说，韩司令跟红军达成协议，放他们过了黑山峡之后，就带民团驻扎在山南阿尼念卿山脚休整。可哪个也没想到，大前天夜里，有一股红军悄悄潜进民团宿营地，乘夜黑人静，袭击了司令军帐。

"咋会呢？"悲伤至极的大喇嘛连声气都变了调。

"阿爸！"格列痛苦地号了一声，蜷曲在桌子旁抽泣起来。

"面子上看着挺仁义的，到底还是魔鬼转世，杀人放火啥事都能干得出来。"伦珠活佛怒气冲冲地吼道。

"这就是凭证。"旺堆说着，从怀里掏出一顶红军帽。

大喇嘛接过帽子，仔细端详了一下，把它攥成团紧紧捏在手中，强忍着悲痛，说："大前天的事，你咋今儿个才来报。"

旺堆说："不敢呀大喇嘛。既然红军敢杀司令，能让司令的灵回尕藏？我得了红军撤出尕藏的确切消息后才进镇子的。"

"那，司令的灵如今发到哪里了？"

"我先来报个信，司令的灵随后就到。"

60

韩土司的尸首在土兵的护卫下运到了尕藏镇。

尕藏风俗不容许在外暴死的人进家办丧事，韩土司的尸首只好停放在大喇嘛昂欠旁临时搭起的帐篷里。

第二天一早，韩土司停灵的帐篷前竖起一根高高的桦木杆，上面挂起了招魂伞。

招魂伞是家里殁人的信号。

大喇嘛桑杰忙里忙外准备丧葬事宜。

管家吉美着人四处报丧。

很快，韩土司被杀身亡的消息传遍了整个尕藏。

纸火铺的生意陡然红火起来，尕藏街上随处可以看到胳肢窝里夹着黄表纸、手里攥着果木印板的人忙忙碌碌地穿来穿去。

有些铺子家为了不耽搁生意，一边守着铺了，一边拿着印板当街印纸钱。

整个尕藏街都在为韩土司的丧事忙碌着。

夜幕降临，大喇嘛桑杰带领尕藏寺的所有喇嘛，在帐篷旁的草地上，为韩土司念起了超度大经。

喇嘛们低沉而有力的声气震得韩土司灵前的酥油灯瑟瑟发抖。

格列披麻戴孝，拄着丧棒跪在韩土司的灵前。

格列身后是土司府管家吉美的两个后人旺堆和尼玛。

按辈分，吉美和韩土司同辈，他们是五服之内的弟兄。按当地习俗，旺堆和尼玛跟格列一样，一身的孝子装束，跪在格列的屁股后头。

再后面，就是土司府及其近亲家伍的女眷了。

管家吉美是整个丧事的照事①，他在灵前线陀螺一样转来转去，忙得不可开交。

念完大经，就要点灯。点灯是为了祷祝亡灵在另一个世界里早日脱离苦海、超生转世。

韩土司灵前的空地上，摆了一个很大的方桌，方桌上摆了一百零八盏油灯。

尕藏的汉人点灯用清油，藏民用酥油。

但不管是汉人还是藏民，丧事的油灯，都是用面团现捏的，只不过汉人用麦子面，藏民用青稞面。

捏好油灯，掐一截一寸来长的佛香，上面缠一点羊毛绒，插在油灯中间，就是捻子了。

头一个点灯的是大孝子。然后是亲戚家伍及街坊邻居、亡人的生前交往，一直将一百零八盏灯点完为止。

格列从香案上抽出一根佛香。

马上，有人划着洋火，给格列点上。

格列拿着燃烧的佛香颤颤巍巍伸向酥油灯。

头一盏灯点着了，黄澄澄的火苗，给悲伤笼住的山野陡增了一丝暖意，格列阴沉了一天的心境也亮堂了许多。可哪知头一盏灯刚点着，人空里玄乎乎袭来一股旋风，把灯刮灭了。格列轻轻"啊"了一声，一屁股坐在地上。

那旋风似乎还不甘心，继续在灯案上大大咧咧地旋来旋去。

"该来的没来，不该来的来了。"吉美恼怒地摘下礼帽，瞄准旋风要扣杀，可那旋风像是挖透了他的心思，"嗖"的一下，离开灯案，冲天而去。

格列仰起头。

天爷上，除了"扑欻扑欻"眨眼睛的星宿，啥也没有。

"嗞"的一声，有人再次划着洋火。

---

① 照事：主事者。

格列这才坐起来重新点着佛香，然后他先朝四周环视了一圈，确定没啥异样，才去点油灯。可格列的佛香还没挨着油灯的捻子，忽地又是一阵旋风。

格列手一抖，佛香掉在地上，摔成几截。

"咚咚咚——"三声震耳的佛鼓响过，大喇嘛桑杰带领众僧，再次念起超度经。

骤起的经声，像暴风，从山坡扑向尕藏街，又从尕藏街弥漫开去，消失在远处无边的黑夜里。

第二次超度经结束后，山坡上"欸"地安静了下来，所有的人像中了定身法一般，粘在地上不动了。

这异乎寻常的安静，让大家连气都不敢喘了。过了一会儿，格列隐隐约约听到韩土司灵帐后面传来轻微的"喳喳"声。其他的人也都抿起耳朵，不停地调整着脑袋，想听个亮清。可那声气又"籁"地消失了，山坡上还是先前的那种安静。

当人们绷紧的弦子刚刚松下来，那声气又回来了。"喳、喳、喳——""喳、喳、喳——"比刚才更大了，更紧了。

所有的人，都将头扭向韩土司的灵帐。那声气就是从灵帐背后传来的，但那到底是啥声气，哪个也没有听出来。

大喇嘛率先站了起来，朝灵帐背后大喝一声："哪个？"

只听"咔嚓"一声，灵帐前面那根挂招魂伞的桦木杆子齐茬茬折了。

与此同时，灵帐背后"呜——"地蹿出一股旋风，向人群扑过来。

"这讨厌的邪祟又回来了！"格列恶狠狠地骂了一句。

这股旋风比先前那股张狂了许多。它先是围着韩土司的灵帐旋了三圈，然后由着性子在草地上横冲直撞，狂舞起来。跌在地上的招魂伞被旋了起来，韩土司灵位前大铁鼎里的纸钱灰被旋了起来，供桌上准备就绪还没点燃的一百零八盏油灯被旋了起来……那旋风越旋越大，声气越来越尖。喇嘛们看家吃饭用的家什：铃铛、唢呐、扁扁鼓被旋了起来，那些拉到坡上办丧事用的锅碗瓢盆被旋了起来，甚至连笨重的桌椅板凳也被旋了起来。人们惊呼着，四下逃散。有人抱着头往韩土司的灵帐里钻，被旺堆一脚踹倒，再拉起来当脸两捆子："瞎驴，眼睛长在裤裆里吗？"有人趴在地上，双手死死地攥着地上的草，害怕旋风将他旋上天爷。有的干脆闭着眼睛朝黑暗中的坎子底下跳……整个山坡就像黄鼬子窝里捣了一杠，乱得不可开交。

大喇嘛不动声色地站在草地上，上下牙关咬得死死的。

旋风带着刺耳的呼啸，朝他扑来。大喇嘛微微趔了一下，他僧袍的下摆被旋起来，在黑暗中"毕剥"作响。

整个山坡都在惊恐地颤抖。

大喇嘛努力站稳脚跟，抿起耳朵，仔细注意着旋风的动向，一只手悄悄摸进袍袖里。等那旋风再一次向他呼啸而来时，他将摸出来的金刚杵对准旋风狠狠剜了过去。

"簌"的一下，旋风不见了。

山坡上猛地安静了下来。

半天，管家吉美趔摸过来，从乱草空里拾了一盏马灯，点了。当他找着大喇嘛的金刚杵时，惊奇地看见，草地上有几滴黑褐色的血迹。

交夜时分，点灯仪式在人心惶惶中重新开始了。

也许邪祟被大喇嘛的金刚杵镇住了，接下来的点灯还算顺利。

孝男孝眷点灯的时节，尕藏寺的伦珠活佛凑到大喇嘛桑杰的耳根前，悄悄说："大喇嘛，你不觉得这股旋风来得蹊跷？"

大喇嘛轻轻点了点头。

"大喇嘛，我总觉得府上的老爷无常得冤。"

大喇嘛没有言喘，只是死死地盯着伦珠活佛，似乎活佛的脸上写着答案。

伦珠活佛窝了几下嘴，脸上那层层叠叠的褶子，就像水中的涟漪，荡了几荡："我，只是觉得。"

大喇嘛低声说："雪底下总归是藏不住东西的。不过……这事先要声张。"

香案上，重新捏好的一百零八盏灯全部点起来了，忽闪忽闪的火苗，在微风中跳荡着，就像一座燃烧的火焰山。

61

出殡这天，前来吊唁的人络绎不绝。

大喇嘛桑杰带着土司府的管家吉美在坡头迎客。

大喇嘛的眼泡肿得厉害，亮咻亮咻地泛着光。猖狂的旋风叫他给制住了，但他的心里一些些都不安稳，怕好眉端端再生出啥事故。丧事不稳当，历来被尕藏人看作凶兆。

格列和旺堆、尼玛几个跪在韩土司的灵前，陪前来吊唁的人一起化纸。

不远处的厨帐前有几个上了年纪的女人择菜的择菜，洗碗的洗碗，破柴的破柴。旁儿里，摆着几排条桌，上面摆满了大厨用的各种食材：猪肉、羊肉、牛肉、鸡肉、萝卜、青菜、粉条、豆腐，还有好多稀奇古怪的时令山货。

最里面的那排条桌旁，支了一口大铁锅，里面烧了多半锅清油，几个年纪轻一些的女人正围着铁锅炸油香。

锅旁的地上，一个巨大的竹笸篮里垒满了黄灿灿的油香，就像一座金山。

油香的香味随风飘向灵帐的那边，惹得守灵的人不停地往这边张望。

馋嘴的麻雀，叽叽喳喳地在厨帐前叫个不停。

半虚空的鹰也一圈一圈地盯着下面盘旋，企图在地下的丧事中捞点好处。

今儿个最早赶来吊唁的是尕藏草场的头人龙布。

龙布引着他的女儿战秋。

战秋是尕藏草场有名的"黑牦牛"，领教过她的人都说，龙布家的黑牦牛脾气躁，抵人哩。

其实，"黑牦牛"战秋耍说是抵人，还杀人呢。

那年，战秋去阿尼念卿山赶花儿山场。跟尕秀、茸巴不同，战秋的歌是在漫无边际的尕藏草场上练出来的，是成群的牛羊空里练出来的，底气足、余音长，往往曲子完了，遥远的山谷里还久久回荡着她的声气。

战秋棱鼻梁，大眼睛，是个美人坯子，但面皮黑，多少带累了她的相貌。她平常说话大声野气的，熟悉她的人只要一听声气，不用睁眼睛，就知道是龙布家的黑牦牛。

尽管大家都亮清战秋已经有了心上人，但花儿会上仍有不少年轻人在她的屁股后头跟屁虫一样转来转去。

那天，战秋约了几个姐妹在阿尼念卿山脚的尕藏河边扎了帐篷，她们打算在那里加昼连夜地唱一场。

半夜的时节，唱了一天的歌手们渐次歇了架，阿尼念卿山脚也渐渐地平静下来。

因为喝多了奶茶，到了亮半夜，战秋实在憋不住了，悄悄摸出帐篷，去河沿边解手。

帐篷外边的草地上，歪七竖八地躺着赶山场听花儿的好家子们，他们像是背了一天的石头似的，一个个累得呼呼大睡。

战秋轻手轻脚从那些人旁边绕过，猫着腰朝尕藏河边摸去。

月光朗照，尕藏河一闪一闪地耀着亮光。

远处，还隐隐传来断断续续的花儿声，使寂静的夜晚更显得空寥。

近处的草地上，坐满了晶莹的露珠，在月亮下闪着细碎的银光。

山里的夜风有些尖，吹在单薄的袍子上，冻得战秋禁不住打了个寒噤。她紧忙抱紧膀子，一缩身子钻进河旁的一丛黑刺林里。

林子里很阴湿，地上滑叽叽的踩不稳脚，战秋不敢往深处钻，就在河沿上一处刚好隐下身子的地方蹲下来。

她撩起袍子正要解手，猛乍乍看见一个巨大的黑影像一只大狗熊，向她扑过来。

战秋躲闪不及，被那人扑倒在地，死死地摁住。

战秋像粘在地上，要说是反抗，就连蹬一下腿的力气都没有。

那人将战秋摁了好一会儿，觉得战秋不再扎挣了，才支起身子，腾出手去解个家的裤带。

这当儿，战秋悄悄将手摸向腰带上挂着的藏刀，一摸着刀把子，猛地抽出来，死命捅进那人的肚子里。

那人像吃饭被噎住了，"嗝"的一声不动了，半天头一歪，一个巴郎① 滚下去，跌进河里。

战秋见状，慌了，扔下刀子，连夜跑回草场。

第二天，尕藏镇上吵红了：尕藏草场的黑牦牛杀死了胭脂下川的旦真保。

人们发现旦真保的同时，在河边捡到了战秋扔下的血刀子，刀子上有龙布家的记号。

战秋咋会杀死旦真保？尕藏人被惊得一个个张大嘴，中了风似的半大天说不出话来。

旦真保是个光棍汉，个头高大，身板壮实得像一堵城墙。他力大无穷，筑路打墙，四个人抬的石夯，他单手就能提起来。

旦真保家里穷，尕的时节就在尕藏草场帮那里的牧民荡羊。

尕藏一带，胭脂川的汉人夏收的时节，草场的藏民往往赶来帮他们拔麦子，

---

① 巴郎：巴郎鼓一样地翻转。

当地人叫"麦客子"。草场的藏民转场的时节，胭脂川的汉人也往往赶去帮他们荡牛羊，当地人叫"荡羊娃"。

旦真保就是尕藏草场有名的"荡羊娃"，长期被藏民雇到遥远的夏季牧场荡牛羊。

尕藏草场的夏季牧场是阿尼念卿山西头的高山草甸，那里荒无人烟，十分避背。

一次，旦真保在那里荡牛羊的时节，遇到了一只大麻狼。

那天，旦真保把牛羊打在草甸上，躺下来枕着胳膊想眯一会儿，忽地瞭见一只大麻狼在远处林子和草甸的交界上晃来晃去，旦真保的瞌睡一下子被惊散了，他悄悄爬起来拿起鞭杆，朝大麻狼摸去。

大麻狼也不是吃素的，瞅见旦真保朝它摸来，一个转身，隐进身后的林子里。

旦真保早就摸准了大麻狼的脾性，他亮清那东西贼心不死，耍花样要跟他周旋，便攥紧鞭杆钻进了林子。

踅摸了半天，旦真保没有找到大麻狼的踪迹。他担心草场上的牛羊，不敢冒进。就在他刚转身的空儿，只听身后一阵风响，"嗖"的一声，那只大麻狼已经蹿上了他的后背。

说时迟那时快，旦真保一扔鞭杆双手隔肩拖住大麻狼的两只前爪。大麻狼急了，张开大嘴要啃旦真保的后脑勺。旦真保早有提防，将脑袋猛地往后一仰，天灵盖恰好顶住大麻狼的下颌，大麻狼一下子粘在旦真保脊背上，动弹不得。

就这样，旦真保一直把那只大麻狼从夏季牧场背到了尕藏街上。

尕藏街的人见旦真保背回来一只大麻狼，纷纷围上来看热闹。

旦真保像个得胜的勇士，背着大麻狼大摇大摆地走过尕藏街。来到麻五魁的铁匠铺前，扯开嗓门儿大喊："麻子，快拿铁锤来！"

麻五魁提着打铁的八棱锤奔出铁匠铺。

旦真保顺势一个趔趄，将大麻狼狠狠摔到地上。

麻五魁奔上前，手起锤落，那畜牲还没来得及吱一声，脑袋就被麻五魁砸开了花。

那以后，尕藏人见了旦真保就夸他好脏腑，旁的人见了狼早把舌头上的汗吓干了，可旦真保却把狼活生生从夏季牧场背到了尕藏街上，真是有怯狼的胆哩。

起初听说战秋杀死了旦真保，人们觉得就像老鼠害死了猫一样不可思议。

但战秋实打实杀死了犍牛一样强壮的旦真保。

战秋的名声，狂风一样扫过尕藏镇。

旦真保死后，他的家人告了官。

很快，河州城警察局的人进了尕藏镇。

后来，经过尕藏寺大喇嘛桑杰调停，龙布花了十头牛四十只羊，才把旦真保家人安抚了下去。

62

龙布刚上山坡，旺堆就注意到了他身后的战秋。从那一刻起，旺堆的眼睛再没离开过战秋。

龙布和战秋跪在韩土司的灵前化纸。

呼呼的火苗将战秋黝黑的脸骨堆映得像搽了胭脂，红扑扑的。

看着战秋，旺堆的心一跃一跃的。他不停地蹭虱子样夸张地扭动着个家的身子，希望能引起战秋的注意。

可战秋装作没看见，一本正经地跟着她阿爸化纸。

格列带领孝子孝眷磕头，算是对龙布的回敬。

旺堆没有磕头，呆呆地望着战秋。

战秋偷偷瞄了一眼旺堆古怪的样子，想笑，但忍住了。

磕完头，后面的女眷们放声大哭。尕藏风俗，只要有人来吊唁，女眷们就要拖着哭腔陪哭，直到出殡为止。

尕藏人哭丧有一套专意的腔调、辞藻。哭丧的高手不仅要表现得感情真挚，不能让人看出装腔作势、虚张声势，而且声气还要有高有低、起起伏伏，就像演一出戏那样精巧。

尕藏女人一般从尕的时节就偷偷在哭丧人跟前学哭腔、学哭词，作为一个尕藏女人，要是在个家亲人的丧事上不会哭，就会遭人耻笑。

吊唁结束，龙布到灵帐旁，找刚刚歇了经喝酥油茶的喇嘛们喧关。

战秋离开灵帐，去厨帐那边找认识的女伴。她一边走，一边还故意回过头，目光像丝丝缕缕的毛线缠绕着旺堆。其实，今儿个她闹着来这里吊唁，就是为了她心尖尖上的肉肉——吉美家的旺堆。

昨晚夕吃黑饭的时节，战秋就对阿爸说，她也要给韩土司化纸。

"这是男人的事，你个姑娘家，家里乖乖蹲着。"龙布只顾吃饭，头都没抬。

今儿个一早，龙布刚出门，就看见战秋收拾得花枝招展的牵着马站在门口。

"你是药里的甘草饭里的盐，缺了不成。"龙布亮清女儿的脾气，翻身上马，指着战秋身上的衣服说，"看你这样子，是去化纸还是去吃席呀。"

战秋高兴地"呀"了一声，紧忙跑进屋里，换了一身素色的袍子，打马追了上来。

63

旺堆眼睛直勾勾地盯着朝厨帐那边走去的战秋。

战秋一身青色的素袍，看着更像头黑牦牛了，而且身子比以前壮实了许多，将袍子绷得圆鼓鼓的。

原本，这次从黑山峡回来后，旺堆就想去找战秋，可不想韩土司遇害了，便一头杵进丧事里，再也顾不上战秋了。

今儿个战秋猛乍乍出现在山坡上，旺堆的心不由得飞到了阿尼念卿山脚他们经常幽会的那片林子。那是一片马尾松，毛刷一样的松枝绿得就要流油。落在松塔上的红头麻鹑浑身红艳艳的，就像血空里打了个滚。它嘹亮的鸣叫，使寂静的林子充满了迷人的生机。旺堆紧紧地搂着战秋，浑身烧得快要着火。阳光从松枝间像热气腾腾的片粉挂下来，苫在他们身上。整个林子兴奋了起来，就连地上的白茅草、狗尾巴草都在幸福地战抖……

"阿哥。"尼玛轻轻拖了一下旺堆。

旺堆猛地回醒过来，一旁的格列少爷正用一种奇怪的眼神瞧着他。

旺堆不好意思地勾下头。

这时，厨帐那边传来一阵吵嚷声。

原来，负责巡查的杨五七路过厨帐时，溜进帐内，想顺手捞一块羊肉解馋，却不想瞭见正和女伴说话的战秋，便悄悄溜到战秋身后，乘战秋不注意，在她屁股蛋上使劲拍了一巴掌。

战秋一声惊呼。

那声气就像箭一样冲出厨帐，剗向灵帐那边。

旺堆一下子从地上弹起来。

杨五七被战秋从厨帐撵出来时，差点跟赶过来的旺堆撞个满怀。

"杨五七，你个骚狐。"旺堆用丧棒指着杨五七大骂。

"旺堆，孝子的丧棒可不是打人的。"杨五七毫不示弱，推开旺堆手里的丧棒。

"你放亮清点，战秋是我的女人。"旺堆的眼睛里溅出火渣子。

"你的女人，凭啥呀？我可是刚打了记号，不信？你撩开战秋的袍子瞧瞧，屁股蛋上的手印还热乎着呢。"

"你……"旺堆撂下丧棒，扑了上去。

两人扭成一团。

"两头叫驴吆起了蹶子。"

"都是战秋那头母牦牛惹的祸。"

不远处几个女人指手画脚地悄声议论着。

"住手！"旺堆和杨五七正打得不可开交，吉美"吼哧、吼哧"地赶过来，朝旺堆的屁股狠狠踹了一脚。

旺堆扭过头刚想发火，见是个家的阿爸，紧忙刹住了。

"没眼色的死狗，这是啥场合。"吉美指着旺堆的鼻子骂道。

"杨五七他……"旺堆正想争辩，不料，吉美揸起巴掌，一个捆子扇过来，直扇得旺堆牙花冒血。

"拿着！"吉美从地上拾起旺堆撂下的丧棒，扔到他怀里。

旺堆抱着丧棒，抹了一把嘴角流下来的血，乖乖地回到韩土司的灵前。

"你也不是啥好料，叫驴跑到母羔的伙伙里，闲尿一个。还不去巡查？"吉美见杨五七还愣在那里，破口大骂起来。

杨五七不服气地瞪了吉美一眼，抱着膀子悻悻而去。

战秋看着吉美的凶样，吓得展了一下舌头，紧着溜进厨帐。

这边的骚动刚刚平息，塔拉寨头人斯库的后人哈赤和管家色目出现在坡头。

吉美紧忙撒开他的罗圈腿，旋风样奔过去接客。

色目今儿个带了一头刚打的狍子，算是给土司府的见面礼。

吉美见塔拉寨头人斯库没有来，心里很不高兴，但也不好发作，只得装出一副关切的样子，问道："斯库头人这一向可好？"

色目说："唉，斯库头人这几天得了寒症，天天捂在炕上出汗，动弹不得。"

站在一边的哈赤冲吉美点了点头，算是证实他阿爸确实有病。

其实，斯库得寒症是假，躺在炕上起不来是真。前些日子，他的下身被茸巴用虎骨簪子攮了一下，差点要了命。家人要派人去镇上请马神仙，被斯库挡了，他是怕外人知道了丢脸。家人只好叫人请来寨子里的巫师，用土方子弄了些草药，敷在他的下身。虽说这些天伤口渐渐好了，可斯库的那东西却没了一点反应，像是废了的样子。斯库整天躺在炕上叫骂不止："尕母羔子，哪天抓住活剥了你。"

64

灵帐前，格列一见色目他们，不由得想起塔拉寨的茸巴。

自从那次花儿会分手后，他再也没见过茸巴。

和旺堆一样，想起个家牵念的人，格列的心就飞离了阿爸的灵帐。

茸巴是格列头一个喜欢的女人。跟府里那些吃着细米面尖长大的精细女人相比，茸巴只能算是土堆里做窝的嘎啦鸡，可正是她这一身的土气，竟然让活在蜜窝子里的格列着了迷。

晚夕的时节，他总是想茸巴想得睡不着觉。实在想得招不住，就将拉姆和达勒半夜三更喊起来，陪他"顶四路""围犮犮裤"①，直到天亮才歇息。

阿爸的丧事一完，一定要闯一趟塔拉寨，难不成老斯库能把人活活吃了！格列这样想着，悄悄地从怀里摸出茸巴送给他的香包，勾下头，轻轻闻了一下，那香味儿，再一次让他浑身的骨卯"咯嘣、咯嘣"幸福地炸响……

> 白纸上写一颗黑字来，
> 黄纸上拓一个印来；
> 有钱了带一匹绸子来，
> 没钱了买一匹布来。
> 有心了看一回阿哥来，

---

① 顶四路、围犮犮裤：均为当地土棋。

　　没心了辞一回路来；

　　活着是捎一封书信来，

　　死了是托一个梦来。

　　"牛长官到——"格列心里正在默念花儿，猛听得吉美一声喊，抬头望时，河州驻军的牛长官和胭脂下川杨府的二公子杨建生，在吉美的引领下，朝灵帐这边走来。

　　"唉，阿爸尸骨未寒，我咋就胡思乱想。"格列紧忙勾下头，抓起一沓纸钱拿到酥油灯前点着。

　　尽管山坡上秋风习习，可牛长官从坡底下爬上来时，两鬓间已经汗飒飒的，不停地拿手帕揩脸。

　　到了韩土司灵前，他试了几次，才在吉美的搀扶下，将圆轱辘一样的身子跪下去。化完纸，吉美紧着拉住牛长官的胳臂，想帮他站起来，牛长官一使劲，反而把吉美拽了个趔趄。

　　旁边的杨建生差点笑出声来。

　　"这荒山野岭的多有不便，请牛长官到昂欠歇息。"大喇嘛瞪了吉美一眼，上前跟牛长官客气道。

　　"不啦，要务在身呐。"牛长官用手帕揩了一下眼睛。其实，他那点儿几乎看不出来的泪水子，还是刚才化纸时故意让烟熏出来的。

　　"让客人空着肚子，旁人笑话哩。"

　　"大喇嘛，这你就俗了，办丧事又不是吃筵席，笑话啥哩。"牛长官一边说，一边朝坡头那边走。

　　"多好的川道啊。有山有水有良田，神仙见了也要咽涎水。"牛长官望着下面的尕藏街、胭脂川，感慨道，"除了韩司令，哪个还能把这儿整治得这般兴旺啊。"

　　大喇嘛亮清，牛长官这几句感慨，不过是场面上的说辞，但又不好不搭腔，只得说："全都仰仗牛长官。"

　　杨建生拿出他心爱的玉烟嘴，"噗"地吹了一口，往里塞了一根烟，点上，吐出一股长长的烟雾，然后瞄着大喇嘛不阴不阳地说："听说韩司令是红军害死的，有这事？"

　　大喇嘛不软不硬地回了一句："二少爷的耳朵真长。"

　　"大喇嘛，不是我的耳朵长，是咱尕藏人的嘴巴长了腿，飞毛腿。"

"是哪个害死了韩司令，我还不亮清，不过……糌粑捏得再紧，迟早会掉出渣来。"

"好好的大堂，就么变成了灰？"牛长官双手掐腰，望着镇子北头的土司府，晃着他那颗筐篮大的脑袋，插嘴道。

"端起碗吃肉，放下碗骂娘。真不地道。"杨建生眯着眼睛，话中有话地说道。

"红军……"跟在大喇嘛后头的吉美想说啥，大喇嘛狠狠咳嗽了一声，他紧着住嘴了。

"红军在尕藏住了些时节，咋说尕藏都沾了些红气。"牛长官见大喇嘛制止了吉美，心里有些不高兴。

"这好比羊肠子里灌了猪血。"杨建生乘机补了一句。

"牛长官，你有所不知……"

大喇嘛刚张嘴，被牛长官截住："大喇嘛，杨参谋说得是，羊肠子里灌了猪血，你说能撇得清吗？"

大喇嘛给问住了，红铜色的脸盘子一下变成了紫黑色。

"听说铁匠铺的麻子替红军干了不少事。"杨建生借机又打进一根楔子。

大喇嘛心里吃紧起来。

"牛长官，咱土司府一直把你当佛爷供哩，你得给咱做主。"吉美见事荏不对，紧着上来打圆场。

"算了，亡人为大，看在韩司令的面子上，我就不多说啥了。上次跟红军交手，把我跌进阴沟底了。这样吧，那些个死了的弟兄就拿几个命钱，伤了的就拿几个血钱，这事就算了了。"牛长官一摆手。

"牛长官。"大喇嘛诧异地抬起头。

"大喇嘛，拿了这些，你们土司府给红军送粮的事我也不追究了。"

"牛长官，那些粮食是红军借的，再说借粮的也不止土司府一家。"

听到这儿，杨建生的脸"敫"地抽搐了一下。

"大喇嘛，今儿个只说土司府，其他的我白有主张。"牛长官咧了一下嘴，"还有，那个打铁的麻子我得带走。"

大喇嘛还想说啥，吉美一把拖住他的袍袖，悄声说："大喇嘛，丢个卒子不算啥，咱还有车马炮。"

第十四章

65

麻五魁的铁匠铺正对着何记饭馆。何记饭馆的左首是马神仙的济世堂，右首是太召铺，太召铺的正对面是王半仙的卦摊。

麻五魁胳肢窝里夹着一沓子纸钱出门一看，街对面除了何记饭馆有人影晃动外，济世堂和太召铺都搭着，王半仙的卦摊上也空荡荡的。麻五魁知道这时节街上的铺子家大多都到韩土司的灵帐前化纸去了。他头一勾，弓着腰，擦着街边往南走。

麻五魁前天就知道韩土司去世的事情，可他一直窝在家里没有去化纸。他思谋，韩土司的丧事肯定会惊动全尕藏的人，他如今成了哑哑，要是去化纸，那些爱嚼舌头的窝里佬们一定会看他的笑话。尤其那次他去私塾给尕秀解了围，而尕秀却不领他的情，一甩袖子走了，弄得他在王半仙那伙人前头折了人，心里老大不舒坦。

虽说韩土司对麻五魁并不咋另眼相看，可韩土司毕竟是花儿好家，每年六月六花儿会，土司府都要在阿尼念卿山下扎下帐篷听花儿，这无疑给花儿唱家们脸面上贴了金。最让麻五魁得意的是，前年，在六月六的花儿大赛上，韩土司还给他和尕秀当场封了"花王"和"花后"。就为这一点，他咋也得去送送韩土司，更何况他和土司府的少爷有过命的交情。

麻五魁头一次参加六月六花儿大赛，是他十七岁那年。那次，他的嗓音在台子上一亮相就得到一片喝彩，但毕竟还欠了一大截火候，不是那些老唱家们的对手。从那以后，麻五魁一门心思琢磨着咋样把个家的嗓子练得更好，词儿记得更多，在花儿会上盖过所有的唱家。

第二年花儿会的时节，麻五魁亮半夜就悄悄摸出铁匠铺，赶往花儿会场。

山场上到处是围在一起唱花儿的人，麻五魁就像采花蜜的蜜蜂，一会儿到这里听听，一会儿又到那里听听，忙得不可开交。

太阳冒花的时节，麻五魁听见韩土司大帐那边传来一阵奇特的花儿声。那声气一会儿尖咧咧的，像一把磨利的矛子剡进人的心扉；一会儿软溜溜的，像一位轻巧的仙子踩着清凌凌的湖水；一会儿高扬起来，像突发的山水冲出峡谷时发出的呼啸；一会儿又苍劲起来，像老到的秋风刮过沧桑的松林……

麻五魁被震住了，他在那儿呆站了一会儿，猛地朝韩土司大帐那边冲过去。

韩土司的大帐外实压压地挤满了人。

"啧啧啧，老串把式的声气可真是了不得，活活地要人命哩。"人群里不时传来羡慕的惊叹声。

麻五魁亮清，胭脂岭的老串把式是河州地界花儿唱家子心里头的神人。他不仅唱功了得，还能够现场串词儿。花儿会上打擂台，哪个要是能请到老串把式给串词儿，哪个就保准赢。可惜这些年老串把式年事高了，很少在花儿会上露面，所以麻五魁只听过老串把式的名声，却没听过老串把式的歌声。

刚才，他在人群的外围一听说韩土司的大帐前唱花儿的人就是胭脂岭的老串把式时，"欻"的一下，浑身的血就翻腾了起来。

他疯了般地往人群里挤，但那些人一个个争着要看老串把式的真容，哪里肯让他。他围着人群踅摸了一大圈，还是没办法挤进去。

脸如银盘着白如雪，
黑头发赛丝线哩；
樱桃尕嘴一点血，
大眼睛赛灯盏哩。

人群中再次传来老串把式高亢悠扬的花儿声。麻五魁急了，一下子跪在人们脚下，一边朝地上"咚咚咚"地磕头，一边眼泪汪汪地求情下话，直到眉梁上磕出血来。

那些挤得密不透风的人群，被麻五魁的诚心感化了，大家悄悄让开一条道。

麻五魁一路磕着头来到韩土司大帐前坐在氆氇毯子上唱花儿的老串把式面前。

老串把式看着眉梁上滴血的麻五魁，停住了唱，惊讶地咧开他那张崛着两颗大门牙的大嘴。

麻五魁冲着老串把式"咚咚咚"又磕了三个响头。

"你……你这是做啥哩嘛。"老串把式指着麻五魁惊讶地说。

老串把式已经是七十好几的人了，身子骨一年比一年瓢，平常手抖得连筷子都抓不住，可一唱起花儿来就像个气力冒壮的年轻人，精神头儿十足。

"我要学花儿！"麻五魁眼巴巴地望着老串把式，大声说。

"那好，年轻人，你先亮一嗓子。"

麻五魁忽地站起来，拉开架势唱了起来：

> 三块麻钱一骨朵蒜，
> 尕磨里磨下的豆面；
> 油泼的辣子油泼的蒜，
> 辣辣地吃一碗搅团。

麻五魁唱完，又巴巴地望着老串把式。

半天，老串把式嗫巴了几下他那张包不住门牙的大嘴，说："底子好着呢，不过……半生不熟的，还得好好历练。"说完，不出声了。

随后，韩土司叫人把老串把式请到帐房里歇息，人们陆陆续续也就散了，去找旁的花儿唱家听歌去了。而麻五魁没有离开，狗娃般蹲在韩土司的帐房门口。

后晌的时节，老串把式要起身回胭脂岭。当他走出帐房上了轿子，麻五魁一把掀开土司府的轿夫，个家撑起了前头的轿杆。

"这……"那个轿夫为难地望着站在帐房门口的韩土司。

"这个冒儿鬼，由他去吧。"韩土司苦笑了一下，朝轿夫摆了摆手。

麻五魁一直把老串把式抬到胭脂岭的家里，扶到堂屋坐定，又"咚"的一声，跪在他的脚下磕头。

老串把式看着麻五魁这般固执的样子，只好答应收他为徒。

"师父！"麻五魁高兴得差点跳了起来。

第二天，麻五魁置办了四色礼，正式去拜见老串把式。

四色礼通常是一嘟噜①酒、一斤茶叶、一斤点心和两斤冰糖。尕藏一带走亲串友，最讲究的就是拿四色礼。

见过面后，麻五魁迫不及待地讨教老串把式。而老串把式抿了抿他那露着

---

① 嘟噜：粗瓷圆腹的容器，常盛酒、醋等。

两颗龅牙的大嘴说，不急，不急。过了两天，麻五魁又去找，老串把式还是慢腾腾地说，不急，不急。直到第三天时，他才告诉麻五魁："阿尼念卿山花儿山场有个马莲沟，沟垴里有一个天坑，你对着天坑练上一年的花儿再来找我。"

66

马莲沟是一条干沟，平常没水，只有下雨时才有山水流下。这样的干沟在阿尼念卿山有许许多多，不过有点特别的是，马莲沟长着大片大片的马莲草。眼下正是马莲草开花的时节，那蓝幽幽的花朵，让这条干沟显得生机勃勃。山坡上的冰草、黑刺和白蒿都长得很旺，时不时从那里飞出一两只叫不上名来的雀儿。

马莲沟很长，麻五魁走了一个来时辰，才到了沟垴。沟垴里长着一大丛冰草，麻五魁轻轻走过去，扒开冰草一看，里面隐着一个天坑。麻五魁紧着趴下来，想看个究竟，忽地，一只麻鹨惊慌地鸣叫着从坑下面飞上来。

"是不是麻鹨在坑里头盘了窝？"麻五魁正这样思谋着，又一只麻鹨惊叫着飞了上来。不过这次他发觉那麻鹨的声气坑里坑外大不一样，坑里的叫声浑厚、绵长、有磁性，坑外的声气就暗淡了许多。麻五魁顺手拾了一疙瘩土块扔进坑里，等了大半天，没听到一丝儿回声。他又拾了一块更大的扔下去，然后耳朵贴着坑沿仔细听，还是没听到一丝儿回声。

过了一会儿，麻五魁试着朝坑下喊了一声，可那天坑底下像住着个大怪物，麻五魁的声气一进去，就一下子给吸掉了。接着，麻五魁又朝天坑唱了一首花儿，跟先前一样，花儿声一钻进天坑就消失得没有了踪影。

"莫非这天坑没有底儿？"

以往，麻五魁不管是对着山谷沟岔还是黑乎乎的地洞唱花儿，里面都会传来悠长的回音，可这个天坑奇了怪了，把他的声气连骨头带脑髓给统统吃了，一些些都没有吐出来。

一连几个月过去了，没有一点点进展，麻五魁有些失望了。

这天，老串把式正坐在堂屋的太师椅上抽黄烟，只见麻五魁耷拉着脑袋走了进来。

老串把式一看麻五魁的尿样，就亮清了他的来意，清了一下嗓子，慢腾腾地问道："咋，不练了？"

麻五魁没吭声，只胡噜了一下头。

"抹不上墙的烂泥！"老串把式说着，又往烟锅子里装了一撮黄烟。

麻五魁紧着抓起八仙桌上的火绳，要给师父点烟。

老串把式一把夺过麻五魁手里的火绳，个家点了，猛抽了几口。

麻五魁看见师父烟锅里的火渣子"哟哟"地冒着耀眼的红光。

"听说过河州城耍天启棍的魏把式吗？"半天，老串把式抬起眼睛，盯住麻五魁。

麻五魁使劲点了点头。

魏把式是河州天启棍的大师，名声震破天哩，河州四乡尕哩尕大的人都能叫得上他的名字，听说前些年他还打败过山东来的武林高手。

"想当年呀，他拜王把式学棍术的时节，你知道王把式叫他干啥吗？"

麻五魁摇了摇头。

"打死你也不知道！"老串把式瞪了麻五魁一眼，"王把式让他拿了一双筷子到茅坑里夹苍蝇。"老串把式将一锅子烟屎在个家的鞋底上使劲磕掉，接着说："魏把式夹了一年的苍蝇，不想夹了，他思谋，我是来学棍的，师父为啥天天叫我到臭烘烘的屎茅坑里夹苍蝇，这能练出真功夫吗？有一天，他忍不住去问师父。师父二话没说，就扇他一掴子，打得魏把式眼前头直冒晶晶花。完了，王把式递过来一双铁筷子，叫他接着练。就这么着，魏把式又乖乖练了一年铁筷子，王把式才正式教他耍棍。"说完，老串把式盯住麻五魁问："你听出话音了吗？"

麻五魁使劲点头。

"那，还塑在这里做啥哩，等着给你摆酒席？"

当下，麻五魁趴在地上，又"咚咚咚"给师父磕了三个响头。

67

雪从白茫茫的天爷落下来，铺天盖地。

麻五魁只看见鸡头大的雪花在眼前飞舞，其余的啥也看不见。他的头上、肩上落满了雪，甚至嘴皮子上、眼眨毛上都粘上了雪。

麻五魁变成了一个雪人，远远看去，跟雪融在了一起。

他慢吞吞地走在马莲沟，毡靴踏出的脚印，很快就被落下来的雪花覆盖了。

一只下山寻食的枯瘦如柴的野狐站在前面的山坡上，好奇地朝麻五魁瞩望了一会儿，便转头消失在茫茫的风雪中。

"这么大的雪，要找到一口吃食，不易呀。"麻五魁的心里忽地生出一丝怜惜。

来到沟垴的天坑边，麻五魁停下来，静静地呆立着。

半年多了，他风雨无阻，一次又一次地赶到这儿来练声。不过麻五魁的心血没有白费，这几天，死气沉沉的天坑似乎有些动静了。

雪还在由着性子漫舞。

天坑就像一个巨大的铁锅，那纷纷扬扬落下来的雪花就像是丢进锅里的无数面片。

麻五魁爬到沟沿，深深吸了一口气，放开嗓门儿唱了起来：

> 阿尼念卿山哈雪压了，
> 雪压了，多会些消成个水哩？
> 一身的紫肉哈熬干了，
> 熬干了，多会些看见个你哩？

麻五魁一声一声的花儿沿着坑壁一直往下传。这一次，麻五魁惊奇地感觉到，他的声气够到了坑底，然后打了个回旋，沿着坑壁传了上来……

> 杨大郎领兵过雪山，
> 兵折了三万，血淌了三天着不干；
> 想你着三天没吃饭，
> 晕死了三遍，醒来时清眼泪不干。

当麻五魁唱完第二首花儿时，只见面片样落进天坑的雪花，翻腾着从坑底下舞了上来，就像天坑里旋起了一股巨大的旋风。而那传下去的花儿，碰上了传上来的花儿，两股声气在天坑里回环缠绕，又跟旋舞的雪花撕搅在一起，不断地翻卷、升腾，一直冲上半天爷里。

麻五魁震惊了，浑身的毛孔都张大了，他完全沉醉在个家的声气制造出来的魔幻般的景象里！

功夫不负有心人，前年六月六花儿大赛上，麻五魁的花儿一出口，就把台下实压压的人众惊呆了。

麻五魁已经好长时节没在河州地界的花儿山场露面了，哪个也没想到，今儿个麻五魁一亮相，就把台子给镇住了。

有人说，好久不见，麻五魁就像换了一副嗓子。也有人说，打铁的麻五魁声气里带钢音。

等比赛结束确定第一名的时节，把评委们给难住了，争论的焦点落在了麻五魁和尕秀身上。五个评委争来犟去，定不下个所以然。最后，韩土司说，丢石子吧。于是几个评委面前放了两个尕碗，一个是瓷碗，同意尕秀的就把石子丢进瓷碗；一个是木碗，同意麻五魁的就把石子丢进木碗。

前四个评委两个将石子丢进了瓷碗，两个将石子丢进了木碗。这下，最后的难题就落在了老串把式身上。那四个评委和韩土司的眼睛都盯在老串把式那只捏石子的手上。

老串把式将手撑开，看看手中的那颗尕石子，又忽地捏起来，朝尕瓷碗伸过去，犹豫了一下，又缩回去，朝尕木碗伸过来，但很快他又缩了回去。半天，他高高地举起手来，在半空里停了一下，猛地松开，"噗"的一声，那颗石子落在了地上。

"五魁和尕秀并列第一！"老串把式张开嗓门儿，大声喊道。

那天，韩土司亲自将两幅大红被面搭在麻五魁和尕秀身上，当场封麻五魁和尕秀为花王和花后。

整个花儿山场立时像翻卷的大海一样，咆哮了起来。

"花王！花王！！花王！！！"

"花后！花后！！花后！！！"

那震耳欲聋的喊声，似乎还在麻五魁的耳根前震响。

去年春上，老串把式死了。马神仙只说老串把式得的是老病，但到底是啥病他没说亮清。

老串把式死了，这可是尕藏地界的大事情，三山五岭的花儿好家子们一起拥向胭脂岭，将老串把式的家里家外围了个严严实实。

老串把式死前给他后人尕串把式留下话，一是他的尸骨不进祖坟，要和他的两个媳妇埋在一起；二是他的丧事只准唱花儿，不准动哭声。

老串把式的两个媳妇都是他在花儿山场上寻下的。头一个是山南的藏民姑娘，她虽然花儿唱得野气瓜脑的，但性格泼辣，有一副火一样的热心肠。那年，老串把式阿大引着老串把式逛山场，跟他的头一个媳妇——山南的藏民姑娘不期而遇，当时她正在跟尕藏的几个年轻人对花儿。那几个年轻人对了没多久，一个个败下阵来，而那藏民姑娘像儿子娃一样抹袖子戳胳臂，越是来了精神。老串把式见状，脑子一热，铆足劲儿对了过去。老串把式阿大害怕后人有啥闪失，一边抿着耳朵仔细听那姑娘的花儿，一边给他后人不停地串词。

老串把式父子都是花儿山场串词的能人，一旦跟旁人对上，他俩互相串词，在河州地界没有敌手。

老串把式跟那藏民姑娘对得火热，引得四方的好家朝这边不停地拥来，就像蜜蜂分槽一般，很快结成一个大黑疙瘩。

人越聚越多，老串把式唱得也越加起劲。可他阿大担惊起来，要是这么一直唱下去，万一有个闪失咋办？他眼珠子一骨碌，编了一首歪词儿，想一下子拿住藏民姑娘：

清油的灯盏洋油的蜡，

洋油的蜡，尕刀刀削下的泪蜡；

衣裳脱下炕沿上搭，

炕沿上搭，想你着咋能够睡下。

可那藏民姑娘头一扬，缨穗一样密密麻麻的尕辫子在人前头一甩，唱出一首更歪的：

格桑花儿草坡上开，

黄鼪子采一回蜜来；

我把纽扣齐解开，

你到我怀里咂奶来。

老串把式父子一听，嘴就像一霎间冻住了，呆呆地站在那儿一声不吭。

"走，快走。"半天，老串把式阿大抓起后人的手，钻出人空，一溜烟下了山场。

身后的人群里传来一阵刺耳的大笑。

到了尕藏河边的僻静处，老串把式阿大一屁股坐在一块石头上："娃，快，快给阿大装一锅烟。"

老串把式紧着从阿大的腰里取下烟杆，挖了一锅子黄烟，给他点上。

老串把式阿大一边抽着黄烟，一边喃喃地说："这……这个女人泼劲大，可……可不得了啊。"

"阿大，我……我看攒劲着呢。"老串把式笑嘻嘻地说。

老串把式阿大像是受了惊，猛地抬起眼睛盯住后人。

老串把式脸一红，紧着勾下头。

这年秋后，老串把式就把那个泼劲十足的藏民姑娘娶回了家。可惜成婚没几年，那藏民姑娘去胭脂岭后山打蕨菜，不留神跌下山崖摔死了。

老串把式的第二个媳妇是河州东川的。东川是河州有名的米粮川，清一色的水浇地。而尕藏的胭脂岭都是靠天爷过活的山地，满庄子没有一块看得过眼的平地。有句顺口溜："碌碡拿绳拴（地陡），草垛用泥墁（风大）。"说的就是胭脂岭。姑娘的娘老子一听个家的宝贝疙瘩找了这么个地方的女婿，死活不答应。可那姑娘早就叫老串把式的歌声迷上了，死活要嫁过去。其实，东川的这位姑娘自打头一次听了老串把式的花儿，就喜欢上了这个身子精瘦，有两颗崛牙的唱家子。每逢花儿会，她总是星宿围着月亮一般围着老串把式转。同伴们要是跟她走散了，只要找到老串把式，就准能找到她。

娘老子见个家的女儿铁了心地要跟老串把式，知道拗不过了，只好遂了女儿的心愿。

可哪想到，这个东川的姑娘也是个短命鬼，给老串把式留了个后人尕串把式之后，得了一场猛病走了。

从此，老串把式再也没有找过媳妇。

老串把式死后就葬在了胭脂岭后山埋着他两个媳妇的山坡上。

那个山坡是向阳的，以前老串把式经常到这儿唱花儿。他死后不愿进祖坟，要埋到这儿跟他两个媳妇对花儿。

其实，这个山坡跟老串把式的家只隔着一个梁梁。以前，老串把式的家在山下的庄子里，但老串把式一家人都是花儿好家，老哩少哩、尕哩尕大，家里家外都喜欢哼哼花儿。为这事，他们跟庄里人经常闹口舌。庄子里的几个老汉甚至私下里谋算着要将他们除户。为了避免是非，老串把式阿大干脆把家搬到了远离庄子的后山，这样两相清净，倒也安宁。

　　老串把式入葬那天，各道四处赶来的花儿唱家，抬着老串把式的棺椁，一路唱着花儿，来到他的墓地：

　　　　西天取经的是唐僧，
　　　　白龙马驮经着哩；
　　　　留了花儿的庄稼人，
　　　　受苦人宽心着哩。

　　那天，唱得最起劲的要数麻五魁。他的声气一出来，就盖过了所有的花儿唱家：

　　　　大疙瘩云彩大点子雨，
　　　　房檐水淌进了院里；
　　　　端起个饭碗记起你，
　　　　清眼泪淌进了碗里。

　　麻五魁夹着纸钱，一路想着当年跟老串把式学花儿的事，不觉已上了草坡。站在坡头的吉美一见上来的麻五魁，爱理不理地点了一下头。麻五魁也不看吉美，直端端来到灵帐前化纸。

　　格列从麻五魁跪到灵帐前起，一直盯着他。可麻五魁直到化完纸，也没抬头看格列一眼。

　　麻五魁化完纸，依旧弓着腰，一声不吭地朝坡头走。

　　"哎，五魁。"忽地有人拍了一下麻五魁的肩膀，他一抬眼，认出是胭脂岭老串把式的后人尕串把式。

　　"咋，不吃大菜就走？过会还送丧哩。"尕串把式将麻五魁往旁边一拉，说道。

　　麻五魁使劲朝尕串把式摇头。

　　"你的嗓子真的哑实了？"

　　麻五魁的眼里闪出一丝丝泪花。

　　尕串把式不敢再说啥了。

　　麻五魁又弓着腰，将脖子缩进领口里，离开尕串把式，下了坡。

"唉，可惜了一副带钢音的嗓子。"尕串把式望着麻五魁的背影，感叹道。

68

起丧的时节到了，一阵震耳欲聋的铳炮响过后，十几个大汉抬起韩土司的灵柩。

韩土司的棺材早在几年前就做好了。

按照尕藏习俗，人过中年就要准备老材。

棺木选用阿尼念卿山林子里上好的楠木。做成后，又请尕藏镇最好的画匠进行彩绘。前蟒后鹤，左龙右凤，顶盖上是四蹄绷展的老虎。基座上，一面是汉八宝：汉钟离的扇、吕洞宾的剑、张果老的鱼鼓、曹国舅的玉版、铁拐李的葫芦、韩湘子的箫、蓝采和的花篮、何仙姑的荷花。一面是藏八宝：宝伞、金鱼、宝瓶、妙莲、右旋白螺、盘长、胜利幢、金轮。

所有线条都由金粉饰成。

韩土司的灵柩，在地上三起三落之后，抬出了灵帐。

抬棺的人都是从民团挑来的身强力壮的土兵。每十六人一组，轮流交替。

格列抱着韩土司的灵位牌走在灵柩前面。

灵柩两旁，拴着两匹白丝布的长纤，孝男孝眷拽着长纤，一边缓缓前行，一边唱起了哀婉低沉的《送灵曲》：

> 送你归天起程时，
> 百座寺庙齐敞开。
> 今儿个就是好季节，
> 沧海深处可脱灵。
> 灵脱净化是吉祥，
> 能越高峰进天堂。
> 巍巍大山是亲父，
> 绿绿大地是亲母。
> 大鹰空中正飞旋，
> 要在身边降下来。

它们带你上西天，

大佛跟前求招见。

见了大佛莫恐惧，

至虔至诚念嘛呢。

大佛自有大慈悲，

大佛定能超度你。

灵柩的最前面是纸火队。纸糊的童男童女、金银元宝、各式塔幡以及花圈、挽幛，高高低低，花花绿绿，绵绵延延，不见首尾。

凡是送丧队伍经过的地方，纸钱和风马就像秋后的落叶，在地上铺了厚厚的一层。

尕藏街每家每户的门前，老早就煨起了辟邪的桑火，浓浓的桑烟，很快笼住了整个镇子。

土门洞外，有几个病汉跪在地上，等待过棺。尕藏习俗，让棺材从头顶抬过去，里面的亡人会把他们身上的邪祟一并带走。

出了镇子，送殡的队伍浩浩荡荡朝韩土司家的祖坟进发。

"韩司令呀，我的好兄弟。"出殡队伍刚出镇子没多久，忽听得前面有人喊，大家扯长脖子看时，胭脂下川的杨老爷在路旁搭起祭坛，准备路祭。

祭坛两边是一副用隶书写成的巨幅对联：

铁券分封剑气当年横陇右
黄粱入梦将星一夜陨河州

横批是：

天人同悲

这些都是杨家大少爷杨永生的手笔。

韩土司生前十分器重杨永生，经常对府上的人说，杨先生是胭脂下川那堆人里的油花，其余的都是渣子。

按理，韩土司殁了，杨老爷得亲自到灵前拜祭，可杨家跟韩家有仇，杨老

175

爷不想进土司府，但不去吧，又怕尕藏人在背后说杂话。思来想去，他想出一个两全的办法，在半路选个三不管的地界路祭。可路祭要写祭文，这又拿住了杨老爷。靠他肚里的那点儿学问，倒提腿控上三天三夜也控不出几滴墨水，可找旁人又得破费半斤茶叶，愁得杨老爷将手中的水烟瓶吸得"咕噜噜"震天响。"个家有不花钱的人手闲闲放着不使，你糊涂呀。"杨太太借机撺掇。杨老爷掂量了半天，还是打发七斤到私塾叫大后人杨永生。

自从红军在杨府借走了粮食，杨老爷没让杨永生进过家门。眼下，老子用着他了，正好借坎子下驴，父子俩和解。

祭坛最前面的八仙桌上摆着猪头、羊头、全鸡，这是尕藏人引以为豪的"三牲祭"。杨老爷由他的大后人杨永生陪着，站在八仙桌旁，不停地向送殡的队伍抱拳施礼。

"你来做啥？"旺堆一见杨老爷，跳上前来干涉。

"礼曰：'知生者吊，知死者伤。'旺堆营长，我代表胭脂下川众位乡党来送韩司令一程，以尽乡邑之义。"杨老爷口气不卑不亢。

"免了，杨老爷，羖㺅①和绵羊不会在一个圈里吃草。"旺堆毫不客气地回敬道。

"旺堆，有理不打上门客。杨老爷是来祭奠咱司令的，没有恶意。"大喇嘛桑杰走上前来制止。

旺堆知趣地退到一边。

"停！"大喇嘛冲送殡队伍喊了一声。

抬棺的人把韩土司的灵柩安放在杨老爷事先准备好的长条凳上。

"多谢。"杨老爷给大喇嘛深深施了一礼。

路祭开始了。

杨老爷和杨永生跪在韩土司灵柩前，杨家下人七斤在祭案前化纸、浇奠。之后，杨老爷掏出祭文，清了一下嗓子，念了起来：

> 秋风料峭，天地茫茫。苦雨生寒，林木飞霜。尕藏衔悲，阿峰神伤。
>
> 韩公当年，意气昂扬。纵横陇右，戡定边疆。河州砥柱，国家栋

---

① 羖㺅：山羊。

梁。虎跃龙骧，震慑四方。运筹帷幄，盖世无双。

家之有宝，子贤妻良；国之有宝，谏臣战将。韩公治下，盛世景象；政通人和，甘露下降。民丰物阜，路人谦让；麦生双穗，一派吉祥。百姓安居，惠风和畅；盛绩长传，声名远扬。

呜呼！天道难测，人生无常。公今罹难，遭人罗网。魂断桑柯，遽梦黄粱。从此尕藏，难见日光。力堪补天，无有娲皇；重振旗鼓，何人担当？凄凄惨惨，感慨彷徨；悲悲切切，愁绝回肠。哀哀雪山，郁郁白杨；泪溢河水，哀动四乡。

我等不才，无以相觊；谨具牲醴，祭奠路旁。伏祈有灵，来格来飨。

念到伤心处，杨老爷拍着腔子，泣不成声。

"猫哭老鼠。"旺堆看着杨老爷扰着衣袖假惺惺地揩眼泪，悄悄骂道。

大喇嘛不满地瞅了一眼旺堆，旺堆紧忙住嘴。

昨晚夕，杨永生起草祭文的时节，父子俩还斗了一阵嘴。杨老爷说，写韩土司功劳的那部分言过其实。而杨永生说，祭文嘛，是念给活人听的，有点夸张也不为过。杨老爷又说，韩土司奉命在黑山峡阻击红军，被红军设计陷害的意思没写出来。杨永生说，阿大，那不过是个传言，哪个实眼见了？没见的事不敢胡写。说来说去杨老爷说不过后人，只好由着他了。

杨老爷的祭文一完，送殡队伍又出发了。

"韩司令，一路走好。"杨老爷在后面扯长脖子公鸡叫鸣似的喊道。

土司府的墓地坐落在尕藏河旁的草场上。

墓地很大，周围有一圈半人高的土墙围着，里面密密麻麻堆满了数不清的坟骨堆。

打坟的人已经按尕藏寺大喇嘛桑杰择定的时刻打好墓坑，坐在守墓人"烂眼皮"边巴的尕木屋里抽烟闲谝。

边巴年轻的时节就得眼病，眼皮经常红叽叽的，所以尕藏人都叫他"烂眼皮"。

韩土司的灵柩顺着官道抬过来的时节，边巴已经站在草场边上迎候。

"走起来了！"灵柩上了草场，边巴大喊一声，抬棺的人立时加快步幅，跑进了墓园。

韩土司的灵柩下到墓坑后，先是由大孝子格列背着身子用铁锨往里填了三锨土，接着，其他的近亲家伍挨次填土，最后，帮忙的人拿着铁锨一哄而上，很快，墓坑上面攒起一座高大的坟骨堆。

一阵震耳欲聋的炮仗响过后，所有的纸火都在坟前点燃了，那跳荡的火焰一下子蹿到半空中。不一会儿，烧碎的纸灰飘飘荡荡撒落下来，像下起了一场黑雪。

69

河州驻军牛长官前来拜祭韩土司时，还带来了一队人马，驻扎在尕藏镇。韩土司下葬后，牛长官让从河州城请来的照相师给他和他的队伍在土司府广场照了相，之后，就撤回河州了。当时尕藏人心里都纳闷儿，牛长官来给韩土司化纸，带队伍做啥？几天后，省城兰州的《甘肃民国日报》刊出一则消息说，河州驻军近日攻克被共匪军占据的尕藏镇，共匪军狼狈逃窜，我军无一人伤亡。旁边还配了一张照片，照片上牛长官精神抖擞地站在他的队伍前面，向大家满面春风地招手。

在尕藏，胭脂下川的杨老爷最先从二后人杨建生带来的报纸上看到了这则消息，杨老爷又把这消息告诉跟他经常下棋的马神仙，很快，一传十，十传百，全尕藏的人都亮清了。于是有人笑话道，牛长官说话没影儿，见一根牛毛就能吹出一头牛来，也不怕把个家的牛皮胎吹破了。

不过，牛长官来尕藏也并不只是照一张相，临走时还带走了铁匠铺的麻五魁。

第十五章

70

一只蜘蛛从顶棚顺着它喷出来的丝线一段一段地往下掉。

　　从甬道天窗透过来的微弱光线照在丝线上，随着蜘蛛的摆动，一闪一闪地晃着亮光。

　　蜘蛛通体发黑，爪子上有细细的茸毛。它掉得很慢，就像一个诡异的夜行者从高空顺着绳子往下溜。

　　那蜘蛛好不容易溜到地上，稍微调整了一下身子，舒展了一下爪子，又拖着丝线爬上右首的山墙。它的身子看起来很笨拙，但腿子很长，像油纸伞的支架，伸缩非常灵巧自如。它一点一点爬到半墙上，将拖上来的丝线选个地点粘起来，一条丝桥就搭好了。紧接着，它顾不得缓一口气，又顺着丝桥爬到半中腰，再从那里一边喷丝，一边往下掉，掉到地上之后，爬上另一个方向的墙面。如此反复几次，一副蜘蛛网的大骨架就搭建好了。最后，蜘蛛回到这个骨架中心，开始一圈一圈地织网……

　　麻五魁躺在墙角的麦草堆上，静静地望着蜘蛛织网。

　　这是河州监狱的死牢。

　　地上特别潮，身子底下的麦草散发着一股一股刺鼻的霉气。最初的几天，麻五魁一闻见那味气就反胃，可慢慢地，竟也习惯了，躺在上面还有了几分自在。

　　麻五魁记不清他被关到这儿已经有多少天了，他也懒得计较天数，反正已经打进了死牢。跟他关在一起的"六指"说，只要进了死牢，肩膀上的那六斤半早晚落地。

　　刚进来的时节，麻五魁被带进审讯室审问过几回，他们翻来覆去审问的，不过就是麻五魁抢救红军伤员的事，但麻五魁是个哑哑，问来问去，也没问出个道道来。过了些日子，他们干脆就不过问麻五魁了。为这事，"六指"还有些气不服，说，他进来的时节脱了一层皮，而麻五魁却没受一点皮肉之苦，真是奇了怪了。

　　"六指"是阿尼念卿山本康沟土匪黄金牙的手下，因为夏里在河州城入户抢劫闹出了人命，被打进死牢。本康沟的黄金牙，专意在尕藏峡谷打劫来往脚户和牲口贩子。尤其那些从山南草原偷盗牛羊的盗贼，是黄金牙重点打劫的对象。在河州地界，有好几伙这样的盗贼，专意偷盗山南的牛羊，得手后赶到山北偷偷找下家卖了。本康沟的土匪对这些盗贼从不手软，他们只要经过尕藏大峡谷，十有八九会钻进黄金牙的套里。不过，他们手头吃紧的时节，偶尔也会干些打家劫舍的勾当。

“麻子，瞧啥呢？”麻五魁正聚精会神地看蜘蛛织网，“六指”“簌”地凑过来，靠在麻五魁跟前。

麻五魁一开始就讨厌这个贼眉鼠眼的“六指”，觉着个家是开铺子打铁干正经营生的，跟这么个偷鸡摸狗、杀人越货的土匪关在一起，实在是憋屈。所以“六指”凑过来的时节，他连头都没转，继续看蜘蛛一圈一圈地织网。

“我以为是啥呢。”“六指”顺着麻五魁的目光往上一瞅，发现织网的蜘蛛，说，“覅看了，迟早咱俩也是蜘蛛嘴里的食。”说完，瞪了一眼麻五魁，拖着沉重的脚镣又回到墙旮旯坐下来。

“六指”刚坐下来屁大的一会儿，只听“咣当”一声，死牢的门开了，进来两个警察。其中一个从夹在胳肢窝下的黑包包里抽出一纸公文，宣读了起来。大致意思是，“六指”和麻五魁在红军进犯河州期间，犯有通共罪，明儿个就要押赴刑场砍头。

“红军？”“六指”一听，腾地站起来，“爷，我是本康沟黄金牙的人。”

那两个警察冷笑了一下，转身出了死牢。

“爷！”“六指”扑到栅栏前，大喊，“我是黄金牙的人！”

喊了半天，没人搭理，“六指”绝望地坐在地上，嘴里不停地念叨：“明明是黄的，咋就变成了红的。”

71

雨就像丝线一样细密，落在地上没有一丝声气。

麻五魁从来没见过这么细的雨。或许这根本就算不上雨，是半天爷飘下来的雾水。

河边的马莲草挂满了针尖大的雨珠子。

> 这一朵云彩里有雨哩，
> 有雨是青苗们长哩；
> 坐下的地方想你哩，
> 想你是清眼泪淌哩。

忽地，远处飘来幽幽的花儿声。

这声气好熟悉呀。麻五魁循声望去。

整个阿尼念卿山脚被雾气罩住了，迷迷蒙蒙，飘飘渺渺。花儿就是从那虚无飘渺的深处传来的。

这是尕秀的声气！麻五魁的心里"欻"地一动。

麻五魁沿着河滩朝花儿传来的方向寻去，可他没走多久，那声气又从身背后传来。他不得不折反身，回头寻来。刚走几步，声气又从另一个地方传来。麻五魁蒙了，弄了半天，还在原地打转。

> 双双对对的牡丹花，
> 层层叠叠的菊花；
> 亲亲热热说下的话，
> 实实落落地记下。

"尕秀！"麻五魁想大声呼喊，可他喊不出声，急得直砸腔子。

> 靠阳洼修下的喇嘛庙，
> 尕藏河眼前头过了；
> 我把你吃着心里了，
> 昼夜无明地想了。

正当麻五魁急得疯牛般乱窜时，老天爷像变戏法似的放晴了。雾气消散，太阳朗照，河岸上挂满雨珠的马莲草纷纷挺起腰杆，绽开笑脸。

更让麻五魁惊喜的是，尕秀顺着河岸朝这边款款走来。

> 一对白兔娃下山了，
> - 打颠倒地卧来；
> 老远里覂照了跟前来，
> 一说三笑地坐来。

等尕秀走近了些，麻五魁才看清楚，她竟然穿着一身红军的衣裳，头发也剪成了二毛子，还打着绑腿，背着药箱子，正用一双圆溜溜的大杏眼汪汪地盯着他。

"尕秀妹！"麻五魁兴奋极了。

"五魁哥！"尕秀的声气是那样地甜美。

"尕秀妹——"麻五魁振大嗓门儿，长长地喊了一声，却不想把个家惊醒了。

眼前头漆黑一片。

"我能出声了？"麻五魁伸手捏了一下个家的喉结，试着说话，但他只能张嘴，说不出声来。

麻五魁这才意识到，个家还是说不出话来的哑哑，刚才不过是一场梦。他揸起拳头，朝旁边的麦草空里狠劲砸下去。

"哎哟！""六指"惨叫一声，弹跳了起来。

原来，麻五魁的那一拳正好砸在"六指"的大腿上。麻五魁紧忙闭上眼，装成睡死的样子。

黑暗中，"六指"看了看睡得死猪一样的麻五魁，骂道："睡个觉都不安稳，看你明儿个掉了脑袋还跳弹不！"

72

秋天的尕藏河滩到处都是随风飘摇的枯枝败叶。那些还没有掉落的叶片，在风中"哗啦哗啦"地摆着，使清冷的河道更见落寞。

接近午时，麻五魁和"六指"被押到了尕藏河滩。为了防止"六指"一路上再喊啥"红的""黄的"，出牢前狱警就往他的嘴里勒了一根粗麻绳。

河州行署选择这个地方处决"通共"罪犯，显然是要给尕藏各方一点颜色看看。

听说要在尕藏河滩处决两个"通共"犯，其中还有尕藏街的铁匠麻五魁，方圆凡是捞到消息的人，纷纷撂下手头的活，赶来看热闹。

照例，在死牢念公文的那个警察又将二人罪行当众宣读了一遍。

当警察念到"红军"时，"六指"瞪大眼睛，一个劲地扎挣着想说啥，可他的嘴被麻绳勒着，只能发出"呜呜"的声气。

麻五魁跪在地上，使劲闭上眼睛，他不敢面对这么多的父老乡亲。

　　头一帮骡子走开了，
　　二一帮骡子撵了；
　　一步一步走远了，
　　清眼泪一霎子淌干了。

这当儿，麻五魁隐隐听见，尕秀的花儿声从虚空里传了下来。

麻五魁猛地扬起头，用一双充血的眼睛死盯住天爷。

天爷灰蒙蒙的，就像下土。罩在里面的太阳，若有若无。整个河滩地，阴森森的，感觉就像到了阴曹地府。

麻五魁盯着天爷看了好半天，直到尕秀的声气从他耳根前消失。

"尕秀啊，我的尕秀。"在这生死关口，麻五魁心里最放不下的，还是尕秀。他多么盼望临死前再见上尕秀一面。麻五魁转过头，不远处就是哗啦啦流淌的尕藏河，要是尕秀像昨晚夕梦见的一样，沿着尕藏河滩朝他款款走来，那该多好哇……

　　骆驼的鞍子是肉鞍子，
　　重驮子咋驮起哩？
　　拔掉肝花空腔子，
　　空腔子咋回去哩？

麻五魁从心里狠狠地唱了一首花儿，这是他专意唱给尕秀的。可满眼的人空里，就是瞭不见尕秀的影子。

"行刑——"突然，身后传来一声大喊，麻五魁身子猛烈地震颤了一下。

"尕秀——"这是麻五魁从骨头里喊出来的，他几乎能听到浑身的骨骼在噼里啪啦作响。

只听"嘭"的一声，一股子黑血溅到麻五魁的脸上，麻五魁头一晕，栽倒在地……

73

大喇嘛昂欠的菩提树上抱了一窝黄鞑子，使一向安静惯了的昂欠顿时热闹起来。

起初，对菩提树上的这窝黄鞑子，大喇嘛并没有放在心上，但日子久了，那些个好斗的黄鞑子越来越不安分了。昨个吉美来昂欠议事时，被一只黄鞑子螫了一箭，眉梁上起了一个大包。

今早大喇嘛把云丹叫到跟前说："把这窝黄鞑子请走，要不会惹出大乱子。"

不一会儿，云丹到街上找来一个跑脚户的大个子，搭上梯子，用一根长杆把黄鞑子窝从菩提树上挑了下来。

"扔得远远的，千万要伤了那些个孽畜牲，瞎好都是条命。"大喇嘛站在廊檐坎上嘱咐大个子。

"好嘞。"大个子用长杆挑着黄鞑子窝正要出门，迎面碰上了往里走来的格列。

"挑的啥？"格列一把拖住大个子。

"一窝黄鞑子，大喇嘛叫我远远扔了。"

"给我。"格列不由分说，从大个子手中夺过长杆子，撒腿就往门外跑。

恰好，从草场那边寻食回来的几只黄鞑子飞到菩提树上找了几圈，没找到个家的窝。一只眼尖的，发现院墙外格列用杆子挑着它们的老窝，紧忙调转身子朝墙外飞去，其他几只也回过神来随后跟上。

格列听见后面的"嗡嗡"声，知道黄鞑子赶来了，放开腿，箭一般剹向草场。

黄鞑子紧追不舍，而且不断地有新的黄鞑子加入追逐的队伍。格列怯了，得想法子甩开它们。他先是拐了几个"之"字，然后猛地扑倒，黄鞑子群被一下子闪到前面去了。乘这机会，格列从地上爬起来，朝另一个方向猛跑起来。等那群黄鞑子再次赶过来时，格列突然将手中的杆子向远处的蒿草丛扔过去，黄鞑子们立时放过格列，朝个家的窝飙去，格列这才脱身回了昂欠。

站在廊檐坎上的大喇嘛，看见走进院子的格列一脸汗涔涔的样子，从鼻孔里"哼"了一声，转身进了堂屋。

格列展了一下舌头，紧着跟了进去。

大喇嘛桑杰和少爷格列分坐在八仙桌两旁的太师椅上。

活佛伦珠、土司府管家吉美早就坐在长条凳上品茶。

吉美昨个被黄鞑子蜇了一箭后，跑到尕藏寺找伦珠活佛抹了些膏药，可眉梁上的包不但没有消下去，反而更大了，格列看着禁不住心里发笑。

大喇嘛扫了一眼大家，开始谈正事。按他的意思，土司府大堂准备在原址重建。格列却提出不同意见，说："那里邪乎，不宜重建，还是另寻块地点。"

大喇嘛极力反对，说："祖宗择定的宝地，咋好轻易更换。再说，府里也没有比这更合适的地点。"

"府里没有，外面找嘛。"

格列这句话一出口，将在场的人惊得目瞪口呆。

"少……少爷，你是说另外再建个土司府？"半天，吉美眨巴了一下眼睛，问道。

"咱土司府那么多的地，哪儿不能建呀。"

"少爷说梦话哩，这是建府，不是编雀笼。"大喇嘛讥讽道。

"是啊，少爷。"伦珠和吉美也随声附和。

格列不满地瞅了瞅伦珠和吉美。

土司府大堂选址是件大事，格列跟大家争辩了半天，没一个支持他的。但在重建土司府大堂的规模上，格列坚决主张按原来的规制施工。

"出门走路看风向，穿衣吃饭量家当。土司府经过一连串的变故，元气大伤。要是按原样修建，怕是力不从心。"大喇嘛担心道。

"老子英雄儿好汉，阿爸卖葱娃卖蒜。"格列不服气了，"我也是堂堂儿子娃。"

"嘴角的奶水子还没干呢，就说大话。照这样下去，会把土司府的老底子踢踏光！"大喇嘛心里骂着，但他看格列铁了心，不敢硬逼，怕逼炸了他，不好收场。

74

天爷下着毛毛雨。

麻五魁身披毡衫，手执钢刀，在尕藏河边等了好久。

他蓬乱的头发就像牦牛的磕膝盖，黑黑的麻脸上，缀满水珠。一双红褐色的眼睛里，闪动着难以遏制的火焰。

手里的钢刀，是他个家打的，钢水足，刃口阔大，按土司府行刑人赤烈的说法，这种刀最适合砍头。

这口刀是麻五魁前两天才打的。

"杨五七，你个杂屄，我要把你剁成臊子。"打这口刀的时节，麻五魁心里不想旁的事，只想着尕藏民团汉营营长杨五七。

麻五魁是唱花儿的把式，是尕藏花儿山场上的花王，嗓子哑了，就唱不成花儿了，唱不成花儿，也就意味着再也见不到尕秀了。

见不到尕秀，等于要了麻五魁的命。

麻五魁觉得，个家的霉运一个接着一个，都要怪杨五七这个邪魔。

要不是土司府的少爷格列暗中疏通，他麻五魁的头早在尕藏河滩啃沙子呢。

那天，麻五魁在河滩被人唤醒时，他才亮清，砍了头的不是他，而是那个黄金牙手下的"六指"，警察局押他来不过是陪杀场。过了几天，他在街上碰到赤烈，赤烈告诉他，少爷格列为了救他破费了几百个椭子。

麻五魁惊诧地瞪大眼睛。

"瞪啥呢，尕娃，格列少爷是你头顶上的菩萨。"赤烈口气里酸叽叽的。

"我五魁在少爷心里到底比他的花头麻鹨金重。"麻五魁眼睛里噙满了泪水。当年，格列买那只花头麻鹨时，才花了五个椭子，就把麻五魁痛惜得跺麻了脚，而如今少爷为了救麻五魁竟然破费了几百个椭子。

"一个打铁的麻子，不知啥时节修来这么大的福。"赤烈摇着头，背搭着手，走了。

今早，麻五魁听说杨五七去尕藏街刘皮匠家吃筵席去了，就提了钢刀，早早地等在这里。

细密的雨点打在河面上，溅起许多细碎的水泡。

这样的天气，最让人心里犯惆怅。

而麻五魁的惆怅格外重，就像铁打的壳，牢牢地套在他的身上，使他的身子不敢胡噜，一胡噜，就硌得骨头疼。

> 青丝线绾下的打鱼网，
>
> 下不到清水的浪上；

半夜里起来巷道里浪，

睡不到尕妹的炕上。

忽地，麻五魁耳朵里飘进一阵不搭调的花儿声。

这不是杨五七的声气吗？麻五魁下意识地用舌头舔了一下干皴的嘴皮，他紧张得要命。

"遭天杀的杨五七！"麻五魁心里狠狠骂了一句，他想以此来加深对杨五七的仇恨，免得到时心软下不了手。

杨五七的声气越来越近。

不知是钻进了雨水还是渗出了汗水，麻五魁握刀的手心湿叽叽的，他不断地调整着握刀的手。

油松木柱子油松木梁，

油松木搭下的板炕；

……

杨五七的声气已经飘到了大石头背后。

麻五魁一蹦子攒出来，横在杨五七眼前。

杨五七先是吓了一跳，接着"嘿嘿"一笑，眯着一双醉眼盯住麻五魁："哪儿来的一条浪狗。"

麻五魁将钢刀猛地架在杨五七的脖子上。

杨五七晃了一下头，瞅瞅钢刀，再瞅瞅麻五魁。

"你是麻五魁？"

"我是你先人！"麻五魁用手狠狠抹了一把脸上的雨水，心里狠狠骂道。

"嘿嘿，得了吧，你个打铁的麻子，也会杀人？"杨五七一把掀开架在脖子上的钢刀。

……

手扳住肩膀脚蹬上墙，

我俩人睡了个美当。

杨五七继续哼着不着调的花儿，摇摇晃晃朝河边走去。

麻五魁眼里的火"簌"地灭了。他僵在大石头旁，呆呆地望着杨五七的背影。

尕藏河上的尕木桥很窄，只能容得下单人，上面没有栏杆，走不稳就会跌到水里。平时，过河的人没几个走桥，都是直接钻水蹚河。

杨五七上了桥，还没走几步，就失去了平衡。

"哎哟哟……"他叫唤着，一个趔趄，跌下水去。

杨五七在水里滚了几个巴郎，挣扎着爬起来，哪知脚跟还没站稳又被冲倒。等他好不容易再次爬起来，早就成了落汤鸡。

上了岸，杨五七回过头望着对岸手执钢刀站在大石头旁发呆的麻五魁。

许是被冰水刺激的缘故，杨五七忽地想起刚才那惊心动魄的一幕。

他伸手抹了一把脖子。

"要不是刚才麻五魁手软，这脑袋……"想到这儿，恐惧和愤怒一起涌向杨五七的心头。

他拔出盒子枪，"砰"的一声，朝天放了一枪。

"麻子，老子杀人的时节，你尕娃还在你娘肚子里转筋呢。"

杨五七的叫骂，将麻五魁眼里刚刚熄灭的火焰，又点着了，他举起钢刀，用力朝身旁的大石头劈下去。

"咣当"一声，大石头上火花四溅，麻五魁手中的钢刀跌在地上。

一连几天，麻五魁手麻得抓不住筷子。

75

格列和吉美来铁匠铺时，麻五魁正抱着一个大海碗坐在砧子前吃豆面馓饭。见格列和吉美走进来，他也不起身，只用脚将跟前的一个尕马扎朝前拨了拨。

格列顺势坐在马扎上。

"麻五魁，你的好事来了，少爷要重修土司府大堂，那些个铁匠活全包给你。"要是遇上其他人，像麻五魁这样见了吉美还坐在凳子上屁股不挪，吉美肯定会日娘捣老子地破口大骂，但麻五魁有些不一样，他不但是个自由民，而且还是少爷的朋友，吉美就只好忍着。

麻五魁刚吃了一块洋芋，洋芋太烫，在嘴里捯来捯去，顾不上搭理吉美。

"麻五魁，你听亮清了吗？"吉美有些生气了。

"让他先吃，吃完再说。"格列冲吉美摆摆手。

就在这时，吃醉酒的杨五七从麻五魁的铁匠铺门前摇摇晃晃地经过。

麻五魁"咚"的一声，将手中的海碗撂在砧子上，拉着格列跑到门口，用手抖抖索索地指指杨五七，又指指个家的嗓子。

"五魁，甭急，早吃晚还，他欠你的到时节一两也不少。"格列安慰道。

麻五魁转过身一屁股坐在凳子上，不停地用拳头使劲砸个家的大腿。前两天，为了杀杨五七，麻五魁在尕藏河滩淋了一天的雨，可等刀架在杨五七的脖子，他的手软了。拿刀砍旁人的脑袋，是麻五魁这辈子迈不过去的大坎子。

"管家，完了想法子把麻五魁的嗓子疗治一下。"格列看着麻五魁痛苦的样子，心里难受，便给吉美交代道。

"五魁，管家给你说的事，好好思谋思谋，罢了回个话，不敢耽搁。"格列见麻五魁情绪激动，拍了拍他的肩膀，引着吉美出了铁匠铺。

第二天，吉美就找尕藏寺的伦珠活佛给麻五魁医嗓子，可麻五魁一连吃了伦珠十几颗大蜜丸，仍不见一丁点效果。吉美又拉着麻五魁去找马神仙。马神仙讨厌花儿，连唱花儿的人也讨厌，所以一见麻五魁，心里就着气。他掐着麻五魁的两腮，让麻五魁张大嘴，然后装模作样地瞅了一番，说，嗓子哑实了，医不松活。

第十六章

76

土司府大堂紧张施工的同时，少爷格列开始筹划继任土司的事情。

这天，格列带了贴身侍女拉姆、管家吉美和番营营长旺堆，一行四人骑马踏上了通往河州城的官道。

自从韩土司去世之后，土司府一直笼着一层阴郁的气氛。今儿个终于能出来透一口气了，积淤在格列心中的抑郁和烦恼，一下子被草场上的风吹得无影无踪。

九月里到了天气凉，
黄草里荡牛羊哩；
尕妹好比一棵杨，
阿哥们歇阴凉哩。

远处，飘来牧人悠扬的花儿。

格列是个花儿迷，听见旁人唱花儿，他就忍不住了：

麻鹞儿飞了三架山，
鹞子飞了个半山；
我把你想了七八天，
你把我没想上半天。

"少爷好声嗓。"格列唱罢，管家吉美咧了一下嘴，言不由衷地夸赞道。

"吉美管家，你也来一嗓子。"格列撺掇道。

"我这破锣嗓子，歪声野道的，不中不中，还是你们年轻人来。"吉美不停地摆手。

"那，旺堆你来。"格列又撺掇旺堆。

"我跟阿爸一样，也是破锣嗓子。"旺堆推辞道。

"旺堆阿哥，来一个嘛。"拉姆乘机在一旁敲边鼓。

"还是拉姆妹子你来。"旺堆笑道。

"你先来，完了我来。"拉姆道。

"旺堆，咋像个婆娘，来嘛。"格列催促道。

"这不是立逼着公鸡下蛋呢嘛。好好好，你们不嫌难听，我就来一个。"旺堆说完，在马背上拉开架势，唱了起来：

香獐吃草山岭上转，
牛吃了路边的马莲；

> 多人的伙伙里我把你看，
>
> 活生生才开的牡丹。

旺堆的调起高了，唱到高音处几乎听不到声气了。

"咯咯咯。"旺堆还没唱完，拉姆已经笑得前仰后合。

"我说不行嘛。"旺堆脸红到脖子根了。

"旺堆，你是唱歌呢，还是杀猪呢？"格列取笑道。

"少爷，旺堆天生是捏刀把子的料，唱歌这种妙巧活，干不来。"旺堆笑道。

"好了，现在该轮到拉姆了。"格列指着拉姆说。

"来就来一个。"拉姆爽快地说道。

> 吃葱要吃葱根哩，
>
> 吃它的葱秧着咋哩；
>
> 交人要交个人心哩，
>
> 管他的模样着咋哩。

"'交人要交个人心哩，管他的模样着咋哩'。好词，好词。"拉姆一唱完，格列就点评了起来，"拉姆，你是不是有心上人了？"

"少爷说没影的话哩。"拉姆一脸羞红。

"哪个说没影，等土司府大堂盖出来了，我就给你找一个好婆家。"格列一本正经地说道。

"少爷。"拉姆心里一臊，使劲夹了一下马肚，向前冲去。

"哈哈哈。"后面的三个男人同时大笑起来。

77

河州别园是格列太爷时在河州城购置的一处宅子。

平时，这里不住人，只有韩土司进城时住些时日。土司府派人来城里办事，也在这里歇脚。

别园的老看守见了格列一行，紧着叫下人把马牵到马厩里，个家在前面引路，把他们带进客厅。

格列好久没有来河州城了，脚跟还没站稳，就嚷着要带旺堆、拉姆去逛街。

"少爷，不是说好要去行署衙门嘛。"吉美紧忙拦挡。

"嗨，又不是去打劫，要这么多人做啥。大管家，对付行署那帮老狐狸，就得靠你这样的好猎手。"格列大不咧咧地在吉美肩膀上拍了一下，一脚跨出门槛。

"少爷，少爷。"吉美在后面着急地叫喊。

格列哪里肯听，早就穿过院子朝大门走去。

吉美无奈地摇了摇头，一个人去行署衙门办事。

接待吉美的是行署衙门的一位尕秘书，他说，不巧，秦专员有事外出，不在。

"专员几时回来？"吉美问。

"这可说不准。"

吉美把尕秘书拉到一边，将一个椭子塞到他手里，说："咱乡下人，进了城就是个瞎子，还望行个方便。"

尕秘书收好椭子，说："好吧，我给你寻一寻，能不能寻着，看你造化。"

"哦呀。"吉美满脸堆笑，点了点头。

秦专员和河州驻军牛长官在聚仙阁吃酒，跟牛长官一同来的还有参谋杨建生。

行署衙门的尕秘书来到聚仙阁时，几个人已经喝得面红耳赤。

尕秘书凑到秦专员跟前，耳苲根里叽里咕噜说了几句。

秦专员听完，摆摆手，尕秘书退了下去。

"秦专员有事？"等尕秘书一走，牛长官问道。

"嗨，尕藏土司府的管家来了，估计是格列少爷继任土司的事。"

"韩司令这个老西番，当面是人，背后是鬼，私底下勾结红军，放他们过了黑山峡，差点端了咱河州城。我看他家的土司封号应该废了。"牛长官一副愤愤的样子。

"是早该废了。不过，这事不宜操之过急，得慢慢来。"

"秦专员，废除土司封号的事可以缓，可开发阿尼念卿山林场的事不能再缓了。"牛长官祖上从清朝末年就开始掌握河州军权。民国初，牛长官接受民国政府整编，成了河州驻军的司令，并完全控制了河州的军政大权。国民政府派来的行署专员，要么在牛长官面前乖乖地夹着屁股做事，要么就背着行李滚蛋。大前年夏天，牛长官去尕藏消夏，在韩土司的塔拉寨山庄住了几天，从那时起，他就看上了阿尼念卿山的那片林子。那林子，绿汪汪的，绵绵延延几十里，要是把它弄到手，白花花的银子就会像水一样"哗哗哗"地淌进来。

让牛长官没有想到的是，他刚跟韩土司提了一下林场，就被那个不会观火色的老西番一口回绝，弄得牛长官当场下不来台。

"说得早不如说得巧，牛长官，这不机会来了嘛。"秦专员虽然十分讨厌牛长官霸王硬上弓的做法和那副贪得无厌的嘴脸，但他手上没有兵权，敢怒不敢言。眼下，牛长官借尕藏土司府讨要土司封号的机会又提出阿尼念卿山林场的事，秦专员只好顺水推舟，卖个人情。

"你是说跟土司家的那个混混少爷谈这事？"

"对对对，他要即位，牛长官要林场，这不瞌睡正好遇上枕头了吗？"

"你是说……"

"用林场交换。"秦专员压低了嗓门儿。

"他能答应？"

"除非他不想即位。"

"妙，妙，妙！秦专员，只要林场一到手，少不了你的红钱。"

"只是，这事还得一个嘴皮子利落的人从中调停。"

"这事好办，我去。"这时，杨建生自告奋勇道。

"他能听你的？"牛长官皱起眉头。

"牛长官，格列少爷是个洋浑子不假，可他是我姑舅，他的脉我号得准。"杨建生微微一笑。

"那就麻烦杨参谋跑一趟了。"

"牛长官放心，卑职一定马到成功。"

78

行署衙门的尕秘书把杨建生让进行署接待室。

"是啥风把大管家刮来了？"杨建生一进门装出一副热情洋溢的样子来。

"二少爷。"吉美一见杨建生，紧忙从凳子上站起来。

"要这么见外嘛，乡里乡亲的。坐，坐。"杨建生满脸堆笑地让道。

吉美亮清杨建生是个笑里藏刀的人，不敢轻心，他谦让了一下，战战兢兢地坐在凳子上。

杨建生从兜里掏出一盒烟，弹出一支，给吉美递过去。

"二少爷，我不吃纸烟。"吉美紧忙伸出双手推辞。

杨建生将纸烟塞进玉烟嘴里，个家点上，在吉美对面坐了下来。

"家里老少都好。"

"好，好。多谢二少爷惦记。"

"土司府的大堂盖得咋样了？"

"正扎地基呢。"

"唉，真是祸不单行。"

"二少爷说得是，土司府元气大伤呀。"

"吉美管家，刚才行署秘书找秦专员，正好我和牛长官也在场。听说大管家来了，我想一定有要紧事，一刻也不敢耽搁，紧着过来看看能帮上啥忙。"杨建生吸了一口烟，开始把话茬往正题上引。

"二少爷是个家的人，我也不敢昧，这次专意为格列少爷即位的事来，还请二少爷多多帮衬。"

"这是天大的好事啊。帮衬，一定帮衬。"

"二少爷真是个开通人。"

"咋，这么大的事就你一个人来了？"

"少爷也来了，只是……"吉美眼珠子一骨碌，"他还有些杂务，脱不开身。"

"哦，少爷向来是个大忙人。"杨建生话中有话地说着，使劲咂了一口烟，"不过，这即位的事不那么简单呐，一时三刻是办不成的。"

"那是，那是。"

"吉美管家，你大概也听说过'改土'的事吧。"

"早先有过耳风。"

"说来话长，早在前朝雍正年间，朝廷就喊'改土归流'，可是改来改去，改了个半残不拉。民国也喊'改土归流'，还专意通过了《明令撤销土司案》，但是没有一竿子插到底，留下了尾巴。现在，咱们河州地界只剩下尕藏的韩土司了。吉美管家，你是个明眼人，土司这种不合时宜的旧制度已经像熟透的果子，你不摘它也会个家掉下来，单单尕藏这棵树上的能留得住吗？"

"我整天趴在尕藏的土窝里，上面的事瞎着呢，还望二少爷引个路。"吉美欠起身，屁股几乎离了座。

"唉，我们韩杨两家磕碰了这么些年，可格列少爷毕竟是我姑舅，他身上也有我们杨家的血，一口锅里吃过，一个奶头上吊过，我要是不管他的事，死后咋去见我娘娘①呀。"

"二少爷到底有文墨，说话抓理，抓理。"

"只是，现在办这事还缺那么点火候。"

"这年头办事哪有容易的，要啥，二少爷尽管说，只要府里有的，我们家少爷绝不含糊。"

"一家人不说两家话，我也不绕来绕去了。说掏心窝的话，这事说难很难，说容易也很容易。"

"二少爷明说。"

"你知道咱们河州驻军牛长官吧？"

"咋不知道，打了几辈子的交道。"

"我姑父韩司令在世的时节，牛长官曾跟他提过阿尼念卿山林场的事，可他想都没想当面回绝了，让牛长官很没面子。"

"这个，司令好像提过，不过，塔拉寨人……"

"大管家，不要拿塔拉寨说事。"杨建生打断了吉美的话。

吉美坐如针毡，不知接下来该咋办。

"吉美管家，看在亲戚分上，我给你交个底，牛长官对阿尼念卿山林场可是眼热得很哦。"

吉美的手心里冒出了汗。

"土司府应该亮清，现在的河州地界是牛长官说了算，行署衙门的秦专员不过是聋子的耳朵，摆设。这是为啥呀，很简单，这是枪杆子的威力。吉美管家，枪杆子说话，哪个敢不听？"

吉美实在受不了了，一下子从凳子上站起来："二少爷，这事我做不了主呀。"

"吉美管家，嫑紧张，我也没让你做主，你给格列少爷带个话，林场金重还

① 娘娘：姑妈。

是土司金重，他个家掂量。"

出了行署大门，吉美长长舒了一口气。他不敢耽搁，直奔土司别园。

一进别园，吉美就问老看守："少爷回来了吗？"

老看守说："没有。"

"快去街上寻，火烧屁股了。"

老看守出去好一会儿，才把格列他们三个找回来。

"正逛在兴头上，你催啥命呀，又不是天爷塌下来了。"格列一进门就埋怨。

"哎呀我的少爷，天爷是没塌，可咱土司府要塌掉半划拉①。"吉美一副心急如焚的样子。

"甭急，啥大不了的事，慢慢说。"

"杨家二少爷说，河州驻军牛长官看上阿尼念卿山林场了。"

"他要买林场？"

"不是买，他要换。"

"跟啥换？"

"跟土司换。"

"咋回事？你说亮清些。"

"捷话捷说，就是你要继承土司，就得把阿尼念卿山林场让给他。"

"这不是拦路抢劫嘛。"旺堆一听，火就往上蹿。

"我看这个牛长官跟阿尼念卿山上的黄金牙没啥两样！"拉姆也愤愤道。

"只要庄稼成了，麻雀能吃掉多少哩。"格列看看旺堆，又看看拉姆，口气很轻松地说。

"哎呀，我的少爷，你说得轻巧，那都是祖宗创下的家业，不能就这么轻易丢了。"吉美急得快要跳起来了。

"不丢林场就得丢土司。"

"这……"吉美一时语塞，说不上话来。

"拉姆，你和旺堆跑一趟尕藏，把阿尼念卿山林场的契约拿来。"

"少爷，塔拉寨人已经好些年不缴租子了，土司府在塔拉寨就靠这片林子。没了林子，我们还要塔拉寨做啥？"吉美无奈地摊开手。

---

① 半划拉：一半。

"我们不是还有胭脂上川和尕藏草场嘛。"

"少爷,你还是再想想吧。"

"想啥,想破脑袋还是这条路,难道你还有旁的法子?"格列说完,转身嘱咐拉姆,"这件事要叫大喇嘛知道,免得再生枝节。"

"少爷……"吉美还想说啥。

格列揸起手截住了吉美的话茬:"这件事就这么定了。"

第十七章

79

下了一夜的毛撒拉雨,直到天快亮时,才稀稀拉拉停了下来。杏树的叶子上坐满了水珠,早上的亮气一照,银光闪闪的。

麻五魁从茅坑出来,一边系腰带,一边猫着腰从杏树底下穿过来,钻进了铺子。

铺门一开,炉火一生,麻五魁的铁匠铺就响动了起来,整个尕藏街也就有了生气。随后,街面上陆陆续续传来开门的声气。

太阳露面了,豆腐房里冒出热腾腾的蒸汽,黄酒铺里飘起了醇香的酒味,还有手抓馆里的羊肉味、馍馍店里的油香味……这些味气混合在一起,一股脑地涌向街道,惹逗着人们的胃口,不停地咂吧着嘴里的涎水。

这几天,麻五魁格外忙碌。土司府订下的铁匠活催得很紧,老吉美每次经过铁匠铺都要钻进来点观点观,催促麻五魁加紧些,要叫旁的匠人们窝了工。

其实,不用吉美催促,麻五魁已经把个家逼得很紧,天爷麻麻亮他就开始生炉子打铁,这辈子他还没这么勤谨过。他亮清,韩土司殁了,他的朋友格列少爷就是土司府的主人,他为土司府效劳,就是为格列少爷效劳。为了格列少爷,他就是豁上性命,也绝不含糊。

麻五魁将一根二指来宽的铁条塞进炉火。这些铁条是用来装饰土司府新大堂门扇的。

铁条烧红了，他用铁钳夹出来，放在砧子上，用尕铁锤使劲敲打起来。

"麻子。"麻五魁正打得起劲，门首一个黑影一闪。

等那人走近时，麻五魁才认出，进来的是吉美的二后人尼玛。

"麻子，给我打一把腰刀。"尼玛使劲拍了一把麻五魁的肩膀。

麻五魁对吉美这个混混子二后人，尕的时节就没啥好感。尤其那年他朝麻五魁嘴里浇了尿之后，麻五魁一见尼玛心里就发潮。不过长大后，尼玛再也没有欺负过麻五魁，因为打铁的麻五魁把个家的身子骨也打成了铁，像尼玛这样的，几个人一起上，也不是麻五魁的对手。

麻五魁瞪了尼玛一眼，接着打砧子上的铁条。

"我说麻子，你到底听见了没，给我打一把腰刀。"尼玛振大了嗓门儿。

麻五魁停住了手里的活，盯住尼玛。

麻五魁知道尼玛是尕藏街上有名的赌博客，常常输得精屁股坐铡刀，要是输急了也会偷偷拿家里的东西抵赌债。他原来那把腰刀，一准又是输给旁人了。

"一拃来长，铁包钢的。"尼玛在麻五魁眼前用手比画着。

麻五魁还是一声不吭。

"刀把上还得錾花，黄铜和白银都使上。"

麻五魁"咚"的一声，将尕锤子扔在炉台上，冲尼玛摇了摇头。

"没铜？"尼玛问。

麻五魁还是摇头。

"没银？"

麻五魁这才点了点头。

"嗨，这算啥呢。"尼玛说着，从兜里摸出一个椭子，丢在砧子旁的土台子上。那椭子"滴溜溜"转了几个圈，才停住。

"够了吧。"尼玛瞪了麻五魁一眼，转身出了铁匠铺。

80

尼玛走后，麻五魁从土台子上拾起那块椭子，用牙狠狠咬了一口，然后拿到炉火前一看，椭子边上显显地留下了牙印。忽地，他记起了啥，急忙跑到上房，从毡底下摸出一只戒指来。这是一只金戒指，但停中间裂开了一道炸缝，像癞蛤蟆的嘴一样，张得大大的。这是前一向他在山南草原游荡时，从草空里拾到的。拾到一只金戒指，这可是多大的命分呀，他就像得了宝贝似的，小心装进衣兜带了回来。

麻五魁拿了戒指，回身走进铺子，将刚才放在炉火中的铁条夹出来，扔到土台子上。

麻五魁从工具箱里找出一个錾子，将那块椭子放在砧子上，沿着它的边缘，轻轻錾下一点细碎的银子。他要把这只裂开的戒指用银子焊起来。

阿大在世的时节，铁匠铺也经常接一些焊家什的活儿。阿大曾给他说，焊铁得用铜，铜比铁容易化；焊铜得用银，银比铜容易化。既然银能焊铜，当然也能焊金喽？麻五魁这样想着，先把戒指固定下来，再将从椭子上錾下的碎银子慢慢搁进戒指的炸缝里，然后用铁钳夹起来，放进炉火中烧。等银子烧化了，放在砧子上，慢慢放冰，算是焊接成了。接下来，只剩下细细打磨的工序了。

俗话说，好马配好鞍，好刀配好汉。麻五魁要把这宝贝送给胭脂岭的孕秀，他觉得只有孕秀才配得上这只金戒指！

麻五魁喜欢孕秀，那是喜欢到了骨子里。她喜欢孕秀白丝带一样飘飘悠悠的歌声，喜欢孕秀杏花一样红扑扑的脸骨堆，喜欢孕秀大接杏一样忽闪忽闪的眼睛。

一想起孕秀，麻五魁忽地闻见了一股熟透的大接杏的味道，酸酸的、甜甜的。他一个转身奔到院子里那棵杏树跟前。他家的这棵杏树，结的就是大接杏。眼下是秋季，看不到杏花，也看不到杏子，但那挂满枝头的被霜杀成五颜六色的树叶空里，他分明看见孕秀的一双大眼睛，正痴痴地望着他。

麻五魁的心"扑腾、扑腾"地乱跳起来，手抖得快要抓不住戒指了。

"嗨，五魁！"麻五魁正望着杏树出神，猛听得有人耳门前大声喊，他吓了一大跳。

"做啥呢？泥塑神一般的，我叫了好几声都不言喘。"说话的是孕藏草场的龙布头人。

麻五魁紧着把手里的戒指揣进兜里。

"给我拾掇拾掇马掌。"龙布头人望着麻五魁笑嘻嘻地说。

麻五魁红着脸指了指院墙根的木架子。

龙布反身出去，把个家的枣红马牵进院子，拴在架杆上。

麻五魁走到枣红马跟前，提起一只后蹄，担在他的大腿面子上，非常熟练地撬掉旧铁掌，然后用削铲将走劈了的马掌仔细修理了一番。

龙布站在一旁，掏出一只镶着玛瑙的鼻烟壶，往指甲盖上磕了一撮儿烟末，吸进鼻孔，接着就使劲打起喷嚏来。

龙布每隔一段时节就要到麻五魁的铁匠铺钉马掌。不知咋的，这两年他的枣红马格外费马掌，所以他往麻五魁的铁匠铺跑的次数就多了起来。尕藏草场的藏民是离不开马的，转场赶路放牧跑脚户都得靠它。一副好的马掌，就像给人穿了一双新鞋，走起路来轻巧自如。要是马掌出了问题，一颠一颠的，提不起速度不说，弄不好还会滑倒，甚至伤人。麻五魁的铁匠铺门前有时拴着好几匹马，等着换"新鞋"。

龙布品烟的当间，麻五魁已经将烧烫的马蹄铁夹出来，对准刚修好的那只马蹄，"哧"地粘上去，一股刺鼻的焦臭味很快笼了一院子。龙布紧着盖上鼻烟瓶，塞进兜里。

麻五魁一根接一根将咬在嘴里的铁钉取出来，钉在马蹄铁上。

龙布凑近麻五魁，一边看着麻五魁钉马掌，一边有一搭没一搭地拉杂起来："我说五魁，你也年纪里去了，该寻个媳妇了。"

麻五魁好像没听见，继续钉马掌。

"一个男人没有女人不成呀，看你这家，没一点活气。"

麻五魁从嘴里又取出一根钉子，使劲钉进了马掌。

"我给你搬个媒咋样？"龙布也不等麻五魁表态，直截了当地说，"这人你认得，就是咱尕藏草场的达娃。"

麻五魁听到这儿，心里一惊，拿锤子的手悬在半空里不动了。

这个达娃，他何止是认得，简直是熟透了。

那年夏天，麻五魁去逛尕藏草场的香浪节，回来路过尕藏草场的冬季居住点，看见一个藏民媳妇站在门口朝这边张望。

那女人三十岁左右的样子，身材有些胖，但直悠悠的。她的脸骨堆儿长得特别，不像草场的女人那样黑中泛红，而是白里透红，就像刚刚从地里拔出来的水萝卜。麻五魁不由得多瞅了几眼，可不想就在这时，从那女人的脊背后头蹿出一只牛犊大的藏獒向他扑来。麻五魁怯了，撒开腿狂奔起来，可他终究没跑过藏獒，被赶上来的藏獒叼住了腿肚子。

一股黑血泛上麻五魁的心头，他忍住疼，用笸篮大的手死死卡住藏獒的脖子，弄得那畜牲喘不上气来，只好丢开嘴。麻五魁乘势把藏獒举起来，使劲抛了出去，藏獒在地上滚了几个巴郎，翻起身，仓皇逃窜。

麻五魁不甘休，从地上捡起一块石子，抡圆膀子，朝藏獒抛去。

说来也悬，那石子不偏不倚，从藏獒的屁眼门打进肚子里。

藏獒一声尖叫，在地上弹跳了一蹦子，顾不上疼，继续逃命。

可它没跑几步，麻五魁的第二个石子又"嗖"的一声，按原路打进藏獒的肚子里。

这次藏獒像是疼木了，没有叫也没有跳，夹着尾巴一溜烟跑进冬季居住点的巷子里。

据过路的人说，藏獒奔跑的时节，肚子里还传出两颗石子互相碰撞时发出的"砰砰"声。

那藏獒一口气跑进主人院子的时节，肠断气绝。临死前，屁出两颗血红丝拉的石子。

后晌的时节，水萝卜的男人找上铁匠铺，硬要麻五魁赔他十个椭子。

麻五魁说，一只狗能值十个椭子，你这是天狗吧。

而那男人说，那不是狗，是獒。

最后，在街坊的调停下，麻五魁掏了五个椭子。

那男人讹了麻五魁五个椭子后，腆着肚子高高兴兴地走了，气得麻五魁心肺肝花快要吐出来。

后来，麻五魁才知道，那个水萝卜一样的女人叫达娃，她那个五大三粗的厚脸皮男人叫次仁。

达娃娘家不在尕藏，而是远在千里之外的马尔康，她阿爸曾经营着一个不大的皮货店。不知啥时节，皮货店掌柜沾上了赌博，不出几年就把家业搞倒了。当时次仁正好押着土司府的驮队到了马尔康，就在驮队头子龙布的撮合下，皮货店掌柜把女儿达娃下嫁给了尕藏草场的次仁。

次仁原本身子强壮得像犏牛一样，但自从娶了达娃后，身子骨一年比一年垧①起来，最后竟然瘦得只剩下一把骨头了。前年冬上，他没有熬过三九，就蹬腿子咽气了。

"啧啧啧，达娃是康巴的野狐精变的，把次仁身上的血给活生生咂干了。"

"再好的女人也不能当白面饼子吃，看，挣坏了不是？"

---

① 垧（quē）：土地贫瘠，这里是瘦弱的意思。

次仁死后，街面上的人兴致勃勃地议论了好一阵子，才慢慢坦缓下来。

去年，就是次仁死后的第二年秋里，尕藏寺举行一年一度的九月法会。寺背后的草场上花儿好家们照例对起了花儿，就在这次花儿会上，麻五魁又遇上了成了寡妇的达娃。

死了男人的达娃更见丰满了，脸上胖乎乎的能看见重下巴，高高挺起的腔子，就像揣着两颗大葫芦，圆鼓鼓的屁股蛋，把袍子顶得像灯笼。

麻五魁一看，一下子想起了坍死的次仁，心里不由得怵起来。

麻五魁想躲，而达娃像个大草垛似的堵在他前头："我又不是藏獒，能把你吃了？"

一提起藏獒，麻五魁心疼起他那五个椭子来。

"五魁兄弟，咱俩对一个呗，我最稀罕你那带钢音的嗓子。"

麻五魁的脸"唰"地红了。

达娃见麻五魁难怅的样子，更加放肆起来。

格桑花儿草坡上开，

黄鞑子采一回蜜来；

我把纽扣齐解开，

你到我怀里咂奶来。

达娃唱的就是当年麻五魁的师父老串把式的头一个媳妇拿住老串把式父子的那首歪歌。

麻五魁亮清他降不住这个虚胖起来的水萝卜，紧着一转身钻进身后的人伙里不见影了。

眼下，龙布要给麻五魁搬媒娶达娃，吓得麻五魁脸色都变了。

"咋，你不情愿？"龙布一观麻五魁的脸色，就亮清他的心思，但龙布不肯罢手，接着问，"你是嫌她岁数大？五魁，女人岁数大一些好啊，会疼人呀，会给你洗衣裳做饭焐被窝。"

麻五魁躲在一旁，只是瞪大眼睛瞅着龙布。

龙布哪里知道，这时节的麻五魁满心装的是胭脂岭的尕秀，旁的女人，他一点也没有兴趣。

"五魁，我可是为你好……"

龙布的话还没说完，只见麻五魁冲他既摇脑袋又摆手。

"嗨，老鸦嫑嫌猪黑，我看你和达娃坐在一个板凳上不打翘头。"龙布有些着气，但临走又放缓了口气说，"好啦，好好思谋思谋，过几天我再来找你。"

让麻五魁万万没想到的是，龙布头人钉完马掌回草场的第二天一早，达娃就找上铁匠铺了。

当时，麻五魁正在给土司府打铁钉。

麻五魁打铁钉很简单，先一顺儿把尕铁条打成四棱形，再把一头打尖，另一头打出钉帽就成了。

打钉子虽说是个碎活，但它又是个细致活。打钉子的铁条又细又短，没法使钳子，只能用手夹着，锤子的轻重要拿捏得恰到好处。

"五魁兄弟，这么早就干上了，真是个难寻的勤谨人。"达娃一进铁匠铺，就大声野气地叫了起来。

麻五魁感到，达娃人没到跟前，高挺的腔子已经伸了过来，他被吓得缩紧身子。

"嗬，这么尕的钉子，得多巧的手啊。"

达娃高挺着的腔子快要挨到麻五魁的膀子。

麻五魁心一抖，锤子砸偏了，落在夹钉子的手上。他"嗷"地叫了一声，扔下锤子，攥着手指，蹴在砧子下面。

达娃忍不住大笑了起来。

那一刻，麻五魁恨不得张开大嘴，把这个疯涨疯势的水萝卜活吞了。

第十八章

81

这天，大喇嘛桑杰起得特别早。

云丹在廊檐坎生火盆，搭开水。很快，整个昂欠院子笼了一层散发着松油味的青烟，而且那烟越笼越低，呛得云丹不住地咳嗽。

大喇嘛洗漱完毕，盘腿坐在堂屋炕上，从木匣子里取出炒面，拌上酥油和奶渣，捏糌粑。

大喇嘛眼泡有些浮肿，想必昨晚夕又没有睡好觉。

连着几个晚夕大喇嘛都梦见了他阿哥韩土司，说来也怪，大喇嘛梦见的都是他们尕的时节用马莲草编尕转轮的情景。

每次从睡梦中醒来，大喇嘛都会发现枕头上潮乎乎的，那是他晚夕里做梦淌下的眼泪。

"这是咋了，老梦见尕的时节的事，莫不是真的老了？"大喇嘛心中不免一阵悲伤。

院子里的柴烟倒灌进了堂屋。

"云丹，你咋日弄呢，烟都进了堂屋。"一股无名火涌向大喇嘛的心头，可他刚骂完，又有些后悔。

云丹跑上廊檐坎，把门帘放下来。

堂屋里霎时暗了许多。

大喇嘛心里烦，丢下没吃完的半拉糌粑，出了堂屋，向昂欠大门走去。

平时，大喇嘛心里有事的时节喜欢到外面走走，看看坡底下的尕藏街，看看远处的胭脂川，心里就会宽展许多。

"吱——"的一声，大喇嘛打开昂欠大门。

"该给门轴膏些油了。"近些日子，昂欠的大门响得越来越厉害，听得大喇嘛心里硌硬。

天爷麻麻亮，远处的胭脂川笼在清晨的烟气中。后面的胭脂岭，更是雾蒙蒙一片，啥也瞧不见。

大喇嘛站在门槛前沉了一口气，正要跨出大门，只听门框"咔嚓"响了一声。

那声气不是很大，但惊得大喇嘛身子猛烈地颤抖了一下。

这些年，土司府灾祸连连，大喇嘛的心总是提悬着，就是晚上睡觉也不敢睡瓷了，警醒着。

大喇嘛趔出大门，回过头，盯住门楣。昂欠大门是用阿尼念卿山最好的松木做的，顶上雕有大喇嘛最喜欢的饰物——藏八宝，这是他当年专意请胭脂下川最有名的木匠师傅雕刻的。

此时，天爷渐渐放亮，大门上的雕刻看得显显亮亮。

看着看着大喇嘛忽然发现，门楣上的妙莲渗出了血，而且越渗越多，最后竟然"滴答、滴答"往下滴。

"这是咋了，这到底是咋了？"

一阵秋风扫过，吹起大喇嘛的僧袍，远远看去，他的身子就像一张纸，在昂欠大门前"哗啦、哗啦"摆着。

过了好一会儿，大喇嘛终于站稳了身子。

当他再次抬眼看时，妙莲上的血已经消失了。

五彩的藏八宝还是五彩的藏八宝，粉红的妙莲还是粉红的妙莲。

难道刚才的血是幻觉？先前的"咔嚓"声也是幻觉？

"这可不是啥好兆头。"

大喇嘛站在门口，将心情沉凝了好一会儿，才迈着沉重的步子朝坡下走去。

山坡上，成群的牛羊悠闲地啃草。眼下，正是牛羊抓膘的时节。

不远处的山梁上站着一个荡羊娃，他肩上扛一根鞭杆，鞭杆尖上挑着馍兜，嘴里轻轻哼着花儿，眼睛牢牢盯住东面山尖上慢慢冒出来的太阳。

> 阿哥是阳山的枣红马，
> 尕妹是阴山的骒马；
> 白天草滩上一处耍，
> 晚夕里一槽儿卧下。

微风带着他的歌声，不断地从大喇嘛耳旁飘过。

大喇嘛的心境敞亮了许多，脚下也变得轻巧起来。

穿过尕藏街，下了河滩，大喇嘛顺着尕藏河慢悠悠地散步。尕藏河对面是胭脂上川，麦子早已收割，苞谷树还长在地里。

今年又是一个难得的好年辰。尕藏寺的僧田里打了六百石粮食，压满了寺里的粮库。

然而，这喜人的收成并没有使大喇嘛沉重的心情变轻松。

阿哥韩土司的死和土司府的那场火，就像一团迷雾，一直笼在他的心头。

"阿哥真的是红军杀的？这咋可能，红军人生地不熟，而阿哥的军帐又把守得那么严，除非他们里应外合。"

想到这儿，大喇嘛不禁打了个冷战。

"不可能,不可能。民团里咋会有红军的人。"大喇嘛很快又推翻了个家的想法。

更让大喇嘛烦心的是,侄子格列竟然背着他将阿尼念卿山林场转给了河州驻军牛长官。

"这个不成事的洋浑子!"大喇嘛竟然骂出声来。

不知不觉大喇嘛走到了土司府的磨坊。磨坊里听不到啥响动,想必这些日子没啥磨物,磨主闭了水闸,回家忙旁的去了。

磨坊是用木板搭建成的,因为阿尼念卿山一带夜潮大,磨坊的木板上结了一层厚厚的绿苔。

磨坊建得比地面高,坊门前搭了木台阶。大喇嘛走近一看,磨坊的门竟然开着。

进了磨坊,里面空荡荡的。借着从磨坊门透进来的亮气,大喇嘛发现磨坊地上显显地有一行脚印。

大喇嘛躬下腰身,往下一瞧,竟然发现磨盘底下躺着一个姑娘,大喇嘛一时没了主意。过了好一会儿,他猛地站起来,奔出了磨坊。但奔了一截,又停住,转身折了回来。

大喇嘛重新走进磨坊,蹲在姑娘跟前,伸手轻轻摇了她一下。

姑娘没有一点反应。

大喇嘛又将手搭在姑娘的鼻翼间,姑娘还活着,但气息非常微弱。

"不好,一定是病了。"

82

济世堂的门口立着一根很高的桦木杆,上面挂一面沿了牙边的大幌子,上书"济世堂"三字,黄底黑字,老远就能看得亮亮清清。

一进铺子,右首是抓药的地方,靠墙放着一排药柜,柜子上是密密麻麻的尕药匣,匣盖上用红颜色写着各种药名。每个匣盖的中央,都铆着一个铜环,因为用得久了,铜环被磨得锃光发亮。左首是马神仙诊病的几案,几案的上方挂着一幅没有装裱的书法,上面用王体行楷写着《大医精诚》上的一段话:"凡大医治病,必当安身立志,无欲无求,先发大慈恻隐之心,誓愿普救含灵之苦。"

马神仙在尕藏行医几十年了，救人无数，而且还治好过好几个河州城的名医都没看松的病人，所以，尕藏地界人人叫他"马神仙"。但这马神仙是个左脾气，不好打交道。

马神仙看病从来不问病情，号完脉就直接开方抓药。要是病人中途说三问四，他就立马停止诊治。在他这儿看病，从来不许赊账。有一次，胭脂下川马神仙的一个老熟人来抓药，因为没带够药钱，马神仙不给赊。那人说，病人等着吃药呢，明儿个我一定托人带上来。马神仙说，带话带多呢，带钱带少呢。那人没法，只得去街上找亲戚借了钱，才拿走了药。

在尕藏街，除了尕藏寺的大喇嘛桑杰，马神仙没有不敢得罪的人。

大喇嘛踏进济世堂时，马神仙正坐在诊案前的太师椅上看书。

"马先生，闲着呢。"

马神仙见是大喇嘛，紧忙放下书起来招呼："大喇嘛，请上座。"

"马先生，没工夫坐了，有个要紧事哩。"

"有啥事，让云丹师父来就行了，大喇嘛还亲自跑一趟。"

大喇嘛走近马神仙，压低嗓门儿，如此这般说了一番。

马神仙会意，收拾药匣子，跟大喇嘛出了济世堂。

不一会儿，大喇嘛引着济世堂的马神仙进了尕磨坊。

"这姑娘饿过了头，给她弄些吃的，好好调养一下就没事了。"马神仙号了一下姑娘的脉后，说。

"没有大碍就好。"大喇嘛缓了一口气。

"看她的穿戴，不是咱尕藏街的。"

"不知发生了啥事，可怜的姑娘。"

"大喇嘛，没有旁的事我就告辞了。"

"多劳多劳，耽搁了马先生铺子里的事。"

"言重了。跟大喇嘛的慈悲心比起来，我那点事还能说出口？"

送走了马神仙，大喇嘛去了一趟昂欠，回来时提着一个饭匣。

大喇嘛进了磨坊，从饭匣里拿出炒面，冲了一木碗糊糊，用尕调羹慢慢灌进姑娘的嘴里。

喝完香喷喷的炒面糊糊，姑娘的身子动了一下，但她并没有马上醒来，只是换了个姿势继续睡了起来。

大喇嘛拾掇好饭匣子，坐在姑娘身边，仔细端详起来，他觉得这姑娘有些面熟，但一时又记不起来。从她的穿戴上看，应该是塔拉寨的姑娘。

去年，大喇嘛桑杰曾到塔拉寨弘法。

塔拉寨人自古只信山神，不拜佛祖。

大喇嘛认为，塔拉寨人不敬佛祖，是因为教化不及。他下决心一定要让塔拉寨人皈依佛门。

哪知大喇嘛刚进寨子，头人斯库就发下话来，哪个也不准接待他，更不能听他弘法说教。全寨子的人都闭上门躲了起来。

大喇嘛跟豁豁喇嘛云丹转完了整个寨子，也没能叫开一家的门。

到了晌午，大喇嘛饥渴难耐，一屁股坐在一家猎户的门口缓了下来。

云丹说："大喇叭（嘛），回吧，塔拉阴（人）粗俗，没啥好教化的。"

大喇嘛说："佛说：所有一切众生之类，若卵生，若胎生，若湿生，若化生；若有色，若无色；若有想，若无想，若非有想非无想，我皆令入无余涅槃而灭度之。"说着，给云丹摆摆手，"不急，等等看，世上无难事，只怕有心人。"

这时，身后的房门开了。屋里走出一个姑娘，一身猎手打扮。她一张瘦削的脸，厚厚的嘴皮，浓浓的两道剑眉下一双蓝莹莹的大眼睛。

大喇嘛平生头一次看见这么蓝的眼睛，心里一颤，忽地想起马莲花，但他很快感觉到了个家的失态。念了几十年的佛经，咋能轻易叫这么个黄毛丫头搞得心神不宁呢？佛祖呀，真是罪过！

"你们是尕藏寺的师父？"姑娘直端端向大喇嘛和云丹走来。

"这希（是）我们大喇叭（嘛）。"云丹指着大喇嘛紧忙给姑娘介绍。

姑娘看着大喇嘛不自在的样子，微微一笑。然后，大大方方把大喇嘛和云丹让进了屋里。

大喇嘛忐忑不安地坐在火塘旁。

那姑娘是塔拉寨猎户帕拉的女儿茸巴。

茸巴端来一盘子馍馍，放在大喇嘛跟前。

大喇嘛一直不敢正眼看茸巴，勾着头，不言语。

"师父，也没啥好招待的，吃点馍馍吧。"茸巴从盘子里拿起一块馍，给大喇嘛递过去。

大喇嘛的目光不经意间又触碰到了茸巴的蓝眼睛，心"怦"地一跳。他没敢去接茸巴递过来的馍，而是从盘子里另抓了一块，放进嘴里，急匆匆吃了起来。

云丹怕茸巴难怅，紧忙从姑娘手中接过馍馍，一边吃，一边一眼一眼地瞅着大喇嘛。

就在这时，帕拉打猎回来了。

帕拉今儿个运气不好，空空而回。

他进了屋子，见过客人，将老土炮挂在墙上，挨着大喇嘛坐在火塘旁，抽起了旱烟。

帕拉的出现解救了大喇嘛。他很快稳住了心境，试着跟帕拉攀谈起来。

帕拉说，如今的日子越来越不好过，林子里野物一年比一年少，而头人家的租子却越来越重，就像一盘磨扇压在头上喘不过气来。

帕拉说着又装上一锅子黄烟，用铁箸从火塘里夹出一块火炭，点上。

刺鼻的烟味熏得大喇嘛咳嗽起来。

"大喇嘛不受活？"帕拉收起烟锅子，关切地问道。

"不碍事，不碍事，你续上说。"大喇嘛咳上来一口痰，但不好唾在地上，在嘴里咕噜了两下，重又咽下肚去。

"唉，人常说，喇嘛爷修行一辈子，到死没裤子。"帕拉刚说出口，知道失言了，瞅了一眼大喇嘛，紧着把头像乌龟一样缩进脖子里。

"佛说：过去心不可得，现在心不可得，未来心不可得。"大喇嘛在胸前做了个佛印，忧心忡忡地说道。

"师父，我们塔拉寨人只信山神，不信佛。"

"或有善根，闻即信受；或有善果，勤劝成就；或有暗钝，久化方归；或有业重，不生敬仰……"

大喇嘛正在跟帕拉攀谈，忽听得门外头一阵喧嚷。

"大喇嘛，滚出塔拉寨。"

"不准在塔拉寨宣扬异教邪说。"

群情激昂的塔拉寨人拿着矛子棍棒，堵在帕拉门前。

"吱扭"一声，帕拉家的柴门开了，茸巴手执钢刀出现在众人面前。

那群人一下子鸦雀无声了。

茸巴的后头跟着大喇嘛、云丹和帕拉。

"帕拉，你把尕藏寺的喇嘛请到家里，会倒霉的！"

"斯库头人有你好看！"

"快叫他们滚！"

"哪里的鬼就到哪里害去，要搅扰我们塔拉寨。"

那伙人晃着手里的家伙，纷纷叫嚷。

"帕拉，就是当年娶了白玛的那个帕拉？这么说，眼前这个蓝眼睛姑娘就是白玛生的。"听到那伙人叫帕拉的名字，大喇嘛一下子想起了当年阿哥韩土司喜欢的那个女人白玛。

"这是尕藏寺的大喇嘛，尕藏民团韩司令的兄弟，哪个要是伤了他，会给塔拉寨带来灾难的。"面对叫嚣，茸巴毫不惧怕，用刀指着那伙人，厉声喝道。

"嚷啥，嚷啥？"这时，头人府的管家色目拨开人众，走上前来，对大喇嘛说，"大喇嘛，你看，塔拉寨人都是一根筋，只会给山神烧香，不会给佛祖点灯，你还是下山吧，要是哪个一时刹不住，伤了两家的和气，叫我不好交差。"

大喇嘛轻蔑地瞅了色目一眼，没有言喘。

"大喇嘛，我可是为你好啊。"色目的口气软中带硬。

"大喇嘛，还是下山去吧。"帕拉也在一旁劝道。

"唉。"大喇嘛悲戚地长叹一声。

"让开，让开！"色目振大嗓门儿喊道。

那伙人往两边一闪，大喇嘛和云丹走出帕拉家。

茸巴一直把他俩送到寨子口。

83

望着磨盘底下昏迷不醒的姑娘，大喇嘛忽然记起她就是那次去塔拉寨时见到的茸巴。

大喇嘛欠起身重新打量起躺在磨盘底下的茸巴。

太阳出来了，晨曦照进磨坊的尕窗子，正好洒在茸巴的脸上。因为喝了一尕碗炒面糊糊，她的脸上开始有了一些红晕，再经阳光一照，就像是一朵静静绽放的苏鲁花。

"嗯。"此时，茸巴嘴角轻轻嚅动了一下。

大喇嘛立时紧张起来。

不过茸巴动了一下之后，侧过脸去，又重新大睡起来。但没过多久，她好像受到了啥意外的刺激，猛地转过脸，睁开眼来。

绽放的苏鲁花中忽地射出一道蓝色的光亮，大喇嘛不由得"啊"了一声，一骨碌坐起来，踉踉跄跄奔出磨坊。

"塔拉寨的女人，都是要命的下家。"虽然大喇嘛没见过白玛，但从茸巴身上，他可以想象到白玛的不同凡响。"怪不得阿哥不管不顾，豁出老命要娶塔拉寨一个猎户的女儿。"那一夜，大喇嘛没能合眼，满脑子都是茸巴那一双马莲花一般蓝莹莹的眼睛。

半夜的时节，大喇嘛坐起来，默念起佛经，他希望借助佛的法力把泛上来的那些杂念压下去，但他费了好大的劲还是无济于事。

那对马莲花很快变成了一对蓝色的漩涡，而且越旋越大，越旋越快，越旋越猛。

大喇嘛心里一阵眩晕，跌倒在炕上。

半晌，他睁开眼，望着黑黢黢的顶棚发呆。

就这样，大喇嘛静静地躺到了天亮。

尽管那对蓝色的马莲花搞得大喇嘛一夜没睡好觉，但喝完早茶，他还是想去趟尕磨坊。

"大喇叭（嘛），你的袍子穿反了。"大喇嘛刚走下堂屋台阶，云丹跟上来提醒道。

大喇嘛心里一臊。这可是从来没发生过的事情，今儿个这是咋了？

大喇嘛脱下僧袍，翻过来重新穿上。

云丹捂着嘴，偷偷地笑。

当大喇嘛再次来到尕磨坊时，茸巴已经离开了。

磨盘底下的饭匣还在，只是里面的吃食不见了。

第十九章

84

下了早课，杨永生就把学娃们放了，他打算今儿个晌午回胭脂下川一趟。

尕藏街是三六九的集市，今儿个是阴历初三，正好逢集。

一街两行的摊子客，把原本就不宽敞的尕藏街挤成了一个窄道道。

此起彼伏的叫卖声，从南街扯到北街，闹闹哄哄的，吵得人耳根子发烫。

摊子上摆满了平时在街上难得一见的各种稀奇古怪的货物，啥虎骨啦、野狐皮啦、鹿角菜啦、野鸡啦，还有不少像龙骨、黄芪、党参、当归一类的药材。到了北头，土司府广场的附近，尽是一些当地的特色吃食，凉粉、酿皮、糖瓜、甜麦子……

"抓一碗酿皮子。"来到一家酿皮子的摊位前，杨永生的肚子忽地叽里咕噜叫开了。

卖酿皮子的是一个胖乎乎的中年女人，她见是尕藏私塾的杨先生，麻利地招呼他坐下，切了一碗酿皮子，然后用一个尕调羹非常娴熟地调上油辣子、蒜水、芥末，笑呵呵地端给杨永生。

杨永生一边津津有味地吃着，一边跟那女人喧了起来。

"大嫂，今年庄稼还好吧。"

"好，好。今年雨水足，麦子和苞谷，还有洋芋、胡麻，收成都好。"那女人喜滋滋的，连眼珠子都在笑。

"这就好，能填饱肚子了。"杨永生嘴里喃喃道。

"乘这几天闲着，做了些酿皮子赚几个麻钱，添补家用。"那女人是个直筒子，一打开话匣就轻易歇不下来。

"大嫂是下川人？"

"杨先生，我不是下川人，是上川人。"

"哦，土司府的属地。"

"可不是嘛，祖祖辈辈都在土司老爷的地上刨食。"

"唔，今年收成好，土司府的光阴不错啊。"

"杨先生，前些日子，装粮食的羊毛口袋在土司府广场码成了山，啧啧啧，那阵势……"

"缴了那么多租子，你们个家的口粮够吃吗？"

"够不够吃不都得过嘛。地是土司府的，人家租给你已经是眉梁上的福。"

杨永生望着那女人轻轻地摇了一下头。

"杨先性（生）！"就在这时，尕藏寺的豁豁喇嘛云丹气喘吁吁地跑到了杨永生跟前。

"杨先性（生），大喇叭（嘛）叫你。"云丹一只手支着腰，大口大口地喘气。

"啥事。"杨永生紧忙放下碗。

"不鸡（知）道。"云丹使劲摆了一下头。

85

尽管杨永生穿的是单衫，可爬到半坡时，身上已经出汗了。

"杨先性（生），缓缓吧。"云丹见杨永生眉梁上渗出了汗，说道。

杨永生冲云丹不好意思地笑了一下，撩起衫子的下摆，坐在坡地上。

从这地方看下去，远处的胭脂川尽收眼底。

尕藏河沿着胭脂川的边子缠绕而下，太阳下闪烁着斑斑点点的波光。

"尕藏河一年四季就这么白白从眼前头流走，着实可惜。要是能把它引到胭脂川浇地该多好哇。"前些年杨永生去省城时，看见黄河边上许多高大的水车把清溜溜的黄河水引到岸上的田地里。那里的麦子比尕藏的高，那里的麦穗比尕藏的大。当时，杨永生就产生了在尕藏河上修水车的想法。回来后，他把个家的想法告诉了杨老爷。

"这娃说梦话哩。"杨老爷亮清，在尕藏河修水车肯定要银子的命哩，他咋也不同意。

"这不是梦话。阿大，你没见兰州的大水车，骨碌碌一转，哗哗的黄河水就上了麦田。一垧地一眨眼的工夫就漫过了。"

"礼曰：……站着说话不腰疼。"杨老爷想说一句文的，但一时嘴头上不来词，"那水车不会平白无故从天爷上掉下来，得用白花花的银子换！"

"阿大，哪有不拿担子挑瓜的？要是有了水车，田里的产量至少可以翻番。"

"银子从哪里来？"

"舍不得娃娃套不得狼。阿大，要是把咱家的私财都拿出来……"

"你……你是洋墨水喝糊涂了！"杨老爷忽地变了脸，"你阿大吃的是五谷杂粮，屙不出银子来。"

父子俩话不投机，这事就只好作罢。

胭脂川的后头就是胭脂岭，胭脂岭的庄子隐在高大的树空里看不见，但胭脂岭地势高，那里的鸡鸣狗叫，全尕藏的人都听得显显的。

"云丹，听孕秀说你阿娘病得厉害？"望着胭脂岭，杨永生忽然想起云丹就是胭脂岭花儿歌手孕秀的兄弟。

一提起阿娘的病，云丹的脸色一下子阴沉下来。

杨永生说："病来如山倒呀，得好好看看。"

云丹嘴角呼噜了半天，终于涨红着脸吭出半句话："看不起。"

"云丹，你甭怕，尽管看，需要钱我给你。"

云丹紧忙摆摆手，接着又指指上面的喇嘛寺。

杨永生知道喇嘛寺除了布施，不允许喇嘛随便接受旁人的钱物。

"你叫孕秀来找我。"

云丹没有搭话，充满感激地望着杨永生。

缓了一会儿，杨永生站起来跟云丹一起继续往上爬。

"云丹，你看红军咋样？"走了几步，杨永生忽然转过身问云丹。

云丹一听，像羊油一样一下子沁在地上，惊异地望着杨永生。

"哦，随便问问。我是说，红军在咱孕藏待了些天，张连长和刘指导员又住在大喇嘛昂欠，你对那些人有啥看法？"

云丹木木地摇摇头。

"你觉得红军好吗？"

云丹既不说话也不摇头。

"他们和你一样，都是穷苦人出身呐。"杨永生边走边说。

云丹跟在后头，心里七上八下的。

杨永生见云丹神色有些紧张，也就不再往下问了。

到了大喇嘛昂欠，大喇嘛正在堂屋等杨永生。

"大少爷吃晌午了吗？"大喇嘛将杨永生让到炕上坐定，问道。

"刚吃了一碗酿皮子。"杨永生微笑了一下，说。

"金刚一样的汉子，吃那咋能中哩。云丹，快去街上称些手抓羊肉。"

云丹一溜烟跑到孕藏街，从"努海手抓"剁了一斤羊肉提回来，放在昂欠堂屋的炕桌上。

大喇嘛和杨永生盘腿坐在炕上，吃起了手抓羊肉，吃完后，又填补了一点糌粑，便品起三炮台的碗子。

"大少爷，今儿个请你来，我……有件事想问问你。"大喇嘛一边品着盖碗茶，一边打开了话匣子。

"大喇嘛见外了，有啥事你就直接说。"

"大少爷，你是明白人，你觉得韩司令的死和土司府大堂被烧的事跟红军有干系吗？"

杨永生惊诧地望着大喇嘛："大喇嘛，你觉得呢？"

大喇嘛没有言喘，转身打开炕柜，从里面拿出一顶红军帽，放在炕桌上，说："这是旺堆在司令军帐前拾到的。"

杨永生看着炕桌上的红军帽，说："真要是红军干的，干吗还故意留下一顶帽子？"

"可能他们逃跑时丢的，来不及拾了。"

"不会的，红军绝不会干这种事。"杨永生激动了起来。

"你这么肯定？"

"大喇嘛，红军真要搞暗杀，还能给你留下把柄？我看这军帽来得蹊跷。再说韩司令已经给红军让了道，干吗还要结这个仇呢，没来由嘛。"

"那，要不是红军干的，还有哪个呢？"大喇嘛忽地转过脸盯住杨永生，"大少爷不会偏袒红军吧。"

"大喇嘛，你们藏民有句俗语，糌粑捏得再紧也有掉渣的时节。你要担惊，这事总有水落石出的一天。"

"云丹，添茶。"大喇嘛朝门外喊了一声，云丹提着撇壶忙不迭地进了堂屋。

86

从大喇嘛昂欠出来，已是后晌了。

集市还没有散，不过街上的人少了许多。

路过麻五魁的铁匠铺时，里面传来叮叮当当打铁的声气，于是，杨永生改变了主意，先不回家，到铁匠铺跟麻五魁喧一喧。

麻五魁的铁匠铺像一个巨大的蒸笼。

杨永生一进去，一股热浪扑面而来。

麻五魁正在打一把大刀。砧子上，一根烧红的四棱铁棒，在铁锤的敲打下火花四溅。

这是土司府订制的青龙偃月刀，将来要立在新大堂里壮威，所以，麻五魁打得格外尽心。

麻五魁光着膀子，黑里透红的身子已被汗水炸透。他腔子上那两疙瘩隆起的紫肉，随着锤子的起落，有力地收缩着，感觉他浑身的力气就是从那里爆发出来的。

杨永生站在一旁瞧了一会儿，见麻五魁顾不上理他，就转身点观起麻五魁的铁匠铺。

虽说同住在一个镇子上，杨永生还是头一次来这里。平常家里添置铡刀、铲子啥的，都是由七斤来买，或是他阿大杨老爷上街时就顺带买上了。再说，杨永生即使想买，杨老爷也不放心，因为杨老爷心里亮清，他这个大后人教书识字是个行家，干农事可是个白大师。

铁匠铺的柱子上挂着一只雀笼，不过雀笼是空的。从黑山峡回来后，麻五魁没再养过红布裆裆。他心爱的红布裆裆就像他心中的尕秀，已经离他远去了。他再没心思去操心那些两腿间红得像火炭一样的雀儿。

炉子旁码着一摞木炭，那是麻五魁用来烧铁的。这些木炭都是用阿尼念卿山上好的黑刺杆烧制的。尕藏一带，不缺烧柴，但那些松木、杂木烧出的木炭温度低，只能取暖，不能烧铁。只有黑刺杆木炭温度高，能烧化铁，所以麻五魁铁匠铺的木炭都是专意在阿尼念卿山烧炭师傅那儿订的黑刺杆木炭。

铁匠铺正面的墙根放着一排简陋的货架，上面摆满了麻五魁打制的铲子、镰刀一类的农具，还有屠家用的宰猪刀和宰羊刀。

货架的前面立着一把新打的大刀，这是河州警察局订制的专意砍犯人脑袋的大砍刀。

刀很沉，杨永生费了好大劲才用双手提起来。

杨永生还从来没这么近距离地接触过大砍刀。

大砍刀刀阔一巴掌，脊背有一指厚，还没有开刃，刀面上反射出来的丝丝寒光，看着叫人胆怯。

这种刀是用铁包钢的办法打制的，也就是两层铁中间加一层钢。这样打制的刀刚中带柔，最适合砍脑袋。要是太硬，碰到骨头，容易崩刃；要是太软了，用不了几次就会卷刃。一般的农具，像铁锨、铲子之类的，麻五魁是舍不得加钢水的，只有割麦子的镰刀刃上才加一些些钢水。

杨永生看着看着，蓦地发现，大砍刀靠近刀把的地方錾着一颗五角星。

杨永生猛然记起有人曾跟他提起过红军在黑山峡救了尕藏镇铁匠麻五魁的

事来。

"莫非这五角星跟红军有关？"杨永生心里立时热了起来。

"咻——"的一声，麻五魁将已经打出雏形的大刀放进身旁的木桶里淬火。

这突然的声响吓了杨永生一跳，"咣啷"，他手中的大砍刀跌在地上。

杨永生正要弯腰去拾，麻五魁过来挡住他。

麻五魁向来不喜欢胭脂下川杨老爷家的人，尤其杨老爷那副傲气的样子，麻五魁更是瞧不上眼。

有一次，杨老爷来他的铁匠铺，一进门就趾高气扬地冲麻五魁喊："五魁，给我挑一把好铲子。"

麻五魁瞅了一眼杨老爷，没有吭声，继续在砧子上打铁。

麻五魁知道杨老爷是死人的屁股里掏药钱的料儿，给他卖东西不折本算是好的。

"是个聋子。"杨老爷讨了个没趣，低声嘟囔着，从货架上个家挑了一把铲子，然后从褡裢里摸出一块铜元，扔到麻五魁砧子旁的土台子上，转身就走。

麻五魁撂下手里的锤子，抓起铜元，追出铺子。

杨老爷肩上扛着褡裢，一边不紧不慢地走着，一边不停地跟街上的熟人打着招呼。

麻五魁赶了几步，将手中的铜元朝杨老爷扔过去。

"当啷啷——"铜元滚到杨老爷脚下。

杨老爷迟疑了一下，拾起地上的铜元，吹了一下土，塞进褡裢里，回过头骂了一句："生铁！"

87

麻五魁狠狠地瞪了杨永生一眼，从地上抓起大砍刀，用袖子把粘在刀上的土抹干净，重新立在货柜前。

麻五魁转身要走，杨永生一把拽住他，指了指錾在大砍刀上的那颗五角星。

麻五魁看懂了杨永生的意思，用手在个家的头顶比画了一下。

"是红军帽子上的五角星？"杨永生激动得声气都走了调。

麻五魁使劲点点头。

想起黑山峡红军救他的情景，麻五魁红褐色的眼睛里就会放射出奇异的光彩。

那天，当红军把他从倒挂的树上救下来的那一刻，红军帽子上的五角星深深烙进了他的脑子里。

他觉得红军就是他的救星。

回到尕藏后他专意打了一把大刀，送给了红军的刘指导员。

打制那把大刀的时节，他还特意多加了点钢水。打好后，他拿着大刀仔细瞅视，觉得这刀好是好，就是还缺少点啥。思谋了半天，他拿起錾子在靠近刀把的地方錾了一颗五角星。从那以后，麻五魁打制的刀上都錾一颗五角星。五角星成了麻五魁铁匠铺刀具上的一个标志。

"五魁，你觉得红军咋样？"杨永生按捺不住激动的心情，迫不及待地问道。

麻五魁冲杨永生揸起了大拇指。

"那……要是跟着红军一起干，你愿意吗？"杨永生知道，红军进驻尕藏时，麻五魁救过红军的伤员，为这事他还蹲了大狱，差点丢了命。

麻五魁朝杨永生脸上望了半晌，又轻轻地摇了摇头。

"为啥？"

麻五魁指了指身旁打铁的炉子。

"你这算啥，红军可是干大事的。"杨永生不由得着急起来。

麻五魁似乎有些不高兴了，衬了一块抹布，将刚才放进木桶里的大刀拿出来，塞进炉火里，然后用火皮胎将炉火吹得旺旺的。

88

杨永生回到胭脂下川的家里，正是吃黑饭的时节。

杨府今儿个的黑饭是苞谷面疙瘩。

"要吃饭咋不早些来，好让杨嫂给你做顿白面旗花。"杨太太心疼地埋怨起后人。

"他又不是放了道台，碰上啥吃啥呗。"杨老爷坐在炕上没好气地说道。

"永生是读书人，口细。"杨太太白了杨老爷一眼。

"哦，他口细，能细过皇上？"杨老爷瞅了一眼杨永生，"庄稼是地里苦出来的，不是从教鞭上长出来的。"

"阿大阿娘嫑吵了。"杨永生说着，脱下鞋子上了炕，端起炕桌上的一碗疙瘩，呼噜呼噜吃起来。

留留闹着不吃疙瘩，杨太太只好摸出钥匙打开搁在面板柜上面的馍箱子，从里面拿出一块白面馍给了留留，留留拿了白面馍高高兴兴地跳出堂屋。

"前院的水后院里流，到时节有你们的好。"杨老爷从窗子瞧着孙子留留，话里有话地说道。

杨永生鼻子里"哼"了一下，接着吃饭。

吃完黑饭，杨老爷依旧靠在炕脚的被子上抽水烟。

窗外，麻影子已经下来了。

长工七斤蹲在廊檐坎下的台阶旁吃完最后一口饭，打着饱嗝，回了后院。

杨嫂收拾了炕桌上的碗筷，在灶火里洗刷起来。

杨太太进了她的佛堂跪在佛龛前，开始念嘛呢经。

留留倚在佛堂的门口，瞪大眼睛好奇地看着阿奶的背影。

"这几日镇子上可太平？"杨老爷抽完一锅子烟，将烟瓶放在炕桌上，用一个尕铜扦慢腾腾地掏着烟锅子里的烟屎。

"又不闹土匪，有啥不太平的。"杨永生口气冷冷地说道。

"红军烧掉的土司府大堂盖得咋样了？"杨老爷故意将"红军"二字压得很重。

"阿大，你咋就认定土司府的大堂是红军烧的？"

"针尖大的窟窿能透过斗大的风。要是没一些实据，咋会有那么多人说呢？"

"阿大，咱尕藏人见了块石头就当山，他们的话你也信。"

"哦，照你这么说，你知道是哪个干的？"杨老爷把手里的尕铜扦扔在炕桌上。

"我虽然不知道是哪个干的，可我知道这里面肯定有蹊跷。"

"有啥蹊跷？"

"这……阿大，这里的蹊跷指不定你老人家比我亮清。"杨永生话锋一转，有意试探道。

刚才回家的路上，杨永生一直琢磨大喇嘛昂欠里大喇嘛跟他说的那些事，琢磨来琢磨去，杨永生总觉得韩土司被杀和土司府的大火跟河州城的牛长官有关。这些年，河州行署一直在想办法"改土归流"，而土司府对河州行署的"改土归流"政策一直有抵触，有时免不了对行署方面及河州驻军有所冲撞。尤其是这次韩土司奉命去黑山峡阻击红军，他不但没有阻击成功，反而把红军放过了黑山峡，使红军顺顺利利占领尕藏镇，河州城一下子毫无遮拦地亮在红军的面前，将城里的黄皮子弄了个措手不及。再说，牛长官早就盯上了尕藏土司，少不了在尕藏民团安插内应，他要是想借机除掉韩土司并不是一件很难的事情。而这些事要真是牛长官干的，少不了他二兄弟杨建生掺和，既然杨建生掺和，说不定他阿大杨老爷会在耳根里捞到点啥。所以，说到这个话头上，他索性想探探阿大的口气。

"畜牲！"杨老爷一听，暴跳起来。

"阿大，你嫑躁嘛，我也不过是随便说说。"

"这种事是随便说的吗？"杨老爷用指头点着杨永生的脑袋教训道，"礼曰：'君有疾，饮药，臣先尝之。亲有疾，饮药，子先尝之。'你倒好，竟然将你老子往阴沟里搡。"

杨永生被骂得脸上发烧，想下炕躲躲。

"慢着！"杨老爷又一声怒喝，转手从枕头底下摸出一张《甘肃民国日报》，"啪"地拍在炕桌上，"看看，你干的好事！"

杨永生拿起报纸，借着从窗户透进来的亮光一看，原来这一期的《甘肃民国日报》的副刊上，登了他搜集整理的几首尕藏花儿，同时还配了一篇编辑老师张亚雄先生的文章《杂话"花儿"》。

前一阵子，红军刘指导员在私塾听尕秀她们唱花儿的时节，杨永生就萌生了向报纸推介尕藏花儿的想法，希望有更多的人了解花儿，喜欢花儿。

"好事，是好事！"杨永生兴奋极了，拿报纸的手有些颤抖，"终于见报了！"

"好个屁！"杨老爷气得胡子一翘一翘的，"这种东西也能在报纸上登？伤风败俗！"

"阿大，你不知道，这可是十分珍贵的民间文化，咱尕藏的宝贝呀。"

"这野曲叫文化，那操心牲口也是文化啦，也能在报纸上登？"杨老爷大叫了起来。

"对咧，阿大，它的官名叫配种，还有专门的书介绍呢。"

"满嘴喷粪！"

"我没胡说，你不信，哪天我找本书你看看。"

"老大，你在私塾里尽教这些？"杨老爷用手指将炕桌敲得"梆梆"直响。

不过骂归骂，杨老爷心底里还是蛮喜欢报纸上那几首花儿的。他将那张报纸给杨永生看过后，悄悄压在堂屋炕的毡底下。一个人的时节翻出来，再将那几首花儿细细地、逐字逐句地读一遍。

　　　　花儿本是心上的话，

　　　　不唱是由不得个家；

　　　　刀刀拿来头割下，

　　　　不死是就这个唱法。

每每读到这一首，他浑身上下有一种充血的感觉，心里不免悄悄地骂杨永生："看不出的木匠修楼哩。这龟儿子，文绉绉的，心底里做事哩。"

第二十章

89

尕藏寺的九月大法会一结束，尕藏草场的锅庄舞会就续上了。

一大早，尕藏草场的牧民们用牛车把帐篷和过节用的家什拉到阿尼念卿山下的草场上。

太阳刚冒出山头，整个草场扎满了白色的帐篷。

每顶帐篷前都盘了一个土炉子，上面搭着大铁锅。女人们坐在土炉前面，一边扯着家常，一边煮羊肉。青蓝色的炊烟和鲜美的肉香弥漫在草场周围。

帐篷里的茶案上摆满了煮熟的肉食、酸甜可口的奶子，还有用今年新磨的麦面炸成的油果。草场上的男男女女一概换上压箱底的新衣，人人就像过年一样快活。

尕藏寺也在这里扎了几顶帐篷。

豁豁喇嘛云丹刚把帐篷的里里外外捋顺了一遍，就看见大喇嘛桑杰和伦珠活佛在众喇嘛的簇拥下朝这边走来。

所有的牧民都跪在草地上，迎接大喇嘛和活佛。

伦珠活佛一边摇摇晃晃地走着，一边给两边的牧民们摸顶赐福。

当大喇嘛桑杰和伦珠活佛在帐篷里坐定，年轻人们就迫不及待地拥向帐篷前的空地上，跳起了欢快的锅庄。

战秋今儿个起得特别早。

战秋的阿爸尕藏草场的头人龙布带着下人到草场扎帐篷的时节，战秋还在个家的闺房里梳洗打扮。

梳洗停当，战秋坐在梳妆台的水银镜前细细地打量起个家来。

这块水银镜是她阿爸去河州城时专意给她买的。当时要说是尕藏草场，就是尕藏街上也没有几个姑娘能用上这样的稀罕物。

今儿个就要见到心上人旺堆了，战秋的心里就像抹了蜜一样甜。

战秋和旺堆虽然说不上青梅竹马，但认识已经很久了。

战秋记得那是她刚满十岁的时节，阿爸龙布去土司府办事，战秋哭闹着要跟，龙布没法，就带着她一起去了。

从土司府办完事出来，龙布顺道去拜访土司府的大管家吉美，战秋就是在管家府认下吉美的大后人旺堆的。

吉美的管家府比战秋家阔气多了。一进大门是一面彩绘的大照壁。照壁底座是青砖砌成的须弥座，壁身四周画着蓝绿相间的吉祥结，中间是一朵盛开的大莲花，莲花上端放着一个红色的宝瓶，宝瓶饰有绿色的飘带，里面插着枝叶繁茂的如意树。绕过照壁是一个圆形的牡丹园，用青砖围着，里头各色牡丹正开得纷繁。过了牡丹园，迎面就是汉藏结合式的大堂屋。吉美家的堂屋，地势高，起架也高，显得气势汹汹的样子。战秋记忆最深的是他家的堂屋门槛，又高又宽，龙布连提带拽才把战秋弄进屋里。

战秋一进门就感觉有些怯。

她阿爸和吉美管家在堂屋说事的时节，战秋紧紧贴在阿爸身旁。一向在尕藏草场信马由缰惯了的战秋，被管家府震住了，变得出奇地乖巧。

不一会儿，一个跟她年纪相仿的鬈发男娃来到堂屋门口，将脑袋偷偷伸进来，瞪大眼睛瞅着战秋。

龙布用手轻轻推了女儿一把，示意她跟尕男娃出去玩，但是战秋缩了一下身子，把阿爸贴得更紧了。

这时，鬈发男娃在门口向她招手。

战秋轻轻地摇了摇头。

尕男娃失望地拉下脸，走开了。

龙布带着战秋离开管家府时，尕男娃追上来，从兜里掏出一块冰糖，迅速塞进战秋手里，然后转过身飞快地奔走了。

从管家府回来的那天晚上，战秋在被窝里拿出尕男娃给她的冰糖，轻轻舔了一口，包在尕手帕里，第二天临睡时又拿出来舔了一口。好长时节，战秋才吃完那块冰糖。

在战秋的记忆中，那是她吃过的冰糖里最甜的一块。

后来，战秋知道那个鬈发尕男娃就是土司府管家吉美的大后人旺堆。

随着年龄的增长，他们的交往频繁了起来。去年开始，他俩躲着大人偷偷地幽会。

战秋最渴望的就是钻进旺堆温暖的藏袍里，紧紧地拥着他宽厚的腔子，听他咚咚的心跳，那时，她觉得个家是尕藏草场，不，是整个尕藏最幸福的女人。

正当战秋坐在水银镜前想入非非的时节，下人来催促战秋，说锅庄就要开始了。

战秋答应一声，风风火火奔出大门，从下人手里接过缰绳，飞身跃上马背。

"驾！"战秋使劲抽了一鞭，那马便撒开四蹄，狂奔起来。

90

战秋到达草场时，锅庄已经开始了。

她把马拴在个家的帐篷前，忙不迭地加入跳锅庄的人伙里。

今儿个，杨五七和哈赤也来这里凑热闹。

"战秋。"杨五七一见战秋来了，一个蹦子跳起来，朝战秋招手。

战秋见杨五七向她跑过来，紧忙趔开，杨五七讨了个没趣。

跳完锅庄，大家休息了一会儿，又在战秋的指挥下，玩起了狼叼羊的游戏。

杨五七和哈赤不会玩，坐在草地上观望。

参加游戏的男男女女围成了一个很大的圆圈，战秋站在圆圈的中间既当指挥又当裁判。

一时里，草场的中间喊声震天，笑声连片。

杨五七目不转睛地盯着战秋不放。

"战秋这个骚货，真是一头倔脾气的黑牦牛。"哈赤在一旁捣了一下杨五七的胳膊。

"迟早我要把这头黑牦牛降伏了。"

"可她已经跟旺堆好上了。"

"旺堆？哼，他只配嘬嘬我吃剩的馍渣。"

"就怕旺堆那番子早把战秋的油花撇掉了。"哈赤在一旁摇起了"扇子"。

"你说啥呢？"哈赤的话戳到了杨五七的疼处。

"好好好，就算我没说。"

"屃出来的屎，还能吃回去？"

哈赤见杨五七不依不饶，就朝个家的脸上扇了一捆子："杀人不过头点地，这该中了吧。"

杨五七瞪了哈赤一眼，转过脸去。

"杨营长，咱俩是好兄弟，我得给你提个醒，旺堆可是咱尕藏的第一勇士，没那么好惹。"过了一会儿，哈赤又忍不住说道。

"第一个屁，告诉你哈赤，论武艺，在尕藏我杨五七说第二，没人敢说第一。"

"对对的，旺堆那番子得第一勇士，靠的不是武艺，是运气。"

"也不是运气，是歪门邪道。"

他俩说的是几年前的事了。那年冬上，韩土司心血来潮，利用冬闲时节搞了一次比武大赛。

在尕藏，武功最强的要数汉营营长杨五七和番营营长旺堆。

赛场设在土司府广场。

那天，土司府广场实压压的都是人。民团各营的土兵全副武装，分坐在广场四周。

欢呼声、呐喊声响成一片。

那最初的蓝天是哪个孕育出来的？

那最初的蓝天是腾飞的巨龙孕育的，

雷鸣般的龙吟声是敬献给战神的号角。

那无际的草原是哪个开辟出来的?

那无际的草原是野牦牛奔驰出来的,

野牦牛威武的角斗是敬献给战神的供品。

那峻峭的崖峰是哪个成就的?

那峻峭的崖峰是翱翔的雄鹰烘托出来的,

雄鹰曼妙的翔姿是献给战神的供品。

那牛奶般的河流是咋鲜活的?

那牛奶般的河流是鱼儿游动出来的,

鱼儿金子般的鳞片是献给战神的供品。

当番营营长旺堆出场时,番营土兵们高声唱起了古老的《刀赞》。

前来应战的是汉营营长杨五七。

这天天爷晴明,但很冷,刀子样的风,要把耳朵割了似的。

两个人握着刀对峙着,嘴里不断地喷出白色的烟雾,就像两个人肚子里都装着一架风匣。

杨五七头上扣着一顶狐皮帽。长长的狐毛随着风向不停地摆动,毛空里白色的狐绒一闪一闪的。

旺堆从来不戴帽子,满头的大鬈发披散在肩膀上。他的半个脸隐在头发空里,一副杀气腾腾的样子。

"嘎,嘎嘎——"广场上空传来野鹊的叫声。

杨五七抬起头往上瞄了一眼。

"嗒"的一声,一泡野鹊屎不偏不倚,正好落在杨五七的肩头上。

"畜牲!"杨五七心里狠狠骂了一句,举起大刀,将肩头上的野鹊屎刮下来,抹在鞋底上。

鼓声响了,两人开始交战。

但哪个也没有想到,两人才战了几个回合,只听"当啷"一声,杨五七的刀跌在地上。

汉营和塔拉营的土兵都傻了眼,而番营里只静了那么一霎,就猛地爆发出一阵炸雷似的喝彩声。

那天,韩土司将"尕藏第一勇士"的匾牌颁给了旺堆。

杨五七垂头丧气地坐在台子下的地上，脸色难看得像死人一般。

"啥光鲜的东西，也敢往家里拿？"当旺堆兴冲冲地捧着匾牌回到家里时，吉美站在院子中间，虎着脸盯住旺堆。

"这是我阿哥凭本事挣来的。"尼玛一拍腔子，沾沾自喜地说。

"哼，当年你阿爷杀死本康沟土匪头子黄蟒的时节，土司老爷也没给啥第一勇士。你给我记牢了，这不过是土司老爷哄娃娃的把戏，要给根鸡毛当令箭，给个裹脚刀当兵器。把屁股给我夹紧了。"吉美狠狠瞪了一眼旺堆。

受了老子吉美的一顿训斥，旺堆只得把那块匾牌放进炕柜里再也没有拿出来。

想起当年的那场比武，杨五七至今还气不服。

"杨营长，你说巧不巧，那泡野鹊屎咋就偏偏在你要出手的时节屙在你的肩上，莫不是旺堆那家伙事先给你使了咒？"

"那帮番子，为了争第一，啥下三滥的法子都敢用。"

两人正说着，忽然远处传来一阵激越的马蹄声。

杨五七抬起头，只见旺堆骑着马朝这边疾驰而来。

旺堆高扬着皮鞭，打马驰进草场。

玩游戏的人们都停下来，给旺堆让出一条道来。

战秋一见旺堆就知道是奔她而来，站在草场中间兴奋地等着她的心上人。

旺堆飞驰过来，从马背上趄下身子，像鹞子打鹁鸽一样把战秋拦腰托起。

旺堆加马一鞭，那马驮着旺堆和战秋在众目睽睽之下，向远处驰去。

杨五七气坏了，从腰间拔出盒子枪。

"杨营长，大喇嘛在帐子里，不可乱来。"哈赤按住了杨五七的手。

"哼，两个不要脸的野人。"杨五七"啪"地将盒子枪重新塞进套子里。

91

旺堆带着战秋从草场一直驰到阿尼念卿山脚下的林子里，这里是他俩经常幽会的地方。

旺堆翻身下马。

战秋等不及旺堆来扶，直接从马背上扑下来，将旺堆扑倒在地。

"真是头黑牦牛。"旺堆一把将战秋揽进怀里。

林子下的草地上两个人紧紧抱在一起疯狂地翻滚。

金色的草地旋转了起来，高大的树木旋转了起来，天爷的云彩旋转了起来……直到一棵粗壮的松树把他俩挡住。周围"欻"的一下，安静了。

战秋一把将旺堆的腰带抽出来，使劲抛了出去。那腰带像长虫一样，在空中翻舞着，钻进远处的草丛里。

旺堆甩掉累堆的藏袍。他真不愧是尕藏的第一勇士，骨骼粗大，肌肉发达，古铜色的腔子，被汗水浸润得油亮油亮的。一对蒜钵样的大拳头似乎攥着无穷的力量，它要是打出去，准能把任何人的脑袋砸成柿饼。

战秋忽地从地上跃起来，双手死死勾住旺堆的脖子。

旺堆重新搂住战秋。

他们越搂越紧，越搂越紧，似乎要把个家努力地嵌进对方的身子里。

他们牢牢地黏在了一起。

阳光透过林子间的缝隙，在他俩的身上镀了一层金色的光晕。

他们急促的喘息划过晃动的草尖，划过林草间斑驳的光影，一直传到幽远的林子深处……

第二十一章

92

斯库家的大院里，几个壮汉将一头野猪用绳索捆了，摁在地上。

巫师手拿一把杀猪刀放在磨刀石上"沙沙沙"地磨着。

斯库站在廊檐坎上，冷冷地瞧着巫师手中的杀猪刀。他脸色黑紫黑紫的，眼泡肿胀得快要把眼睛盖住了。他的伤已经好了，但糟糕的是他那东西完全废了，这对斯库来说跟要了他的命差不了多少。

磨完刀子，巫师用指头蛋试了试刀刃，然后将刀子放在袖口上狠狠擦了几下，把粘在刀上的脏水水弄得干干净净。

那头壮实得像牛犊一样的野猪似乎感觉到了死亡的来临，一边使劲哼哼着，一边不停地扭动着身子，但它被好几个大汉牢牢地压着，咋扎挣都无济于事。

"摁紧了。"巫师用古怪的沙哑嗓音朝那几个大汉喊了一声，提着明晃晃的刀子，来到野猪跟前，嘴里呜呜噜噜地念叨着。那几个大汉瞪大眼睛，惊恐地盯着巫师那张快速翕动着的嘴，似乎他那张打满褶子的嘴里，一不留神就会跳出一个害人的邪祟来。忽地，巫师的嘴不动了，眼睛里冒出一股寒气。"哧——"的一声，他手中的刀子攮进了野猪的肩胛里。

随着野猪痛苦的嚎叫，一股股红的血顺着刀口，"滴溜溜"淌到地上。

斯库忽地想起茸巴将虎骨簪子插进他那东西上的情景，眼前一黑，下身一阵剧烈的疼痛。

"这挨刀的母羔子！"斯库心里恶狠狠地骂着，转身走进堂屋。

不一会儿巫师从野猪身上活生生卸下它的肩胛骨，用刀子熟练地刮去连在骨头上的肉丝丝，然后寻了一个骨孔，把事先准备好的一根尕木签插了进去。

巫师将插好木签的肩胛骨拿到堂屋，挂在从屋梁上吊下来的一根绳子上，开始念咒语。

"走。"念完咒语，巫师大喊一声，松开手，那肩胛骨就像陀螺一样在空中飞快地转了起来。

肩胛骨忽左忽右地旋了好长一段时节，才在大家紧张的注望中慢慢停了下来。当它完全停稳当，几个人一起凑上前，目光顺着木签所指的方向望过去。

"帕拉家？"木签所指的正是寨子口的帕拉家，大家不约而同地叫道。

"帕拉！"斯库咬牙切齿地喊了一声，一屁股坐在堂屋中间的椅子上，不停地喘着粗气。

"听说，帕拉还曾招过尕藏寺的大喇嘛？"巫师凑到斯库跟前，煞有介事地说。

"就是，那是去年的事，大喇嘛想在咱们塔拉寨传教，头人下令哪家也不许接待他，可帕拉那个老死鬼把头人的话当耳旁风，给大喇嘛又管吃又管喝，还听他讲佛法。这还不算，他和他那个歪丫头为了个异教的番子差点跟咱们府上动刀子。"色目在一旁也添油加醋地说道。

"一张嘴里放不下两个舌头。老爷，招来了异教，可是要得罪山神爷的。"巫师继续煽风点火。

"是啊老爷，这几年林子里的野物一年不如一年，再加上土司府不停地砍伐林子，更是雪上加霜，伤口上撒盐，再这样下去我们塔拉寨人可要扎住吃系骨①了。"其实，色目亮清，斯库最痛恨的事，就是茸巴扎坏了他的那家伙，但斯库最忌讳提这事，色目只好拿林子说事。

"那……你们说该咋办？"斯库皱着眉头盯住巫师。

色目偷偷地朝巫师使了个眼色。

巫师会意，紧忙说："猎头祭神。"

斯库惊了一跳："猎头？"

巫师说："对，该禳衍禳衍了，要是山神发了怒，那就麻达了。"

斯库问："猎哪个的头？"

巫师说："猎哪个的？老爷心里亮清得很呢。"

"茸巴？对，就猎茸巴这个歪丫头的。可是，茸巴到现在还没抓住呢。"一想起茸巴，斯库下意识地夹紧了个家的大腿。

色目献言道："头人，茸巴那丫头精得像猴，不好对付，得用一个巧妙的法子，让她个家送上门来。"

斯库眼前一亮："快说。"

"头人，我们从她老子帕拉身上下手。"

"嗯，有道理。"斯库使劲拍了一下色目的肩膀，"都说你老色目心上的眼眼多得像筛子，这话一点不假。"

随即，色目带了人直奔帕拉家。

茸巴逃出头人府的那天夜里，色目带着一伙人去过帕拉家。帕拉还没明白是咋回事，那伙人已经把他的屋里屋外搜了个底朝天。

色目在帕拉家没寻着人，就把帕拉瓷瓷实实刨了一顿。

帕拉在家里缓了一阵子，刚刚好了一些，不料，今儿个色目又带着一伙人闯了进来。

"帕拉，茸巴来了没有？"色目一进门就厉声喝问。

"大管家，自从你带走茸巴，她的脚就没沾过门槛了。"帕拉抖抖索索地从炕上爬了起来。

"啪！"色目朝帕拉脸上狠狠一掴子："要是不说实话，我就刳了你。"

---

① 吃系骨：食管。

帕拉被打疼了，捂着脸说："大管家，我不敢有一句白话。"

"帕拉，你养了一个好丫头，废了头人的命根子。"

"大管家，你行行好，多给头人添些好话。"

"还是你个家说去吧。"色目一个眼色，他手下的那帮人不容分说就把帕拉捆了个结结实实。

93

晨曦中的山峦烟雾迷蒙，五彩闪烁。松林里绿叶掩映下的松枝上机警的松鼠蹿来蹿去。紧挨着松林是山寨层层叠叠的房屋，那些房屋大都是就近取材的木板房，屋顶上冒着青色的炊烟，在村寨上空笼成一层淡淡的雾霭。山寨的下面，可以显显地看见一条尕路像长虫一般从山下蜿蜒而来，它穿进一片林子，又从林子的另一头冒出来，然后伸进半山腰的村寨里。

格列拿着一架单孔千里眼①，站在塔拉山庄房顶的瞭望台上上下下地巡视。

这架单孔千里眼是他前一阵子去河州城时，在一家古玩店用十个橡子换来的。

"少爷，奶茶快凉了。"达勒端着木盘，在格列跟前站了好一会儿。

格列没有理会达勒，依旧端着千里眼，全神贯注地望着下面的寨子。

格列多么想从千里眼里发现茸巴的影子。

已经好长时节没有见到茸巴了。

继任土司的事情稍有眉目，格列就叫嚷着要到阿尼念卿山打猎。当然打猎不过是借口，他真正的目的是要去塔拉寨找茸巴。

> 上去高山八道弯，
> 半山里黄旗飘哩；
> 尕妹子好比灵宝丹，
> 吃上是万病好哩。

---

① 千里眼：即望远镜。

　　格列心上的病，只有茸巴能看。

　　茸巴就在离尕藏不远的塔拉寨。虽说从尕藏街一抬眼皮就可以瞭见寨子顶上的炊烟，可格列从来没有去过那里。

　　"不成，我堂堂土司府的少爷，咋能叫斯库这么个粗俗的山里佬吓住呢！"格列下决心一定要闯闯塔拉寨，"癞蛤蟆的嘴再大，也吃不下天爷。"

　　当大喇嘛听到格列要去塔拉山庄后急急忙忙来拦挡时，格列早就出了尕藏街。他只好派人骑快马追上来特意交代土司府卫队的尕队长，仔细伺候少爷，不得有一些些闪失。

　　塔拉山庄是尕藏土司府为了消夏而专意建造的。

　　它建在塔拉寨对面的山坡上，是个二层带平台的土木房。平时这里没有人住，只有到了夏天的时节，尕藏的土司老爷和河州城的贵客来尕藏消夏或是上阿尼念卿山林子打猎，土司府才派人拾掇拾掇。但是这些年尕藏土司和塔拉寨人的关系越来越紧张，土司府很少来这里走动。

　　忽地，格列从千里眼发现寨子口聚了好多人，有几个壮汉抬着一个巨大的木笼，一边走一边高声叫喊。

　　格列紧忙把千里眼的焦距重新调整了一下，这才看到木笼里有一个人，但是啥人，却又看不真刻。

　　"来人。"格列扭过头喊了一声。

　　"啥事？少爷。"土司府卫队的尕队长应声从楼下"呼哧呼哧"地喘着粗气赶了上来。

　　"紧着打听一下，下面寨子里出了啥事。"

　　"哦呀。"尕队长答应一声，拖着他滚圆的身子跑下楼去。

　　不一会儿，尕队长派去打听消息的尕土兵顺着盘盘道朝塔拉山庄跑来。

　　"咋回事？"那土兵上了楼，还没等开口，格列先问道。

　　"他、他们要猎头祭山神。"土兵上气不接下气地说。

　　"猎头？"格列吓了一跳。

　　"他们抓了一个女妖，说是要用她的头祭山神。"

　　"女妖，哪来的？"

　　"就是那个唱花儿的茸巴。"

　　"茸巴？""啪"的一声，格列手中的千里眼跌在地上。

　　尕队长紧忙拾起来，用袖子飞快地揩了一把粘在上面的土，给格列递过去。

"收起来。"格列恼怒地揸了一下手。

尕队长把千里眼交给身旁的达勒，转身说："少爷，茸巴不就是跟你对过花儿的那个精脚丫头嘛。"

"少废话，你紧着带几个人把茸巴抢回来！"格列指着尕队长，怒吼道。

尕队长从来没见过少爷发这么大的火，一下子给吓傻了。

"你是聋子呀！"格列一把将尕队长掀了个趔趄。

"少、少爷。"尕队长好不容易刹住脚，紧张得咽了一口唾沫，"就咱们这几个人？"

"咋，怯了？那好，我去，你带几个人在寨子口接应。"

"少爷，这咋中哩。"尕队长拽住格列的袖口。

"老子英雄儿好汉，阿爸卖葱娃卖蒜。"格列从尕队长的枪盒里拔出盒子枪，提在手里。

"少爷，你会打枪？"

"闭嘴，像个婆娘！"格列一把搡开尕队长，带了几个人冲下山庄。

"少爷！"尕队长想追，但脚下滑了一下，摔倒在地，扎挣了半天，才从地上爬起来。

94

塔拉寨山神庙前挤满了看热闹的人。

庙门前放着一张破旧的、油腻腻的供桌，供桌上摆放着山神牌位，还有花果、香表、油灯之类的祭品。供桌前面，人们围出一片空地，空地中央放着一个巨大的木笼，圈在里面的茸巴头发乱披着，满脸脏兮兮的，但她隐在乱发后面的那双大眼睛，依旧闪着蓝莹莹的光，怒视着几步之外太师椅上跷着二郎腿坐着的斯库。

那天晚上茸巴刺伤了斯库后，从阁楼的窗子跳下去，钻进寨子后面的林子里藏了起来。

茸巴时常跟着阿爸在林子里打猎，对林子里的情形了如指掌。只要进了林子，她如鱼得水，很容易就能找到藏身之处。斯库派出的人搜了好几天，一直没寻到茸巴的踪影。

在躲避追杀的那几天，茸巴想得最多的就是格列。她盘算着要是能够逃出大山，一定要去土司府找格列。

斯库早有防备，通往尕藏镇的各个路口都派了兵丁把守。

为了绕开斯库布下的天罗地网，茸巴干脆翻越阿尼念卿山，从山南桑柯迂回进入尕藏河谷。当她费尽周折来到尕藏河边时，又饿又渴，正好不远处有一个磨坊，她见没人，就钻了进去。她在磨坊里寻了一圈，可里面啥也没有，只好蹴在磨盘底下缓了一会儿，没承想，这一缓竟然昏睡了过去，直到尕藏寺的大喇嘛桑杰发现了她。

那天茸巴睁开眼时，并没有瞧清楚救她的大喇嘛。等她完全醒过来，匆匆吃了大喇嘛饭匣里的吃食，就逃出了磨坊。她不敢耽搁，怕撞上斯库的人。

茸巴来到尕藏街的时节，格列已经带着吉美、旺堆和拉姆去了河州城。

茸巴扑了个空。

好多天没见到阿爸了，茸巴不禁担心起来。她亮清，斯库心黑，啥活儿都能干得出。他没有抓住她，肯定会拿她阿爸出气。

想到这儿，茸巴便打定主意回寨里点观一下阿爸。

回寨子的路上，茸巴发现每个路口都有头人府的兵丁晃悠。她只好等到深夜，乘兵丁打盹的时节悄悄摸进寨子。可是到了家里并没有发现阿爸，只看见屋里被翻得七零八落的。

"阿爸被斯库抓了起来？"茸巴心里一惊，顺手取下挂在墙上的砍柴刀，别在后腰间。

月光明晃晃的，将整个寨子照得黑白分明。巷道里，像下了一层白霜，坑坑洼洼的路面被映得亮亮清清。

各种树木在晚风中散发出稍带些苦涩的香气，在寨子里到处弥漫。这是茸巴再熟悉不过的气息，她就是闻着这种气息长大的。

茸巴用力煞紧别着砍刀的系腰走出巷道，没走多远，发现巷道口的大柳树上绑着一个人，跟前还有两个兵丁守着。

茸巴猫着腰摸了过去。

两个兵丁正呼呼大睡。

借着月光，茸巴瞅清楚绑在树上的正是阿爸。

前两天，斯库请巫师定下用茸巴的脑袋祭山神的计谋后，就把茸巴的阿爸帕拉抓了起来，绑在巷口的大树上，还放出风去，引诱茸巴上钩。

"阿爸，阿爸。"茸巴轻轻唤了两声。

帕拉没有动静。

"阿爸，阿爸。"茸巴用手使劲拽了一下阿爸的裤角。

帕拉慢慢地睁开眼。他一见站在眼前的茸巴，惊得瞪大了眼睛。这两天，他被绑在树上没吃没喝，快撑不下去了。

"茸巴，快走。"帕拉用微弱的声气喊道。

"不，阿爸，我不会丢下你的。"茸巴已经眼泪汪汪。

"嗨，这是他们下的套，娃呀，再不走，就来不及了。"

"不，阿爸，我不走。"茸巴一狠心，突然放大了嗓门儿。

茸巴的声气惊醒了睡觉的兵丁。

"哪个？"两个兵丁几乎同时发现了茸巴。

"我，茸巴。"茸巴显得非常镇定。

"茸巴？"两个兵丁揉着眼睛半信半疑地上下打量。

"真是茸巴。"一个兵丁确认道。

"呵，个家送上门了。"另一个兵丁使劲晃了晃脑袋，大喝一声，"绑起来！"

"哪个敢动！"茸巴忽地摸出砍柴刀。

两个兵丁一见茸巴手中的砍刀在月亮下闪着寒光，都沁住不动了。

"先把我阿爸放了！"茸巴厉声喝道。

"那可不行，斯库头人不放话，哪个敢放人？"

"你们放亮清点，斯库头人要的是我，不是我阿爸。"

"我们要是放了老帕拉，你跑了咋办。"

"哼，你们手里的火枪是烧火棍呀。"

"好好好。"两个兵丁手忙脚乱地将帕拉从树上放下来。

帕拉饥渴交加，虚弱得连身子都支不住，一屁股坐在地上。

"走吧。"两个兵丁用枪指着茸巴。

"哼，狗仗人势。"茸巴用砍柴刀使劲挑开兵丁的火枪，大步流星地朝头人府走去。

"茸巴，是阿爸害了你呀。"帕拉想拦，但眼前头一晕，扑倒在地。

茸巴进了头人府，就被圈进木笼里。

95

今儿个一大早，祭神的队伍抬着茸巴在寨子里游了一圈，之后，就来到寨子后面的山神庙前。

手执大刀的刽子手虎视眈眈地站在木笼跟前。

巫师先是围着木笼使法，紧接着跪在山神庙前的供桌前，向山神牌位祷告了一番，然后，来到斯库跟前，叽里咕噜说了几句。

斯库满意地点了点头，从椅子上坐起来，走到茸巴跟前，煞有介事地说："茸巴，多好的姑娘，嫩潲潲的，山神爷见了，一定会稀罕得淌涎水。"

"呸！"茸巴冲斯库的脸上狠狠啐了一口。

"不识抬举的东西！"斯库气得脸色发紫，"来人，把帕拉请上来。"

立时，一个兵丁提着一个包袱挤出人群。

斯库一挥手，那兵丁将包袱放在供桌上。

"打开！"

兵丁打开包袱，一颗血淋淋的人头呈现在大家眼前。

"帕拉！"人们惊呼起来。

"阿爸！"茸巴一见阿爸的头，一下子晕了过去。

"时刻到了。"巫师见周围的人群骚动起来，怕有啥闪失，紧着走过来提醒刽子手。

"动手！"斯库挣死亡命地喊了一声。

刽子手像提尕鸡娃似的把茸巴拎出木笼，拉到供桌前，将茸巴的脖子担在事先安放在那里的一块木墩子上。

"砰！砰！砰！"三声震耳的铳子炮响过，林子里惊起的雀儿尖厉地鸣叫着，四下逃散，树叶"哗哗哗"飘了一地。

刽子手往手心里唾了两口唾沫，抡起大刀。

周围的人都提悬了心。

"慢！"刽子手正要下手，只听身后一声大喝，他不由得怔住了。

"少爷？"哈赤一眼认出那个大声喊叫的人是土司府的格列。

刚才人们的注意力全集中在茸巴身上，哪个也没发觉格列的到来。

"少爷，你不是去围猎嘛，咋来这里了？"斯库觉得蹊跷，紧着迎了过来。

"我是专意为斯库头人道喜来的。"格列紧走几步。

"哦，我能有啥喜呀？"斯库半信半疑地瞪大了眼睛。

"喜从天降。"格列猛地从怀里掏出盒子枪，顶在斯库的脑门上。

"少爷，嫑耍玩意。"斯库的表情忽地僵住了。

"哪个跟你耍玩意！"格列声气大得都变了调。

"放开我阿爸。"一旁回过神来的哈赤"嗖"地掏出盒子枪顶在格列的腰眼上。

"斯库头人，我今儿个只为茸巴而来，并不想伤害哪个，要是哈赤这么没轻没重的，我手里的家伙万一走了火……"格列要挟斯库。

"哈赤，嫑拿枪顶少爷。"斯库大喊。

哈赤无动于衷。

"哈赤，你想要了老子的命？"

哈赤不甘心地"哼"了一下，收起盒子枪。

"哈赤，先借你阿爸用用，到了山下就放回来。"格列说完，押着斯库向外走去。土司府那几个土兵拨开人群冲上前，抬起茸巴。

格列一行抬着茸巴快到尕藏镇时，才放了斯库。

"为了这么个贱货，撕破你我两家的脸，划算吗？"斯库看着格列他们走出一截了，振大嗓子喊道。

"斯库头人，划算不划算我说了算，不用你老人家操心。"格列转过身回敬道。

"迟早有你尕娃哭的时节。"斯库一转身，朝塔拉寨奔去。

96

格列他们到了大喇嘛昂欠刚缓下来，大喇嘛桑杰闻讯从尕藏寺赶过来。

红军进驻尕藏镇时，大喇嘛叫格列躲进了尕藏寺，说，红军刚到，不知道深浅，怕有闪失。在尕藏寺的那些天，格列度日如年。格列不喜欢拜佛念经，更闻不惯寺里的香火味，可大喇嘛盯得紧，不让格列走出尕藏寺半步。格列是韩土司的独子，是土司府的命系系，要是这根系系断了，尕藏土司也就完了，所以韩土司死后保护好格列是大喇嘛的头等大事。

好不容易等红军走了，土司府大堂却又走了水。格列想搬回土司府的念想成了泡影。料理完韩土司的丧事后，他对大喇嘛说，寺里香火味呛人，实在闻不惯。大喇嘛就让他从尕藏寺搬到了大喇嘛昂欠，等土司府大堂盖好后再搬回土司府。哪知大喇嘛打了个眯眼的工夫，格列又跑上了塔拉寨。

大喇嘛来到昂欠时，茸巴已经醒过来了，正坐在昂欠厢房的椅子上缓着。

格列一听见大喇嘛的脚步声，紧忙走出厢房，把大喇嘛挡在门口。

"吵吵嚷嚷的，到底发生了啥事？"大喇嘛一脸怒气。

格列并不回话，只是挡着大喇嘛不让他进厢房。

"你说！"大喇嘛指着跟格列一块儿去的卫队尕队长喝道。

尕队长睐视了一眼格列，吞吞吐吐地说，少爷从塔拉寨救了一个准备祭神的姑娘。

"你……你们……这事迓大了。"大喇嘛一听，身子像缩了水一样，"唰"地搐了下去。

"老子英雄儿好汉，阿爸卖葱娃卖蒜。"格列一拍腔子，"多大的事，我个家顶着。"

"你顶着？告诉你，过不了一瓶烟工夫，塔拉寨人就会像山水一样淹没尕藏。"大喇嘛说着就要往里闯，"把那姑娘紧着送回寨子。"

"不中！"格列死死扯住大喇嘛的袍袖。

"大喇嘛。"茸巴听见大喇嘛的叫嚷声，从椅子上站起来，走到门口。

"是你？"大喇嘛的目光一碰到茸巴，就像冰遇上了火一样，"咝——"地一响。

大喇嘛戳在地上不动了。

"大喇嘛甭担惊，我这就走。"茸巴说着一脚跨出门槛。

"不。"格列急忙拦住。

"有施必有报。来得真快呀！"大喇嘛长叹一声，无奈地离开了厢房。

上堂屋台阶的时节，大喇嘛觉得个家的双脚就像踩进烂泥一般，每迈一步都是那么费力。

好不容易进了堂屋，大喇嘛一下子瘫在太师椅上。

卫队尕队长一直胆战心惊地跟在大喇嘛身后。

"你……你伺候少爷有些日子了，说，这个塔拉寨姑娘跟少爷是咋回事？"

良久，大喇嘛缓缓抬起头，盯住尕队长。

"我也不是太亮清，只知道这姑娘名叫茸巴，是塔拉寨猎户帕拉的姑娘……"尕队长抖抖索索地说道。

"拣紧要的说。"大喇嘛不耐烦地打断了尕队长的话。

"听说……听说咱们少爷跟这个茸巴姑娘相好。"

"这是啥时节的事？"大喇嘛几乎从太师椅上弹跳起来。

"好像是去年的事情。"

"这……这……真是中了邪了！"大喇嘛几乎喊叫起来。

那年，大喇嘛的阿哥韩土司为了塔拉寨的白玛，带土兵攻打塔拉寨，结果中了塔拉寨人的埋伏，折了好些人。那情景至今想起来，还让大喇嘛心有余悸。可眼下，少爷格列又因为塔拉寨女人惹下了祸患，而这个让格列惹祸的不是旁人，恰恰是白玛的女儿茸巴。

塔拉寨的女人似乎成了附着在尕藏土司府男人身上的魔咒。

"快去召集人马，阻挡塔拉寨人。"大喇嘛忽地从太师椅上坐起来，指着尕队长叫道。

尕队长一时没反应过来，愣在地上，木木地望着大喇嘛。

"紧着些，等着吃席哩？"

尕队长回过神来，答应一声，像吹憋的皮胎滚出了昂欠。

厢房里，茸巴坐在椅子上，蓝莹莹的眼睛里汪满了泪水。格列站在一旁好言相劝，可茸巴一想起惨死的阿爸，咋也控制不住，大声野气地号了起来。

"茸巴，嫑哭，你阿爸的仇，我替你报。"格列一副义愤填膺的样子。

不一会儿，土司府门前鼓楼上的通天鼓响了。那铿锵有力的鼓声就是召集土兵准备迎战的信号。

正如大喇嘛所料，晌午时分，塔拉寨人像山水一样从阿尼念卿山道上倾泻下来，那滚滚的人流"轰隆隆"地喧嚣着扑向山脚下的草场。到了草场很快又向四下疯狂地蔓延开来，黑压压一大片，向尕藏方向涌过来。

按大喇嘛的指令，旺堆带领的番营已经在尕藏镇外围布下阵。

等塔拉寨人进入射程，旺堆忽地站起来，朝天爷放了一枪。

走在前面的塔拉寨人听到枪声，猛乍乍停了下来。整个人流受到了突然的阻挡，像波浪撞到堤岸，后面的往前挤，前面的挡不住，乱作一团。

"塔拉寨人听着,要是再往前走,我就不客气了。"旺堆振大嗓子,冲塔拉寨人喊道。

旺堆的声气刚落,塔拉寨那边领头的哈赤走出人群,也大声朝这边喊:"旺堆,你去告诉少爷,把那个挨刀子的妖精送来,我们就撤回去。"

"哈赤兄弟,妖精不妖精我不管,旺堆只知道主子的命令。"

"旺堆,我知道你们西番人好吃荤的,老子今儿个就成全了你。"

哈赤的话还没说完,有人就朝番营开了一枪,幸亏旺堆躲得急,才没打中。

接着两家就交火了。

塔拉寨虽然人多,但大部分都拿着火铳、矛子和大刀。而旺堆的番营全部配备了叉叉枪,在火力上远远压着塔拉寨人。没过一会儿,塔拉营阵前死伤的人歪七竖八倒了一大片。

塔拉寨人一看,紧着停止了攻击,纷纷找地方隐蔽。可空旷的草场根本找不到藏身的地方,人人都成了活靶子。

压住塔拉寨人的阵势,旺堆总算缓了一口气。可没过多久,他发现塔拉营除了前面守阵地的之外,后面的人开始朝两边悄悄蹿动。

"包抄?"旺堆一下子紧张起来了。

番营虽说在武器装备上超过了塔拉寨人,但人数上却远远不及对方,要是他们完成合围,整个番营就成了塔拉寨人案板上的肉了。

旺堆急了,一边派人去大喇嘛昂欠搬救兵,一边指挥番营更加猛烈地进攻,他想靠个家装备上的优势猛打猛冲,让哈赤坐镇的塔拉营正面受到最大限度的威胁,以打消他们从两边包抄的念头。

可让旺堆没想到的是,番营从正面进攻得越猛,塔拉寨人从两边包抄的速度越快。

番营的两翼已经跟包抄过来的塔拉寨人接上火了,一时,孕藏草场上枪声大作,喊杀声震天。

97

大喇嘛派去催汉营的人回来报告说,杨五七把队伍开到孕藏街跟前缓了下来。

"为啥？"大喇嘛急问。

"杨营长说，只要大喇嘛做主把战秋嫁给他，他就立马开上去。"

"他是把刀担在咱的吃系骨上说话呢。"大喇嘛的表情凝固了。半天，他仰起头，看了一眼天爷。

今儿个天爷格外晴朗，蓝莹莹的没有一丝云彩。有一只鹰从胭脂岭那边飞过来，但它一听到草场那边传来的枪声，紧忙调转方向，迅速打了个旋子，顺着原路返回去。

"一张人皮遮不住鬼脸。"大喇嘛喃喃地说了一句，转身向堂屋走去。

"大喇嘛。"吉美紧着叫住了大喇嘛，"答应了吧。"

"不中！"格列坚决反对，"战秋是旺堆的女人。"

"战秋算个啥，咱尕藏比她强的女人多得像风，随手就可以抓一大把。"吉美本来就对战秋没啥好感，而外面的战事又关联着个家后人的命，所以他主张答应杨五七的要求。

"旺堆在外面替咱们卖命，咱们倒好，打他女人的主意，这不是麦衣子底下放水嘛。"格列狠狠瞪了一眼吉美。

"眼看着命都难保，还谈啥女人。"大喇嘛拂袖而去。

"这事我替旺堆做主。去，告诉杨五七，只要他出兵，战秋就是他的。"吉美说完，快速地拨弄着手中的素珠，默念起佛经来。

98

塔拉寨人将番营的土兵全部包围在里面。双方已经开始面对面的白刃战。

旺堆胳膊受了伤，但仍然坚持指挥土兵作战。

眼看整个番营就要全军覆没，忽然人群里有人喊："汉营杀过来了！"

哈赤冲出人群一看，果然，杨五七一马当先，带着汉营朝这边冲来。

"杨营长，这时节你来插一脚，啥意思？"哈赤老远就冲杨五七喊。

"停！"杨五七一揸手，汉营全部停了下来。

杨五七上前一步，冲哈赤喊道："哈赤兄弟，吃了妖魔的饭，跟着妖魔转，我也是奉命行事。"

"你吃了土司府的偏饭？"

"哈赤兄弟，我不想跟你打嘴仗费唾沫，你紧着撤了，免得伤了咱们弟兄的和气，我也好回去交差。"

塔拉寨人一见杨五七带着汉营来了，害怕受到两面夹击，稳不住阵脚了，旺堆乘机带着他的人开始反攻。

"天不佑我，撤了吧，也好给那姓杨的做个顺水人情。"色目一看事茬不对，赶过来低声对哈赤说。

"姓杨的准是得了土司府的啥好处。"哈赤有些愤愤不平。

"雪地里埋不住鞋，到时节会亮清的。紧着撤吧，要不我们就会吃大亏。"色目催促道。

"撤！"哈赤一声令下，塔拉寨人撤退了，旺堆想追击，被杨五七劝住。

塔拉寨人撤走后，杨五七躲过旺堆，偷偷溜进了大喇嘛昂欠。

尕藏草场那边战事吃紧的时节，大喇嘛跪在昂欠佛堂里，诵经祈祷。一直到那边的枪声停歇下来，压在他心上的磨扇才掉到地上。

杨五七进来时，大喇嘛还坐在佛像前没有动弹。

"大喇嘛。"

杨五七刚要说战秋的事，大喇嘛背着身子摆手道："你放心回去，你的事黄不了。"

"这……"杨五七有些犹豫。

"难道你信不过我？"

"信，信，大喇嘛说话一向是铁板上钉钉子。"杨五七说完，作了个揖，退了出来。

第二十二章

99

一只牛犊蜂钻进一朵喇叭花里采花粉，它的头杵在花心里看不见，但两个巨大的翅膀在粉扑扑的花影里呼扇呼扇的。

牛犊蜂的晃动惊醒了花瓣上的露水，它滴溜溜打了个旋子，沿着花瓣边缘滴下去，渗进下面的土里不见了。

采了好半天，牛犊蜂才慢慢吞吞地退出来，两条粗壮的后腿上，沾满了黄嫩嫩的粉团。

杨府院里的这块菜园是去年新辟的。杨老爷原本打算把它弄成花圃，但杨太太不依，说好好的地种了那些没用的花草多可惜呀。她和杨嫂用了一个早上的时节，把杨老爷想象中的花圃变成了实实在在的菜地。

今年开春的时节，杨太太在园子里除了种尕白菜，还踏了一些韭菜。但杨老爷乘杨太太去尕藏寺进香的时节，叫杨嫂在园子周围撒了八瓣梅，又在临近院子的这一面种了一溜喇叭花。

"我明明只种了尕白菜和韭菜，咋就出了这么多的八瓣梅和喇叭花？"杨太太看着一天天长大的花苗子，禁不住问杨嫂。

"我也不亮清。"杨嫂摇着头，找了个借口紧忙溜开了。

"莫非是尕藏寺的菩萨种的？"

杨老爷坐在廊檐坎上，用报纸挡着脸偷偷地乐。

"这死老汉。"杨太太瞅了一眼杨老爷，知道是咋回事了，也就不再过问了。

眼下虽是秋季，但杨府的喇叭花和八瓣梅还在竞相开放，让人一进院子就能感受到扑面而来的香气。

杨老爷最喜欢喇叭花，尤其是那种粉色的，水瀌瀌、嫩潜潜的，总让他产生一些美妙的联想。

刚吃过黑饭，杨老爷引着孙子留留来到园子前点观他的喇叭花。

太阳还没有完全落下去，夕辉映在园子里，各色的喇叭花和八瓣梅光灿灿的，格外受看。

蜜蜂和蝴蝶在花朵间来来往往地穿梭。

留留乘杨老爷不留神，顺手摘下一朵喇叭花，放在个家的鼻尖上，努着鼻子闻香气。

"这娃手咋这么闲，好好的花摘下来做啥。"杨太太见了忙过来拽留留。

"娃喜欢就让他摘呗。"杨老爷用胳膊挡住了杨太太。

"一个儿子娃玩啥花哩嘛。"杨太太有些不高兴了。

"不拈点花花草草的，算啥儿子娃。"杨老爷用手指轻轻刮了一下留留的鼻子。

"扑哧——"身后传来杨嫂的笑声。

杨老爷转过身时，杨嫂站在灶火门口，一边撩起围裙擦手，一边笑眯眯地看他。

刚才，杨嫂收拾完灶火，刚出门，看见杨老爷引着留留在院子里看花，就靠在门框上瞧了起来。当她听到杨老爷刚才那句玩笑时，忍不住笑了。

"上梁不正下梁歪！"杨太太狠狠瞅了一眼杨嫂，转身进了堂屋。

杨嫂其实年纪不大，三十来岁。那年，杨永生的媳妇死后，刚出生的留留没有奶吃了，杨太太四下搜寻才打听到刚死了孩子的杨嫂，就托人传话，让杨嫂过来给留留喂奶，工钱按一个男劳力算。

杨嫂的男人是杨老爷远房的一个侄儿，老实巴交的，是个只会下死苦的闷葫芦，家里除了刚刚死了的那个月里娃，还有一个男娃，一个姑娘，再加上个家的阿大阿娘，一家六口人，过得实在难心。听说杨府要奶娘，而且工钱不低，一家人以为是天上掉下白面饼子了，满心欢喜，当天就使杨嫂进了杨府。

为了给杨嫂催奶，杨太太破天荒给杨嫂吃偏饭，每顿饭见荤腥，几十天就让原本黑干憔悴的杨嫂，吃得浑身丰润，脸上放光。

最早发现这一惊人变化的是杨府的杨老爷。

有一天，杨老爷从外面转回家，一进门，看见杨嫂坐在北厢房的门槛上给留留喂奶，那一对白生生的奶子一下子跳进杨老爷的眼帘。

杨老爷心里想躲开，可他的两条腿却僵在地上不动弹。

这时，杨嫂抬头看了一眼杨老爷。让杨老爷没有想到的是，杨嫂不但不避他，还挺着大奶子冲杨老爷龇眯一笑，反叫杨老爷有些难怅了，他脸一红，干咳了一声，转身进了堂屋。

从那天起，杨老爷忽地觉得杨嫂这个先前一点也不起眼的干女人，就像得了雨露滋润一般，猛然水灵起来，生动起来。平塌塌的腔子变得圆鼓鼓的，干瘪的屁股蛋也变得圆乎乎的。走起路来，腰身就像尕藏河里的水，一漾一漾地抖着波浪。

"几顿好饭就把一个黑刺杆一样的女人养成这般模样，啧啧啧。"一想起杨嫂的腰身，杨老爷的心也像水一般忽闪忽闪荡漾起来。

在这之前，杨老爷在家里总是蹲不住，整天骑着黑叫驴到尕藏街闲逛。平常，他先到"努海手抓"偷偷吃一顿手抓羊肉，然后就抹着油嘴去济世堂药铺找马神仙下棋。有时，也去河州城逛逛，顺便到二后人杨建生公干的那儿搜寻几张报纸拿回家看。但他从来不去杨建生的家里，因为他最见不得的就是杨建生那个娇里娇气的媳妇。

杨建生的媳妇是河州城大名鼎鼎的贾议员的闺女，从打她跟杨建生成亲后，只来过一次胭脂下川，临走时，还留下不少夈杂话，说啥乡下的土炕有一股烟熏味，早上起来熏得嗓子疼；乡下的茅坑脏得要命哩，连个搁脚的地方都没有；乡下人不爱干净，上完茅坑不洗手；乡下的苍蝇惯成了皮条，趴在碗边上轰都轰不走……一听到这些，杨老爷气得吹胡子瞪眼睛，大骂杨建生要再把这个金枝玉叶带回家，杨家夈门夈户，圈不下她这尊金菩萨。

自从杨老爷心里惦上杨嫂之后，他很少到外面走动了，去河州城办事买东西都交给了七斤，就是夈藏街，没有特别的事他也不去了。

每天午饭后，他总是躺在堂屋门前廊檐坎的躺椅上一边晒太阳，一边看《礼记》。

每到这个时节，杨嫂总是在北厢房前抱着留留来来回回地摇晃着。

杨老爷躺在躺椅上，假装看书，偷偷瞧杨嫂。

"打箩箩，喂面面，阿舅来了擀饭饭；擀白的，舍不得，擀黑的，丢人哩；杀个母鸡下蛋哩，杀个公鸡叫鸣哩……"杨嫂一遍一遍不厌其烦地唱着那首夈藏镇连三岁的娃娃都会唱的摇篮曲，摇来晃去，偶尔借转身的空儿飞快地瞄一眼杨老爷。

虽然那只是极其短暂的一瞬，但杨老爷分明感受到他们的目光碰在了一起。

杨老爷的心就像被烧红的熨斗熨了一下。

其实杨嫂早就发觉杨老爷躺在躺椅上看书只是装模作样，他心里头想啥，她明镜儿似的，所以她每次瞅视一眼杨老爷，就故意装出一副羞赧的样子，飞快地转过脸去。

杨嫂越是这样，杨老爷的心越是给撩拨得按捺不住。他的脑海里一次一次出现杨嫂给留留喂奶的情景，想到惊心动魄处，他恨不得一骨碌翻起来把杨嫂当作熟透的大接杏囫囵咽上。

"娃都睡着了，你还晃悠个啥？"有时，杨太太看留留睡着了，会过来叫杨嫂把留留抱回屋去。

杨嫂一回屋，杨老爷的眼前就黯淡了下来，随后他合上《礼记》，带着一腔子的失意回身进堂屋，躺在炕上抽水烟。

杨老爷一边将水烟瓶"咕噜噜、咕噜噜"吸得震天响，一边还琢磨着杨嫂回眸看他的样子。有一次，他光顾着琢磨杨嫂，不防把水烟瓶里的烟水吸进了嘴里，浓烈的烟渍水把他呛了个半死。

杨太太跑进堂屋，在他后背上抹擦了半天，才缓上气来。

"咋呛成这样，心思准没放在吸烟上。"杨太太话中有话地说道。

杨太太是个铁杆香客，平常在家里烧香拜佛念嘛呢，每月的初一、十五，就到尕藏寺进香拜佛。

那是杨嫂来杨府头一年的八月十五，杨太太早早起来，让长工七斤鞴了骡子，牵到门口的上马墙边候着。

杨太太收拾停当，出得门来，由杨嫂扶着慢慢踩上上马墙，然后跨上骡背。

"好好哄留留，甮让娃乱跳弹。"杨太太心里最惦着的还是她的宝贝孙子留留。

"太太放心，我当个家的操心着哩。"杨嫂笑容满面地说。

"呔。"七斤吆喝一声，牵着骡子离开杨府。

杨嫂站在门口一直望着杨太太骑着骡子走远了，转身进了大门。

杨嫂走到院中间，一抬头猛看见杨老爷正站在堂屋门口怔怔地瞧她。

杨太太不在家，杨嫂就大着胆子冲杨老爷风情烂漫地一笑，勾下头，往个家房里走，但她脚底下走得很慢。

"娃他嫂。"忽然，杨老爷冲她深情地唤了一声。

杨嫂早就料到杨老爷会喊她，心里一颤，停住脚，麻利地朝四周扫视了一圈。其实，家里除了厢房里睡觉的留留，没有旁的人。

杨太太是胭脂川有名的细致人。自从她当家以来，杨老太爷时的那些用人，她全辞了。后来不得已才雇了七斤打长工。在杨嫂进杨府之前，府里洗洗涮涮、缝缝补补的家务都由杨太太一人操持。

"来来来。"杨老爷冲杨嫂轻轻摆摆手。

杨嫂装出一副羞羞答答的样子，慢慢踏上堂屋的台阶。

"看，这是啥？"杨老爷等杨嫂走到跟前，从怀里掏出一只早就准备好的银戒指，轻轻晃了晃。

杨嫂眼前一亮，但她马上又装出一副辨不来事的样子："老爷，拿它做啥？"

"给你的。"

"给我？平白无故的，老爷哄我哩。"杨嫂嘴上这么说着，但心里头热乎乎的。

"哪个说平白无故，我有事求你哩。"

"老爷会有啥事求我？"

"你先收起来。"杨老爷把戒指递到杨嫂眼前。

杨嫂意味深长地瞅了一眼杨老爷，并没有伸手去接。

杨老爷急了，一把拉起杨嫂的手。

杨嫂故意趔趄了一下，杨老爷顺势把杨嫂抱在怀里。

从那以后，只要杨太太不在家，杨老爷就和杨嫂抢时节过一阵颠鸾倒凤的日子。

转眼一年过去了，留留要断奶了。但杨老爷舍不得让杨嫂走，就跟太太商量，把杨嫂留下来当女佣，除了带留留，还可以做饭帮家务。

多一个用人就多一份工钱，杨太太当然不情愿。再说，杨太太身子骨还很硬朗，家里的大事尕事都拿不住她。

杨老爷看说不转杨太太，也不敢硬说，怕杨太太生疑，反而没有回旋的余地。

杨嫂叫杨府辞了之后，回了个家的家，但每天留留闹着咂奶的时节，杨太太还得使七斤去叫杨嫂过来。

一连叫了几天，杨嫂总借口地里活忙推托着不来。好不容易叫来了，她心里不痛快，脸拉得二尺长。杨太太有些着气了，说，一定得想法子让留留隔奶。可杨老爷说，隔啥奶嘛，娃想咂就咂呗，杨嫂又不是没有奶。

但杨太太不听杨老爷的。当留留闹着再咂奶的时节，杨太太叫杨嫂奶头上抹上辣椒面，留留一咬奶头，就被辣得大哭，但哭过之后，他还是闹着要咂奶。折腾了几天，隔奶的事没有一点进展。后来，杨太太叫杨嫂抹上炕胶，还是不管用。杨太太再叫杨嫂抹上锅灰，杨嫂不干了，说，我这奶子又不是猪尿泡，你这样抹来抹去的，娃受得住，我可受不住。

杨老爷终于等到机会了，埋怨起杨太太："你这个抠婆娘，不就是几个椭子的事情嘛。你看你，把钱看得比啥都金重。炕胶、锅灰是啥玩意，那东西毒着哩，你让娃咂，也不怕闹①着？"

杨太太经不住杨老爷的说道，只好答应让杨嫂继续留在杨府给留留当奶娘。但她咋也没想到，老爷的魂早叫杨嫂勾走了。

---

① 闹：中毒。

100

"杨老爷好雅兴呀。"杨老爷正引着留留在院子里赏花，胭脂上川的杨五七进了大门。

"哎呀，是杨营长，我还正思谋着找你呢。"杨老爷一边让杨五七进堂屋，一边冲站在灶火门口的杨嫂说，"杨嫂，倒茶。"

杨嫂脆脆地答应一声，解下围裙，转身进了灶火。

杨太太知道老爷要跟杨五七说要紧话，怕留留搅骚，就带着他出了大门。

杨老爷进了堂屋，解下系在腰间的钥匙，打开炕柜，取出一包"大前门"，撕开金纸，给杨五七递过去一根。

"哎呀，杨老爷把压箱底的好烟拿出来了，金贵金贵。"杨五七原本坐在八仙桌旁的太师椅上，一见"大前门"，紧忙站起来，双手接过纸烟。

"金贵个啥，是老二从城里拿来的。"

"杨老爷不来一根？"

"纸烟太绵，还是水烟抽着过瘾。"

杨五七拿出洋火个家点着纸烟。杨老爷怕费洋火，紧忙把火绳伸过去，让杨五七用剩下的半根洋火点着火绳，然后坐在太师椅上，"咕噜噜、咕噜噜"抽起了水烟。

"听说你帮番子打退了塔拉寨人？"杨老爷长长地吐了一口烟雾，慢吞吞地问杨五七。

"是的，杨老爷。"杨五七好像事先知道杨老爷会问这些，稳稳地回道。

"唉，失策，大大的失策。"

"哦？"杨五七瞪大了眼睛。

"这里面的道道子你黑着呢。"

"那，依杨老爷的意思？"

"眼看土司府的火就要灭了，你又添了一股子油，让它重新着了起来。"

"杨老爷，我有苦衷呀。"

"你有啥苦衷，不就是为了一个番婆子。"其实，昨儿个一听见尕藏草场那边的枪声，杨老爷就派七斤去打听。当杨老爷听到杨五七将队伍开到尕藏街跟前停了下来时，杨老爷心里暗喜。杨老爷知道塔拉寨人都是猎户，一个个就像饿疯了的鹰鹞，要是他们全寨子动起来，那简直是洪水猛兽，土司府的番营肯定招架不住，他几乎可以看到他的冤家土司府蹬蹄子咽气的情景。可是后来当七斤告诉他杨五七帮番营打退塔拉营的事后，他马上就像放了气的皮胎，瘪了。

"杨老爷说得对，我就是为了战秋。"

"礼曰：礼，不逾节，不侵侮，不好狎。杨营长呐，你真是短见，咱胭脂川不缺好人家，你咋就偏偏看上那大脚番婆。"

"杨老爷有所不知，战秋是旺堆看上的女人，而我跟旺堆是对头，刀子见血。我要是娶了战秋，好比在旺堆心里扎了根刺，让他干疼，取不出来。"

"也罢，事已至此，我也没啥好说的了。不过，我劝杨营长以后做事还是多动动脑子。"

"那是。"

"唉，娶一个番婆子，总归不是啥长脸的事。"

"饭已经做熟了，瞎好得咽下去。"

"好吧，啥时节吃筵席，言喘一声。"

"日子要是定下来，我专意来请杨老爷。"

杨老爷抽完一锅烟，又新装了一锅，接着抽起来。

杨五七的那根纸烟抽得也差不多了，但他还舍不得扔，用指甲掐着烟把子，使劲咂了两口，直到烫得拿不住了，才扔到地上，用脚跐了。

"杨老爷，我的事你给二少爷说说嘛。"杨五七干咳了一声，说道。

"说是说了，可这事得牛长官定。我家老二虽然也在面子上走动，但不拿事，毕竟营盘是人家牛家的。不过我可以给你交个底，只要你好好干，尕藏民团司令迟早是你窝里的兔，跑不了。"

"隔夜的金子不如到手的铜呀。"

"夒急嘛，饭前饭后，锅底里有肉。"

"杨老爷，我可是把脑袋别在裤腰带上为你卖命。上次弄掉韩司令，可是给尕藏的天爷戳了个窟窿。"

"这个窟窿戳得好，不光解了我的心头之恨，还把土司府往墓坑里踹了一脚，杨营长，你可真是咱杨家的儿子娃，狠人呀。"

原来，杨老爷早把杨五七收在个家的门下。那天韩土司将红军放过黑山峡后，杨五七当即就使人给杨老爷报信。杨老爷又连夜让七斤进城把消息传给了牛长官。

牛长官一听大怒："这个辨不来倒顺的老西番，胳臂肘朝外拐哩，实在可恶。"他当即答应只要杨五七除掉韩土司，就让他当尕藏民团司令。

七斤回到胭脂下川，把牛长官的意思一句不落地说给杨老爷。

"除掉这个番子可不像墙上抹臭虫那么容易。"杨老爷思谋了半晚上，天快亮时终于想到一个一箭双雕的好计策。

太阳一冒花，七斤赶着骡子驮着半口袋新磨的白面去慰问尕藏镇红军的伤病员。在土司府广场红军的临时医院里七斤乘人不备偷了一顶红军帽，得手后直奔山南。

当杨老爷听说韩土司遇袭身亡的消息后，高兴得整夜没有合眼。

这个草山上下来的野牦牛终于得到了报应，杨老爷的腔子里就像清泉水洗了一遍，透亮透亮的。

"只要杨老爷心上的坎子平了，叫我下油锅也绝不打推辞。"杨五七瞅着杨老爷，眼珠子一骨碌，又说，"不过……杨老爷，土司府的那把火烧得真妙巧。"

"杨营长，这可不敢胡说。"杨老爷一听，一下子变了脸。

"好好好，我不说，我不说。"

"杨营长，我可以指天吃咒，土司府的那把火，跟我杨某没有一根毛的关系。"

"杨老爷，我信，我信还不行嘛。"

天爷擦麻的时节，杨五七用皮胎背着杨老爷给的五百个楠子回到胭脂上川。

第二十三章

101

大喇嘛昂欠的堂屋里灯火通明。

大喇嘛坐在太师椅上，眼睛微睁，手里拿着一串素珠，不停地拨弄着。

八仙桌靠墙的地方，一个莲花状的青铜香炉中，点着三根深褐色的檀香，那是大喇嘛专意托人从印度那边捎来的老山檀香。在金黄色灯光下，那幽蓝的香烟在八仙桌的顶上一缕一缕扯起线线。

坐在大喇嘛左首太师椅上的格列，抽搐了几下鼻子，想打个喷嚏，却又忍住了。他瞅了一眼旁边的大喇嘛，将头往腔子里一缩，油光的头发在酥油灯下闪闪发亮。

管家吉美坐在大喇嘛下首的条凳上，默默地注视着大喇嘛。

旺堆站在格列的旁边，铁青着脸，似乎还沉浸在失去战秋的痛苦之中。

"说说嘛，你们的嘴都冻住了？"半天，大喇嘛收起素珠，发话了。

格列像乌龟一样，将刚才缩进腔子里的头又伸出来，揉了揉被檀香熏得难受的鼻子，懒洋洋地说："去塔拉寨下话，真个是烟筒里招手走黑道哩。"

"你戳了天大的窟窿，要是不去下话，斯库的火能歇下去？"大喇嘛来气了。

"塔拉寨人个个心狠手毒，咱土司府没少吃他们的亏。"吉美一脸担忧的样子。

"斯库现在是惹躁的藏獒，见哪个都想咬一嘴。"大喇嘛的声气里，有一种让人透不过气来的落寞，"咱土司府呢，经过一次一次的变故，已经大不如前了，袍长袖短、里外夹脚，咱再没有跟斯库硬拼的家底了。尕藏的汉人有句俗话，个家的鼻涕个家舔，眼下只有讲和这一条路了。"

"这趟差不好跑。"吉美用手使劲搓着留着短髭的下巴，眼睛飞快地跳过大喇嘛，盯住远处黑黢黢的山墙。

"关键是要去一个稳妥的人，慢慢下话，只要给斯库搭好梯子，他一定会下来握手言和。"大喇嘛望着吉美，语气中满含期待。

"斯库是恶魔罗刹娑转世的，一肚子的烂下水。"吉美依旧盯着远处的山墙。

"金刚手菩萨能够降伏骡子天王，佛陀能够度化阿吒鬼，斯库不过俗身一个，咱还没法子治他？"

"我去！"旺堆向前跨了一大步，梗着脖子说。

"你那臭脾气，不中！"吉美狠狠瞪了一眼旺堆。

"大喇嘛说得对，个家的鼻涕个家舔，个家的屁股个家揩。我去！"格列理直气壮地说道。

"你去？不是白白送死嘛，人家正巴不得呢。"大喇嘛轻蔑地瞅了一眼格列。

"老子英雄儿好汉，阿爸卖葱娃卖蒜。"格列狠狠地拍了一下腔子。

大家又不言喘了。

"云丹！"过了一会儿，大喇嘛忽然冲外面喊了一声。

云丹应声进了堂屋。

"你看，酥油灯坐满了灯花。"大喇嘛的声气里有几分怨气。

云丹二番场进来拿着个大剪子，踮着脚，将八仙桌上酥油灯的灯花剪掉。

吉美亮清大喇嘛叫云丹剪灯花不过是个由头，大喇嘛最希望的就是他能把塔拉寨下话的事承当下来。

吉美沉不住了，干咳了一声，刚想说话，只见灯影里闪进一个人来。

"斯库要的是我，我去。"茸巴出现在大家的眼前。

大喇嘛抬起头一看，正好碰上茸巴的目光，紧忙转过脸去。

"不中，天塌下来有我们儿子娃呢。"格列从太师椅上跳起来。

吉美见格列站了起来，知道个家没有退路了，紧忙起身，弓着腰，对大喇嘛说："大喇嘛，我这副老羊皮不值啥钱了，还是我去吧。"

"老管家，话可不能这么说，你这副老羊皮，可为土司府挡了不少的风风雨雨。"大喇嘛转过脸来，眼神中充满感激。

"阿爸……"旺堆想说啥，被吉美一摆手拦住，旺堆只好将到嘴的话又咽了下去。

"要不，多带几个人手。"格列说。

"少爷，人多了反倒碍事。"吉美摇了摇头。

"管家说得是，这次不是靠人，得靠嘴。"大喇嘛说完，又补了一句，"不，也不光靠嘴，还得靠心。"

"那，把尕队长带上吧，好有个照应。"格列说。

吉美思谋了一下，点了点头："中。"

102

第二天，吉美带着土司府卫队的尕队长，赶着两头骡子上了塔拉寨。

一头骡子上高高地驮着一垛送给斯库的谢罪礼，都是些湖州的绸缎、景德镇的瓷器、普洱的窝窝茶、四川的冰糖之类的稀罕物，另一头骡子上驮着满满两皮胎榍子。

阿尼念卿山地势高，地气比下面的川道凉了许多。吉美尽管穿着藏式的厚夹袍，但依旧觉得身上冰叽叽的。他手里捏着一根柳条，不停地抽打着骡子，他想脚步底下加紧些，身上就会热乎些。

对吉美来说，去塔拉寨的这条山道，就像个家的门道一样熟。

每年，吉美要跑好几趟塔拉寨，不为旁的，只为一件事：收租。尽管吉美磨破嘴皮跑断筋，但至今斯库除了逢年过节使人送些时鲜的山货之外，没有正儿八百缴过一次租子。

为此，韩土司曾大为恼火，说，塔拉寨人个个头上长反骨，不敲打几下，心底里不舒坦。但敲打塔拉寨人也没那么容易。韩土司祖上曾好几次因为租子的事讨伐过塔拉寨，都以失败告终，而且还搭上了好几位土司老爷的性命。那年，韩土司因为白玛的事跟斯库翻过脸，但最后还是老奸巨猾的斯库占上风，韩土司没占上一丁点便宜。

眼前这条山道，弯弯转转，就像一根羊肠子，一路还要穿过好几处林子。时下虽是秋季，但林子里草木依旧旺盛，那里也正是危机四伏、暗藏杀机的地方。

吉美最怵的就是那些林草空里忽地钻出几个脑子不清顺的塔拉人，不分青红皂白将他俩给拾掇了。

当年他跟韩土司进剿塔拉寨，就是在这样的林子里遭到了伏击。

那一仗，韩土司败得很惨。

这条蜿蜿蜒蜒的山道上，不知洒下了多少尕藏儿子娃滚烫的热血。

"嘎——嘎——"忽地，林子上空传来几声老鸦凄厉的叫声。

尕藏人最忌讳老鸦在头顶鸣叫。

吉美仰起头，朝半空中瞅了一眼，但没有瞅见老鸦的踪影。

"嘎——嘎——"顶上又传来老鸦的叫声。

吉美再次抬起头，细细搜寻了一会儿，可奇怪的是，仍旧没有老鸦的魂丝儿。

> 杨大郎模样赛宋王，
>
> 在代城替宋王死了。
>
> 红杏模样大眼睛，
>
> 活活地想死你了。

为了壮胆，吉美放开嗓子唱起了花儿。

吉美平常既不唱花儿，也不赶花儿山场。给尕藏人的感觉，他是个不喜欢花儿更不会唱花儿的古板之人。其实，吉美年轻的时节，也偷唱过花儿，还记下了不少的歌词，只不过明面上他从来没有唱过。今儿个走在这条充满凶险的山道上，他心里担惊，总觉得身旁的林子里有人悄悄地盯着他。

与其这样担惊受怕，还不如堂堂正正放开胆子走，说不定反倒保险呢，于是他就豁出去唱起了花儿。

"大管家也会唱花儿？"吉美的歌声惊得尕队长瞪大了眼睛。

"瞎吼呗。不过你可不敢告诉旁人。"吉美盯着尕队长嘱咐道。

"放心吧管家，我这张嘴比上了螺丝还紧。"尕队长紧忙拍腔子保证。

> 杨二郎骑马着过雪山，
> 兵马们单，大雪山咋样着过哩。
> 隔了阴间隔阳间，
> 鬼门关，等我的尕妹着坐哩。

吉美的声气尽管不咋搭调，可也唱得慷慨激昂，热血沸腾。

> 三郎马踏如泥了，
> 身子们血染遍了。
> 想你着各庙里烧了香，
> 神灵前我许了愿了。

唱到第三首的时节，吉美显然有些气不足了。高亢处，竟然只看见嘴呼噜，听不见声气了。尕队长真害怕吉美一时挣断了气，紧着上前扶他。

半天，吉美的第二口气又冲了出来。

> 杨四郎骑马到阵上，
> 红旗儿插到了岭上。
> 我想尕妹着到命上，
> 想死时不见个影像。
> ……

"你们是做啥的？叫驴样胡喊乱叫。"吉美正唱在兴头上，前面林子里冒出两个兵丁，拦住了去路。

自从塔拉寨和土司府起了冲突后，斯库在塔拉寨加强了戒备，出入寨子的人都要盘查。

吉美紧忙说明来意，一个兵丁跑进寨子向斯库报告。

寨子里响起一阵震耳的牛角号。

进了寨子，吉美老远就看见头人府门口实压压站满了手拿猎枪、大刀和矛子的兵丁。

那些人多半是民团塔拉营的土兵，他们都认识吉美，但如今土司府成了塔拉寨的仇家，那些人一个个陡着脸，眼睛狼一样冒着绿光。

看着这些如狼似虎的兵丁，吉美后背一阵一阵地发凉。

尕队长跟在吉美后头，直打软腿，嗓子干得一个劲地咽唾沫。

到了门口，引他们的兵丁冲里面喊一声："土司府吉美大管家到！"

里面传出一声："请！"

门口围着的那帮人自动让出一条道。

吉美和尕队长一前一后进了头人府大门。

来到院子里，两个全副武装的家丁接过吉美和尕队长手里的缰绳，把两头骡子牵到一边。

吉美和尕队长垂着手站在院子中间。他俩等了好一会儿，仍不见斯库的影子。

走了好长时节的山路，吉美身上热晃晃的，他伸展开胳膊，松活了一下筋骨。

"这不是土司府的大管家嘛。"这时，斯库手里把玩着一只松鼠，慢悠悠地从堂屋走了出来。

吉美知道今儿个要在生死关口上闯一遭，怯也无用，一狠心，拱手道："斯库头人，一向可好？"

"托你家少爷的福，还没咽上气呢。"斯库"啪"地将手中的松鼠扔给跟前的色目，冷冷地说道。

"活剥了这两个番子，祭咱死了的弟兄。"

"斯库头人，你可要为我们做主呀。"

"绝不能轻饶了他们。"

"砸开他们的脑袋，挖出脑髓喂老鹰。"

门口的那帮兵丁一见斯库，纷纷叫嚷起来。

尕队长扭过头偷偷瞄了一眼门口，用宽大的袖口使劲揩着脖子上的汗。

不知是站得太久了还是被眼前的阵势吓着了，吉美的腿子有些发抖。但他还是鼓着硬强，往前挪了一步，说："斯库头人，大喇嘛和少爷备了好些时兴玩意，还有两皮胎榼子……"

"哼，大方得很哪。敢问大管家，这是茸巴那个贱货的聘礼呢，还是我死了的那些兄弟的命钱？"

"都是，都是。"吉美想努力挤出些笑，可他的脸难看得就像炸开好多口子的老瓷罐。

"大管家，要给我说这种寻不见头头的囫囵话。老实告诉你，今儿个你说不出个道道来，要想走出我的头人府。"

"斯库头人，都是咱的不是。你大人大量，抬个腿子让咱过去。"

"让？人命关天呐。吉美管家，你可要把我当成胭脂上川那个没脑髓的杨头人。"

"哪敢。"吉美有意瞥了一眼那两头骡子，说，"这两垛东西都是土司府给你老人家赔不是的。要是斯库头人看不上眼，过几天我再给弄些更时兴的。"

"大管家，有啥玩意能比那些兵丁的脑袋时兴？"

"这……"斯库的一句话，呛得吉美接不上气来。

"阿爸！"就在这时，哈赤提着个大砍刀从大门外闯了进来。

"催命的阿吒鬼来了。"吉美亮清哈赤是个没脑子的料儿，心里苦叫一声。

"跟他们磨啥嘴皮，白刀子进去，红刀子出来。"哈赤说着，提着刀旋风一般直扑吉美和尕队长。

吉美没敢抬头，只感到一阵冷风向个家的耳根扑来。

"无量神佛！"他使劲闭上眼。

只听"嘭"的一声，吉美身子重重地抖了一下，他几乎能感觉到个家的头已经应声落地。

"哈赤，不能乱来。"

听到斯库的声气，吉美有些不敢相信个家还活着。他抖抖索索试着睁开眼，看见斯库已经按住了哈赤提刀的手。再往地上一看，尕队长的肥头刚好滚到他的脚边，压在他的鞋面上。吉美本能地一个弹跳，那血糊糊的头骨碌碌滚到了另一边。离他只有一步远的地方，尕队长肥胖的身子还在地上一下一下地抽搐着，没了头的脖颈上咕咕咕地冒着血水，像泉眼一样。

第二十四章

103

傍晚，一只苍鹰悬在半虚空里，一动不动，像是钉在天空中的一颗钉子。

草地上蹦来蹦去吃草的鼠兔，抽工夫抬起头，用一双警惕的尕眼睛瞧一瞧天爷上那颗一动不动的"钉子"。尽管苍鹰变换着各种招数迷惑鼠兔，但机警的鼠兔们早就摸透了苍鹰的那些套路，它们哪个也不信虚空里一动不动的黑影就是"钉子"。

风徐徐而来，虚空中的苍鹰开始盘旋起来。橘红色的霞光映在它的羽毛上，闪闪发光。

草场上的空气紧张起来，一场血腥的厮杀一触即发。

负责放哨的鼠兔站在一块大石头上"吱——吱——"地发出警报。

鼠兔们全都停止了吃草，抬起头死死盯着天爷，飞快地盘算着逃生的策略。

秋天的草场一片金黄，磕膝盖高的枯草足够所有的鼠兔隐身。但不经意的风却时不时让枯草倒伏下去，使鼠兔们胖乎乎的身子暴露在苍鹰的眼皮底下。

那只盘旋了好久的苍鹰锁定了一个目标，一拍翅膀，像出弦的利箭，猛冲下来。

鼠兔们一下子四下逃窜。

有的很快找到了个家的窝，"哧溜"一下钻得无影无踪。有的就没那么幸运了，慌不择路的奔突间，错过了个家的洞口。

苍鹰像一道黑色的闪电划过草场，几乎可以听到它的翅羽划过空气时兴奋的呼啸。

被苍鹰锁定的那只鼠兔在绝望中停止了逃跑，一双绿豆大的尕眼睛惊恐地张望着那一大片铺天盖地落下来的阴影。

在这要命的关头，草场东头忽然传来一阵响亮的吹打声。

突如其来的响动惊扰了苍鹰，仓惶之中，错过了一顿即将到嘴的美餐。它只得打了个旋子，飞快地掠过草尖，灰心丧气地向远处逃去。

警报解除，那只侥幸逃脱的鼠兔长长舒了口气，掉过头，将两只前爪抱在腔子前，感恩似的朝传来吹打声的方向张望着。

104

今儿个是杨五七迎娶战秋的日子。

按照当地的习俗，新郎官不能迎亲，所以，杨五七从家伍中选了几个可靠的人当大客 ①，由媒人引着，带着大礼，前来尕藏草场龙布家迎娶战秋。

杨五七请的媒人是尕藏街上算命的王半仙。

迎亲队伍上了尕藏草场，吹鼓手的动静更大了，很远的地方就能听到喜庆的乐声。

迎亲队伍的最前头，是接新娘子用的走骡，鞍鞯辔头一应用红绸子裹了，骡子头上还用红缎子的被面绾了一个筲篮大的牡丹，随着骡子的走动，一闪一闪的，格外耀眼。

三匹膘肥毛亮的大马，驮着迎亲的各色彩礼，跟在走骡后面。

翻过一个梁子，就可以瞭见龙布的家了。

"大家加把劲，到了龙布头人家就可以放开肚子吃肉喝酒了。"王半仙回过头，朝后面赶骡马的人鼓劲道。

王半仙今儿个专意买了一顶青色的新瓜皮帽，扣在他光溜溜的秃头上，穿一件半新旧的深蓝色长衫。长衫是用洋布做的，但由于长时节压在箱底舍不得穿，上面打了许多褶子。

"半仙叔，这好事都叫你摊上了，咋不给我们匀一些。"一个年轻人故意调侃道。

"油往油缸里淌呗。"人群里有人接茬道。

"嗨，你们只看见贼吃肉，没见过贼挨打。"那人话音刚落，另一个中年汉

---

① 大客：迎亲队伍中的主客。

子阴阳怪气地嘲笑道。

人群里"哄"的一声，爆出一阵笑。

王半仙脸一红，脖子一缩，不再吱声了。王半仙亮清那中年汉子挖苦他的，就是前一向他带人去杨永生的私塾制止尕秀那帮人唱花儿时，差点被铁匠铺的麻五魁刨他一顿的事儿。后来，尕藏街的人竟拿这事当王半仙的短处来揭。

大家正在说笑，一声枪响，把迎亲的队伍吓停了。

五六个壮汉骑着快马狂飙一样追上来，横在了迎亲队伍的前面。

王半仙以为遇上了劫匪，吓得不敢抬头，两条腿抖抖索索的，几乎站不住了。冲在最前面的马头几乎挨到了他的脸上，他能感觉到马鼻子里喷出来的热气。

"王半仙，你做的好事！"突然，骑马的人发话了。王半仙觉得这声气有几分熟，战战兢兢抬起头，用手指轻轻揩了一下他那紫蒜头鼻子上的汗水，眨了一下眼睛才瞧清楚，来人是尕藏民团番营营长旺堆。

"旺堆营长，个家的人，个家的人。"王半仙悬着的心终于放了下来，笑嘻嘻地点头道。

"哪个是你个家的人？"旺堆"唰"的一下，抽出马刀，指着王半仙的鼻尖，"王半仙，你跑到草场做啥来了，不会是给鼠兔算命来了吧。"

王半仙头里"嗡"的一声，眼前冒起了晶晶花。

"嗨嗨！我在问你呢。"旺堆猛然提高了嗓门儿。

"旺……旺堆营长，我们是迎亲来的。"

"迎亲，迎的哪门子亲？"

"这事你亮清，是、是胭脂上川的杨营长迎娶尕藏草场龙布头人的姑娘战秋。"

"好，好姻缘哪。"

王半仙听出旺堆话音里的愤怒，尴尬地咳了一声，皮笑肉不笑地嘟囔道："天配，天配。"

"天配个屁！王半仙，回去告诉杨五七，他是啃黄土吃饭的人，甭把臭脚伸到草场上来。"

"这……"王半仙瓜皮帽下的尕脸缩成了一团，就像刚咬了一口酸溜溜的皮特果。

"旺堆营长，有话到家里说嘛。"这时，龙布头人骑着马奔了过来。

刚才，龙布听到枪响，知道出了事，紧忙骑马朝这边赶。

"龙布头人，家里办这么大的喜事，咋不言喘一声？"旺堆一见龙布头人，火气更大。

"没……没敢惊动旺堆营长。"龙布感到难怅，脸都红了。

"龙布头人，你可是答应过要把战秋嫁给我的。"旺堆调转话锋，直逼龙布。

"那是，那是……可这次……大喇嘛做了主……"龙布紧忙抬出大喇嘛做挡箭牌。

"褰拿大喇嘛压我，我要是不依呢？"旺堆掂得清清的，一个字一个字从牙缝里挤出来。

"这个……"龙布一时语塞，说不出话来。

一提起战秋，旺堆心里就像扎了根刺，疼痛难挨。

那天，旺堆拼着命杀退塔拉寨人回到昂欠时，才知道大喇嘛竟然背着他把战秋许给了杨五七。

羞辱、愤怒一下子淹没了旺堆。

"为啥？这是为啥？"旺堆望着大喇嘛，眼睛要瞪出血。

"不为啥，是佛爷的旨意。"吉美想用佛爷来压服。

"佛爷管得可真宽。"

"旺堆，可不敢说佛爷的不是。"

"我……"旺堆一把掀开吉美，拔出大刀。他额头上的青筋就像弹棉花的弦子，"嘣嘣嘣"直跳。

"旺堆！"大家以为旺堆疯了，一个个把心提到了嗓子眼儿上。

"啊——"随着一声大喊，大刀从旺堆的手中飞了出去。

"嘭——"旺堆抛出去的大刀端端插在院中间的菩提树上。

菩提树上的叶子"哗啦啦"落了一地。

"佛祖呀。"大喇嘛惨叫一声，差点栽倒在地。

"畜牲！"吉美拔出腰刀，直扑旺堆。

旺堆眼尖，闪过吉美，顺势抓住吉美的手腕使劲一捏，"哐当"一声，吉美手中的腰刀跌在地上。

旺堆撂开吉美，冲出大喇嘛昂欠。

那以后的日子里，旺堆差不多天天喝酒，一直喝到深夜才醉醺醺地回家。

就在龙布打发战秋的头天夜里，吉美害怕旺堆惹事，乘旺堆酒醉把他反锁在屋里。

哪知旺堆听到迎亲的唢呐声时，竟然破了窗子逃了出来，在半道上截住了杨五七的迎亲队伍。

这边正在僵持不下的时节，一阵激越的马蹄声，把杨五七带到了众人眼前。

由于缰绳拦得太急，杨五七胯下的那匹大青马长嘶一声，扬起前蹄，几乎要站立起来。

旺堆拦了迎亲队伍的时节，早有人跨了马去给杨五七报信。

报信人刚到尕藏街，正好碰上前来土司府送喜帖的杨五七。

杨五七一听，勒转马头，就朝尕藏草场飞驰。

"旺堆营长，好狗不挡路，你识眼色的话，乖乖让开。"马还没站稳，杨五七指着旺堆怒吼道。

"我不跟你费唾沫渣子，是儿子娃就拔出刀来单挑！"旺堆晃了一下马刀叫嚣起来。

"牛不抵牛是尿牛。"杨五七"唰"地抽出马刀，双腿使劲夹了一下马肚，冲了过来。

两人在众目睽睽之下打斗了起来。

"佛祖呀，冤事情哩。"龙布叫苦不迭。

两匹马驮着两个眼里迸血的男人相互冲杀。

纷乱的马蹄声和马刀响亮的撞击声，让周围的人为各自关切的人捏着一把汗。

"住手！"这边正斗得你死我活的时节，忽听得身背后一声断喝，两个冲杀的人猛地勒住缰绳。

原来，上川人去给杨五七报信的时节，王半仙也偷偷使人去尕藏寺搬大喇嘛。

大喇嘛翻身下马，把马缰绳扔给迎上来的龙布，指着旺堆和杨五七骂道："两个拴不到一个槽里的叫驴。"

"大喇嘛。"旺堆和杨五七一前一后滚下马来。

"为了女人拼命，好大的志气！"大喇嘛没有理杨五七，盯住旺堆呵斥。

旺堆握着马刀像钉在地上一样，一动不动。

"旺堆，听大喇嘛的，回去吧。"龙布紧忙凑上前来，劝道。

旺堆狠狠瞪了龙布一眼，龙布紧着住了嘴。

"叫声最大的不一定是好牲口。"大喇嘛话里有话，"凡事都要看火色，要把持不住，到时夹了脚，喊疼就迟了。"大喇嘛说完转身就走。

"都到家门口了，大喇嘛缓一口乏气再走。"龙布上前一步，殷勤地邀请道。

大喇嘛没言喘，从龙布手中抽过缰绳，跨马回了昂欠。

迎亲的队伍又出发了。

杨五七怕再有啥闪失，要跟迎亲队伍一起去龙布家。

"杨营长，这不妥吧，没这规程。"王半仙拖了一下杨五七的袖口，劝道。

"规程都是人定的，也是人破的，不破老规程，哪来的新规程？"杨五七一把甩开王半仙，嚷道。

旺堆呆呆地站在地上，一直望着迎亲的队伍远去了，才引着他的人，悻悻而去。

105

迎亲的队伍进了龙布家，开始举行送大礼的规程。

先是由媒人王半仙说了一通迎亲的喜话："说起我们尕藏的众生，都是轩辕黄帝的后裔。盘古王开天辟地，有巢氏构木为巢，神农氏种五谷，伏羲女娲结成婚配，人之大伦这才开始。俗话说，前世的姻缘，今生的显验。今儿个是千载难逢的黄道吉日，胭脂上川的杨家备了些财资，着鄙人一干下彩礼，无奈袍长袖短，见笑了龙布亲家。好在种在蓝田的白璧，一个变成了一对，弥补了聘礼不足的缺憾，真个是托了上天的福佑、大地的灵气。鄙人人前头说话，口秃言浅，说不出啥金玉良言，就借今儿个的喜气，恭祝龙布头人谋事得顺，想事成真，尘土化金，草根生银。"

"喜话，喜话。"听完王半仙的这番话，龙布高兴得合不拢嘴。

接着，王半仙开始给龙布清点彩礼，最后，提过来一个皮胎，放在龙布眼前："这是礼钱，五百个椭子，请龙布头人笑纳。"

这个钱皮胎是杨五七从胭脂下川杨老爷那儿背回来的，今儿个又原封不动地驮到了龙布家，只是将扎口子的牛毛绳换成了一截红绸子。

"破费了，破费了。"龙布一个劲地点头。

彩礼交割完毕，王半仙打开一嘟噜酒，请杨五七一位亲房大伯跟龙布一起各拿了一个尕瓷碗，斟满酒，来到龙布堂屋的佛龛前。

两人举起酒碗，正要祭神，猛听得闺房里传来一声尖厉的叫声，紧接着一个家丁慌慌张张跑进堂屋，大声说："不好了，小姐抹了。"

杨五七一步跨出门槛，直奔战秋的闺房。

战秋直挺挺地躺在炕上，一脸土色，脖子上抹开一道口子，正在往外渗血。她手里握着一把藏刀，刀刃上沾满血迹……

今儿个，战秋早早起来，心里闷闷不乐。她没有梳洗就出了家门，站在门前的草坡上，静静地张望草场东头。

战秋阿妈生战秋时，月子里遭了病，一直没有看松。战秋三岁的时节，阿妈殁了。此后，战秋跟着阿爸长大。但阿爸成天忙着个家的事情，很少顾得上战秋，战秋就在宽天朗地的草场上养成了信马由缰的性格，以致后来惹下杀死旦真保的祸事，龙布数落她几句，她还不服："绵羊上树，那是豺狼逼的。"

天爷渐渐发亮，灰蒙蒙的草场上一片苍茫。

远处的阿尼念卿山就像一头黑色的怪物，静静地俯卧在尕藏草场的边缘。

早上的风很尖，吹在身上生冷生冷地疼。

脚下，磕膝盖高的枯草在尖利的风中瑟瑟发抖。

尽管战秋的腿已经站麻了，但依旧目不转睛地盯着草场东头，她多么希望那个熟悉的身影，穿过灰蒙蒙的草场，天神般出现在她的眼前。

自从大喇嘛把她许配给杨五七之后，她的心上人再也没来找过她。

他是不喜欢我了，还是嫌弃我了，要不就是赌气不想见我了？战秋的心里乱得像麻。

天爷已经亮透了，漫天的星宿一颗颗隐身不见了。只有那颗亮明星还在扎挣着，发出微弱的光亮。

战秋站在草场上，整个身子被清晨的亮气勾勒成一幅剪影的样子。

风一阵一阵掠过草场，吹得战秋身上的银饰丁零当啷地响着。那清脆的声响，在空旷的草场传得很远、很远……

太阳出来了，战秋盼望的人没有出现。

龙布使人叫战秋吃早饭时，战秋已经脚麻得走不成路了，只好叫人把她背回了闺房。

厨娘端来早饭，战秋没好气地一顿呵斥，吓得厨娘端着饭退了回去。

过了些时节，战秋缓过劲来，又出了门，依旧站在早上她站过的地方，朝东张望。

龙布追到大门口，倚着门框静静地看了女儿一会儿，无奈地长叹一声，回身进屋去了。

战秋站累了，失望地坐在地上，顺手捋过一把秋草，编起了草辫子。周围的客人陆续到龙布家道喜的时节，战秋已经编了长长的一绺。

尕藏草场的女人闲下来的时节，喜欢用草茎编辫子。用这些草辫子可以盘成装鸡蛋、装针线的笼子、笸篮，也可以盘成遮太阳的草帽和扛东西用的垫肩。战秋有时也拿这手艺混时节。

眼看道喜的客人挤了一院子，龙布紧着使人叫战秋回屋。战秋忽地从地上站起来，将手中的草辫扯了个粉碎。

迎亲的乐声远远传来时，战秋坐在闺房的炕上，暗暗地等待最后一丝希望。

一声清脆的枪声划过草场，战秋怦然心动，一骨碌翻起来，连鞋子都没来及穿就直奔大门口。

迎亲的队伍进门时，给战秋带来了她最不愿意听见的坏消息，旺堆没能制服杨五七。

"我把野狐瞅成狼了。"战秋心底里狠狠骂道，"他的骨头到底还是酥油做的。"

当龙布和杨五七大伯在堂屋准备浇奠祭神时，战秋乘人不注意，拿刀子抹了。

杨五七奔进战秋的闺房，一眼看见抹了脖子的战秋直挺挺地躺在炕上，鼻孔里厌恶地"哼"了一声，转身出了屋，在院子里喊了一声："撤！"便带着迎亲队伍出了龙布家的大门。

龙布回过神来跑进女儿闺房，一看炕上的惨状，急呼："快去请马神仙。"

马神仙来到龙布家，费了好大的工夫才止住了战秋脖子上的血。

龙布把马神仙让进堂屋，叫下人伺候马神仙洗手。

"唉，幸亏没抹到大血管，要不大侄女早没命了。"马神仙一边洗手，一边说。

"马神仙费心。"

"听说龙布头人今儿个打发姑娘，咋猛乍乍抹脖子了？"

"丢人呀，说不成，说不成。"

马神仙洗完手，把毛巾丢给下人，坐在八仙桌旁的太师椅上刮起了盖碗茶。

就在这时，只听大门"哐当"一响，一阵急促的脚步声传进堂屋。龙布紧忙走到堂屋门口。

旺堆铁青着脸，像一阵旋风刮进院子。

"旺堆营长。"龙布紧忙上前拦挡，旺堆没有理他，径直进了战秋闺房。

旺堆没有截住迎亲队伍，恼怒地离开尕藏草场后，没有回家，而是去尕藏街上的饭馆喝酒。龙布使人去叫马神仙的时节，战秋抹脖子的事在尕藏街传开了。

旺堆闻讯，扔下酒杯子，像一头发疯的狮子奔向尕藏草场。

"战秋。"旺堆推开战秋房门，扑到炕沿头，一把抓住战秋的手。

战秋朝天躺在炕上，脖子上贴着一块厚厚的药膏。她脸上没有一点表情，如同死了一般。旺堆一连叫了好几声，她才动了动眼珠儿，瞧了瞧旺堆，又慢慢闭上。

"战秋，你糊涂呀。"旺堆猛烈地拍击着个家的腔子。

战秋紧闭的双眼里簌簌地流下两行酸楚的泪水。

"想不到这旺堆营长还是个有情有义的汉子。"堂屋里，马神仙一边说，一边将碗子刮得"吱吱"响。

"不怕马神仙笑话，我也不想把姑娘嫁给杨五七，可是那天大喇嘛情急无奈，答应了杨五七，这事就没法翻板了。"

"虽说婚姻大事乃父母之命、媒妁之言，可毕竟还是顺其自然才好哇。"马神仙意味深长地说，"摁着牛头吃水，呛坏哩。"

106

一个月后，战秋可以下炕行转了，可是刀伤留下了严重的后遗症——她的脖子歪了。

一向风风火火、黑牦牛一般的战秋像换了个人似的，见哪个都不言喘，成天木木地坐在家里，哪儿也不去。

龙布见了心里着急，就给杨五七带话，说战秋好了，把她接回去。可杨五七将龙布的话当作耳旁风，没有理会。直到秋末的一天，他才磨磨唧唧骑着马，无精打采地上了尕藏草场。

　　杨五七进门时，战秋正坐在堂屋廊檐坎的石条上，歪着头盯着大门。

　　杨五七来到战秋跟前。战秋脸上毫无表情，仍旧盯着大门口。在她的眼中，走进来的人和刮进来的风没啥两样。

　　"战秋，你男人接你来了。"龙布来到女儿身旁尕声说。

　　"战秋，回上川去，那里才是你的家！"杨五七没有好脸色，说出来的话硬邦邦的，就像破茬石跌在青冰上。

　　龙布不悦地瞅了一眼杨五七。

　　战秋没有声气。

　　杨五七试着拉了一下战秋，战秋一把掀开了。

　　"五百个楉子，能买几十头牦牛呢。"杨五七来气了，拦腰抱起战秋，扛在肩上，出了大门，撂上马背。

　　杨五七用大青马带着战秋下了草场，穿过尕藏街，响亮的马蹄声引得人们伸长脖子朝这边张望。

　　"王半仙，看你保的好媒。"王半仙的卦摊边，有人故意臊王半仙。

　　"嗨，你不知实情，所有的事情杨营长私底下做好了，我只是聋子的耳朵，摆设。"王半仙一脸的委屈。

　　"龙布头人的丫头落到杨五七手里，有她的好哩。"

　　"她不是黑牦牛吗？能杀旦真保，还杀不了杨五七？"

　　"旦真保算啥，他再厉害能有杨五七的盒子枪厉害？"

　　"俗话说得好，嫁鸡随鸡，嫁狗随狗，抹啥脖子嘛。"

　　"唉，还不是那两头叫驴惹的祸。"

　　卦摊边，人们望着渐渐远去的大青马，七嘴八舌地议论着。

　　杨五七把战秋一直驮到家里，扛进新房，"咚"的一声扔到炕上，然后跳上去，不管三七二十一，将战秋的衣服剥了个精光，用一根麻绳绑了，倒提腿挂在屋梁上。

　　战秋自始至终没有吭一声，任由杨五七摆置。

　　挂了战秋，杨五七拿马鞭蘸了水，朝战秋身上死命地抽起来。

　　"你这个番婆、骚货、丧门星。"杨五七一边抽，一边骂。

　　皮鞭抽在战秋的身上，就像抽在风干的皮胎上，发出尖锐而又响亮的声响，却听不到一些些的呻吟。

　　一想起迎亲的事来，杨五七直气得浑身的骨头疼。

那天，杨五七请了所有的亲戚朋友，准备在家里风风光光办一场筵席，哪知战秋抹了脖子，这不是给他当脸泼了一盆狗血嘛！所有的亲戚听到这消息个个就像头上挨了一门担，蒙了。杨五七心里亮清，旺堆早把战秋的三魂勾走了，他得到的只是一个影子，一个没有了魂丝的空皮胎。

猛抽了一会儿，杨五七累了，用大黑碗舀了一碗冰水，咕了几口，将战秋从梁上放下来，扔到炕上。

战秋就像刚剥了皮子的羔羊，浑身上下都是青一道紫一道的鞭痕。

"啧啧啧，尕藏草场的黑牦牛，你不是见人就抵吗，今儿个咋不抵了，你的角是酥油捏的？"杨五七说着，一把掐住战秋的下巴。

战秋死死地咬着嘴唇，眼里充满了怨恨。

"告诉你，你活着是我杨家的人，死了也是我杨家的鬼。"杨五七说着，手从战秋的下巴倏地滑到战秋的奶子上。

"今儿个起，你要从心里抹掉那个不要脸的番子。"杨五七"啪啪"几下甩掉个家的衣服，压在战秋身上。

"呸！"忽地，战秋朝杨五七脸上唾了一口血沫。

"去死吧。"杨五七大怒，双手死死卡住战秋的脖子。

战秋绝望地闭上眼。

"晦气。"杨五七将战秋重重地摔到炕上，穿了衣服，跳下炕，狠狠地摔上房门。

半天，战秋才缓上一口气来。

第二十五章

107

这是一个寻常的日子。

太阳像个火红的大盘子，挂在东山顶上。

河州城通往尕藏的官道上传来"咔嗒、咔嗒"的马蹄声。

雪青马上骑着尕藏土司府的少爷格列，后面的马车上坐着茸巴和拉姆。

开春的原野上，到处散发着春天甜丝丝的气息。远处，躲在阴洼里的冰雪还没有完全融化，但庄稼已经迫不及待地拱出地皮，给荒凉了一个冬天的大地染上了淡淡的绿色。

尕藏河欢快地吟唱着，顺着官道一路朝河州奔流而来。

眼下正是杏花开放的时节，老远就能闻到从尕藏镇顺风飘来的香气。

格列已经将近半年没有回尕藏了。

去年秋里，格列从斯库手里救下茸巴后，铁了心要跟茸巴成亲，但是大喇嘛死活不同意，说，要得你俩的事情成，除非阿尼念卿山顶的冰全消成水。格列一气之下，带着茸巴和拉姆去了河州别园。

茸巴头一次来河州城，眼前的一切，让这个敢闯虎狼窝的山妹子一下子变得拘谨起来。

在塔拉寨的时节，茸巴一年四季可以不穿鞋子，无论是上山打猎还是赶山场唱花儿，进镇子逛街，总是一双精脚片子。可到了城里就不一样了，满街的人无论男女都穿鞋子，就她一个人精脚，而且还是一双没有裹过的大脚，过路的人都用吃惊的目光打量着她，她感到个家的两只脚多余得没地方放了。

进城的第二天，格列就带茸巴去买鞋，可是转了好多店铺，都没有合适的。

当时的河州城，根本就没有大脚女人，满街道摆的都是那种专意为三寸金莲准备的尕脚鞋。

没办法，格列就给茸巴买了一双男人穿的黑布鞋。

茸巴精脚惯了，穿了鞋子反倒不会走路。她走一走停一停，看看个家的一双大脚咋都觉得怪模怪样的，惹得一街两巷的人用异样的眼神瞧她。

"城里人真怪，不穿鞋看，穿了鞋也看。"一路上，茸巴不住地嘟囔。

那天，好不容易到了别园，一进大门，茸巴等不及进屋，就把两只鞋子甩在院子里，精脚走起来。

格列望着茸巴的样子，哭笑不得。

来河州城之前，茸巴觉得尕藏街是阳世上最人的地方，可一进河州城才亮清，河州城能装得下几十个尕藏街，塔拉寨更是没的比了。这里铺面一家挨着一家，各式各样的货物，将茸巴看得眼前头直冒晶晶花。

熙熙攘攘的大街上，马车、人力车，还有茸巴从来没有见过的自行车。

当然，最吸引茸巴的还是戏园子。

　　格列头一次引茸巴逛戏园看的是一出眉户戏。虽然茸巴从头到尾没听懂一句词，但她觉得那眉户戏跟她唱的花儿不一样。花儿总觉得有些野气瓜脑，而眉户戏似乎柔和了许多。再说唱眉户还能抹粉搽胭脂，打扮得比刚开开的牡丹花还要俊。从那天起，茸巴几乎天天缠着格列来戏园子，时节久了，她也能哼几句眉户了。

　　最让茸巴不能忘记的，还是九月十五那个晚夕。

　　秋风越过高高的院墙，轻轻拂过园子。靠墙根的那一排蜀葵在月光下悠闲地摇来摆去。

　　土司府河州别园的东头辟有一处幽静的花园，花园的中心挖了一个尕水塘，水塘上建了一座四角重檐的攒尖亭子，上扣青瓦，脊上安放着一头刷了金粉的铁狮子。亭子正面有块匾，上书"思南亭"，两边的柱子上刻有一副对子：

　　莫不远怀故地
　　且看对面尕藏

　　对子和匾牌都是格列阿爷老土司撰的，可见当年园子的主人对山南那片故土的眷念。

　　院墙根那排蜀葵的种子，也是当年老土司专意让脚户从四川捎来的，撒在那儿年复一年，自灭自生。那排蜀葵看起来并不是很稠，但花色却挺齐全，红的、粉的、白的、紫的、黄的都有。

　　蜀葵的另一头种着两丛牡丹，一丛是洛阳红，一丛是紫绣球，这都是老土司生前特别喜欢的品种，可惜早就开败了，只能看到满树的枯枝残叶。牡丹的后头有一棵灵柏①，足有一人高。按理说，灵柏早在夏天就已经开过花了，可这棵灵柏竟然在这年秋里又打起了花苞。别园的老看守见了格列一个劲地讨好说，这次少爷住进别园老天爷都降了祥瑞，园子里的灵柏又打苞了。格列却说，我哪儿有那么大的能耐，是茸巴，度母般的茸巴带来了祥瑞。

　　亭子的四周置有石栏，靠石栏摆着一溜儿的菊花。这是茸巴专意从河州城的花市挑来的。啥胭脂点雪、点绛唇、紫龙卧雪、瑶台玉凤，有好些个名贵品种。

　　茸巴以前只在山里见过野菊花，格列引她逛花市的时节，一下子被那些千

---

① 灵柏：紫丁香。

姿百态的名贵菊花吸引住了，回来时，拉了满满一大车。

九月十五那天，格列和茸巴吃过黑饭，让拉姆从外面的聚仙阁要了几碟鲜菜，又从酒馆弄来一嘟噜青稞酒。格列平常不大喜欢喝酒，只在逢年过节沾那么一二两。格列从尕到大，啥事都喜欢跟他阿大韩土司拧着干，只有喝酒这件事跟韩土司一个口味，只喝从山南进来的青稞酒。格列觉得青稞酒有那么一股旁的酒没法比的冲劲儿，喝着它，就能找到骏马在草场奔驰、雄鹰在白云间搏击的那种感觉……

十五的月光从亭子的飞檐底下泻进来，亭子内有了一种柔和、安详的敞亮，但格列还是让拉姆点了一盏罩子灯，他觉得跟茸巴在一起，配点灯火更显得有情致。

几杯酒下肚，格列脸上烧了起来。他放下盅子，专心致志地盯住茸巴。茸巴从来没有碰过酒盅，今儿个叫格列硬逼着喝了两口，感觉身子像云彩一样飘了起来。

格列眼里迸出的火花，将茸巴那颗滚烫的心点着了。

她冲格列烂漫地一笑。

> 花园里风吹着灵柏香，
> 牡丹们为王着哩；
> 尕妹是天上的白云彩，
> 阿哥们歇凉着哩。

格列望着茸巴悄声唱起了花儿。

> 凤凰展翅三千里，
> 雁儿们西口外落了；
> 端起个饭碗想起了你，
> 血痂们嘴皮上坐了。

茸巴情不自禁地对上了。

拉姆见格列和茸巴漫起了花儿，悄悄退出亭子，回了个家的房子。

格列接着唱道：

三九天穿着个尕汗褡，

你要是我脱给哩；

拔过了心儿要肝花，

你要是我割给哩。

茸巴：

三扇笼床一口锅，

笼床里蒸发子①哩；

一晚夕想你着睡不着，

心口上撺②刀子哩。

那缠缠绵绵的歌声，像山谷里的烟岚，丝丝缕缕地朝亭子外荡漾开去。

月亮停了下来，风停了下来，万物都屏住气，抿起耳朵安静地听格列和茸巴的对唱。

在月光与灯火的映照下，茸巴的脸庞就像上了一层迷人的油彩。

格列霍地站起来。

茸巴用一双蓝莹莹的眼睛痴痴地望着格列。

"茸巴。"

"少爷。"

茸巴像一缕风，轻轻地向格列飘过来。

那天夜里，格列将茸巴从亭子直端端抱到他的房子，没过多久，从里面传出一声差不多把河州别园从中间撕裂的惨叫。

那惨叫，将亭子里的罩子灯惊灭了，整个园子只剩下明晃晃的月光。

第二天，拉姆见了老看守说，昨晚夕我在梦里隐隐约约听见有人叫喊，莫不是园子里丢了啥东西？老看守说，园子里有人丢了魂。丢了魂？拉姆一脸的迷茫。老看守又说，要惊诧，迟早你也会丢的。拉姆去收拾亭子时，惊奇地发

---

① 发子：一种将羊肉剁碎蒸制的美食。

② 撺：即鐾，用刀刃在布、皮、石等物上反复摩擦。

现，牡丹树后面的那棵灵柏竟然一夜间悬悬地全开了。

半个月后，大喇嘛派人来叫格列，格列说除非大喇嘛答应他和茸巴的婚事。

几个月后，大喇嘛再派人来叫，格列还是不松口。

昨儿个，大喇嘛第三次派人来，说，土司府大堂盖好了，到时要举行盛大的竣工仪式，还要请喇嘛做道场，务必要少爷亲自走一趟。

"我和茸巴的婚事呢？"格列问。

"大喇嘛说，除了天爷上的星宿，啥都好说。"来人乐呵呵地回答。

"哼哼，大喇嘛前头还说，要得我和茸巴的事情成，除非阿尼念卿山顶的冰全消成水。"

"阿尼念卿山顶的雪几辈子也消不了。少爷，既然大喇嘛的嘴松了，你就不要计较了。"别园的老看守紧着过来相劝，"少爷和茸巴姑娘可真是老天爷配成的对对。"

"咱府上就你老人家会观火色。"格列看着老看守心里一乐。

今儿个一早，格列就收拾行装，带着茸巴和拉姆离开了河州城。

婚事有了着落，格列和茸巴的心情就像乌云过后的天爷，舒展、敞亮。

一出城他俩就对起了花儿。

先是格列起了头：

仙桃仙果我吃了，
仙酒没喝着醉了；
尕妹是度母下凡了，
把苦命的阿哥度了。

茸巴：

风不刮来树不摇，
月亮儿，挂给着树梢上哩；
你不丢来我不舍，
尕妹的心，死活是你身上哩。

两个人一直对到尕藏街北头的土门洞前才歇了下来。

108

　　格列和茸巴经过尕藏街时，人们纷纷停下手中的活，所有的眼睛"唰唰唰"从不同的地方聚到他们身上。

　　今天，格列穿的是一套骑士服。这是格列在河州城从福音堂一个名叫埃德温的牧师手中花了一两黄金买的，牧师说这些都是从英国弄来的，正宗的洋货，在河州地面上买不到第二件。

　　格列和埃德温是在河州城的古董店认识的，二人一见如故，很快成了好朋友。埃德温经常出入河州别园，格列有时也带着茸巴造访福音堂。

　　想起头一次去福音堂的情景，茸巴至今还想笑。

　　那是今年清明节头一天的事。埃德温邀请格列和茸巴去他的福音堂。

　　大鼻子洋喇嘛埃德温是美国人，在河州城已经扎站十来年了，说一口流利的河州话。

　　其实，埃德温的福音堂就在土司府河州别园的斜对面，但要找到它却不那么容易。穿过土司府别园前面的北大街，走不多远拐进一个尕巷道，顺着这条巷道再拐两三个同样的尕巷道，才到福音堂。它就夹杂在那些尕院落的空间里，要不是门顶上的"福音堂"三个字，你还不知道这里还有这么一处洋喇嘛庙。院落不大，迎面三间堂屋是福音堂的礼堂。院子里有一棵槐树，干枝老丫的，还没有发芽。里面就埃德温和一个女仆两人。女仆肥大扁胖的，一脸的雀斑，不过看起来很和善，见人就笑，而且她笑得很夸张，脸骨堆上的肉都揸起来了。听她的口音是河州人，但埃德温给她起了个洋名字叫露丝。

　　"鹿死，咋起这么个名字。"茸巴一听，眉头攥成个团儿。

　　埃德温引着格列和茸巴在福音堂游览了一圈，还给他们讲了许多教门上的事，茸巴一句也没有听进去。埃德温还说，城里信耶稣的没几个人，他很想到尕藏试试，希望格列帮忙。格列说，尕藏的事，他说了不算。

　　埃德温又说："前两天我碰上行署的人说，你很快就要继承土司之位了。"

　　格列摊开双手："拾到篮子里的才是菜。等等，再等等，等饭熟了，一定舀给你。"

　　埃德温高兴地揸起大拇指，说了一句地道的河州话："好滴呱！"

完了，埃德温硬是留下格列和茸巴在那里吃晌午。

福音堂的院子虽说很窄，但灶火旁还有一间专意吃饭的吃崂房。

吃崂房里光线很暗，埃德温让露丝点了几根洋蜡。

里面放着一张跟八仙桌差不多大的方桌。

三个人就分坐在方桌三面吃晌。

露丝给每个人前面放了两个碟子。一个放几块馍片和一大块肉片，一个放着一把刀子和一把叉子。随后，露丝还给每个人端来一茶缸奶子。

"吃这么个东西还用刀子！"茸巴望望埃德温，又望望格列，不亮清咋下手。

露丝站在一旁偷偷地笑。

"鹿死，拿一双筷子。"茸巴一仰头，冲露丝喊。

"我们这里没有筷子。"露丝的脸笑得像炸开的素盘①。

"咋会呢，连一双筷子都没有。"

"茸巴，这是西餐，不用筷子。"格列冲茸巴挤了一下眼睛。

"早不言喘。"茸巴挖了一眼格列。

"这是面包，这是牛排。"埃德温紧着给茸巴介绍。随后，一手拿刀，一手拿叉，演示起来。

茸巴学着埃德温的样子，一手抓起刀子，另一手抓起叉子。

"反了。"格列笑道，"左手拿叉，右手拿刀。"

茸巴有些难怅，龇嘴一笑，把刀叉捯了过来。但她摆置了半天，咋也使不顺手，干脆撂下刀叉，一手抓面包，一手拿牛排，轮换着大嚼起来。

露丝笑得浑身的肉都呼噜噜地颤抖。

"啥吃相呀。"格列又气又笑。

"随意，请随意。"埃德温倒有些不好意思了，紧忙打圆场。

可吃着吃着，埃德温觉得味气有些不对劲，努着鼻子左闻闻，右闻闻，最后勾下头朝桌子下面望去。

茸巴将一双鞋子脱在一旁，两只精脚片子钩住桌子掌子，自顾自地大吃大喝。

埃德温瞪着一双惊恐的眼睛，就像发现了一个怪物。

---

① 素盘：大馒头。

格列一看埃德温的表情，也不由得勾下头，一看，忍不住"扑哧"一笑，嘴里的吃食全喷了出来。

回来的路上，茸巴不停地问，那个女仆为啥叫"鹿死"，难听死了。

"人家叫露丝好不好。"格列纠正道。

"不就是鹿死嘛。"茸巴不服。

"露丝。"格列耐着性子重复了一遍。

"鹿——死——"

"唉，大舌头！"弄得格列哭笑不得。

109

茸巴今儿个穿的是一件旗袍，那旗袍衩开得很高，大腿都露在外头，弄得她好不自在，时不时拉旗袍的下摆苫大腿。

经过格列半年多的调理，茸巴面子上还真有些城里阔太太的架势。

吉美带着下人早早迎候在土司府的大门前。

格列翻身下马，早有下人赶过来牵住马。

茸巴被拉姆搀着，踩着预备好的凳子下了马车。

下车时，旗袍的开衩处，忽地露出茸巴浑圆的大腿，吉美见了，脸一红紧忙勾下头，用手指掸了一下其实很干净的藏袍袖口。

进了大门，迎面就是新盖的大堂，油漆都是新上的，看起来比原来的更显得富丽堂皇、气势轩昂。

"旧的不去，新的不来。管家，这活儿做得还挺讲究。"格列不由得夸赞起来。

"都是大喇嘛的功劳。"吉美紧忙答道。

一提到大喇嘛，格列的眼睛里掠过一丝不快。

离开大堂，格列迫不及待地来到个家的院里看他的雀。

还好，格列走后，吉美每天按时按刻派达勒伺候格列那一屋子雀。

"一个个挺精神的嘛。"格列看着雀笼里活蹦乱跳的尕雀，尤其是他那只花头麻鹩，眼睛明吼吼地望着他，心里非常高兴。

"放心吧少爷，达勒伺候你的雀就像伺候他先人一样。"吉美笑嘻嘻地说。

格列这次回尕藏，还带来了一件尕藏人从来没见过的洋玩意。看完雀，格列让达勒从屋里搬出一个桌子，放在皮特果树下，让拉姆从皮箱里取出他这次带来的宝贝——洋戏匣子，搁在桌子上。

格列拿出一张黑胶唱片，放在上面，用摇把使劲上紧发条，然后丢开摇把，那唱片就转了起来。

"转了，转了。"吉美在一旁看得出神。

府里的下人听说少爷带来了一件稀罕物，纷纷放下手里的活，奔进二院，围拢过来。

格列把唱针轻轻放在唱片上，那唱片猛然出声了。

吉美吓了一跳，大喊一声："妖怪！"惹得周围的人一阵大笑。

一段激越的音乐过后，唱片里忽地冒出一个女人刺耳的尖叫，吓得好几个人紧忙用手捂住耳朵，他们惊恐地望着洋戏匣子，就像里面真要跳出个妖怪似的。

洋戏匣子原本是福音堂那个牧师埃德温的，格列买衣服的时节，觉得那玩意好玩，就跟牧师开口要洋戏匣子，牧师见那套衣服卖了个好价钱，就把洋戏匣子送给了格列，还搭了两张唱片。牧师介绍说，一张是意大利花腔女高音加利的《茶花女》选段，一张是中国的京剧《霸王别姬》选段。外国女人的唱片上写的都是外文，一个也不认识，不过京剧的唱片上都是中文，上面还写着演唱者的名字：梅兰芳，杨小楼。

洋戏匣子弄到手后，格列和茸巴一连听了几天几夜。

茸巴喜欢外国女人的花腔高音，她觉得那跟尕藏的花儿有几分相似，只可惜里面的词儿一句都听不懂。

而格列喜欢京剧那张，觉得京剧听起来热闹、过瘾，还能从里面捞上一两句儿，哼哼两下。

110

第二天是大喇嘛择定举行土司府大堂竣工仪式的日子。

天没亮，土司府的老老少少就起来，洒扫清除，张灯结彩。

格列换了早先穿过的那套月白西装，在水银镜前看了又看。

这套西装他只穿过一次。自从挨了韩土司的一顿臭骂之后就再也没穿过。昨晚夕他又从箱底找了出来，将上衣高高地挂在衣裳架上，裤子款款地叠起来，压在了枕头底下。

格列今早穿衣服时，觉得还不够展脱。拉姆紧着拿了熨斗，到灶火装了好些火炭，等热透了，将格列的西装铺在桌子上，衬了一块湿布，麻利地熨了一遍。

格列收拾停当，命人把洋戏匣子抬到大门前。

土司府大门与牌坊之间有一个大院子，洋戏匣子就放在院子的中央，达勒专意负责搅动洋戏匣子的摇把。

今儿个格列放的是那张京剧唱片，其中有一段是梅兰芳饰演的虞姬和杨小楼饰演的项羽二人的对唱：

> 项羽（唱）：力拔山兮气盖世，
>
> 　　　　　　时不利兮骓不逝；
>
> 　　　　　　骓不逝兮可奈何，
>
> 　　　　　　虞兮虞兮奈若何！
>
> 虞姬（白）：大王慷慨悲歌，使人泪下。待妾妃歌舞一回，聊以解
>
> 　　　　　　忧如何？
>
> 项羽（白）：唉！有劳妃子！
>
> 虞姬（唱）：劝君王饮酒听虞歌，
>
> 　　　　　　解君忧闷舞婆娑。
>
> 　　　　　　嬴秦无道把山河破，
>
> 　　　　　　英雄四路起干戈。
>
> 　　　　　　自古常言不欺我，
>
> 　　　　　　成败兴亡一刹那。
>
> 　　　　　　宽心饮酒宝帐坐，
>
> 　　　　　　且听军情报如何。

洋戏匣子一开唱，土司府的牌坊前很快挤满了看稀罕的人众。

"那是啥物件，还唱歌呢。"

"莫不是里面装了人？"

"胡扯，那么尕的匣子圈得了人？"

人们指指点点地议论着。

最早来土司府的是大喇嘛桑杰，他在云丹的陪侍下进了牌坊门，一眼瞅见放在院中间的洋戏匣子。

达勒一边摇着洋戏匣子的摇把，一边笑眯眯地望着大喇嘛。

大喇嘛经过洋戏匣子时停了一下，仔细瞧了瞧那黑乎乎的转盘，没有说啥，转身走了。

"大喇嘛早。"这时，格列从大门迎了出来。

大喇嘛一见格列那一身西装就有点冒气，但一转念，今儿个是土司府的吉日，由他去吧。

大喇嘛板着脸上了台阶，刚要进门，恰好碰上从里面走出来的茸巴。

茸巴马莲花一般的眼睛里蓝光一闪，大喇嘛紧忙勾下头，却不想正好瞅见茸巴旗袍衩口处露出的大腿。

大喇嘛一个跟跄，差点栽倒在地。

"大喇嘛。"茸巴不知道大喇嘛咋了，紧忙去扶大喇嘛，被他一把搡开。

云丹紧着给茸巴摆摆手，抢上去扶住大喇嘛。

"大喇嘛咋了，是不是病了？"茸巴疑惑地望着大喇嘛的背影。

"他是有病，病得还不轻呢。"格列喃喃道。

"啥病？"

"心病。"格列指着个家的心口说。

"心病？"

"是啊，我就是他的一块心病。"

111

土司府的最后一拨客人是河州行署秦专员和河州驻军牛长官以及参谋杨建生。

在土司府大堂的竣工仪式上，杨建生宣读了三个批文。

一个是土司府原管辖的阿尼念卿山林场从即日起由河州行署收回。其实，河州行署收回阿尼念卿山林场的管辖权不过是个障眼法，在场的人哪个心里都亮清，阿尼念卿山林场实际上装进了牛长官私人的兜兜里。

听完头一个批文，大喇嘛桑杰的目光忽然黯淡了下来，红铜壶一样的脸色一霎间像烧成了灰。尽管阿尼念卿山林场的事他早就知道结果了，但今儿个这事从杨建生的嘴中说出来，他心里就像搁了个毛刺疙瘩一样难受。

原本他是不同意把阿尼念卿山林场转让给牛长官的，为这事他还在吉美面前大骂格列是个败家子。但如今看来，这事也不全怪格列。世道变了，尕藏土司的日子一天不如一天，这是命中注定的劫数，哪个也无法扭转，何况格列还是个没经过多少事的嫩羔子。

第二个批文是任命格列为尕藏民团司令。

所有人的目光一下子集中在格列身上。格列嘴角露出一丝得意的微笑。这是他梦寐以求的事情，为这个封号他不惜拿阿尼念卿山林场做代价。

杨建生读完批文，牛长官亲自给格列颁发了任命状。之后，大喇嘛把象征土司府最高权力的藏马刀授给了格列，格列名正言顺地成了第二十世尕藏土司。

第三个批文是任命格列为尕藏镇镇长。

这个职位以往是跟民团司令，还有尕藏土司的继承权捆绑在一起的。但后来，胭脂下川的杨老爷一直盯着这个职位不放，尤其是韩土司死后，杨老爷更是上蹿下跳，势在必得。

听完第三个批文，站在人空里的杨老爷脸皮子抽搐了一下，不自在地勾下头。

土司府大堂的竣工仪式之后，河州来的官员被让进后面的二堂，其余的人都在外面早就摆好的席位就坐。

"听说少爷……不……格列司令金屋藏娇，咋不带来让我们这些没见过世面的窝里佬开开眼。"酒过三巡，牛长官不怀好意地提议道。格列和茸巴的事，早在河州城吵红了。自然，这些风行于坊间的风流事也没逃过牛长官的耳朵。

"牛长官哪里话，狗肉上不了台盘。"格列推辞道。

"哎，尕姑舅，你就甭要谦辞了，让大家开开眼嘛。"杨建生乘机在一旁撺掇。

"就是。"秦专员也附和道。

"去，让茸巴过来敬酒。"格列只好冲身旁的下人摆摆手。

不一会儿，茸巴穿着旗袍进了二堂。

牛长官一见茸巴，吃了一惊。这样苦焦的地方，也能长出这般光鲜的女人？啧啧啧。

茸巴在塔拉寨的林子空里长大，不知道土司府接人待物的规程，一进二堂就站在格列脊背后头傻笑。

"这，这是茸巴。"格列站起来，给牛长官介绍道。

茸巴一双蓝莹莹的眼睛打量了一下牛长官。

"哦……未来的土司夫人，好样范，好样范。"牛长官这才回过神来，紧忙眉开眼笑地说道，但眼睛一刻也没有离开茸巴。

"牛长官，没有好样范，我姑舅咋会豁出性命从塔拉寨人手里抢呢。"杨建生插话道。

"英雄救美，敬佩，敬佩。"牛长官冲格列揸起大拇指。

"过奖，过奖。"格列说完，端起桌上的酒盘子递给茸巴，"紧着给牛长官敬酒。"

"牛长官喝酒。"茸巴双手端着酒盘子送到牛长官跟前。

"应该说，牛长官请酒。"格列纠正道。

"牛长官请酒。"茸巴脸一红，改口道。

"无妨，无妨。"牛长官打了一个响亮的饱嗝，"听说茸巴姑娘有一副好嗓子，给咱们唱几段？"

"牛长官，今儿个客人多，里头有避辈，唱'花儿'怕有些不妥。"格列紧忙拦道。

牛长官一拍腔子："这有啥？我说妥，它就妥。"

"既然牛长官这么想听，我就念一首吧。"茸巴紧忙打圆场。

> 月亮挂在窗帘上，
> 月光铺在炕上；
> 尕鸳鸯蹲在枕头上，
> 金凤凰落在被上。

茸巴刚念完，大家纷纷拍巴掌叫好。

"牛长官，该请酒了。"茸巴趁机给牛长官捧上酒盘子。

"茸巴姑娘，我记着这首花儿还有一段呢，你可不能把好的克扣了，哄我们这些不会唱花儿的白大师。"牛长官挡住了酒盘子。

"就是，就是。"杨建生附和道。

茸巴难怅地咧了一下嘴，接着念道：

> 尕猫娃卧在锅台上，
>
> 尕尾巴搭在碗上；
>
> 胳臂弯弯搂搂上，
>
> 尕嘴儿亲在脸上。

二堂里又一阵响亮的叫好。

"牛长官请酒。"茸巴再次将酒盘子伸了过去。

"茸巴姑娘，我咋记着最后一句是'尕嘴儿亲在舌头上'。"牛长官朝茸巴色眯眯地瞭了一眼。

茸巴羞了，脸一红，说："牛长官，你说亲哪儿就是哪儿。"

"那好，再来一首，我还没过瘾呢。"

"牛长官，我是个不识字的瞎子，没记住几首词儿。"

"不成，刚才你犯规，差点克扣了一段，再罚一首。"

"好，牛长官，我再来一首，你可得喝酒喽。"

"那还用说。"

> 灯盏没油添油来，
>
> 手拿上拨灯棍来；
>
> 我有个胆子开门来，
>
> 你没有胆子进来。

"你把你的良心放公当，我把我的身子豁上。"牛长官听完，顺嘴接了一句。

"牛长官说的真是比唱的还好。"茸巴再次捧上酒盘子。

牛长官抓起盘里的酒杯，一饮而尽。放酒杯的时节他故意用手蹭了一下茸巴的手背。茸巴紧忙端着酒盘子走开。

格列装着没看见。

第二十六章

112

离开土司府，杨老爷顺着尕藏街道的青石板路出了镇子。

原本早上出门的时节，杨老爷要骑他那头黑叫驴，被杨太太给挡下了，她说，牲口出一趟门回来要加料，还是省着些吧，人肚子总归比牲口肚子金贵些。杨老爷听完，把缰绳扔给身旁的七斤，从驴背上取下褡裢，一个人出了门。

今儿个是土司府大堂的竣工仪式，杨老爷专意穿了一套毛蓝衫子。杨老爷好镜子，那副蚂蚱腿的茶镜是出门必戴的，那是他在河州城的当铺花十个椭子买来的。十个椭子呀，拿针尖上削铁的杨府来说，这可是一笔了不得的开支。虽然回府时杨老爷说只花了两个椭子，拾了个大便宜，可还是让杨太太唠叨了一个多月。

自从有了那副茶镜，杨老爷就把它当宝贝。平常，用一块青绒包着，放在炕柜里，出门时，才拿出来将两个腿腿用细绳绳绑上，勒在后脑勺上。

杨老爷出门肩上总要扛一个褡裢。其实里面只装着两样东西，一样是他的水烟瓶，一样是他二后人杨建生孝敬他的纸烟。水烟是他个家抽的，纸烟是给别人装的。不过杨老爷的纸烟也不是随便装的，他只装给那些有身份的或是跟他投脾气的，旁的人问都不要问。

往常，杨老爷进了镇子，一定会四处转悠一阵，之后，或是到"努海手抓"馆子要点羊肉打打牙祭，或是到济世堂药铺找马神仙下两盘。

镇子上，杨老爷跟马神仙最投脾气。

跟杨老爷一样，马神仙也好镜子，但只好无色的水镜，不好茶镜。镜腿也跟杨老爷的一样，蚂蚱腿的，也用一根绳绳拴着，勒在后脑勺上。每当下棋间歇，马神仙总要取下他的镜子显摆一阵，说，这副镜子是专意托人从下边的苏州买的，一百个椭子。说着，一边用嘴往镜子上哈气，一边用一块白缎子反反复复地擦拭。后来，杨老爷开始偷偷攒钱买镜子，当然，他的镜子跟马神仙的要不一样，于是就挑了一副带色的茶镜。

杨老爷平常喜欢穿一身青袍，一顶瓜皮帽，春夏秋冬总扣在头顶上。马神仙一脸花白的长胡子像瀑布一样垂在胸前，平素总是一套白衫白裤。他和杨老爷站在一起，真个儿是一对索命的"黑白无常"。于是，背地里就有人将杨老爷叫"黑无常"，将马神仙叫"白无常"。

其实，马神仙年纪比杨老爷轻，只是胡子白得早。

马神仙最喜欢跟杨老爷下棋，不光是因为杨老爷从来没有赢过，更重要的是杨老爷输棋从来不发脾气。

当然，杨老爷也喜欢马神仙。马神仙虽然是个认钱不认人的倔驴，但从不占杨老爷的便宜。

从土司府溜出来，本想着要去济世堂找马神仙诉诉心里的烦恼，可刚走几步，杨老爷猛记起马神仙还在土司府等着吃席，便扛着褡裢，离开尕藏街，急急忙忙往家赶。

"杨老爷，你咋不吃席就撤了。"刚出街北头的土门洞，杨五七风风火火追了上来。

杨老爷回过头瞅了一眼杨五七，没吭声，接着往前走。

"杨老爷，你不是说牛长官答应我做尕藏民团司令吗，咋就黄了呢？"杨五七一把拽住杨老爷的袖口。

"你没听见土司府把阿尼念卿山林场让给了牛长官。"杨老爷气得那两撇八字胡一翘一翘的。

"那，转让林场跟咱当民团司令有啥关系？"杨五七不解地瞪大眼睛。

"真是实心的棒槌。这叫买卖，你亮清吗？"

"买卖？"

杨老爷一声长叹："唉，指定的窝里没兔呀。"

"我的事就这么完了？"

"许下的就是哄下的。"

"那……韩司令我是白杀了？"杨五七哭丧着脸，嘟囔道。

"你……"杨老爷忽地转过脸，盯住杨五七，"不是给你五百个椭子了吗？"说完，踏着碎步下了坡。

"一个土司才值五百个椭子？这也太贱了。"杨五七站在土门洞口，呆呆地望着杨老爷远去的背影。

113

今年的春天来得早，河滩地的柳树上已经坐满了白毛毛，经风一吹，到处乱飞。远处的箭杆白杨叶子冒出尖尖了，杨柳的影子映在波光闪闪的河面上，远远看去，整个尕藏河像是敷了一层翡翠。

河滩上首的胭脂川，正是杏花开放的时节，清风掠过，满河道都能闻到苦中带甜的杏花香。

更远处，是茫茫苍苍的阿尼念卿山。眼前的尕藏河就是从阿尼念卿山下的尕藏关流下来的。提起尕藏关，杨老爷自然会想起关那边的山南，而韩土司正是从山南闯进尕藏的，进而占了他们杨府祖辈经营的胭脂上川。想起韩土司，杨老爷的心像是被人狠狠抽了一鞭子，猛地缩了一下。

"姓韩的，吃沙子厎碌硅，迟早叫你囵囵还我。"

过了尕藏河上的尕窄桥，杨老爷上了胭脂川。

川上的麦苗快一揸长了，如果雨水足，今年保准是个丰年。

要不是来了这挨刀的韩家番子，活生生从他祖先嘴里叼走胭脂上川这块肥肉，现如今整个胭脂上下川都是他杨老爷的。当然包括这满眼叫人稀罕的庄稼，还有这土地上一扭一扭走过的大屁股婆娘。

杨老爷这样想着，狠劲摇了一下头，蹲下来，从麦地里瓷瓷地抓了一把泥土，自言自语道："多好的土呀。"

说完，杨老爷手里紧紧攥着土，一闪一闪下了红水沟。

过了红水沟，就是胭脂下川了。

杨老爷一扬手，把从胭脂上川抓来的土撒在个家的地里。

远远地看见个家门楼子的时节，杨老爷的心情好多了。

杨府的大门楼子，是前些年杨老爷新起的。

从打杨老爷阿大杨老太爷掌家以来，杨府连年不顺，骚事情一个接一个。拿杨老爷的话说，放个屁也会砸伤脚后跟。杨老太爷殁后，杨老爷请街上的王半仙打了一卦，结果，八楼卦柱停在了"诸事不利"。杨老爷心里毛慌，又请王半仙到府上禳衍。王半仙先到杨府四周巡视一番，最后站在门楼前抠着他的紫蒜头鼻子说，门楼起低了，镇不住宅子。杨老爷信以为真，择了日子请匠人翻修门楼。

俗话说，千斤大门四两屋。杨府的新门楼子比原先的高出一倍，而且门楣上新镶了两块专意定制的砖雕。一块刻有"紫气东来"，一块刻有"竹苞松茂"。边框上饰有"蝙蝠"和"仙桃"。门首两侧立了一对石鼓，楼子的每个挑角上各安放了一只只吃不屙的貔貅。

杨府的新门楼起好后，庄子里跟杨府不对劲的人私底下议论，杨老爷把个家塑在挑角上了。有人不解，那人冷笑一声说，那貔貅活脱脱就是杨老爷，只见进钱，不见出钱。也有人说，那是王半仙的高招，故意给杨老爷骚脸。

但不管庄里人咋说，杨老爷对新起的门楼子还是很满意。每每上街回来，远远看着个家的门楼子，身上的血就发热，脚步底下也不由得紧连起来。

进了家门，杨老爷咳嗽一声，杨嫂应声走出厢房，从堂屋柱子上取下蝇刷，麻利地给杨老爷掸去裤脚和鞋面上的尘土。

杨嫂给杨老爷掸土时，一股杏仁的香味扑面而来。

胭脂川的女人平常梳洗打扮，喜欢把杏仁嚼碎用来洗脸。

杨老爷特别爱闻杏花的味气，所以她希望个家的女人天天用杏仁洗脸，这样他一年四季都能闻到杏花香。可杨太太从来不用杏仁洗脸，她说，杏仁的香味怪怪的，带几分妖气，一闻就发潮。

杨嫂掸完土，一抬头发现杨老爷正盯着个家看，便龇眯一笑。

杨嫂转身的时节，杨老爷乘机捏了一把杨嫂那肥突突的屁股，杨嫂故意夸张地喊了一声。

"咋了？"杨太太听见杨嫂的叫声，不知院子里发生了啥事，紧忙从堂屋赶出来。

杨嫂见了杨太太，脸一红，紧忙说："脚崴了一下。"便装成一瘸一拐的样子进了厢房。

杨老爷望着杨嫂进了厢房心里想笑。

杨太太狠狠瞪了一眼杨嫂的背影，回过头，有点狐疑地瞧着杨老爷。

"阿爷！"留留见杨老爷进了堂屋，撂下手中正在摆弄的孞转轮①，一蹦子扑向杨老爷怀里。

杨老爷抱起留留坐在太师椅上，从褡裢里摸出一块糖瓜，留留拿了糖瓜一

---

① 孞转轮：小风车。

蹦一跳出了堂屋。

后晌的时节，杨建生来家里看杨老爷。

杨建生吃席时没见着杨老爷，知道他阿大生了他的气回家了。席散后，他向牛长官告了个假，说要回胭脂下川看看老先人。

"应该的，百事孝为先。"牛长官向杨建生摆摆手。

杨建生到了街上，进"努海手抓"馆子买了二斤羊肉，掌柜的努海亲自用包菜叶子包了，又系上麻绳，恭恭敬敬交给杨建生。杨建生提了羊肉，急急忙忙往家里赶。

"努海手抓"的老板叫努海，在尕藏开馆子已经很有些年辰了，他煮的羊肉鲜嫩可口，在尕藏镇独一无二。杨老爷最爱吃这里的手抓羊肉。平常家里吃不上荤腥的时节，他就背着家里人到这里，一个人切上一盘羊肉打牙祭。杨老爷吃完手抓准会喝一阵子三炮台的盖碗茶，一来过过茶瘾，二来压压羊肉的膻味，要不回家杨太太发现他在外边偷嘴，尕脚会跳得三丈高。

杨建生进大门时，杨老爷正靠在炕脚的被子上丢盹，当他听见杨建生跟他阿娘打招呼的声气，紧忙躺下，装作熟睡的样子。

杨建生进了堂屋，把手抓羊肉搁在八仙桌上，走到炕沿头，叫道："阿大。"

杨老爷眯着眼睛没吭声。

"阿大。"杨建生又叫了一声。

"娃问话呢。"杨太太瞅了一眼炕上装睡的杨老爷，埋怨道，"将才眼睛还瞪得灯笼一样。"

"嗯。"杨老爷这才睁开眼，懒洋洋地瞧了一眼杨建生，说，"你还认得家门？"

"阿大，生我气呢？"杨建生咧了一下嘴，笑道。

"你现在是烧红的碌碡，眼睛里哪有我这个老子。"

"镇长的事牛长官先前答应得好好的，可他看上了阿尼念卿山林场，他说，先得了林场再说镇长的事，把土司府逼得太紧，恐害怕出麻达。"

"嫑给我来这一套，耍猴呢。"杨老爷一骨碌坐了起来。

"阿大，你嫑急，饭在锅里呢，迟早舀给你。"

杨老爷蹿到炕桌前，拿起水烟瓶，装上一撮烟丝，杨建生紧忙划着洋火给他点上。

杨老爷深深吸了一口烟，目光落在八仙桌上包菜叶包着的手抓羊肉上。

"那是我专意到'努海手抓'给你买的羊肉。"杨建生紧着堆出一脸的笑。

"气都气饱了,还能咽下肉?"杨老爷瞪了杨建生一眼。

"娃是好意,你就欢喜领受呗。"杨太太看不惯老头子拿稳作势的样子,插话道。

"夹紧你的嘴,没人把你当哑哑!"杨老爷呵斥道。

杨太太狠狠瞪了一眼杨老爷,一转身,气嘟嘟地出了堂屋。

正好杨嫂泡了茶,端着碗子往堂屋走,杨太太走得猛,没有刹住脚,身子端端撞在杨嫂端着的茶盘上,"咣当"一声,碗子跌在地上摔成了几瓣。

"天尊呀,这可是景德镇的头等碗子。"杨太太正没处撒气,揸起巴掌朝杨嫂使劲一掴子。

杨嫂捂着脸抽泣着跑进北厢房。

那巴掌扇得响亮,杨老爷身子猛地哆嗦了一下:"做啥呢,做啥呢,个家撞了人家的盘子,还倒打一耙。"杨老爷从炕上跳起来骂道。他的嗓门儿很大,像是有意骂给杨嫂听的。

杨嫂在厢房里的哭声更大了。

"哼,一个个都不是省料的牲口。"杨老爷说完,重又坐下来,点起了水烟瓶。

杨建生觉得有些尴尬,乘机向杨老爷告辞。

"吃了饭再走嘛。"杨太太见后人要走,顾不上生气了,紧忙走进堂屋挽留道。

"不啦,晚夕牛长官还有应酬,我得赶回去。"

"让他走吧,他的老子不在这里,在城里。"杨老爷"咚"的一声把水烟瓶往桌子上一坐。

"阿大,你说啥呢。"杨建生脸上红一道白一道的。

"紧着走吧,嫑像泥塑神般地杵着了,一看就胀气。"杨老爷说着,一倒头趄在被子上。

114

吃黑饭的时节,杨太太把二后人杨建生买来的手抓羊肉分了一半,端在炕桌上。

"咋才这些？"杨老爷皱起了眉头。

"留一些明个吃。"杨太太因为白天受了杨老爷的训斥，话荏里带着气。

"哼，豁豁兔攒一年，还不够老黄牛的一舌头。"

杨太太亮清杨老爷说的是红军从她家借走粮食的事，心里一阵疼。

"有了一顿，没了扛棍。"杨老爷说着，拿起一块羊肉，蘸了盐，大吃起来。

杨老爷爱吃羊肉，跟济世堂的马神仙很有些关联。

有一次杨老爷跟马神仙在济世堂下棋，下着下着两个老半荏喧起了壮阳的事来。杨老爷问马神仙是狗鞭好还是驴鞭好，马神仙不假思索地说，你啥鞭都要吃，就吃羊肉，日子长了，再瓢的身子也会变得像金刚。从那以后，杨老爷吃荤腥专挑羊肉，而且几天不吃，就想得咽涎水。今儿个他去土司府搭礼，原本要在那里吃响午饭，但是竣工仪式上他因为镇长的事心里别扭，仪式刚散，就灰溜溜地撤出了土司府。

杨太太望着杨老爷大口大口地吃羊肉，禁不住埋怨道："搭了礼不吃饭，你可真大方。"

"气淹过了心，吃不下。"一想起土司府的事，杨老爷的心里就不痛快。

自从个家的妹子死后，杨老爷很少去土司府走动。今儿个他破例去土司府，一是韩家专意派人下帖请了他；二是前几天二后人杨建生捎来话说，他当镇长的事又黄了。这下可难住了杨老爷。要是去参加土司府大堂的竣工仪式，个家的老脸拉不下来，要是不去吧，又怕有人说他心窄，背不住事。掂量来掂量去，最后还是鼓硬强去了。

韩土司在世的时节，尕藏地界尕大的事情都得他点头，韩土司死后，这尕藏地界说话的老大咋也该轮着他杨老爷了。要是真能当尕藏镇的镇长，那土司府竣工仪式上风光的可不是格列那个嘴角的奶水还没干的尕混混，而是他胭脂川大名鼎鼎的杨老爷。

哪知人算不如天算，杨老爷当镇长的事终究还是黄了。

尽管，杨老爷事先知道个家当镇长的事黄了，但后人杨建生宣读批文的时节，他的心里很不是滋味。他觉得周围那些个势利眼都偷偷瞅他呢，他一下子矮了半截。

晚夕杨老爷睡在炕上，翻来覆去咋也睡不着。白天发生的事情像演戏一样在他的脑海里一幕一幕地闪现。

"都是装模作样的戏娃子。"杨老爷心里狠狠地骂道。他觉得二后人杨建生在给他演戏，城里的牛长官也在给他演戏。以往，杨老爷每每逢年过节都要备着厚礼去拜见牛长官，一来给后人长个脸，二来也为个家找个伞，有啥事好有个照应。但牛长官为了得到阿尼念卿山林场，没有把镇长的帽帽从韩家手里给他摘过来，他聚了好久的心气，一下子从屁股底下泄尽了。

不过话又说回来，如今这世道，哪个不在演戏呢？都在演，都是演啥像啥的戏娃子。就连他堂堂的杨老爷不也是太太面前一套，杨嫂面前又是一套？

想起杨嫂，杨老爷更加睡不着了。许是黑饭时吃了二后人杨建生买的羊肉，心里烧烘烘的，浑身不自在。

"你啥鞭都要吃，就吃羊肉，日子长了，再瓢的身子也会变得像金刚。"白无常马神仙的这番话又在杨老爷耳根里盘绕。

杨太太虽然天天跟杨老爷睡在一个炕上，但她一心向佛，不仅忌葱韭薤蒜等荤腥，连男女间的那事也忌。

杨太太忌那事，杨老爷自然受不住，他才六十出头的人，心里那团火还旺得很呢。幸好他心里还有个奶娘杨嫂，不然的话，他的那团火会把个家活活烧死。

杨老爷再也睡不住了，翻过身，轻轻推了一把杨太太，见她没啥反应，便悄悄坐起来，套上裤子，披上衣裳，溜下炕。

院子里月亮朗照，北厢房门前的杏树开满了花，那一串啦一串啦粉嘟嘟的花朵，在月光下散发出诱人的清香。

杨老爷站在树底下深深吸了一口气。

杨老爷从尕的时节起就喜欢看杏花，一年四季，他最盼望的就是开春。春天一到，杏花就开始打苞，杏花一打苞，他就兴奋了起来。他几乎每天都盯着杏花看，看那花苞一天天龇开嘴，露出粉红色的花瓣，整个院子就兀地弥漫起杏花的香气。可惜杏花的花期不长，天气一热，它就随风飘落，满院子的杏花，斑斑点点，层层叠叠，就像画张子一样受看。杏花飘落的日子，他都舍不得让家里人扫院子。

"多香的杏花呀。"杨老爷觉得这阳间世上的杏花就是专意为他一个人开的。

杏树底下站了一会儿，杨老爷身上有些凉了，便轻手轻脚来到北厢房门口。平常，晚夕里杨嫂给杨老爷留着门，杨老爷只要想去，就可以轻易推开杨嫂的门。但今儿个就难说了，白天她挨了打受了气，连黑饭都没有好好吃。天黑点灯的时节，也没见她来堂屋给灯盏添油。

杨老爷想碰碰运气，他伸手试着推了一下房门，房门居然开了，杨老爷心里一热，麻利地闪进屋里。

杨老爷火烧火燎地跳上炕甩掉衣裤，然后去撩杨嫂的被窝，但杨嫂将被角死死压在身底下，杨老爷咋拽也拽不动。

"做啥呢么，撩开。"杨老爷轻声责怪道。

"我心里烦。"杨嫂从被窝里探出头来，硬生生地撂了一句，又把被子蒙上。

"我心里头上火，烧得很。"杨老爷开始嘴软了，下话道。

"老爷是为个家后人上的火，关我啥事。"

"白日里为后人，晚夕里为你。"杨老爷龇了一下嘴。

"去找老太婆。"杨嫂又探出头来。

"你……既然你不想，那就算了。"杨老爷说着，重新披上衣裳，装作要走的样子，可是等他找裤子时，杨嫂伸出脚，把他的裤子用脚尖悄悄钩进被窝里。

杨老爷在炕上摸索了半天，找不着裤子。

杨嫂在被窝里"扑哧"一下笑了。

杨老爷这才亮清是杨嫂做的怪，一把掀开被子，搂住杨嫂。

杨老爷把憋了一天的愤懑一股脑儿发泄在杨嫂身上。

外面起风了，在北厢房杨嫂梦魇般的呻吟中，杏花悄悄落了一地。

下　卷

第二十七章

115

半天爷里出现了一只鹰，接着是第二只、第三只……

那些鹰一边装作若无其事的样子，悠闲地飞来飞去，一边用一双尕眼睛贼溜溜地注视着下面的河滩。

在尕藏，地上一旦有啥大的动静，最先来捧场的就是阿尼念卿山上的老鹰。

一年一度的六月六花儿山场开始了。

天亮时分，阿尼念卿山下、尕藏河两岸已是人山人海。

在尕藏，赶山场要比办喜事、过大年还要关紧。好久不见的花儿好家们一见面，互相捶打着腔子，嘴里还骂骂咧咧的，然后捏着对方的手，随意找块草地坐下来，谝得热火朝天。尤其那些个上了年纪的老姊妹，一边哭哭啼啼地抹眼泪，一边把攒了一肚子的苦水倒给对方。也有一些像尼玛那样的浪荡客，他们一不找唱家，二不找朋友，挤在人空里贼溜溜地瞅视旁人家的姑娘和媳妇，就像半天爷里那些不怀好意的老鹰一样，寻思着在这乱哄哄的山场上拾个大便宜。

最忙活的要数土司府。

前不久，格列少爷继承了土司，没过几天，又在土司府举行了盛大的结婚典礼，格列如愿以偿跟茸巴成了亲。双喜临门，他心里有说不出的舒坦，便学起他阿爸韩土司的样子，在今年的山场上设了花儿大赛，还邀请了好多河州城的大官们前来观看。

阴历六月，河州城里正是酷热难当，而尕藏镇地处二阴地区，是避暑的好地方，所以今儿个来的客人格外多。

格列几乎把土司府的所有人手都调到了山场，土司府卫队的大部分土兵也带了过来，维持山场秩序。

花儿会的台子搭在阿尼念卿山下的一个土坡上，台子前面布置了主席台，格列从河州城邀来的客人都安排在了那里。主席台后面是实压压的人群，在人群与主席台之间，格列专意布置了土兵，以免拥挤的人群出啥乱子伤到主席台上的贵客。

三声铳炮之后，花儿大赛开始了。

花儿会开幕仪式由格列亲自主持。

首先河州行署的秦专员做了一个简短的讲话。原本格列打算要牛长官讲，但牛长官说，他是一个耍刀把子的粗人，耍嘴皮子的巧妙活还是让秦专员来干。

秦专员一向受牛长官的压制，他是骆驼吃青盐咸苦在心说不出嘴。今儿个牛长官让他讲话，他嘴上客套，心里却说："你娃也有耍不转的时节。"

"给个鸡毛当令箭，给个裹脚刀他还当兵器了。"听着秦专员讲话，牛长官有些牙痒，悄声给身旁的杨建生嘀咕。

杨建生咧着嘴，一个劲地冲牛长官点头。

秦专员讲完话，花儿大赛正式开始了。

早就等不及的花儿歌手们一个个轮番登场，顿时，阿尼念卿山下，高亢悠扬的花儿汇成的波浪撞击着漫山遍野的人海，发出惊天动地的喧嚣。

"尕秀！尕秀！尕秀！"在人们激昂的呼唤声中，尕藏的花后尕秀登场了。

> 桦木劈成碌碡棋，
> 穷人要个家做主哩；
> 豁出脑袋手里提，
> 你把我们啊么哩。

尕秀一上场就唱了一首去年红军刘指导员教的新花儿。她的声气依旧亮丽而悠长，依旧像一条抛向空中的白丝带，在太阳下闪着银光，划出一道亮晶晶的弧线。唱到高亢处，那丝带又来一个优雅的回旋，然后就那么悬悬地打出一个丝结，再从丝结中穿出来，飘飘悠悠钻进半虚空的云朵里……

所有的人都屏着呼吸听呆了，全场除了尕秀的声气，没有多余的一丝儿声响。

主席台上的客人们也都听得入了迷，尤其是牛长官，眯着眼睛，一边轻轻地摇着头，一边用手拍着大腿面子打拍子，一副如痴如醉的样子。

"花儿唱得蛮有味道，就是词儿不稳当。"这时，秦专员冷眼瞧了一下牛长官，阴阳怪气地说。

牛长官是那种倒提腿腿控不出半点墨水的人，他听秦专员说刚才尕秀的花儿不稳当，便把眉头攒成个疙瘩，装模做样地思谋了一下，说："咋不稳当？"

"'桦木劈成碌碡棋，穷人要个家做主哩；豁出脑袋手里提，你把我们啊么哩。'这不是要造反吗？"秦专员用轻蔑的眼光瞧了一下牛长官，说道。

"杨参谋，你看这词稳当不？"牛长官最看不得秦专员那酸溜溜的样儿，扭过头问杨建生。

"是，是有点问题。"杨建生起初有些犹豫，但随即又点了一下头。

牛长官霍地站起来，指着跟前的几个卫兵大喊："给我把那个唱反歌的黄毛丫头抓起来。"

立时，牛长官的几个卫兵冲上台去。

不一会儿，尕秀被扭到主席台前。

"竟敢在大天白日里唱反歌，我看你是老寿星吃砒霜，活得不耐烦了。"牛长官拍着桌子骂道。

尕秀从来没见过这阵势，心里怯了，不敢拿正眼瞧牛长官。

"你聋着哩还是哑着哩？牛长官问你话呢。"杨建生走到尕秀跟前冷冷地说。

"我只会唱花儿，不亮清啥是反歌，啥是正歌。"尕秀勾着头说道，眼睛一直盯着个家的脚尖。

"老实说，是不是去年在红军跟前学的？"杨建生有意套话。

尕秀勾着头，不言语。

"格列司令，你看看，你这儿都是些啥人呀。"牛长官转过头教训起了格列。

格列正要说话，只见胭脂下川的杨老爷拨开人群，提着长袍的下摆，急急忙忙走了过来："牛长官息怒。"

土司府几天前就派人邀请了杨老爷。今早天一亮，杨老爷就起来叫杨嫂生火盆搭开水。

尕藏人将喜欢喝茶的人叫茶客，一般的尕藏茶客只能喝价钱便宜的砖茶，而杨老爷喝茶就讲究多了。杨老爷的炕柜里放着他二后人杨建生从城里弄来的好几样细茶，像云南的春尖、黄山的毛尖、四川的"窝窝茶"、苏州的"麻雀粪"。尤其是"麻雀粪"，条索卷曲，绿中隐翠，清香幽雅，回味悠长，杨老爷最爱喝了。不过只有逢年过节时，他才从炕柜里拿出用粗麻纸包了两层的"麻雀粪"，抓那么一撮儿，泡在碗子里慢慢品。

可今早，在这个既不逢年又不过节的日子里，杨老爷破例喝起了"麻雀粪"。

"叫花子放不住隔夜的食。"杨太太一旁冷言冷语。

"今儿个赶山场不知多早能回来，不喝点好茶，咋能熬得住？"杨老爷瞪了一眼杨太太。

"唱个野曲还摆这么大的阵势，土司府也真是。"

"唱野曲只是个由头。你以为格列那洋浑子脑子一点也不清顺？他这是借山场请大官溜沟子呢。你个嘛呢奶奶，除了念经还能亮清个啥？"

过足了茶瘾，杨老爷到后院牵了黑叫驴出了门。到了山场，杨老爷有意趔开主席台那儿，挤在一旁的人空里。

杨老爷虽然不会唱花儿，但他跟所有的尕藏人一样，喜欢听花儿。

唱台上男男女女的唱家子走马灯似的轮番放歌，台下的人众潮水一样一涌一涌地荡着，喝彩声就像潮涌里冒出的浪花，一会儿撩人心尖，一会儿直钻云端。

尕藏花儿基本上是男欢女爱的情歌，那火辣辣的词儿，听得杨老爷浑身的血像滚水一样翻腾起来。

当尕秀登上台子时，杨老爷眼前忽地一亮。

尕秀今儿个穿的还是去年那件桃红汗褡，只是洗得有些发白。青布的裤子，磕膝盖上还打了补丁。尽管尕秀这套衣裳看着有些寒酸，但它一丝儿没有带累尕秀像灌满浆的青稞一样饱满起来的身子。

其实杨老爷一开始就根本没在意尕秀的穿戴，他的一双尕眼睛，猫头鹰一般紧紧盯住尕秀的脸骨堆。尕秀的那张脸，麦子颜色的面皮略微地泛着红光，圆嘟嘟的脸盘上一对大接杏一样的眼睛，忽闪忽闪要说话似的，把杨老爷看得眼根都直了。

杨老爷心里猛乍乍生出一个大胆的想法，给孙子留留找个童养媳。

那念头一出来，杨老爷个家都吓了一大跳。

就在这当间，牛长官派卫兵将尕秀押了过来。

"牛长官，这丫头是胭脂岭的，属我胭脂下川管。"杨老爷走到牛长官跟前时，已是气喘吁吁。

"杨老哥。"牛长官见了杨老爷，施礼道。

"阿大，你……"杨建生给杨老爷使了个眼色。

杨老爷装作没看见，继续对牛长官说："一个十几岁的黄毛丫头，还辨不来事呢。"

"辨不来事？她的胆子可大着呢，敢唱反歌。"牛长官指着尕秀，怒气冲冲地说。

"尕藏是红军待过的地方，有烂木头就会长出毒蘑菇。"秦专员在一旁煽风点火。

"礼曰：礼不下庶人，刑不上大夫。一个睁眼瞎，懂啥呀，不过随口胡唱哩，要不你们问问，她懂歌词的意思吗？"

牛长官和秦专员同时一愣。

"杨老爷说得极是。咱尕藏唱花儿历来靠的是心传口授，'师傅耍啥我耍啥'，没几个真懂词里头的意思。"这时，尕串把式也凑上前来，为杨老爷帮腔。

今儿个的花儿大赛，格列还专意请来了胭脂岭老串把式的后人尕串把式。常言说，摘过头瓜有头瓜，老串把式死后，他后人尕串把式就顶了他的缺，当了花儿大赛评委会的头头儿。

"听听，听听，尕串把式可是咱河州地界的花儿行家，我的话可以不信，他的话不可不信呐。"见有人帮腔，杨老爷的腰杆子硬了起来。

"阿大，你这不是七乱的空里搅八乱嘛。"杨建生陡起脸，又给了杨老爷一个更严厉的眼色。

杨老爷仍旧不理："牛长官，给个面子，这丫头我保了。"

"既然杨老哥作保，那就放了吧。"牛长官只好让步了，他一摆手，卫兵们就把尕秀放开了。

"牛长官，就这么放了？"秦专员不死心。

"一个唱野曲的睁眼瞎，能做出啥事呢？"牛长官说着，回坐到椅子上。

"瞎子不瞎成仙哩。"秦专员不服气地嘟囔着。

"跟上大牛屄奘粪哩，紧着回去。"杨老爷冲尕秀训斥了一声。

尕秀抬起头，泪汪汪地看了一眼杨老爷，转身冲出人群。

116

几天后，杨老爷出现在王半仙的卦摊上。

"杨老爷要算卦？"王半仙紧忙站起来把个家的椅子让给杨老爷。

"命在骨头里呢，还用算？"杨老爷摆摆手。

"那……"

"我请你去'努海手抓'咥羊肉。"

"咥羊肉？"王半仙睁大眼睛，死死地盯着杨老爷的脸。

"咋了，我脸上扎了花？"

王半仙摇了摇头，说："杨老爷是针尖上削铁的人，今儿个口气咋这么大？是不是昨晚夕没盖好被，屁股里进风了？"

"你看你，是说话呢还是放屁呢。"杨老爷转身走了。

王半仙紧忙收拾了卦书，撵了上来。

进了"努海手抓"馆，杨老爷点了两斤手抓羊肉，还要了两个三炮台的八宝茶。

热腾腾的手抓羊肉端上来的时，王半仙笑嘻嘻地搓着手说："哎，杨老爷，你说巧不巧，我昨晚夕梦见了一泡屎，果不其然今儿个有人请羊肉，真灵。"

"紧着夹住你那张臭嘴！"杨老爷心里一阵发潮，大骂道。

王半仙不吭声了，抓起一根肋条撕咬起来。

"来一骨朵蒜。"吃了几口羊肉，王半仙忽然停了下来，喊道。

跑堂的紧忙从挂在柱子上的蒜辫子上扯下一骨朵蒜拿给王半仙。

王半仙从蒜骨朵上掰了一瓣给杨老爷递过来。

杨老爷紧着趔了一下。杨老爷最讨厌蒜味道，吃饭咥肉从不沾它。

"咥肉不咥蒜，营养减一半。"王半仙见杨老爷不要，也不剥蒜皮，直接放进嘴里就着羊肉大嚼起来，看得杨老爷一个劲地摇头。

杨老爷吃了两块羊肉便停了下来，刮起了三炮台的八宝茶。

尕藏街面上的饭馆、茶馆，最讲究的茶就是三炮台的八宝茶，里面配有冰糖、枸杞、桂圆肉、玫瑰花、果脯、葡萄干、红枣和核桃。这种茶喝起来不仅香甜可口，而且还滋补解乏。尕藏一带的人赶集串街，要是哪个被朋友请去喝一顿八宝茶，那可是一件人前头炫耀好些日子的美事。

王半仙啃完最后一根骨头，将个家的油指头狠劲嘬了几下，赞叹道："吃肉不如啃骨头，啃骨头不如嘬指头。啧啧啧。"说完，跑到馆子门口，从门背后的扫帚上掐了一根细棍儿剔起牙来。

"杨老爷，有啥事你就直说呗。"王半仙知道杨老爷的这顿羊肉不会让他白咥。

"我请你做保山。"杨老爷压低声气说。

"给哪家？"

"给我杨家。"

"莫非……莫非杨老爷想娶二房？"王半仙打了一个响亮的饱嗝。

一股浓浓的蒜臭味直扑过来，熏得杨老爷紧着背过脸去，过了好一会儿，才慢慢转过来，说："你胡咧咧啥呀。"

"那你说，给哪个搬媒？"

"给我孙子留留。"

"拳头大个娃娃，娶啥媳妇，杨老爷逗我玩哩。"

"嗨，我哪有闲工夫逗你玩。家里缺人手，娶个童养媳。"

"杨老爷，我亮清了，你这哪是娶媳妇呀，分明是要找个扛活的长工。啊呀呀，你们有钱汉的账算得真细。"

"少说狗尻话。王半仙，今儿个是我求你，你说搬不搬这个媒？"

"杨老爷，这个媒我实在搬不动。再说搬媒我又不在行。"

"哼，上次给杨五七搬媒你不是挺热心的吗？"

"杨老爷这是臊我呢，那叫啥媒呀。"

"咋说你都给人家搬成了嘛。"

"成是成了，可我差点让旺堆那番子要了老命。"

"我这事不费那样的周折，再说丫头我已经物色好了。"

"这倒霉的丫头是哪家的？"

"你看看，刚吃了点荤的，又开始喷粪。"

"好好好，你尽管说，我抿着耳朵听。"

杨老爷摆摆手让王半仙把耳朵伸过来，悄悄给他嘀咕了几句。

"家里太太啥意思？"王半仙听完，皱起了眉头。

"这你甭管，你只管去提话。"

117

第二天，王半仙从杨府提了四色礼上了胭脂岭。

"叫你骑牲口，不过是装装杨府的脸面，记着要多走少骑，宁可个家受点累，千万嫑难为驴。"临出门，杨太太专意嘱咐王半仙。

"太太，把心放到校场里。"王半仙偷偷白了杨太太一眼，"我亮清府上的牲口比我金贵。我不骑，我走。"

"记牢，少骑多走。"王半仙出了门道，杨太太还在后头不停地喊。

王半仙也不搭理，自顾牵着黑叫驴出了庄子。

过了红水沟，就是胭脂上川了。

王半仙手搭凉棚，眯着眼睛朝杨府那边张望了一会儿，便把黑叫驴拉到路旁，踩着地埂爬上驴背。

"你个叫驴，再金贵也是牲口，咋能跟人比。"王半仙用腿子夹了一下驴肚子，那黑叫驴驮着他"噔噔噔"朝前走去。

上坡的时节，王半仙也不下来，使劲朝驴屁股上拍巴掌，挣得黑叫驴不停地打软腿。

进了庄子，王半仙下了驴，拉着缰绳，一路打听到了尕秀家。胭脂岭庄子不大，二三十户人家。尕秀家住在庄子西头。

进了土门，左首是一个皮特果园。尕藏的皮特果主要就出在胭脂岭，这里家家户户都有皮特果园。每到秋后，尕藏街和河州城的街面上都会有一堆一堆的胭脂岭人，扯着嗓子叫卖皮特果。果园右首又是一个土门，跟外面的土门一样，也没有门扇。进了这个土门，便是尕秀的家了。

王半仙把驴拴在土门跟前的一棵皮特果树上，提了四色礼，朝屋里喊："有人吗？"

尕秀阿大从门影里探出头来。

"这不是尕藏街上的王师父嘛，稀客稀客。"尕秀阿大虽然没跟王半仙搭过话，但在尕藏街赶集时经常见王半仙，也算是个熟人了。他热情地把王半仙让进屋里。

尕秀阿娘常年患病，这些日子病得更见厉害了，成天躺在炕上动弹不得。

这会儿她见屋里有客人来了，想扎挣着坐起来。

"缓着嫑动。"王半仙紧忙走到炕沿头劝道。

"唉，干咳的病，要把心肺肝花咳出来呢，看不松活。"尕秀阿大抱着膀子蹴在门首。

借这工夫，王半仙扫了一眼屋里，屋子又尕又黑，还堆满了杂物。地上既没有桌子也没有凳子，王半仙只好把礼当搁在炕沿头，个家蹴在另一头门首，和尕秀阿大扯了起来。

"日子过得难心呀。"王半仙感慨道。

"娃多，婆娘又病着，唉。"尕秀阿大长叹一声，无奈地把头缩进腔子里。

在胭脂岭，尕秀家的日子确实过得难心。尕秀姊妹兄弟有四个，大兄弟云丹在尕藏寺侍奉大喇嘛桑杰，二兄弟和尕妹子今儿个跟尕秀一起上山打草还没回来。尕秀阿大是庄子里有名的老实人，又没啥手艺，家里四时的费用全凭那两亩山地。这几年婆娘病了，更是雪上加霜，日子推得一年比一年落脸。

尕秀阿娘名字叫六十花，据说生她那年她阿爷正好六十岁，就叫了这名字。

六十花年轻的时节，也是尕藏花儿山场上的常客，花儿唱得风动山响。后来，六十花猛地不唱了，庄子里的人都觉得惊怪，可哪个也不亮清好花儿好到命里头的六十花为啥不唱花儿。这事只有六十花心里亮清，她不唱花儿，是因为她唱花儿闯下了天爷大的祸患。

胭脂岭都是山地，离庄子又很远，女人们在地里干活的时节，常常漫花儿解闷。

有一天，六十花在个家洋芋地里锄草，歇晌的时节，漫起了花儿：

> 西海的云彩东海来，
> 东海里下一场雨来；
> 尕妹是牡丹园中开，
> 阿哥你浇一回水来。

六十花一连唱了几首之后，从远处的沟垴里隐隐约约有个男人的声气对了过来：

> 不知道草场难撒个马，

　　恐害怕尕马儿闪下；

　　不知道心思难搭个话，

　　恐害怕尕妹妹臊下。

　　听见有个男人对过来，六十花顿时来了精神。她忽地站起来，用手遮住阳光，往沟那边张望了一会儿，但是没望见人影。不过这旷天野地里能听到人声，瞎好不觉得寂寞了。六十花放开嗓子又唱了起来：

　　穆桂英石峡里上来了，

　　身背了剑，她破了天门阵了；

　　阿哥们远路上回来了，

　　身带了药，看松了尕妹的病了。

　　六十花的声气刚落，那男人又从沟垴里对了过来：

　　六月里到了热难挡，

　　清水里漂衣裳哩；

　　尕妹是寒雀阿哥是蛇，

　　甭见是好，但见是活吸上哩。

　　六十花又唱：

　　太阳出来照经堂，

　　喇嘛爷红成个火了；

　　人人有一个好心肠，

　　没有人挂念个我了。

　　男人的声气越来越近：

　　尕妹妹好比个白冰糖，

　　铺子里称上，毛巾里包上，碗子里下上，

牡丹花的开水泡上，
越喝越香，喝罢了尕心里渗上。

六十花也唱得越来越欢：

上天的梯子你搭上，
天上的星宿摘上；
你把你的良心放公当，
我把我的身子豁上。

稍稍停了一会儿，那男的又唱道：

尕藏寺上的八扇门，
房檐上扯下的浪绳；
唱歌的女相问一声，
给阿哥留下个姓名。

六十花不假思索，脱口答道：

瓦缸的盆里种胡麻，
窗台的沿沿上摆下；
过路的阿哥你细细地听，
我就是岭上的六十花。

六十花唱完之后，抿着耳朵等那男人对过来，可等了半天，那男的没有音信了。六十花重新绑了护膝，拿起铲子，开始锄田。

吃黑饭的时节，六十花左等右等不见公公回来吃饭，就问她男人："阿大咋还不回家，你去巷道口看看。"

男人说："阿大今儿个去山那边操心牲口去了，按说早该回来了。"

"莫不成让啥事给耽搁了？"

两人正说着，家里的草驴个家跑回家了。

"阿大呢？"六十花觉得事茬不好，紧忙让男人去寻。男人寻遍了庄前庄后，最后在后山的一片林子里寻见了他阿大。眼前的景象差点吓断了他的气，阿大竟然吊死在林子边的一棵歪脖子树上。

六十花知道公公的死讯后，一下子背过气去。原来，跟她对花儿的那个男人，不是旁人，就是她公公。当她报出个家名字的时节，一下子点在公公的死穴上了。尕藏一带唱花儿要避嫌，长辈唱花儿晚辈要避开，晚辈唱花儿长辈要避开。公公跟儿媳妇对花儿，这可是戳破脸皮的丢人事，六十花的公公一时没想过来，就寻了无常。

从那以后，六十花再也没唱过花儿，也绝不容许个家的儿女唱花儿。可老天爷偏偏不让她遂心，大丫头尕秀天生一副好嗓子，特别喜欢唱花儿，为这事母女俩不知闹过多少别扭。

尕秀不识字，但记性特别好，只要她听一遍，啥样的花儿都能唱。连庄子上的老串把式都夸她："这丫头长大，指定是红破天的唱家子。"

她虚担十岁的时节，就背着阿娘跑花儿山场。有一次，她阿娘从花儿山场把她赶回家来，瓷瓷实实刨了一顿。第二年花儿山场开始的时节，她阿娘提早把她圈在圪崂房里。等她阿娘去田里干活的时节，她就想办法哄骗尕妹子给她开了门。

她阿娘从田里回来，不见了尕秀，一屁股坐在廊檐坎上，连哭带叫："冤家呀，都是我造的孽。"

傍晚，尕秀从花儿山场回来，哼着曲儿一进家门，就被她阿娘怒气冲冲地揪住头发，提到院墙根，点着一抱臭蒿，把她的头摁到上面熏。

"阿娘啊——阿娘——"尕秀一边拼命扎挣，一边炸毛死怪地大叫。

尕秀的尕兄弟四龙一看这阵势，撒腿就往外跑。不一会儿，尕秀阿大急急忙忙奔进家里。

"你这个疯婆娘，要把娃做瞎呢吗？！"尕秀阿大冲上前去，从尕秀阿娘手里夺下尕秀。

"我就是要做瞎呢，变成瞎子她就不跑山场了。"尕秀阿娘坐在地上号丧一样号了起来。

从那天开始，她再也没管过尕秀。

眼下，这个曾经声震山场的花儿唱家病魔缠身，身子虚得连动一下的力气都没有。她一阵一阵不停地咳嗽，有时咳得几乎要断气了。

"嫂子这病……"王半仙听着那女人的咳嗽，心提得悬悬的，他担心这女人一口气上不来，蹬腿子咽气了。

"报……报应呐……"咳了一阵，尕秀阿娘用拳头砸着个家的腔子，反复念央着这句只有她个家才亮清的话。

"天天就这样，惯了。"尕秀阿大瞭了一眼王半仙，说道。

"尕藏街上的马神仙不是看病一把抓嘛。"

"嗨，老哥你说梦话哩，我要是请得起马神仙还会让她受这份罪嘛。"

"我看你也是个实诚人，就捷话捷说，眼前头有一个让你翻身抬头的买卖，不知你中不中。"

"病家是急家，你快说。"

"我给你家大丫头寻谋了个婆家。"

"哪家？"尕秀阿大浑浊的眼里猛地有了亮光。

"就在你眼窝里放着。"

"胭脂岭？"

"你胭脂岭十辈子也没这样的人，是胭脂下川的大东家杨老爷。"

"杨老爷要娶偏房？"

"不是，给他孙子找个童养媳。"

"哦。"尕秀阿大眼里的亮光一下子灭了。

"哎，老哥，童养媳好呀，娃娃还尕，个家拿事，不受男人的气。再说，杨老爷家不缺钱，不要说嫂子看病，以后遇上啥事都打不住手。"

"家里没了尕秀耍不转，我将她当男娃使哩。"

"嗨，你这人灯前黑，有了杨老爷做靠山，你还不睡着吃？"

尕秀阿大目不转睛地盯着王半仙。

"老哥，你看我说得对不对？"

半晌，尕秀阿大木木地点了点头。

"你同意了？"

"还得问问她阿娘。"尕秀阿大说着，爬上炕去，冲尕秀阿娘的耳朵根大声说，"王师傅的话你都听见了？"

尕秀阿娘点点头。

"你是啥主意？"

"我……我是阳世不知的人了，还是掌柜的……你……你拿主意吧。"

尕秀阿娘刚说完，尕秀背着一大捆柴草进了土门，身后虱子扯蛋一样跟着她妹子尕豆和弟弟四龙。

尕秀在院子里撒了柴草直奔灶火，拿起木勺，从缸里舀了一勺冰水，咕噜咕噜一通猛喝。

尕豆和四龙见皮特果树上拴着毛驴，知道家里来客人了，争抢着往上房跑。

兄妹俩进了上房也并不看来的是哪个，眼睛直愣愣地盯着炕头上的四色礼。

兄妹俩并不亮清那纸包里到底包着啥，但他们能猜出那里面一定是好吃的东西。

"去，没眼色的东西。"尕秀阿大跺着脚，呵斥道。

但兄妹俩并不怯他，眼睛盯着礼包，站在地上不动。

"尕秀，快来看这两个没耳性的东西。"尕秀阿大伸长脖子冲屋外喊。

兄妹俩害怕尕秀，一听见尕秀的脚步声朝上房走来，像约好似的，一溜烟跑得没了踪影。

尕秀见了王半仙，一愣。

"这是你半仙叔。"尕秀阿大朝王半仙努努嘴。

"半仙叔，我盯下着呢。"尕秀常去尕藏街，认得他。

"好省事的丫头。"王半仙一边夸赞着，一边站起来。因为刚才在门首蹴了半天，腿子有些麻，他先用手搓了搓，然后伸了伸，靠在炕沿上。

"你半仙叔给你搬媒来了。"尕秀阿大思谋了半天，才挤出这句话来。

"阿大，我的事你要操心。"尕秀说完，出了上房。

"老古言说，男大当婚，女大当嫁。"尕秀阿大追到门口。

"我要服侍我阿娘哩。"尕秀站在院子里说道，但她的眼睛却看着土门外头。从这个位置恰好能看见土门外的果园，果园里皮特果树挂满了果。再过不了多少日子就可以摘了，到那时她阿娘可以吃上最新鲜的皮特果。皮特果能治她阿娘的咳病。

"服侍你阿娘还有尕豆和四龙哩。"

"他两个还尕，我放不下心。"

"老哥，你缓着，我跟我大侄女说。"王半仙出了上房，劝住尕秀阿大，对尕秀说，"大侄女，你是个省事的娃，我跟你说两句，你觉得在理，就听，不在理，就当你半仙叔的话叫风刮了。今儿个我也看见了，你们家里日子过得难心，你阿娘又病得不轻，要是再不紧着看，命都难保。大侄女，我一把年纪，跑这么远的路到胭脂岭来，都为了你家好。我今儿个搬媒的这家人你也认得，就是胭脂下川的杨老爷家，听说那天花儿会上，他还关照过你。"

"杨老爷家？"

"对，他的孙子留留还尕，想找个人照顾，这不，杨老爷相中你了。"

"啊？"尕秀将一对大大的杏眼瞪得圆圆的。

"刚才我跟你阿大也说过了，要是这事成了，嫑说是你阿娘看病，今后你家尕大的事情都会由杨老爷给你们做主。"

"半仙叔，你……你容我再思谋两天。"

"中中，大侄女，等你思谋好了，给我捎个口信。"

第二十八章

118

空旷的校场上传来那个洋女人的花腔高音。

那声气尖得就像刀子削过，能把老天爷戳个窟窿。

尕藏草场随风摇晃，像个醉汉。粉嘟嘟的打破碗花，这儿一丛，那儿一丛，在美妙的歌声中舞得欢实。

土司府的校场就在阿尼念卿山脚下。每年，尕藏民团的土兵分春夏秋冬来这里集训四次，其余时节都在家里忙个家的事情。

格列的洋戏匣子就放在校场边的一张方桌上，土司府的尕仆人达勒伏在上面，伺候这个洋玩意。

达勒是许多年前韩土司从尕藏草场拾来的孤儿，在土司府长大。正是这个缘由，他对土司府感恩戴德，做事格外尽心。

离洋戏匣子不远的草地上，扎着一个毛兰布的尕帐篷。帐篷顶上又支一个巨大的凉篷。帐篷四周都绣着白色的吉祥云图案，中间是巨大的"卍"字符，也是白色的，非常显眼。

今儿个早上，格列带着茸巴到校场这边来练靶，练完后，俩人钻进帐篷一直没有出来。

格列尕的时节就不喜欢舞棒弄枪，所以一直没学会打枪。上次他拿枪去救茸巴，差点把那个圆轱辘尕队长吓出了尿，幸好斯库他们没看出破绽。格列一想起这事，后背凉飒飒的。

"这个没高没低的洋浑子。"斯库父子后来知道格列不会用枪的事，后悔得砸烂了腔子。

自那以后，格列就下决心要练枪法。

就在练靶的前几天，格列先带茸巴在尕藏草场学会了骑马。虽说格列的马术在尕藏一带拔不了头梢，但教茸巴还是绰绰有余。

那天一大早，格列只带了茸巴来到草场。

格列送给茸巴一匹三岁口的尕白马，这是茸巴在马厩里个家挑上的。它个头不大，但通身雪里白，眼睛炯炯有神。当茸巴接近它时，它温顺地将脑袋伸进茸巴的怀里，茸巴一下子就喜欢上它了。

到了草场，格列要扶茸巴上马。

"我个家来。"茸巴挡过格列。她想，她在塔拉寨的时节，钻林子打猎物都不在话下，骑马还能难得了？但她试了几次都没有骑上去。

"抓牢缰绳，哎呀，抓牢缰绳。"格列在一旁着急得转磨磨，"左脚……左脚踩镫，对对……右脚给劲，再给劲……哎呀，要使猛劲。"

茸巴好不容易单脚站在马镫上，就是跨不到马背上。

"重新来。茸巴，记住，踩镫，起跳，转身，跨马，要一口气做下来。"

按照格列的指点，茸巴终于跃上马背。

"呔嗨——"格列朝尕白马的屁股狠狠拍了一巴掌，尕白马撒开四蹄奔跑起来。

茸巴虽说头一次骑马，可她一点都不怯，越骑越兴奋。起初那马跑得并不是很快，但跑着跑着，眼前头突然蹿出一只鼠兔来，马受了惊，长嘶一声，狂飙起来。

"茸巴，勒缰绳。"格列见事茌不对，紧着跨了雪青马，追了上来。那尕白马听到雪青马的蹄声，跑得更快了，茸巴的身子被颠得前仰后合，快要甩成三截了。

格列不住地抽打着雪青马，箭一般往前冲。

迎面吹来的风将尕白马的长鬃吹起来，像一团白色的火焰，挡住了茸巴的视线。

忽地，前面出现一条干水沟，尕白马纵身一跃，茸巴惨叫一声，摔下马来，滚了几个巴郎，躺在一丛打破碗花的旁边。

追上来的格列飞身下马，跌跌撞撞奔过来。

"茸巴！"格列扑上前，见茸巴一动不动，急了，"这可咋弄呀！"

"咯咯咯——"茸巴猛地睁开眼，双手扣住格列的脖子。

"吓飞我的三魂了，你个精脚婆娘。"格列借势吻住茸巴。两个人就像发情的花豹，在草地上扭成一团。

茸巴学会了骑马，今儿个又来校场和格列一起学打枪。

拉姆在帐篷边生起火盆准备搭奶茶。

火盆里升起的青烟随风轻轻飘荡。

"拉姆，把火盆搬远点，呛死了。"帐篷里传来格列的吼声。

拉姆吓得展了一下舌头，紧忙搬起火盆，挪到洋戏匣子这边。

火盆里升起的青烟正好冲向达勒。

"拉姆阿姐，你好眼窍呀。"达勒用手一个劲地扇着飘过来的青烟。

"这不怪我，怪风。"拉姆冲达勒做了个鬼脸。

"达勒，你做啥呢，没吃饭呀。"帐篷里又传出格列的声气。

达勒这才发现洋戏匣子里的唱片转得很慢了，女高音变成了七八十岁的老阿爷。

达勒紧忙拿起摇把顾不得烟呛使劲摇起来。

洋女人的声气重新高扬起来。

拉姆看着达勒可笑的样子，一弯腰，从草丛里掐了一根狗尾巴草，悄悄拿到达勒脊背后头，塞进达勒的耳朵里。

达勒一蹦子跳起来，拉姆撒腿就跑。

"有你的好。"达勒撵着屁股追上去。

快要追上拉姆时，达勒一个猛劲从后头一把抍住拉姆的腰带，哪知拉姆的腰带早就松了，被达勒一抍，"哗"的一下开了，拉姆一个趔趄摔倒在地。

达勒一下子扑上去，压住拉姆，两人就在草地上打起滚来。一直滚到校场边的桌子旁，达勒冷不防将手伸进拉姆的袍子里，端端触到拉姆绵乎乎的奶子。

拉姆臊了，一把掀开达勒。

达勒一屁股坐在地上，惊恐地望着拉姆。

达勒和拉姆从尕的时节就在一起玩耍，特别投脾气。达勒把拉姆当阿姐，拉姆把达勒当兄弟。天冷的时节，达勒经常把手塞进拉姆的袍子底下焐手，拉姆也特别喜欢达勒的尕手在个家的身上摸来摸去的感觉。

刚才，达勒也不是成心的，他只想将手伸进拉姆的袍子底，痒她一下，可不承想竟然一下子摸到了拉姆的奶子，他被吓傻了。

"拉姆，拉姆，奶茶溢了。"帐篷里再次传来格列的吼声。

拉姆涨红着脸，一骨碌从地上爬起来。

达勒从草地上替拉姆拾回腰带。

拉姆瞪了达勒一眼，一边系着腰带，一边朝火盆那边跑去。

很快，拉姆端着奶茶来到帐篷口。

"少爷，奶茶好了。"

"叫司令，你咋没有耳性。"格列从帐篷里骂道。

拉姆紧着改口："司令，奶茶好了。"

"端进来。"

拉姆一手端着盘子，一手轻轻撩开帐篷帘子。

格列和茸巴精身子躺在氆氇毯上。

拉姆脑子里"嗡"地一响。

茸巴紧忙拽过袍子苫在身上。

"拉姆，你傻了吗，端过来。"格列生气了。

拉姆这才回过神来，把盘子放在地上，一转身跑出帐篷。

拉姆站在帐篷外的草地上，满脑子都是刚才格列和茸巴精身子的样子。

想着想着，她忽地用手捂住脸，心里就像做了贼一般紧张。

"拉姆阿姐，你咋了？"达勒看着拉姆神情恍惚的样子，走过来问道。

拉姆放下手，怔怔地望着达勒。

"还生我气呢？"达勒抓住拉姆的手摇了摇。

"没，没……"拉姆的脸红得快要渗出血。

"阿姐，你看。"忽然，达勒瞪大眼睛，朝帐篷那边努了一下嘴。

拉姆朝那边看过去，发现帐篷底下钻出两双脚来。

那两双脚一会儿紧紧抠住外面的草地，一会儿又互相交缠在一起，就像抽了筋似的绞来绞去。

一边是洋女人高亢的歌声，一边是帐篷里缠绵的呻吟，两股声气搅和成麻花，将那座毛兰布的"卐"字符帐篷震得瑟瑟发抖。

拉姆的呼吸已经停止了，她的脸色从刚才的血红变成了煞白。

"阿姐，手疼。"达勒晃了晃拉姆的胳膊。

拉姆这才松开达勒的手。

达勒龇着嘴，使劲甩了甩被拉姆攥疼的手。

拉姆这才松了一口气，瘫在地上，将一双汗津津的手塞进草丛里。

一股透心的凉爽。

"你俩做啥呢？"身后猛乍乍传来一个男人的声气，把拉姆和达勒同时吓了一跳。

他俩紧忙回过头，见土司府卫队的尕队长才告站在眼前。

才告原是土司府卫队的一名土兵，前任尕队长被哈赤砍死后，格列就让才告接任。

今儿个他来校场是教格列和茸巴打靶的。打靶结束后，才告去取靶，这会他才晃晃悠悠扛着靶子回来。

"一发也没打中。"才告把扛在肩上的靶子撂在地上，哭丧着脸说。

靶子是用草辫盘成的，才告刚才在那边寻了半天也没找到一个枪子窟窿。

"师父不高，徒弟拉腰。"拉姆终于从刚才的紧张中缓过来，她从地上坐起来，拍拍袍子上的土，调侃道。

"哪个说的，我在尕藏关可是跟红军打过仗的。"才告拍着腔子吹道。

"跟红军打仗？听说你们见了红军的信号弹，以为天神下凡，趴在地上磕头。哈哈哈……"拉姆说着大笑起来。

达勒也笑得直不起腰。

"黄毛丫头，你辨过啥哩。"才告不自在地咧了一下嘴。

"嚷嚷啥呢？"这时，格列带着茸巴走出帐篷。

拉姆一见紧忙勾下头来。

达勒飞一般向远处的草地跑去。不一会儿，他把格列的雪青马和茸巴的尕白马牵过来。

才告从帐篷里捧出格列的盒子枪，恭恭敬敬挎在格列的肩上。

等格列和茸巴上了马，拉姆他们三个像旋风一样，开始拆帐篷、套马车、抬桌子……

119

天空中飘浮着一疙瘩一疙瘩蘑菇样的云朵，阳光从云朵的空里挤出一道道耀眼的光柱，就像半天爷淌下来的瀑布。

茸巴骑在尕白马上，一脸的滋润。

她的蓝莹莹的眼睛里荡漾着幸福的光晕。

"呔！"茸巴一夹马肚，跑到格列的前头。

"做啥呢？"格列紧着勒住缰绳。

茸巴冲格列风情烂漫地一笑："我要跟你一起骑。"

格列一伸手，茸巴拽着格列的手从尕白马背上跃了过去。

格列顺势将茸巴搂在怀里。

"你看，云彩空里的天多蓝呀。"茸巴躺在格列的怀里，指着天爷兴奋地说。

"看那做啥，我的天爷不在那里。"格列一眼不眨地瞧着茸巴。

"在哪？"

"在你眼睛里。"格列说着，一勾头，深深地吻住茸巴。

雪青马驮着格列和茸巴慢悠悠地穿过草场，尕白马乖乖地跟在后头。

到了尕藏街头，茸巴要下来，可格列死死地搂着茸巴的腰，茸巴无法动弹。

今儿个正好逢集，街道上实密密的，到处都是人。

当雪青马驮着格列和茸巴走进街道时，热闹的人群一下子安静下来。

似乎整个尕藏都没了声气。

所有的眼睛都转向格列和茸巴。

恰在这时，大喇嘛桑杰从不远处的巷子口经过，亲眼目睹了这惊世骇俗的一幕。

茸巴那双马莲花一样的大眼睛，在格列怀里"扑欻、扑欻"地闪着。

大喇嘛心里一阵隐痛，裹紧僧袍，拐进巷子悄无声息地消失了。

"哈哈哈，哈哈哈……"突然，街上传来一阵肆无忌惮的狂笑，打破了街上的宁静。

格列扭过头看时，土司府死牢的疯道士站在街旁，正用一种挑衅的眼神注视着他。

按照土司府的规程，每月初三，是土司府监牢里犯人的放风日，恰好跟尕藏集重在了一起。

本来，尕藏街一开市，赤烈就得押着犯人上街，可是昨晚夕他喝酒喝过了头，今儿个一晌眼已是晌午时分了，他紧忙跳下炕，拿了监牢的钥匙，把疯道士押出来。

赤烈背了一个破破烂烂的竹子背篼，在前面引路，两个土兵押着疯道士跟在后面。几个人就这样慢慢悠悠地上了街。

赤烈每经过一个摊位，都要弄一点东西放进个家的背篼里，这已经成了尕藏街犯人放风时的一条规程，那些摊主也并不跟赤烈计较，宁愿舍点零碎图个吉利。

当格列和茸巴骑着马过来时，赤烈他们已经走到街中间，疯道士一见格列和茸巴，猛乍乍着了魔一般冲他们狂笑起来。

这突如其来的笑声，吓了茸巴一大跳。

"那是啥人？"茸巴偏着头望着疯道士问格列。

"一个疯子！"格列说着，狠狠抽了雪青马一鞭。

第二十九章

120

一只绿翅膀的蚂蚱，从麦子地的东头飞到西头，落在一棵苦丝蔓上。它长长的触角就像两根探杆在空气里左探探、右探探，两只黑豆样鼓出的眼睛机警地打量着周围。

眼下正是阴历七月，收割的麦子一摞一摞地码在地里，只等干透了，拉到麦场打碾入仓。

杨老爷越过地埂，跳进地里，从麦捆间抽下一头麦穗，放在手心里使劲揉了几下，吹去麦衣，丢进嘴里嚼了起来。

"嗯，面饱，皮薄，味道香。"杨老爷心里嘀咕着，放眼望去。

太阳从东山顶刚刚跳出来，霞光下的田野，就像苫了一层锦缎的被面。

忽地，那只绿蚂蚱从苦丝蔓上跳起来，落到杨老爷跟前的麦摞上，等杨老爷凑上前细看时，它又"哧——"地使劲一弹，飞向另一座麦摞。

多攒劲的土地呀。杨老爷不由得想起尔的时节跟着娘老子卜地的情景。

那时，每到夏收，杨老太爷总是和长工一起到地里拔麦。拔麦间歇，他用地里的麦秆秆给杨老爷编蚂蚱笼。等编好了，抓一只蚂蚱圈在笼子里。杨老爷提着蚂蚱笼，在地里高兴地跑来跑去……

"过往的日子，就像一场梦。"杨老爷不由得眼眶里闪起泪花花。

想当年，杨家先祖为了给子孙后代赢得一点福荫，不惜欺师叛道，骗取了师父看好的那片风水宝地，才有了如今胭脂上下川人丁兴旺的景象，才有了他杨府世代享用不完的富贵。

"礼曰：一举足而不敢忘父母，一出言而不敢忘父母。"杨老爷嘴里念叨着，反身走出麦地，顺着土路朝庄子西头的四郎庙走去。

杨老爷跟杨太太不一样，杨太太倾心尕藏的喇嘛寺，而杨老爷热心的却是土著方神四郎庙。

今儿个，是四郎庙打醮的日子。

居住在尕藏胭脂川的杨家人起初并没有个家的方神，后来，族中有人提议在胭脂下川修一座方神庙。可大家觉得修了庙供啥呢？那人又说，供啥？这不和尚头上的虱子嘛，就供咱本家四郎爷呗。他还说，河州城西百八十里处，有一个叫杨家山的庄子，他们的方神庙里供奉的就是杨四郎杨延辉。大家一听，齐声叫好。可转念一想，好是好，那毕竟是人家的方神，跟咱胭脂川有啥关联？那人嘿嘿一笑，压低嗓门儿道："借。"

一天夜里，胭脂下川派了几个壮汉，把杨家山四郎庙的方神杨四郎的木雕像悄悄偷出来，用轿子抬了，弄回胭脂下川。接着，下川人在庄子东头靠近胭脂岭的地方择了一块地，修了一座三间的庙堂，将偷来的杨四郎木雕像供奉在里面。

可没过多长时节，杨家山人就找上门来，说胭脂下川四郎庙里供奉的四郎神是他们的。下川人哪里肯认，两家大吵一通，杨家山人就将下川人告到了河州府衙。这下，胭脂下川人慌了手脚。还是早先提议偷四郎神的那人站出来，偷偷给六神无主的庙官如此这般出了个主意。

河州城的衙差带着杨家山人来四郎庙取证时，让双方当面对质。

杨家山人说，这尊四郎神是我们祖上传下来的。而胭脂下川的庙官也说，这尊四郎神是我们祖上传下来的。衙差质问双方有啥凭证。杨家山人说，祖上传下来的，还要啥凭证？而下川的庙官说，我们有凭证。接着，他们将四郎神雕像抬起来，只见基座下面歪歪扭扭刻着六个字：杨氏怀玉供奉。衙差问，这又能说明啥？庙官说，四郎爷有个后人叫杨宗源知道不？大家点头说，知道。庙官又问，杨宗源的后人杨文金知道不？大家你看看我我看看你，哪个也答不上来。庙官接着说，这杨怀玉就是杨文金的后人，而他正是我们胭脂川杨家人的祖师爷。衙差惊了一大跳，瞪大眼睛说，空口无凭。庙官叫人呈上胭脂川杨氏家谱，衙差打开一看，上面赫然写着：始祖杨怀玉。杨家山人傻眼了，半天说不出话来。

"阎王爷嫖风，胡日鬼哩。"衙差骂了一句粗话，拂袖而去。

就这样，杨四郎神像断给了胭脂下川，杨家山人不仅挨了一顿乱棍，还被罚了不少楠子。

121

阴历七月十五是胭脂下川四郎庙的庙会。按惯例每逢庙会，都得邀请法师打醮。

四郎庙的殿堂虽然不大，但围起的场子不尕，里面可以做几百人的道场。

大殿的前面，"八"字形栽了两行柏树，"八"字口上摆着一口巨大的四脚方鼎，鼎里面高高垒起的柏刺香捂起的青烟，在庙顶上笼了厚厚的一层。

每年春秋两季，这里都要举行盛大的打醮仪式。

往年，四郎庙打醮都请十二个法师，今年杨老爷破例请了二十四个法师。打醮的规格高了，大家的情绪也空前高涨。从昨儿个开始，胭脂上下川家家户户酿烧酒、蒸素盘、杀猪宰羊，邀请四处的亲戚朋友前来看醮。

"咚，咚，咚——"打醮的鼓声一响，几个膀大腰圆的汉了，从庙堂里抬出杨四郎的木雕神像，环绕场院。

老汉们焚香点灯后，端着供盘跪在地上，恭请四郎爷降驾享醮。

打醮中最惊心动魄的要数法师戴钎。

今儿个戴钎的法师是一个四十来岁的肥子。

315

震耳的鼓声中，只见那肥法师脱掉上衣，光着膀子，在祭台前化了三道符纸，然后将符纸灰撒进一个清水碗里，连水带灰一起喝进肚里。

随即，一个年轻法师用木盘端着钢钎，踏着碎步走到肥法师跟前。

木盘里的钢钎有十二根，每一根香头般粗细，两拃来长。

鼓声再起，肥法师运足气力，大喝一声，抓起木盘中的钢钎，按顺序穿在两腮、两耳、两鼻孔、两胛、两肘、两乳上。

十二根钢钎穿完，整个场院传来一片喝彩声，惊得箭杆白杨上的花野鹊"嘎嘎"叫着，到处乱窜。

今儿个四郎庙的庙会上，还来了一个特殊的客人，就是河州议会负责教化的贾议员。

这个贾议员正是杨府杨老爷的二后人杨建生的老丈人。

贾议员的先祖早在明朝永乐年间担任过河州同知，同知死后，家道中落。到了贾议员的时节，贾家在河州城已不是啥大门大户，但靠了先人"贾同知"的名声，捞了个议会议员。

贾小姐跟杨建生刚成亲那会儿，住在杨府，但没过几天，说乡下住不惯，就闹着回城，贾杨两家的关系开始走下坡路。

"啥贾同知、贾议员、贾小姐，一家假惺惺，没一个真的。"提起贾议员，杨老爷窝着一肚子的火。哪知，杨老爷的一时气话传到了城里贾议员的耳根里，贾议员自是气不过，也回过来一句话，说："曰礼不知礼，是个半瓶子。"这是讥笑杨老爷文墨不高，却常把"礼曰"挂在嘴上。杨老爷听后，气得将《礼记》往地上摔了三摔。

自此，贾杨两家大人不再走动，贾小姐在家里更是提不得胭脂下川。

庙会头天，贾议员就在杨家大后人杨永生的协助下，来胭脂下川搞"革除旧习惯，倡导新生活"的宣传。其实，他的宣传主题只有一个，就是放足。

尕藏一带的汉家女子自古裹尕脚，民国以后，河州城的女学生受新思潮的影响，开始放足。但尕藏这里，地处偏僻，一直没人放足。这次河州议会派贾议员来尕藏就是要利用大家赶庙会的时机，宣传裹脚的危害，提倡妇女们放足。

那边打醮正闹得红火，贾议员在四郎庙殿堂对面拿着个纸喇叭搞起了他的"新生活"宣传。一旁，杨永生也在帮着招揽听众，他从私塾带来的几个学生，用两个长杆子挑着一个横幅，上面写着"革除旧习惯，倡导新生活"。

法师戴钎刚一完，人们就呼啦一下朝贾议员这边围了过来，把殿堂前的敬神活动晾在了一边。

贾议员拿出一些放足的照片，给围观的人一边展示，一边讲解。

眼看着这边的打醮晾了场，杨老爷心里发急，又看到个家的后人跟在贾议员屁股后头帮忙，气得他一甩袍袖出了四郎庙。

122

第二天，贾议员照常在四郎庙搞演讲。杨永生带着几个学生继续帮场。

昨儿个，贾议员做了一天的宣传，效果还真不错，今儿个一大早就在庙门口围了一大帮女人，她们争看贾议员宣传照片上的那些大脚女人。

"那么大的脚，跟耱子一样，咋见人哩。"

"尕藏草场和塔拉寨的婆娘都是这个样子。"

女人们一惊一乍地论说着。

与这些情绪高涨的女人们不同，筒着袖子在一旁观看的男人们表情怪异，一个个如临大敌的样子。

在他们看来，女人裹脚是老祖宗留下来的规程，现在要是破了，那女人还是女人吗？

贾议员显然是有备而来的，那些个男人的敌视，反而激发了他的热情，他说，女人放足，天塌不下来。尕藏草场和塔拉寨的女人就不裹脚，跟男人一样打猎、骑马、放牧，尕藏的天爷还不是蓝莹莹地罩在头顶？他还说外国的女人从来不裹脚，男人能做的事情她们样样能做，带兵打仗的有，当皇上坐金銮殿的也有。乡亲们呐，尕脚一双，眼泪一缸。过去女人裹尕脚，折筋断骨，受尽熬煎。再说，裹成尕脚后的女人，不能干重活，不能走长路，要是遇上兵荒马乱，只有坐着等死。女人要想男人一样体面地活人，就要从现今开始放足。

贾议员的一席话正好戳在了女人们的伤心处，好多人偷偷地拿袖口抹眼泪。

"革除旧习俗，倡导新生活！"私塾的那几个学生振臂喊起了口号。

"不放足，就是不放足。"学生们的口号声刚落，忽然人群中有人起哄。

"对着哩，剁了脚也不放。"

"贾议员，这女人裹脚是自古留下来的规程，就像公鸡踩蛋、母鸡下蛋一样。你说，要是母鸡踩蛋、公鸡下蛋，这阳间世不就乱了规程了。"

那些个男人们眼睛瞪得要吃人一般。

"乡亲们,咱们有话好好说,我贾某人也是为了大家好。"贾议员有些来气了。

"哪个再说放足,就叫他滚出咱尕藏。"吵嚷声不但没有停下来,反而更加嚣张了。

"我是堂堂河州议会的议员,哪个敢造次?"贾议员再也忍不住了,脑门上的青筋"突突突"地暴跳。

"我!"人群中忽地跳出尕藏民团汉营营长杨五七。

"你,你是哪座庙的大神?"贾议员望着杨五七,从鼻孔里轻蔑地哼了一下。

"我是尕藏地界的护法神。"杨五七一挥手,"弟兄们,把这个剁脚议员赶出胭脂川。"

立时,有几个汉子冲上来,夺下贾议员手里的纸喇叭,几脚踩扁,还把后面的横幅连带贾议员的宣传图片一股脑儿撕了个粉碎。

"杨营长,这可是咱下川地界,你咋敢胡来。"杨永生一看这阵势,指着杨五七呵斥道。

"大少爷,这个我当然亮清。"杨五七一脸的皮笑肉不笑。

"我阿大知道剥你的皮哩!"

"实话告诉你吧,我的大少爷,就是你老子叫我来的。"杨五七压低了声气说。

"我不信!"

"不信?你个家去问呀。"

"哼!"杨永生狠狠瞪了一眼杨五七,奔出四郎庙。

123

今儿个一大早,杨老爷背搭着手,到个家的地头溜达了一圈。

离杨府最近的这片地去年种了麦子,今年为了倒茬种了豌豆。豌豆已经成熟了,再过几天就要收了。看着满地的豆秧上层层叠叠坐满豆荚,杨老爷心里沉甸甸的,就像压了一口袋一口袋的粮食那样踏实。

"啥时节能浇上水，这地就成金疙瘩了。"杨老爷正自言自语地说着，老远看见杨五七带着一伙人往四郎庙那边赶。今儿个是四郎庙打醮的第二天，杨老爷害怕贾议员再来庙会宣传放足，就暗地里给杨五七带话，让他使法子不要让那个剁脚议员在庙会上捣乱。

"啥亲家，白花花的椀子买了个仇家。"杨老爷骂着，转身回家。

刚进门，火盆上撇壶里的水正好滚了，冲得盖子"啪啪"直响。

杨嫂紧着给杨老爷泡了茶，杨老爷坐在堂屋炕上一边品茶，一边抽水烟。

哪知杨老爷一瓶烟还没抽完，大后人杨永生就黑着脸进了家。

"阿大，你咋叫杨五七干那事呢？"杨永生一进堂屋门就质问杨老爷。

"你说啥？我不亮清。"杨老爷半张着嘴，装糊涂。

"你叫杨五七搅扰贾议员。"

"哪个说的？"

"杨五七。"

"杨五七叫你吃屎你就吃屎？"杨老爷"咚"地放下手中的水烟瓶，发火了。

"要不是你指使，他能有那么大的胆？"

"要给我指手画脚的。马不跳鞍子跳，你的账我还没算呢，你倒先跳弹起来了。去年你跟红军搅在一起，干了些个说不清道不明的事情，要不是牛长官看在你兄弟的面子上，早有你尕娃的好了。你还不长记性，又缠上那个假惺惺的议员。告诉你，你安安稳稳教你的书，放足的事跟你没关系。"

"阿大，你说放足干吗要扯上红军。红军咋了？他们又没动你一指头。"

"你说啥？他们害了韩司令，还借走了咱府上那么多粮食。粮食总归是身外之物，我就不说了，人家韩司令在黑山峡放过了他们，他们反而恩将仇报。这还不算，大喇嘛好心好意让出土司府，他们倒好，过河拆桥，烧了大堂。礼曰：言闻则入，言不闻则不入。只有不仁不义之人才会干出这种缺德事。"

"这是栽赃，给红军脸上抹黑。"

"你要跟我抬杠了，尕娃，老子吃过的盐比你吃过的饭多。"

"阿大，我不想跟你吵，只想把事情弄亮清。"

"你尕娃脑子馇糨子哩，弄亮清啥呀？就说这裹脚的事吧，多少辈子就这么裹下来了，我没看出有啥不好。你阿娘不是尕脚吗？你杨嫂不是尕脚吗？你死了的媳妇是你个家看上的，不也是尕脚吗？"

"民国已经多少年了，好多旧规程该改改了。"

"我看你是中了红军的毒！"

"你……"杨永生忽地放低嗓门儿，嘟囔了一句，"胡搅蛮缠。"

"尕娃，你这么死护红军，到底跟他们有啥牵扯？"

"阿大，咱先不争这些。"杨永生紧着岔开话题，"眼下，我有一件要紧事问你哩。"

"你的嘴又没拿塞子塞上，说。"

"你是不是要给留留娶童养媳？"

"对，是胭脂岭的尕秀。"

"阿大，你咋不事先跟我商量商量。"

"你一天到晚不见影，我跟哪个商量？"

"这事咋说都不合适，人家戳咱脊梁骨呢。"

"那你说该咋？跟你一样，家里油缸倒了都不扶，当甩手掌柜的？"

"留留还尕。"

"正因为他尕，才找个年纪大的。"

"阿大你……我跟你没法说，反正这事我不同意。"

"我也没打算叫你同意。"

"阿大……"杨永生被气得说不出话来。

"你还是回你的私塾吧，耍在我眼前头耀来耀去的，夸你的样范呢？"杨老爷说完，一歪身子躺下，闭上眼睛，不再理杨永生。

杨永生无奈地摇摇头，出了堂屋。

"念的啥四书五经，我看全是些猪粪截截儿。"杨永生出了门，杨老爷还在炕上骂个不停。

124

大喇嘛桑杰昨个后晌就使人来叫杨五七，说有要紧事问他。杨五七带人到四郎庙赶走贾议员之后，就回到上川家中支起了酒摊子。大喇嘛使人来叫他时，他已经喝大了。

今儿个早上，杨五七一直睡到太阳照到屁股了，才愣愣怔怔地睁开眼。他趴在枕头上思谋了半晌，猛然记起昨个大喇嘛使人叫他的事来，一骨碌翻起身，套上衣裳，下了炕。

　　临出门时，杨五七从墙上取下盒子枪，挎在肩上，走了两步，停下来，想起大喇嘛是僧人，最讨厌有人带枪进他的昂欠，又返回身，取下盒子枪，重新挂在墙上，然后提着马鞭，去马厩里牵马。

　　自从韩土司死后，杨五七跟胭脂下川的杨老爷明来明往，他的汉营也跟尕藏民团处于半脱离状态。新继任的土司府主人格列，是抹不上墙的稀泥，杨五七根本没放在眼里。但是大喇嘛桑杰就不一样了，他学问深，肚子里有货。杨五七就怕肚子里有货的人，他们虽然不会耍刀枪，但他们会耍心眼儿。只要他们不动声色地耍一个心眼儿，你就会转半天的磨磨，辨不来东南西北。眼下，杨五七在尕藏镇最怵的就是大喇嘛。

　　出了庄子，杨五七翻身上马，沿着红水沟边上的尕路慢慢晃悠。

　　一路上杨五七使劲想，大喇嘛使人叫他到底有啥事呢？他想来想去，就是想不出个眉眼。

　　难道是为休战秋的事？杨五七忽然身子一个激灵。对呀，当初娶战秋是大喇嘛答应的，如今他把战秋给休了，大喇嘛是不是要过问这事呀？

　　尕藏人个个都亮清，战秋心里装的是旺堆。杨五七趁火打劫娶走了战秋，等于活生生挖走了旺堆的心头肉。

　　杨五七恨旺堆，也恨抹了脖子的战秋。为了报复，他变着花样折磨战秋，随时随地将她扒个精光，强行压在炕上干那事。让他更为爽心的是，他一边干那事，一边嘴里还不停地叫喊着旺堆的名字。他甚至想，他牙狗样享用战秋的时节旺堆要是在旁边那该多过瘾哇！旺堆，你不是尕藏的第一勇士吗？看看，看看你最憎恶的男人是咋样当着你的面将你心上的花儿一次一次撕成碎片。

　　每一次杨五七在战秋身上疯狂施虐的时节，战秋心里就像插进了一把尖刀。

　　一天夜里，等杨五七睡熟，战秋从墙上取下他的盒子枪，对着杨五七的脑袋扣动了扳机。

　　可惜战秋没摸过枪，根本不会打枪，她扣扳机时，没有打开机头。杨五七的脑袋没有像她预想的那样"嘭"的一声爆开花。

　　扳机的声气惊醒了杨五七，他猛地睁开眼，看见盒子枪黑乌乌的枪口对着他的头，一骨碌翻起来，夺下战秋手中的盒子枪，将战秋压在炕上一顿毒打。打完之后还觉得不解气，又把她用麻绳捆起来，撂进柴草房，关了三天三夜。

　　战秋的心彻底死了。以前她之所以忍受杨五七的种种折磨与羞辱，是因为她的心里还对旺堆抱着一丝丝希望。可如今，沦落到了这步天地，她还有啥脸面再见旺堆呢？

那天夜里，战秋偷偷逃出去跳进了庄子外面的一口井里。但她咋也没想到，那是一口枯井，里面没有水。战秋跳井后不久就被人发现，从井里救了上来。结果不但折了一条腿子，还招致了一场更惨的毒打。

杨五七家在胭脂上川算不上是股实人家，祖辈都啃黄土过日子。他阿大跟他一样，也曾是土司府的一名土兵。就在辛亥年间，韩土司攻打陕西乾州时，他阿大被革命军打断了肠子，死在了异乡，连尸骨都没有带回来，至今埋在坟里的不过是他的几件烂衣裳。

杨五七阿大死后，杨五七阿娘独自一人拉扯杨五七，孤儿寡母，日子过得难心。而杨五七却是个粘高扒低的料儿，七八岁时就在庄子里闯头号，今儿个不是东家找到门上，明儿个就是西家追到屋后，杨五七阿娘哭鼻子抹眼泪，天天给人家赔不是。有一次，杨五七带着几个调皮货偷了尕藏寺僧田里的包菜，被寺里的铁棒喇嘛抓到，打了个半死。

长大后的杨五七不但没有收敛，反而胆子更大，吃喝嫖赌，样样占全。有一年，他竟然将给土司府交租子的麦子全都巢出去还了赌债，逼得他阿娘差点上了吊。尕藏人一提起胭脂上川的杨五七，头就变得背篼大。就是这么个鬼伙里不要的刺头鬼，端端被韩土司看中。韩土司以为杨五七心肠狠、脏腑硬，能拿得住人，不但把他收进民团，后来还让他当了汉营营长。

当了营长每月可以从土司府领到肥厚的开支，可杨五七喜欢跟着大牛尻奘粪，整天跟街上的有钱汉打得火热，一个月下来剩不下几个麻钱。

杨五七阿娘四十几岁时眼睛里磨出了翳子，看东西不大真刻，平时就坐在廊檐坎的柱子下捻麻绳，让杨五七捎到尕藏街的铺子里代卖。

有时杨五七阿娘也会用个家的麻绳纳鞋底做鞋。

她的眼睛不好使，就让战秋帮她打袼褙，再剪成鞋底的样范备用。可战秋在尕藏草场的时节，从没干过做鞋的活儿，她剪下的鞋样，拿杨五七阿娘的话说，就像老鼠咬下的。

"插一朵花还有个看相哩，娶这么个大脚番婆，铜铁里没用。"杨五七阿娘在巷道里像个碎嘴的雀儿，见了人就叽叽喳喳。

今年春上，杨五七阿娘带战秋锄地，可到了麦子出穗，杨五七看见个家麦地里都是一串啦一串啦的燕麦穗穗。

"杨营长日子过得嘴角里流油呢，这么好的地全种了喂牲口的燕麦。"有人见了杨五七故意笑话他。

"尻嘴龇到耳茬根，笑屎呢。"杨五七骂了一句，掉过头往家里赶。一进家门，就朝战秋肚子狠狠踹了一脚，疼得战秋捂着肚子在院子里打滚。

杨五七阿娘像个没事人似的，坐在廊檐坎上捻线。在她眼里，这个不中看也不中用的大脚番婆，天生是个挨打的料儿。

直到有一天，杨五七再也忍不下去了，把战秋从被窝筒筒里拉出来，说："滚，滚回你的草场去！"

战秋精身子躺在羊毛毡上，没吭声。

"你听见了没有？哪里的鬼到哪里害去！""啪"的一声，杨五七冲战秋的脸上扇了一掴子。

战秋还是没吭声。在杨家将近一年的屈辱生活，已经把战秋这个尕藏草场有名的黑牦牛，变成了一只没脾气的软羔羊。

"你个脑子不清顺的番婆！以为装死就会饶过你？"杨五七疯狂地叫嚷一声，将战秋摁趴在炕上，拔出腰刀，用刀尖在战秋的屁股蛋上"欻"地划了一下。

战秋咬着嘴唇，鼓硬强忍着、忍着……但她还是没有忍住，豆大的泪滴就像断了线的嘛呢素珠，咕噜噜从脸骨堆上滚下来。

"记住，以后要是跟旺堆上炕，你就告诉他，这是我杨五七打的记号。"杨五七说完，把腰刀上的血放在舌头上舔了舔，插进鞘里。然后拉过战秋的袍子，胡乱地给她一裹，扛起来就走。

杨五七把战秋撂上马背，直奔尕藏草场。

到了龙布家门口，杨五七把战秋扛进院子里放在地上，冲屋里喊了一声："龙布头人，我把你的宝贝姑娘囫囫囵囵还给你了。"说完，转身出了大门。

龙布听见杨五七的声气，从屋里奔出来。

站在院子里的战秋一见阿爸，浑身一软，瘫坐在地上。就在战秋的袍子滑落的当儿，龙布看见了女儿身上的血迹。

"杨五七！"龙布头人咆哮一声，折转身，从屋里提了叉叉枪，追出大门。

杨五七已经跨上大青马奔出去一截。

龙布头人举起枪瞄向杨五七。但他气过了头，手抖得不听使唤。

龙布勉强勾动扳机，但飞出去的枪子根本没挨着杨五七的边。

杨五七听见枪声，拔出盒子枪，回身一枪。

"砰"的一声，龙布的藏式礼帽从头上飞进大门，落在战秋的脚底下。

龙布惨叫一声，跪在地上，尿水淌了一裤裆。

125

来到大喇嘛昂欠，豁豁喇嘛云丹把杨五七拦到门房里，说："大喇叭（嘛）念经呢，请杨营江（长）顶（等）一会儿。"

杨五七不敢硬闯，乖乖地坐在板凳上，用粗纸条卷了一个黄烟棒子，抽了起来。云丹用手扇着刺鼻的烟味，趔到窗子跟前。

一根烟棒子眼看抽完了，可还不见大喇嘛的影子，杨五七有些不耐烦了。

"去，你再去看看，大喇嘛的经念完了没有。"杨五七没好气地指着云丹说。

云丹摇摇头。

"要是再不来，我可要走了。"

云丹还是摇摇头。

"半年汉！"杨五七低声骂了一句。

就在这时，佛堂那边传来大喇嘛的咳嗽声。

杨五七紧忙在鞋底上跐了烟把子出了门房。

大喇嘛从佛堂出来，穿过院子，慢腾腾地上了堂屋台阶。

杨五七撵了几步，跟在大喇嘛后头。

大喇嘛进了堂屋坐定，对随后跟进来的杨五七招呼一声："坐。"

"骑了一路的马，还是站会儿舒坦。"杨五七没敢落座。

"叫你来也没啥大事，就是想问问昨儿个在胭脂下川四郎庙发生的事。"大喇嘛的口气听起来很轻松，但里头却藏有一股让人生畏的硬气。

"哦。"杨五七以为大喇嘛今儿个叫他来要问休战秋的事，没想到提起了四郎庙，心里一下子变得轻乎乎的，"昨儿个从城里来了个贾议员，在四郎庙讲放足的事，我看不惯，就叫了几个弟兄教训了一下。"

"杨五七！"大喇嘛忽然变了脸，"你先把个家的屁股苦严，再管旁人的事。"

杨五七先是一愣，然后慢腾腾地说："我不亮清大喇嘛的意思。"

"杨五七，胭脂下川是杨老爷的地界，你私闯他的地界还恣意生事，要是杨老爷过问起来咋说？这是其一。其二，贾议员在四郎庙干啥是他下川人的事，

你一个外庄人好眉端端去惹他，将来河州城的大官怪罪下来哪个担当？"今儿
个大喇嘛发火是有用意的，当初是他做主将战秋嫁给杨五七的，可战秋在杨家
过着猪狗一般的日子，为这事龙布头人找过他好几次。大喇嘛早就听说了战秋
的事，但两口子打架咋说都是人家的家事，不好插手。杨五七手里有一个营的
土兵，身后头还站着胭脂下川的杨老爷，万一管得太宽，惹躁了杨五七，后果
不堪设想。但大喇嘛想，也不能就这么由着杨五七，得找个由头让杨五七亮清
土司府的轻重。这两天胭脂下川在四郎庙打醮，大喇嘛听说杨五七带人搅了贾
议员的坛场，觉得该紧一紧杨五七的皮子了。尕藏土司府辖地的人，向来不过
问辖地之外的事情，而杨五七带人在胭脂下川闹事，显然破了土司府的规程。
今儿个大喇嘛叫杨五七来昂欠，就是想借四郎庙的事敲打敲打杨五七。

"大喇嘛，杨老爷那边你尽管放心，我保证他不会跳弹。至于河州城的大官
真要怪罪下来，自有我来承担，不会让大喇嘛为难。"

"你承担？这事关系土司府，是你杨五七能承担了的吗？"

杨五七只有张嘴的份，没有了说话的气。

"好了，杨营长，以后做啥事尾巴要夹紧些，少干这种往门缝里塞指头
的事。"

那天，杨五七不亮清是咋样从昂欠出来的，也不亮清咋样下了尕藏街。

坐到尕藏酒馆的凳子上，杨五七泥塑神一样一言不发。尕堂倌端上酒喊了
他好几声，他才回过神来。他端酒盅的时节，手抖得厉害，酒还没喝到嘴里，
一多半就洒到了地上。

126

杨五七离开大喇嘛昂欠没多久，土司府的管家吉美急急忙忙跑了进来："大
喇嘛，不好了。"

"看你慌成啥了，屁股后头狼追着？"大喇嘛站在堂屋廊檐坎上，看着吉美
慌慌张张的样子，有些着气。

"大喇嘛，少爷他走了。"吉美拉着哭腔说道。

"走了，去哪里？"

"他说要去上海。"

"上海，就他一个人？"

"还有少奶奶。"

"哼，两个洋浑子。"

"大喇嘛，他们刚出镇子。"

大喇嘛急忙走出大门，手搭凉棚，朝北头望去。

去河州城的官道上，格列和茸巴骑着马一溜碎跑，身后雾一样灒起一片烟尘。

"他说没说要干啥去？"大喇嘛问吉美。

"听说要给茸巴弄啥唱野曲的片子，就是他那个洋戏匣子上用的。少爷还说，这事要是办成了，尕藏的野曲就会唱遍全……他说了个新鲜词儿，我记不大真刻，好像……好像是……全世界。"吉美答道。

六月六花儿会的时节，格列在阿尼念卿山下搞了一个规模空前的花儿大赛，那次大赛因为尕秀唱红歌惹了城里的大官，闹了个不欢而散，但事后格列有了一个大胆的想法：灌制一张咱尕藏个家的花儿唱片。

拿定主意，格列就专程跑了一趟河州城，去福音堂找那个埃德温牧师请教。埃德温告诉他，在中国只有上海可以灌制这种唱片。

格列当下就下决心要带尕藏的花儿歌手去上海。

可尕藏能拉得出来的唱家也就那么几个。现如今战秋被胭脂上川的那个二杆子营长杨五七折磨成了废人，尕秀因为她阿娘病重脱不开身，香香疯了，麻五魁成了哑哑，能在大地方亮亮嗓子的也就只剩下茸巴了。

回到府上，格列把个家的想法告诉茸巴，茸巴一听，高兴得蹦了起来。

"这么说，我的歌也能在洋戏匣子里放了？"

"当然。"格列一副很得意的样子。

接下来，格列和茸巴在府上准备了好几天，今儿个早上，格列就把带茸巴去上海的事告诉了吉美，不料，吉美听后极力反对。

"大管家，你亮清不，这可是咱尕藏的大事，是亘古没有的大事，你想拦是拦不住的。"格列越说越兴奋，"这事真要是弄成了，咱尕藏的花儿就会唱遍全中国，不，唱遍全世界。"

"少爷……"

吉美刚张嘴，格列一摆手打断了吉美的话："甭叫我少爷，叫司令。"

"你看我这记性。"吉美咽了一口唾沫，"司令，这事得给大喇嘛言喘一声。"

"不成，等我走了再告诉他，他知道早了，保准黄。"

吉美劝不住格列，只好等他带着茸巴出了府，就急急忙忙赶往大喇嘛昂欠。

"大喇嘛，要不我让旺堆去追回来？"吉美说。

"算了，他犯起病来，十头牦牛也拽不回。"大喇嘛无奈地摇摇头。

第三十章

127

胭脂下川杨老爷的孙子留留要娶胭脂岭的尕秀，这消息就像炸雷一样滚过尕藏的天爷。麻五魁再也坐不住了。

这天天爷还没亮，麻五魁就翻起身，套上褐布单褂儿，出了铁匠铺。

满天密密麻麻的星宿不停地眨着眼睛。麻五魁瞅了一眼三星，估摸了一下时辰，迈开步子上了青石板路。

街道上没有人，两旁的铺子也都关着。只有远处骡马店门口人声喧嚷，去山南、四川那边的脚户要出发了。

一般南下的买卖人，在河州一带购得货物，都囤积在尕藏，因为尕藏的店钱比河州城便宜许多。等货物囤够了，就雇尕藏脚户往山南或四川驮运。尕藏大峡谷土匪多、不安稳，必须天黑前穿过去。尕藏的脚户一般亮半夜动身，晚了就过不了大峡谷。

麻五魁害怕碰见熟人，不敢耽搁，快步穿过街道。他不愿意有人知道他去胭脂岭找尕秀。街道上那些"干话客"，只要寻到一点唾沫星子，就会给你吵嚷成一场雨。

下了尕藏河滩，麻五魁提着一口气奔上胭脂川。身上已经冒汗了，他解开单褂的纽扣。早晨的清风吹在敞开的腔子上，一阵透心的凉爽。

胭脂川的麦子早就收割了，洋芋和苞谷还长在地里。

麻五魁没有走大路，直接从地埂穿过去，这样会节省一大段路程。

尕藏地界早上露水重，不一会儿，麻五魁的麻鞋被草尖上的露水打湿了。

因为没穿袜子，一双脚不停地在湿漉漉的鞋子里"哗叽哗叽"地打滑。麻五魁干脆脱下麻鞋，提在手里，精脚走了起来。

东方发白的时节，麻五魁寻到了尕秀家。

到了门口，他先贴着土墙听了听，院里啥动静也没有，只好靠着墙根蹲下来。

过了一会儿，尕秀家院子里有声气传出来，麻五魁紧忙把麻鞋套在脚上。

农闲的时节，尕秀每天都带四龙和尕豆到山上去打草。

尕秀出来时，在土门口看见了麻五魁，她先是吓了一跳，随后，冷冷地说："你来做啥？"

麻五魁干巴巴地咧了一下嘴。

尕秀狠狠瞪了一眼麻五魁，一转身出了巷道。

麻五魁迟疑了一下，随后就跟了上去。

尕秀知道麻五魁跟在后头，出了庄子故意绕了一大圈又折了回来。

"阿姐，咋又进庄子了？"兄弟四龙以为尕秀走错路了，提醒道。

"夹紧你的嘴。"尕秀没有好声气。

四龙乖乖地住嘴了。

尕秀再次走出庄子的时节，发觉麻五魁还跟在后头，嘴里骂了一句"死皮赖"，加快步子上山去了。

胭脂岭的后山上都是些低矮的杂木林，眼下刚刚入秋，霜杀之后的林子里到处是黄一片、红一片的叶子。

比尕秀他们早来的人已经在那边的山坡上三五一群地打草砍柴。

林子下的缓坡上，长满了一人来高的竹竹竿。

尕秀扔下手里的绳子，抄起镰刀，割起竹竹竿来。

四龙和尕豆拿着铲子在一旁铲草。

尕秀一年当中有一多半时节在胭脂岭的后山上砍柴、拾猪菜、打蕨菜、割草。每当干活干累了，就坐在山花烂漫的山坡上吼一嗓子花儿，心情就一下子舒展了。

在尕秀心目中，漫花儿是比吃喝还要关紧的事情。记得那年赶山场，恰好家里断顿，她没有干粮可拿，就忍着饿唱了整整一天的花儿。跟麻五魁一样，尕秀也是为花儿豁命的好家。不过，除了唱花儿之外，尕秀还有一件事儿，一直埋在心里，从来没有告诉过旁人。

那是十年前，当时她还不到八岁。那天早上，她约了几个尕伙伴上胭脂岭后山打蕨菜。

后山上的蕨菜特别多，一到春上就霸满了山山洼洼。和蕨菜一样多的还有蓝莹莹的野鹊花。不过蕨菜喜欢长在阴洼，而野鹊花多半生长在阳坡。打了一阵蕨菜，尕秀就停下来，爬到山坡上，想掐一些野鹊花编一个花环。

太阳刚出来，橘红色的晨曦照在蓝莹莹的野鹊花上。

后山上潮气大，野鹊花挂满了露水。经太阳一照，整个山坡就像沉浸在一场亮晶晶的梦里。

看着那么美的花，尕秀不忍心伸手去摘了。就在她犹豫的当间，"唰"的一下，一大团五彩缤纷的雾气把她罩在了里面。

尕秀一下子蒙了。

许许多多细密的尕水珠，放射出各种颜色的光亮，在她的眼前飘来飘去。

以前，阿娘常给她讲牛郎织女的故事，她想象中仙女住的地方就是这般情景。莫不是她已经到了仙境？尕秀心里忽地怯了起来，振开嗓门儿大声呼喊。可任凭她喊破嗓子，就是没有人理她。

尕秀慌了神，她担心个家要是像老人们说的那样驾云升天了，那就见不到娘老子，见不到兄弟妹子了，这可咋办啊！

正当尕秀胡思乱想的时节，倏的一下，那团云雾瞬间消失。她这才发现，个家转了大半天，还在刚才那丛野鹊花的边边上。野鹊花依旧蓝莹莹的，在风中轻轻摇晃。

下山的时节，尕秀从伙伴们的嘴里得知，刚才出了一道巨大的彩虹，把整个山坡罩住了。尕秀这才亮清过来，那团彩色的云雾并不是啥仙境，而是一道虹，她就被罩在虹的里头。从那以后，尕秀每年打蕨菜，都会去那片野鹊花盛开的山坡站一会儿，她多么希望再出现一道彩虹，把她罩在里头，看那五颜六色的水珠在眼前轻盈地飘来飘去……

128

麻五魁站在尕秀一旁，静静地望着她。

尕秀割了一会儿竹竹竿，许是累了，直起腰来，太阳正好映在她的脸上，杏花般红扑扑的，看得麻五魁眼睛都不敢眨一下。

麻五魁觉得，尕秀就是他心里最美的杏花。

每当他家院中的那棵杏树开花时，他就站在树下，望着那灿灿的、一串啦一串啦坐满树枝的杏花，好长时节不挪步子，就像他生来就站在那里。他满脑子只有尕秀。

麻五魁最不能忍受的，就是杏花败落。

有时，麻五魁在铺子里打铁将锤子使重了，就会惊落一大片杏花，望着那纷纷扬扬的杏花飘落在地，麻五魁的心绪一落千丈。

后来，他干脆在杏花败落的那些日子里不打铁了，一个人坐在门槛上，望着一瓣一瓣静静飘落的杏花，想他的尕秀。

此刻，麻五魁望着尕秀杏花一样的脸骨堆，有些把持不住了，抢上前来。尕秀不知麻五魁要做啥，惊恐地望着他。麻五魁怔了一下，伸手从尕秀手中夺镰刀，他想替尕秀割竹竹竿。尕秀趔开身子一躲，麻五魁被闪了一下，脚一滑，摔倒在地。

四龙和尕豆看着趴在地上的麻五魁，"咯咯咯"地大笑起来。

> 喝茶的杯子是一个，
> 喝酒的盅子两个；
> 真心实意的你一个，
> 连我的身子两个。

这时，半山腰的林子里传来花儿。

尕秀抬起头往上瞅了一眼，没有搭腔，继续割她的竹竹竿。

麻五魁想唱，但个家成了哑哑，干着急。

"就让尕秀跟他们对。"麻五魁这样想着，一骨碌从地上爬起来，跑过去挡在尕秀前面，不让她割竹竹竿。

"做啥呢？"尕秀一脸怒气。

麻五魁一边嘴里咿咿呀呀地叫着，一边用手指着传来花儿声的那片林子。

"要去你去。"尕秀说完，拿起镰刀使劲朝跟前的一棵竹竹竿挥去，哪知那镰刀竟从竹竹竿上滑过去，镰刀尖带上了麻五魁的裤管。

麻五魁慌了，一步跳开，站在一旁，惊慌失措地看着尕秀。

尕秀被个家的失手吓了一跳。

麻五魁的裤管划开了一道口子，尕秀紧着蹲下身将麻五魁的裤腿抹起来。

麻五魁的干骨梁被她的镰刀尖划出了一道血印子。

麻五魁害怕尕秀担惊，冲她龇嘴一笑，摇摇头，意思是只划破一点油皮，不打紧。

尕秀见麻五魁伤得不重，也就放下心来，继续干活。

太阳一房檐高的时节，尕秀割了一大堆竹竹竿。她用绳子把竹竹竿捆起来，但今儿个砍得太多，她试了几次都没能背起来。

麻五魁看不过，走过来想帮衬一下。

尕秀紧忙拦挡，不料两个人的手端端碰在了一起。

尕秀臊了，撂下竹竹竿趔得远远的。

麻五魁乘机背起尕秀的竹竹竿下了山。

尕秀站在山坡上，看着麻五魁走远了，才引着四龙和尕豆跟上。

麻五魁把竹竹竿背进尕秀家，撂在院子里，反身出来，蹴在尕秀家的头道土门旁。

吃响午的时节，尕秀的兄弟四龙端着一个黑瓷碗出来了。黑瓷碗很旧，边子上还掉了一块，留下一个三角的豁豁，里面浅浅地盛了半碗苞谷面馓饭。

四龙把黑瓷碗塞到麻五魁的手上转身就走。

麻五魁端着黑瓷碗思谋了半晌，还是没下筷子，站起来，迈开大步，进了尕秀家。

他先是来到上房，尕秀阿大正趴在炕沿头吃馓饭。让麻五魁惊奇的是，他用的可不是麻五魁手里的那种黑瓷碗，而是炕沿头上挖的一个窝坑，窝坑里用胭脂岭的红泥裹了一层，那就是他的"碗"了。

麻五魁头一次看见还有人在这样的"碗"里吃饭，一下子愣住了。

尕秀阿大见了麻五魁，也是一脸的尴尬。

麻五魁急转身出了上房，去灶火找尕秀。

踏进灶火门，麻五魁看见尕秀姐弟三也围着灶台的一排红泥窝坑吃馓饭。麻五魁这才意识到他手里的这只黑瓷碗是尕秀家专意为客人预备的，他心里一酸，"咚"的一声，把黑瓷碗放在案板上转身就走。

尕秀听到声响抬起头时，麻五魁已经不见了踪影。

尕秀撂下筷子，追出土门。她一直追到庄子口的大榆树下，看见麻五魁跑下坡去，眼泪"簌簌簌"从大接杏一样的眼睛里滚出来。

129

从胭脂岭下来后的第二天，麻五魁就去了一趟河州城。

后晌，他背着一摞新崭崭的黑瓷碗出现在尕秀家的院子里。

"大侄子，这是做啥呢嘛，多破费呀。"尕秀阿大正坐在上房门口抽黄烟，见麻五魁把一摞碗搁在他眼前头，紧忙欠起身，说道。

麻五魁难怅了，黑黑的麻脸涨成了紫红色。

"麻五魁，你又来做啥呢。"尕秀正在灶火里烙馍，听到院子里的声气，顾不得洗面手，奔出灶火。

麻五魁见了尕秀只是傻笑。

尕秀直端端来到麻五魁跟前，从地上抱起那摞碗，扔到麻五魁怀里。

麻五魁抱着那摞碗，沁在地上，不知咋办。

"你做啥哩嘛，有理不打上门客。"尕秀阿大埋怨起尕秀来。

"他不是客，他是专意来臊咱们脸来的。"尕秀不依不饶。

麻五魁一肚子的委屈，可就是说不出嘴，急得两鬓间冒出汗来。

"你要把好心当成驴肝肺，我看人家没那意思。"尕秀阿大有意护麻五魁。

"那好。麻五魁，你把碗放下，碗钱等我挣了还你。"尕秀的口气很强硬。

麻五魁乖乖地把碗放在地上。

"你走，我再也不想见你。"

麻五魁惊愕地瞪着尕秀。

"你要是不走，我就摔了这碗。"尕秀说着，从地上忽地抱起那摞碗。

"娃呀，你可不敢胡来，这可金贵着呢。"尕秀阿大紧忙拦挡。

麻五魁狠狠心，一转身走了，拐过尕秀家头道土门时，麻五魁撩起单褂的衣襟抹了一把眼泪。

麻五魁还从来没有受过这样大的委屈。

他腔子里空得像拔走了肝花，脚底下轻得像踩着云彩，他不知道个家是咋样从胭脂岭走下来的。

他一边走一边想，越想心里越不是滋味。

今儿个一大早，麻五魁就动身去了河州城，他腰里别着打铁挣下的钱，心里热乎乎的，就像揣着个尕火炉。当他背着那一摞沉甸甸的碗走出河州城时，心想，这下尕秀一家可以不用红泥窝坑吃饭了，那个开了豁豁的黑瓷碗，也只能扔到墙角了。麻五魁仿佛看见尕秀正站在村口的大榆树下，手搭凉棚朝这边望呢。

> 东山的太阳升高了，
>
> 花儿的色气们俊了；
>
> 尕妹妹抿嘴着笑下了，
>
> 一心肠只爱个你了。

一路上，麻五魁心底里哼哼着欢快的花儿，脚底下就像踩着风一样轻快。

可哪知到了尕秀家，麻五魁不但没有看到尕秀的好脸，反而给胀了一肚子的气。他心里头的尕火炉，被一盆冰水浇灭了。

麻五魁气嘟嘟地走着，故意将路上的蹚土①踢得四下飞扬。

"麻五魁！"他刚下盘盘路，忽然从路边的苞谷地里蹿出一伙人，挡住了他的去路。

麻五魁认出领头的就是胭脂下川杨府的长工七斤。

麻五魁虚飘的身子一下子实落下来，他攥紧两只打铁的手，指头的骨节"咔嚓嚓"一阵响。

"麻子，你不乖乖待在镇子上打铁，像个绿头苍蝇在胭脂岭乱转啥呢。"七斤双手拤在腰里骂道。

麻五魁心里正窝着火呢，看见杨府的七斤，嗓门儿里呜呜哇哇地叫着，上前掀了一把七斤。七斤没防备，一个趔趄，要不是一旁的人扶住，就跌到后头的红水沟了。

"给我上，把这个听不来人话的畜牲砸绵了。"七斤恼羞成怒，一声大喊，后面的几个汉子一哄而上，把麻五魁围在中间痛打起来。

麻五魁是打铁的，身板硬着呢，可他一个人咋也抵不过这么多人，不一会儿，便躺在地上不动弹了。

---

① 蹚土：路上的虚土。

"装死？哼，扔到沟里去。"七斤一挥手，那几个人抬起麻五魁挪到沟沿上。七斤用脚狠狠一踹，麻五魁几个巴郎滚下了沟底。

"也不看看个家的屎泡牛嘴脸，乱骚情花骨朵一样的尕秀！"七斤骂骂咧咧地带着那伙人走了。

天爷黑实的时节，麻五魁才清醒了过来。

他睁开眼时，已是星宿满天了。

他试着动了一下，浑身的骨节酸困酸困的，没一点力气，尤其是脚孤拐那儿，痛得像针扎一样。

七斤把他踢下沟的时节，他的脚孤拐被摔伤了。

"咋也不能死在这沟岔里喂了蛆。"他忍着浑身的剧痛，一瘸一拐地往前挪。

出了沟口，眼前就是尕藏河滩了。月亮还没有出来，整个河滩漆黑一片，只有星宿在河面上一闪一闪的。远处，尕藏街上有零星的灯光在夜晚的雾霭中明明灭灭。

麻五魁在沟口缓了一会儿，鼓着硬强站起来。他走几步缓一会儿，缓一会儿走几步，半夜时分才回到尕藏街个家的铺子里。

130

这天一早，麻五魁捣着一根棍子下了地，慢慢挪到铺子里，打开门板。

街面上已经有人做生意了，长长的吆喝声从老远传过来。

麻五魁伸出头朝街上瞄了一眼，看见王半仙坐在一张破椅子上摇着一把开了边的蒲扇等人算命。

要不是王半仙搬媒，尕秀咋会嫁个拳头大的娃娃呢。要不是尕秀要嫁给那个拳头大的娃娃，他麻五魁咋会平白无故挨这么顿暴打呢。

麻五魁心里的火捻子被一下子引着了。

他扔下手里的棍子一瘸一拐地奔到王半仙的卦摊，把王半仙算命的尕方桌掀翻在地。

"麻子，你犯失心疯了？"王半仙从椅子上跳起来，用手里的蒲扇指着麻五魁呵斥道。

麻五魁红褐色的眼睛瞪得快要出血，一把打掉王半仙手里的蒲扇，揸起拳头，朝他的腔子杵过去，王半仙"哎哟"一声，重重地倒下去，跌进路旁的阴沟里。街上的人见麻五魁打王半仙，都围过来看热闹。

王半仙躺在阴沟里，脸色煞白，用手捂着心口，一个劲地呻唤。

麻五魁似乎还不解恨，用手狠狠指着王半仙，"咿咿呀呀"地骂了一通，才转身走了。

不一会儿，王半仙媳妇听到消息赶了过来，她骂骂咧咧地把王半仙扶到家里，然后急急忙忙去土司府找格列，可土司府的尕仆人达勒告诉她司令和少奶奶去上海了。

"去上海，后晌能回来吗？"王半仙媳妇还以为上海是离尕藏不远的哪个庄子。

"后晌？你消停等着吧，一年半载回不回得来也保不准。"达勒笑道。

"难不成这上海在半天爷？我去找大喇嘛。"王半仙媳妇嘴里唠叨着，线陀螺一样转出土司府往大喇嘛昂欠跑去。

她没跑出多远，刚好碰上从尕藏河滩散步回来的大喇嘛桑杰。

"大喇嘛，逼人命了。"王半仙媳妇拉起大喇嘛的袍袖就往她家走。

"啥事嘛，你说亮清，拉我做啥。"大喇嘛使劲拖了一下袍子。

"大喇嘛，你得给我做主，麻五魁那个挨刀子的把我男人打死了。"王半仙媳妇死死拽住袍袖不放，生怕大喇嘛溜掉似的。

大喇嘛一听麻五魁打死了王半仙，哪敢耽搁，紧着跟王半仙媳妇来到她家。

进了堂屋，大喇嘛一眼看见王半仙躺在炕上一个劲地呻唤。

"咋……唉，你说话也太悬了。"大喇嘛狠狠瞅了王半仙媳妇一眼。

"我不是害怕你不来嘛。"王半仙媳妇嘟囔道。

随后，大喇嘛察看了一下王半仙的伤势，又叫来几个在场的人问了问情况，对王半仙媳妇说："你男人没啥大事，缓缓就好了。"

"刚才连气都喘不上来，脸白得像纸。"王半仙媳妇大声野气地说着，唾沫渣子在嘴角乱溅。

"行了，霎把针尖说成棒槌。"大喇嘛说完，起身要走。

"大喇嘛，这就完了？他还砸了我男人算命的桌子，这不是成心砸我们家饭碗嘛。"王半仙媳妇急了，紧忙拦住大喇嘛。

"那好，打死人拿命钱，打伤人拿血钱。叫麻五魁连血钱带桌子总共赔一个椭子，中了吧？"大喇嘛桑杰一向不喜欢王半仙，但也不能明显地偏袒麻五魁。

"才一个？"王半仙媳妇瞪大了眼睛。

"嫌少？这能买下你几个月的口粮呢。"

第三十一章

131

七斤拿一把一尺来长的杀猪刀，"哧——"地豁开猪腔子，热气腾腾的猪肚肠一下子从豁口涌出来。

给七斤打下手的一个汉子迅速伸过一只大笸篮，将那些肚肚肠肠、心肺肝花盛在里头。

刚才站在一旁看热闹的一帮娃娃，立时朝着笸篮围了过来。

七斤拿着杀猪刀，从笸篮里翻出猪尿泡。

那帮娃娃的眼光"唰"的一下，都聚到猪尿泡上。

七斤一刀割下猪尿泡给娃娃们递过去，可哪个都不敢伸出手，眼巴巴地望着人空里的留留。

留留上前从七斤手中一把抵过猪尿泡，转身就跑。那帮娃娃呼啦一下，高声喊叫着追了过去。

接下来，给七斤打下手的汉子用大笸篮端着下水到一旁洗涮去了。

七斤回转身，从猪腔子里迅速割下一块肥囊膪丢进嘴里，津津有味地嚼了起来。

杨府的这头猪原本是留着过年的，可是留留娶媳妇吃筵席要用猪肉。从尕藏街买猪肉，杨太太嫌贵，而个家的年猪正在抓膘，宰了有些可惜。

"要不咱席上就不上猪肉了。"杨太太跟杨老爷商量。

"咱胭脂川就靠猪肉撑席面，没了猪肉，就少了一多半荤腥。再说，咱杨府在方圆周围是有脸面的人家，两个后人又有公干，你说，咱家的席上缺了荤腥，亲戚乡邻咋说哩。"杨老爷一脸的不高兴。

杨太太思谋来思谋去，直到昨晚夕才拿定主意宰个家的年猪。

今儿个一早，七斤就按杨太太的意思，把府上的年猪在后院拾掇了。

七斤是杨老爷在胭脂下川的一个远方本家。要看他年纪轻，可他的骨头大，杨老爷得管他叫阿爷，不过杨老爷从来没这样叫过。七斤是个孤儿，十几岁就来杨府打长工。他在杨府啥活都干，收庄稼翻地、喂头口填圈、跑路捎信、杀猪宰羊……

在杨府扛工，不仅活重，而且工钱低，好在杨老爷答应到时给他寻一门好亲。就冲这个，七斤为杨府死心塌地，没一点怨言。

如今，杨老爷要为个家拳头大的憨娃娃婆媳妇，而七斤已经二十好几，还光棍一大条，他虽然嘴上不说，心底里却直泛酸水。

离七斤不远的空地上，留留领着那帮娃娃在地上揉猪尿泡。几个娃娃轮流揉了好一会儿，才将尿泡揉好。随后，有人拿来竹子棍，把尿泡吹憋。吹尿泡也是有窍门的，换气要及时，还要掐好尿泡系子，不然里面残留的尿水水会倒流进嘴里。尿泡吹好后，用预备好的细绳绳把口子扎好，放在地上。早就准备好的留留，让开几步，猛地跑过去，用力一脚，猪尿泡飞出去老远。那帮娃娃一阵手忙脚乱，朝猪尿泡疯一般扑过去，后院里立时热闹了起来。

前院里，一帮央及来的婆娘，在北厢房前的杏树底下围成一圈，择葱秧、剥大蒜、甩鸡蛋、泡发菜、洗洋芋……

杨嫂在院子里穿来穿去，不停地指拨着那些干活的人。

堂屋门前的廊檐坎上，杨老爷躺在躺椅上，一边"呼噜噜、呼噜噜"地抽水烟，一边瞧院子里那帮吵吵嚷嚷干活的婆娘。

其实，杨老爷并不在意院子里那一大堆吵吵嚷嚷的婆娘，在他眼里，她们跟那些出出进进忙活的五大三粗的男人们没啥区别。他在意的只有一个人，那就是院子里扭来扭去的杨嫂。

今儿个的杨嫂，头发梳得光光的，后脑勺上绾一个拳头大的发髻，上面特意插了一根银簪子。那是杨老爷去河州城时，背着杨太太偷偷给她买的。她上身穿一件青布的大襟衣裳，左上角的扣子上还拴了一个荷包，在腔子上晃来晃去。荷包里面绣着一对凫水的鸳鸯，旁边还配了一朵红艳艳的莲花。不过上面套着一个青绒的套子，旁的人看不见。今儿个，杨嫂腿上还专意打了新绑带，走起路来格外地轻盈利落。

杨老爷目不转睛地瞅着杨嫂的时节，院子里那帮干活的婆娘们像是约好了似的，忽然都不吱声了，她们神秘兮兮地瞄一眼杨老爷，再看看杨嫂，然后相互飞快地窝嘴挤眼，接着，有人悄声说了句啥，引得大家"哄"地爆出一阵爽快的笑。

杨老爷有些难怅了，使劲咳嗽了一声，下面的笑声戛然而止。

杨老爷的旁边，靠墙根支了一张桌子，王半仙穿着件浅灰色的长衫子，正在写对子。

原本，杨老爷要请济世堂的马神仙写，可杨太太说，一事不烦二主，还是让王半仙写吧。王半仙本身是杨家的媒人，完了还要谢媒，让他写对子就可以把两件事一趟子过了，请马神仙还得单另破费一斤茶叶两斤冰糖。

杨老爷不想在这些尕事情上跟太太闹别扭，就没再说啥，由着她了。

王半仙当然亮清杨太太的心思，但他不能说啥，只得装糊涂。俗话说，头都磕了，还怕作揖？

不一会儿的工夫，王半仙写成了一副对子。

"'笙箫共奏齐天乐，琴瑟同调满庭芳。'杨老爷你看这副咋样？"王半仙捧着对子念给杨老爷听。

杨老爷沉吟半晌，说："俗是俗了点，不过字还写得劲道，就贴到堂屋门上吧。"

王半仙点了点头，转身喊人贴对子。

这时，杨老爷派去城里请大粪王刘掌柜的人来了。留留外爷刘掌柜回话说，这些日子忙，要是能调开时节，一定来。

"调时节？"杨老爷一听，心里不高兴了，说，"嗨，他还扳住了。这老东西，一定还在为他女儿的事抓气呢，不管他。"

"杨老爷，是不是再跑一趟？他可是骨头的主哩，尕少爷办喜事，不能没有他呀。"一旁，王半仙插话过来。

"半仙，不担惊，到时节他比哪个都来得快。"

这边正说着，只听"嘭"的一声，把大家都吓了一大跳。

"哪个？"杨嫂站在院子当中，用手捂着屁股，扭过头来，大喊一声。

原来，留留和那几个娃娃一不留神将猪尿泡从后院踢进了前院。一个娃娃去捡，留留却抢上前去一脚将猪尿泡踢开，不想那尿泡端端砸在了杨嫂的屁股蛋上。

杨嫂以为是哪个野男人乘她不注意占她便宜，扭过头想骂，却看见留留正站在那里，怔怔地看着她。

围着杏树干活的那帮婆娘，目光齐刷刷跳过杨嫂，聚到堂屋门前的杨老爷身上。

其实，头一眼看见猪尿泡砸在杨嫂屁股上的人就是杨老爷。当时，他心里一乐，但使劲忍住了，没露在脸上。当杏树底下那帮婆娘火辣辣的目光向他聚来时，他紧忙收起水烟瓶，起身进了堂屋。

132

花轿出门了。

迎亲的唢呐声从胭脂岭过雨一样浇下来，漫过胭脂川，漫过尕藏街……

村口的那棵老榆树上，落满了无数的麻雀，叽叽喳喳地吵成一片。震耳的唢呐声不但一点也没有打扰到它们，反而使它们吵嚷得更加厉害，弄得老榆树不停地往下掉叶子。

花轿绕过老榆树出庄了，沿着庄子前红砂岩上的羊肠道，慢慢向胭脂川晃悠。

尕秀昨晚夕就哭肿了眼睛。

以前，赶花儿山场的时节，有不少年轻人明里暗里追尕秀，最上进的要数尕藏街的铁匠麻五魁。

可尕秀根本看不上麻五魁。

虽说尕秀看不上麻五魁，可她个家也没想好要嫁个咋样的男人。

虽说尕秀没想好要嫁个咋样的男人，可她咋也没想到要嫁给一个拳头大的娃娃。

尕秀的眼泪"哗"的一下，淌了下来，在她红扑扑的擦了雪花膏的脸骨堆上留下两行湿漉漉的泪痕。

早知道这样，还不如嫁给麻五魁，瞎好是个大人，是一堵硬硬朗朗的墙。

想到这儿，尕秀的眼泪淌得更紧连了。

可不管咋说，这拳头大的女婿是她个家定的，怪不得旁人。

那天尕藏街上的王半仙来家里提亲，尕秀犹豫不定，没把话说死。后来她翻过来倒过去地思谋了好几天。毕竟，她要嫁的是财东家，杨老爷答应给她阿娘看病。阿娘养她一场不容易，可个家又没本事给阿娘看病。眼前头最关紧的就是阿娘的病，阿娘的病就是阿娘的命，救不了阿娘的命，做儿女的活着也是一件打脸的事。

尕秀认定个家就是嫁个尕娃娃的命。

主意已定，尕秀跑到尕藏街去找王半仙。

"半仙叔，你说的那个事我愿意。"

"能中？"王半仙喜出望外。

"中哩。"

"思谋好了？"

"思谋好了。"

"还是我这大侄女眼窍高，明事理。"王半仙紫蒜鼻子一搐，冲尕秀搐起了大拇指。

紧接着送大礼，择日子，娶亲。

"唉，瞎子跳崖，随命吧。"尕秀的腔子里空空的，她真想放开嗓门儿吼一声花儿。

轿子后面的骡子上驮着一垛"针线"，里面多半都是鞋子和枕头。

前些日子，王半仙带话来说，杨老爷知道尕秀家难心，针线可以少做些。而尕秀阿娘却说，杨家是光鲜人家，家伍又大，针线不能少，少了折人呢。她硬是从杨家给她的药钱里匀出来些，让尕秀上尕藏街扯布割线。

尕秀阿娘身子瓤，下不了炕，就坐在炕上捻麻线。尕秀一个人打袼褙，纳鞋底，上帮子。

"尕秀，杨太太是个细致人，针线一些些不敢马虎。"尕秀阿娘一遍一遍在尕秀耳根前嘱咐。

杨太太的娘家也在胭脂岭，她的事多多少少也吹进尕秀阿娘的耳根里。

"阿娘，你啥时节也变成了嘛呢奶奶，啰里啰嗦的。"尕秀冲阿娘一笑。

轿子下了坡，顺着沟边的土路往前走。

尕秀心里憋闷，忍不住撩开花轿的帘子。

左首是一片苞谷地。眼下已经是秋后，苞谷棒子早就掰完了，但是苞谷树还长在地里。

晨曦洒在苞谷树上，枯黄的叶子变得红簌簌的，使往日萧瑟的田野陡然间弥漫起一种暖暖的缠绵。

对于眼前的苞谷地，尕秀既陌生又熟悉。熟悉是因为她去尕藏街经常路过这里，苞谷啥时节下种，啥时节出苗，啥时节喂粪，啥时节收摘，她一清二楚。陌生是因为她并没有在苞谷地里做过活，不亮清务劳苞谷的道道子。胭脂岭与胭脂川虽然离得很近，但一个在岭上，一个在岭下，地气差得大了。川里可以种苞谷，岭上就只能种麦子、青稞。苞谷班辈大、生长期长，种在岭上长不熟。到了秋后，岭上的人就拿自家的麦子一比一兑换川里的苞谷。虽然麦子面要比苞谷面好吃，但它吃轻，消化快，而苞谷面吃重，更能填肚皮、抗饿。孕秀每年都要跟阿大一起扛着自家的麦子来川里兑苞谷。

晨风徐来，苞谷地轻轻地晃动起来，叶片上跳动的光亮，耀得孕秀眯起眼来。

今儿个的孕秀格外迷人。

亮半夜的时节，孕秀阿娘就扎挣着起来，给孕秀开脸，她用一根长长的扣线把孕秀脸上的汗毛绞得干干净净，然后用嚼碎的杏仁给她洗脸，这是杨老爷专意给媒人嘱咐过的。洗完脸后用杨老爷家送过来的雪花膏擦了脸，最后，还用红泥沟的红土调成的口红淡淡地抹了一下嘴唇。

"都是阿娘拖累了你。"灯影下看着孕秀粉扑扑的脸骨堆儿，孕秀阿娘越发伤起心来，眼泪扑簌簌滚落下来。

"阿娘，莫说怨怅话，好好看病，病好了来下川看我。"孕秀一边嘱咐，一边用手揩去阿娘的眼泪。

孕秀阿娘抽泣着点点头。

前面遇上了一截子蹚土路，前面的吹鼓手踏起的尘土像浓烟一样升腾起来。

孕秀怕呛着，正要放下帘子，猛见得苞谷地里有个人影闪了一下。

孕秀瞪大眼睛仔细搜寻起来，果然，她在苞谷地里寻见了那个晃动的影子。奇怪的是，那人一个劲地顺着花轿的方向走，花轿快，他快，花轿慢，他也慢。

"麻五魁？"孕秀的心里"咯噔"一下。虽然隔着扬起的尘土看不真刻，但她凭着直觉断定，苞谷地里那个闪动的人影就是麻五魁。

不知咋的，孕秀忽地想起麻五魁的许多好来。

一想起麻五魁对她的好，她心里不由得产生了歉疚。她觉得以前不应该那样对麻五魁，她有些后悔了。

轿子一颠一颠地前行，麻五魁的影子在苞谷树空里一闪一闪地晃着。

"唉。"孕秀轻轻叹了一口气，放下帘子，泪水又很快汪满了眼睛。

轿子过了红水沟，就到了胭脂下川地界，麻五魁钻出苞谷地，站在沟沿上，眼巴巴望着轿子越走越远。

今儿个早上，胭脂岭上的头一声唢呐传下来时，麻五魁就跳出铁匠铺，朝镇子外跑。

到了尕藏河，他也不从桥上过，直接连鞋带裤钻进水里。过了河，上了胭脂川，一直到了胭脂岭的坡底下，蹴在苞谷地里等尕秀的花轿。

迎亲的唢呐越来越近，麻五魁的心提到了嗓子眼儿上。

透过苞谷树空，可以看见尕秀的轿子一闪一闪下了胭脂川。

麻五魁的眼睛一刻不离地盯着一闪一闪的轿子。

"尕秀啊尕秀，你咋就嫁人了呢？你咋就嫁了一个拳头大的娃娃呢？这不是活杀人哩嘛。"麻五魁一边盯着轿子走，一边从心里不住地叫唤。

就这样，麻五魁一直盯着尕秀的轿子过了红水沟，才从苞谷地里钻出来。

他站在地埂上，踮起脚，伸直脖子，朝下川张望，直到尕秀的花轿隐进远处的庄子空里不见了，才不甘心地迈开步子往回走。

麻五魁越走心里越憋屈，他想喊，但喊不出声，他想唱，也唱不出声，只能在心里歇斯底里地吼叫：

> 叫一声天来天高得很，
>
> 叫一声地，地深着叫不应了；
>
> 跟着鬼魂阴间里去，
>
> 阎王爷听，阳世上没走的路了。

到了铁匠铺，麻五魁啥也不做，直端端跑到墙角，寻出那块当年顶过无数次的柱顶石顶在头上，跪在门前……

133

晌午的时节，尕秀和留留的婚礼开始了。

因为留留太尕，办不来事，整个婚礼都由杨嫂抱着他完成。

留留的阿娘死得早，留留阿大杨永生极力反对这门亲事，昨儿个就借故去了山南，没来参加后人的婚礼。所以拜高堂时，只能拜阿爷阿奶了。

尕秀先跪在杨老爷面前，叫了一声"阿爷"，连磕三个头。

尕秀磕头的时节，杨老爷感到一股一股杏仁混合着雪花膏的香气扑面袭来。他深深吸了一口，攒紧眉毛，好像那香气一直渗进了他的骨头。

"阿奶。"尕秀又朝杨太太磕头。

杨太太鼻子里轻轻哼了一下。她对这个会唱野曲的孙子媳妇一开始就不咋看好，要不是杨老爷串通好王半仙在她面前耍了嘴皮子，她是不会答应这门亲事的。

对这门亲事不看好的还有杨府的奶娘杨嫂。她总觉得杨老爷热心这门亲事有些蹊跷。后来她打听到杨老爷在花儿会上替尕秀开脱的事，更觉杨老爷这么早为留留张罗亲事，心里一定藏着啥歪主意。就在刚才，尕秀给杨老爷磕头时，她见桃花红色的尕秀快要把杨老爷的眼珠子吸出来了。这越发印证了她的预感：杨老爷心里十有八九装了尕秀。

拜礼结束，杨嫂抱着留留，引着尕秀去了新房。

东家开始排席了。

在尕藏一带，凡是过大事，堂屋炕属于最尊贵的客人，尤其是坐堂屋炕的上席，更是一件值得炫耀的事情。留留结婚，本应当留留的外爷河州大粪王刘掌柜坐堂屋炕，但今儿个来了河州驻军和行署的大官，杨老爷把堂屋炕让给了他们，而叫个家的亲家刘掌柜屈就在南面的厢房里。

那年，刘掌柜死了女儿之后，跟杨府大闹了一场，但气归气，外孙子还是个家女儿的骨血，所以刘掌柜隔三差五来胭脂下川杨府走动。

那天杨府来请他的时节，他还拿架子，可到了外孙子婆亲的日子，他早早就骑了牲口出了城。一进杨府，他直接来到堂屋上了炕。可让他没想到的是，城里来了一帮拿稳作势的大官，把他从堂屋炕上撵了下来。刘掌柜心里很不痛快，但他心里亮清胳膊狠不过大腿，只好灰溜溜地去了南厢房。

"教罢拳的师傅，碾罢场的碌碡，死了娘娘的姑父。"从堂屋出来时，刘掌柜嘴里不停地嘟囔着。

134

尕藏来的各色头面人物被安排在北面新房的隔壁，这屋原本是杨建生的房子，现在收拾出来，让杨嫂住。

尕藏人吃席每桌八人。而且只坐三面，上席坐两人，两侧各坐三人，上席对面不坐人，留出来的空间是添茶上菜和招呼客人的值客用的。

杨嫂房子的这桌席上，有土司府管家吉美，塔拉寨斯库的后人尕藏民团塔拉营营长哈赤和管家色目，尕藏草场头人龙布，此外就是济世堂的马神仙、摆卦摊的王半仙，还有两个是尕藏镇骡马店的黄掌柜和皮货店的刘皮匠，他们都是杨老爷的老交往。

经过一番谦让，济世堂的马神仙和土司府的吉美坐了上席，色目和王半仙挨着马神仙坐下，龙布和哈赤挨着吉美坐下，黄掌柜和刘皮匠分别挑炕头。

尕藏民团汉营营长杨五七因为是杨老爷本家，只能站在地上当值客。

大家坐定，一边喝着三炮台的盖碗茶，一边打开了话匣子。

"哎，你们听说了没有，尕日本已经打到绥远了。"马神仙率先开了言。

"真的？"龙布显得很吃惊的样子。

"嘴长在他身上，想咋说就咋说呗。"王半仙因为跟马神仙有过节，故意拆台道，不过他的声气压得很低。

王半仙跟马神仙早前相处得还算融洽，一个看病，一个算命，各干各的，相安无事。自从马神仙被人们封为"神仙"，两人有了摩擦。"他白无常摇身一变成了神仙，我为啥只是个半仙？"摆卦摊的王半仙心里酸溜溜的。他想来想去觉得光务劳算卦观相、弄神捉鬼这一套还不行，这个咋说都是歪道，上不了台面。得学会几样治病救人的实招，这样才会让人高看。王半仙寻访来寻访去，最终看中了一个奇人。这奇人就是河州城的一位接骨匠，听说他掌握了一种叫禁风术的绝招，尤其对腰酸腿疼、中风之类的病症有奇效。还听说这位接骨匠现如今染上了抽大烟的恶习，弄得穷困潦倒，抬不起头。王半仙觉得这是个难得的好机会，就备了重礼，还专意托人买了一疙瘩上好的大烟膏，进城拜见接骨匠。接骨匠见了大烟膏，眼里放光，他对王半仙说，这是他家祖传的养家绝技，一般不敢外传，看在王半仙实诚的面子上，就收他这个徒弟。

王半仙乐得嘴快咧到耳根了。

接着，接骨匠生了火盆，先美美地抽了一顿大烟，然后将一把铁铲放进火盆里烧，等铁铲烧红了，接骨匠让王半仙把袖子抹起来，露出胳膊。

王半仙眼睛瞪得铜铃一般，仔仔细细地盯着接骨匠，生怕看丢了哪个关紧的细节。

接骨匠先往嘴里咕进去一口酒，随即拿起烧红的铁铲，将舌头对准铲子，

"嗞"地舔了一口。

吓得王半仙闭实了眼睛。

只听"噗——"的一声，接骨匠将咕进去的酒吹到了王半仙的胳膊上。

王半仙感到一股冷气从胳膊渗进他的骨头，冰得他牙齿打颤。

"师父，好功夫！"王半仙佩服得眼里闪起了泪花花。

"师父，这功夫多早能练会？"王半仙抹了一把眼泪，问道。

"脑子灵，一年也就够了。脑子死，两年三年也不止。"

"那得多少酒呀。"

"先吹水。"

"吹水？"

"对，你多早能把一棵锨把粗的朵树吹死了，就中。"

回家后，王半仙每天早上起来，头一件事就是端着茶缸，对着院子里的一棵朵杏树吹水。几个月后，王半仙发觉朵杏树的叶子开始发蔫。入秋的时节，王半仙吹出去的水竟然在朵杏树上结了冰。来年开春，朵杏树没有发芽。

"吹死了！吹死了！"王半仙欣喜若狂。

练成之后，王半仙寻机会治病救人。

有一天，王半仙媳妇去朵藏河担水闪了腰，疼得哭娘喊老子。

"快，快扶我去济世堂。"王半仙媳妇嚷着要去找马神仙。王半仙却不慌不忙地说："要找他，我给你治。"说完，王半仙拿来一个预备好的铁铲，放在炉火中烧得红红的，然后学着河州城师父教给他的法子，先咕一口酒，再用舌头舔一下火红的铁铲，然后喷在他媳妇的腰上。当天后晌，他媳妇的腰疼就好了。

这年夏里，胭脂下川的一个老汉中风歪了半个脸，在马神仙那儿诊治了个把月，不见效果。王半仙私下偷偷给病人捎话，说他可以治。病人半信半疑来找王半仙，王半仙把病人带到家里，先是拿着宝剑神神叨叨地舞弄一番，接着就用禁风术诊治，三天之后，那老汉的脸竟然恢复成了原样。

王半仙的名声一下子在朵藏镇炸开了。

"这个装神弄鬼的下三滥，竟然用歪门邪道来掺我的行。"马神仙恨不得将王半仙一口咬碎。

大前年，王半仙得了绞肠痧，疼得炕上打滚儿。王半仙媳妇几次去请马神仙都没有请动弹，她只好托人将王半仙拉到河州城去诊治。那一次，王半仙差点送了命。从此，王半仙和马神仙闭了门互不言喘。

刚才，王半仙调侃马神仙时，马神仙没听清王半仙的话，但他亮清王半仙没说啥好话，于是他冷笑一声，用手捋了一把垂到腔子上的花白胡子，挺了一下腰，说："说实话，尕日本打绥远可不是我顺口胡说，是《甘肃民国日报》这么说的。"

杨老爷爱看报纸，所以他的二后人杨建生就把他们司令部看罢的《甘肃民国日报》给他捎来。杨老爷又跟马神仙对劲，每次上街都要到马神仙的济世堂坐一坐，品品茶，下下棋。有时他也把个家看罢的报纸带给马神仙看。

"我以为啥呢，还不是收拾人家的唾沫渣子。《甘肃民国日报》到了咱尕藏，说不定尕日本已经打过兰州城了。"王半仙讥讽道。不过声气依旧压得很低，他毕竟害怕马神仙听亮清，给他下不去。

"马神仙，你是个明眼人，那你说说这尕日本为啥要打咱中国。"吉美问道。

吉美仍是一身藏袍，戴着黑乎乎的一顶藏式礼帽，浑身上下散发着酥油的味气。

"要说这尕日本呀，还跟咱们沾点亲带点故。"

王半仙正在喝茶，听马神仙说到这儿，差点把喝进去的茶水喷出来。

马神仙亮清王半仙这是故意的，也不跟他计较，继续说："想当年呀，大秦国的秦始皇统一六国，一心想着长生不老，万代千秋。于是乎，就派当时有名的方士徐福带了三千童男童女坐船到海上寻找长生不老的药。哪知他们一路飘摇，晕晕乎乎就到了日本，从此就在那里扎下根来，没再回来。现在的日本人，就是那帮童男童女的后人。"

"这么说，日本人是咱中国人的外甥。"这时，色目也插话进来。

"阿舅打外甥，墙上抹臭虫；外甥打阿舅，羯羊拉到门前头。"吉美听着听着有些气不顺了。

"是啊，这哪有外甥打阿舅的道理，失格呀。"在地下当值客的杨五七也愤愤道。

"绥远离咱这儿不是还远着吗。"龙布有些不以为然。

"嗨，天塌下来有大个子顶着呢，咱们操啥心。还是说说咱尕藏的事吧。"王半仙终于忍不住大声嚷道。

"听说格列少爷引茸巴去上海灌啥野曲唱片，有这种事？"王半仙话音刚落，色目接上了话茬。这几天，格列去灌花儿唱片的事已经成了土司府的笑柄，所以色目拿这事来臊吉美。

吉美瞪了一眼色目，只管喝茶，没有理他。

"茸巴这个女人不一般呀。"马神仙呷了一口茶，轻轻晃着头，意味深长地说道。

"少奶奶的声嗓那可是铜铃一样。"坐在炕南头的黄掌柜夸赞道。

"以后的土司府要女人说话了。"色目继续阴阳怪气地说。

色目的话正好扎在了吉美的痛处，他不高兴了，"咚"的一声把碗子放在炕桌上。

"母鸡叫鸣，不是啥好兆头。"色目继续惹逗吉美，脸上露出一丝不怀好意的笑。

"听说河州行署要给你们汉家的女人放足了，这可是件新鲜事。"龙布看色目和吉美话不投机，紧着把话头岔开。

"可不是吗，上次在胭脂下川来了个啥贾议员，在四郎庙宣传放足，叫杨老爷给轰走了。"杨五七有些得意地说道。

龙布见杨五七接他的话茬，心里头老大不高兴。原本，龙布知道杨五七在这里当值客之后，想起身告辞，被上席的吉美悄悄按住，他亮清吉美的意思，只好打消了动身念头。可是看着杨五七在地下晃来晃去，他心里咋也不自在。

"要是女人们都放足了，那还不翻了天爷。"刘皮匠翻了一下白眼，气呼呼地说道。

"唉，民国政府放着天爷大的事不管，尽干些这样的多余事。真是身旁跑过一头牛他看不见，飞过一只苍蝇，他倒眼尖，一下就抓住了。这世道，看来真的不中了。难怪东洋尕日本也敢来欺负咱们。"马神仙说着说着也来气了。

这时，头道馍上来了，有花卷、馓子、炸果、素盘。紧接着是包子，有糖包、油包、菜包、黄萝卜包。

面点过后，是清汤羊肉和烩菜。

这是尕藏筵席大菜前的序幕而已。之后，所有吃席的人要缓一缓，看上亲[①]抬针线，说是针线，也就是陪送。这些陪送的东西除了新郎新娘的用物之外，还有送给新郎家近亲家伍的枕头和鞋子。上亲抬完针线，东家要给上亲抬针线钱。最后，上亲和东家都要谢媒。这些规程结束后，要摆大菜上烟酒，真正的宴席就开始了。

---

① 上亲：新娘家人。

马神仙一行人在杨五七的招呼下，按照原来的座次重新入席。

尕藏的大菜除了四碟凉菜，还有八道硬菜。发菜、手抓羊肉、扣肘、全鸡这是不可缺少的。尤其在尕藏，手抓羊肉更是重要，当地人常说，没有手抓不成席，没有手抓不当人。

菜上桌后，先要由上席的人动筷。如果上席的人不动筷，其他的人只能等。

在马神仙这一桌，坐在上席的马神仙和吉美互相谦让了一番，动了筷子，就算正式开席了。

吃了一阵，开始喝酒。

尕藏人喝酒，一般要划拳打关，但马神仙不想和王半仙划拳，就提出行酒令。

"马神仙先来。"大家一致推举马神仙头一个行令。

"恭敬不如从命。不过酒令大过军令，大家一定要遵从。"马神仙也不推辞，端起酒盘子，行了个"飞凤凰令"。

"我的红凤凰们飞吆红凤凰们飞，红凤凰们飞不过去时你的黄凤凰们飞。"马神仙唱完，吉美端过盘子接着唱："我的黄凤凰们飞吆黄凤凰飞，黄凤凰飞不过去时你的蓝凤凰们飞。"下面就挨次往下接。这种酒令要接得及时，接晚了就得喝酒，而且不能唱错，要是出了错，也得喝酒。

虽然这伙人心里各有各的尕算盘，平时很难尿到一个壶里，但唱酒令使他们有了暂时的共识，在杨老爷的整个筵席上，就数他们这帮人最热闹。

今儿个来杨老爷家吃席的客人特别多，前院后院都坐得满满的。

原本，杨太太是不想请这么多客人的，她说："尕藏人都是些吃食货，太破费。"而杨老爷却说："看你这个抠婆娘，七个大还是八个大都捣不过，他能吃掉多少？来得多，礼钱就多，白花花的椭子烫手不成？"

杨老爷早知道家里的灶火不够用，几天前就到尕藏草场龙布头人那里借了一顶大帐篷，搭在宅院外面的空地里当灶火，又请了河州城有名的厨子掌勺。

筵席一直吃到后晌才陆续散去。

135

尕秀新房的桌子上放着一个大海碗，里面盛了满满一碗清油。尕拇指粗的捻子担在碗口上，静静地燃着。

这满满一碗清油，在杨府可要做一个多月的饭呢。不过尕秀新房的这盏长明灯，关系着杨太太宝贝孙子的一辈子，杨太太一点都不含糊。天黑前她就让杨嫂从油嘟噜里倒了一碗新榨的胡麻油，放在尕秀新房的桌子点上了。

尕秀新房的油灯一亮，杨府的院子里立时飘荡起一股冲鼻的香味。

一天下来，留留被折腾乏了，躺在"龙戏凤"的红缎子被里呼呼大睡。这幅被面是杨太太专意让二后人杨建生从城里的绸缎庄买来的苏州货，上面的龙凤是用金丝线绣出来的，经长明灯一照，金灿灿的。

新房横梁上"八"字形贴着两绺红纸。一绺写着"狮王在此"，另一绺写着"抬头见喜"。

尕秀不识字，不知道那两绺纸上写的啥。但她觉得那上面的字跟她有关，所以一直盯着那两绺纸出神。

今儿个尕秀头一次使了雪花膏，一天到晚感觉脸上绵嘟嘟的，格外舒坦。眼下，又被大红被面衬着，两个脸骨堆就像是两瓣嫩潜潜的杏花，真个是一指头就能弹出水来。

尕秀盯了好一会儿，眼睛都盯麻了。

慢慢地，那两绺红纸重到一起，竟然变成了麻五魁的影子。

那影子她是再也熟悉不过了。就在今儿个白天的苞谷地里，那影子一直跟着她的花轿晃动……

忽地，尕秀的脑海里晃过一个奇怪的念头：旁边躺在红艳艳的缎子被里的不是留留，而是麻五魁会咋样？

尕秀的心一阵狂跳，她被个家这个奇怪的念头吓着了。

她"啪"地拉起被角，蒙住个家的头。

半夜时分，留留的哭闹声惊醒了杨嫂。

杨嫂紧忙穿了衣服，敲响尕秀的房门。

尕秀满心的不高兴，一边嘀咕着，一边跳下炕，给杨嫂开门。

"咋了咋了？"杨嫂一进门，直奔炕沿头。

"留留闹着要咂奶。"尕秀披着衣服站在地上。

"要叫名字，他是你男人。"杨嫂扭过头，狠狠挖了尕秀一眼。

尕秀昨儿个起得早，又加上吃筵席闹了一整天，早就乏瘫了。到了夜里，想早些睡，可她有诧房的毛病，到了生地方咋也睡不着。直到半夜好容易睡着，却不想一阵异样的感觉把她从睡梦中弄醒了，她猛地睁开眼，灯光下，看见留留正趴在她的腔子上咂奶。

尕秀又羞又怕，一把掀开留留。

留留顿时大哭了起来。

杨嫂进来时，留留才住了哭，一骨碌爬起来，扑向杨嫂。

"他要咂奶，你就叫他咂呗。"杨嫂说着，解开衣襟，撩起肚兜，露出白晃晃的大奶子。

留留叼住杨嫂的奶子呼噜呼噜咂起来。

"这么大的人还咂奶。"尕秀嘴里悄声嘟囔道。

"尕秀，你记着，尕少爷从月子里咂我的奶，一直咂到了今儿个。现今儿他娶了你，就轮着你给他咂。"杨嫂一边给留留喂奶，一边教训起尕秀。

尕秀脸上一阵发烧，下意识地用手护住腔子，说："我哪里有奶水呀。"

"要说有没有，尕少爷尕的时节就在奶头上吊惯了，不咂奶就不吃饭不睡觉。"

尕秀一听，傻眼了。

136

尕秀在杨府洞房花烛的时节，麻五魁怀着非常激愤的心情走上了尕藏草场。

他要去找那个水萝卜女人达娃。

今早，他从胭脂上川回到铁匠铺后，只感到一疙瘩一疙瘩的黑云在他的腔子里翻腾。

"尕秀啊尕秀！"他的眼前总是浮现出那一颠一颠抬向胭脂下川的花轿。

眼看着个家的心头肉就要成了旁人家的媳妇，而且成了一个拳头大的娃娃的媳妇，一霎间，麻五魁想死的心都有。

即使顶了一个多时辰的柱顶石，他还觉得气不顺。他扔下柱顶石，奔到院子里，抬起脚，朝院中间的杏树重重地踹了好几下。

被霜杀红的杏树叶子，过雨一样倾泻下来。

天黑之后，他胡乱地挖了几嘴黑饭，躺在炕上，蒙头大睡。可他越睡心里越乱，身子就像擀面杖一样，在破毡上擀过来擀过去。

半天的云彩半天雾，

雾遮到雪山的底了；

尕妹是绸子阿哥是布，

布粗着配不上你了。

他在心里狠狠地唱着花儿，泪水糊住了眼睛。

头鸡叫的时节，麻五魁再也睡不住了，一骨碌从炕上翻起来。

他要找尕藏草场的寡妇达娃。

一路上麻五魁挖空心思想着达娃的许多好，她的水萝卜一样白里透红的脸骨堆、葫芦一样高高挺起来的腔子、灯笼一样圆鼓鼓的屁股……没了张屠夫，一样吃猪肉！他要跟达娃在一起，跟她睡觉，跟她成婚，跟她生儿育女！

月光将草场照得白花花的。

没有风，草场安静得出奇，麻五魁能够显显地听到个家的心跳。

尕藏草场的冬季居住点已经不远了，麻五魁隐隐约约可以看见尕藏头人龙布的大宅院。龙布宅院的左首那黑乎乎的一片，就是牧民的房屋了。麻五魁还清楚地记得，那排榻榻房的头一家就是达娃家，那年就是在那儿他头一次认下达娃的。尤其是达娃家的那头藏獒，他记得死死的，一辈子都忘不过。要不是那天多看了一眼那个水萝卜女人，就惹不下那头四只眼的藏獒；要不是打死了那头该死的藏獒，他也折不了那五个沉甸甸的椭子。五个椭子啊，就因为瞅了一眼她水萝卜一样的脸骨堆。

今晚夕我要让她一总儿还回来！

想到这儿，麻五魁加紧了步子，恨不得马上就见到达娃。

眼看冬季居住点就要到了，可麻五魁忽地犹豫了下来。他停下步子，扭过头，朝身后望去。

远处灰蒙蒙的，啥也看不见。只有近处的枯草，在月光下静静地泛着白光。

不知咋的，麻五魁猛然间想起他的阿娘来。从前，他每次看到街上的娃儿仕阿娘的怀里嬉闹的时节，他眼馋得快要流出泪来。他多么渴望也像旁的娃儿一样，躺在阿娘暖烘烘的怀里啊！

他阿娘离开他时，他还不到一岁，阿娘长啥样子，他一丝丝印象也没有。

他脑子里一个接一个闪过他熟悉的那些女人来。

头一个跳到他眼前的，就是马上就要见面的达娃，但他很快又摇了摇头。

不像，绝不可能像她！麻五魁觉得他阿娘应该长得很瘦溜，就像花儿里唱的那种"风摆柳"的身材，绝不像草垛一样累堆的达娃。接着是土司府的少奶奶茸巴。也不像！他阿娘应该是那种说话柔声柔气的女人，咋可能像脚下踩着风火轮的茸巴？像战秋？更不像！麻五魁向来不咋喜欢黑牦牛一样的战秋，能杀死旦真保的女人，啥样的活儿干不出来？那么像香香？麻五魁曾在阿尼念卿山场跟香香对过花儿，那女人倒是温温和和的，面皮子也白，可眼下，她成了疯子，他阿娘咋能和一个疯子相比呢？

最后一个走到他眼前的是尕秀。

对，就是尕秀，她应该最像他的阿娘。

那大接杏一样的眼睛，那杏花一样的脸骨堆，那白丝带一样的声气。

可尕秀的脾气柔和中带着点刃子。

他喜欢尕秀的柔和，但不喜欢她身上的刃子。

然而，他喜欢也好，害怕也好，就在这一闪念的工夫，尕秀像明晃晃的月光，一下子照进他的心头。

"尕秀啊尕秀！"麻五魁从心里深情而又绝望地呼唤着。

忽地，身后传来轻微的脚步声。麻五魁转过身子，猛地瞧见达娃像个鬼魂似的立在他的眼前。

麻五魁被吓得倒退了两步。

"我就知道，今晚夕你一定会来找我。"清冷的月光下，达娃的声气透着一丝凉意。

麻五魁打了一个冷战。他刚才对达娃升腾起的那种渴望，一霎间跑得没有了踪影。

"你的心头肉做了旁人的媳妇，你没有指望了。"达娃咧了一下嘴，挖苦道。

"不！"麻五魁的声气在腔子里雷一样震响着，可就是冲不出嗓子，他感觉个家鼓胀得就要爆炸。

"五魁兄弟，龙布头人早就说过，咱俩老鸦嫑嫌猪黑，是天配的一对。"达娃说着，夸张地扭动着身子朝麻五魁走来。

随着一股浓重的雪花膏味气袭来，达娃的身子已经贴近了麻五魁。麻五魁想趔，被达娃一把拽住。

"不！"麻五魁腔子里又一声炸雷。他使出打铁的力气，猛地甩开达娃，像一头中箭的野猪，带着锥心的疼痛向远处逃去。

"麻子，你不是儿子娃，不是儿子娃……"达娃愤怒地骂着，坐在地上哭了起来。

第三十二章

137

深秋的尕藏草场一片荒凉。

风一阵一阵地掠过枯黄的草尖，发出"呜呜呜"的悲鸣。

只有命贱的狗娃草还在顽强地绽放着，那蓝色的花朵，成为这荒凉季节唯一的生气。不过，它咋拼命，也无法改变一天天枯萎的结局，紧接着到来的霜冻将使草场里一切光鲜的东西统统消失。

旺堆今儿个又来到阿尼念卿山下和战秋亲热过的那棵大松树底下，枕着个家的手臂，躺在树下面的草丛里。已经很久没来这地方了，但草丛中间依旧能闻见战秋的味气。

"战秋。"旺堆从心里一遍一遍地呼唤着战秋的名字。

一年多了，每次想起战秋，他的心就颤抖。尤其听到战秋被杨五七一遍遍折磨的消息，他就有一股提着刀去拼命的冲动。但他不能，他得忍着，要是杀了杨五七，他阿爸吉美不答应，大喇嘛桑杰更不答应。

他真希望痛苦和仇恨把个家烧成灰，化成风，这样就一了百了了。

旺堆是从他兄弟尼玛的嘴中知道杨五七休了战秋的事情。

那是今年秋初的一天，旺堆喝得醉醺醺的往家里走，无意间听到几个女人在说战秋的事。

旺堆想过去问个亮清，可那几个女人见旺堆醉醺醺的样子，都给吓跑了。

回家的时节，旺堆在门道碰上正要出门的尼玛，就一把抓住他的领口，问道："你，你说，战秋咋了？"

"阿哥，你看你，把我拽疼了。"尼玛紧忙往一边趔。

"你说，杨五七又把战秋咋了？！"旺堆的声气把尼玛的耳朵震疼了。

“战……战秋回草场了。”尼玛将声气压得低低的，像是害怕旺堆听见。

“战秋坐娘家了？”

尼玛望着凶巴巴的旺堆，没敢言语。

“莫不是杨五七把战秋休了？”

“嗯！”尼玛只得重重地点了一下头。

“你早就知道了？”

尼玛又点点头。

“为啥不告诉我？”

“阿爸不让。”

“这么说就只昧着我一个人？”

尼玛又点点头。

旺堆松开尼玛，尼玛像大狗熊手里逃脱的羔子，一甩蹄子溜了。

旺堆直奔后院，牵出马，疯一般驰向尕藏草场。

旺堆来到战秋家，翻身下马，一脚踹开战秋家的大门。

龙布头人不在家，旺堆直扑战秋的闺房，可是战秋躲在房子里，死活不开门。

“战秋，我是旺堆。”旺堆在门外急切地叫喊着。

屋里没有动静。

“战秋，开门啊。”旺堆用巴掌使劲拍门。

仍然听不到战秋的声气。

“战秋，你想咋哩？你要命我给你！”“唰”的一声，旺堆抽出马刀。

“跟拉姆好好过日子。”半天，屋里传来战秋嘶哑的声气。

就在格列和茸巴成婚不久，土司府做主，将格列的贴身侍女拉姆硬是嫁给了旺堆。

“战秋，我的黑牦牛，我心里只装着你。”旺堆带着哭腔说。

“我歪脖子瘸腿的，是个半年汉。”

“战秋，战秋……”

接下来，不管旺堆咋呼喊，战秋一直没再吭声。

旺堆哪里死心，天天来找战秋，战秋还是照样天天不理他。

今儿个，旺堆没去找战秋，他想骑着马在尕藏草场美美地驰骋一番，发泄发泄心中的憋闷。可到了阿尼念卿山下，他又鬼使神差般来到了以前和战秋幽会的地方。

　　望着那熟悉的草木，闻着那熟悉的味气，又勾起旺堆对战秋的思念。旺堆觉得他的生活中不能没有战秋，就像酥油茶里不能没有盐巴。

　　虽说他跟拉姆成婚了，可他心里只装着战秋，而且装得满满当当的，根本没有拉姆一些些位置。

　　　　麻雀飞了三架山，
　　　　鹞子半虚空过哩；
　　　　我心里想你着滴血哩，
　　　　清眼泪能打转磨哩。

　　忽然，林子外面的草场上传来花儿声。

　　这是战秋的声气。旺堆一个鲤鱼打挺，从地上翻起来，猛跑几步，又刹住脚，他不知道该咋样面对战秋。

　　　　牡丹的叶叶羊吃了，
　　　　光秆秆开啥花哩；
　　　　你把尕妹的心挖了，
　　　　空腔子活啥人哩？

　　战秋的声气是那样地哀婉、凄切。

　　旺堆的心像猫挖一样难受。

　　　　康熙爷访仙的夜明楼，
　　　　把住栏杆了招手；
　　　　尕妹是阿哥的护心油，
　　　　千想万想是难丢。

　　旺堆实在忍不住了，也仰起脖子，用个家的左声气干喊了起来。

　　旺堆唱罢，等了半天，没有战秋的声气。他紧忙跑出林子，看见远处的草地上战秋一瘸一拐的身影。

　　原来，战秋听到旺堆的声气后，先是吓了一跳。等她回过神来，就紧忙往家赶。

"战秋！"旺堆飞身上马，追了过去。

战秋听见后面的马蹄声，加快了步伐，但她哪能跑得过旺堆的快马。

不一会儿，旺堆骑马横在战秋的前头。

战秋不敢看旺堆，蹲下身子，把个家的头深深地杵在双腿之间。

"战秋。"旺堆跳下马，张开有力的臂膀，把战秋从地上揽了起来。

"旺堆——"战秋撕心裂肺地大喊一声。

"我的黑牦牛。"旺堆声泪俱下。

> 猪肉贴不到羊身上，
>
> 湿柴着放不到火上；
>
> 我心牵到你身上，
>
> 你心牵不到我上。

就在这时，身后传来另一个女人的花儿声，旺堆和战秋不约而同地转过头。

远处，拉姆骑在马上，忧伤地朝这边张望。

战秋一下子从旺堆身上弹开，跑了。

"战秋！"旺堆眼睁睁看着战秋隐在坡那边的草丛中不见了，才回身上马。

"你来做啥？"来到拉姆身旁，旺堆冷冷地问道。

"看戏。"拉姆也冷冰冰地答道。

"你怀着娃呢，挺着个大肚子，乱转啥哩。"

"我男人都快没了，要娃做啥？"拉姆快要哭了。

"你甭听人胡说。"

"听？我干啥要听，我又不是瞎子。"

"好啦，拉姆，咱回家慢慢说。"旺堆将马靠近拉姆，伸手来拽拉姆的马缰绳。

拉姆使劲一拖，缰绳弹在旺堆的指头蛋上，旺堆疼得甩起手来。

"你到底要咋样？"旺堆生气了。

"你咋不跟你的歪脖子情人吼。"

"你……"旺堆狠狠地瞪了拉姆一眼，掉转马头，双腿使劲夹了一下马肚子，冲尕藏街方向奔跑起来。

138

　　旺堆一直驰到尕藏街南头的尕酒馆，翻身下马。

　　酒馆的尕堂倌听见马蹄声跑出酒馆，从旺堆手中接过缰绳，拴到红桦木的拴马桩上。

　　旺堆黑着脸，一进酒馆就喊："来一嘟噜酒。"

　　酒馆的掌柜一见进来的是土司府的红人、尕藏民团番营营长旺堆，紧着从柜台上抓起一嘟噜酒，哈着腰走过来，给旺堆斟上。

　　旺堆刚抿了一尕口，"啪——"地站起来，把盅子里的酒泼在了地上："这是啥烂货，拿好的来。"

　　邻桌上，旺堆的兄弟尼玛和他的几个狐朋狗友正在吃酒，他们见旺堆躁了，一个个吓得不敢吱声了，巴巴地朝这边张望。

　　"旺堆营长，咱这店里只有这尕擦瓦①和黄酒，没有旁的酒，这你亮清。"掌柜的紧忙给旺堆作了个揖，然后讨好地笑着说，"要不给你老人家送一碟卤肉？"

　　旺堆瞪了一眼掌柜的，没有吭声。

　　尼玛他们见旺堆安稳下来，都长长松了口气，继续划拳喝酒。

　　"三星照呀。"

　　"五魁首呀。"

　　"八抬里坐呀。"

　　"元宝滚进门呀。"

　　"满堂喜呀。"

　　酒馆里又热闹起来。

　　旺堆一嘟噜酒下肚，碟子里的卤肉也扫了个精光，打着饱嗝，摇摇晃晃出了酒馆。

　　尼玛看着阿哥旺堆的醉样儿，有些不放心，溜到门口，偷偷往外探望。

　　旺堆没有回家，而是朝街南走，走了一截儿，下了尕藏河滩。

　　"阿哥喝成这样还去河滩干啥？"尼玛觉得蹊跷，便一步跨出酒馆，悄悄跟

---

①　尕擦瓦：一种自酿的低等青稞酒。

了上去。

旺堆沿着盘盘路一步一滑下了河滩，没走几步，忽地抽出大刀，左右开弓，乱劈了起来。

"阿哥这是咋了，脑子不清顺了？"尼玛心里有些怯了。

旺堆乱劈了一阵，好像觉得不过瘾，又冲进尕藏河继续挥舞着大刀狂劈乱砍。

"阿哥——"尼玛狂呼一声，冲下河滩。

旺堆收住大刀，怔了一会儿，可他并没有回身，而是不顾一切地扑向对岸。就在他上岸的一霎，脚下一滑，重重地栽进河里。

"阿哥——"旺堆跌进河里的同时，尼玛也被脚下的石头绊了一跤，扑倒在地，啃了一嘴的沙子。

"噗——噗——"尼玛气极了，恶狠狠地啐着嘴里的沙子。

旺堆扎挣着从河里站起来，摇摇晃晃上了岸，站在胭脂上川的地埂。

他那满头狮鬃一样的大鬈发上不停地往下滴水。

"阿哥——"身后再次传来尼玛的呼喊声，这次旺堆好像听亮清了，慢慢转过身来。

旺堆木木地走下地埂，蹚进河里。他驼着背，弓着腰，脑袋深埋在长发里，就像一头丢掉了领地的狮王。

"阿哥，你到底咋了？"等旺堆回到这边岸上，尼玛抓住他的胳臂，急切地问。

"没啥。"旺堆的脸似乎更窄了，高高凸起来的鼻梁，闪着锋利的光亮。

"我还以为你疯了呢。"

"疯？可惜你阿哥疯不了。"旺堆回过头，又向对岸的田野瞅了一眼，喃喃道，"人呐，有时还真不如一只蜻蜓呢。"

"蜻蜓？"尼玛瞪大眼望着旺堆。

原来，旺堆从酒馆出来，并没有想好要去哪里，他只是不想回家，不想面对拉姆。

出了尕藏街，便顺腿拐下了河滩。

不想，他正懵懵懂懂地走着，河那边飞来一对蜻蜓，"嗡嗡嗡"在他头顶盘旋。那是一只蓝蜻蜓和一只红蜻蜓，都吃得肥嘟嘟的。让旺堆着气的是，它们竟然在他的头顶粘在一起干那事。

"蓝的和红的咋会弄到一起？"旺堆忽地想起杨五七和战秋来。

"嗖——"的一声，旺堆拔出大刀，对着那两只不知瞎好的蜻蜓奋力砍去。

那对蜻蜓机灵地躲着旺堆，"嗡嗡嗡"地围着他打转，像是故意惹逗他。

旺堆喝大了酒，加上心里烦躁，手里的刀不听使唤，没有一些些准头。那对蜻蜓见旺堆那副癫狂的样儿，越发地胆大起来，有一次竟然擦着旺堆的鼻尖飞了过去。

挑逗了一阵，那对蜻蜓像是玩腻了，一转身子飞向孕藏河。旺堆一直追到河里，又从河里追到对岸。那对蜻蜓见旺堆在地埂上停下来，公然在他眼前头放肆地套了几个花子，顺着田野飞向远处。

旺堆呆呆地站在地埂，望着那对蜻蜓消失在远处的雾气中，直到听见尼玛唤他的声气。

尼玛陪着阿哥旺堆从河滩回到家里，吉美看见旺堆浑身湿透的样子，陡着脸问尼玛："你俩去哪里了？"

"凫水。"尼玛顺嘴编了个谎。

"这天气凫水？"

第二天午后，旺堆从马厩里牵出马又要出门，却不想拉姆站在门道里挡住了去路。

"走开。"旺堆黑着脸喝道。

"又去会你的歪脖子情人？"拉姆伸开双臂，挺着大肚子不让他过去。

"你胡说啥哩，走开！"

"今儿个你哪儿也不能去。"拉姆的口气很坚决。

"做啥哩？"这时，吉美听到吵嚷声走出堂屋，冲大门口喊道。

旺堆害怕阿爸来拦他，紧着将拉姆往边上一推，想牵着马闯出去，哪想旺堆下手重了些，拉姆被推过去之后，撞在门扇上又反弹了一下，正好弹在了马肚子上，一个趔趄，摔倒在地上，捂住肚子痛苦地呻唤起来。

"旺堆。"吉美跳下廊檐坎，跑过来一看，拉姆的屁股底下流出血来。

"旺堆，你这个畜牲，趸事情了。"

旺堆知道个家闯了祸，紧忙回转身扑向拉姆。

"快去叫马神仙！"吉美冲旺堆怒吼一声。

旺堆疯一般冲出门道。

马神仙到了吉美府上，急急忙忙点观了一下拉姆，对旺堆说："紧着去请接生婆，你媳妇要生了。"

吃黑饭的时节，拉姆早产生下一个男娃。

139

这天，战秋大清早起来，没有吃喝，没有梳洗，顶着一头的乱发坐在闺房炕上，一个人发呆。

闺房的门开着，从这里望出去，一直可以看到大门外的草场。

外面天爷晴明，太阳很尖，晒得草尖上的草籽不停地爆出。

眼尖的雀儿从空中俯冲下来，轻而易举地叼起草籽。

秋风吹过，草穗子上的白毛毛被风带起来，四处飘散。

旺堆是陪伴了战秋许多年的一个梦。

在她十岁那年，阿爸引着她去管家府，认识了管家府的大少爷旺堆。临走时，旺堆给她手里悄悄捏了一疙瘩冰糖。

自那以后，每当想起旺堆，她的心里就甜滋滋的。

长大后，战秋满以为个家一定能嫁给旺堆，可她打死也没有想到，最后竟嫁给了她最讨厌的杨五七。

战秋尕的时节的那个梦猛乍乍断了。

这阳间世呀，好多事情看起来就像酥油里抽毛那样容易，可做起来比大海里寻针还难。更叫人无奈的是，个家的事往往个家做不了主，得老天爷说了算，而老天爷的心思哪个又能吃得准呢？

杨五七休了她，无形中又给了她一个喘气的机会。她仿佛觉得，她的没做完的梦又蠢蠢欲动……

可旺堆毕竟有了家室，战秋左右为难起来。旺堆来了，她躲着旺堆；不见旺堆，她的心又整天整天为旺堆揪着。

忽然有一天，她的昏天黑地的日子变得清晰起来。

那天，她阿爸龙布从镇子回来告诉她，拉姆跟旺堆打架早产，差点送了命。

战秋心里一惊。她觉得拉姆早产，个家脱不了干系。

从那一刻起，战秋下定最后的决心，永远不再理旺堆。

一个人影出现在白毛毛飞舞的草场上。

起初只能看见晃动的脑袋，过了一大会儿，才慢慢露出身子。

那人好像骑着马。是旺堆吗？不是，旺堆骑马没这么慢慢悠悠。

又近了一些，战秋看见那人穿着一身新式的骑士服。

战秋似乎不认识这个人，但那人骑着马端端地朝她家走来。

战秋心里有些紧张。她起身下炕，朝大门口迎过去。

那人来到门口，翻身下马，她下马的姿势很优雅，看得战秋眼根都直了。

"战秋。"那人笑嘻嘻地跑过来，一把抓住战秋的胳膊。

"少奶奶。"战秋这才认出，眼前这个穿着奇特的人，正是土司府的少奶奶茸巴。

战秋和茸巴是花儿山场上的朋友。只是战秋出嫁以后，两人就失去了联系。如今老朋友再次相见，战秋心里说不出的高兴。然而一想到个家眼下的处境，这短暂的高兴，像是被一股风刮走了，战秋的脸色很快阴沉下来。

"你的事我都知道了，战秋，覅惆怅，天爷塌不下来。"茸巴安慰道。

"少奶奶，我没有天爷。"战秋的眼里渗出了泪水。

"战秋。"望着战秋伤心的样子，茸巴的心里不是滋味，"要不是为了我，你也不会嫁给杨五七那个畜牲。"

"少奶奶，覅说了。"

"战秋，你要怪就怪我吧。"

"少奶奶，我哪个都不怪，就怪命。"

"命是圆的还是扁的，是吊的还是方的？战秋，命是个家活出来的。"

战秋没了言语。

茸巴一把拉住战秋的手："战秋，覅这样苦熬了，跟我回土司府，给我做个伴。"

"我，歪脖子瘸腿的。"战秋使劲摇头。

"你要是个全乎人我还不要呢。"茸巴说着，要拉战秋上马。

"少奶奶，我总得告诉阿爸一声。"

"不用了，我已经说过了。"

140

进了土司府，战秋才知道格列已经变成了一个瘫子。

那是上个月的事情了，格列和茸巴离开尕藏镇，先到了河州城，在河州别园住了几天，然后雇了辆大车，直奔河州码头。他俩打算从河州码头坐上牛皮筏子，顺黄河经兰州、银川漂流到包头，再从包头坐火车经天津去上海。

通常，从河州码头往包头运羊毛的筏子每年春秋各装运一次。格列和茸巴来到码头时，正是秋运的时机，到处可以看到成捆成捆堆积如山的羊毛。

在河边停放的大筏子跟前，人们正在汗流浃背地将堆在岸上的散羊毛往牛皮胎里装。皮胎里面站一个人，外面的人把羊毛递给他，他用脚使劲把羊毛踩瓷实了，这样一层摞一层，把牛皮胎装得满满当当。另一帮人不停地把装好羊毛的牛皮胎一个一个抬到木架旁，按顺序往上绑。

挂好皮胎，木筏就可以下水了，下水后继续往上面摞羊毛捆子，直到垒成一座尕山。

码头上到处都是忙忙碌碌的景象，到处都是臭烘烘的羊毛味。

格列和茸巴两人一连问了好几个筏子上的拿事，都说筏子只捎男不捎女。原来，黄河上的货运筏子严禁女人搭乘，说女人身上有晦气，要是上了筏，就会惹恼龙王带来灾难。

筏子搭不成，两人只好灰溜溜地回城。

第二天一早，格列还在睡梦中，茸巴一巴掌拍醒他，兴奋地说："醒醒，快醒醒。"

"啊呀，啥事呀，好不容易遇上一个好睡梦，都叫你给搅了。"格列愣怔着揉了揉眼。

"快起来，有比梦还好的。"茸巴将手伸进格列的被窝筒筒，胳肢了一下。

格列最怯胳肢，一骨碌翻起来，定睛一看，茸巴穿着他的衣裳站在眼前。

"女扮男装？"格列惊呼道。

"嗯，你看咋样？"茸巴龇眯一笑。

"哎呀茸巴，看不出的木匠修楼呢，你还真有戳破天的本事呢。"格列高兴得跳了起来。

当天，格列就引茸巴上街给她置办了一套长袍马褂，还买了一顶瓜皮帽，一上身，果然像模像样。

格列害怕码头上的人认出来，换了一身深色的西装，两人装扮得一土一洋出了城。

到了码头，正好赶上一家筏子要起运，拿事正领着一帮水手在黄河边的石案上祭龙王。

拿事恭恭敬敬跪在石案前。

"上香——"一旁站着一个穿长衫的斯文汉子，声气拖得长长地喊了一声。

拿事点了三炷香插在石案的香台上，然后磕了三个响头。

"献明水——"穿长衫的又喊一声。

拿事端起一个三炮台的碗子，将茶水浇奠在地上，再磕三个响头。

"奠爵——"

拿事从酒嘟噜倒出一杯酒洒在地上，又磕三个响头。

看得格列和茸巴偷偷地笑。

祭祀完毕，拿事吆喝一声，水手们纷纷跳上筏子。格列紧忙走过去跟拿事商量。

茸巴没有跟过去，站在原地看格列和拿事讨价还价。

茸巴见格列给拿事手里塞了两个椭子，拿事头摇得像刷拉。

格列又塞了两个，拿事还是摇头。

格列狠狠心，又塞了一个。拿事将五个椭子放进兜里，打量了一下站在一旁的茸巴，没有说啥，跳上筏子。

茸巴心里一乐。

紧接着，格列拉着茸巴也跳上了筏子。

"起——"拿事一声吆喝，筏子起运了。

黄河两岸，是河州著名的瓜果之乡。时下正是树木绿叶子转黄的时节，花花绿绿，色彩斑斓，煞是好看。

> 芥子花开打黄伞，
> 胡麻花开是宝蓝；
> 筏上的阿哥讨平安，
> 回来了尕妹哈照管。

岸上传来花儿声。

> 站在筏子上扳桨哩，
> 羊毛哈往包头送哩；

> 远路上有我的扯心哩，
> 哪个哈打听着问哩。

拿事也是个花儿好家，一听见果林里有人唱花儿，他就按捺不住了，伸长脖子应和起来。

"二位客人，也来唱一嗓子嘛。"拿事唱完，也向格列和茸巴主动邀请道。

格列早就嗓子痒了，拿事一撺掇，就毫不客气地唱了起来：

> 一山黄羊一山绿，
> 哪一山没有个野参；
> 两个身子一条心，
> 分开是两家的扯心。

格列唱罢，朝茸巴偷偷丢了个飞眼，茸巴会心地一笑。

> 刘家峡里翻大浪，
> 青铜峡里的绵羊；
> 想起个尕妹哭一场，
> 路远着辨不过方向。

格列的声气刚落，拿事接着唱上了。

在一阵一阵的花儿声中，筏子缓缓驶向刘家峡。刘家峡是这一带黄河上的头一道险关，峡内水流湍急，险礁林立，老远就能听到流水撞击岩石发出的隐隐的喧嚣。

> 獐子吃草转花崖，
> 鹿吃了清泉的水了；
> 想你着腔子里冻成冰，
> 见你是化成水了。

茸巴听着听着实在压不住了，等拿事一唱完，就抢上去亮开了嗓子。

茸巴一开口，筏子上的水手们都被惊呆了，就连前面掌舵的把式也回过头来，盯着茸巴，像中了定身法一般不动了。

> 拔过了麦子着草留下，
> 燕麦哈地埂上晒下；
> 拔过个肝花了心留下，
> 心里头有两句话哩。

拿事也不再对了，一眼不眨地盯着茸巴，完全沉醉在她的花儿声中。

渐进刘家峡，水流开始加速，而筏子上的人一个个都被茸巴的花儿迷住了，浑然不知。

> 青丝的黄烟我装上，
> 双手儿给，我看你接哩嘛不接；
> 心肝花放在炉子上，
> 烧着了看，我看你热哩嘛不热。

> 骆驼蓬叶子虎爪子，
> 尕骨朵好像个纽子；
> 尕心里有了是先要急，
> 多半个身子是你的。

大家正听得入迷，猛听得一声巨响，筏子撞礁了。

"牛角叉！"有人大喊一声。

"老天爷呀！"

"我的救神呀！"

筏子上乱成一片。

"牛角叉"是刘家峡内的一处险礁，平时隐在水里，天旱时露出水面。筏子要是躲不开"牛角叉"，往往会筏毁人亡。

刚才，大家迷上了茸巴的花儿，不知不觉筏子顺着激流冲进了险象环生的刘家峡。

"快系上绳子！"拿事大喊一声。

水手们这才回过神来，急急忙忙拉起绑在筏子上的绳子，系在腰上。

凡是上筏子的人都配有一根救命绳。

茸巴学着水手们的法子麻利地将绳子系在个家的腰上。

慌乱中，格列的绳子掉在筏子的横木空里。筏子因为撞了礁，已经变形，格列的绳头子恰好夹在两根木头的中间拖不出来。

"你用我的。"茸巴说着就要解个家的绳子。

"不，没时节了。"格列按住茸巴的手。

格列的话音没落，失去掌控的筏子，像一头发疯的牦牛撞向峡谷一侧的崖壁。

"嘭！"的一声巨响，筏子被撞散了，人和货物全部落水。

滚滚的浪涛将撞散的筏子连人带货一起顺着峡谷裹挟而下。

幸好，茸巴和水手们都系了腰绳，跟冲散的木头绑在一起，到了峡谷下游水缓处，互相帮衬着，陆续上了岸，只有格列一个人不见踪影。

"大哥，救救我男人。"茸巴的瓜皮帽早叫河水冲跑了，头发披散开来，她疯一般拉住拿事的手求情下话。

"你是女的？"拿事这才睁大眼睛审视起茸巴来，"我在黄河的浪尖上混了大半辈子，还从来没遇上今儿个这样的骚事，原来都是你这个破屁股作的怪。"

"大哥，救救我男人吧。"茸巴死死抓住拿事的胳膊不放。

"救你男人，想得美，我那一筏子的货……唉，天尊呀，趸大了。"拿事捶胸顿足，叫苦不迭。

"只要你救了我男人，你的货我赔。"茸巴使劲搡了拿事一把。

拿事一个趔趄，退了几步，好不容易站稳了，吃惊地望着茸巴说："这么多的货你能赔得起？"

"实话告诉你，我男人是尕藏民团的司令，要说一筏子的货，就是十筏子的货也是吹一口气。"

"真的？"

"人命关天，我能哄你？"

"弟兄们，走！"拿事一声吆喝，那帮水手从地上爬起来，跟着拿事顺着河岸巡视起来。

约莫走了五六里地，他们来到黄河拐弯的一处浅滩，那上面长满了芦苇。

"要是你男人命大，保不准就架在芦苇空里。"拿事对茸巴说。

"我男人是金刚转世，当然是命大人。"茸巴白了拿事一眼。

一帮人上了浅滩，不一会儿，果然在黄河边的芦苇空里找到了格列。

"司令！"茸巴见了格列，一蹦子趔过去。

格列像死人一样，没有声气。

"让开。"拿事推开茸巴，蹲下来，把格列放在他的腿上，使劲压了几下格列的后背，立时，格列肚子里的水从嘴里咕嘟咕嘟冒了出来。等格列喝进去的水控干净了，拿事重新放他下来。过了一会儿，格列的身体抽搐了一下，鼻孔里有了气息。

"缓过来了！"茸巴高兴地叫了起来。

格列虽然侥幸拾了一条命，但他的头受到了撞击，身子动弹不了，话也不能说了。茸巴从河州城和省城兰州请了好多郎中，都没有医治松活。

瘫了的格列整天躺在炕上，天晴的日子，茸巴使人将他抬到院子的皮特果树下，叫达勒把一屋子的雀笼挂在树上，让他听满树的雀叫。

格列虽然不能动弹，也不能说话，但他还能看，也能听。

那满树的雀儿一叫，尤其是那只花头麻鹬一张嘴，他的眼睛就活泛起来。

今早，茸巴忽然想起了战秋。

自从拉姆出嫁后，茸巴身旁正好缺一个贴心人，她想把战秋接到土司府，帮她一块儿照顾格列。拿定主意，茸巴当场换了格列的那套骑士服，让下人从马厩里牵出尕白马，直奔尕藏草场。

第三十三章

141

早上起来，茸巴站在廊檐坎上。

院中的皮特果树结了一层霜，树枝间密密麻麻地挂满皮特果，向阳的已经泛红。它们隐在红簌簌的树叶间，要是不仔细瞅视，还真分不清哪是果子，哪是树叶。

落在树枝上的一只麻雀看见屋里出来的茸巴，机警地摆了摆头，一拍翅膀，扑棱棱穿过树枝飞走了。

尕麻雀带起的霜渣子，从空中飘下来，晃晃悠悠落在茸巴的脸骨堆上，那种凉丝丝的感觉，让茸巴禁不住打了个响亮的喷嚏。

"战秋。"茸巴捂着酸溜溜的鼻子冲屋里喊了一声。

"少奶奶。"战秋答应着，一瘸一拐走出来。

"以后要叫我少奶奶。论年纪我比你大月份，你就叫我阿姐吧。"茸巴伸手轻轻将战秋耷拉下来的刘海捋顺了一下。

"这咋好。"

"咋不好？这样才显得亲近嘛。"

"阿姐。"战秋努了努嘴，试着叫了一声，随即不好意思地笑了。

"这就对了。等一会儿你叫几个人，把树上的皮特果摘了窖起来。"

"哦呀，阿姐。"

战秋刚走，吉美走了进来："少奶奶，杨家大少爷在二堂等你。"

"你让他到我这里来吧。"

格列出事后，茸巴一直思谋着咋样把土司府的事好好料理料理。毕竟她是土司府的少奶奶，土司府的命跟她的命绑在一起。尽管土司府的事对她来说千头万绪，就像老虎吃天爷那样无从下爪，但她没退路了，哪怕油锅里滚巴郎，也得把这副担子担起来。

她思谋了好几天，昨晚夕叫来管家吉美，问："老爷在的时节，土司府的事是咋料理的？"

吉美不亮清茸巴的意思，努了半天嘴，说道："就按祖上传下来的规程。"

"规程里没有的呢？"

"跟大喇嘛商量。"

"哦，除了大喇嘛还跟哪个商量？"

"有时也请杨家大少爷。"

"就是那个私塾先生？"

"哦呀。"

"明早你把他请来。"

吉美有些不乐意，瞟了一眼茸巴，勾下头，眼睛直勾勾地盯着个家的脚尖，装作没听见。

"咋，管家的耳朵背了？"

"上了些年纪，是有些背了。不过……司令不咋喜欢那个杨家大少爷。"

"管家，如今司令已经阳世不知了。"茸巴不高兴了。

"哦……哦呀。"吉美见茸巴脸色不对，紧忙答应一声退了出去。

其实，茸巴跟杨永生早先见过面。

那还是今年夏里的事，格列带着茸巴去逛集，经过私塾时，里面传来学娃们的读书声。

茸巴好奇，闹着要去私塾看看。

私塾的院子不大，用矮墙围起来。站在墙跟前，就可以看到里面的教室。

"栖守道德者，寂寞一时；依阿权势者，凄凉万古。达人观物外之物，思身后之身，宁守一时之寂寞，毋取万古之凄凉。"杨永生穿一身长衫，站在讲台上津津有味地讲着课文，他洪亮的声气，一下子把茸巴吸引住了。

"他讲的是啥呀，我咋一句也听不亮清？"茸巴仰起头，望着格列。

格列说："他讲的是《菜根谭》。"

"是说菜的？"

"菜？还肉呢，呵呵呵。"格列笑得直不起腰来。

格列的笑声惊动了杨永生，他转过脸朝这边看过来。

格列和茸巴紧忙勾下头溜了。

"那人的声气真受听。"回府的路上，茸巴一直揣摩着杨永生讲课的事。

"那人叫杨永生，下川杨府的大少爷，是我姑舅呢。"

"要是我也能读书识字就好了。"

"这有何难？"

"让那个杨大少爷教我好不好？"茸巴拽住格列的胳膊。

"他？不中。"

"为啥？"

"酸不叽叽的，我最见不得这种人。"

142

杨永生原以为茸巴要在二堂见他，没想到吉美把他引进了茸巴内宅的客厅里。

"少奶奶。"进了屋子，杨永生没敢抬头看茸巴。

"大少爷，请坐。"茸巴显得落落大方。

杨永生缓缓坐下来，不想他一抬头，恰好跟茸巴的目光碰在了一起。

杨永生只知道土司府的格列少爷娶了个塔拉寨的猎户女子，但他这么近距离地看茸巴，还是头一回。

茸巴那双奇异的眼睛里燃烧着两团蓝色的火焰。

杨永生感到一种火辣辣的滋味。他有些后悔，不该来土司府见茸巴。

"少奶奶。"屋里的空气像缩了水的绳子，越来越紧，杨永生明显感觉到了一种逼迫，他忽地从椅子上站起来，想告辞。

"大少爷，坐下说。"茸巴冲他莞尔一笑。

这一笑，让杨永生一下子没有了告辞的勇气。

早先韩土司在世的时节，杨永生经常被请到府里议事。韩土司殁了后，格列继承了土司，可格列从不拿正眼瞧杨永生，更不用说请他议事了。现下，格列瘫了，土司府陷入困顿，他要是甩手不管也有些不近人情，毕竟韩土司在世的时节高看他一眼。再说，他的老师黄吼吼上次来尕藏时，一再嘱咐他要跟土司府搞好关系。想到这儿，杨永生随手整了一下长衫的下摆，重又坐了下来。

茸巴这才坐在杨永生对面，吉美也拉了一张板凳坐在一旁。

侍女端上三炮台的盖碗茶。

"杨大少爷，这次请你来是想给咱土司府拿个主意。"稍停，茸巴说道。

"哦……哦……"杨永生皱了一下眉头，紧着端起碗子，呷了一口茶。

"杨大少爷，土司府的境况想必你也亮清，如今乱成麻了。先是老爷走了，现在少爷又成了瘫子，你说叫我一个妇道人家，咋办哩嘛。"

"这……"杨永生瞅了一眼吉美，想说啥，但又停住了。

"大少爷，你尽管说。"

"少奶奶，我天天在巴掌大的地方教娃娃们识几个字，你叫我给府上拿主意，实在是太高看我了。"

"听说老爷在世的时节，常请你来府上议事。"

"那都是过去的事了，现如今……"

"现如今老爷不在了，少爷又不顶用，你信不过我这个妇道人？"

"少奶奶哪里话。"

"那就说说嘛，都是个家的人，有啥担惊的。"

"那……"杨永生头一次领教了这位少奶奶的咄咄逼人，"主意……主意倒是有，就怕少奶奶施展不开。"

"能不能施展开，你先说说看。"

"那好，少奶奶，我就开门见山，有啥说啥了。"

"大少爷，我是个白识字，眼前头黑着呢。你是读书人，看得清，照直说。"

"好。"杨永生思谋了一下，看了看茸巴，又看了看吉美，说道，"少奶奶，俗话说人无头不走，雀无头不飞。如今的土司府缺的就是主心骨。国有国君，家有家主，无论家口尕大，起码得有个主事的人，只要有人主事，啥事都能将码得顺顺当当。"

"大少爷的意思是……"

"土司府的主你得做起来。"杨永生眼睛盯住茸巴。

"大少爷，这个主我能做得起？"茸巴躲开杨永生的目光，瞧了一眼吉美。

"当然能，除了你还有哪个？"

"大少爷抬我呢。"其实，茸巴这几天一直在考虑这个事。她带着受伤的格列回来后，大喇嘛虽然没怪她，但从大喇嘛的目光中她能够感受到他心中的忧怨。茸巴想，眼前的事实已经是和尚头上的虱子，再也亮清不过了，先前那种信马由缰的日子过去了。老爷死了，少爷瘫了，大喇嘛又是个出家人，个家是土司府的少奶奶，土司府的这副担子她不担哪个担呢？茸巴隐约感觉到个家的肩上沉重起来。

"少奶奶，你不是常唱'校场上比武夺了印，穆桂英挂了帅了'。"

"你听过我唱的花儿？"

"少奶奶是咱尕藏的金嗓子，哪个不知？"

"可唱花儿不比当家。"

"少奶奶，你要是拿出穆桂英大破天门阵的那股子劲，啥事还能难得住呀。"

是啊，想当年，为了抗拒斯库，用簪子废了那老色鬼。后来又落入斯库的圈套，差点被砍了头。一个经历过生死的人，还怯啥呀。茸巴想到这儿，眉头忽地舒展开来："好，我听大少爷的。"

吉美看着茸巴兴高采烈的样子，心里有些落寞，乘茸巴和杨永生谈得火热，悄悄溜了出来。

吉美出了土司府，直奔尕藏后山坡的大喇嘛昂欠。

一进昂欠大门，吉美就看见大喇嘛一个人站在菩提树下。

院子里落满了枯黄的树叶。

阳光透过菩提树的枝叶，在大喇嘛酱红色的袍子上落满斑斑光点。

他的红铜壶般的脸上毫无表情。

"大喇嘛，杨家大少爷去了府上。"吉美本想绕个大弯子，可话到了嘴头，没有收煞住，直戳戳地出了。

"哦，去看少爷？"大喇嘛只是轻微动了一下嘴唇，脸上依旧很冷淡。

"不是，去见少奶奶。"

大喇嘛的目光不经意地震颤了一下。

大喇嘛没有言喘。

"杨永生撺掇少奶奶当家。"吉美继续说道。

"哦？"

"大喇嘛，你得过问一下。母鸡叫鸣，不是啥好事。"吉美忽地想起在胭脂下川杨老爷家吃席时，几个人说的那些话来。

大喇嘛不置可否地"嗯"了一声。

"大喇嘛，咱家司令的脾气你是亮清的，可偏偏又遇上这么个掂不来轻重的少奶奶。我思谋着，要不是少奶奶撺掇，司令就不会去上海灌啥片子；要不是去上海，司令就……"

"管家，你先去忙你的吧，土司府的事我自有主张。"大喇嘛打断了吉美的话，冲他轻轻摆摆手。

143

皮特果树高大的树冠遮住了大半个天爷。树上的果子已经摘完了，高大的树冠一下子显得稀疏了许多。

霜冻杀红的叶子，随风"哗啦、哗啦"地摆着。树枝间透过来的阳光撞在摆动的树叶上，一闪一闪地打着亮光。

院子里很空旷，除了偶尔树叶掉到地上的响动外，啥声气也听不见。

格列躺在个家门前的躺椅上晒太阳。几个月来，他躺在炕上，一遍又一遍地想，个家身子瘫了，怕是再也站不起来了，那些花儿一样的日子，"唰"的一下败了，再也回不来了，就连他心爱的女人茸巴也似乎离他越来越远。

就在茸巴头一次找杨永生议事时，格列心里就像吃了一只苍蝇一样难受。

韩土司在世时，总喜欢拿杨大少爷跟格列比。

杨永生尕的时节就在尕藏那帮学娃当中拔头梢。河州师范毕业后，他不顾杨老爷反对，在尕藏镇办起了私塾，成了尕藏一带有名的教书先生。而格列只念了个河州中学，之后就躲在家里，不是好雀好花儿，就是上心一些稀奇古怪的事情。

"驴粪比麝香！"每次说到杨大少爷，韩土司总是拿这句话骂格列。

渐渐地，格列心里恨起了杨永生，觉得他老子不喜欢他，全怪这个酸溜溜的拿稳作势的姑舅。

这些日子，杨永生隔三间五出现在土司府，叫格列大为恼火。

"这不是活人眼睛里打沙子嘛。"尤其看到茸巴将杨永生送出房门时那种依依不舍的样子，格列就像跌进了醋缸里。

院子里的风有些大了，树上发出一阵一阵的呼哨。

有一片红叶掉了下来，像转轮一样急速地旋转了几圈，端端撞在格列的脸上，又顺着脸骨堆滑落到腔子上。

"秋越来越深了。"格列心中不由得掠过一丝苍凉。

这时，战秋端着茶盘一瘸一拐地向格列走过来。

"战秋来了。"格列的脖子不能动，他是从战秋的脚步声中听出来的。

"少爷，喝点奶茶吧。"战秋将茶盘放在格列跟前的茶案上，从茶杯里舀了一调羹奶茶，送到格列嘴跟前。

格列没有动嘴，眼睛直勾勾地盯着头顶的皮特果树。

战秋顺着格列的目光抬起头来。

皮特果树的枝叶间闪动的阳光耀得战秋紧忙闭上眼睛。

"达勒！"战秋朝二门外喊了一声。

"哎——"达勒像阵风跑了进来。

"把少爷的雀挑到树上。"

不一会儿，达勒拿着挑杆，将雀房里的笼子一一挂到皮特果树上。

那只花头麻鹨，一会儿跳下架子，一会儿又跳上架子，显得很烦躁的样子。

格列努努嘴，想引逗花头麻鹨叫几声，可他努了半天，也没从嘴里挤出半点声气。

战秋看着格列动了动嘴，以为他要喝奶茶，将调羹再次送到格列的嘴跟前。

格列想闭上嘴，可来不及了，战秋的调羹已经伸进了他的嘴里。

"咕噔"一声，格列被迫咽下一口奶茶。

144

最早进大堂的是管家吉美，下人紧忙泡了三炮台的盖碗茶，他坐在太师椅上品了起来。

吉美今儿个特意穿了一身豹皮滚边的黑呢藏袍，脚踏一双牛鼻子长靴，手里捏着一串桃木做的嘛呢素珠。一边品茶，一边不停地拨弄着珠子。

外人看来，土司府的大管家，一人之下，万人之上，是尕藏镇首屈一指的肥差。

但吉美却一点也没感到轻松，只要一跨进土司府的大门，他的心就一直担悬着。按他的话说，在土司府当差，睡觉都得睁一只眼睛。要看土司府的大管家府上府下可以呼风唤雨，可实际上背后发号施令的永远是土司老爷，跑腿卖命的永远是管家。大到府里的入库支出，尕到夫人的针头线脑，都得经他管家的手，稍有疏忽，就会招致埋怨。

在土司府，吉美最敬重的人是格列的阿爸韩土司。韩土司啥事都能提得起放得下，他在世的时节，吉美总觉得个家的身后有一堵墙靠着，腰里有劲，脚底有力。

自从韩土司死后，吉美的心里空落落的，他感到尕藏土司的命运和他个家的命运像天爷上的云彩飘忽不定。

新任土司格列少爷是个不拿担子挑瓜的料儿，更要命的是他如今瘫了，不能动弹。

作为土司府大管家的吉美觉得就像拿了一个没把子的栲栳，提也不是，放也不是。

"大管家好早哇。"

吉美正心事重重地喝着茶，尕藏草场的头人龙布一脚跨进大堂。

吉美心里惊了一下，但很快调整过来，满脸堆笑着调侃道："龙布头人，你的脚还没踏进门槛，身上的酥油味已经飘进屋里了。"

"没有酥油味，还算是藏民？"

一阵大笑，惊得大堂檩子上的尘土"簌簌"往下掉。笑罢，龙布就近坐在吉美跟前。

下人递上碗子。

龙布呷了一口茶，很给力地吧唧了两下嘴，然后脑袋凑近吉美，悄声问道："大管家，今儿个是大喇嘛召集的？"

"不是。"

"哦？"

"龙布头人，不要急，锅盖揭早了，馍就馏了。"吉美给龙布递了一个诡谲的眼色。

"莫非少爷好了？"龙布脸上忽地泛上一层兴奋的光晕。

吉美冷笑一声，摇摇头。

"那……"龙布一脸的惘然。

就在这时，番营营长旺堆进来了，紧接着，塔拉寨头人斯库的管家色目和塔拉营营长哈赤也来了。

最后一个进来的是汉营营长杨五七。

旺堆一见杨五七，霍地从太师椅上站了起来。

杨五七怔了一下，将手狠劲一攥，满手的骨节"咔嚓嚓"响。

吉美狠狠咳嗽了一声。

旺堆不甘心地瞪了一眼杨五七重新坐回去。

杨五七从鼻孔里轻蔑地"哼"了一声，坐在旺堆对面。

"大家伙都来齐啦。"随着一声铜铃般的嗓音，茸巴带着新来的贴身侍女羊毛吉，像一股风刮进了大堂。

大堂里所有的人都不由自主地站起来，睁大眼牢牢地盯住茸巴。

土司府在大堂议事的时节，从来不允许女人参加。

茸巴一直走到大堂土事人的太师椅前停下来，慢慢转过身，说："人家请坐。"

大家这才回过神来，但哪个都没有落座。

吉美的眼睛一直盯着那把椅子，他真担心这个不知深浅的女人，头一昏一屁股坐那把椅子上。可绳绳总是细处断哩，他担心的事情还是发生了。

"俗话说，站客难打发，大家都坐下嘛。"茸巴说完，落落大方地坐在了主事人的椅子上。

就在茸巴落座的瞬间，吉美感觉那精脚婆娘的屁股不是坐在椅子上，而是磨扇样压在了他的心上。那个座儿除了土司老爷之外，其他任何人是绝不容许落座的，何况茸巴还是个女人。

"总归是猎户的丫头，差池！"吉美心里狠狠地骂道。

茸巴落座后，静静地注视着大家。

僵持了一会儿，旺堆率先落座。接着，色目、哈赤、杨五七、龙布也相继落座。

吉美不好一个人再站着了，磨磨蹭蹭坐了下来。

茸巴看着大家坐定之后，开腔了。她先从韩土司遇害说起，一直说到少爷格列瘫痪，中间还插花着说了许多土司府和尕藏镇当下遇到的一个个难心事儿。茸巴是塔拉寨猎户的女儿，没进过一天学堂，可她今儿个嘴皮子格外麻利，说得头头是道，听得大家一阵一阵直愣神儿。

管家吉美亮清，茸巴所说的这些，都是从杨永生那儿现学现卖的。

说完，茸巴当众宣布了她即将实施的四件大事：一是请工匠在尕藏河上打造水车，用来浇灌胭脂上川的田地；二是将杨永生的私塾改造成尕藏小学堂，让更多的尕藏子弟接受教育；三是减免土司府管辖范围内所有佃户的租税；四是把尕藏河上的尕窄桥改建成一座石拱桥，方便尕藏街和胭脂川的百姓走动。

茸巴宣布完这四件事，吉美头一个发言："造水车我没啥意见，但办学堂我坚决反对。大家知道，杨大少爷的私塾是汉学，可我们是藏民，藏民的娃娃会藏话会念经就中了，根本不需要学汉人的那些东西。哪个都有吃饭的肚子想事的心，大家睁开眼看看，我们尕藏镇的藏民，还有几个说藏话、穿藏袍的？这样下去咋能对得起列祖列宗呀！至于减免租税，我更是反对。现在的土司府远不如老爷在的时节，阿尼念卿山林场没有了，土司府丢掉了一大块肥肉。再说了，眼下尕日本已经逼近包头，黄河上的筏运停了，河州地界的皮毛运不出去，土司府皮货行从桑柯收来的货都砸在手里了。前方战事吃紧，河州、尕藏的生意都不景气，土司府只有出的气，没有进的气。要是再减免租税，土司府可就离蹬腿咽气不远了。还有尕藏河上修桥的事，这本身关系到胭脂下川，他杨老爷也有份。"

听完吉美的发言，大家你看看我，我瞅瞅你，哪个都不言喘。

吉美排斥汉人的东西由来已久。早在他年轻的时节，头一次替土司府去山南桑柯办事，那里的情景对他震动很大。看看山南原汁原味的藏俗，再看看尕藏，哪还有一点藏地的样范。从那时起，他就暗暗下决心，一定要把尕藏人丢掉的东西找回来。所以，吉美从桑柯回来后，头一个举动就是坚持穿藏袍。后来，他还为个家的后人旺堆和尼玛请藏语老师教他们学藏话。但旺堆和尼玛对藏语不感兴趣，没多长时节，哥儿俩就把老师气走了。

"龙布头人，你咋看？"听完吉美的话后，大堂里一下子静了下来。为了打破僵局，茸巴只好直接点将。

"我……我也有同感。"龙布瞅了一眼茸巴，紧忙勾下头。

"色目管家你看呢？"茸巴又将目光转向色目。

"少奶奶，我只是代斯库头人来的，中不中得回去让头人定夺。"色目见风使舵道。

"那……哈赤营长，你总能代表你个家吧。"

"少奶奶，我得听我阿爸的。"哈赤自进门起就拉着脸，他对茸巴的敌意一直没有消除。

茸巴的目光投向杨五七。

"我听大家的。"杨五七不等茸巴问，就直截了当地说。

"旺堆营长，你呢，跟你阿爸一样？"茸巴最后的希望落到旺堆身上。

"我听少奶奶的。"旺堆口气不紧不慢。

在场的人都抬起头，惊愕地盯住旺堆。

旺堆的这句话，让茸巴满腔子热乎乎的，她冲旺堆微微一笑。

"这么说，只有水车这件事是大家一致同意的？"茸巴扬起头，冲大家问道。

大家异口同声地称是。

"吉美管家，你也知道，我不过是个猎户的女儿，没上过一天学堂，可我觉得学点汉人的东西没啥不好。你看看人家杨大少爷，一肚子的学问，说起话来，头头是道，句句在理，而且斯斯文文的，受听。"茸巴还是想说服吉美。

"我跟汉人打了一辈子的交道，汉人的半斤八两我还不亮清？"吉美说着，有意识地瞟了杨五七一眼。

杨五七脸一红，刚要发作，茸巴先开了言："听说，老爷在的时节也很支持杨大少爷办私塾，还专意让出旧仓库给杨大少爷当教室。"

"老爷那是抹不开亲戚的面子答应的。少奶奶有所不知，老爷在世的时节，跟我多次提到过咱们藏民在尕藏的处境，老爷说，咱们藏民的东西越来越少，过不了几年尕藏的藏民要全变成汉人了。"

吉美的一席话，把茸巴说得哑口无言。众人也都一言不发。

正值大堂里出现冷场的时节，大堂院子的大门"吱呀"一声开了。

也许是大堂里太寂静了，开门的声响把堂里的人都惊了一跳。

大家不约而同地转过身子朝外望去。

院子里阳光亮晃晃地耀眼。

大喇嘛桑杰穿过门道，慢悠悠朝大堂走来。强烈的阳光照在他的身上，使他身上的酱红色僧袍，就像一团火焰，在院子里"哗哗哗"地跳动着。

茸巴的心一下子紧张起来。

其实今儿个的议事内容是那天杨大少爷和她一起商定的。随后，茸巴就分头派人去请四方头人和民团各营首领。为了稳妥起见，她在昨个早上，专意派了人去请大喇嘛，但大喇嘛拒绝了，晌午的时节，又去请，大喇嘛还是没有答应。

茸巴来气了，个家找上大喇嘛昂欠。

茸巴进昂欠时，大喇嘛正坐在堂屋炕上品茶。

"大喇叭（嘛），少来来（奶奶）来了。"云丹有些慌张地跑进堂屋。

一听"少奶奶"，大喇嘛的手一抖，碗子里的茶水漾在炕桌上。

大喇嘛有些愠怒地朝云丹摆摆手。

云丹退出来，碎步奔到院子里，给茸巴深深施了一礼，不好意思地说："少来来（奶奶），大喇叭（嘛）今儿个不会客。"

"你给我搬把椅子，我等。"

"这……"云丹犹豫起来。

"云丹，你们昂欠就是这样待客的？"

云丹怯了，紧忙搬了椅子和茶几放在厢房的廊檐坎上。

茸巴坐在椅子上，不紧不慢地品起三炮台的盖碗茶。

院子里非常安静，一丝风儿都没有。院中间的菩提树，静悄悄地杵在那儿，要不是偶尔有一只雀儿从里面"扑棱棱"飞出来，几乎感觉不到它的存在。

隐隐地，从尕藏街传来一两声狗叫，院子里更见寂静。

茸巴还不见大喇嘛出来，故意将碗子盖儿刮得"吱吱吱"乱响，喝茶的时节从嘴里故意发出吸水的哨音，弄得旁边的云丹心里很烦躁。

大喇嘛熬不过茸巴，终于从堂屋走了出来。

他看上去脸色苍白，十分疲惫。

"大喇嘛。"茸巴见了大喇嘛紧着站起来，从厢房的廊檐坎上走到院子里。

"少奶奶，你要说的，昨个吉美管家已经给我说了，你请回吧。"大喇嘛站在堂屋门口，向茸巴摆摆手。

"大喇嘛，我今儿个要讨你的话哩。"茸巴的口气里暗暗地有一股犟劲。

"你蓃说，我心里啥都亮清。"大喇嘛说完，一转身进了堂屋。当时，茸巴心里有一种说不出来的滋味。

今儿个，正当大堂里争执不下的当口，大喇嘛出现在院子里，茸巴紧张得手心里捏出了汗。

大喇嘛不动声色地走进大堂。

里面的人齐刷刷站了起来，充满期待地望着大喇嘛。

大喇嘛来到茸巴跟前，没敢抬眼看她，直接转过身，面对大家说："办学校，造水车，修桥，我揸大拇指，至于免租的事，以后再议。"

吉美像是突然遭受了打击，目光一下子黯淡下去。

茸巴喜出望外，眼里闪起了泪花花。

这年入冬，尕藏河上的那座尕窄桥换成了宽敞牢靠的石拱桥，尕藏镇头一所新式学校——尕藏初级小学也在大喇嘛和茸巴的支持下成立了，杨永生担任尕藏学校的头一任校长。同时，由土司府出资从河州城聘请了几位老师，增加了算术、格物、美术、音乐这些在尕藏听都没有听说过的课程。

像一块老旧的膏药一样贴在尕藏河边上的千年古镇，一下子活泛了起来。

第三十四章

145

阳洼墙根的青草已经露出针尖尖一样的嫩芽芽，街前房后的杏树枝头上的芽包亮晶晶地鼓着，天气悄悄暖和起来了。街北头土门洞顶上那些黑不溜秋的苔藓中间，也发出好几丛绿油油的野葱，再过些日子，就会开出许多粉红色的花儿来，那可是灰塌塌的土门洞一抹难得的风景。人们大都脱下了厚重的主祅，穿上了轻便的夹祅。笨重的鸡窝①也褪了下来，换上了毛布底子的圆口青布鞋。燕子来来回回地从尕藏河滩抬②着解冻的泥巴，飞向屋檐下垒建个家的新窝。麻雀、红布裆裆、麻鹬，还有一些叫不上名字的雀儿，在河沿边的柳树上叽叽喳喳叫个不停。高大的箭杆白杨似乎是野鹊的专属，它们高高地站在树枝上，公然在人们的头顶踩蛋。

到处都充满了春的气息，也充满着骚动和不安。

出了尕藏镇，茸巴用手遮住阳光，放眼望去。

太阳底下，尕藏河闪着亮晶晶的波光。

在府上整整窝了一个冬天，茸巴感到浑身的骨卯都已经锈住了。她深深吸了一口新鲜的空气，身上就像脱了壳一样清爽。

尕白马驮着茸巴下了河滩。

河滩边上的冰还没有消尽，冰茬的缝隙里能看到草芽已经探出针尖尖样的鹅黄。

虽说时季已到了初春，但河道里的风很尖，吹在脸上，像刀割一样。

茸巴不由得用手捂住了脸。

不远处，就是新修的石拱桥。

石桥是去年秋上开始动工的，请了尕藏最好的石匠，由土司府的吉美管家亲自监工。石料就地取材，都是用尕藏河滩的大麻石錾成的。石桥修好后，镇子上下都为茸巴揸大拇指，说，少奶奶腔子大，能装得下全尕藏的百姓。

尕白马驮着茸巴来到新修的石拱桥头，不走了。

达勒紧忙上前拉起缰绳往桥上拽，它还是死活不肯上桥。战秋急了，拾起一根柳条，在马屁股上轻轻抽了两下，尕白马便乖乖上了桥。

听说尕藏河上的水车造得差不多了，今儿个茸巴带着达勒和战秋要去造水车的工地点观点观。春分一过，就要春耕，时节不等人，一定要赶在麦子出苗前把水车造好，这样，胭脂上川的几千亩旱地就会变成水地，收成至少可以翻一番。

上了胭脂川，眼前豁然开朗。

---

① 鸡窝：棉鞋。

② 抬：衔。

满眼是新平整的土地。

从去年冬闲开始，胭脂上川就开始开渠整地，为来年用水车灌春水做准备。

远远可以看见尕藏河边上已经架起了高大的架杆，工匠们正在为水车下水做着最后的准备。

茸巴正要前行，忽然传来一阵响亮的炮仗声。

三个人循声望去，只见不远处的一块田地上，人头攒动，桑烟滚滚。

"那些人做啥呢？"茸巴问达勒。

"上川人开犁了。"达勒说。

"走，过去看看。"茸巴说着，勒转马，朝桑烟升腾的地方走去。

今儿个是上川人择定开犁的日子。

天一亮，人们纷纷来到庄子边最大的这块地里，煨起了桑火。

但凡来这里煨桑的庄里人，出门时个个胳肢窝底下夹着一捆柏刺香，他们一个跟一个地来到煨桑火的地方，把柏刺香挨次扔进桑火里，不一会儿，地上便垒成了一座尕山。桑火越燃越旺，浓烟很快罩住了大半个天爷。

茸巴他们过来时，一个留着殳褖胡的瘦老汉正带领大家祭神。

一个七八岁的光头娃娃牵着两头套好犁的大黄牛站在神坛旁边。

两头黄牛的角上都绑着三角形的、镶有黄边的红色尕旗，在春风里"毕剥"作响。

"阿爷你看。"牵牛的光头娃娃最先看见了茸巴。

刚刚祭完神的瘦老汉顺着光头娃娃的目光转过身来。

这时，茸巴已经下得马来，朝老汉走来。

"少奶奶。"老汉在尕藏街见过茸巴，一眼就认了出来。

"老汉家开犁了？"茸巴满脸的笑容。

"托少奶奶的福，今儿个要开犁了。"

"好哇，再过不了多少日子，咱们的水车就造好了，上川祖祖辈辈的旱地就要变成水地了。"

"听说少奶奶要造水车，上川人高兴了一冬呀。少奶奶，我们把你当菩萨供呢。"瘦老汉说着，眼里闪起了泪花。

"老汉家，看你说的，折我寿呢。"茸巴激动地拉起瘦老汉的手。

"开犁啦！"忽然，瘦老汉揸起手，高声叫道。

"老汉家，吉时还没到呢。"有人紧忙上来提醒老汉。

"嗨，你亮清个啥，活菩萨眼前头哩，现在就是吉时。"

瘦老汉话音刚落，一个汉子从地上扶起犁准备开犁。不想，茸巴抢了过来，说："我来。"

那汉子怔了一下，望望茸巴，又望望瘦老汉。

瘦老汉一时愣住了，半天才回过神来，说："让少奶奶来。"

茸巴"啪啪"两下甩掉鞋子，抓起汉子手中的犁把。

周围的人一看少奶奶精脚犁地，一片喝彩。

一帮女人老远看着茸巴的那双大脚捂着嘴指指点点。

"哒！"前面的光头娃娃一声吆喝，牵起牛走了起来。

茸巴从来没犁过地，牛一动，犁把便从她的手中悬悬地滑了出去，个家也一个趔趄，摔倒在地。

"抓牢犁把！"瘦老汉紧着喊道。

茸巴从地上爬起来，重新扶起犁。

这次，犁把是抓牢了，可犁铧只在地皮上划，犁不下去。

"手里给劲，让犁吃进土里。"瘦老汉着急地提醒道。

按照瘦老汉的提点，茸巴一使劲，犁铧便很听话地吃进了土里。但用劲猛了些，犁铧吃进土里太深，不动了。

"少奶奶，吃土太浅，往前搡；吃土太深，往怀里拉。"瘦老汉的声气都有些哑了。

茸巴轻轻拉了一下犁把，犁铧果然匀匀地朝前走了起来。

两边翻开来的新鲜泥土，就像波浪一样在茸巴的脚下涌动。

茸巴心里一阵暗喜。

犁了一个来回，茸巴已经浑身汗水湿透了。钻林子打野物茸巴是个行家，可犁地干农活她是个离家。

瘦老汉见茸巴累了，紧忙让她歇下来，前面那个汉子接过犁把接着犁起来。

达勒紧着给茸巴拿过鞋子来。

茸巴接过鞋子垫在屁股底下坐在地埂上。

瘦老汉捋着杀骚胡子，望着茸巴一个劲地夸赞："少奶奶里里外外都是一把好手，我活了一大把年纪，还没见过少奶奶这样能干的妇道人。不简单，不简单呐。"

"老汉家，我也是干粗活长大的，在塔拉寨的时节，还帮阿爸打獐子呢。"

茸巴用帕子揩了一把脸上的汗。

两人说话间，犁地的汉子又打了个来回。

前面牵牛的光头娃娃，瞧着茸巴一个劲地笑。

"那牵牛的光头娃娃，是你孙子？"茸巴问瘦老汉。

"嗯，是个调皮货，都叫我惯坏了。"瘦老汉嘴上骂着，心里却美滋滋的。

"上学了吗？"

"上不起呀，少奶奶。我们这种人家，祖祖辈辈啃黄土的命。"

"老汉家，可不能这么说，念书不念书那可是一个在天上，一个在地上。这样吧，老汉家，明早你带着孙子到学校去找杨校长，就说这娃的学费我出。"

"活菩萨。"瘦老汉紧忙给茸巴作起揖来，完了，线陀螺一样跑过去，拉着牵牛的光头娃娃来到茸巴跟前，摁在地上磕头。

"快叫娃起来。"茸巴紧忙坐起来，一把拉起光头娃娃。

周围爆发出一阵快活的笑声。

从这天起，茸巴得了一个响亮的妖名——精脚少奶奶。

146

三辆水车终于如期架在了夵藏河上。

通水那天，夵藏河边人声鼎沸，响亮的炮仗震耳欲聋。

杨老爷站在胭脂下川红水沟沿上，踮着脚，朝那边张望。

从过往的风中，杨老爷闻到了炮仗呛人的硝烟味。

水车一转，胭脂上川的大部分田地就变成了水浇地。在杨老爷的眼里，旱地变成了水地，那好比土疙瘩变成了金子。

杨老爷有些失落地叹了口气。

眼前是胭脂下川的旱地，今年又遇上了几十年不遇的天旱，刚出土的青苗将头搐在地上，没一点精神。

杨老爷躬下腰，从地里捡起一疙瘩干透了的土块，用指头蛋使劲一搓，一下子搓成了面面。

"唉，水就是庄稼人的命呀。"杨老爷喃喃地说着，站起来，又朝上川那边水车的方向望了过去。

胭脂下川杨府与尕藏街土司府较量百来年了。曾经的杨府在尕藏地界说下钉子就是铁，瓒口唾沫能砸死人。可自从有了韩土司，杨府的好日子就像喝败的茶一样，越来越没有滋味了。尤其是韩土司从杨府手上挖走胭脂上川，好比剜了杨府的心头肉，让杨府上下好长一段时节抬不起头。

最让杨老爷着气的是，韩土司竟然为了塔拉寨一个唱野曲的女人，逼死了他的妹子——杨府的大小姐。新仇旧恨，像一把火，烧在杨老爷的心里，让他整日不得安宁。

前年，韩土司在黑山峡放过了红军，杨老爷和杨五七联手害死了韩土司，但杨老爷似乎还不解恨，盼不得整个土司府在他眼前一霎间灰飞烟灭。

杨老爷原以为，韩土司一死，土司府就像抽了脊梁骨的狗，再也支不起身子。韩土司唯一的后人，他杨老爷的外甥娃格列是个中看不中用的洋浑子，何况眼下他又成了瘫子。

胭脂下川杨府翻板的日子眼看着就要到了。可哪知茸巴这个大字不识一个的猎户丫头，却耍起了新花样，使奄奄一息的土司府起死回生。这既让杨老爷惊诧不已，又弄得他有些措手不及。

尤其听说站在茸巴背后出主意的人竟然是他的大后人杨永生时，杨老爷一晚夕没有睡着觉。

"这个吃里扒外的逆子。"杨老爷心里狠狠骂了一句，折转身往回走。忽地，尕藏河上新建的石桥跳进他的眼里。

"土司府把所有的好都揽到个家手里。"杨老爷从鼻孔里轻蔑地"哼"了一声。但不管咋说，土司府修了这座桥，他杨老爷没花一个椿子，就能顺顺畅畅过河，心里不觉喜滋滋的，有一种占了大便宜的满足。

说实在的，尕藏河上的那座尕窄桥很有些年辰了，走在上面"咯吱咯吱"乱叫，总让人担惊受怕。

有一次，杨老爷上尕藏街去找马神仙，他骑着叫驴过了尕藏河，刚上官道，碰上从河州城往山南运货的驮队。驮队里恰好有一头草驴，见了杨老爷的黑叫驴，停下来，伸长脖子响亮地叫了两声。杨老爷的黑叫驴听到草驴叫，一下子兴奋起来，仰起脖子回应两声，之后，撒开蹄子直奔那头草驴。

"吁，吁。"杨老爷急了，紧着拖缰绳，可那叫驴像得了疯魔，哪里还能拖得住。

黑叫驴驮着杨老爷冲进驮队。

驮队里的牲口背上都架满了货，像山一样，三两下就把杨老爷从驴背上挤了下来。

"畜牲，你这个黑不溜秋的骚畜牲！"杨老爷躺在地上叫苦不迭，引得周围看热闹的人一通大笑。

那一次杨老爷把人丢尽了。

每每想起这事来，杨老爷就心里隐隐作痛。

不过现在好了，有了新修的石拱桥，杨老爷上街不用骑驴了，也不用担惊受怕走尕窄桥。

"这个女人有戳破天爷的本事哩。"杨老爷长叹一声，使劲迈开步子，赌气似的往回走。

147

杨老爷一走进家门，看见杨嫂正坐在廊檐坎上教留留猜谜。

"一个墩墩，七个窟窿，是啥？"杨嫂问。

"头。"留留坐在杨嫂的腿上，嗓子亮亮地答道。

"红公鸡，绿尾巴，上山去，咯喳喳。"

"萝卜。"

杨老爷踏上廊檐坎，瞪了一眼杨嫂："尽教一些上不了台面的东西。"

杨嫂不高兴了，正想骂言语，恰好尕秀从茅坑出来了，便顺嘴朝尕秀甩了一句："懒驴不拉磨，拉磨屎尿多。"

尽管杨嫂的声气尕，但尕秀还是听见了，她停住步，死死地盯住杨嫂。

杨嫂紧忙回过头，教留留唱童谣："脚印脚印盘盘，一盘盘到南山，南山上去种冰豆，野狐子张口，马蹄蹄驴蹄蹄，哪个圈掉一只腿。"

"一肚子的坏水水，能教出啥好东西。"尕秀低声骂了一句，进了个家的新房。

自从尕秀进了杨家之后，杨嫂发现杨老爷的眼睛总是乘大家不注意的时节，偷偷地瞄尕秀。更让杨嫂着气的是，这些日子，杨老爷来她屋里的次数越来越少了。正因为这，杨嫂一见尕秀就冒火，说话总是夹枪带棍的，没有好声气。

尕秀虽然不跟杨嫂正面起冲突，但她骨子里却有一股倔劲。每次杨嫂对她指手画脚，她嘴上不反驳，但也从不按照杨嫂的意思做，气得杨嫂跺疼了尕脚也拿她没办法。

不过杨嫂也不会就这样善罢甘休，她亮清个家拿不住尕秀，但杨府还有拿住她的人。

除了用杨太太压制尕秀，杨嫂手里还有个杀手锏——杨永生的后人尕秀的娃娃男人留留。

留留头一次见尕秀就不喜欢她。

留留平常由杨嫂带着，猛乍乍来了个尕秀，他认生。

杨太太给留留说，尕秀是你女人，她得听你的。

留留岁数尕，辨不过事，总以为杨嫂是个家的人，尕秀是外人。所以动不动就闹尕秀，尕秀又不敢拿他撒气，只能忍着。尕秀越是忍着，留留就越发大胆，凡事都故意跟尕秀作对。有时他赖着不去茅坑，要让尕秀掂他，要是尕秀忙着顾不上，他就屃在炕上，屋子里弄得臭气熏天。尕秀难免要受杨太太一顿骂，杨嫂还在一旁煽风点火，添油加醋。

今年冬上的一天，留留睡懒炕，不起来。尕秀去堂屋倒掉杨老爷的夜壶，扫过院子，再帮七斤铡完喂牲口的草，太阳已经冒过了山顶。

尕秀回到个家的新房，见留留还睡着，说："留留，穿衣裳，太阳一房檐高了。"说完，从被窝里拿出焐热的衣裳叫留留穿。

"冰。"留留扯过衣裳扔到一旁。

尕秀只好又把留留的衣裳拿到堂屋的火盆上烤。

尕秀进堂屋时，杨老爷刚喝过早茶，坐在炕桌旁抽水烟。

"留留又闹你？"杨老爷见了尕秀，放下手中的水烟瓶。

"他嫌衣裳冰。"

"这龟孙子。"杨老爷说着，蹿到炕沿头，往火盆里加了一根柴。

火盆里的火炭映得尕秀脸骨堆红扑扑的。

杨老爷撩起眼皮瞄了一眼，心像个鼓槌将腔子敲得"咚咚"响。

"做啥呢？"这时，杨太太在佛堂念完经走进了堂屋。

杨老爷紧忙一缩身子又蹿回炕脚，装模作样地拿起水烟瓶抽了起来。

"给留留烤衣裳。"尕秀头都没抬，轻声答道。

"咋不在炕上焐？"

"留留偏要烤。"

"连个几岁的娃娃都带不住。"杨太太埋怨道。

"少说两句，孨秀也还是个娃娃。"杨老爷欠起身，替孨秀说话。

"我教训孙子媳妇是为她好，你护个啥？"杨太太瞪了杨老爷一眼。

孨秀没说啥，将衣裳夹在胳肢窝，出了堂屋。

来到新房，孨秀撩开被子，拉起留留，把衣裳披在他的身上。

"冰。"这次，留留干脆抓起衣裳扔到地上。

孨秀再也忍不下去了，冲留留的脊背抽了一巴掌。

"吃人婆婆！"留留大叫着，哭闹起来。

孨秀亮清留留故意闹她都是杨嫂教的。前些日子，杨嫂正好给留留讲了一个吃人婆婆的古经，留留稍不如意，就骂孨秀是"吃人婆婆"。

孨秀越想越气，出了新房闯进了杨嫂的屋里。

"你做啥来了？"杨嫂坐在炕上做针线，听得隔壁房里的哭闹声，心里美滋滋地等着看热闹，不想孨秀黑着脸闯进来，她有些慌神了。

孨秀二话没说，抓起杨嫂的针线笸篮，使劲摔在地上，里面的针头线脑散了一地。

杨嫂气急了，一蹦子趔到地下，和孨秀扭在了一起。

杨太太闻讯赶过来时，杨嫂和孨秀的脸上都是指甲划伤的血印子。

"太太，孨秀打我哩。"杨嫂一见杨太太进来了，一屁股坐在地上号起来。

"孨秀，你做啥呢？"杨太太指着孨秀怒吼。

"你问她呗。"孨秀轻蔑地瞅了一眼地上的杨嫂。

"说，为啥打仗？"杨太太审问杨嫂。

"我好眉端端在炕上做针线，这个破屁股货就像日疯的母鸡闯了进来。"杨嫂一把鼻涕一把泪。

"为啥事？"杨太太又转过脸盯住孨秀。

"不为啥。"孨秀使气道。

"哪个先动的手？"

孨秀不做声了。

"礼曰：玉不琢，不成器；人不学，不知道。这些个睁眼瞎，没一点礼数。唉！"杨老爷听见杨嫂屋里的动静，坐不住了，站在堂屋门前的廊檐坎上骂了起来。

杨嫂屋里，杨太太看着两个撕破脸的女人，觉得遇上了一场难缠的官司，她挖视了一眼尕秀说："还不紧着去做早饭，老爷饿了。"

那一次，尕秀跟杨嫂算是打了个平手。不过自那以后，杨嫂亮清尕秀平常话不多，看起来很绵软的样子，但骨子里硬气，不好惹，所以收敛了好多。

148

杨永生是昨晚夕接到土司府请帖的。原本他不想参加这个通水仪式，一是怕他老子杨老爷知道后又要给他脸色，二是怕见土司府的少奶奶茸巴。可是，今早起来后，他又不由不缘地朝尕藏河滩走去。

自从死了媳妇，杨永生几乎没有跟旁的女人打过厮交。土司府少奶奶茸巴头一次叫他议事之后，他频繁出入土司府。每次跟茸巴在一起的时节，他心里感到很不自在。尤其茸巴那双不同寻常的眼睛，总是闪烁着蓝幽幽的火焰，烤得他脸上发烧、心里发烫。有一段时节，杨永生不得不有意趔开茸巴。

而茸巴遇上尕大的事，总要唤杨永生过去，一起拿摸。有时，就连鸡毛蒜皮的事也来叫他。杨永生找借口推辞，可他经不起茸巴几次三番地使人下话，耳朵就软了，乖乖地往土司府跑。吉美见了杨永生，从来没有好脸色，就像抢了他的饭碗似的。府上府下的人们也都远远地指指点点、叽里咕噜的。

有一天，杨永生从土司府回来，学校的老厨子把他悄悄拽到一旁说："杨校长，有句话不知道该说不该说。"

"说呗，窝在心里多难受哇。"杨永生看着厨子一脸紧张的样子，微笑了一下。

"我憋了两三天了，说吧，张不开嘴，不说吧，心里不踏实。"

"老师傅，是不是给你开支少了。"

"嗨。"老厨子紧着摆了摆手，"不是这事，哪个不亮清你杨校长是菩萨一样的人。"

"那你说，到底啥事，我能办到的，一定尽力。"

老厨子见杨永生猜不到点子上，狠了狠心说："前些天我到街上买菜，听见有人说你的尕杂话。"

"嗨，街面上的杂话，都是没影儿的。"

"其实我也没有捞到几句，半残不拉的。"

"老厨子，你就当成一股风，刮了。"杨永生转身要走。

老厨子紧忙拦住，说："他们说你……你上土司府……怀里揣着歪心思。"

"啥意思？"

"说你看上了……看上了少奶奶。"

杨永生心里不禁一颤："啊？"接着脸红到耳根里："真……真的假不了，假的真不了。"

今儿个早上，杨永生是头一个来到河滩地的客人。

土司府的下人们已经在高大的水车旁摆置好了举行通水仪式的场地。

杨永生坐在水车渡槽的边上。过了一会儿，参加通水仪式的客人和附近百姓陆陆续续朝这边汇集过来。

当土司府的少奶奶茸巴出现在杨永生眼前时，他的心一下子蹦到了嗓子门儿。

茸巴走上河滩地，端端朝杨永生走来。

杨永生不由自主地站了起来。

茸巴来到杨永生跟前停了下来。她没言喘，只用眼睛忽闪忽闪地盯住杨永生。

杨永生终究没有躲过茸巴那两团蓝色的火焰。

刚才坐在渡槽边歇息的时节，杨永生一再告诫个家，见了土司府少奶奶一定要稳住，稳住。可事到临头，那些告诫全跑到九霄云外了。

茸巴眼里蓝色的火舌，正肆意舔舐着他灵魂深处的脆弱。

"杨校长早。"茸巴开口了。

"少……少奶奶早。"杨永生说这话的时节，感觉脸烧得快要把个家点着了。接下来在通水仪式上让他讲话时，竟然结巴了好几次。

仪式结束后，茸巴再三邀请杨永生去土司府参加答谢筵席，杨永生借口要回家看看娘老子，不等茸巴答应，像个逃出牢笼的囚犯，匆匆忙忙离开了。

149

说来也怪，一离开茸巴，杨永生的心很快平复了下来。一路上，他的脚步也变得格外轻巧。

刚进家门，正在院子里玩耍的留留见了，嘴里喊着"阿大"，张开膀子尕雀儿似的飞过来。

杨永生抱起留留，在他的脸骨堆上使劲亲了两下。

"我娃，这些日子又背啥了？"

留留脱口而出："一个墩墩，七个窟窿。"

"哎，背你阿爷教的。"杨永生假装生气。

"礼曰：道德仁义，非礼不成；教训正俗，非礼不备；分争辨讼，非礼不决；君臣上下，父子兄弟，非礼不定；宦学事师，非礼不亲；班朝治军，莅官行法，非礼威严不行；祷祠祭祀，供给鬼神，非礼不诚不庄。是以君子恭敬、撙节、退让以明礼。鹦鹉能言，不离飞鸟；猩猩能言，不离禽兽。今人而无礼，虽能言，不亦禽兽之心乎？夫唯禽兽无礼，故父子聚麀。是故圣人作，为礼以教人，使人有礼，知自别于禽兽。"留留在杨永生怀里，摇晃着尕脑袋一口气背了一大段。

"你知道这是啥意思吗？"杨永生问。

留留望着杨永生，没了言语。

"来，跟阿大抵个哞哞。"杨永生说着，抬起眉梁。

留留高兴得咧着嘴，用头顶过来。

"哞——"父子俩欢快地玩起了牛抵仗。

"尕秀，快把留留抱回去，大少爷乏了。"杨太太从堂屋出来，扯长脖子朝新房喊。

尕秀应声出来，见了杨永生，脸一红，勾下头。

"这是你公公，问话。"杨太太朝尕秀严厉地说道。

"阿大。"尕秀声气尕尕地叫了一声。

杨永生见了尕秀也有些不好意思，他想说点啥，但又一时不知道说啥好，只好把留留给尕秀递过去。

"我还要抵哞哞。"留留手扒着杨永生的肩膀，不肯下来。

"留留，快下来吧，叫你阿大歇口气。"杨太太从廊檐坎下来，把留留从杨永生怀里接过去交给尕秀。

"快进堂屋吧，你阿大在炕上躺着呢。"杨太太催道。

杨永生进堂屋时，杨老爷正躺在炕上为今年天旱的事烦心。

"阿大。"杨永生叫了一声，但杨老爷板着脸没吭声。

杨永生看杨老爷不愿理他，转身要出去。

"你把这里当骡马店呢。"杨永生刚迈过堂屋门槛，杨老爷发话了。

杨永生走也不是，回也不是，沁在那里不动了。

"俗话说，牦牛的肋巴骨长三尺——朝里弯。你倒好，阳山里吃草，阴山里屙粪。"杨老爷从炕上坐起来，骂道。

杨永生听出阿大这是因他为土司府出谋划策而生气。可这事他一时半会又没法跟阿大说清楚。他真有些后悔来家里，可已经来了，后悔也来不及了。唉，躲得了茸巴躲不了老子，哪里都没有好果子吃。

"三十六计走为上。"杨永生一狠心，出了堂屋。

"你到底从精脚婆娘那里得了啥好？"身后，杨老爷叫骂不止。

杨永生匆匆穿过院子，他怕老子再说出啥出格的话，尤其是有关他和茸巴的事，他最怯听这个。

"逆子，你连吃屎的娃娃都不如。"杨老爷把头伸到窗子口，扯破嗓子喊。

"永生。"杨太太从佛堂赶出来时，杨永生已经出了大门。杨太太紧忙进了堂屋，拿出钥匙打开堂屋板柜上面的箱子，从里面拿出一个白面饼子，装进馍兜，转身走出堂屋，朝北厢房喊："尕秀，给你公公送馍去。"

尕秀出了新房，接过馍兜，追出大门。

拐过庄子口的时节，杨永生听见后面的脚步声，停下来往后看。

尕秀赶上来气喘吁吁地说："这是阿奶带给你的馍。"

杨永生接过馍兜啥都没说转身走了。

第三十五章

150

胭脂川的夏收开始了。

今年天旱，麦子正吸面水的时节，天爷没下一滴雨。上川因为造了水车，粮食照样丰收。可下川就不一样了，麦子没憋好就被太阳晒黄了。

庄稼歉收，杨府为了省钱，没有雇短工，杨太太个家带着杨嫂、尕秀和七斤在地里拔麦子。

拔麦子苦大，一垄地没拔完，尕秀已经汗流浃背。

川里人收麦子多半用镰刀，而杨府却用手拔。杨太太说，那么多麦根撂在地里多可惜呀，收回去能做熟好些日子的饭呢。

尕秀在娘家也年年拔麦子，但尕秀娘家只有两三亩地，几天就拔完了。而杨家是大财主，个家种的有上百亩，而且大都种麦子，得多半个月的时节才能拔完。

杨太太、杨嫂、七斤都是拔麦子的行家，他们跪在地上，双手并用，一会儿的工夫，就把尕秀落在后头。

"吃饭拣大碗，干活遛地边。"杨嫂一边拔麦子，一边不住地说风凉话。

尕秀听了心里着气，猛地抓起一股麦子，使劲将麦根往脚后跟上拍打，弄得麦根上的碎土块四下飞溅。

"轻些轻些，憂抖落了麦子，那可是一年的口粮。"一粒尕土块正好溅到杨太太的眉梁上，杨太太站起来吼道。

"她是拿麦子撒气呢。"杨嫂在一边又开始"拉风匣"。

"好啦好啦，你还是早些回去做饭。"杨太太生气地朝尕秀摆摆手。

尕秀正巴不得呢，借茬儿坐在地埂上，解掉缠在指头上的碎布片，取下护膝，往胳肢窝里一夹，走到杨太太跟前，说："阿奶，板柜钥匙。"

杨府面板柜是上锁的，钥匙在杨太太手里。平时，尕秀只管做饭，取面都是杨太太亲自去取。一顿饭取多少都由杨太太来定，要是饭少了，杨太太就让尕秀多倒些水。而且，杨太太每次取完面，都用面板把面重新拍齐整，再打上记号，哪个要是动了她的面，她一看就亮清。偶尔做一顿白面饭，杨太太就叫尕秀先煮一锅洋芋，大家用洋芋填填底再吃饭，这样，一顿能节省不少白面呢。

杨太太撩开衣裳的大襟，从腰里摸出一个尕布袋，翻出钥匙，交给尕秀。

"手轻些，今年收成不好，就指望那些面过荒月呢。"杨太太嘱咐道。

"抠得要命哩。"尕秀接过钥匙，嘴里呜嘟了一句。

151

尕秀回到家时，留留正在园子里抓蝴蝶。

一朵紫色的喇叭花上落了一只大麻蝴①，那是留留最稀罕的蝴蝶。它那两只嫩黄的翅膀上缀满黑色的斑点，翅膀的后头还缀着两根短飘带，飞起来就像凤凰展翅那样好看。这种大麻蝴平常很难遇到，它一飞进园子，就被留留瞄上了。要看大麻蝴长得笨拙，可它机灵着呢，一忽儿飞到喇叭花上，一忽儿又蹿到八瓣梅上，故意将留留诱来诱去。

杨老爷坐在廊檐坎的阴凉里静悄悄地看报纸。

在杨府，只有杨老爷不干农活。就是夏收这样的忙月里，他不是坐在廊檐坎品茶看报纸，就是搭着褡裢上孕藏街找马神仙下棋闲谝。

今儿个的报纸是杨建生从城里捎过来的新报纸，上面有一条消息吸引了杨老爷。上面说，孕日本已经占领包头，正朝绥西进犯。宁夏马鸿宾部奉命改编为国民革命军陆军第八十一军，准备开往绥西前线。

孕日本要是打过绥西，离兰州就越来越近了，要是真占了兰州，河州也就难保了。

"一帮吃食货，平常咥得槽头②上流油，如今动起真格的，连个孕日本都打不赢。"杨老爷心里暗暗骂道。

杨老爷正为孕日本的事气不顺的时节，孕秀从地里回来了。

一见孕秀，杨老爷心里的云雾一下子散了。

"我要咂奶。"留留一见孕秀，扔下园子里飞来飞去的大麻蝴蹦出来，直端端扑向孕秀。

"我这会忙着呢，过会再咂。"孕秀蹲下身子，用手抚了一下留留的头，哄道。

"不嘛，我要咂，我就要咂。"留留不肯。

孕秀抬起头，朝堂屋廊檐坎望了一眼。

杨老爷紧忙用报纸挡住个家的脸。

孕秀脸一红，站起身要走。

留留急了，抱住孕秀的腿子不放。

杨老爷从报纸背后又伸出头来，偷偷地瞄孕秀。

"你要不听话，以后甭想再咂奶了。"孕秀冷脸吓唬道。

---

① 大麻蝴：一种凤蝶。

② 槽头：颈部。

留留怯了，不甘心地松开手。

留留一出生就没有离开过杨嫂的奶头，如今五六岁了还不能断奶。尽管杨嫂早就没奶水了，但留留咂奶头咂惯了，不吊一会儿奶头就闹个不停。

尕秀来到杨府后，杨嫂就让留留咂尕秀的奶。尕秀是黄花姑娘，自是不肯，但她硬不过杨太太，就试着给留留咂了几次。最初的时节，尕秀对留留咂奶总觉得不习惯，难怅。可日子久了，竟然离不开留留了，留留几天不咂她的奶，她反倒感觉浑身不自在。不过，留留吊惯了尕秀的奶头，慢慢跟尕秀亲近了起来，不再像以前那样使性子了。

留留在院子里闹着尕秀咂奶的时节，杨老爷心里美滋滋地等着看好戏。

就在今年春上的一天，尕秀坐在新房的门槛上给留留咂奶，冷不防杨老爷从堂屋出来，尕秀紧忙转过身去。可杨老爷还是从眼角瞭见尕秀白生生的奶子白鹁鸽一样扑闪了一下。

那一刻，杨老爷的心险乎些从嗓子眼儿里跳出来。

可今儿个，留留闹了半天还是让尕秀给哄住了。

当尕秀转身进灶火时，杨老爷的心就像被一疙瘩黑云罩住了，一下子黯淡下来。

尕秀进了灶火准备和面做饭，可她揭开缸盖一看，缸里没一滴水，便挑起水桶去尕藏河挑水。

杨老爷见尕秀从灶火出来，又偷偷从报纸背后探出头来，看尕秀担着水桶屁股一扭一扭地从他眼前走过。

自从那次花儿会上头一次见到尕秀，杨老爷的心就开始有些飘。后来，杨老爷通过王半仙，如愿以偿地把尕秀迎进了家门。杨老爷清楚地记得尕秀头一次给他敬茶的那个早上，他看着尕秀杏花一样红扑扑的脸骨堆，没有把持住，端碗子的时节，水漾在了个家的衫子上。

想起那天的事，杨老爷的心又开始"嘣嘣"乱跳。

杨老爷坐在廊檐坎上胡思乱想的时节，尕秀从尕藏河担水回来了。杨老爷紧忙拿起报纸挡住脸，但他的目光还是忍不住从报纸顶上偷偷地瞄过去。

尕秀屁股一扭一扭地进了灶火。

杨老爷再也没心思看啥报纸了。那些天下大事也好、花边新闻也罢，统统变得索然无味了。

灶火里传来往缸里倒水的声气。

不一会儿，尕秀端着面盆来堂屋的面板柜取面。

当尕秀从杨老爷的身旁经过时，杨老爷深深吸了一口气。他从尕秀身上闻到了一股杏仁味，这是胭脂川女人的味气。但杨老爷觉得尕秀身上的杏仁味与众不同，吸进身子里，浑身的骨卯都觉得酥软。

当尕秀取了面再次从杨老爷身旁经过时，杨老爷竟然顺手抓了一把空气，放在个家的鼻子前慢慢地闻。杨老爷觉得那里充满了尕秀的味气，香喷喷的。

过了一会儿，灶火里传出"梆梆梆"有节奏的擀面声。

杨老爷躺不住了，把报纸扔在一边，站起来，背搭着手，朝灶火走去。

尕秀站在案板前，正在擀饭。

杨府的灶火盖在堂屋与北厢房连接处的圪崂里，四周没有窗户，只有房顶开着天窗。里面光线很暗，不过，眼下已快正午，从天窗倾泻下来的阳光正好照在尕秀身上。

随着"梆梆梆"的擀面声，尕秀的身子也有节奏地颤动着。

杨老爷看着尕秀的身子在阳光下颤动的样子，禁不住心神荡漾。

他觉得一浪一浪的水撞击着他的腔子，越来越急，越来越猛。

杨老爷一步跨进灶火，扑向尕秀。

"阿爷，做啥呢？"

杨老爷的手几乎要挨着尕秀颤动的身子了，可这突然的声气，使杨老爷一下子僵住了。

杨老爷惊恐地回过头。

留留站在灶火门口，望着杨老爷笑。

尕秀也听到了留留的声气。但她回过头看时，杨老爷已经跨出灶火门，领着留留走了。

尕秀不知道杨老爷刚才为啥要进灶火，她也懒得细想，转过身继续擀面。

152

吃晌午饭的时节，杨建生回家来了。他照例提着二斤手抓羊肉，还买了两嘟噜青稞酒，说是回家来慰劳慰劳大家。

晌午饭后，杨太太带着杨嫂、尕秀、七斤几人去地里拔麦子了。杨建生打开青稞酒给杨老爷斟了一盅。

堂屋里立时飘荡起浓浓的酒香味。

杨老爷平常不沾酒，只有遇到推碍不过的场面时，才应付一两盅。

今儿个歇晌之前，他在灶火叫孙子留留弄了个难怅，所以刚才尕秀给他端饭时，没敢抬眼看尕秀。

杨建生打开酒嘟噜，满屋子飘起酒香的时节，杨老爷满脑子里映显出的都是尕秀阳光底下一扭一扭的身子。

杨老爷忽地有了喝酒的冲动。

杨老爷刚端上酒盅，一旁玩耍的留留将他的胳臂碰了一下。

盅子里的酒一下子漾在炕桌上。

杨老爷紧忙用手指蘸起炕桌上的酒往嘴里舔。

"阿大，淌在桌上还能喝呀？"杨建生拿起抹布就要抹炕桌。

"干啥呢？这都是五谷的精，糟了心疼！"杨老爷狠狠地瞪了杨建生一眼。

杨建生只好坐在一旁，看着杨老爷将炕桌上的酒舔干净了，重又斟了一盅。

"阿大，地里这么忙，阿哥咋不来帮忙？"杨建生一边陪杨老爷喝酒，一边拉起了家常。

"你阿哥现今是大校长了，忙得姓啥都忘了。"杨老爷呷了一口酒，使劲挤了一下眼睛，酸酸地说。

"学校不是放暑假了吗？"

"我让七斤去叫，他没在学校。"

"那他去哪里了？"

"听人说去了山南。"

"山南，阿哥这时节去山南做啥呢？"

前些天，河州驻军接到消息，说山南牧民因为抓壮丁的事跟当地驻军闹起了纠纷，而且越闹越凶。

原来，山南牧民本来就十分讨厌抓壮丁，而这次驻军派的壮丁人数过多，好多人家只好花椭子雇人当顶缸。好不容易凑够了人数，驻军又增加了壮丁数，雇壮丁的费用也一下子从三百个椭子涨到了九百个。民众实在雇不起了，就纷纷聚集到征兵处抗议，眼看就要引发一场民变。

杨建生一听他阿哥杨永生去了山南，不由得攒起了眉头。

"阿大，我看阿哥这些年有些不对劲。"思谋半晌，杨建生终于下决心要跟杨老爷说说他心里一直以来的担忧。

"咋，他在外面有女人了？"

"阿大，你说啥呢。"杨建生的脸一下子红了。

"那你说，你阿哥咋不对劲？"

"阿大……我疑心……我阿哥是不是共产……"

"老二，胡说啥呢。"杨老爷紧忙打断杨建生的话，"这话可不敢乱说，要命哩。"

"阿大，我说这话是有缘由的。当年城里闹啥青年社，阿哥就跟河州共党的头头黄吼吼勾勾连连。红军打进咱尕藏那会些，他和大喇嘛两人跟红军缠得紧，这事我们牛长官心里有一本账。要不是害怕引起信教人众和山南那边的不满，牛长官早就拿了大喇嘛。还有我阿哥，全凭咱家的面子，要不咋能脱了干系。后来，上面的头头过问，牛长官只好拿了麻五魁顶数。"

听了杨建生一席话，杨老爷不言语了。

"阿大，你得好好说说我阿哥，嫑尽干些上不着天下不着地的事，要不然个家倒霉不说，还要添上我们大家。"

"嫑说了。"杨老爷心里烦起来，抓起酒嘟噜倒了一盅酒，丢进嘴里。

.

153

对于土司府来说，今年是个亘古没有的丰收年。

收租这天，驮粮食的牲口在尕藏街上排了一长溜。

太阳一丈多高时，土司府广场上挤满了缴租子的人众。

达勒跟一帮家丁在广场边架起一口大锅，为缴租子的人烧开水。

广场中间摆着一张桌子，账房先生正趴在桌子上忙着记账。

过秤的人一边唱斤数，一边检查粮食的等级。

管家吉美在账房先生跟前的一把椅子上跷着二郎腿坐着，监视那些人过秤。

汉营营长杨五七站在另一边，虎视眈眈地盯着长长的杆秤。

作为胭脂上川的临时头人，杨五七今儿个亲自押运粮食来缴租。

胭脂上川的头人杨老五死后，土司府想物色一个可心的头人，把胭脂上川的事管起来。可摸来摸去，除了民团汉营营长杨五七之外，还真没有能拿住上川的人。但是土司府的大管家吉美不咋看好杨五七，土司府只得折中，给他当了个临时头人。好在杨五七也不计较这，管他临时不临时，只要有油水可捞就成。

杨五七信不过吉美，一刻不离地守在杆秤旁。

吉美也害怕杨五七捣鬼，眼睛紧盯杆秤不放，验粮食的时节还亲自抓一把放在手心仔细瞧。

"大管家，看得再细那也是粮食，变不成金子。"杨五七没好气地瞅了吉美一眼。

"哼，变不成金子，就害怕变成沙子。"吉美"啪"的一下，把手中的粮食丢进羊毛口袋里。

吉美和杨五七在广场互相较劲时，茸巴带着战秋出了土司府。

广场边上大锅里的水开了，达勒几个人正拿着一摞碗，给缴租子的人舀水喝。

今年春上开犁时茸巴见过的那个瘦老汉也来了。

"精脚少奶奶。"瘦老汉旁边的光头娃娃看见茸巴朝广场这边走来，使劲拉着瘦老汉的手叫道。

瘦老汉一抬头看见茸巴，紧忙用手捂住光头娃娃的嘴，说："要胡说，悄悄的。"

"老汉家。"茸巴乐呵呵地走到瘦老汉的跟前。

"少奶奶。"瘦老汉拱手相迎。

"今年收成可好？"

"好好，百年不遇呀。我家的三垧地打了十担麦子。"瘦老汉乐呵呵地比画着，一把稀疏的殺骎胡也在快乐地颤抖着。

"那以前呢？"

"唉，以前呐，遇上好年辰三垧地也最多打三担。"

"你这孙子上学了吗？"茸巴指着光头娃娃问瘦老汉。

"上了，上了，全凭少奶奶的面子。"瘦老汉高兴得合不拢嘴。

"光头娃娃，过来。"茸巴朝光头娃娃招招手。

"我不是光头娃娃，我有官名了。"光头娃娃仰起脸，骄傲地说。

"嚯，叫啥？"茸巴问。

"杨争光。"

"好，这个名字好。"

"杨先生给起的。"

这时，达勒给瘦老汉递过一碗开水来。

瘦老汉喝了一口水，捋了一把胡子，继续说："给土司府缴了一辈子的租子，今儿个这是头一次给咱们烧开水。少奶奶，你可真是菩萨下凡呐。"

"这算啥，不就是费几根柴火嘛。老汉家，只要你身子骨硬硬朗朗的，比啥都好。"茸巴说。

这边茸巴跟瘦老汉说道的时节，过秤那边的吵闹声凶了起来。

茸巴紧忙赶过去。

管家吉美和杨五七吵得不可开交。

"这么好的麦子咋会是三等，你这不是故意找茬吗？"杨五七指着跟前的一口袋粮食，质问吉美。

吉美气嘟嘟地从口袋抓出一把麦子，说："大家看看，这是麦子还是护颗①。"

周围的人都围过来看，吉美手上的麦子里确实有几粒护颗。

"麦子里有几粒护颗这不是很正常嘛。"杨五七不服气。

"就怕是存心的。"

"老吉美，你可把话说亮清了，我们胭脂上川每年缴租子，还从没遇过你这样挼人的。"

"土司府每年收租子都是我点观的，也没见过哪家的麦子里有这么多护颗。"

"老吉美，我知道在你眼里我杨五七影子都是斜的，那就捅破了说，要拿粮食找茬。"

"我今儿个没说旁的。杨大营长，是你个家疑心重。"

"要吵了。"茸巴实在看不下去了，上前对吉美说，"让他们把粮食重新簸一遍，簸干净了，按一等收。"

"这……"吉美不高兴了，嘟囔道，"老爷在的时节，可没这规程。"

"他们辛劳一年也不易。"茸巴说完，引着战秋走了。

"还是这个精脚的有点人情味。"杨五七冲茸巴的背影话里有话地说道。

茸巴听见后，停了一下。她有些上火，但转念一思谋，还是忍住了。

---

① 护颗：带壳的麦粒。

第三十六章

154

阴历七月十五这天，是尕藏寺的例行法会。

七斤早早鞴了骡子在大门口的上马墙前等候。

杨太太坐在廊檐坎前的尕凳子上，将个家的绑腿打得紧紧的，然后裹了头巾，由杨嫂伺候着出了大门，上了骡子。

杨嫂牵着骡子刚要走，留留跑出来嚷着也要跟着去。

"阿奶上寺里敬香去，你跟着做啥呢。"杨太太哄道。

留留不肯，一屁股坐在地上哭了起来。

"娃要去，你就引上呗。"杨老爷听到留留的哭声，走到门道里喊道。

杨太太拗不过，只好让七斤把留留抱上骡子，放在她的怀里。

"哒！"七斤朝骡子屁股拍了一巴掌，杨嫂牵着骡子离开了庄子。

进了院子，七斤正往后院走，杨老爷把他叫住了："七斤，你跑趟城里，到二少爷那里取些报纸去。"

"老爷，二少爷不是常来吗？"七斤有些纳闷儿，二少爷每次回家都给老爷带报纸，老爷从来没有专意派他去城里取过报纸。

"我叫你去你就去呗，问这么多干啥。"杨老爷愠怒道。

七斤不敢吱声了，勾了头要进后院。

"哎，还去后院干啥？"杨老爷拦住七斤。

"给牲口添点料。"

"你要管了，我叫尕秀去添。"杨老爷说着，反身从堂屋取出褡裢，搭到七斤肩上。

七斤又纳闷儿了，瞪大眼睛瞧了一下杨老爷，心里嘀咕：老爷今儿个咋了？但他又不敢问，只好辞了杨老爷，往城里赶。

杨太太定下规程，除了特别紧要的事情，下人是不准骑牲口的。所以，七斤去城里都是靠步行。

七斤走后，杨府就只剩下杨老爷和尕秀。

刚才，杨太太为寺里敬香的事忙活时，尕秀坐在个家的炕上纳鞋底。

因为平时跟杨嫂合不来，杨太太啥事又总是向着杨嫂，所以尕秀今儿个躲在屋里没出去。

少了几个人，院子里"唰"的一下清静了下来。

杨老爷先是抬眼瞧了瞧尕秀房门前的那棵杏树。树上的杏子早就摘了，但树叶还很密实，绿汪汪地罩着。

"唉，这要是一棵大接杏该多好哇！"杨老爷心里忽地荡漾了一下，绕过杏树，悄悄走近尕秀的房门前，屏住气，将手搭在耳朵上仔细听里面的动静。

尕秀的新房紧挨着灶火，原来杨嫂和留留住这儿，迎娶了尕秀之后，这里就成了尕秀和留留的新房，杨嫂搬到了隔壁的房子。

那间新房，杨老爷再也熟悉不过了，那里他和杨嫂不知度过了多少颠鸾倒凤的好日子。眼下杨嫂从这儿搬走了，但杨老爷的心却还留在这儿，因为这儿住进了尕秀。

尽管杨老爷还经常去杨嫂屋，可他的心境却与往昔大有不同，这一点其实杨嫂早就看得亮亮清清。

有一晚，杨老爷跟杨嫂干完那事，杨嫂朝天躺在炕上，眼睛盯着黑乎乎的顶棚，幽幽地说："老爷变了。"

"光阴不饶人，老喽。"杨老爷将手伸过来，轻轻摸了一下杨嫂的脸骨堆。

杨嫂一把抓住杨老爷的手，说："老爷心里镜子样的，我说的不是这。"

"那你说的啥，城门上的楼子？"

"老爷心里想着吃嫩草的事。"

"嫩草？我的尕心肝哎，你就是我的嫩草。"

"老爷高抬我了，老爷的嫩草在那屋。"黑暗中，杨嫂指了指隔壁。

"你胡说啥哩，那可是我孙子媳妇。"

"我又不是三岁的娃娃，你的心思我还不亮清？"

"你眼前头黑着呢，亮清啥哩。"

"哼，我心里有一本账哩。老爷盯着尕秀屁股看的样子，就像那上面扎着花呢。"

自从尕秀迎进家后，杨老爷身子里的血就像涨潮的水，时不时陡起陡落，折腾得他经常整夜整夜不能合眼。

但家里人多眼杂，尤其杨嫂，成天鹰鹞样地盯着他，他不敢轻举妄动。

可今儿个家里只有他和孕秀两人，他没必要忍了，他也没打算再忍了。

他几乎能感到失去控制的血流就像草场上上千头牦牛疯一般奔腾。

眼前头，花骨朵一样的孕秀，屁股蛋子一扭一扭地晃来晃去。他甚至看见孕秀一双水汪汪的大眼睛正用一种渴望的神情瞧着他。

"我的甜蜜蜜的大接杏！"杨老爷心里叫唤着，身子就像充气的皮胎，忽地鼓胀起来，而且越鼓越厉害，快要把个家的身子绷破。他实在受不了了，恨不得立时往个家的身上捅个眼子，把浑身的血一下子放掉。

屋子里传来麻绳穿过鞋底时发出的"哧哧"声。

杨老爷故意夸张地咳嗽了一声。

"哪个，阿爷吗？"孕秀听出是杨老爷的声气。

杨老爷心嘣嘣直跳，声气抖抖地说："没……没啥。"就在杨老爷的手快碰到门环的刹那间，他又倏地缩了回来。

孕秀屋的窗户是带格子的，上面糊了一层纸，杨老爷经过时，影子从上面闪过。

杨老爷的影子闪过时，孕秀的眼前黑了一下，她扭身将窗子悄悄推开一条缝，看见杨老爷背搭着手，进了堂屋。

孕秀放下窗子，又勾下头纳鞋底。

孕秀娘家穷，在杨府她又没啥积蓄。平常，杨太太啥事都把得很严，从她那儿，孕秀啥也指望不上。孕秀只好从平时的用度中积攒点布头线脑，给父母和弟妹做鞋。尤其是孕藏寺当喇嘛的大兄弟云丹，孕秀一直放心不下。他一个人在寺里，冷了热了都得靠他个家，旁的人帮不上啥忙。娘老子当年把他送给寺里，并不是因为他是个豁子，而是为了节省一口饭，匀给他的弟妹们。就冲这一点，孕秀心里觉得又感激又愧疚。今儿个杨太太去寺里，她也特别想一块儿去看看兄弟，但想想杨太太冷冰冰的嘴脸，她又忍下了。

"哎哟。"孕秀一边纳着鞋底，一边想着心事，猛听见堂屋里传来杨老爷的呻唤声。

孕秀将耳朵搭在窗纸上仔细听。

"哎哟，哎哟。"杨老爷的呻唤一阵紧似一阵。

孕秀不知出了啥事，紧忙跳下炕，趿上鞋。

尕秀进了堂屋，见杨老爷捂着肚子，身子蜷成一团在炕上打滚。

"阿爷，你咋了？"尕秀一看，慌了。

"尕秀，阿爷不受活，肚子疼。"

"阿爷，我去街上叫马神仙。"

"甭……甭……"

"那咋中哩，你疼成这样。"

"你……你紧着上来给我揉揉，揉揉，就松活了。"

尕秀一听，二话没说，脱下鞋上了炕，挽起袖子就给杨老爷揉肚子。

"哎哟哟，这不管用，把汗褟撩起来。"杨老爷指着身上的汗褟。

尕秀先是迟疑了一下，但经不住杨老爷呻唤，只得撩起杨老爷的汗褟，将手放在杨老爷的精肚子上抹擦起来。

"哎哟哟，哎哟哟。"杨老爷的呻唤慢慢缓了下来。

"阿爷，受活些不？"

"娃，受活了些。"杨老爷一边呻唤一边说，"往下些，再往下些。"

尕秀照杨老爷的意思，尽量往下抹擦。

"娃，再往下些。"

再往下就是杨老爷的系腰了。

"往下些呀，阿爷难受。"杨老爷的呻唤又紧了起来。

忽地，尕秀看见杨老爷的裤裆被他的那东西顶成了一座帐篷。

尕秀沁住不动了。

"娃，你咋了？"

尕秀脸一红，一挪屁股就要下炕。

杨老爷一把拽住尕秀的胳膊，顺势一拉，将尕秀拉进怀里。

"阿爷，我是尕秀。"尕秀紧忙用胳膊肘顶住杨老爷的腔子。

"娃呀，阿爷的心头肉，甜蜜蜜的大接杏。"杨老爷一个鹞子翻身，将尕秀压在身底下。

尕秀以为个家身上还有些蛮力，可她鼓了几次劲，也没把杨老爷从个家身上掀下来。

杨老爷腾出一只手来，将尕秀的衣裳撩起来。

尕秀一对挺挺的奶子，就像一对雪白的鹁鸽，一下子扑到杨老爷的眼前。

杨老爷一口咬住尕秀的奶头。

尕秀的头里"嗡"的一声，身子一下子软了。

"好呀。"就在这当口，炕沿头上突然传来一声怒吼，"大天白日，你们两个干的好事。"

杨老爷紧忙抬起头，看见杨嫂虎在地上。

"你？"杨老爷一骨碌翻起来。

杨嫂跳上炕，揪起尕秀的辫子就往炕下拖。

"你个尕骚狐，快要成精呢。"杨嫂一边打一边骂。

尕秀被杨嫂拖下炕，扔在地上。

"这不是要命呢嘛。"杨老爷起身想从炕上跳下来，可"哗"的一下，裤子落了下来。他这才想起，刚才将尕秀压住的时节，他顺手抽掉了个家的系腰，便紧忙满炕寻起来。

"打死你这个尕骚狐。"地上，愤怒的杨嫂抓起八仙桌上的鸡毛掸子，往尕秀脊背上没命似的抽起来。

"打够了没！"尕秀终于忍不住了，一个转身拖住了杨嫂手中的鸡毛掸子，两个人在地上扭作一团。从掸子上扯下来的鸡毛，满堂屋乱飞。

"噗——噗——"正当堂屋里闹得鸡飞狗跳的时节，院子里传来骡子的响鼻。

杨老爷紧忙从窗子探出头张望。

杨府的走骡驮着杨太太和留留站在院子里。

原来，杨嫂牵着牲口出了庄，一顿饭的工夫就到了尕藏街北头的土门洞。因为今儿个是尕藏寺的法会，有不少香客从四面八方往尕藏寺那边赶。杨嫂牵着骡子快进土门洞时，无意间往尕藏河滩回望了一眼，胭脂川那边，有三三两两的人正不断走下河滩。蓦地，她瞅见七斤背着褡裢混在那些人空里，不过，他过了尕石桥，没有朝尕藏街来，而是去了河州城方向。

"今儿个家里没啥事呀，七斤去城里干啥呢？"杨嫂心里犯起狐疑，但也没有多想，转身继续上路。刚走了几步，她忽地心里一惊，撂下缰绳，就往回奔。

"杨嫂，杨嫂。"不管杨太太咋唤她，她只当作没听见，一阵风似的下了河滩过了尕石桥。

骡背上的杨太太气得快要背过气去。

那骡子见半天没人理它，便也转过身，顺着原路往回走，杨太太喊破嗓子也喊不住。

杨嫂风风火火赶到杨府门口，一推大门，门上了。

"好哇，这个尕骚狐，果真没安好心。"杨嫂急得在门口转了几个磨磨，然后眯着眼睛朝门缝里瞅了一下。还好，只上了门闩，没有上门担。

杨嫂转过屁股，在门前的地上找了一根烂柴片片，顺着门缝往上挑，挑了几下，终于把门闩挑开了。

她轻轻推开门，听见堂屋里有动静，想都没想，直接扑了进去。

杨嫂和尕秀在堂屋地上闹得不可开交的时节，骡子驮着杨太太和留留进了家门。

"一群牲口。"杨太太看着堂屋地下杨嫂和尕秀撕咬成一团的样子，恨不得拿刀子把个家抹了。

从那天开始，杨太太干脆搬进了她的佛堂里，和杨老爷分居了。

155

尕秀跑回胭脂岭的娘家，杨府顿时耍不转了。

留留整天闹着要咂奶。现今，他只咂尕秀的奶，杨嫂的闻都不闻。

杨太太给杨嫂发脾气，杨嫂躲到个家屋里抽抽搭搭，声气夸张得像受了天爷大的冤枉。

杨太太实在受不了了，就跟杨老爷商量："要不，使个人把尕秀叫回来。"

尕秀跑回娘家，全因为杨老爷心里钻了鬼，耍计谋让尕秀摸他肚子引起的，这会些他自知嘴短，自顾"呼噜噜、呼噜噜"地吃水烟，声气的渣渣没有。

"她可是咱花了大价钱迎来的，真要不回来，那可就亏大了。"杨太太见杨老爷还不吱声，着起急来，"要不，让七斤跑一趟。"

杨老爷放下水烟瓶，盯着杨太太："驴纣棍当擀杖，能中？"

"那你说，哪个去？"

"去请王半仙，他是媒人。"

杨太太把七斤叫进堂屋，从板柜上的尕箱子里取出一包冰糖，用手掂了掂，觉得太多，又拣出两疙瘩来。

"你看你这个抠婆娘，都啥时节了，哼！只看眼前的利，不算拐弯的账。"杨老爷看不下去了，数落道。

　　杨太太气嘟嘟地把拣出来的两疙瘩冰糖又放回去，重新包好，交给七斤，去请王半仙。

　　王半仙来到胭脂下川杨府，拿了杨老爷的褡裢，直奔胭脂岭。

　　跟头一次不同，王半仙这次连叫驴都没的骑了。

　　时下正是夏末秋初，胭脂上下川的麦子已经收割完，到处是一畦一畦空旷的田地。麦子收了，荫在下面长不起来的各种野草，这下有了由性子生长的机会，纷纷舒展开枝枝芽芽，霸满了田地。蚂蚱、蛐蛐和螳螂在那些草空里欢快地飞来蹦去。

　　縻在地中间的羊羖骒悠闲地啃草，偶尔传来悠长的叫声。

　　王半仙扛着褡裢，背搭着手，半弓着腰，缓缓爬上通往胭脂岭的盘盘路。

　　路上路下都是红砂岩的斜坡，坡上稀稀疏疏长着骆驼蓬、沙蓬，偶或还能看到一两丛结满刺疙瘩的蒺藜。

　　走到半山腰，王半仙放下褡裢，坐在路边缓了下来。

　　刚才，杨太太告诉王半仙，前两天因为尕秀打翻了杨老爷的夜壶，尿水淌了一地，臭气熏天，被杨老爷训斥了一顿，尕秀受不住气，转过屁股跑回胭脂岭娘家了。

　　原先，杨老爷的夜壶都是杨嫂收拾的，自从尕秀嫁到了杨府，给杨老爷倒夜壶的事就落到尕秀身上了。不过，王半仙不是三岁的尕娃，他压根儿就不相信尕秀为这么点事就使性子坐娘家。

　　"一个榻榻房里长大的黄毛丫头，没这么大的胆子。"王半仙觉得尕秀肯定受了比挨顿骂还要重得多的委屈，那会是啥样的委屈呢？

　　王半仙顺手从路旁的一丛蒺藜草上将了一颗蒺藜籽，放在手心上仔细端详起来。

　　蒺藜籽上面有尖刺，通常有四五根。虽说不长，但十分锐利，要是扎在脚上，奇痛难忍，弄不好还会殌脓，很长时节长不好。尕的时节，王半仙和尕玩伴们在这一带掐野葱花时，没少受它的苦害。

　　王半仙端详了一会儿蒺藜籽，将它夹在两指间，使劲弹了出去。

　　在蒺藜籽出手的当间，王半仙盘算，蒺藜籽要是落在骆驼蓬上，他就能说动尕秀；要是落在沙蓬上，这事准黄。

　　那蒺藜籽出手后，王半仙一眼不眨地盯着。它在空中高高地划了一个弧线，然后落向一丛非常旺盛的骆驼蓬。让王半仙惊讶的是，它的尖刺不偏不倚，端端插在骆驼蓬的一骨朵籽上。

王半仙忽地来了精神，跳起来，拾起褡裢往肩上一甩，动身了。

进了孖秀家头道土门，就能闻到一股浓浓的皮特果味气。

孖秀家的果园里，皮特果坐满枝头。那酸中带甜的味气，让王半仙不由得咽了一口涎水。

孖秀家的院子还是原模原样，只是墙头上的苔藓更黑更厚了。院当中晒满了刚从山上铲来的野草，在太阳底下散发着草汁特有的苦涩味。

"王师父，又把你惊动了。"孖秀阿大一见王半仙，就猜出了他的来意。

"唉，受苦的命，闲不住呀。"王半仙把褡裢取下来，孖秀阿大紧着接过放在炕沿头上。

"家里一抹烂摊，来了贵客连一口喝的都没有，我这就给你搭水去。"孖秀阿大说着就去搬火盆。

"刚从杨老爷府上喝了细茶，一肚子的水，没处装了。"王半仙紧着拦住，"老哥，你歇下，我有紧要事跟你说哩。"

孖秀阿大只好倚着上房的门框坐下来。

"老哥，孖秀在杨府着了些闲气，你亮清吧。"王半仙使劲咂吧两下嘴，说。

"孖秀啥也没说，只是悄悄地抹眼泪。"孖秀阿大眼睛扑欻扑欻地看着王半仙，希望从王半仙嘴里捞到点准信儿。

"唉，其实也没啥，就是杨老爷怪了几句，牙齿咬舌头是常有的事。老哥，好好劝劝，让孖秀早些去婆家，杨府孖哩大哩的都巴望着孖秀，她不去，杨府耍不转。"

"我不去。"这时，孖秀猛乍乍出现在上房门口。

"我说大侄女，啥事都要活套些，万万不可打死结。杨府是啥门户，杨老爷又是啥人？碗里的油花，麦垛上的苦头。我娃呀，有理扳理呢，没理扳大呢，可不能跟杨老爷抓气。"王半仙话茬里有软有硬。

"半仙叔，杨府不是你说的福窝窝，是黑窟窿。"

"大侄女，山不转水转，迟早有熬出来的日子，到那时，杨府上上下下得看你的脸色。"

"半仙叔，我眼前头就活不下去。"

"我临走时杨太太就交了底，这次回去，哪个再也不为难你。"

"孖秀，听你半仙叔的，回去吧。嫁出去的姑娘泼出去的水，杨府才是你的家。"尕秀阿大看了一眼一脸愁苦的女儿，紧着将目光移开。自从尕秀回了娘家，尕秀阿大的心一天也没展过。

"我娃呀，这都是你的命。回吧，胳臂折了往袖筒里藏。"一直躺在上房炕上的尕秀阿娘也扎挣着劝道。

"大侄女，杨老爷还拍了腔子，说你阿娘看病的钱，只要你开口，他绝不打推辞。"王半仙乘机打楔子。

几个人轮流着一番说道，尕秀终于松了口："那好。我听大家的，今儿个就回。"

"响鼓不用重锤敲。我大侄女是啥人呀，省事。"王半仙紧着讨好道，"我这就回去给杨老爷说，让七斤鞴了驴来接。"

"不要鞴驴，我要太太的骡子。"

王半仙像是吓了一跳，半晌，堆着笑说："中，中，我保证老爷太太都会答应。"

"我也不要七斤接，我要杨嫂接。"

156

秋风吹过，苞谷渐渐干枯了的天穗，有一搭没一搭地摇晃着。偶尔从地头上的杏树飘下来一两片花花绿绿的叶子，落在尕秀脚下。

今儿个从后晌起，天爷就变了脸，阴沉沉的。临近做黑饭的时节，杨老爷忽然嚷着要尝尝今年的新洋芋。杨太太当然不依，说，窖里的旧洋芋还没吃完呢，芽芽都一拃长了。杨老爷说，人家的新洋芋早就入窖了，咱家的还躺在地里，等着下儿子呀。这次，杨太太没有拗过杨老爷，只好叫尕秀提了个破栲栳去地里掏洋芋。尕秀走到门道，杨太太追上来嘱咐，薆掏尕的，让它在地里多长会。

杨府的这块洋芋地在后山脚下，为了防止山水冲毁庄稼，沿山根开了一条排水沟，一直通向南面的红水沟。尕秀来到地头，先坐在排水沟沿上歇息了一会儿。

眼前是一片洋芋地，紧邻着洋芋地的是一块苞谷地，苞谷还没有摘，半黄的苞谷树就像一堵墙，横在尕秀眼前，前面的庄子，还有不远处的四郎庙都被挡住了，所以这儿就显得很僻静。

> 打马的鞭子双梢儿，
> 刘家峡驮一回枣儿；
> 梦里梦见时一对儿，
> 醒来时单只子雀儿。

坐着坐着，尕秀唱起了花儿。

在娘家的时节，尕秀几乎天天到后山去打蕨菜、打草、打柴，歇息时，她就唱花儿。那儿不比死气沉沉的杨府，她爱咋唱就咋唱，声气要多大就可以唱多大。哪怕只有她一个人，依旧唱得有滋有味。她唱给悠悠飘动的白云听，唱给虚空里盘旋的苍鹰听，唱给成群结队的斑鸠听，唱给漫山遍野的山花听……

她多么向往胭脂岭后山上那自由自在的日子呀。

可在杨府，她就像圈在笼里的雀儿，虽说衣食不愁，可心里咋也快活不起来。

自从上次府上出了那档子丢人事，尕秀一气之下回了娘家。但没过多长时节，她经不住王半仙左说右说，又回府了。

不过，这次回府之后，尕秀像变了个人似的，有人没人嘴里总喜欢哼哼花儿。杨府头一个发现尕秀哼花儿的是杨嫂，她把这个天爷大的发现添油加醋地给杨太太说道了一番。杨太太一听，先没有寻尕秀的不是，而是踮着尕脚进了堂屋。

"老爷，都是你调教得好，尕秀在家里唱野曲。"杨太太瞅了一眼炕上的杨老爷，故意夸张地说。实际上，尕秀在家里只是哼哼调儿，并没有唱出词儿来。

"这媳妇脑子出毛病了。"半天，杨老爷嘟噜了一下嘴，说道。

没过几天，又有庄子上的婆娘来府上告状，说尕秀在庄子跟前的地里唱野曲，太失格了。当时，杨太太的脸烧得要着火，恨不得将尕秀撕扯成八件。可眼下，府上做了缺灰的馍馍，哪个说尕秀都不灵。"看来只有她公公说句话了，永生是教书先生，亮清道理的人，咋说尕秀都得怯三分。"就在这个星期天，杨永生刚进家门，杨太太就把尕秀唱野曲的事急急忙忙告诉了他。可杨太太万万没想到，杨永生说，阿娘，唱几句花儿有啥惊怪的，省上的报纸都登着哩。

"你胡说哩。"

"我咋胡说，阿大看的报纸上就有。"

"这死老汉。"杨太太被气得将尕脚跺得"噔噔"响。

后来，尕秀在杨府找到一个唱花儿的好地方，那就是后院牲口棚跟前的洋芋窖。每次下窖取洋芋，她总要漫上一段心爱的花儿。有时，杨嫂心里也嘀咕，取个洋芋又不是养儿子，费这么大工夫？但她咋也没想到尕秀竟在洋芋窖里唱花儿。

阴山阳山山对山，
层层叠叠的宝山；
旁人成双我孤单，
尕妹子活下得可怜。

有一次，尕秀正在窖里漫花儿，不料经过窖口的七斤听见了。起先他听到窖里的花儿声，吓了一大跳，等辨来是尕秀的声气时，心里一乐，便蹲在窖沿对上了。当然，他在上面，不敢唱，害怕前院的人听到，只能念：

圆不过月亮方不过斗，
斗底下扣月亮哩；
两个身子一条心，
打你时我疼着哩。

七斤的花儿还没念完，猛乍乍从窖里飞上来一颗洋芋，不偏不倚，正好插在他的门牙上。

七斤气坏了，拔掉洋芋，跑到前院，给杨太太说，尕秀在洋芋窖里唱野曲。

尕秀取了洋芋爬出窖来，挎了栲栳，嘴里轻轻哼着花儿往前院走。她刚进前院，就见杨太太怒气冲冲地站在院中间。尕秀不由得愣了一下，但她很快亮清，肯定是七斤刚才出来给杨太太告了状。这会些，七斤站在杨太太的旁边，正幸灾乐祸地看着尕秀。尕秀忽地想起刚才那颗洋芋插在七斤门牙上的事来，忍不住龇嘴乐了一下。

"你看看你，偷着唱野曲，还嬉皮笑脸的，真不知羞耻！"杨太太一见尕秀龇着嘴笑，就捣着指头骂开了。

尕秀将挎着的栲栳从右胳臂捯到左胳臂，想绕过杨太太。

"孕秀，你到底会听人话不？"杨太太一把拸住孕秀的胳臂。

杨太太这句话惹躁了孕秀，她一把拸开杨太太，"噔噔噔"径直进了灶火。

"反了，家……家里成了五荤场①了。"杨太太登时火冒三丈。

孕秀在灶火里听见杨太太的叫骂，"哐"的一下，将栲栳里的洋芋倒在地上，气愤愤地念出两句花儿来：

> 刀刀拿来头割下，
> 不死是就这个唱法。

"这个疯婆娘，叫鬼提住了。"杨太太被气得快要接不上气来。

"人家可是土司老爷封下的花后，能把咱们这些窝里佬看在眼里？"杨嫂倚在北厢房的门框上，不冷不热地说。

杨嫂咋也不能忘记，那次她去胭脂岭接孕秀所受的窝囊气。

孕秀家没有上马墙，临走时，孕秀让杨嫂将院墙根的柴墩子搬过来。四龙抢着要去搬，被孕秀喝住。

"杨嫂，你得个家搬。"孕秀的口气软中带硬。

杨嫂脸"唰——"一下红了，但她不敢发作，只好去院墙根搬墩子。

回下川的路上，孕秀骑在骡子上，一副居高临下的样子，气得杨嫂牙齿八尺长。

更让杨嫂着气的是，孕秀还竟然哼唱花儿埋汰她。

> 青石头崖上的红嘴鸦，
> 崖鹁鸽喂食着大了；
> 我对你没说个伤心的话，
> 你这么狠心着咋了。

一路上，杨嫂心底里暗暗发狠，一定要找个茬子教训教训这个谋量不住高低的"少奶奶"。

---

① 五荤场：唱花儿的人常常自称五荤人，意为没什么禁忌的人；五荤场即花儿山场。

花
儿

> 上山的老虎不转弯，
>
> 身一动狂风罩天；
>
> 花儿好比灵宝丹，
>
> 吃上它万病儿消散。

尕秀坐在排水沟沿上漫花儿，不知不觉下起了雨来。她紧着跑进地里掏洋芋，刚掏了半栲栳，雨就下大了，只好躲进地边的一棵杏树下蹾了下来。

雨越下越大，随风扑进来的潲雨打在脸上，冰凉冰凉的。

尕秀心里烦，不由得又漫起了花儿：

> 八仙的桌子乌木的筷，
>
> 炒一盘嫩芽的韭菜；
>
> 吃掉韭菜根还在，
>
> 好日子多会些能来。

"尕秀！"尕秀正漫得起劲，猛听得地头上有人唤她，她抬头一看，是七斤。

七斤身上披着毡衫，沿着地埂一步一滑地朝杏树这边走来。

等七斤走近了，尕秀见他怀里还抱着一件毡衫。

"给，妹子，穿上，看把你泡得。"七斤把怀里的毡衫给尕秀递过来。

尕秀挖视了一眼七斤，接过毡衫披在身上。

"还是哥疼你吧。"七斤眨巴了一下尕眼睛，说道。

"还不是太太害怕耽搁了黑饭。"尕秀提起栲栳就走。

"哎，大妹子，哥可是真心疼你。"七斤撵着屁股嚷道。

"嫑左一声哥，右一声哥，按辈分，留留叫你老太爷。"

"嗨，早就五服出外了，还论这个。"

"杨府不是最讲究规程吗？"

"杨府呀，就是一颗驴粪蛋，面子上光。我比你来得早，啥不亮清？"七斤说着，伸手来抓尕秀的胳膊，尕秀一趔，从栲栳里抓起一个拳头大的洋芋。

七斤见状，紧着用手捂住了嘴。

"哈哈哈……"尕秀一下子笑得直不起腰来。

第三十七章

157

秋分这天，没有一丝风，尕藏河边柳树上的柳条儿像钉在半空中，纹丝不动。就连藏在树枝间的、平常喜欢叽叽喳喳的麻雀，也没有一丝儿的声气。

整个尕藏镇安静得就像停止了呼吸。

"队伍！"突然，土门洞那头传来一声尖厉的吼叫。

从尕藏镇通向河州城的官道上，出现一队黄颜色的队伍。

要打仗了？停止了呼吸的尕藏街"哗啦"一下活了过来。人们纷纷走到街上相互打听，想从对方身上弄亮清到底出了啥事。但个个只是你看我我看你，哪个也说不上道道来。

有一群胆大的男人，挤到街北头的土门洞前，瞪大眼睛朝官道张望。

黄色的队伍排成两行，沿着官道齐整整地朝尕藏开来，脚底下踩起来的尘烟像波浪一样翻涌着。

队伍的前头有两个骑马的。

等走近了些，大家才看清楚，那骑马的一个是胭脂下川杨府的二少爷杨建生，另一个就是去年来尕藏要给女人们放足的那个姓贾的"断脚"议员。

队伍一直开到土司府的广场前停下来。

土司府管家吉美踏着尕碎步，跑下府前的台阶，来迎接河州城来的两位大官。

随即，杨建生和贾议员跟着吉美一前一后进了土司府。

茸巴听说河州城来了人，紧忙收拾打扮了一下，赶往二堂。

"是啥风把杨参谋吹到咱土司府来了。"茸巴满面春风的样子，一进二堂就冲杨建生打趣道。

"少奶奶，这风来得远呀，我得慢慢给你说。"杨建生笑道。

"哦，说说看，到底有多远？"

"少奶奶，你大概已经听说了，东洋的尕日本已经打过包头，整个绥西即将不保。我们河州驻军刚刚接到命令，准备开赴宁夏，配合那里的八十一军阻击尕日本。这次牛长官派鄙人来尕藏，一是补充兵员，二是顺便带个手，配合行署放足。"

"这么说，杨参谋是来尕藏抓壮丁的？"茸巴虽然表面上笑脸相迎，但心里对杨府这个二少爷没啥好感，故意话尖尖上带点刺。

"对，说白了就是抽丁。"杨建生也不忌讳。

"这个，要跟大喇嘛商量呢，我一个人拿不了事。"

"那就麻烦少奶奶把大喇嘛请一趟喽。"

"大管家。"茸巴扭过头喊吉美。

吉美有点不情愿地上前一步。

"你亲自跑一趟。"

"哦呀。"吉美答应一声，偷偷瞅了一眼杨建生，退了下去。

"刚才杨参谋提到断脚的事……"茸巴接上刚才的话题。

"少奶奶，不是断脚，是放足。"贾议员一听"断脚"，心里别扭，紧忙纠正道。

"噢，对不住，贾议员。"茸巴冲贾议员咧嘴一笑，"不过这放足的事，上回贾议员不是来过一趟嘛，好像办得不咋顺。"

"上次放足的确不顺，不过这次我们带了兵。"杨建生说着，拿出一盒烟，跟贾议员一人一根点上了。

"断脚……啊不，放足还要带兵？"茸巴惊愕地瞪大了眼睛。

"少奶奶，上次胭脂川人因为放足的事动武了，这事你亮清。"贾议员解释道。

"少奶奶，贾议员他们也有难处，放足在河州已经说道好几年了，虽然有些地方弄出了些响动，但收效不大。尤其是尕藏，到如今还没有一个人放足，要是再不弄出些名堂来，贾议员也没法向上面交代。吃了妖魔的饭，得跟着妖魔转呀。"杨建生咬着长长的玉烟嘴，猛抽了一口，烟雾很快笼罩了他那又窄又瘦的白脸。

茸巴自打头一次看见杨建生就不喜欢他，她觉得杨府这个二少爷跟大少爷相比，差得尺码大。杨大少爷一肚子的墨水不说，办事周正，说话受听。而二少爷总是不阴不阳的，一双捉摸不透的眼睛冷飕飕地透着凉气。

几个人正说着，管家吉美将大喇嘛桑杰让进了二堂。

几句寒暄之后，杨建生把这次的来意重新跟大喇嘛讲述了一遍。

大喇嘛听完，沉吟片刻，说："你们要去打尕日本是件大好事，可……让那些扛锨把的白大师去打仗不是白白送死吗？"

"可上面催得紧，我们也是奉命办差。"杨建生一摊手，显出很无奈的样子。

"这样吧。"大喇嘛清了一下嗓子，"把尕藏的民团开上去。"

"大喇嘛。"茸巴有些紧张了。

"大喇嘛，民团可是我们尕藏的命系系呀。"吉美紧忙上前劝道。

"是国家的命大还是尕藏的命大？"大喇嘛瞪了吉美一眼。

"大喇嘛真是深明大义。"杨建生冲大喇嘛拍起了巴掌。

"杨参谋言重了，苍生的事就是我佛的事。"大喇嘛摆摆手。

杨建生还想跟大喇嘛说说放足，可大喇嘛已经转身出了二堂。吉美气冲冲地瞅了一眼杨建生，说："断脚是你们汉人的事，你们个家看着办，可有一条，要离咱土司府的辖地远远的。"

158

吃晌的时节，杨建生和贾议员带着队伍把胭脂下川围了起来。

这个时节，庄户人基本上都在家里。

当黄色的队伍在官道上朝尕藏开进的时节，胭脂下川的人哪个也没有觉出这支队伍跟他们有啥关系。当黄色的队伍从尕藏街开出来，饿老鹰一般扑向胭脂下川的时节，他们仍旧勾着头稀里呼噜挖着碗里的饭，都懒得到别家去打听一声，反正天塌下来有杨老爷呢。当黄色的队伍把胭脂下川围起来的时节，他们终于感到火烧屁股了，再也坐不住了，纷纷放下手中的饭碗，奔出大门，站在巷道口，神色紧张地四处张望。

黄色的队伍开始行动了，他们挨家挨户搜，一见到女人就往四郎庙赶。

有个眼尖的人发现了黄色队伍空里的那个"断脚"议员，男人们这才瞌睡醒了似的，紧忙回家，拉上门闩，慌里慌张将个家的女人或藏在麦衣子房里，或藏在牲口圈里，或藏在柜子里，或藏在洋芋窖里……

四郎庙里，杨建生和贾议员站在庙门前的台子上，看着那些当兵的一个一个把缠了尕脚的女人押进院子里。

杨老爷听见庄子里闹哄哄的，就让七斤到外面瞅视，不一会儿，七斤跑来说："不得了了，庄子里来了一帮当兵的，见了女人就抓，抓住就往四郎庙赶。"杨老爷一听，紧忙从堂屋炕上跳了下来。

杨永生听说他兄弟杨建生带着队伍去胭脂下川断脚，也急急忙忙奔出学校往家赶。父子俩正好在巷道口碰了面，一同赶往四郎庙。

"站住！"他们来到四郎庙门口，被两个当兵的拿枪挡住了。

"杨建生！"杨老爷在门口踮着脚尖喊。但杨建生装作没听见，依旧跟他丈人贾议员指手画脚地说着啥。

"这个石头缝里蹦出来的畜牲。"杨老爷见杨建生不理他，气得直跺脚。

就在这时，一个士兵押着尕秀过来了。

早在进庄之前，贾议员就给那些当兵的交代过了，不许骚扰杨府。可是刚才杨老爷走后，杨太太硬要让尕秀去河边担水，回来的时节，被一个士兵撞见，给押了过来。

"尕秀。"杨老爷想上前理论，被那当兵的用枪顶住了。

"杨建生，你这个吃草长大的牲口。"杨老爷趔着蹼子朝院里破口大骂。

"杨建生，你要把阿大气死呀。"杨永生实在看不过了，也朝里喊起来。

杨建生沉不住了，硬着头皮磨磨蹭蹭过来了。

"你以为穿了这身狗皮就像个人物了，呸！"杨老爷朝杨建生脸上狠狠唾了一团唾沫。

杨建生拿出手帕揩了一把，说："阿大，我这不是执行公务嘛。"

"礼曰：夫为人子者，出必告，反必面。"杨老爷气得声气发抖，"可你，作孽呀。"

"阿大，放足是行署的决定，发了公文的。"杨建生说着，朝杨永生努了一下嘴，"大哥，你不也是挺支持放足的嘛。"

"可你们这样硬来，是不是有伤风雅。"杨永生跟他兄弟说话还没这么硬气过。

"上次放足你也看到了，这种事靠你们书生的'风雅'是办不成的。"杨建生说完，转身走了。

"可……可尕秀她……"杨老爷说了半句，又咽了回去。

"阿大，你要管了，全庄子的女人都放足，尕秀当然也得放，她又不是海外的陆压仙^①。"杨建生扭过头，冲杨老爷丢了一句。

"呸！"杨老爷气极了，冲着杨建生的背影又狠狠啐了一口。

贾议员见庄里的女人凑得差不多了，先慷慨激昂地讲了一番放足的种种好处，接着就动员眼前的这些女人自动放足。

院里的那些女人惊恐地瞪大眼，你看看我，我瞅瞅你，哪个也不愿意动手。

杨建生见大家不肯动手，帮他丈人训导道："乡亲们，刚才贾议员已经讲得很亮清了，放足是件顺应潮流的大好事。眼下政府提倡妇女解放，放了足，你们可以像男人一样走路，像男人一样做活……"

"二少爷，要是你阿娘放了足，我们就跟着一起放。"这时，一个大胆的婆娘仰起脖子打断杨建生的话。

"这……"杨建生给噎住了。

"丢人呀，丢人呀。"庙门口，杨老爷高高地抬起脚，又重重地跺下来，恰好跺在一颗石子上，疼得"嗷嗷"直叫。

"乡亲们。"贾议员见势不妙，紧忙接茬道，"乡亲们，你们要是不放足，白白待在这里耽搁时节，我劝你们还是识点时务，只要放了足，大家就可以回家，烙馍的烙馍、喂娃的喂娃、做针线的做针线……"

"豁出脑袋手里提，你把我们啊么哩。"忽然，尕秀一边念着花儿，一边走出人群，当众解下绑腿，脱下鞋子，把缠在脚上的裹脚布"唰唰"几下扯了下来。

"好好好。"贾议员喜出望外，紧忙鼓掌叫好，"真不愧是尕藏的楷模，典范！大家都应该向这位大妹子学习。"

"这……这这……"杨老爷被气得浑身发抖，说不上话来。

"阿大，你想开些，放足毕竟是件好事。"杨永生扶着杨老爷安慰道。

"这位大妹子可以回家了。"贾议员站在台子上，指着尕秀大声说。

"礼曰：阳间世……阳间世完了。"杨老爷气晕了，本想说《礼记》上的话，却一时想不起来，冒出一句大白话来。

尕秀精脚穿了鞋子，朝庙门口走去。

"你，断了脚，还在四郎庙哼哼野曲，咱胭脂下川的庄风，都叫你破了。"

---

① 陆压仙：即《封神演义》中的陆压仙师。陆压为一种散仙，无门无派，无拘无束，逍遥自在。

庙门口，杨老爷指着尕秀叫骂起来。

"破庄风的不是我！"尕秀扬起头，像只好斗的公鸡，话里有话地说道。

尕秀走后，院子里的女人们再没一个放足的。

贾议员动员了半天也没人响应。

杨建生给身边一个军官递了个眼色，军官掏出手枪，朝天放了一枪。院子里的士兵一听见枪响，呼啦一声，一起上阵，抓住跟前的女人摁在地上，强行放足。

一时，四郎庙的院子里，叫嚷声、哭喊声连成一片。

杨老爷被气得脸色发青，接不上气来。杨永生紧忙扶着他往家走。

自从四郎庙里被那些当兵的给强行放足后，胭脂下川的女人们一回家就一个个哭天喊地，那些男人们也像头顶的天爷塌下来一般，跺脚砸腔子，日娘捣老子。

不过这些骚动很快就平复下来了，等那帮黄颜色的队伍一走远，女人们又一个个四处找布头，重新裹脚。

女人们的尕脚被重新裹上后，男人们觉得塌下来的天爷又回到虚空里，头顶上一下子清爽起来。

但从那天起，他们看个家女人的眼光跟以前有些不一样了，他们总觉得个家的女人不再像以前那样囵囵了，就像一件打碎的瓷瓶，叫钉匠用码簧重新钉起来，但咋看都不那么全乎了。

只有杨府的媳妇尕秀再也不肯裹脚了。

杨嫂说人家的女人都重新裹了脚，她让尕秀也去找布头裹脚。

"我不想裹。"尕秀坐在新房的门槛上一动不动。

杨嫂过来拉她，她反而把杨嫂推了个趔趄。

"母鸡打鸣，阳间世倒过来了。"杨老爷被杨永生扶回家后，就一直躺在堂屋炕上没起来。当他听到院子里杨嫂和尕秀的闹腾，气得一拳一拳直砸个家的腔子。

"都是老爷惯的，看看，上梁不正下梁歪，报应呐。"杨太太站在她的佛堂门口，手里拿着嘛呢素珠，冷冷地说。

杨嫂一个人摆置了半天，也没把尕秀弄转，只好嘴里嘟嚷着，进了个家的房子。

尕秀裹脚的事就这么停下了，几个月后，尕秀的尕脚展开了一些，成了半大脚，这在尕藏的汉家女人中传成了一件奇事。

这一年，尕藏地界的皮特果都烂在了树上。

159

天爷越来越阴，密密麻麻的雨燕罩住了人们的头顶。

每逢下雨，尕藏一带就会冒出好多的雨燕，在半虚空来来回回地穿梭。

雨燕是尕藏下雨的先兆。

这是胭脂下川放足后的第三天，尕藏民团在土司府广场举行盛大的开拔仪式。

因为格列瘫在家里无法带兵，河州驻军临时任命杨建生代理尕藏民团司令，带领尕藏民团开往前线。

仪式上，先是由杨建生将全国的抗战形势介绍了一番，然后说，抗战是一场全民族的战争，我们军人要时时刻刻记着国家至上，民族至上，保土卫国，尽职尽责。在战场上要能攻能守，要有与阵地共存亡的决心。他还说，无论行军、驻防都要讲究军风军纪，不准骚扰百姓……

广场上，站满了列队出发的尕藏民团各营土兵。

周围是前来送行的土兵家人亲戚和看热闹的人群。尽管这些人大多数没听亮清杨建生的讲话，但他们都亮清眼前这些活生生的尕藏子弟要去很远的地方跟他们从没见过的尕日本打仗。所以他们一个个表情凝重，心头就像有一块大石头压着。

天色越来越暗，雨燕越来越多。有些胆大的雨燕不时从空中扎下来，擦着人们的头顶掠来掠去。

杨建生讲完话，杨永生代表尕藏民众也上台发了言。

杨老爷站在人群里，听着两个后人前后讲话，还真有些热血沸腾，就连他那两撇硬倔倔的八字胡也兴奋得一颤一颤的。

站在杨老爷旁边的马神仙用胳膊肘捣了一下杨老爷，悄悄说："杨老爷两个公子一文一武，是咱尕藏的人物。"

杨老爷咧了一下嘴，说："马伙里没马驴当差呗。"

"扛枪打仗，扛枪打仗。杀！杀！"杨永生的讲话刚完，从土司府传来格列那只花头麻鹩的叫声。

广场上所有的人都不约而同地抬起头，向空中张望，似乎那花头麻鹬就在他们头顶叫唤。

恰在这时，天爷下起雨来。

冰凉的雨水滴在人们脸上，大家缓缓放下头。

怒发冲冠，
凭栏处、潇潇雨歇。
抬望眼，
仰天长啸，
壮怀激烈。
三十功名尘与土，
八千里路云和月。
莫等闲、白了少年头，
空悲切。

靖康耻，
犹未雪；
臣子恨，
何时灭？
驾长车、踏破贺兰山缺。
壮志饥餐胡虏肉，
笑谈渴饮匈奴血。
待从头、收拾旧山河，
朝天阙。

广场右首，尕藏小学的学生们在一位女先生的带领下唱起了岳飞的《满江红》。

在学生们激昂的歌声中，茸巴走上前，给站在队列前面的旺堆、杨五七、哈赤三个营长敬酒。

战秋用一个木盘端着一只黑瓷碗一瘸一拐地跟在茸巴后头。

达勒抱着一个大肚子坛子专意给战秋倒酒。

旺堆从茸巴手里接过黑瓷碗，但他的眼睛却死死地盯住战秋。

战秋没有回避，也用目光迎着旺堆。

杨五七故意仰起头，看天空中淅淅沥沥的细雨。

而哈赤冷冷地瞧着茸巴，牙齿咬得咯嘣咯嘣直响。

战秋嘴角微微地动了一下，想说啥，但没有说出口，眼眶里早已泪花花打转。

旺堆感到心口里热血往上涌了一下，一仰头，将黑瓷碗里的酒喝了个底朝天。

一碗酒下肚，旺堆率先喊起了口号："为我大中华，赶走尕日本！"

"为我大中华，赶走尕日本！"立时，口号声在尕藏上空响成一片。

响亮的口号声像是惊动了老天爷，雨忽然大了起来。

"向右转，齐步走！"随着旺堆的一声号令，广场上的土兵排着两列纵队，开拔了。

旺堆用冷峻的目光注视着队伍，长长的鬈发上缀满雨珠。

忽地，怀里抱着大刀、跟在汉营队伍后头的麻五魁跳入旺堆的眼帘。

"五魁，出列！"旺堆大喝一声。

麻五魁不知啥事，紧忙奔出队列，站到旺堆跟前。雨水中，他黑黑的脸膛就像秋后窖过了头的皮特果。

旺堆看着麻五魁的样子，心里觉得好笑，但是忍住了，指着麻五魁说："你不能去。"

麻五魁急了，使劲晃着手中的大刀。

"打尕日本用不着你。"旺堆说完，撂下麻五魁跟着队伍走了。

麻五魁僵在那儿不动了。

"听旺堆的话，回吧。"茸巴经过麻五魁跟前时，轻轻拍拍他的肩膀。

那天，尕藏民团的两百多号土兵，冒着雨开出了尕藏镇。

先前围在广场周围的那些土兵家人们，这时纷纷挤到土门洞前，眼巴巴地望着渐走渐远的民团队伍。

刚才听着杨家两个公子慷慨激昂的讲话，他们觉得身上的热血"噗噗噗"地往上冒泡，可是，当看着个家的子弟一步步离开尕藏，要去天边一样远的地方打仗，他们的热血停止了翻腾，心一下子担悬起来。

打仗可不是闹着玩的，那是要命的硬活，今儿个送出去的热身子，还不知道明儿个能不能热热地回来。

杨老爷也挤在人伙里，将手掌放在眉梁前遮住落下来的雨，眼睛里充满了比天气还阴沉的忧郁，一丝儿也没有听他两个后人讲话时的那种兴奋。

"阿大，回去吧。"杨永生看了一眼越下越大的雨，劝杨老爷。

可杨老爷像没听见，一动也不动。

离杨老爷不远，站着色目，他今儿个是替斯库头人来送哈赤的。

斯库因为茸巴的事，不想见土司府的人，所以没来送后人。

茸巴和战秋站在土司府门前的台阶上，远远地望着土门洞。

达勒夹着一把油纸伞，忙忙地从土司府跑出来，给茸巴撑上。

一只雨燕尖厉地叫了一声，从土司府门楼冲下来，一直飞到土门洞前，在那帮人的头顶打了个旋子，然后朝尕藏河方向闪电般划去。

土门洞前，人群依然一动不动。雨水落在土门洞黑乎乎的苔藓上，发出"唰——唰——唰——"的声响。

160

尕藏民团在河州城军训三天后，向兰州开拔。

一踏上河州东川的土地，土兵们才真正有了背井离乡的感觉。

官道两旁的田地里，满眼是枯黄的苞谷树。苞谷叶子上原本结了一层秋霜，太阳一照，渐渐化了，再经秋风一吹，那些湿漉漉的叶子，在晨曦中闪动着冷飕飕的光。

大雁凄切地鸣叫着，从人们的头顶低低地飞过。

> 雁儿雁儿一溜溜，
> 黄河沿上拾豆豆。
> 你一碗我一碗，
> 打破砂锅我不管。

这遥远记忆里的童谣，又在土兵们的耳根前萦绕。

离家越来越远了，土兵们一个个心里越来越凉。土司府广场开拔仪式上的热情，早被眼前的秋风吹了个一干二净。

眼下，他们要到很远很远的地方和尕日本开战，但尕日本长啥样，哪个也没见过，大家心里七上八下的。

杨五七的汉营一路打前站。

晌午时，队伍开上了东大坡。

一段坡路走得大家浑身燥热，一股一股的汗骚味很快在官道上弥漫开来。

快到坡顶的时节，走在头里的人发现坡顶的豁岘里站着一个人。

"麻五魁。"等走近了些，有人认出那人不是旁人，正是尕藏街的铁匠麻五魁。

麻五魁怀里抱着他个家打的那口大刀，像个金刚似的立在豁岘口。头里上来的土兵跟他打招呼，他也懒得去理。

"你跑到这儿做啥？旺堆不是不让你来嘛。"后面跟上来的杨五七见了麻五魁，瞪着眼说道。

麻五魁像是没听见，依旧抱着大刀呆立着。从他身旁走过去的土兵，不住地回过头一眼一眼地瞧他。

"我说麻五魁，你没耳性呀，快些回去当你的铁匠。打仗可是玩命的硬活，你做不来。"杨五七说完，哼了一声，跟着队伍走了。

过了一会儿，麻五魁一转身，跟在了汉营后头。

杨五七走了一截回过头，发现麻五魁不见了，便站下来瞅视，瞅视了半天，才从人伙里认出抱着大刀晃悠的麻五魁。

"哼，犟屎塞不到夜壶里。"杨五七心里狠狠骂了一句。

上了东大坡，土兵们开始歇晌，一个个靠着路边的坎子蹾下来，掏出布兜的干粮狼吞虎咽起来。有的还专意备了水皮胎，边吃边喝，有滋有味。

麻五魁因为走得急，没有备干粮，更不要说带水皮胎了。他看着大家又吃又喝，咽牙①打起了秋千。

为了压住饿气，麻五魁"嗖——"的一声，从牛皮鞘里抽出大刀，把玩了起来。

这是一把新打的铁包钢的大刀，背厚刃阔，刚开的刃口在正午的阳光下熠熠闪光。

---

① 咽牙：腭垂，又叫小舌。

"多亮豁的刀呀。"麻五魁禁不住心底里夸赞起个家的大刀。可再好的刀也不能当干粮呀。

听着两边不断传来的吃喝声，麻五魁冷不防"咕咚"一声，咽下一大口涎水。可能咽得太急，他被呛着了，一阵猛烈的咳嗽，差点让他接不上气来。

"麻五魁，是不是偷吃了一疙瘩肉，看把你呛的。"有人调侃道。

立时，人群里爆发出一阵大笑。

麻五魁臊了，狠狠瞪了一眼，伸出手掌，往上唾了一口唾沫，然后摸进板颈里，搓出一把垢痂，使劲甩到地上。

"麻五魁，我们在这儿吃喝，你在傍里搓垢痂，潮死人了。"

"趔远些，你这没眼窍的麻子！"

人们纷纷叫骂开了。

麻五魁来气了，"唰——"的一下，将手中的钢刀插进鞘里，猛地站了起来。就在这时，麻五魁忽然看见，对面有一片绿油油的萝卜地。他灵机一动，装着解手的样儿，上了对面的坎子，猫进萝卜地里，从牛皮鞘里抽出大刀，使劲插进地里，掏出一颗蒜锤大的冬萝卜。

麻五魁一阵欣喜，"咔嚓"一刀，将萝卜秧子齐根削掉，抓起衣裳襟子，使劲擦了一把，就往嘴里塞。

麻五魁刚咬了一口，脊背上猛乍乍挨了一棍子。

麻五魁"哎哟"一声，扭过头看时，一个花白胡子的老汉，手里捏着一根五尺棍，虎在眼前。

"你个饿死鬼转世的贼娃子！"老汉举起五尺棍又要打，麻五魁一个箭步跨到地头，一蹦子跳下坎子。

老汉绕过坎子追下官道来。

官道上的土兵听到嚷嚷声，纷纷站起来看热闹。

"咋了，咋了？"杨五七不知道发生了啥事，跑过来截住老汉。

"咋了？你看那挨刀的贼娃子。"老汉气冲冲地用五尺棍朝远处的麻五魁一指。

杨五七顺着老汉的五尺棍看过去，见麻五魁站在前面的官道中间，正大口大口地吃萝卜。

"他偷了我的萝卜。"老汉气得嘴皮子哆嗦。

"有人养没人教的牲口。"杨五七骂完，朝身旁一个土兵的屁股猛踢一脚，

"去，带几个人把那个驴日的抓起来。"

不一会儿，那几个人把麻五魁扭到杨五七跟前，麻五魁嘴里还不停地嚼着没来得及咽下去的萝卜。

"你……你这个听不来人话的闲尿，没有通天的本事，倒是有日阎王的胆哩。开拔前杨参谋是咋嘱咐的？要讲究军风军纪，绝不能骚扰百姓，你没听见？你嗓子哑了，难道耳朵也哑了？故意伸脖子往刀口上送，好，我倒要看看你个麻子有几条命。"杨五七用指头捣着麻五魁的眉梁教训起来。

麻五魁一眼一眼地瞅着杨五七，把刚才那口嚼了半天的萝卜使劲咽下去，只听肚子里"咕噜噜"一阵响，忍不住打出一个响亮的饱嗝。

一股臭萝卜味，熏得杨五七紧忙捂着鼻子背过身去。

好一会儿，杨五七才转过身，朝那几个土兵大吼："把他摁在地上，扒了裤子！"

那几个土兵哪里敢怠慢，不由分说，将麻五魁掀翻，死死摁在地上。有人上前抽了麻五魁的系腰带，将裤子往下一拖，麻五魁的屁股全露在了外面。

杨五七上前一步，从老汉手里抢过五尺棍，朝着麻五魁的精屁股狠劲抡了起来。

等后面上来的旺堆来劝时，麻五魁的屁股蛋已经被打得皮开肉绽，鲜血淋淋。

"这下你解气了吧。"旺堆冲老汉瞪了一眼。

老汉见人被打成这样，心里有些后悔，一时竟不知说啥好。

旺堆从兜里摸出一个椭子，扔给老汉，说："请个先生好好疗治疗治，完了送回尕藏。"

第三十八章

161

"将军！"杨老爷的卧槽马逼到马神仙的老将前面。

马神仙紧忙拉回炮别住杨老爷的马腿。

但杨老爷不慌不忙，用手指轻轻拈了一下八字胡的尖尖，偷偷一乐，把早就预备好的炮拉到边线。他的意图很明显，下一步要把炮放在卧槽马的背后，打掉马神仙别住他马腿的那个炮。

"这不要命哩嘛。"马神仙心里毛躁了，两鬓间渗出细密的汗珠来。

马神仙在尕藏不仅是看病的高手，也是下棋的高手。为了显摆他高超的下棋水平，他竟然把老将用钉子钉在棋盘上，还扬言说，哪个要是赢了他，他就倒着屁股走。

尕藏有几个不服气的人都跟他较量过，结果一一败下阵来。

马神仙下棋的名声越来越大，连河州城的高手也来挑战，但哪个也没赢过马神仙。

有一天，土司府的格列少爷忽然来济世堂，说要跟马神仙下一盘。

马神仙不屑地瞅了一眼格列，说："我从来不跟白大师下棋。"言下之意就是格列跟他下棋还不够格儿。

"覅门缝里看人，马神仙，拳打的拳手，水淹的水手。"格列也仰起脖子，一副不服人的架势。

马神仙见格列死心要下，就坐到棋盘前开始摆置棋子。

格列上前一步，摁住马神仙的手，说："覅急，马神仙，我先讲个条件。"

马神仙先是惊愕了一下，然后推开格列的手，用手指挑了一下架在鼻梁上的水镜，说："你还讲条件？"

"我不跟钉将爷的人下棋。"

"哼哼。"马神仙冷笑了一下，"你要是能下赢我，我就取了钉子。"

"不，马神仙，我要是赢了，你得倒着屁股走。"

"少爷，你是来下棋的，还是来寻事的？"马神仙着气了。

"你说呢。"格列故意挤了一下眼睛。

"我跟土司府从来井水不犯河水，少爷何必故意来为难。"

其实格列下棋根本不是马神仙的对手，他今儿个路过济世堂，猛地想起马神仙钉将爷的事来，就一时心血来潮，进来逗逗马神仙。

"先开的花先败，出头的椽子先烂。"格列说完，一甩袖子走了。

那天，马神仙着了一肚子气，连晌午饭都没吃成。

眼下，杨老爷兵临城下，个家的将爷用钉子钉着不能动，马神仙有些沉不住了。

马神仙下意识地抬起手，抹了一把鬓间上的汗。

杨老爷有节奏地敲击着手中的棋子，跷起的腿子也得意地晃悠着。

忽然，马神仙眼前一亮，杨老爷的炮不是放在他的车路上吗？嗨，刚才光顾了个家的棋子，没看出杨老爷的破绽来。马神仙登时来了精神，一把抓起个家的车吃了杨老爷的炮。

"咋了咋了？"杨老爷紧忙抓住马神仙的手，不让他动棋子。

"你要悔棋？杨老爷，是你个家把头伸到我刀口上的。"

"漏着，漏着。"杨老爷终于亮清是咋回事，中途认输，交了棋子。

"杨老爷，你说咱尕藏的民团去打尕日本，这能中吗？"重新摆棋子的时节，马神仙跟杨老爷聊起了打尕日本的事来。

杨老爷摇了摇头，说："我看凶多吉少。"

"拿我们的刀子矛子跟人家的洋枪大炮拼，这不是白白送死嘛。"

"要死要活那是命里头注定的，躲是躲不过的。"杨老爷不由得感叹起来。

"杨老爷，听说尕日本要打兰州？"

"报纸上是这么说的。"

"咱尕藏地界离兰州也就一百来里路，那尕日本真要是占了兰州城，咱尕藏可就悬了。"

"礼曰：敖不可长，欲不可从。你说这尕日本，脖子大个地方，咋就这么狂？"

说话间，两人又摆好了棋子。杨老爷抓起炮正要放当头，头顶猛乍乍传来一阵刺耳的呼啸。

两人同时抬起头。

当然，头顶上是顶棚，声气是从外面传来的，但杨老爷和马神仙都分明看见顶棚上受惊的尘土正"簌簌簌"地往下掉。

162

头一架飞机飞过尕藏上空时，整个尕藏乱了坛场。

尕藏人哪个也没见过飞机，尤其是尕藏草场的牧民们，以为是神雀来了，纷纷跪在地上，朝天爷捣蒜似的磕头。

紧接着，第二架、第三架飞机风驰电掣般飞过。

尕藏的街道上、房顶上、土坡上站满了人……

几天后，杨老爷从《甘肃民国日报》上看到一则兰州空战的消息。

原来，抗战爆发不久，国民政府在兰州建了一个空军基地。为了支援中国的抗战，苏联空军派志愿队协助，还将飞机部件运到迪化，组装之后开往兰州。日军探得这一情报后，派飞机对兰州进行狂轰滥炸，企图消灭兰州的空军基地。

那天尕藏人看到的飞机，就是从迪化飞往兰州的苏军飞机编队。

日军轰炸兰州的消息在尕藏传开后，尕藏人才真正感觉到战火已经撵着屁股烧过来了。

> 诸葛亮摆的是八卦阵，
> 要灭东吴的将哩；
> 尕妹害的是相思病，
> 要睡个阿哥的炕哩。

初春的尕藏草场上，满眼都是望不到边的黄草。

香香精身披着大喇嘛桑杰给她的那件氆氇毯子，一边唱着不着调的花儿，一边在尕藏草场漫无目的地溜达。

香香虽然一直过着疯疯癫癫的日子，但大喇嘛定期让云丹往后山坡上的窑洞送去一些糌粑、酥油和干粮，这样，不至于让她吃了上顿没下顿，她也就很少四处疯跑了。

眼下，草场上依旧寒风吹拂，磕膝盖深的荒草在风中像醉汉样地晃悠着。不过要是仔细看的话，那些荒草的空里，竟能发现一些尕米粒般的芽芽，正从草根间的缝缝里绿绿地挤出来。

香香哼着花儿在乱草空里走了一阵，停住脚，抬头朝天上张望。

今儿个天气晴朗朗的。

远处，阿尼念卿山顶的积雪在太阳底下泛着耀眼的白光。

香香眯起眼睛朝雪山顶望去。

那耀眼的白光让她有些兴奋，她好久没有洗过的、脏兮兮的脸上，露出一丝不易察觉的微笑。

阿尼念卿山顶，常年被冰雪覆盖。蓝莹莹的天爷、雪白的山峦、绿油油的松林，就像一张美不胜收的画，挂在尕藏背后。但是尕藏人早已习以为常，哪个也没有专意留心过它。

一只鹰从阿尼念卿山的那边飞过来，没入雪山上的白光中，一会儿又从白光中钻出来。太阳照在它的身上，哗哗地闪耀着刺眼的光亮。

忽然，那鹰降低高度，几乎是朝尕藏草场俯冲下来。

香香从来没有见过这么大的鹰。

那鹰带着刺耳的呼啸，从香香头顶划过去。

香香吓坏了，双手捂着耳朵，蹲在地上。

过了一会儿，香香偷偷地抬起头，斜着眼瞄了一下天爷。只见那只巨鹰，飞过尕藏河，在胭脂川的上空盘旋了一圈，又折回来对准香香俯冲下来。

香香惊呼一声，拔腿向阿尼念卿山根狂奔。

这一次，香香真真刻刻感觉到那鹰擦着她的头皮飞了过去，震得香香差点晕翻过去。

香香还在刚才的惊恐中没有挣出来，就听一声巨响，那只鹰一头栽在了阿尼念卿山脚下的草场上。草地上升起的尘烟几乎把半个天爷罩住了。

香香僵在地上不动弹了，她的耳朵里除了"嗡嗡"声，啥也听不见。

良久，她抬起头再看天爷，一个巨大的蘑菇飘飘悠悠向她这边落下来。

香香惊呆了，这是她平生见过的最大的蘑菇。

就在那蘑菇飘飘忽忽落地的瞬间，从里面滚出一个人来，端端滚到香香的脚下。

那人长着一对蓝色的眼睛，脸上和手上长满长长的黄毛，猛一看就像个怪物。

香香吓了一大跳，想逃，可那怪物一把抓住了她的脚巴骨。

怪物嘴里呜里哇啦说着一些和他的长相一样奇怪的话。

他的腿子好像摔坏了，裤脚上沾满了血。

香香吓坏了，一个激灵，挣脱了怪物的手。

就在这一霎，香香身上的氆氇毯子滑落了，一丝不挂地站在怪物面前。

那怪物被香香的样子吓住了。

乘他愣神的工夫，香香转身逃了。她拼命朝大喇嘛昂欠背后的山坡跑去。

金黄的枯草鞭子一样抽打在她的腿子上，但她不知道疼痛。

她的黏糊糊的头发被风吹起来，像雨水打湿的风马旗，在她头上沉重地呼扇着。一对硕大的奶子，在腔子上剧烈而有节奏地颤动着。

她不时做出跳跃的姿势，敏捷得就像一只奔突的豹子。

香香好不容易跑到坡头儿，大喇嘛桑杰冷不丁出现在她的眼前，他是被草场的巨响惊动的。

大喇嘛一见一丝不挂的香香，紧忙用袍袖掩住脸，转身要逃。

香香一个箭步奔过去，死死扯住大喇嘛的袍袖不放。

"放开！"大喇嘛着急了，大声叫道。

但香香使劲把大喇嘛拉转过，朝刚才落下那个大蘑菇的方向指去。

大喇嘛顺着香香指的方向看过去，发现了那团白乎乎的东西，旁边似乎还有个人。大喇嘛这才明白过来，等香香再拉他的时节，他毫不犹豫地跟着香香朝那边奔去。

在那团白乎乎的东西旁，一个满脸是毛的怪物躺在地上，用手捂着腿子不停地呻唤。

大喇嘛是见过世面的，知道那不是什么怪物，而是一个洋人。他俯下身子，将受伤的洋人拉起来，放在个家背上背了起来。

"披上。"大喇嘛回身的瞬间，看见他送给香香的那条氆氇毯子摺在地上，便冲香香气冲冲地喊了一声。

这次，香香似乎很听话，乖乖捡起毯子披在身上。

就在大喇嘛背起那个怪物朝尕藏街走去时，尕藏人铺天盖地朝草场涌了过来。

那些人都冲着阿尼念卿山脚下跌落的飞机而去，也有几个经过大蘑菇似的物件时，觉得好奇，停下来围着看，看了半天，也没看出个名堂，便动手去摸。

"洋布，这是洋布。"忽然，有人兴奋地喊了一声。顿时，人们呼啦一下扑向那堆洋布。有的拿出刀子割，没刀子的就用手撕，用牙咬，不一会儿，一副好好的物件被尕藏人分了个一干而净，没得上布的在地上拾了几根散落的绳子揣进怀里。

飞机那边早已实压压围满了人。

"天爷上飞的时节，也就鹰那么大，落到地上吓死人哩。"

"我估摸着有三间堂屋大。"

"三间堂屋算啥，有土司府广场那么大。"

人们围着飞机争论起来。

"哪个亮清这东西是啥做的？"

"铁！"有人蛮有把握地吼道。

"得了吧，麻五魁铁匠铺的铁是这色吗？"

"你懂啥呀，麻五魁用的是生铁，这是熟铁。"

"熟铁，我咋没听说过。"

"嗨，那年我去河州城见过熟铁，就是这色。"

"哦。"这时，有人拿起一块石头扔向飞机。

"听见声气了没，真是铁。"

"要真是铁，把它拆了那得卖多少钱呀。"

这句话就像火星子，一下把那群兴奋起来的人点燃了，"哄"的一声，大家一哄而上，开始拆卸飞机。

163

大喇嘛桑杰把那个怪物背到济世堂，马神仙详细点观了一番，指着怪物说，他的腿子折了，得去城里找接骨匠。

大喇嘛一听，一声没吭，出了济世堂。过了一大会儿，豁豁喇嘛云丹赶着一辆驴车，来到济世堂前，说是大喇嘛让他拉那个怪物去河州城。

闻讯来济世堂看稀奇的几个人帮云丹把那怪物放上驴车。

那怪物在车上伸出手来，要跟帮他的那几个人握手。而那几个人见了怪物毛茸茸的大手，吓得紧忙趔到一边。

"咑！"云丹扬起鞭子打了个响鞭，尕毛驴拉着折了腿子的怪物离开了尕藏街。

马神仙送走驴车，一只脚刚踏进济世堂的门槛，就听见一声巨大的爆炸声，震得济世堂的房顶"哗啦啦"一阵抖。

不一会儿，坡头上有人大喊："草场走水了，草场走水了！"

原来，阿尼念卿山脚下拆飞机的那伙人不留神弄破了油箱，汽油淌了一地，正好有人将抽完的黄烟棒子扔到地上，只听"嘭"的一声，黄烟棒子引着了汽油，燃烧的汽油瞬间扑向油箱。飞机爆炸了，当场炸死十几个人。

花
儿

飞机爆炸后，火星子引着了尕藏草场，火借风势，很快，整个草场变成了一片火海。

"咚咚——咚咚咚——"行刑人赤烈敲响了土司府广场的大鼓。

茸巴带着尕藏街的人众拿着各种家什，风风火火穿过尕藏街奔上草场。

大喇嘛桑杰也引着一帮喇嘛奔出尕藏寺。

火势以极快的速度向四周蔓延，巨大的火舌呼啸着冲向半天爷。

> 三十万兵马下江南，
> 孔明的计，火烧了曹操的战船；
> 一年三百六十天，
> 昼夜里想，再没有不想的一天。

香香站在坡顶上，望着眼前的火海，唱起了花儿。

"快铲草，要是大火烧到街上就苦害了。"人群中，大喇嘛奋力指挥大家救火。

人们挥舞铁锨、锄头，拼命铲草。不一会儿，在临近尕藏街的草场边上铲出一片空地来。

大火烧到空地停了下来，尕藏街总算躲过一劫。

但尕藏草场就没那么幸运了，大火顺着风一路向西，引着了尕藏草场的冬季居住点。

眼下正是初春，尕藏草场的牧民都在冬季居住点。好在大家发现得早，由头人龙布带着逃了出来，可是牛羊牲口和家产全都葬身火海。

"大喇嘛，全完了。"龙布一见大喇嘛一屁股坐在地上。

"尕藏的天爷还囫囵着呢。"大喇嘛瞪了一眼龙布。

"可是，大喇嘛，我的草场……"龙布说不下去了，一拳头砸在地上。

"唉！"大喇嘛沉重地呻唤了一声，忍不住两行清泪从眼角滚落下来。

不远处，又传来香香的歌声：

> 三十万兵马下江南，
> 孔明的计，火烧了曹操的战船；
> 一年三百六十天，

昼夜里想，再没有不想的一天。

164

草场上传来爆炸声时，麻五魁正在个家的铁匠铺里打铁。当土司府广场的大鼓擂响时，他才撂下手里的锤子，奔出铺子。

"草场走水了。"等麻五魁弄亮清发生了啥事时，来不及搭铺子，跟着吵吵嚷嚷的人群上了草场。草场上浓烟滚滚，燃烧的火焰就像翻腾的巨浪，飞快地朝这边涌来。

被大火赶出来的鼠兔、野兔和老鼠，惊慌失措地四下逃散。有的身上带着"哗哗"作响的火苗，就像武将插在身上的护背旗。然而，它们并没有跑多远，就被烫得蜷缩成一团，变成一块火炭。

"不好！"麻五魁看着来势凶猛的大火，心里大叫一声，撒腿朝草场西头跑去。

麻五魁快到尕藏草场冬季居住点时，火头早就撵着他追了过来。眼下的草场，青草还没有发上来，干蹦蹦的枯草烧起来快得惊人，一眨眼的工夫，火舌就包围了冬季居住点。

住在最头上的龙布头人带着几个下人，从家里匆匆忙忙收拾了一些值钱的细软，就朝草场外没命似的逃去。麻五魁顾不及他们，直奔达娃家。可他到了达娃家一看，达娃不在，又急转身跑出来，绕到屋后，看见达娃正在牛羊圈里忙不迭地往外吆牛羊。

麻五魁冲进去扯住达娃的袍袖朝圈外一指。

大火飞溅着火星子，疯狂地扑进了达娃的圈棚。

"五魁，这，这可是我的命根子呀。"达娃哪里肯听，甩开麻五魁，扬起手里的棍子，继续驱赶牛羊。

牛羊们惊叫着攒成一疙瘩，咋也不听达娃的使唤。

眼看大火快要把圈棚吞没了，麻五魁一狠心，扛起草垛一样累堆的达娃，冲出圈棚。

达娃哭叫着，一边不停地蹬着脚，一边拿拳头使劲擂着麻五魁的脊背。

麻五魁扛着达娃刚跑出草场，冬季居住点完全被大火引着了。

龙布头人家的松木堂屋烧塌了，那结实的檩柱"嘣叮梆嗆"地响着，爆起来的火星子就像钻天炮一样，飞进了半天爷。

从大火里跑出来的牧民们围在一起，伤心地哭泣着。

"完了，全完了。"达娃看着大火中消失的冬季居住点，腿子一软，瘫在了地上。

天擦麻时，麻五魁带着达娃从街北头的土门洞进了尕藏街。

尕藏街上乱嚷嚷的。从草场逃出来的牧民，有的去投靠亲戚朋友，有的拥进了客栈、骡马店，有的还没有着落，在大街上来来回回地晃悠。

进了铁匠铺，麻五魁让达娃坐在上房的炕上缓着，个家钻进灶火准备吃食去了。

达娃坐在炕上，一脸的忧郁。一想起大火中烧毁的房子、牛羊，她的眼泪又止不住扑簌簌淌下来。

当麻五魁将做好的面片端到炕桌上时，达娃忍不住"哇"的一声哭了起来。

麻五魁想好好劝慰几句，可个家是个哑哑，说不成话，直急得满地乱窜。

达娃看着麻五魁着急的样子，不再哭了，抓起筷子稀里呼噜地吃起饭来。

"草场没了，房子没了，牛羊没了，往后的日子咋过呀。"吃过黑饭，达娃坐在炕上，巴巴地望着麻五魁。

麻五魁也望着达娃，心里冰叽叽的。

"我一个寡妇，成了没根的草……我……呜呜呜……"达娃又抽泣了起来。

麻五魁亮清达娃的意思，可他心里装一个尕秀就满悠悠的了。

达娃见麻五魁不冷不热的样子，哭的声气更大了。

麻五魁受不了了，瞅了一眼达娃，走出房子。

"这阳间世上，没一个疼肠我的人了，呜呜呜……"达娃跳下炕，倚在门框上，边哭边说。

麻五魁硬下心肠，钻进铺子，用火钎捅了捅炉子，见里面还有些火星，加了几根木炭，然后用脚尖钩过来一块木墩子，坐在炉膛前。

165

天爷已经完全黑下来了，达娃不再哭了，外面的吵嚷声也渐渐平息了，街面上显得很安静。

炉火重新燃起来了，铺子里慢慢有了暖意。

忙活了一天，麻五魁这时有些困了，他坐在木墩上，迷迷糊糊睡了过去……

那是啥？那是一棵杏树。是大接杏，还是夏至杏，或者是苞谷杏？麻五魁难以确定。可他能认定的是，那是一棵实实在在的杏树。时季好像是刚刚开春，坎子根里的积雪开始融化，一滴一滴的雪水渗进土里，湿漉漉地洇了一大片，先前的积雪很快变成空骨架。田野里到处是一堆一堆的粪骨堆，阳面是一顺儿黑乎乎的粪土，阴面是一顺儿白花花的积雪，密密麻麻的，就像摆满笼屉的"砖包城"花卷。地头上的箭杆白杨上，隔三间五能看见几个野鹊窝，几只填饱了嗉子的野鹊懒洋洋地蹲在树枝上晒太阳，还有几只飞到粪堆上，"喳喳"叫着，找零嘴儿吃。田野里虽然看不到一丝儿的绿色，但骨子里却有几分春意了。

不知从啥地方刮来一股风，暖烘烘的，让麻五魁立时振作起来。他抬起头，刚才还是干枝老丫的那棵杏树，忽地开花了，而且还引得旁的杏树都一起开了。雀儿、蜂儿、蝶儿，在纷飞的花瓣间轻盈地穿行着、欢舞着……

麻五魁这才弄亮清，他已经来到了胭脂川的地头上。

> 尕藏的街道两头翘，
> 中间里逢集着哩；
> 阿哥好比是绿葡萄，
> 摘个是好，叶子们篷严着哩。

远处，传来一阵花儿声。

"这是尕秀的声气。"这声气麻五魁太熟悉了，哪怕烧成灰他也认得。

麻五魁跳下地埂，钻进杏树林里。

> 喇嘛爷袈裟哈斜搭了，
> 帽子哈没戴着惯了；
> 一心肠看一趟你来了，
> 人多着遇不上面了。

他看见尕秀穿着那件桃红汗褡，站在一棵大接杏树下漫花儿，一双圆溜溜的大杏眼，正痴痴地望着他。

粉红的杏花随风飘舞，她的肩上、头发上落满了香喷喷的花瓣。

"尕秀！"麻五魁三步并作两步，奔向尕秀。

尕秀笑眯眯地张开臂膀。

麻五魁有力地拥住尕秀。

"五魁哥。"尕秀嘴里幸福地呢喃着，轻轻闭上眼睛。

"尕秀，我心头的肉肉。"一种从来没有过的温暖从尕秀绵软的身子传递到麻五魁的身上，也正是这一股透心的温暖，把麻五魁从睡梦中弄醒了。

"是你？"麻五魁咋也没有想到，他睁开眼时，发现搂在怀里的竟然是达娃。

"五魁。"达娃精身子披着藏袍，水萝卜一样的脸骨堆儿，在炉火的映照下，显得格外水灵了。

"不！"麻五魁心里大叫着，想推开达娃。可达娃紧紧吊在他的脖子上，一对硕大的奶子，像涌来的巨浪几乎要把他淹没。

"我把纽扣齐解开，你到我怀里呷奶来。"达娃轻轻念叨着花儿，红嘴鸦一样的嘴唇朝麻五魁脸上贴过来。

"不！"麻五魁使出浑身力气，从达娃怀里挣开，冲出铺子。

166

站在土司府广场的东头，可以清楚地听见尕藏河水"哗哗"流淌的声气。

"尕秀啊尕秀。"麻五魁望着胭脂下川方向，心里一遍一遍呼唤着尕秀的名字。

他知道，他跟尕秀这辈子是三十晚夕盼月亮，没啥指望了。可一旦要找个旁的女人过日子，他又不死心。

"阳间世没活的路了，阳间世没活的路了。"麻五魁使劲拍打着个家的腔子，直到冷飕飕的夜风把他的四肢冻僵了。

回到铺子，他给炉子添了些木炭，继续坐在木墩子上，用那双红褐色的眼睛死死地盯住发着蓝光的炭火。良久，他那救火时被火灰和尘土弄得五麻六道的脸上，滚下两行泪水。

天亮时，他想去上房看看达娃是不是睡醒了。他总觉得昨晚夕对达娃有些过分，心里很歉疚。可他进门一看，达娃并不在屋里。

几天后，麻五魁正在打一把铲子，尼玛冷不丁钻进铁匠铺，神秘道怪地说："麻子，你……你可真是，看时通着哩，吹时密着哩。"

麻五魁停住手里的活，盯住尼玛。

"达娃说，你不是儿子娃。"尼玛说完，咧着嘴"咕咕咕"地笑了。

麻五魁一听，气得快要爆炸了。

"破屁股货，敢把我跟她的事告诉这个混混子。"麻五魁举起手中的铁锤，就要朝尼玛头上砸下去。

尼玛惊叫一声，夹着尾巴跳出铁匠铺。

达娃那天大清早离开麻五魁后，遇上了刚从赌场出来的尼玛。尼玛一问，达娃就把一肚子的委屈一股脑儿倒给了尼玛，于是尼玛把达娃安排在了街南头的一家客栈，两人很快鬼混在了一起。其实，达娃不光跟尼玛有一手，跟尕藏草场的头人龙布也缠连得很紧。有人说，龙布和达娃在次仁活着的时节就有缠搅。也有人说，当年啊，龙布给次仁搬媒，八成是他个家看上了达娃。

167

两个月后，那个被大喇嘛救下的怪物再次来到尕藏镇。陪他一起来的，还有一个戴着近视眼镜的翻译。两个人都骑着大马。

他们一进尕藏街的土门洞，就被尕藏人团团围住。

尕藏人因为拆飞机炸死了十几个人，整个草场也给那场大火毁了，所以他们把这个满脸长毛的怪物当成了给尕藏带来灾难的魔鬼。

有几个壮汉动手把那怪物从马上拉了下来。

"你们这是干啥，他可是苏联人，动了他可要惹乱了·"翻译急了，紧忙下马拦挡。

红了眼的尕藏人根本听不了劝，他们把那怪物扔进人伙里，推来搡去。

怪物呜里哇啦地叫嚣着，可哪个也没听亮清他说啥。

"他可是帮咱们打尕日本的外国友人，不能胡来。"翻译不顾一切地冲进人群。

"住手！"就在这紧要关头，茸巴带着吉美、战秋和土司府卫队尕队长才告过来了。

人们见了茸巴，乖乖地放开怪物，散了。

自从茸巴做主在尕藏河上架了水车、修了石桥，尤其开办了尕藏学校后，名声大振。

"土司府的少奶奶是咱尕藏的穆桂英。"

"穆桂英算啥，少奶奶是下凡的度母。"

人们提起土司府的茸巴，没有不揸大拇指的。

等那些胡来的汉子散了，翻译走上前来，向茸巴说明来意。

这个浑身长毛的怪物是帮助中国人打尕日本的苏联飞行员，名叫阿尼西莫夫。那天他驾着战斗机从迪化飞往兰州的途中，飞机发动机出了故障，情急之下，他跳伞逃生，飞机坠落在尕藏草场。

大喇嘛和香香救了他后，又送他到河州城接骨匠那儿接好了摔折的腿子，今儿个他来尕藏是专程拜谢大喇嘛和香香的。

茸巴听完，就派尕队长才告引着阿尼西莫夫去见大喇嘛。

大喇嘛救阿尼西莫夫的时节，根本就没顾上细看他。而今儿个，一见到他那双蓝莹莹的眼睛，眼前一下子映现出茸巴的影子。

"像，太像了。"大喇嘛禁不住脱口而出。

大喇嘛的话让在场的人都感到莫名其妙。

很快，大喇嘛意识到个家的失态，紧着双手合十，向大家表示歉意。

阿尼西莫夫先是向大喇嘛对他的救助表达了谢意，然后向大喇嘛赠送了一本巴掌大的印有一个大胡子老汉半身像的红皮笔记本。

阿尼西莫夫叽里哇啦对大喇嘛解释了一番。

大喇嘛自然听不亮清，满脸的迷茫。

翻译紧忙给大喇嘛指着笔记本上那个大胡子说："这是苏联共产党的头头儿，名叫约瑟夫·斯大林。"

"共产党？"大喇嘛的脑海里忽地跳出那年来尕藏的那群蓝颜色队伍，听说那也是共产党的队伍。难道眼前这个浑身是毛的苏联人，还有笔记本上这个雄壮的大胡子，跟那群蓝颜色的队伍是一伙的？

随后，翻译告诉大喇嘛，他们这次来要看看那架坠落的飞机，还有阿尼西莫夫的降落伞，准备把它们运到河州城去。

"不用了。"大喇嘛摆摆手。

翻译有些惊愕。

接下来，大喇嘛把降落伞被分割，飞机被拆卸，并引起火灾的事情给他们说道了一番。

翻译又给阿尼西莫夫指手画脚地转述了一遍。

阿尼西莫夫听后傻了一般，张大嘴半天说不上话来。

良久，阿尼西莫夫抓住大喇嘛的手对飞机引起的火灾表示道歉，还向大喇嘛问及那天救他的那个女人，并表达了想见见她的愿望。

实际上，那天一丝不挂站在他眼前的香香，一直在他的脑海里萦绕着。他一直想不明白，那个不穿衣服的女人到底是干啥的。今儿个他来尕藏，特别想见见她。

大喇嘛先是迟疑了一下，随即又拿定主意，领着那帮人出了昂欠。

来到后山坡上香香住的窑洞门口，大喇嘛叫云丹进洞里将香香引了出来。

香香刚走出洞门口，被外面的阳光耀着了，她将手搭在额前，眯起眼睛，当她看到阿尼西莫夫时，吓得惊叫一声。

阿尼西莫夫一眼认出她就是那天救他的那个女人。

因为长时节没有洗头，香香的头发又乱又脏。已经辨不来原色的氆氇毯子斜搭在她的身上。她的腿子露在外面，脚上没穿鞋子，一双因裹脚而变形了的尕脚一多半埋在洞口的蹚土里。

"她西（是）疯子。"云丹给客人介绍说。

翻译把云丹的话转达给阿尼西莫夫。

阿尼西莫夫静静地盯了香香半天说，他要把香香带到河州城去治病。

大喇嘛说，城里怕是治不松活。

阿尼西莫夫说，河州城不行就去兰州城，总会有办法的。

大喇嘛将脸转向香香说："他要引你去城里看病。"说完，转过身自顾沿尕路朝他的昂欠走去。

阿尼西莫夫想对香香说啥，但他发现香香的眼睛一直盯着大喇嘛的背影，直到大喇嘛的影子闪过墙角不见了，她才转过脸来。

那天，阿尼西莫夫将香香驮在个家的马上，离开了尕藏。

168

晌午的时节，大喇嘛钻进他的尕佛堂里诵经。

这些日子，大喇嘛心里很乱。

先是那些头顶上呼啸的飞机，搅得整个尕藏鸡飞狗跳。接着，阿尼西莫夫的飞机坠落在尕藏草场，更糟糕的是，引起的大火把尕藏草场烧了个干干净净。

尕藏草场，是尕藏土司发迹的地方，也是尕藏土司赖以生存的根基。

如今草场活生生毁在个家手上，大喇嘛感到无比地愧疚，这愧疚就像刀子一样，时时在他心尖尖上掸来掸去。

尽管是晌午时分，但佛堂里光线很暗，好在香案上供着一盏碗大的酥油灯，给龛里的佛像和法器抹了一层金黄的光亮。

酥油灯前面供着香、净水、果子、点心、海螺，最头上一只景泰蓝的尕花瓶里插着一把子马莲花。

大喇嘛喜欢在佛堂里摆一把新鲜的花。每年开春插杏花，初夏插牡丹，入秋以后就插八瓣梅或者十样锦。

去年秋后的一天，大喇嘛在尕佛堂礼佛时，发现花瓶里的十样锦已经败了，花瓣都搐成了地踏[①]。他就让云丹去换新鲜的。可云丹去了一大会，来时手里捏着一把子马莲花。

"咋这花？"大喇嘛目光像碰到了火炭，"唰"地收了回来。

"大喇嘛，这时节除了马莲花再没有旁的了。"云丹心里有些犯疑，大喇嘛平常不是挺喜欢马莲花吗？

"嗯……哼。"大喇嘛鼻子里含含糊糊地哼哼了一下。

那一把马莲花供在佛堂以后，大喇嘛再也没有换过花。

一个冬天过去了，景泰蓝花瓶里的马莲花早就枯败了，但那干透了的花瓣上，似乎还隐隐约约能看出些淡淡的蓝，就像马莲花残留在上面的一息气脉，或是久久不肯离去的一丝游魂。

大喇嘛使劲闭上眼睛。

---

① 地踏：地木耳。

不知啥时节，院子里飘飘悠悠下起了雪。

在尕藏，初春下雪是家常便饭。

云丹拿了一件夹袍，给大喇嘛轻轻披上。

大喇嘛抬眼瞅了一眼云丹。

"大喇叭（嘛），外面下血（雪）了。"云丹悄声说。

大喇嘛有些不相信，转过头朝门外望去，嘴里喃喃道："晌午的时节太阳还尖尖的。"

雪花越来越稠，就像磨盘里飞出的麦片。

菩提树上很快坐满了雪。

大喇嘛轻轻一摆手，云丹悄悄退了出去。

大喇嘛心绪开始烦乱，没办法继续诵经了。

他在蒲垫上泥塑神一样呆呆地坐了好一会儿，然后慢慢站起来，走到香案跟前，拉开香案最中间的一个抽屉，从里面颤颤巍巍地拿出一个紫檀木的匣子。

大喇嘛捧着木匣子，重又回到蒲垫上，将木匣放在怀里，抽开匣盖，里面是一个黄缎子的包裹，包裹里藏着一副尕唐卡。借着酥油灯闪烁的光亮，大喇嘛将唐卡徐徐展开——上面画着一位精身子度母的坐像。

度母端坐在莲花月轮之上，目光祥和，面容慈善，左手拈花，右手结印。度母浑身玉青色，洋溢着青春的活力。

传说很久以前，古印度一座名叫那烂陀寺的附近有一位家境十分贫寒的女人，因为她女儿没有嫁妆，她向月称论师求助。月称是一个苦行的出家人，从不积蓄钱财。于是，他将那女人引到和他一起经常辩论佛法的月官居士那里，以为在家人一定会有钱财。可没想到月官也是家徒四壁，一无所有。万般无奈，月官只好向挂在墙上的绿度母祈祷。奇迹出现了，唐卡上的度母变成一位美女，从墙上走下来，将身上的丝绸衣服和金银饰品统统送给了那个女人。从此，那幅唐卡上的绿度母就变成了一丝不挂的精身子。

眼下，望着一脸慈悲、微微含笑的精身子度母，大喇嘛心中喃喃祈求道："人慈人悲的施舍之神呀，救救我吧，我也是你虔诚的孩子。"

忽地，大喇嘛手中的唐卡微微颤动了一下，紧接着，唐卡上的画面像水中的涟漪轻轻晕开去。

随即，上面救苦救难的精身子度母，幻化成了茸巴的形象。

她面带微笑，正含情脉脉地注视着大喇嘛。

那双蓝色的跟那个苏联怪物一模一样的眼睛，不，那不是眼睛，那是一对疯狂旋转的马莲花。就因为那两朵马莲花，大喇嘛在睡梦中不止一次地惊醒。只要梦见它，他就像中了梦魇，气喘吁吁，浑身战栗。

恍惚间，一丝不挂的茸巴从唐卡中走了出来。

她离他是那样地近，大喇嘛几乎可以感觉到她扑面而来的气息。

忽然，一声野牦牛似的号叫传到大喇嘛耳门，紧接着，一股强劲的狂风袭来，在大喇嘛面前旋起了一股强大的风暴，那风暴怒吼着向大喇嘛席卷而来，大喇嘛猝不及防，一个趔趄，风暴从他身上活生生穿了过去。

大喇嘛觉得他浑身的精血都被涤荡得一干二净。整个身子轻飘飘的，就像一片树叶，"哗啦、哗啦"左右摇摆。

过了好久，大喇嘛的意识才清醒了一些，他使劲甩了一下头，想要把茸巴的影子从脑子里甩出去。可让他诧异的是，这一晃的工夫，微笑的茸巴竟然变成了疯疯癫癫的香香。

大喇嘛震惊了，忽地站起来，双手捧起度母像。

"不可能，不可能。"他的双手颤抖得很厉害，度母像几乎在他的手里跳动起来。

"大喇嘛。"就在这时，香香天神一般出现在大喇嘛尕佛堂的门口。

原来，香香被阿尼西莫夫带出尕藏，半道上，她乘阿尼西莫夫不注意，跳下马来，逃了回来。

香香一口气逃到镇子后，哪儿都没去，直奔大喇嘛昂欠。

看见站在门槛前的香香，大喇嘛心里"咯噔"一声响，手中的度母像跌在了地上。

香香的目光被地上的唐卡吸引了。

大喇嘛紧忙从地上拾起唐卡，藏进袍袖里。

香香朝大喇嘛古怪地一笑。

"云丹。"大喇嘛奔出佛堂厉声喊道。

"大喇叭（嘛）。"云丹应声奔了过来。

"把香香送到洞里去。"大喇嘛厌恶地瞪了一眼香香，转身进了堂屋。

云丹过来叫香香，香香不肯离去，本能地往后躲了一下。云丹拉住香香的胳膊，但香香用脚趸住地，云丹费了好大的劲才把她弄走。

第三十九章

169

阴历四月的时节，在那些烧剩的残根空里，草芽儿重新长了出来。

尕藏草场经历了一场浩劫之后，渐渐复苏。

为了让牧民们尽快摆脱火灾的阴影，茸巴做主免去了尕藏草场所有牧民的租子，而且还拿出橢子，到山南桑柯买来大批的牛羊，赊给牧民们。

有了牛羊，牧民们开始动手从阿尼念卿山砍来树木，围羊圈、搭帐篷、筑庄窠、盖房子。

一时，尕藏草场牧民的冬季居住点上，天天可以听到吆号子的声气。

> 一夯吆两夯吆三呀四的个夯呀哈，
> 三呀四的个夯呀哈。
> 夯儿嘛就夯儿嘛就起了身嘛，
> 遍地开红花呀。
> 夯儿嘛就夯儿嘛就往前行嘛，
> 打上着来了嘛吆吆。
> 夯儿嘛就夯儿嘛就起了身嘛，
> 夯儿嘛打得平呀……

龙布家也请来了尕藏街的木匠和泥瓦匠，盖起了三间转五的汉式大堂屋。在龙布盖房了的这些日了，战秋跟茸巴告假，回家给匠人们烧茶做饭。

四月初九这天，是龙布家为堂屋上梁的黄道吉日。这日子是龙布专意请尕藏街王半仙卜算的，王半仙告诉龙布，这天上梁，保准牛羊满圈粮满囤，碌碡大的元宝滚进门。

可不想，这天东方刚刚见白，老天爷的脸就阴沉了下来。

密密麻麻的雨燕，顷刻罩住了尕藏草场。

"天爷阴实了。"龙布心头不由得蒙上了一层惆怅，"民团离开尕藏的那天也是这样的天气！"

> 打一斧来空中响，
> 鲁班老祖在此堂。
> 鲁班能来鲁班强，
> 先造木马后造梁。

当那根扎着红绸子的松木宝梁徐徐拉上房架，站在架子上的木匠师傅抽出别在系腰带上的斧子，一边合卯，一边扯开嗓子高声唱起了上梁歌。

> 东家啊，你这宝梁，
> 石山里生来松林里长。
> 采了天地的灵气日月的精华，
> 好不容易才成了如今的模样。
> 又花了四十两的白银，
> 调集了千军万马拉到了白虎场上。

木匠师傅合卯的时节，龙布簸篮里端着核桃、枣子、花生和糖瓜，一把一把往人群里抛撒。前来道喜的亲戚们大声吆喝着，争抢地上的喜物。顿时，快乐笼住了龙布的新家，也笼住了龙布的心。

> 风脉落到墙头上，
> 请来木匠量短长。
> 锯子锯了个乱嚷嚷，
> 推刨推了个溜溜光。
> 二十八宿显毫光，
> 斧头打得叮叮当。
> 凿子挖了个金银仓，
> 珍珠玛瑙往里装。
> ……

龙布家的上梁仪式还没有结束，老远就有人骑着马朝这边疾驰而来，那人高扬着马鞭，嘴里还高喊着啥，但这边太嘈杂，听不真刻。

那人骑马一直驰到龙布家当灶火的帐篷前，才翻身落马，他不停地喘着粗气，说："打、打尕日本的人回来了。"

当时战秋正在帐篷里做烩菜，她一听民团回来了，撂下铁勺，一瘸一拐地蹦出去，抢过那个报信人的缰绳，翻身上马。

"呔！"战秋使劲一夹马肚，那马便放开四蹄狂奔起来。

"战秋！"龙布急了，追在后面大喊，可战秋已经冲出去好远。

"真个是瘸子不瘸上天哩。"龙布摇着头骂道。

自从旺堆他们离开尕藏开赴前线之后，战秋没有睡过一个囫囵觉。

尽管旺堆已是有妻儿家室的人了，她个家又是个被人抛弃的半年汉，可她心里却咋也放不下旺堆。

旺堆是她藏在心底里的一丝光亮，她就是靠这点亮气活到了现在。

170

龙布上梁的这一天，对尕藏来说，注定是个不祥的日子。

实压压的雨燕罩住尕藏的天爷，尕藏人的心被巨大的阴影笼住了。

凡是上了年纪的人都说，尕藏的天爷还从来没飞过这么多的雨燕。

各家的房脊上，落满了雨燕，它们一个挨着一个地挤在一起，就像一群穿着黑袍子的魔鬼。"叽叽——叽叽——"的叫声，吵嚷得人们心烦意乱。两个多月前尕藏草场被一场大火烧了，难道老天爷还不遂心，要降下更大的灾难让尕藏人承受？所有的人都用一种惊恐的眼神打量着那些黑色的精灵。

当一群衣衫褴褛、懒散得直不起腰板的杂色队伍出现在尕藏河边的官道上时，天爷下起了毛毛雨。

过了好久，这群杂色的队伍才缓慢地开进了尕藏街，领头的就是尕藏民团番营营长旺堆。

队伍来到土司府广场停了下来。

闻讯赶来的人陆陆续续站满了土司府广场。他们静悄悄的，哪个也不想开口说话，只拿目光在那些杂色的队伍空里搜来搜去。

旺堆指挥土兵，将驴车上的砂罐卸下来。

人们这才注意到，这帮杂色的队伍空里，有两辆毛驴车，车上摞满了砂罐。

土兵们将砂罐一一卸下来，摆在土司府广场的空地上。

茸巴听到消息后，由管家吉美陪着，匆匆忙忙来到广场。

人们主动让开一条通道。

茸巴端端来到旺堆跟前。

广场上尽管挤满了人，但出奇地安静，仿佛整个空气都停止了流动。

只有雨，连绵不断的雨，从人们的头顶无声地飘落。

"少奶奶。"旺堆叫了一声，就哽住了，眼里闪着泪花。

茸巴望着地上的砂罐，每个砂罐上还贴着一个字条。字条上原本写着名字，但经风吹雨淋，字迹有些模糊了。

"这些都是死去的弟兄。原本要带个全尸，可天气一天比一天热，半道上都臭了，没办法，都烧了。"旺堆说完，痛苦地闭上眼睛。

人们一听，"哄"的一声，潮水般涌了过来。

"旺堆。"吉美亲眼见到个家的后人还活着，禁不住老泪纵横。

171

云丹兔子一样跑过尕藏街道，上了坡，一把推开昂欠的大门，沉重的门扇撞在门道的墙上，发出震天的响声。

云丹跑上昂欠堂屋的廊檐坎，没刹住脚，一脚踩过堂屋的门槛。

"屁股夹了火炭？"大喇嘛正在堂屋炕上打坐，一见云丹慌慌张张的样子，不悦地骂道。

"大、大喇叭（嘛），民团撤回来了。"

"你听哪个说的？"

"我亲眼见的，已经开到了土司府广场。"

"旺堆呢？"大喇嘛的眼睛瞪得像灯盏。

"好好的，像一头犍有（牛）。"

"咚"的一声，大喇嘛心里的一块石头落了地，他缓缓闭上眼睛。良久，睁开眼，问云丹："再的呢？"

"塔那（拉）营营长哈知（赤），汉营营长杨五七都西（死）了。"

"噢？"大喇嘛愣了一会儿，嘴里轻声嘀咕了一句，"今年死了，明年就不会再死。"听得云丹云里雾里。

土司府广场上，陆陆续续赶来的死者家属们抱着骨灰罐，哭成一片。

斯库是最后一个赶到广场的，他抱着后人哈赤的骨灰罐，走到旺堆跟前，一把鼻涕一把泪地质问道："塔拉营、汉营的营长都死了，为啥你偏偏活着？"

在场的人目光"唰——"地集中在旺堆身上。

"斯库头人，你也是一把年纪的人了，看你问的，那子弹又没长眼睛，还能挑人呀。"吉美紧忙过来替后人解围。

"阿爸，你要管。"旺堆劝住吉美，扫了一眼周围的人，"那些死了的弟兄，没有一个瓢尿，都是咱尕藏了不起的儿子娃。"接着，他讲起了尕藏民团在前线打尕日本的经过。

尕藏民团开到前线以后，先是配合大部队参加了一两次规模不大的战斗，虽有伤亡，但没有伤到元气。开春的一天，尕藏民团奉命单独前往绥西黄河边的马七渡口阻击尕日本。

马七渡地势险要，易守难攻。它的正面是宽阔的黄河河滩，顺河滩有一条简易公路，直通五原城。可以说，马七渡是五原城的最后一道防线，要是马七渡失守，尕日本就会长驱直入。

开战前，杨建生带着几个人先在马七渡口巡视了一番，他觉得马七渡正面太开阔，而且满眼是一片石头滩，不宜隐蔽，尕日本从这里突破的可能性不大。于是，他就让杨五七的汉营和哈赤的塔拉营在这里防守，而将旺堆的番营拉到几里之外尕日本最有可能偷袭的马七沟埋伏。

虽说时季已是初春了，可马七沟口依旧是寒风刺骨。

马七沟两边的梁子上，长满了枯黄的沙蓬、沙蒿和芨芨草。寒风吹过，那些乱草空里传来"呜——呜——呜——"的呼哨声，听得人心里发毛。

马七沟右首是黄河，马七渡就在离旺堆他们埋伏的沟口三四里的地方，抿着耳朵听，还能隐隐听到些黄河的水声呢。

马七沟左首是茫茫沙漠，除了近处有一两棵干柴一样的胡杨之外，再看不到树木的魂丝儿。远处是迷迷蒙蒙的阴山山脉，山顶上隐隐约约还能看到一些雪。

旺堆带着番营七八十号士兵埋伏在马七沟沿的乱草空里。

沟沿上长得最多的是齐腰深的芨芨草，晒干的天穗白花花的，在风中"哗啦啦"摆动。

随风倒伏下来的天穗，时不时地刷在旺堆的脸上，痒酥酥地难受。旺堆心里烦，干脆握住最跟前的一股芨芨草，撅弯它，使劲塞进个家的身子底下。

马七沟是一条很浅的干沟，沟底澄满了泥沙，泥沙中间被雨水冲开一道深深的槽子，就像一条黑色的长虫，蜿蜿蜒蜒拐进远处的梁子背后不见了。

望着眼前的情景，旺堆不由得想起那年在黑山峡阻击红军的事来。

黑山峡要比这马七沟险要好几倍，可红军的队伍里毕竟有高人，他们跟民团没有来武的，而是来了一出文戏，弄得韩土司乖乖让了道。

可眼下，旺堆他们阻击的是尕日本。尕日本是啥样的货，如狼似虎，丧尽天良。在民团开到前线的这些日子里，旺堆没少听尕日本犯下的一桩桩滔天罪行。前几天，旺堆就听一位八十一军的士兵说，尕日本打过长城攻进一个村子的时节，疯狂地烧杀抢掠，还竟然用刺刀活活挑起几岁的尕娃娃，狂笑着说，支那人的娃娃会跳舞。

一想起这事，旺堆的心里就冒火星。

"嘣——"的一声，旺堆将个家的拳头狠狠杵在地上。

"旺堆营长，咋了？"旁边的士兵伸长脖子问旺堆。

"没啥。"旺堆收起拳头，"噗噗"吹了两下粘在上面的土。

太阳越来越高了。

旺堆的身上热了起来。他脚上的冻疮开始发作，奇痒难忍。他龇着嘴，将靴子不停地在地上趿来趿去。

尕藏民团已经断粮三天了。前些日子，驻守绥远一线的八十一军攻打被尕日本占领的包头城，尕藏民团的补给一时中断了。

旺堆手下的几个士兵因为饿得招不住，乱吃草籽给闹死了。跟饥饿一样威胁士兵的还有寒冷。河套地区的初春寒风料峭，许多士兵没有多余的衣裳保暖，手上、脚上，甚至脸上都出了冻疮，有的疼得连路都走不成。

正当旺堆被脚上的冻疮痒得乱窜的时节，半天爷里传来一声刺耳的呼啸。

旺堆抬头一看，有好几架尕日本的飞机朝这边飞过来。那些飞机飞得很低，连机身上膏药旗的红椭子都看得显显的。

尕日本的飞机刚飞过头顶，就像黄鞑子屙屎一样，密密麻麻撂下许多炸弹来。

"趴下！"旺堆大喊一声，抱着头扑进跟前的乱草空里。

紧接着，"轰隆隆"的爆炸声响成一片，人趴在地上，就像炒在锅里的豆子，"啪啦啦"乱跳。

一阵爆炸过后，旺堆从乱草空里探出头朝天爷望去，飞机一架也看不见了，静悄悄的，就像啥也没有发生。

旺堆这才意识到，尕日本的飞机撂下来的炸弹，一颗也没有落到马七沟，而是一股脑砸在了马七渡那边。

旺堆心里正纳闷儿，忽然，沟底传来一阵急促的脚步声。

旺堆一个激灵正过身来，详细瞅视。只见他早上派出去的探子顺着沟底，慌慌张张朝沟垴跑来。

那探子背着叉叉枪，费了好大一会儿工夫，才从沟底爬到沟沿。

"旺……旺堆营长，尕日本朝……朝马七渡那边开过去了。"探子瘫在地上，一边大口大口地喘气，一边指着马七渡方向断断续续地说。

"弟兄们，跟我来！"旺堆顿觉大事不妙，朝埋伏在沟沿的土兵们大喊一声，便向马七渡方向飞奔。

番营刚刚撤出沟沿，就听见马七渡那边枪声大作。

旺堆带着番营土兵狂奔一阵，头里有几个人已经跑不动了，撂下叉叉枪，躺在地上不动弹了。紧接着，后面的土兵也不跑了，陆陆续续停了下来。

旺堆亮清土兵们几天米面不沾，都饿得没力气了，可马七渡那边已经交火，要是番营不去增援，汉营和塔拉营就会吃大亏。

"旺堆营长，你看。"旺堆正要劝土兵们起来继续跑，跟前一个土兵用胳膊肘捣了他一下。

旺堆顺着官道看过去，远处一匹快马驮着一个军官模样的人朝这边奔来，屁股后头还跟着一个勤务兵。

"快趴下！"旺堆紧忙命令土兵们就地卧倒。

等那匹马跑到跟前，旺堆才认出那骑马的军官是尕藏民团的代理司令杨建生。

杨建生原本赌定尕日本会攻马七沟，所以马七渡这边的汉营和塔拉营都放松了警戒。杨五七和哈赤也都以为这次够他旺堆喝一壶的，等他招架不住了，定然会来这边搬救兵，到那时，一定要叫这个"尕藏第一勇士"像狗一样低下头求情下话。可哪知尕日本竟然没有去攻打马七沟，而是朝马七渡这边攻了过来。毫无防备的汉营和塔拉营一下子乱了阵脚。

尕日本先用飞机在阵地上轮番轰炸，紧跟着河滩上开过来四辆汽车向马七渡阵地作试探性进攻。尕藏民团好不容易稳住人心，利用地形优势压住了尕日本的火力，不想刚打了屁大一会儿，尕日本的两辆车便掉头往回跑，剩下两辆停在原地不动。杨建生以为这两辆车已被打坏，开不动了，命令尕藏民团向汽车冲锋。杨五七和哈赤带领汉营和塔拉营跃出战壕向尕日本的汽车冲去。

就在这时，停在那里的两辆汽车突然开火，先前佯装逃跑的那两辆车也转过来向冲下来的民团扫射，转瞬间民团死伤的人像麦捆一样扔了一河滩。

"完了，全完了。"杨建生一看大事不妙，紧忙带了勤务兵骑马逃离阵地。

"杨参谋。"旺堆一见杨建生，从地上跳起来，拦在路上。

"旺堆营长，快撤，杨五七他们顶不住了。"杨建生一脸的慌张。

"哼，要撤你撤，我不撤。"旺堆轻蔑地瞅了一眼杨建生，大声吆喝一声，带着番营土兵从杨建生眼前冲了过去。

旺堆的番营赶到马七渡时，那里只剩下十几个人玩命抵抗，前面的河滩里到处是歪七竖八的死尸。

番营土兵在旺堆的指挥下，立即投入战斗，压制住了尕日本的火力。

尕日本一见马七渡出现了援军，怕吃亏，打了一阵就开车溜了。

尕日本撤退后，旺堆一马当先，冲出战壕，扑向下面的河滩地。

旺堆先是找到了哈赤的尸首。哈赤的头被掀掉了一大块，脑髓都溅到了河滩地的石头上。旺堆好不容易在石头空里找到了哈赤被掀掉的那块头骨，轻轻盖在哈赤血肉模糊的头上。

"天尊呀，无量寿佛！"旺堆哀叹一声，正要起身，忽听身后传来一声微弱的呻吟，他紧忙转过身，只见不远处杨五七抱着个家的肚子，斜躺在一块大麻石旁。

"杨营长！"旺堆一骨碌从地上翻起来，一个箭步趱过去。

杨五七听到旺堆的喊声，微微地睁开眼。

旺堆这才发现，杨五七捂肚子的手指缝间掉出一截血红丝拉的肠子。

旺堆一把拉开杨五七的手，只见他的肚子上裂开一个口子，滑溜溜的肠子像长虫一样，慢慢地往外爬。旺堆紧着抓起那截肠子塞进杨五七的肚子里。

"旺……旺堆……"杨五七的气脉几乎要断了。

"杨营长！"旺堆紧紧抓住杨五七的手。

杨五七吃力地咧了一下嘴："旺堆营长……我……我……"杨五七还没说完，就合上了眼。

"担架！"旺堆扯破嗓子大喊一声。

那天离开马七渡，旺堆原想把杨五七送到五原城战地医院救治，但走到半道他就断了气。

旺堆讲到这儿，广场的哭声像洪水一样漫过来了，半天爷的雨燕被惊得四处逃散。

旺堆向大家讲述民团打仗经过的时节，战秋也挤在人群中，抿着耳朵仔细听。

旺堆一头的鬈发，乱蓬蓬的，就像牦牛的磕膝盖。原先泛着油光的脸膛，现在又脏又瘦，像个凶犯似的。战秋看在眼里，疼在心上。

当时，她多么希望旺堆在人空里能瞭见她，可是他自始至终根本就没有朝她这边瞅一眼。战秋的心里酸溜溜的，尤其她听到旺堆在战场上还去救杨五七，她的眼睛中那种期待的光亮"唰"地灭了。她一转身悄悄离开人群，离开土司府广场……

172

旺堆老远看见拉姆抱着他的后人，站在门槛底下等他。

旺堆的后人尕索朗今年快两岁了，可他既不会走路，也不会说话，成天涎水挂在嘴角，一脸的瓜相。

前些日子，吉美抱着尕索朗去济世堂找马神仙，马神仙说，这娃的脑子不清顺，怕是胎里就坏了。

这不由得让吉美想起拉姆生尕索朗那天，旺堆拉着马硬往门外闯，结果将拉姆撞成了早产。

"这个遭天杀的畜牲。"看着孙子瓜眉瓜眼的样子，吉美心里狠狠地骂旺堆。

旺堆来到门首，也不跟拉姆言喘，只瞅了一眼拉姆怀里的瓜后人，一扭头进了院子。

拉姆伤心透了，牙齿紧紧地咬着嘴唇，一直咬出了血印子。

吃黑饭的时节，吉美一家人静悄悄的，哪个都没有言喘，只有稀里呼噜的吃饭声。

吉美吃完饭，将筷子担在碗上，用手抹了一把嘴。

下人提来烫好的酒壶，给吉美眼前的尕银碗里倒了一碗酒。

吉美酒量不大，但每天吃完黑饭喜欢喝一点个家酿的青稞酒。吉美喝酒不用酒杯，只用这只精致的尕银碗。这只尕银碗原本是土司府的传家之物，是格列阿爷土司府老土司赏给吉美阿爸的。

光绪年间，阿尼念卿山的本康沟有一伙土匪，领头的名叫黄蟒。他四肢粗壮，力大无比，经常带着手下喽啰打家劫舍，无恶不作。有一年，他们竟然打劫了土司府进贡山南大寺的驮队。老土司震怒，几次发兵进剿本康沟，但都没能取胜。后来，吉美阿爸主动请缨，说不费一兵一卒就可以轻取黄蟒人头。老土司不信，吉美阿爸当场立下军令状。哪个也不会想到，十来天后，吉美阿爸果真提着黄蟒的脑袋，站在土司府广场的行刑台上，向围观的人炫耀他的战利品。

原来，吉美阿爸立下军令状后，就去尕藏草场寻摸了两个长得攒劲又会唱花儿的牧羊女，如此这般调教了几天，就让她们去本康沟引逗黄蟒。

> 尕杏树栽在河边上，
> 花瓣儿落在水上。
> 连维了三年没维上，
> 这一回把尕命儿豁上。

这天，两个牧羊女照着吉美阿爸的计策，打扮得花枝招展，来到本康沟对面的梁梁上，唱起了花儿。

没过多久，黄蟒就派手下的喽啰跑到梁梁上唤那两个牧羊女："我们掌柜的请两位仙女到本康沟神仙洞唱花儿，敢不敢？"

一个牧羊女抢前一步，说："你们掌柜的又不是九头妖魔，能把人囫囵咽上？"

随后，两个牧羊女跟着那喽啰进了本康沟的匪窝神仙洞。黄蟒一见，心花怒放，当下留下两个牧羊女饮酒唱歌，终日作乐。

一晃十天过去了。这天正是端午，两个牧羊女闹着要去阿尼念卿山的林子

里过节。黄蟒原本嫌林子离本康沟太远不愿去，但又经不住两个美人的软泡硬
磨，便带了她俩和几个喽啰一起离开本康沟。

进了林子，一行人铺开坛场，一边听歌，一边喝酒吃肉。

> 蓝不过天爷清不过水，
> 黑不过乌木的砚台。
> 死着阴间里变成鬼，
> 化成个旋风了看来。

两个牧羊女轮番唱歌劝酒，半晌工夫，那几个喽啰醉成烂泥，趴在地上起
不来了。

> 关老爷曹营里不站了，
> 气坏了曹丞相了；
> 霸陵桥饯行着起身了，
> 大红的袍，老爷的刀尖上挑了。

牧羊女的《三国》花儿刚完，只听林子间"嗖"的一声，飞出一支利箭，
不偏不倚，正中黄蟒的左眼。黄蟒大叫一声，从地上弹跳起来。可他还没有站
稳，"嗖"的一声，又一支利箭插进了他的右眼。黄蟒号叫着伸开簸箕大的手
掌，抓住箭柄，用力一拔，两枝箭头带着两颗血红丝拉的眼珠子，一起从眼窝
里拔了出来。就在这时，第三支箭又射了过来，正中黄蟒心口。他使劲挺了一
下，但没有挺住，"嘭腾"一声，朝天躺在了草地上。

黄蟒一倒，林子空里忽地闪出吉美阿爸。他收起弓箭，抽出钢刀，一刀剁
下黄蟒的脑袋，引着那两个牧羊女逃离了林子。

原来，端午这天正是吉美阿爸跟那两个牧羊女约定射杀黄蟒的日子。头天
夜里，吉美阿爸就潜伏在这片林子，只等黄蟒上钩。而牧羊女唱的那首《三国》
花儿，正是提醒躲在林子里的吉美阿爸准备下手的信号。

吉美阿爸设计射杀了黄蟒，震慑了本康沟的土匪，从那以后，本康沟的土
匪只要见了驮队前面的"韩"字旗，再也不敢轻举妄动了。

为了表彰吉美阿爸除掉黄蟒的功劳，老土司专意用祖传的银碗给吉美阿爸

敬了三杯酒。敬完酒，还索性将银碗送给了吉美阿爸。

吉美阿爸临死时，就把这只银碗传给了吉美。

多少年来，吉美十分珍爱这只银碗。这只银碗里盛的不仅是他阿爸天不怕地不怕的豪情，更是土司府对吉美家毫无折扣的信任。

吉美每次吃饭用银碗喝酒，不是为了好酒，而是为了好碗。

吉美呷了一口酒，然后握着那只尕银碗仔细端详了一会儿，忧心忡忡地自言自语道："世风日下，江湖乱道。"

旺堆看了一眼吉美，没有说啥，把碗底剩下的尕半碗饭汤，一仰头倒进嘴里。

"咱尕藏土司的好日子没多长了。"吉美继续自言自语，目光里满满的都是对往昔岁月的怀念。

"阿爸，你说得太悬了吧，我看土司府的少奶奶不是瓢人。"旺堆对阿爸的过分担忧不以为然。

"母鸡叫鸣，不是啥好兆头。看吧，灾祸一个连着一个，躲都躲不及，正是摁住葫芦浮起瓢，顾不住坛场了。"

"阿爸，你那都是老脑筋了，现今女人出来做事的越来越多，有的还当大戗①呢。"

"你亮清啥呢，狗大的年纪。"

"你不信，去兰州城看看，那才是大世面。"

"哼，年轻的时节我把兰州城当个家的堂屋走哩。"吉美说完，斜靠在卡垫上，眯起眼睛不言喘了。

吉美家的堂屋虽说是汉式的，但自从吉美掌家后，他就把里面的摆设装饰全都改成了藏式的。

墙面全部彩绘，四周挂上了红白蓝相间的布幔。墙柜、供桌等家具用雪松木和桦木重新打制，上面不光绘有龙、凤、鹤、鹿等吉祥图案，还在柜扇上镶嵌了豹皮和松石、珊瑚。

"好好的家，硬生生弄成了佛堂。"旺堆对阿爸的做法很有意见。

吉美本来就对旺堆两兄弟早年气走藏语老师，长大后又不咋守藏仪藏规满心的不高兴，现今又听旺堆对他改制堂屋有说辞，火就往上蹿了起来："汉人常

---

① 戗：支撑房子的木头，这里意为发挥重要作用。

说木本水源，你倒好，连祖宗都不要了！"

"难不成要把堂屋拆了改支帐篷？"旺堆不服，悄声嘟囔了一句。不想叫吉美捞到耳根里，他一下子跳了起来："你干脆拿刀子把我攮了。"

自那以后，旺堆再也不敢提堂屋的事了。

"阿爸，明个我去看看格列少爷。"旺堆见阿爸靠在卡垫上不言喘了，搓了搓手说道。

"废人一个，废人一个呀。"吉美依旧眯着眼睛。

两个人正说着，大门"吱呀"一声响，紧接着院子里传来没轻没重的脚步声。

"你兄弟尼玛回来了。这个畜牲，整天瞎闹腾，不干一件正经营生。如今又跟孞藏草场的寡妇达娃缠搅在一起，哼！"一提起尼玛，吉美的气就动弹了。

吉美的骂声还没落地，尼玛醉醺醺地进了堂屋。

"阿哥。"尼玛抬了一下眼皮，瞅一眼旺堆。

"尼玛，坐下吃饭。"旺堆招呼了一声。

"不啦，我吃过了。"尼玛摆摆手，身子摇摇晃晃，站立不稳，"阿哥，孞日本赶跑了？"

"哪有那么快。"旺堆紧忙过来扶尼玛，反被尼玛一把推开。

"没赶走孞日本，你回来做啥？"

"畜牲！"吉美被气得跳了起来，脱下牛鼻子毡靴，来打尼玛。

尼玛见势不妙，转身就跑。

吉美追到堂屋廊檐坎，将手中的毡靴朝着尼玛后背狠狠扔过去。

尼玛刚到个家的房门口，后心重重地挨了一靴子，一个趔趄，连人带靴，倒进了房子里。

旺堆紧忙奔到尼玛房子，把吉美的靴子捡了回来。

吉美从旺堆手里接过靴子，一边穿一边骂："都叫你阿妈惯坏了。早知这样，还不如一生下来就一屁股坐死。"

旺堆阿妈正站在灶火门口看吉美父子俩闹腾，不想吉美的火气又冲着她过来了，紧着转身进了灶火刷锅洗碗去了。

尼玛从地上爬起来，没敢吱声，悄悄上了炕。没过一会儿，尼玛房子里传来打雷似的呼噜声。

花儿

173

旺堆来看格列时，格列正躺在皮特果树下的躺椅上，眼睛木愣愣地望着眼前的皮特果树。

皮特果树正开着细碎的尕白花，纷纷繁繁的。

清风徐来，虚花跌落，格列的头发上、身上都是雪白的花瓣。

那只花头麻鹨，依旧挂在格列头顶的树枝上。

它见旺堆过来了，在笼子的架杆上忽上忽下地跳动着，眼睛机警地在旺堆和格列间转来转去。

"少爷。"旺堆来到格列跟前，轻轻唤了一声。

格列像是没听见，一动不动。

"司令。"旺堆又改口唤道。

这次，格列似乎有了反应，将目光从皮特果树上慢慢地移下来。

"司令。"旺堆见格列有些反应，心里热了一下。

可紧接着，格列轻轻地闭上了眼睛。

旺堆有些失望。停了一会儿，他伸手掸掉落在格列头发上、身上的花瓣。

格列的眼角"簌簌"淌出了泪水。

旺堆心里一颤，紧紧捏住格列的手。

这两年，格列因为瘫了，哪儿也不能去，但他的脑子一刻也没有闲着，他整天躺在躺椅上，脑子里一遍一遍翻书一样翻着尕藏的那些熟人，直到翻累了，慢慢睡去。一旦醒来，又接着翻。如今，尕藏的这些熟人，他已经全翻烂了。

昨儿个后晌，他从侍女口中，捞到了去包头那边打尕日本的民团回来的消息。

当他听到汉营和塔拉营的土兵差不多折完了，心里着实悲凉了好一阵。

尽管，他没有带过兵打过仗，但他当时确实恨不得长出翅膀箭一般飞向战场，跟尕日本好好斗一场。

可惜他心有余力不足，只能像个死尸一般挺在家里，寸步难行。

昨晚夕他一眼没眨，又把尕藏的那些熟人搬出来一个一个地翻，可这次他

456

翻到阿爸韩土司时,翻不过去了。

他看到阿爸满脸是血,手里紧紧握着那把象征土司权力的藏马刀,愤怒地盯住他。

格列不禁打了个寒战。

两个营呐,一百来号气力冒壮的土兵,回来时却变成了一把灰。

要是阿爸在,也许就不会有这样惨的结局。格列从心底不止一次地这样想。

韩土司曾经是尕藏的一尊金刚,在他坐镇的几十年里,尽管有塔拉寨的斯库和胭脂下川的杨老爷时不时背地里捣鬼放水,但他们费尽心思也只能蹭掉土司府的一些些油皮,根本伤不到土司府的筋骨。

韩土司在尕藏向来是说下钉子就是铁,哪个也甭想更改。收租子、断案子动不动就使家伙、上大刑。

整个尕藏镇,只要一提起韩土司,哪个也不敢出大气。

韩土司死后,尕藏的天爷变了颜色。

哪个都亮清,新任土司格列是个不顶事的洋浑子,整天提着个雀笼子,不是逛街,就是听花儿,要么就给尕藏人鼍出些惊飞三魂的奇事怪事来。

那年,格列连断三桩官司的事,至今还是尕藏人茶余饭后说长道短的重头戏。

格列刚刚继任土司不久的一天,用过早饭,茸巴服侍他穿上上一次去河州城时买来的那套月白色西装。新来的侍女羊毛吉蹲在门槛上,用抹布将格列那双鸡蛋头的黑牛皮鞋擦得油光锃亮。

“中了,都照出人影了。”茸巴冲羊毛吉轻声嘀咕一句。

羊毛吉紧忙放下抹布,将皮鞋顺到格列的脚跟前。

格列换了行头,走出房门,达勒提着雀笼箭一般飞到跟前。

“总这么疯涨疯势的。”格列不悦地瞪了一眼达勒。

“扛枪打仗,扛枪打仗,杀,杀。”格列刚从达勒手中接过雀笼,花头麻鹦就冲他高声叫了起来。

格列高兴地咧了咧嘴,提着笼了出了院门。走到大堂前的院了时,管家吉美一手提着长袍的下摆,忙忙地奔了过来,说:“司令,有个官司,你得断一下。”

格列停住步,扭过头一看,见两个年轻后生站在大堂前的台阶下,正朝这边贼眉鼠眼地瞅着。

"哪儿来的两个贼骨头？"格列问。

"司令还记得街上去年死了的老钉匠？"

"咋不记得？那年他还给府上钉过花瓶。"

"这两个年轻人就是老钉匠的后人。"

"他俩犯了啥法？"

"老二说，老大借了他家的一口砂锅不还。而老大说，那砂锅原本就是他家的，他阿大老钉匠活着的时节就给了他。"

"这点破事，你去断断就中了。"

"嗨，那咋中哩，这种事向来都是司令定的。"

"那好，就让他们两个抓阄。"

"抓阄？"吉美就像头上挨了一闷棍，傻眼了。

"不抓阄咋弄，让砂锅开口讲话？"格列说完，正要转身走，院子里又进来两个四五十岁的中年人，一见格列，两人跪下就磕头。

格列一问才亮清，这两个中年人是堂兄弟。前几天，堂哥的阿大死后葬进了祖坟，可刚刚填了土，堂弟发现堂哥阿大占了他阿大的位置。哥儿俩发生了争执，互不相让，就找上土司府来。

"各打二十大板。"格列听完，不温不火撂下一句话，就提着雀笼走了。

吉美紧走几步撵上格列，说："司令，总得说个理由吧。"

"无理的三扁担，有理的扁担三。两个不孝子，打！"

格列出了大门，刚下台阶，迎面又来一胖一瘦一对老汉。

格列一看又是来打官司的，想绕过他俩紧着开溜。可是那瘦老汉拽着胖老汉的袖口，挡在了他的前面。

瘦老汉指着胖老汉说，你孙子摔坏了我的茶镜，你得赔。而胖老汉说，你没操心好个家的镜子，叫我尕孙子不留神摔了，不关我的事。瘦老汉不依不饶，说，你说的比唱的好，我今儿个定要在司令跟前讨个公道。

"中了。"格列一听，火了，冲瘦老汉吼道，"跟一个吃屎的娃娃计较个啥哩。"

"司令。"瘦老汉慌了，说，"我那副茶镜值一个椭子呢。"

"达勒，去拿一个椭子。"

达勒一转身，旋风样跑进府里。

格列撂下那两个老汉，只管提着雀笼，穿过大门前的院子，朝牌坊门那边走去。

吉美站在大门口的台子上，像冻住了一般，一动不动。

当天，吉美就将格列断官司的事一五一十说给大喇嘛。

大喇嘛听着听着，"啪——"的一声，手中的嘛呢素珠断了。檀香木的珠子滚了一地。

吉美吓得脸上泛土。

不过，让大喇嘛没有料到的是，自从格列成了瘫子之后，茸巴却担起了土司府的担子，而且还干得有眉有眼。更让他惊诧的是，茸巴的名声越来越高，孕藏人把她当作活菩萨顶在头上。

茸巴的动向同样也没有逃过格列的耳朵。那些整天像麻雀一样多嘴的侍女，经常攒在一起，用她们灵巧的孕舌头，将府里府外的事情搅来搅去。日子久了，她们也不避讳格列，甚至，竟将躺在皮特果树下的格列当作树的影子。

可格列并不真是树的影子。他虽然身子不能动了，可他的耳朵还尖着呢。那些茸巴在府里府外的光鲜，风一样钻进他的耳朵。不过钻进他耳朵的不仅仅是茸巴的光鲜，还有茸巴和杨大少爷一些不咋入耳的风言风语。

"杨大少爷快要把土司府的门槛踏断了。"有一次，杨永生刚进土司府大门，一个大嘴侍女竟然在二院门口尖声尖气地嚷道。

"两个不要脸的东西，活人的眼睛里打沙子哩。"格列心里像被钉进了一颗钉子。

从那以后，格列只要一见到茸巴跟杨永生在一起，心口就疼。

旺堆来看他的时节，他正在为茸巴的事伤心呢。

旺堆从他身上掸掉花瓣的那一刻，他眼里涌出了泪水。

"司令一直就这么躺着，啥事也做不了。"不知啥时节，茸巴悄悄走到旺堆身后。

"少奶奶。"旺堆紧忙冲茸巴点了点头。

"旺堆营长，请到房里坐。"

"不啦。"旺堆推辞道，"少奶奶，我只是来看看少爷，没啥事我就回了。"走出去半截，他又回转身来，若有所待地望着茸巴。

茸巴亮清旺堆的心思，微微一笑，说："战秋回了她草场的家里。这些日子龙布头人盖房子，她去给匠人们做饭。"

174

龙布的新房子开始上瓦了。

这些瓦都是龙布专意从河州城的砖瓦窑里买来的上等青瓦。

院子里一群帮工的人和泥的和泥、洇瓦的洇瓦、铡草的铡草。

请来的瓦匠屁股底下衬了一页瓦，坐在房顶上一边抽黄烟棒子，一边瞧帮工们在下边汗流浃背地干活。

草场上太阳很尖，晒在身上就像针扎一样。

战秋穿一身旧衣裳，帮铡草的年轻人擩草。尕藏人房子的墙砌好后，先上一层粗泥，再上一层细泥。粗泥是用一寸来长的麦草和成的，而细泥则是用麦衣子和成的。

"战秋，给大家亮一嗓子。"瓦匠抽完一根棒子，见帮工们还没和好泥，就冲战秋喊。

"好，来一个。"正好龙布头人有事去了镇子，几个帮工也大着胆子撺掇道。

"战秋，那年我在山场听过你的花儿，那声气，把人的三魂勾过哩。"瓦匠高高地揸起大拇指。

"你们汉人规程多，不敢唱。"战秋没有抬头，只管擩草。

"嗨，这又不是汉人庄子，再说今儿个这里也没避辈，怯啥呢。"瓦匠又说。

"太阳这么尖，嗓子都冒烟了。"战秋站起来，钻进帐篷帮厨娘做饭，再也没出来。

到了晌午，工匠们都歇了，一个个围在院子里木工做活的架板上吃晌午。

战秋给工匠们端饭的时节，眼角无意间瞭见旺堆坐在离她家不远的一处坡坡上，正朝这边张望。

龙布家的院墙还没有砌上，院子跟外面的草场连成一片。旺堆老早就来到那儿，看战秋帮匠人们干活。

战秋一见旺堆，紧忙钻进帐篷里，坐在马扎上，按住心口，大口大口地喘气，以至厨娘几次唤她吃饭都没有听见。

旺堆离开尕藏去打尕日本的这些日子，她天天到嘛呢堆前祈祷，可是真正见了旺堆，她又茶①了……

过了好一会儿，战秋将头探出帐篷，偷偷瞄了一眼，旺堆还坐在那里。她心里一酸，紧忙缩回来，一屁股坐在地上，眼泪哗哗地往下流。

> 大雨下了整三天，
> 毛毛雨下了两天；
> 哭下的眼泪担子担，
> 尕驴上驮了九天。

忽地，帐篷里传出战秋的花儿声。

做活的工匠们听见战秋唱起了花儿，一下子都停住了手里的活。

> 狼从豁垭里吼三声，
> 虎从林子里过了；
> 尕妹的名字喊三声，
> 心从腔子里破了。

战秋的声气刚落，房顶上码瓦的瓦匠对了过来。

> 罂花的骨朵是鸦片烟，
> 尕刀子割下的可怜；
> 相思病离不了救命丹，
> 吃药是枉费银钱。

战秋接着唱道。

> 清水打得磨轮子转，
> 磨口里淌的是细面；
> 宁叫皇上的江山乱，

---

① 茶：痴呆，精神不振。

绝不叫我俩的路断。

瓦匠对道。

战秋和瓦匠对花儿的时节，旺堆站起来，骑着马悄悄离开了草场。

175

尕藏民团从前线撤回来十几天后，尕藏镇公祭抗战英雄的仪式在土司府广场隆重举行。

河州城来了不少官员。

行署秦专员、河州驻军牛长官、参谋杨建生，还有那个贾议员都出席了那天的公祭仪式。

行署秦专员亲自主持仪式，河州驻军牛长官对尕藏民团在河套前线取得的战绩美美地夸赞了一番。最后说，这次出征，尕藏健儿打出了咱河州人的气势，尤其是尕藏民团代理司令杨建生有勇有谋，指挥有方。马七渡一战，顶住了尕日本的飞机大炮，使八十一军抓住战机，顺利收复包头。为表彰他在前线的英勇表现，特别提拔杨建生为河州驻军参谋长。

听到这儿，下面的土兵"唰"的一下，目光都扑向杨建生。

旺堆将雄狮般的长发用力往后一甩，眼睛里快要喷出火。

杨建生臊了，紧忙勾下头，用手侍弄了一下腰带上的铁扣。

好在这时茸巴说话了，场上的气氛一时缓和了下来。

茸巴当场决定免去民团土兵家里三年的赋税。

全场上下，欢呼雷动。

"疯了，这婆娘疯了。"吉美一听，头里"嗡"地一响，心里狠狠骂道。

公祭当天，还分别在杨五七和哈赤的墓前立了刻有"尕藏精魂，抗日英雄"的石碑。

这天黑饭后，在大喇嘛桑杰的主持下，尕藏寺的喇嘛在大经堂里念了一堂祈福大经。

就在尕藏寺里念大经的当夜，铁匠铺的麻五魁提着一把大锤，悄悄出了镇子。三鸡叫的时节，他又神不知鬼不觉地摸回镇子。

第二天早饭过后，镇子上有人传言，杨五七坟前的石碑被人砸了，还说那个砸碑的人心黑，都砸成了渣渣。

第三天天爷麻麻亮，从河州城来了几个警察，在尕藏转悠了一天，也没弄出啥名堂，天黑前夹着屁股溜回了城里。

过了些日子，河州行署责成土司府又为杨五七弄了个新碑立了上去，可就在立碑的当晚，新碑又被砸成了渣渣。

第四十章

176

月光照在街面上，青石板的街道泛着清冷的白光。铺面一个个门户紧闭，只有门口的各色幌子，在微风中轻轻晃动。

黄吼吼尽量放轻步子，免得弄出啥响动，引起旁人的注意。

过了麻五魁的铁匠铺没多远，黄吼吼心里忽地一阵惧怕，感觉脊背后头有人悄悄盯着。

他停住步，将货郎担子从右肩换到左肩，然后猛地回过头。

身后空荡荡的，啥也没有。

他的旁边正是王半仙摆卦摊的地方。

"左脸青右脸红，一进城门打死人。"那年，这句冷飕飕的谶语，又在他耳根前回响。

黄吼吼头顶的皮子麻了一下，但他很快镇定下来，快速走过尕藏街。

黄吼吼悄悄摸进尕藏学校，来到杨永生宿舍门口，先是轻轻敲了几下门，等里面有了动静了，就开始对暗号。暗号还是那两句花儿："花儿本是心上的话，不唱是由不得个家。"

对了暗号，杨永生轻轻打开门，把黄吼吼请了进去。

其实，黄吼吼刚进尕藏街时，杨永生也才歇息不久。

这些天，尕藏一带正是种苞谷的时节，学校按惯例放了忙假，让学生们在家里帮大人干活。杨永生一大早就起来，去了胭脂川。但他没有去下川的家里，而是去上川学生杨争光家帮他们种苞谷。

自从去了一趟山南，看到那里老百姓过的苦日子，杨永生感触很深。觉得个家以前一直过着养尊处优的生活，离老百姓太远。虽说他天天跟这些人打照面，还常常为他们提供力所能及的帮助，但说到底他跟他们的关系还是两张皮，就像酥油跟水一样，黏不到一起。他想，这就是他以前动员云丹和麻五魁失败的原因。

他不断地个家反省，真要走进老百姓心里，就得沾点土气，就得跟他们挨骨擦肉，跟他们说一样的话，吃一样的饭，穿一样的衣。

从山南回来，他经常到胭脂上下川的学生家中帮他们干活，替他们拿事。要是哪家遇上难心事，他头一个出面帮衬。每个月下来，他那点可怜的薪水，早就像胡椒面一样，撒给了上下川的穷人们。为此，他不得不常常背着他阿大杨老爷，跟他阿娘偷偷地要伙食钱。

在尕藏人眼中，杨永生完完全全换了个人。不光他的为人处世变了，他的穿衣戴帽也变了。他的长袍换成了和老百姓一样的粗布褂子，黑油油的分头剪成了板寸，说话时还夹杂了不少的俗言俗语。

有一天晚夕，他帮人干完活从胭脂上川往回走，因为天黑没有看清路，一脚踩空，跌进了红水沟里，扭伤了腿子，在家养了好些日子。

"阳山里吃草，阴山里屙粪。真个是满脑子馇屎的半年汉。"气得杨老爷不停地叫骂。

不过骂归骂，杨永生伤好以后还是照常帮人家干活，照常背着杨老爷从家里拿钱。

杨太太是把钱看得比命还重的人，可是看着后人那副黑干憔悴的嘴脸和无助的眼神，她一次一次地心软了。

每次杨永生拿了钱从门道里消失，她就背过身子偷偷地抹眼泪。她心疼她的后人，也心疼她的钱。

今儿个杨永生帮学生杨争光家种完苞谷，就在他家吃了黑饭。

杨争光阿爷就是那年茸巴在胭脂川碰上的那个瘦老汉。

杨争光阿娘生下他没多久就病死了，他阿大是民团的一名土兵，这次去河套前线跟尕日本打仗战死了，爷孙俩在土司府广场只领回来一个装骨灰的砂罐罐。如今，这一老一少相依为命。

当杨争光端着他阿爷做的浆水饭递给杨永生时，杨永生心里真不是滋味。

出门的时节，杨永生二话没说，掏出兜里仅剩的几块钱，放在杨争光家的破板柜上。

回到学校后，杨永生翻来覆去咋也睡不着。

要想改变杨争光一家的生活，也许不是难事，但像他家这样的庄稼人实在太多了，要想改变他们的生活，靠他杨永生一个人的力量是远远不够的……

杨永生躺在炕上正这样盘算，黄吼吼敲门了。

杨永生将黄吼吼让进屋里，寒暄了几句，就迫不及待地将他暑假去山南的事详详细细说了一遍。

杨永生这次去山南，正好碰上当地驻军抓壮丁。一家牧民的独子被抓后，大着胆在半路上逃开了。哪知他逃回家没几天，就有人告发，被驻军逮着就地枪决了。

这事激起了当地牧民的愤怒，他们很快聚集了一百多人，要跟驻军讨要一个说法，结果双方打了起来。驻军人多，而且个个手里的都是快枪，牧民们自然占不上啥便宜，死伤过半，剩下的逃到黑错沟，躲到那里的喇嘛庙里。令人震惊的是，驻军竟然下令炮轰喇嘛庙。一百来号僧俗跟那座喇嘛庙一起，霎时化为炮灰。

"多行不义必自毙！"黄吼吼一巴掌拍在桌子上，清油灯被惊得跳了起来。

杨永生继续说："他们巧立名目，对牧民进行大肆盘剥掠夺。光去年一年，他们强征'天税'七次之多。稍有不满，就武力镇压。这还不算，他们还粗暴干涉山南大寺的宗教事务，随意奴役喇嘛，甚至侮辱活佛。山南僧俗大众已经到了忍无可忍的地步。"

"这些咂血的壁虱。"

"山南就像一把干草，只等一粒火籽把它引着了。"

"哪里受压迫最深、受剥削最重，革命就会从哪里爆发。永生，这把火我们就从山南点起，接着引着尕藏，进而一鼓作气烧了河州城！"

"真要这样，那就太好了。"

"永生，咱们大干一场的机会来了。"

"不过……黄老师，柴草是有了，眼下就缺一粒火籽。"

"永生，我就是给你送火籽来的。"

"送火籽？"

"对，这火籽就是你。"黄吼吼站起来，一把抓住杨永生的手。

"我？"杨永生显得很激动。

"永生同志，山南的事我们河州支委已经有所耳闻，正打算派个人去一趟呢。想不到你先行了一步，掌握了这么多信息，这对我们下一步的工作很有帮助。这次我回去后，建议支委专意让你负责山南的工作。另外，希望你尽快写一篇……写一篇……噢，对了，就叫《山南藏民泣诉国人书》，向全国散发。一旦时机成熟，成立'山南藏民大联盟'，把山南这把干草点起来，烧他个轰轰烈烈。"

黄吼吼说到这儿，"嘭"的一声，清油灯上的灯花爆开了。

两人不约而同地看了一眼清油灯，相视一笑。

黄吼吼临走时，交给杨永生一本印有马克思半身像的《共产党宣言》，并说，想办法找个可靠的人，把它翻译成藏文。

黄吼吼走后，杨永生为翻译《共产党宣言》的事思谋了半晚夕，最后终于想到一个人，那就是尕藏寺的大喇嘛桑杰。

177

"共产党宣言。"大喇嘛从杨永生手中接过《共产党宣言》，封面上那个全脸胡老汉吸引了他。

"还请大喇嘛多多费心。"杨永生紧盯着大喇嘛。

大喇嘛没言喘，拉开炕柜的抽匣，取出阿尼西莫夫送给他的那个笔记本。

大喇嘛一手拿着笔记本，一手拿着《共产党宣言》，左看看，右看看，问杨永生："那个浑身长毛的苏联人说这个大胡子是苏联共产党的头头儿，莫非他跟这个全脸胡是一伙的？"

杨永生想给大喇嘛详细解释一下，可又觉得一时半会说不清，只好顺着大喇嘛的话说："是一伙的，不过他们不是一个国家的，那个全脸胡是德国人。"

大喇嘛再一次看看笔记本上的大胡子，又看看《共产党宣言》上的全脸胡，然后抬起头详细审视杨永生。

杨永生有些紧张起来。

"你跟他们也是一伙的？"大喇嘛问。

466

杨永生笑了："就算是吧。"

"跟那年来尕藏的蓝颜色队伍也是一伙的？"

杨永生犹豫了一下，紧接着重重地点了点头。

"这就对了。我总觉得你杨家大少爷跟旁的人不一样。"

"多一条胳臂？"杨永生跟大喇嘛开起了玩笑。

"大力明王才有六条胳臂呢。"大喇嘛朝杨永生微微一笑，转身把笔记本和《共产党宣言》放进炕柜的抽匣里。

"大喇嘛。"杨永生一看大喇嘛将《共产党宣言》放进炕柜，知道大喇嘛答应翻译了，激动地抓住他的手，"实在是感激不尽。"

"见外了，见外了。"

"不过……大喇嘛这事你可得保密。"

"放心吧，我亮清你们的规程，那年你们的队伍来尕藏时我就领教一二了。"

178

"一个幽灵，共产主义的幽灵，在欧洲徘徊。"

晚上睡觉的时节，大喇嘛翻开《共产党宣言》，借着酥油灯微弱的光亮，阅读起来。

"幽灵，共产主义的幽灵？"大喇嘛细细地揣摩了半天，也没亮清这句话的意思。

头鸡叫时，大喇嘛看完了《共产党宣言》。虽然里面的好些内容他还吃不准，但那些新鲜的充满活力的文字，让他惊诧，也让他振奋。尤其是那句"无产者在这个斗争中失去的只是锁链，而他得到的将是整个世界！"读得他热血沸腾。

"莫非他们也要普度众生？"

他咋也睡不着了。

大喇嘛重新穿上僧袍，搬来炕桌，点了两盏酥油灯，坐在炕上，开始翻译起《共产党宣言》。

那一夜，大喇嘛一直处在情绪的跌宕之中。他一会儿心潮澎湃，一会儿驻笔凝思，一会儿拍案而起，一会儿又跳下炕趿上鞋，在堂屋里踱来踱去。

周围的世界，也好像受到大喇嘛情绪的影响，骚动起来。

往常，尕藏的公鸡夜里只叫三遍，三鸡叫之后，天爷就慢慢亮了。可这一晚，二鸡叫后，尕藏的鸡叫声就没有停止过，乱纷纷地一直叫到了大天亮。

太阳冒花了。

大喇嘛放下笔，合上《共产党宣言》，美美地伸了个懒腰，然后下得炕来，信步走出昂欠。

眼下正是杏花开放的时节。

街道两旁、院落、田埂地头的杏树上，挂满一串啦一串啦的花骨朵。

更远处，胭脂上下川的村落里也是一片一片粉嫩的光景。

看着眼前这一派醉人的春意，大喇嘛有一种从没有过的惬意。

平常，大喇嘛起床后先是洗漱，洗漱完毕就吃早饭，早饭后才出门。而今早大喇嘛因为翻译《共产党宣言》心绪激动，没顾及洗漱用餐就出了昂欠。

在昂欠门前观望了一阵，大喇嘛的心绪稍稍平复了一些，这才打算进昂欠吃早饭。可他正要转身，猛乍乍听见一声炸雷似的巨响从脚下滚过。

整个尕藏猛烈地摇晃了一下。

"莫非地炸了？"大喇嘛心里一惊。

先前还一串啦一串啦在枝头开放的杏花，像是一下子开败了，呼啦一下，花瓣全散了。

大喇嘛头一晕，栽倒在地。

等云丹赶来把大喇嘛从地上扶起时，整个尕藏街已经鸡飞狗跳，乱成一团。

"地动了，地动了。"人们的惊呼声像山水一样卷过尕藏街。

179

地动的时节，茸巴跟吉美正在二堂议事。

只听头顶"咔嚓嚓"一声响，脚底下剧烈地摇晃起来，茸巴以为房子塌了，一个箭步跨出二堂。

窗台上摆放的花盆都跌在下面的石板上摔碎了。

"天崩地裂了！"茸巴惊叫起来。

地动过后，吉美才罗圈着腿蹒出二堂，看着眼前的情景，喃喃地说了句"地动了"，就背搭着手走了。

"不好。"茸巴猛地想起格列还躺在内宅的皮特果树下,紧忙拔腿朝那里奔去。

皮特果树下,躺在躺椅上的格列,满头是血。

"司令!"茸巴疯一般扑上去。

原来,地动的时节,从内宅房顶滑下来一块残瓦,正好砸在格列头上。

"来人呀——"茸巴声嘶力竭地喊道。

应声赶来几个下人。

"快,往济世堂抬。"

下人们连椅带人抬起来,撒腿就向济世堂跑。

进了济世堂,下人们把格列从椅子上抬下来,慢慢放在诊床上。

马神仙只翻了一下格列的眼皮,口气凉凉地说:"不中了。"

"马神仙,你可要好好诊治,诊治好了有重赏。"茸巴下话道。

"少奶奶,人不中了,准备后事吧。"马神仙说完,摆了摆手。

"马神仙,人命关天呀。"随后赶来的吉美,一把拗住马神仙的袖子。

"大管家的意思是我马某草菅人命了?"马神仙不悦地瞪大了眼睛。

"中不中的不是还有一口气嘛,总得开些药吧。"

"没用,药是救活人的,不是救死人的。"

这时,地动中受伤的人由家人架着、扶着、抬着往济世堂赶,济世堂的门快要别破了。

"抬回去。"茸巴着气了,一揸手,下人们重又抬起格列。

吉美刚出济世堂,见二后人尼玛疯涨疯势地朝这边跑来。

"阿爸。"尼玛一见吉美,老远就喊。

"咋了?"吉美一看一向游手好闲、家里油缸倒了都不扶的二后人急成这样,心里顿感不妙。

尼玛奔到吉美跟前,上气不接下气地说:"阿、阿爸,嫂子殁了。"

"啥?"吉美心里一惊。

"嫂子叫茅坑墙给砸死了。"

吉美紧忙提起藏袍的下摆,急急地往家奔。

拉姆放在吉美家院子的一张席子上,浑身是土。

旺堆跪在旁边,神情木然地盯着拉姆。

吉美的婆娘抱着孙子尕索朗,号啕大哭。

地动那会，拉姆正在上茅坑。旺堆家的茅坑年久失修，地一动，墙就倒下来，把拉姆压在了下面。等人们把她从茅坑挖出来时，浑身的骨卯都已经砸绵了。

"佛祖呀。"吉美大呼一声，双腿一软，差点跌倒。

土司府这边，茸巴叫人把格列抬到二院内宅的炕上。

不一会儿，行刑人赤烈引着大喇嘛进了土司府。

大喇嘛跪在炕上，先是用指头在格列的鼻翼间试了试，说："气脉弱得很。"

"马神仙说不中了。"茸巴凑到炕沿，说。

"胡说呢。"大喇嘛撩起格列的衣裳，在格列的腔子上使劲抹擦起来，很快，格列的腔子抹擦出了血印子。

地上的人都神色紧张地望着，但大喇嘛没有停手。

格列的腔子上已经渗出血来。

"大喇嘛。"茸巴担心地大叫了一声。

茸巴声气刚落，只见格列的身子轻轻抽搐了几下，然后猛烈地咳嗽了起来。

紧接着，格列嘴里"咕噜、咕噜"冒出两口黑血。

地上的人见状，吓得脸色都变了。

"司令。"茸巴紧张得心快要从腔子里跳出来。

"紧着拿手巾来。"大喇嘛冲地下喊了一声。

羊毛吉给大喇嘛递上手巾。

大喇嘛接过手巾，轻轻抹去格列嘴角的血渍。

格列慢慢睁开了眼。

"司令醒了。"茸巴惊喜道。

格列先是看了看地上的人，然后抬起头望着大喇嘛，停了一会儿，喃喃道："将才做了个梦，梦见我死了。"

"唉。"大喇嘛长叹一声，把格列轻轻放在炕上，下地穿上鞋子，说，"给他弄点吃的。"说完，蜷着腰走出格列的内宅。

180

达勒跪在拉姆的坟前号啕大哭。

尕藏规程，死在男人前头的拉姆不能入祖坟，所以她被埋在了离旺堆家祖坟不远的一处荒草地。

草场上风很大，"呼呼"地嘶鸣着，从达勒身旁刮过。

刚刚从荒草空里挣出来的单薄的花草不停地倒伏着身子，几乎要连根拔起的样子。

风越来越大，草叶泛白的背面不断地被吹起来，远远看上去，整个尕藏草场就像一片波光闪动的汪洋。

达勒的哭声刚一出嗓门儿，就被迎面扑来的风打了回去，他被个家的声气噎住了。

一听到拉姆的死讯，达勒就从土司府一口气跑到旺堆家，那时，拉姆已经落草。

尕藏人停灵的地方，都选在堂屋，迎门的地上支一块门扇，上面铺一层厚厚的麦草，亡人双脚用麻绳扎紧，抬放到门扇上。

"拉姆阿姐！"达勒跪在地上，望着静静躺在门扇上的拉姆，泣不成声。

旺堆抱着他的瓜后人尕索朗坐在灵前，眼睛木木地望着火盆里燃烧的纸钱。

"阿姐，拉姆阿姐，呜呜呜……"达勒使劲摇着拉姆，苫在拉姆脸上的白纱倏地滑落下来。

地上守丧的人都被吓了一跳。

"阿姐。"望着拉姆煞白的面容，达勒泪如雨下。

达勒是韩土司从尕藏草场拾回来的孤儿。刚进府的时节，达勒啥规程都不懂，常常受大管家吉美的训斥。那时，整个土司府只有拉姆对他好。拉姆比达勒大四五岁，进府已经好几年了，所以她对府上的规程一清二楚。拉姆平时伺候格列少爷，闲下来的时节，就给达勒教一点府上待人接物的礼仪，有时还给达勒做一些缝缝补补的事情。达勒十分感激拉姆，将拉姆当作个家亲亲的阿姐。

随着年纪增长，达勒心中渐渐对拉姆有了一种奇怪的感觉。

达勒喜欢上了拉姆，虽然他嘴上还唤阿姐，但心里已经不把拉姆当阿姐了。

拉姆并没有挖透达勒的心思，始终把达勒当尕兄弟——一个辨不来阳间世的尕娃娃。

拉姆出嫁那大，最难受的就是达勒。

原本，达勒要做拉姆的牵马娃，可达勒不忍看拉姆出嫁的场面，就装病没有去。

送亲的队伍出了土司府，达勒跑到大门口，流着眼泪望着花轿一闪一闪消失在街面上。

"命里有时自然有，命里没时莫强求。"忽然，门口闪出赤烈的影子。

那天，土司府除了几个看家的下人外，都去旺堆家吃筵席去了。因为赤烈是行刑人，怕不吉利，就没让他去。

达勒一见赤烈，一个急转身，进了院子。

"你那点尕心思，瞒得过哪个呀。"赤烈望着达勒的背影，嘟囔了一句，背搭着手，上街找馆子喝酒去了。

那次旺堆为了找他的老情人战秋害得拉姆早产，差点要了拉姆的命，达勒知道后恨旺堆，也恨战秋。在土司府要是达勒见了他俩，既没有好脸色，也没有好声气。

如今，拉姆死了，达勒更恨旺堆和战秋。在他心里，他的拉姆阿姐不是叫茅坑墙砸死的，而是旺堆和战秋合着伙儿害死的。

拉姆下葬的时节，达勒没有跟过去。等送丧的队伍全都回了，他才一个人偷偷跑到拉姆坟前，为拉姆哭坟。

"阿姐呀，拉姆阿姐，呜呜呜……"

在空旷的草场上，达勒的哭声被风吹得很远很远……

181

土司府又响起了京剧大师梅兰芳的声气。

皮特果树下，达勒站在一张方桌前，尽心伺候着格列的洋戏匣子。

挂在树枝上的花头麻鹨，被激昂的琴胡锣鼓弄得很毛躁，不停地在笼子里跳上跳下。

格列将身子缩在宽大的太师椅里，一边听着京剧，一边半眯着眼睛瞅视着他心爱的花头麻鹨。

虽说格列恢复了记忆，行动也自如了，但他的身子还很虚，看上去比以前整整瘦了一大圈。

这几天，不停地有人来看望格列。

昨儿个，尕藏草场的龙布头人和尕藏街的一帮铺子家先后走马灯似的进了土司府，直到今儿个早上，来看格列的人一直没有断过。刚才，格列好不容易打发走了塔拉寨的管家色目。

因为茸巴的事和斯库结冤后，土司府的人情世故都由色目出面。

格列亮清，斯库派色目来看望他不过是做样子给尕藏人看，所以，他见了色目也没啥好声气。不过，色目这次来除了给格列带了一些难得的山货之外，临走时还从怀里掏出一个麝香，说是专意孝敬司令的。

麝香包在一块黑乎乎的油纸里，格列放在鼻子前轻轻闻了一下，说："还是你色目有眼窍。"

得到格列的夸赞，色目咧着大嘴，高高兴兴地走了。

色目一走，达勒又摇起洋戏匣子的摇把。

哪知梅兰芳的声气刚一出来，尕藏街的算命先生王半仙就踏着点子进来了。

格列一摆手，达勒紧忙把刚放上去的唱针从唱片上提起来，洋戏匣子里梅兰芳的声气戛然而止。

因为来的人多，格列一个早上才听了半张唱片。达勒也是放放停停，停停放放，心里老大的不高兴。

王半仙战战兢兢、如履薄冰走到格列跟前，深深欠了一下身子，说："少爷吉祥如意。"

"要叫少爷，叫司令。"格列不耐烦地纠正道。

"噢，是是是，司令吉祥如意。"王半仙紧着改口。

"半仙，这一向可好？"

"托司令的福，还能对付。"

"记得我躺倒的时节，你给我抓过鬼。"

"是，是是，有这回事。不过，就差那么一点我就得手了。"王半仙又凑近了些，"司令，全怪那个不识眼色的白无常，要不司令的病早就好了。"

"你是说马神仙背地里使坏？"

"尕藏这条街上，除了白无常那个老东西，哪个还敢跟司令过不去。"

王半仙说的是去年的事了。土司府四处求医，终究还是没把格列的病看松活。后来有人出主意说，司令在刘家峡落水时，身上可能附了啥不干净的东西，请尕藏街的王半仙禳衍禳衍，兴许会好。

"死马当作活马医，那就试试吧。"于是，茸巴派人去请王半仙。

王半仙到了土司府，点观了一下瘫在炕上的格列，煞有介事地说，司令叫

473

恶鬼缠上了。

"这咋可能？"茸巴大吃一惊。

可王半仙却蛮有把握地说："是个红脸红头发、腰里别着四十九个死娃娃的女鬼，我看得显显的。"王半仙说得在场的人后背发凉。

"那咋办呢？"茸巴将信将疑。

"抓，抓了就中。"

当天夜里，王半仙就在格列内宅前的皮特果树下设起了坛场。

王半仙先是设香祷告了一番，然后就开始铡背问神。

王半仙手里拿着一把长剑，嘴里念着祈神咒语，东瞧瞧西望望。手里的长剑一会儿指着虚空乱舞一通，一会儿又对着院子里的皮特果树划拉两下。

茸巴对王半仙铡背问神这一套并不咋相信，尤其他说格列身上有红脸红头发的女鬼更觉得离谱，所以在一旁只是冷眼观看，就当是耍个把戏，图个吉利。

那天掌铡背的人一个是籴藏街杀猪的屠家，一个是土司府的行刑人赤烈。

王半仙的祈神咒刚念一会儿，赤烈身子猛地一颤，接着就筛子样抖了起来，像是真的神附了身，周围的人一下子都屏住了气。

可奇怪的是不管王半仙咋念，杀猪的屠家却稳稳地站着，纹丝不动。

铡背问神是王半仙的拿手好戏，关键是掌铡背的两个人动作要协调一致，才能管用。

王半仙缓了一口气，再念，赤烈的手臂又动了，使劲往右扯，可屠家却死死地攥着铡背，赤烈咋扯都扯不动。

"这不是成心拆我台嘛。"王半仙急了，怒冲冲朝屠家屁股踢了一脚，引得围观的人叽叽咕咕地偷笑。

王半仙重新念咒，直到念得两鬓间冒汗，屠家的身子还是像焊在了地上，一动不动。

"邪了，碰上邪祟了。"王半仙见事茬不对，紧忙收拾家当夹在胳肢窝底下来到茸巴跟前，先给个家丢了一个响亮的耳刮子，说，"少奶奶，丢人了。"说完，灰溜溜地出了土司府。

那晚回到家里，王半仙咋也想不亮清，他的铡背问神从来没有失过手，这回咋就单单栽在了土司府，莫不是……

第二天，王半仙生拉硬拽，将杀猪的屠家请到家里，然后从"努海手抓"饭馆弄了一盘子手抓羊肉，又将个家藏在窖里舍不得喝的一嘟噜老酒拿出来，想从屠家嘴里套出些因由来。果然，屠家半嘟噜老酒下肚，嘴松得夹不住话了。

"王半仙，你……你这老东西，平……平常蹭你点油水，好比剜……剜你大腿上的紫……紫……紫肉。今儿个真是天……天开眼，发大水了。"屠家已经喝得牙关子发僵，"你……这么破费，不就是想知道那天铡……铡背的事……事嘛。"

"对对对，大哥，我就是奇了怪了，我的铡背问神一向灵得不行，昨儿个咋就纹丝不动？"王半仙顺藤摸瓜。

"嗨，实……实话告诉你吧，昨个我……我在腔子上贴……贴了符了。"

"啊！"王半仙惊得张大了嘴。

"这……这不怪我，都……都怪那个假……假惺惺的白无常。"

原来，马神仙听说王半仙要给格列抓鬼祛病，心里有些着急。因为当初土司府请他给格列看病，他当时就断言格列的病看不松和。现今他怕王半仙万一用歪门邪道治好格列，不光坏他的名声，还让土司府抓他的气。所以他偷偷用椅子买通了杀猪的屠家，让他事先贴了符对付王半仙。那晚王半仙寻摸掌铡背的人时，屠家自告奋勇掌了铡背，结果弄得王半仙骑虎难下，大丢脸面。

"好个白无常，竟撞到我手里！"听了屠家的话，气得王半仙的蒜头鼻一下子变成了黑紫色。

"嗯……半仙，你觉得我身上真的有鬼？"提起抓鬼的事，格列觉得浑身不舒服。

"如今当然没了。"王半仙瞅视了一眼格列，笑嘻嘻地说道。

"听人说地动那天房瓦砸了司令头，那白无常竟然说你不中了，连少奶奶求他都……"接着，王半仙又乘机煽风点火。

"白无常，迟早叫你连骨头带脑髓一块儿还。"格列狠狠拍了一下太师椅的扶手。

王半仙走后，格列把达勒叫到跟前，说："我病倒的时节，麻五魁隔三差五来点观，这两天我轻省了，能行转了，咋反倒不见他的人影？"

达勒说："兴许他铺子里忙吧。"

格列轻轻摇摇头。

"要不，我去铺子里看看？"达勒问。

格列摆摆手，达勒一转身出了二门。

达勒走进铁匠铺时，麻五魁正在砧子上敲打一块马蹄铁。

"嘿，麻子。"达勒上前狠劲拍了一下麻五魁的肩膀。

麻五魁瞅了一眼达勒，继续抡锤子。

"麻子，司令行转开了，你咋不去看看？"

麻五魁放下锤子，用钳子钳起马蹄铁，塞进炉火，又捏起了火皮胎。

"这麻子，耳朵里的巷道真深。"达勒又走近了些，大声说，"麻子，你咋不去看看司令？"

麻五魁这才停下手头的活，站起来，把达勒拉到铺子门口，指指土司府，再指指个家的腔子，然后又指指眼前的街道，嘴里呜里哇啦地叫唤了一阵。

达勒弄了半天也没亮清麻五魁的意思，嘴里嘀咕了一句"半年汉"，就回府去了。

见了格列，他把去铁匠铺的情景描述了一番，最后说："司令，麻五魁阳世不知。"

而格列摇摇头："你，没挖透麻五魁的心思。"

这两年，格列瘫倒的时节，麻五魁没少来看望。每次，他都是默默地来，默默地坐在廊檐坎的石条上，默默地望着躺椅上的格列，一看就是一两个时辰，然后又默默地离开。而尕藏的那些个势利眼们，除了碍于面子过来问候一次，再也不见人影。这两天他们看格列行转开了，又纷纷挤破头朝土司府拥，恐怕落在旁人后头。麻五魁自然看不惯这些人的做法，他刚才给达勒比画的那些，无非是说，他心里装着司令，但不想跟那些假情假意的人一起凑热闹，献殷勤、溜沟子的机会，还是让给尕藏街那些个势利眼吧。

"这个麻五魁，真有他的。"格列嘴里喃喃道。

格列和达勒正说着，茸巴和杨永生出现在院子里。

格列一见杨永生，忽地捂住肚子冲达勒喊："哎哟达勒，我肚子疼，快，快扶我上茅坑。"

达勒信以为真，紧忙过来，从太师椅上扶起格列，架着他朝院北头的茅坑奔去。

茸巴是陪杨永生来看望格列的，没料到刚进门，格列就来这一手，两个人一下子僵住了。

第四十一章

182

麻五魁抬起头，瞅了一眼天爷。

东方已经发白，但三星还没有落，能显显地瞅见。

去河州城的官道静悄悄的，除了右首尕藏河的"哗哗"声，再也听不到些微的响动。

麻五魁被五花大绑着。一个汉子在前面用一根绳子牵着，还有两个汉子一个提着一把大刀，另一个扛着一根五尺棍，在后面押着。

缠在脖子上的绳子正好勒在麻五魁的吃系骨上，他憋闷得难受，但又说不出话来，只好忍着。

"啊——哈——"走着走着，前面那个牵绳子的汉子忍不住打了个哈欠。

"猪投胎的呀，张嘴打哈欠的。"后面扛五尺棍的笑话起来。

"一晚夕的好瞌睡，都叫这个挨刀子的搅了。"那牵绳子的被同伴笑话，来气了，调过手里的绳子头，朝麻五魁的头上狠狠抽了一下。

"对着呢，要不是他，我这会儿抱着婆娘在热被窝里梦周公呢。现今倒好，跑到这荒郊野外卖冻肉。"后面那个提大刀的正窝着一肚子气，飞起一脚，将麻五魁踢翻在地。

紧接着，那个扛五尺棍的扬起棍子，在麻五魁的屁股上狠劲地抡起来。

"嘭——嘭——"的声响，在寂静的早晨传得很远很远……

自从胭脂上川杨五七的石碑第二次被麻五魁砸碎后，杨五七的近亲家伍几次三番到河州行署和土司府告状，都没有啥结果。后米，族中有人提议到下川杨老爷那儿讨个主意。

地动后的一天，上川人派杨五七的大伯，提了一包点心，去下川拜见杨老爷。

为了掩人耳目，杨五七大伯挨到天爷擦麻才过了红水沟。上川人都亮清，土司府最忌讳上川人跟下川的杨老爷有啥牵连，所以，上川人一般不敢明着去找杨老爷，尤其杨五七死了之后，更加谨慎。

杨五七大伯进杨府时，天爷已经黑透了。杨老爷叫杨嫂点了灯盏。

堂屋里灯盏一亮，倚在佛堂门口的杨太太望着堂屋气呼呼地嘟囔着："说话又不用眼睛，还要点灯？"

杨五七大伯将提在手中的那包点心恭恭敬敬地放在八仙桌上，垂着手站在堂屋地上。

杨老爷躺在炕上没有起身，半天，瞅着地下的杨五七大伯，话里有话地说："你们上川人平常不在我杨府的门影里来，今儿个半夜三更做贼似的溜进来，准是有啥打住手的事了，说吧。"

杨五七大伯难怅了，干搓了几下手，然后把为杨五七两次立碑，两次都被人砸成渣渣，以及如何几次三番找河州行署和尕藏土司，而行署和土司府又是如何相互推诿的事，吭吭巴巴给杨老爷述说了一遍。

"啧啧啧，杨老爷你可不知道，现今的衙门，真个是过河拆桥，卸磨杀驴。"临了，杨五七大伯将口气掂得重重地补了一句。说完，拿眼睛偷偷地瞄住炕上的杨老爷。

"你以为衙门是啥东西？"杨老爷忽地从炕上坐了起来。

"杨老爷，咱杨家的事还得请你老人家拿主意。"杨五七大伯顺势给杨老爷戴高帽。

"算了，褭抬我了，抬得高，摔得响，我可经受不起。"杨老爷瞪了一眼杨五七大伯，"你们上川人顶在头上的菩萨，不是土司府那个破屁股婆娘吗？"

"杨老爷，那是哄娃娃呢，咱上川人头顶除了老天爷就是你杨老爷。"

"我有半斤还是八两我个家亮清。"

"杨老爷，看在本家的脸面上，还请你老人家给拿个主意。"

"哼，你们上川人总是屎憋到屁眼门才找茅坑，早做啥来着？"杨老爷嘴上虽然骂着，但心里已经给杨五七大伯说得热乎乎的，"实话给你说，杨营长的石碑头一次叫人砸了后，我就猜出凶犯是哪个了。"

"真的？可城里来的那两个办差的寻摸了一天也没弄出个啥名堂。"

"嗨，靠那帮吃食货，指屁吹火哩。"

"杨老爷，哪个会有这么大的胆量敢砸抗日英雄的碑呢？"

"褭急，只要你们按我的计策行事，保准抓住凶犯。"杨老爷说完，朝地下的杨五七大伯招招手，杨五七大伯紧忙伏到炕头上，杨老爷凑近杨五七大伯的耳朵根，如此这般嘱咐了一番，杨五七大伯便高高兴兴地离开了杨府。

杨五七大伯前脚刚走，杨太太后脚就进了堂屋。

杨太太亮清上川人半夜三更来找杨老爷，肯定有要紧事，有要紧事来求，肯定要带礼当。

杨太太来到八仙桌前，拿起点心包轻轻捏了捏，脸一下子凉了，说："啥礼当，就像打贼的石头。"

尕藏人逢年过节总喜欢买一包点心做礼当，收了礼当的人家往往舍不得吃，又转送到另一家，这样捣来捣去，那包点心几年都不开封，变得又干又硬，有时还会生蛆长毛。

"那东西不过是装人用的，还能吃？扔到茅坑里去。"杨老爷冲杨太太撂下一句话，重又躺了下来。

"扔了多可惜呀，留着还礼时用。"杨太太说着，收起点心，装进板柜上面的箱子里上了锁，然后回过身来，"噗"的一声，吹灭八仙桌上的清油灯出了堂屋。

半个月后，上川人在杨五七的坟前重新立起了一块高大的石碑，还请来法师，大张旗鼓地做了一次道场。

这事很快传到麻五魁的耳朵里。

"嘿，这上川人还真一条道走到黑哩。"当天夜里，麻五魁扛了八棱子大铁锤又出了尕藏街。

来到杨五七的坟前，麻五魁盯着高大的石碑看了半天。

月光照在石碑上，刻在上面的"抗日英雄，尕藏精魂"八个大字格外显眼。

麻五魁不识字，但他从旁人的言传中早就亮清那几个字都是夸杨五七的，所以他瞅着瞅着，气就往上蹿。

"啥大英雄，我看就是个大狗熊。"麻五魁心里骂了一句，从肩上取下铁锤，朝手心狠狠啐了两口唾沫。

当他抡起铁锤正要朝石碑砸下去，忽地从石碑后头闪出个人影来："字，字，黑嗒嗒，它认得你，你认不得它。"

麻五魁还没有反应过来，跟前的杏树背后"嗖嗖"跳出几个大汉，七手八脚将他摁在地上捆了起来。

石碑后头闪出来的那个人，正是杨五七大伯。他依了下川杨老爷的计策，带人在杨五七的坟地伏击麻五魁。

河州城地处西陲，历来匪祸兵灾不断。无论前清还是民国，河州城都实行宵禁。上川人抓了麻五魁后，只得等到亮半夜，才押解他进城。

押解麻五魁的那三个汉子，因为一宿没睡，窝着一肚子的气，半路上，狠狠刨了麻五魁一顿，才消了些气，便收起家伙，继续赶路。

183

当达娃出现在牢房门口时，麻五魁眼里忽地亮了一下，但随即又黯淡了下来。

"五魁！"达娃看着蜷曲在墙旮旯里的麻五魁，心里一阵疼痛。

而麻五魁将头耷拉在个家的腔子前，看也不看达娃。

刚才，麻五魁头一眼瞧见达娃时，心头确确实实掠过一丝兴奋，可那仅只是一瞬而已，很快就像水泡一样破灭了。

"站在牢房门口的要是尕秀该多好哇。"麻五魁心里反倒怪起达娃了，好像达娃的出现搅了他的好事似的。

"五魁兄弟，我只是来看你一眼，没有旁的意思。"达娃的眼里闪起了泪花。

麻五魁没有抬头，只是揸起手，朝达娃摆了摆。

"五魁，你的心难不成是铁打的？"达娃说着，眼里的泪珠子滚了出来。

自从知道麻五魁被抓走的消息后，达娃心里天天焦躁不安，直到昨晚夕，她下定决心，要到河州城看趟麻五魁。

天擦麻亮的时节，她来到了河州城南门口，等城门一开，头一个奔进城里。

她男人次仁活着的时节，他俩倒是经常来城里。可次仁死后的这几年里，她进城的次数很少了。

达娃一路打听，才寻到了警察局。

"做啥的？"达娃刚要进局子，被一个一身黑制服的尕警察挡住了。

达娃一扬头，说："我要见我男人。"

"你男人，是哪个？"

"麻五魁！"

"就是那个打铁的麻子？"

"他是花王。"

"哪个也不成，麻五魁是局子里的要犯。"

"不管要饭还是不要饭，都是我男人。"达娃靠近孕警察，放低声气说，"大兄弟，行个好，放我进去呗。"

"实话告诉你，这事我做不了主。"

"那……哪个能做主？"

"刘局长。"

"那就让我见见呗，我认得他。"

"这可不成。"

达娃倏地从包袱里摸出一个椭子，捏给孕警察，孕警察左右看了看，将椭子揣进兜里，说："你待在这里要动，我进去给你说说看。"

过了一会儿，孕警察从局长室里出来了，对达娃说："你运气真好，局长叫你哩。"

达娃冲孕警察一笑，穿过院子，敲响了刘局长办公室的门。

"进来。"里面传来一个懒洋洋的声气。

门"吱——"的一声，开了，达娃将身子探了进去。

刘局长坐在背靠椅上，拿眼睛瞄了一下达娃。

"这个女人还真是见过。"一见达娃，刘局长立时想起大前年阿尼念卿山花儿会上，他在孕藏头人龙布的帐篷里见过这个水萝卜女人。

当时，他还跟她对过花儿。

他至今还显显地记得，对花儿的时节，他眼睛一直盯着达娃水萝卜一样的脸骨堆。那脸骨堆白里透红，一些些也不像面皮像牛皮纸一样粗糙的孕藏女人。

今儿个，达娃穿一件蓝缎子的有金丝花纹的袍子，肩上披一条香色的牛毛绒披毯，脖子上挂一串黄澄澄的蜜蜡项链。她的领口开得很低，一对硕大的奶子在蜜蜡项链的晃动中，隐约可见。

"刘局长，你还认得我吗？"达娃直端端走到刘局长跟前，将包袱很随意地搁在前面的办公桌上。

"认得，孕藏草场的大美人，哪个不认得呀。"刘局长想站起来，但一转念又没动弹，只是瞪大眼睛盯住达娃，"打铁的麻子真是你男人？"

"这咋能假，还是龙布头人搬的媒。"达娃的大眼睛扑嫩扑嫩眨了两下。

"这麻子艳福不浅呀。"刘局长说完，鼻子里哼了一声。

"刘局长，我今儿个来就是想见见我男人。"

"你知道麻五魁犯的啥法吗？"

"不就是砸了块石头嘛。"

"哼，说得轻巧，那是抗日英雄的石碑。破坏抗日，可是要掉脑袋的。"

"这不还没掉嘛。"

"上面有令，犯了死罪的，一律不能探视。"

"大局长。"达娃将脸凑到刘局长的耳根前，"俗话说，只要想办法，冰雪也能点得着。"

刘局长直感到一股浓浓的雪花膏的味气冲鼻而来。

"要想点着冰，得有一把好火。"刘局长顺势抓起达娃的手。

达娃故意要抽，但刘局长捏得死死的。

"我记得上次你唱了一首好花儿，'我把纽扣齐解开，你到我怀里喵奶来'。"刘局长说着，将达娃一把拉进怀里……

"五魁，我这一趟来得不易。"牢房里，达娃望着缩在墙旮旯里的麻五魁，眼泪淌得更紧连了。

而麻五魁死活不抬头，更不要说看她了。

"时节到了。"这时，老狱警过来喊达娃。

　　天大的窟窿我戳哩，
　　地大的补丁补哩；
　　五尺的身子要舍哩，
　　三魂儿陪你着转哩。

达娃振大声气，念了一首花儿。

可麻五魁竟然用双手捂住耳朵。

达娃使劲揩了一把眼泪，失望地站起来，刚走几步，又回过头，狠狠骂道："没良心的东西！"

184

黑骨朵云越压越低，低得一伸手就能够得着。风打着呼哨，掠过树尖，掠过草尖。满地的枯叶被风带起来，哗啦啦卷到不远处的树窝里。又一股风过来，把先前被卷到树窝里的枯叶再带起来，吹进另一个树窝……

俗话说，屁是屎头，风是雨头。紧接着，雨就来了。指头蛋大的雨点子剨在地上的蹚土里，冒起一缕一缕的白烟。

雨点子砸在官道下边的尕藏河上，溅起好些亮晶晶的泡泡，随着水流，滴溜溜地打着转子。新的雨滴砸下来，那些泡泡又"啪啪啪"地爆碎了，紧接着又溅起比先前更多的泡泡，把半个河面罩住了。河对岸是胭脂川的庄稼地，苞谷树长到一尺来长了，能掩过人的磕膝盖。雨点子砸在苞谷树宽大的叶子上，窸窸窣窣的声气连成一片，朝河这边的官道气势汹汹地扑过来……

达勒加紧步子，追上格列的雪青马，从驮子上取出毡衫和草帽，让格列穿戴上。

过了一会儿，雨点子渐渐尕了，但更加密了。四野里一片"唰——唰——"的声响。

烂木头搭下的独木桥，
你过着牢，我过是牢哩吗不牢？
你把我闪了这一遭，
我把你饶，老天爷饶哩吗不饶？

自打出了河州城，格列心里憋闷得难受。眼下又下起雨来，他更是惆怅难耐，于是，放开嗓门儿，死命地吼起了花儿。

因为挣得太厉害，格列的花儿声一出嗓子就变了调，就像被风雨狠狠拽着两头，用力撕裂了一般，茬口上还带着血珠子。

麻五魁被抓的第二天，整个尕藏街就吵红了。

"有个再一再二，哪有再三再四？把人家当呆子哩。"格列听到消息，急得屋子里转磨磨。

今儿个一早，格列驮了一皮胎椊子，带着达勒进了河州城。

格列将警察局的刘局长请到河州城有名的聚仙阁，两人坐定，格列直接说明来意："刘局长，你我都是炒面捏的菩萨，老熟人了，我就不绕弯子了，今儿个我是专意为麻五魁的事来的。"

"格列司令，这事不好办哇。麻五魁破坏抗日，轻则坐牢，重则要命。"

"刘局长，咱先不说他的罪，咱就说这事能不能办。要能办，你尽管说条件，我土司府缺啥也不缺椊子。"

"司令是啥人我还不亮清？ 夔说是尕藏，就是全河州也没人比得过司令大方。"接着，刘局长话锋一转，"咱是老交情了，我也不敢哄你，这人犯虽然押在我这里，但做主的可不是我们警察局。"

"哦？"格列不解地瞪大了眼睛。

"这件事的背后站的是杨参谋长呀，我的大司令，要是说不转他，你就是给金山银山我也不敢要哇。"

"是他？"格列就像被毒蛇咬了一嘴，身子猛地颤了一下。

格列原想这次办完麻五魁的事，就在河州别园住下来，在城里好好耍两天。他清醒后的这些日子，心里头一直有一块石头堵着，没有畅畅快快过一天。可今儿个麻五魁的事情黄了，他没一点玩的心思了，又带着达勒往回赶。

雨一直下个不停，官道上泥泞得厉害，格列的雪青马四只蹄子都粘成了泥坨子，每走一步都显得非常吃力。

尕的时节麻五魁就是格列的魂，寸步不离地跟着他，而且事事处处都护着他，哪个要是对格列不利，他就会挡箭牌一样挡在前面。那年掏雀窝，要不是麻五魁救格列，他指定早见了阎王爷。

他俩有过命的交情呀。要是救不出麻五魁，格列的心这辈子回不到腔子里。

眼前的河滩，曾是他和麻五魁经常玩耍的地方。他们一块儿折柳枝编凉帽，下河里捉鱼虾。入冬以后，尕藏河冰冻了，麻五魁让格列坐在石头上，他推着格列，在冰面上飞快地滑行。冰面上有许多冰眼，口渴的时节，他俩就将手塞进冰眼里，找冰溜子吃。

尕藏河给了格列和麻五魁多少快乐呀。

刚才，格列吼了一嗓子花儿，觉得心口舒坦了许多，便勒住马，扭过头冲达勒喊："你也来一嗓子。"

"我？"达勒伸手遮住脸前的风雨，说，"司令，你饶过我吧。"

"像个破屁股婆娘，忸怩个啥？叫你唱你就唱呗。"

> 天上的云彩黑下了，
> 地上的雨点儿大了；
> 想起阿姐的模样了，
> 清眼泪淌着不罢了。

达勒唱到半浪，眼泪已经淌成了串串，他又想起了他的拉姆阿姐。好在有雨水遮掩，格列一点也没察觉。不过格列听着达勒的歌声，心里有些纳闷儿，拳头大个娃娃，唱出的花儿咋就这么悲苦呢？

进了土司府，达勒将雪青马拴到内宅前的拴马桩上，服侍格列下了马。然后将马背上的钱皮胎提到二院客厅的地上，出来牵着雪青马去了马厩。

格列进了二院客厅刚刚坐定，羊毛吉就端着热茶进来了。

羊毛吉放下碗子退出客厅，茸巴问格列："钱皮胎咋原封不动又拿回来了？"

格列拉着脸轻轻摇摇头，说："都是些咂血的壁虱。"

"咋，这些椭子还不够？"

"背着猪头没找着庙门。"

"麻五魁的事不归警察局管？"

"管是管，可他们只管圈人，放人的事得杨建生说了算。"

接下来两个人都不言喘了。

格列跷着二郎腿坐在太师椅上，脸色比外面的天气还难看。

茸巴倚在门口，静静地望着门外，蓝莹莹的眼睛闪烁着忧伤。

雨还在下。屋檐滴溜沟①里淌下的雨水，落在下面青石板的散水上，砸起的水珠子"哗啦啦"乱溅。

"要不，找杨大少爷说说？"良久，茸巴扭过头，望着太师椅上的格列说道。

格列端起碗子正要喝，一听"杨大少爷"，心里撕裂般疼了一下，将手中的碗子重重地放在八仙桌上。

———————————

① 滴溜沟：屋顶排水槽。

185

吃罢黑饭，达娃风风火火下了尕藏河滩。

天爷阴实了，四野里灰蒙蒙一片。远处的胭脂岭躲在云雾里看不见，只有胭脂上下川的杏树林，若隐若现，飘飘渺渺的。

来到尕石桥跟前，达娃停下来，择了一块石头坐下来，眼睛却牢牢地盯着河对面的那条土路。

前两天，当她听说土司府的格列司令驮着椭子去救麻五魁，结果跑了空趟，她的心就揪了起来。

莫不成麻五魁脖子上的六斤半真要落地？可格列司令没办成的事，哪个能办成呢？

今儿个早上，达娃在尕藏街正好碰上土司府打杂的达勒。

"嗨，尕兄弟，阿姐问你个事。"达娃一把拽住达勒，不由分说，就拉到僻静处，将格列去河州城救麻五魁的事详细审问了一遍。

"平常啊，司令去警察局办事，刘局长接佛爷一样尊顺，可如今，麻五魁的命攥在杨家二少爷的手里，难弄呀。"末了，达勒扁着嘴说。

"椭子也不管用？"

"嗨，这杨家二少爷跟咱司令是对头，尿不到一个眼眼里。"

回草场的路上，达娃为麻五魁的事熬煎了起来。

想着想着，她眼前忽地跳出一个人来，那就是胭脂下川杨府的尕秀。

尕秀是杨府的媳妇，要是她肯帮忙，这事一定会有转机。

可尕秀是麻五魁吃在心里的人，达娃一向讨厌这个女人。尕秀跌在杨府的福窝窝里，占着有钱的尕男人，又霸着打铁的麻子。吃着碗里的，瞅着锅里的，也不怕胀死！要是没有这个女人，达娃和麻五魁早就钻进了一个被窝筒筒，哪还有后来的这些骚事情。

如今，刀子悬在麻五魁头上，火烧眉毛了，哪还有工夫吃醋呀。尕秀这个破屁股货真能救麻五魁，给她下个话咋呢，不过是动动嘴皮子的事，又掉不了身上的肉。

思前想后，达娃决心去会会这个叫麻五魁吃进心里吐不出来的女人。

达娃坐在石头上焦急等待的时节，忽地看见尕秀担着担子，朝尕藏河滩走来。

"尕秀。"达娃冲尕秀挥挥手，冲上尕石桥。

尕秀好像没在意，继续朝河边走。

达娃冲到河滩地截住了尕秀。

"尕秀，救救麻五魁吧。"达娃很激动，颠三倒四地将事情的来龙去脉给尕秀讲述了一遍。

"救麻五魁，我跟他有啥干系？"尕秀好像不咋高兴，冷冷地说了句，又朝河边走。

"可麻五魁把你吃在心里。"达娃紧紧跟着，害怕尕秀忽地生出翅膀飞了似的。

"你嫑胡说。"尕秀停了一下，脸红得像上了胭脂。

"我没胡说，真真个的。"

尕秀没再说啥，来到了河边，放下水桶。达娃从尕秀手中抢过木勺，替她舀水。

尕秀在一旁一直看着达娃将两只桶子舀满，一声不吭，担起水桶要走。

达娃紧着按下尕秀的肩膀："尕秀，难道你心里一些儿也不想麻五魁？"

"你……你不是喜欢他吗？"尕秀费了很大的劲才说出这句话。

"我喜欢顶屁用，还不是铁匠铺里的火钳子——一头热。"

"听说，龙布头人给你搬媒呢。"

"尕秀，你不知道啊，麻子心里就装你一个人。"达娃说着，眼里忽地涌出泪水。

尕秀一听，身子战抖了一下，紧着担起水桶急急忙忙离开了河滩。

"尕秀，你可得帮帮麻五魁呀，我求求你了。"达娃站在河滩里对尕秀大声说，"不为旁的，就为麻子为你闷在腔子里的那一片情呐。"

尕秀担着水桶一闪一闪地上了胭脂川。可不知咋的，一路上两个水桶晃悠得不听使唤，桶里的水一漾漾地洒在地上，她的裤脚上溅满了泥点点。

很长一段日子，尕秀的脑子里没再出现过麻五魁。

"麻五魁还真是个血性汉子。"前几天，当她头一次听见麻五魁砸了杨五七的墓碑，心里还热了一下。

尕秀亮清，杨五七不仅熏坏了花王麻五魁的嗓子，还将龙布家的战秋磨劫

得死去活来。尕秀心里讨厌杨五七。可转念一想,麻五魁进了警察局还能出得
来吗?她的心又不由得沉下来。刚才在河沿边听达娃说这件事跟杨府的杨老爷
和二少爷杨建生有干系,尕秀一下觉得这次麻五魁悬了。

进了黑大门,绕过照壁。

尕秀将木桶放在灶火地上,靠在门扇上,大口大口地喘气。

"咋了?丢了魂似的。"杨嫂贼一般出现在灶火门口。

尕秀没有吭声,提起桶子将水倒进缸里,出了灶火。

"呸!"等尕秀进了新房,杨嫂揸起尕拇指,往上狠狠啐了一口。

186

尕秀坐在新房的炕沿上,心里乱得像麻。

麻五魁是我啥人,我为啥要为他着急上火?但话又说回来,他瞎好也跟她
一样是个花儿好家,瞎好也是个实诚人,瞎好曾跟在她的屁股后头追来追去。
最让尕秀难以忘记的,是她出嫁那天,苞谷地里那个着了魔怔一般的影子……

"麻子心里就装你一个人。"达娃的话又在尕秀的耳根前回响。

不知从哪里来的一股勇气,尕秀忽地坐起来,直奔堂屋。

堂屋炕上,杨老爷倚在被子上,留留骑在杨老爷的胯上,爷孙俩正在念
《礼记》。

"道德仁义,非礼不成;教训正俗,非礼不备;分争辨讼,非礼不决;君臣
上下,父子兄弟,非礼不定;宦学事师,非礼不亲;班朝治军,莅官行法,非礼
威严不行;祷词祭祀,供给鬼神,非礼不诚不庄。是以君子恭敬、撙节、退让
以明礼。"

尕秀看着炕上的爷孙俩,眼前头猛然出现了那次杨老爷将她摁在堂屋炕上
的情景。

她脸上一烧,一个急转身,又出了堂屋。

杨老爷见尕秀在堂屋地下一闪又不见了,紧忙从身上抱下留留,伸长脖子
朝窗子外面望去。

"阿爷,看啥哩。"留留坐起来趴在杨老爷肩上,问道。

"没啥,阿爷眼花了。"杨老爷说完,重又靠在被子上。

488

爷孙俩接着念起《礼记》。

"鹦鹉能言，不离飞鸟；猩猩能言，不离禽兽。今人而无礼，虽能言，不亦禽兽之心乎？夫唯禽兽无礼，故父子聚麀。是故圣人作，为礼以教人，使人以有礼，知自别于禽兽。"

尕秀回到新房，用洋火点着灯盏，拿过针线笸篮，做起了袜底。可没做几下，不防指头蛋上攮了一针，疼得她紧忙将指头塞进嘴里不停地吮吸。

"尕秀，这么早点灯做啥呢？"院子里传来杨太太的声气。

"做针线。"

"白日里游四方，晚夕里补裤裆。也不怕费油，败家的东西。"

"噗"的一声，尕秀吹灭了灯盏，将针线笸篮扔到一边，靠在炕柜上木木地望着窗子。

杨府的窗子都是双层的，里面的一层是对开的窗扇，白天开着，晚夕里关闭。外面一层是花镂齿，可以朝外挑起来。而尕秀新房的花镂齿从来没有挑起过。

透过花镂齿窗子，外面的情景瞧得不大真刻，但声气却听得显显的。

天爷已经黑透了，杨府外墙根那一排箭杆白杨高大的阴影，使院子里更见漆黑。

不过箭杆白杨的间隙里能看见零星的星宿，一闪一闪地，透过来一些亮气。

"这个爱惹事的麻五魁，愁死人了。"尕秀望着窗子，不由得感叹了一声。

麻五魁被杨五七熏坏嗓子变成了哑哑后，阿尼念卿山花儿会上，再也看不到麻五魁的身影。当时，尕秀还着实为他惋惜了好一阵。可是，哑了嗓子没几天，麻五魁因为给红军做事，坐进了河州城的大牢。

那时，尕秀还没有出嫁，在胭脂岭的娘家里。

砍麻五魁那天，尕秀去后山砍柴，出庄子口的时节，她远远看见尕藏河滩密密麻麻挤满了人。

"尕秀，走，去河滩看砍头。"急急忙忙往下赶的人冲尕秀招手。

尕秀说："那有啥好看的。"

话虽这么说，但尕秀的心还是攮成了疙瘩。毕竟，麻五魁是尕藏有名的花王，砍了头多可惜呀。

后晌，尕秀砍完柴回庄子的时节，听说麻五魁的头没砍成，又给放了。尕秀一听，长长地舒了口气，背上的一捆柴也顿觉轻了好多。

后来，她一直为个家这种奇怪的感觉惊诧。

麻五魁到底是我啥人，我竟为他担着心。每每想起这事，尕秀心里就会掠过一丝儿的难怅。

现今，他又惹出大事。连尕藏草场的达娃都找她来下话，尕秀咋能坐得住呀。

杨老爷是不能再找了。一想起那次堂屋炕上的事情，尕秀羞得恨不得钻进地缝里。城里的二少爷也找不得，他生冷得就像刚从墓坑里挖出来，说话的口气里都带阴气。那就只有一条道了，去尕藏学校找大少爷杨永生。

第二天一早，尕秀忙完家里的事，乘杨嫂和杨太太不注意，溜出家门，朝尕藏学校赶去。

到了学校，杨永生还没下课，守门的老汉知道尕秀是胭脂下川杨府的人，就让她坐在杨永生的宿舍。

过了一会儿，杨永生下课了，他一见尕秀，先是愣了一下，问："尕秀，你咋来了？"

在尕藏学校杨永生并不是头一次见尕秀。

红军进驻尕藏那阵子，尕秀几乎天天来学校听刘指导员讲课，还跟她的姐妹们一块儿在这里唱花儿……

杨永生咋也没有想到，这个唱花儿的尕秀日后竟然成了他的儿媳妇。

"我……"尕秀见了杨永生，紧忙站起来。

"甭急，有啥事，慢慢说。"

"是……尕藏草场的达娃来找我……"

"噢？"

"就为麻五魁的事。"尕秀说完，倏地勾下头。

"这事达娃咋会找你呢？"

"达娃说，这事咱府上二少爷说了算。"

"哦。"杨永生思谋了半晌，说，"你先回吧。"

尕秀冲杨永生点了下头，急急忙忙出了学校。

"这几个女人咋了？"杨永生站在门口，望着尕秀的背影喃喃道。昨儿个，为麻五魁的事茸巴来找过杨永生，今儿个，个家的儿媳妇尕秀又来找他，连尕藏草场的达娃也掺和到了里面，杨永生还真有些想不通。

187

晌午的尕藏街被太阳晒得昏昏欲睡。

石板路被昨晚的雨水冲刷得干干净净，看不出一些些的灰尘。

尕藏人喜欢在个家院子里栽种各式各样的花花草草。时下正是灵柏开花的时节，那一股一股的香味，隔着院墙飘出来，香了一大街。

杨老爷扛着褡裢走进尕藏街，他的毛布底子的平绒鞋，很轻巧地踏在石板路上，几乎听不出声响。这双鞋是杨嫂给他新做的，特别合脚，杨老爷打心眼儿里感到舒坦。

过了土司府，杨老爷停下来，深深嗅了一口墙那边飘过来的灵柏味，嘀咕道："唔，香是香，到底不如杏花的味气闻着入骨。"

今儿个尕藏街不逢集，再加上正是歇晌的时节，街面上看不到一个人影。

王半仙的卦摊上空荡荡的，只有那副烂桌椅懒懒地杵在那儿。

杨老爷穿过街道，来到尕藏学校的坡坡前停了下来。

虽说杨老爷在尕藏混了一辈子，可好些地方他还没沾过脚，像尕藏寺、大喇嘛昂欠，还有他大后人公干的尕藏学校。

他回过头，瞅视了一眼尕藏街。

尕藏街依旧静悄悄的，一动不动，就像挂在眼前头的一幅画张子。

杨老爷轻轻颠了一下肩上的褡裢，上了坡。

学校的大门开着，门房的老汉不见踪影。进门的时节，杨老爷犹豫了一下，但转念一想，还是迈了进去。

学校里跟外面一样安静。校门正对着的是学校的灶火，灶火门口，那个胖厨子斜靠在一把破椅子上晒太阳。杨老爷走近一看，厨子早就睡着了，轻轻地打着呼噜，嘴角不住地往下掉涎水，衣裳的前襟上洇了一大摊。

杨老爷厌恶地瞪了一眼，离开厨子，在院子里巡视了一圈，才发现老师们的宿舍都一模一样，他搞不清哪个是他后人杨永生的，又折转身，来到厨子跟前。

"师傅。"杨老爷轻轻碰了一下厨子的肩膀。

厨子愣怔了一下，"咝溜"一声，把快要掉下来的一串涎水又吸进嘴里。

"师傅，打搅了。"杨老爷笑道。

"杨老爷。"那厨子认得杨老爷，紧忙站起来，"杨老爷屈驾。"

"我来寻我大后人。"

"杨校长在呢，我这就引你去。"厨子带着杨老爷来到杨永生门口，轻轻敲了一下门。

"哪个？"半天，里面传来杨永生的声气。

厨子刚想回话，被杨老爷拦住。厨子朝杨老爷点了一下头，知趣地走开。

门"吱呀"一声开了，杨永生一见是个家的阿大，惊了一大跳，不知说啥好了。

杨老爷一步跨进屋里，将褡裢放在杨永生的办公桌上，一屁股坐在椅子上。

"阿大，你咋不言喘一声就来了？"杨永生紧忙找杯子倒水。

"咋了，敲鼓呢还是打锣呢？"

"嘻嘻，阿大，我不是这意思。"

"不是这胰子是啥胰子，洋胰子？告诉你尕娃，河州行署我都进过，那里的门槛比你这衙门的高吧？"

"阿大，我是说有事你打发七斤言喘一声，咋还专意跑一趟。"

"七斤，他是锤六还是摇七①？你们兄弟两人大得很，我都问不喘，七斤能问喘？"

"阿大，有啥事你尽管说，今儿个我抿着耳朵听。"

"听说……你把那打铁的麻子给放了出来？"

"阿大，我哪有那么大的能耐，尕藏草场的达娃说的情，土司府使的椽子。"

"这中间你没掺手？"

"我只是搭个线。"

"哪个叫你搭的线？"

"是……"杨永生不敢说茸巴，更不敢说尕秀。

"你呀，旁人放个屁都是香的。"

"阿大，一个打铁的下苦人，扣个破坏抗日的帽子，大了些吧。"

"他砸了杨五七的碑。"

"五魁做事是有些没高没低，可那杨五七……"

---

① 锤六摇七：牛九牌中比较次要的两张牌。

"打的是周仓的屁股，臊的是关公的脸。杨五七咋说也是咱老杨家的人，麻子砸他的碑，就是臊你阿大这张老脸。那年，那个疯道士在土司府祖坟的碑上撒了一泡尿，老番子就把人家给劁了，这麻子砸的可是抗日英雄的碑呀，不该砍头？"

"阿大，人已经放了，你就消消气吧。"

"杨大校长，今儿个我把话底子给你亮了，河里淌的尕娃捞不得，捞上来跟你要衣裳哩。"杨老爷说完，抓起褡裢，往肩上一撂，出了门。

尕藏街已经开始有人影晃动了。

王半仙坐在椅子上，把破蒲扇搭在头顶上遮住太阳，眯着眼睛，偷偷瞄着街面。当杨老爷出现在他眼前时，他紧着站起来，朝杨老爷打招呼，可杨老爷好像没看见，风一般从他的卦摊边扫过去。

"杨老爷这是咋了，鬼提住了？"王半仙张着嘴，愣了好半天。

188

麻五魁一觉醒来，已是晌午饭时节了，他一骨碌翻起身，胡乱穿了衣裳，也不洗脸，径直去了何记馆子，要了一碗浆水面。

"麻五魁，看嘴脸昨晚夕手气不好？"馆子家何掌柜一见麻五魁，故意调侃道。

麻五魁瞪了何掌柜一眼，勾下头，呼噜呼噜吃起饭来。

俗话说，人活一口气。以前麻五魁憋着一口气，是为了打铁，打铁挣钱为的是赶山场唱花儿。喜欢上尕秀后，麻五魁也憋着一口气，他是憋着一口气想尕秀，憋着一口气等尕秀也能喜欢他。后来跟着韩土司去黑山峡，给杨五七害得哑了嗓子，不能唱花儿了，麻五魁又憋着一口气，憋着一口气报仇。没承想，那个挨刀子的杨五七竟然死在了尕日本手上。如今尕秀嫁人了，杨五七战死了，麻五魁憋着的那口气一下子没了。麻五魁没了那口气，活着就像空皮胎，轻得就像一张纸。

当年因为帮红军麻五魁差点丢了脑袋，那会他压根儿没想着死。前些日子砸了杨五七的石碑被抓进河州城的大牢后，他就一门心思等着死。上次不想死是因为他心里还有个念想，如今他心里的那点念想彻底没有了。他的心死了，他不想活了，可哪知不想活的麻五魁偏偏没死成，又活生生走出了河州城。

从河州城回来后，空空落落的麻五魁开始喝酒，成天醉醺醺的，没几天又沾上了赌博。

只会打铁唱花儿的麻五魁自然是赌博场上的离家。

家里的积蓄输完了，麻五魁就把铁匠铺租了出去，让人家开杂货铺。

麻五魁的日子过得一天比一天落脸。

就在昨晚夕，麻五魁刚从杂货铺掌柜那儿赊来的钱又输了个精光。

这次的赌局设在街南头的骡马店里。除了尕藏街赌场的常客，还有几个外乡的脚户。本来，尕藏人擅长揭碗子，而外乡人说他们只会玩丢三猴。双方争论了半晌，最后还是尕藏人顺了外乡人。

几局下来，麻五魁出多进少，心里开始毛慌了。

"四五六的豹子！"土司府大管家吉美的二后人尼玛抓起三个色子，嘴里大喊一声，将色子丢进大瓷碗里。

那三个色子像热锅上的豆子，在碗里蹦跶了几下，挨成一团，停在碗底。

"三炸！"众人像争食的秃鹫，将头挤到一起，只见碗底的三个色子都是三点。

最后一个是麻五魁，他抓起色子，将周围的人巡视了一圈，然后学着尼玛的样儿心里喊一声"四五六的豹子！"丢下色子。

那三个色子也像炒豆子一般蹦跶了几下，停下来。

"嗨，是一二三，赔钱的点子。"一个脚户讥笑道。

"又是最尕，真臭。"麻五魁朝个家的手上狠狠啐了一口。

终于，该着麻五魁坐庄了。这次他抓起色子，先丢进嘴里，搅动舌头，用唾沫好好洗了一遍，吐出来，用手掌搓干。

"四五六的豹子！"麻五魁心里狠狠地叫着，"啪"的一声，将色子丢进碗里。

这次麻五魁丢下的虽然不是豹子，却是五炸，要是没人超过他，他就可以通吃。麻五魁心里喜滋滋的，感觉碗周围那些花花绿绿的票子正朝他招手呢，他红褐色的眼睛闪着电光。

尼玛最后一个抓起色子，这次他没有大喊，而是心里悄悄默念了一番，将手悬在碗顶。

所有的人都紧紧盯住尼玛捏着色子的手，好像他那只手捏的不是色子，而是他们的命系系。

在大家焦急的注望中，尼玛轻轻松开手。

"仓嘟嘟——"三个色子像商量好的一般，跌到碗底摆成了四五六。

"豹子！"尼玛个家都不敢相信。

麻五魁傻眼了。

这次尼玛是大户，麻五魁赔不起了。

"麻子，你精屁股坐铡刀呀。"尼玛不依。

麻五魁用手狠狠指了指个家，又指了指尼玛，意思是，把心放到肚子里，早晚还给你。然后瞪了尼玛一眼，出了骡马店。

"输了钱还这么牛烘烘的，好像我欠他的！"背后传来尼玛的骂声。

外面漆黑一片，麻五魁站了一会儿，才辨出方向，深一脚浅一脚往家走。

走着走着，脚下被啥东西磕了一下，疼得他在地上跳了三跳。疼气一过，他猫着腰寻过来，仔细点观了一下，才发现是一个舂粮食的大石臼。

"你个挨刀子的东西，也敢躐踏我。"麻五魁心里狠狠地骂着，将石臼使劲抬起来，"嘣噔"一声，掀进旁边的阴沟里。

赌博才玩了一拃长的日子，账却拉成了筛子底。现如今，丢三猴又飞①了人家的钱，麻五魁一晚夕没有睡踏实。

眼下，他坐在何记饭馆，稀里呼噜挖了一碗浆水面片，一抹嘴，打着饱嗝走了出来。

"哎，五魁，你还没给饭钱呢。"何掌柜追出了饭馆。

麻五魁用手在何掌柜眼前划拉了一下，意思是赊下。

"上次的都没还呢。"何掌柜一把拉住麻五魁。

麻五魁急了，使劲甩开何掌柜，自顾自走了。

"嗨，这个麻子，他还倒有理了。"何掌柜亮清个家不是麻五魁的对手，只得眼睁睁看着麻五魁走掉了。

"四五六的豹子。"走在路上，麻五魁心里还在琢磨昨晚夕丢三猴赌博的事儿，"要是那一宝出豹子，我就能通吃，唉。"

麻五魁来到铁匠铺门口，正想进去，忽地记起铁匠铺已经租给人家当杂货铺了，紧忙转身绕开了。

---

① 飞：这里指赌钱赔不起了。

　　原本穿过铁匠铺就是他的家，现在铁匠铺租给人家了，麻五魁只好另外在旁开了个土门，也没有安门扇，就当是个家的大门了。

　　麻五魁进了土门，一屁股坐在廊檐坎上，抱着头又开始琢磨起赌博的事来。

　　"不中，得去捞梢^①。"可是现下手头又没有本钱，拿啥去捞梢呢。街面上能借的熟人都借遍了，哪个还肯给他赊账呢。

　　麻五魁正为赊账的事为难，忽地眼前头出现一双锃光明亮的鸡蛋头皮鞋。

　　麻五魁吓了一跳，顺着皮鞋往上看。

　　格列正虎着脸站在他眼前。

　　"你把铁匠铺租了？"格列审问道。

　　麻五魁点点头。

　　"学会喝酒了？"

　　麻五魁又点点头。

　　"还好上赌博了？"

　　麻五魁还是点点头。

　　"你除了点头还会啥？"格列来气了，"我再问你，你知道你是咋出大牢的？"

　　麻五魁又点头。

　　"真知道？"

　　麻五魁瞧了一眼格列，依旧点头。

　　"你知道个锤子，是尕秀和达娃救你的！"

　　格列说完，一转身，要走。

　　麻五魁忽地站起来，拽住格列的袖口。

　　"干啥，吃人哩？"格列怒目而视。

　　麻五魁摇摇头。

　　"那咋哩，要找尕秀？"

　　麻五魁指了指个家，又指了指土司府的方向。

　　"你想进土司府？"

　　麻五魁重重地点点头。

　　"进了土司府你就不是自由身了。"

---

①　捞梢：捞本。

麻五魁又重重地点点头。

"你脑子馇屎呢，阳世不知。"

麻五魁眼睛巴巴地望着格列。

"那好，明儿个你过来吧。不过你可记死了，不许赌博。"

麻五魁犹豫了。

"我就知道，狗改不了吃屎。"格列说完，又要走。

麻五魁一蹦子攒过来，挡在土门前。

"咋的，想打劫？"格列冷笑一声。

麻五魁伸出手在格列面前使劲划拉一下，又指指街面。

"行了，甭费劲了，你在街面上赊的那些个烂账我认了。"

麻五魁要下跪，被格列一把提住："我还想多活几年哩。"

189

土司府的马号比麻五魁想象的大得多。

马号里也不尽是马，还有好多骡子和驴。

赤烈告诉麻五魁，那些骡子都是一等一的驮骡，是土司府专意用来驮货的。

马号大院三面都是牲口棚，一面是伺候牲口的下人住的榻榻房。院子当中支着一口足有半丈口径的大铁锅，一个五十来岁的全脸胡汉子握着一张大铁锨，正在炒牲口料。

土司府给牲口喂料，一般都是豌豆、青稞、大麦混成的杂料，炒成七成熟，每隔半月炒一次。

炒料这天，土司府到处可以闻到粮食的香味儿。

有几个临时雇来的女人，坐在炒锅不远的料库前一边簸粮食，一边说着家长里短，不时爆发出欢快的笑声。

"一帮闲不住的碎嘴雀。"赤烈瞅了一眼那几个女人，骂了一句，引着麻五魁走进最里面的一间牲口棚。

这间牲口棚里只拴着两匹马。一匹是格列的雪青马，另一匹是茸巴的尕白马。

"这头雪青马是司令的宝贝，比你的命还金贵呢。"赤烈重重地拍了一下麻五魁的肩膀。

麻五魁上前摸了一把雪青马的鬃毛，雪青马立时抬起头，不高兴地冲麻五魁打了个响鼻。

麻五魁吓得紧忙往旁边一趔。

"你个哑哑。"赤烈瞪了一眼麻五魁，搂着雪青马的脖子安抚了一下，然后给麻五魁讲起了雪青马的事来，"那年，土司府的枣红骒马下了一头浑身长满雪青斑点的孬儿马。我伺候了一辈子牲口，还没见过这样的怪胎。更叫人惊怪的是，那孬怪胎见了哪个都慌慌张张往一旁趔，只有见了孬少爷格列就一动不动的，出奇地乖巧。那时，格列少爷也就虚单七岁的光景，他有事没事总喜欢往马号里跑，和那孬怪胎玩得欢实。等那孬怪胎断了奶，韩司令把我叫到跟前说，留着这个孬怪胎不吉利，牵得远远地放生了。那天，我背了干粮，把雪青马牵到阿尼念卿山的夏季牧场。往回走时，天已经黑得像锅底。我怕那孬怪胎跟上，收了缰绳一口气跑下山来。到了山脚下的孬藏草场，又等了约莫一瓶烟工夫，估摸那孬怪胎再也跟不来了，才放心大胆地走了回来。可哪个也没料到，十几天后，那孬怪胎又悬悬地站在土司府的院中间。'是祸躲不过，就顺天意吧。'韩司令叫我把那孬怪胎赶回马号里。后来，格列少爷长大后，这孬怪胎就成了他的坐骑。"

赤烈说完，引着麻五魁出了马棚。

"你可记牢了，伺候这些宝贝，不像你打铁。打铁要蛮力，伺候这些宝贝就得用脑子。"赤烈一边走，一边教导麻五魁，"要看遛马是个轻省活，里面的道道子多着呢。比方刚走远路回来的马，身上有汗，不能一下子牵到棚子里，那样就会着凉。马要是受了凉，那就麻达了。哎，我说麻五魁，你会看马病吗？"

麻五魁停下来，望着赤烈，木木地摇头。

"做遛马娃，不会看马病那哪成？我告诉你，平常时时得点观马的动静。要是马嘴发干、舌头发白，不好动、不吃料，那准是马受凉发烧了，你紧着找人绑住马腿，掰开马嘴，翻起舌根，扎几针放点血就松活了。要是马卧在地上，抱着四蹄打滚，八成是坏肚子了，你就找吃烟锅的人，弄点烟屎泡成水给它灌下去，肚肠病就能一把抓。要是马肚子鼓胀，屙不出粪蛋，老是转过头瞅视屁股，那肯定是吃食站在肚里了，你就给它灌点清油，不一会儿，就会放屁屙粪了……"

赤烈说着，已经走到炒料那儿，麻五魁抢前一步，顺手从大锅里抓了一把牲口料，烫得他用手捯了两下，然后丢进嘴里，"咯嘣嘣、咯嘣嘣"咬了起来。

"哎，这是喂牲口的，还没熟呢。"炒料的全脸胡冲麻五魁大叫起来。

麻五魁没事人一般，大摇大摆出了马号。

"那是个哑哑，跟牲口差不多。"赤烈经过全脸胡时，顺口丢了一句，撵着麻五魁追出马号。

第四十二章

190

阿尼念卿山下的尕藏河两岸，密密麻麻支起好些尕哩尕大的帐篷，不仔细看，还以为忽然间冒出了一大片一大片的大蘑菇。那些来来往往的人众，就像黑压压的蚂蚁，在那些新冒出的蘑菇间忙来忙去。

尽管，尕藏镇和土司府连续经历了一次次磨难。但今年的花儿山场照样红红火火。

格列头天就派人在阿尼念卿山脚择了块好地方扎下帐篷。土司府的厨娘们也将做好的各种吃喝，用马车拉到帐篷里。

赶场这天，格列骑着他的雪青马，茸巴骑着尕白马，两人走在头里。

后面跟着达勒、遛马娃麻五魁，还有战秋和羊毛吉。

河沿边的草地上，密密麻麻摆满了买卖人的摊子，卖酿皮子的、卖凉粉的、卖甜麦子的，还有卖洋布的、卖篮子筐担的、卖卤肉的、卖鸡蛋的、卖酒的、卖黄烟的、卖麻花馓子的，应有尽有，差不多把多半个尕藏街搬到阿尼念卿山脚了。

陆续赶来的三山五岭的花儿好家子，有的馍兜里带着干粮，砂罐里提着浆水汤，也有的篮子里提着刚烙的烫面油饼，三三两两往人多的伙伙里钻。

格列到了山脚下的帐篷里，等不及歇一会儿，就去逛山场。

离格列帐篷不远，尕藏草场的头人龙布也搭了帐篷，一帮男女正围在一起说说笑笑。

"司令过来坐坐。"龙布见了格列紧忙站起来远远地喊道。

"不搅骚龙布头人了,我们去别处转转。"格列匆匆摆了摆手。

茸巴和战秋老远冲龙布笑了笑,就算是打了招呼。

战秋自从进了山场,眼睛始终在人空里巡视,她多么希望今儿个的山场上能见到她的心上人旺堆。

其实这时节的旺堆还在家里没有出门呢。

原本他吃过早饭就去山场,想在那里见见战秋。

哪知他刚放下饭碗,就瞧见他阿爸吉美从土司府回来了。

吉美见旺堆要走,知道他要去山场找战秋,便说:"旺堆,今儿个太阳尖,你把我的皮袄找出来,在院子里晒晒。"

"旺堆要去山场,我给你找。"旺堆阿妈紧忙跑过来说。

"夹住你的屁股,没人把你当哑哑。"吉美冲老婆骂道。

旺堆气嘟嘟地一甩头,脱了靴子上了堂屋炕,他在炕柜里翻了半天,才翻出他阿爸那件沿了豹皮边的白茬子皮袄。

旺堆把皮袄抱出堂屋,搭到扯在院子里的牛毛绳上。

"仔细刷刷,看看是不是生了虫虫。"吉美故意拖延时节。

旺堆又拿了个刷子,仔仔细细把皮袄刷了一遍。

"你要去山场?"吉美站在廊檐坎上,看着旺堆把活干完了,不冷不热地问道。

"要是阿爸不愿意,不去也中。"旺堆垂手站在一旁。

"我也不是反对你去山场。刚才司令他们也去了,还有龙布家的战秋。"吉美说这话的时节,专意留心了一下旺堆。

旺堆脸红了一下,没说啥。

"我的意思是,你不能再去缠那个战秋。"

"阿爸……"

"甭说了,你一张嘴我就能看见你的咽牙。告诉你,只要我还活着,你那个'黑牦牛'甭想踏进咱家门槛。"

旺堆愤怒地瞪了一眼吉美,转身冲进了个家的房子,"哐"的一声,狠狠地关上门。

191

今儿个跟战秋怀着同样心思的还有麻五魁。他那双红褐色的眼睛也在人空里不停地跳来跳去。可他望麻了眼睛，也没看见尕秀的影子。

自那天从格列口中得知尕秀将他从河州城的大牢里救出来的事后，麻五魁下决心一定要见到尕秀，当面相谢。今儿个的花儿山场应该是见尕秀最好的地方，所以，变成哑哑后不再赶山场的麻五魁，一听到格列喊他，就紧着跟了来。

对歌开始了。

尕藏河两岸，人们这儿一堆，那儿一堆，围着各自喜爱的歌手听花儿。

远远看上去，那些个花儿圈子，就是一朵朵迎风盛开的牡丹。站在中间唱花儿的唱家子，就是那层层花瓣拱卫着的粉嫩嫩的花蕊。

格列带着府里那帮人朝最近的那一伙奔过去。

人们见格列来了，主动让开一条道。

> 天不下雨雷干响，
> 惊动了四海的龙王；
> 对面的阿哥好声嗓，
> 有心了我俩人对上。

一个蓝布衫姑娘正跟一个门牙上包了两颗金牙的汉子对歌。

> 枣红公鸡红冠子，
> 墙头上叫鸣着哩；
> 尕妹穿的是蓝衫子，
> 眼前头耀人着哩。

蓝布衫姑娘刚唱罢，格列抢在金牙汉子前面对过去。

金牙汉子不悦地瞪了格列一眼。

蓝布衫姑娘继续唱：

扎花哩扎花哩针折了，

针没有折，扣线哈风刮着去了；

说话哩说话哩心邪了，

心没有邪，三魂哈你勾着去了。

格列对道：

关老爷的红脸三绺须，

葡萄花盅，要喝个青稞的酒哩；

尕妹的庄子是刀枪林，

豁出个命，闯一条宽大路走哩。

格列因为杨永生的事，一直吃茸巴的气。所以今儿个当着茸巴的面他故意跟蓝布衫姑娘眉来眼去唱得火热。

"阿姐，你也唱一个。"战秋看不过去了，对着茸巴的耳根悄悄说。

那蓝布衫姑娘其实是认得格列和茸巴的，她看见战秋和茸巴指着她说啥，就主动停下来不唱了。

"阿姐，唱一个嘛。"战秋将茸巴往前一推，茸巴推辞不过了，只好清了一下嗓子，唱道：

千年不倒的阿尼念卿山，

万辈子不塌的青天；

哪个叫我俩的婚缘散，

就叫他天塌着地翻。

格列正想开腔，却不料被那金牙抢了先：

白牡丹白着耀人哩，

红牡丹红着破哩；

尕妹的傍儿有人哩，

没人时我陪着坐哩。

茸巴：

河州城里的大丽花，
没开个三天是霜杀；
脾气不投了蔓搭话，
恐害怕翻脸着躁哈。

金牙：

热铁哈放在砧子上，
打一把铁榔头哩；
尕妹的男人哈狼吃上，
阿哥啦当两口哩。

茸巴：

花椒树儿叶叶儿麻，
刺玫花把我的手扎；
给你说一句实心话，
你不是我要的下家。

金牙：

鸭子抱了鸡蛋了，
鹅飞着眼前头来了；
这一个尕妹的好样子，
就是脚大着坏了。

"阿姐，我来。"战秋见金牙不怀好意，她的牦牛脾气犯了，上前挡住茸巴，个家唱上了：

> 骑马夒上个刀子山，
> 上去时刀割下哩；
> 一只脚夒踩个两只船，
> 船开时裆劈下哩。

金牙大嘴一咧，继续对道：

> 巴郎鼓摇了个三点水，
> 尕货郎背的是柜柜；
> 这一个尕妹妹实在是美，
> 啥时节配成个对对。

战秋唱：

> 大山顶里的白石头，
> 天阴着当成个雾来；
> 对面的阿哥是大金牙，
> 心黑着磨出个墨来。

金牙对道：

> 虚空里飞的是孙悟空，
> 白马上骑的是唐僧；
> 唱罢了把你引上了走，
> 神仙的日子哈过走。

人们听见这边的花儿唱得风生水起，都纷纷拥了过来。
战秋接着唱：

前锅里煮的是苦苦菜，
后锅里煮的是芥菜；
维朋友要维个长流水，
不维那河里的过水。

金牙：

脚穿麻鞋着图轻巧，
头上戴一顶草帽；
阳世上来了着欢欢地闹，
紧闹慢闹是老了。

金牙唱罢，笑嘻嘻地朝战秋伸过手来。

"做啥呢？"格列眼疾手快，一把抓住金牙的腕子。

"哼，尕白脸，你嫩了些吧。"金牙使劲甩开格列的手。

"嫑胡来，这是我们司令！"战秋厉声喝道。

"司令？我还皇上呢。"金牙推开战秋，朝格列扑来。

战秋一个箭步挡在格列前面，顺手抽出腰刀，顶在金牙的腔子上。

"嘿，还真是个不要命的黑牦牛。"金牙冷笑一声。

"她就是尕藏草场有名的黑牦牛。"人伙里有人喊道。

"我还说端了。"金牙用手轻轻按住战秋手中的刀子，念了一首花儿，"琉璃瓦铺给着经堂上，菩萨像画给着纸上；好汉子死给着女人上，名声哈留给着世上。"

战秋"啪"的一声，收起刀子，也念了一首花儿："进去园子往里看，菊花儿赛过了牡丹；我把大哥好心劝，旁人的花儿哈嫑贪。"

"上去高山着水贵了，黑刺杆烧成个炭哩；阿哥爱的是好花儿，有缘是还见个面哩。"金牙说完，带着他的几个人挤出人群。

192

晌午时节，格列他们回到个家的帐篷。

达勒早把火盆生着了，牡丹花的开水在撒壶里欢快地翻滚着。

羊毛吉忙不迭地收拾尕碗，给大家冲奶茶。

"今儿个战秋可争了脸了。"格列一边喝茶，一边夸起了战秋。

"咱们的黑牦牛又活了。"茸巴笑道。

"阿姐。"战秋有些难怅了，推了一下茸巴。

茸巴先趔了一下，然后乘战秋不注意，把手猛地伸进战秋的胳肢窝里。

战秋一下子笑瘫在地上起不来了。

帐篷里的人也一个个笑得前仰后合。

笑着笑着，战秋突然哭了起来。

"战秋，你咋了？"茸巴紧忙把战秋拉起来。

"阿姐，我是高兴呀。"战秋扑进茸巴的怀里。

"你这个黑牦牛。"茸巴用指头轻轻点了一下战秋的眉梁。

大家都在帐篷里欢笑的时节，麻五魁一个人坐在帐篷口的草地上想心事。

尕秀今儿个没来山场，麻五魁就像霜杀的茄子，脑袋耷拉在腔子前。

早知道这样，就不来山场了。

> 关老爷曹营里十八年，
> 曹操哈没给过笑脸；
> 十个指头掐着算，
> 总有个见面的一天。

麻五魁在心里悄悄地唱起了花儿。

> 诸葛亮设下了借箭的计，
> 奸曹操上了个当了；
> 心里的惆怅对哪个说，
> 一句儿一句儿唱了。

麻五魁心里哼花儿的当儿，从远处忽地传来一阵熟悉的花儿声。

那声气就像一条抛向空中的白丝带，在太阳下划出一道亮晶晶的弧线。唱到婉转处，那丝带又似乎来一个优雅的回旋，然后就那么悬悬地打出一个丝结，再从丝结中绾一个花子穿出来,飘飘悠悠钻进半虚空的云朵里……

麻五魁心里一惊。

"是孨秀!"帐篷里的人也一下子静下来,竖起耳朵仔细听。

麻五魁一骨碌翻起来,撒腿就跑。

"麻五魁。"达勒追出帐篷喊道。

"算了,那人的三魂已经叫人勾走了。"格列冲达勒摆摆手。

193

昨晚夕吃黑饭时,杨老爷就提醒家里人,哪个也不许去花儿山场。

其实,杨老爷的话是专意说给孨秀听的。

今儿个一早,孨秀就起来扫院子,扫完院子又去扫巷道。

在巷道口,孨秀碰上了几个去赶花儿山场的姐妹。

"孨秀,还忙个啥呀,赶山场去。"有个婆娘老远见了孨秀就喊。

"不去,我忙着呢。"孨秀一脸的沮丧。

"你不去,那山场不就冰了?"

"你们先去,我随后就来。"

孨秀在巷道口看着赶山场的人走远了,心里冰叽叽地难受。

从巷道回来,孨秀又到后院帮七斤铡草。

孨秀一走进后院,七斤的眼睛就一直没离开过孨秀的脸骨堆,弄得孨秀搻草时不得不防着七斤。

"孨秀,留留疼你不?"七斤一边铡草,一边不怀好意地问孨秀。

孨秀只管搻草,没有吭声。

"你不说我也能猜到,拳头大个娃娃,知道个啥哩。"

孨秀仍旧没有吭声。

"孨藏街那个打铁的麻子心里吃着你?"

孨秀猛地抬起头,狠狠瞪了一眼七斤。

"干吗把眼睛瞪成瓦陀罗,我这不是为你好嘛。"七斤提起铡刀,偷偷瞄了一眼孨秀,"今儿个山场开了,你咋不去?"

孨秀搻草的手抖了一下。

"要不，阿哥陪你一起去？"这些日子，七斤对尕秀越来越放肆起来。

"啪"的一声，尕秀扔下手里的草，转身就走。

就在尕秀转身的当儿，七斤抢过来用他耱子样的大脚，朝尕秀的脚尖上飞快地跐了一下。

尕秀一声尖叫，扭过头，怒冲冲地盯住七斤。

"阿哥稀罕你。"七斤朝尕秀丢了个飞眼。

"你不怯老爷？"

"老爷的心思你还不亮清？"七斤早在杨嫂口中知道那次杨老爷支他去河州城，而个家却在家里差点将生米煮成熟饭的事儿。

尕秀臊了，脸一红，奔出后院。

尕秀刚出，杨嫂就追进后院问七斤："你把尕秀咋了，尖声尖气的，连老爷都听见了。"

"我能咋，吃了她？"七斤一副气不服的样子。

"那她吼啥呢？"

"夜猫子叫春呗。"七斤像是自言自语。

"都不是啥好东西。"杨嫂嘀咕了一句，转身走了。

"还有脸问我？破屁股货。"七斤悄悄骂了一句。

吃完早饭洗碗筷的时节，尕秀不防打破了一只碗。

杨太太听见响声，从佛堂出来，颠着尕脚几步蹿到灶火门口。

"不是个家的心不疼。"杨太太看着灶火地上的碗渣，咬牙切齿地骂道。

"她啥时把这个家当个家的。"杨嫂也站在院子里说风凉话。

尕秀恼了，把刚刚扫进簸箕的碗渣端到院子里，倒在杨嫂的脚下。

杨嫂气急了，在院子里跳骂起来。

"一张皮子鞔两张鼓，高山上打锣着哩；又受苦来又受气，阎王爷睡着着哩。"尕秀嘴里念着花儿进了灶火，担了水桶，去尕藏河担水去了。

到了尕藏河边，望着哗哗流淌的河水，尕秀禁不住捂着脸号啕大哭起来。

自从嫁到杨府，尕秀觉得跌进了黑咕隆咚的地窨子里，叫天天不应，叫地地不灵。幸亏离她头顶很远很远的地方，露出来一块巴掌大的天爷，能让她稍微透透气。那块巴掌大的天爷，不是旁的，正是她爱到命里头、渗到骨子里的花儿。

花儿本是心上的话，

> 不唱是由不得个家；
> 刀刀拿来头割下，
> 不死是就这个唱法。

她要唱花儿！花儿就是她头顶那一朵块能让她透气的天爷，不唱花儿她就
会被憋死！

想到这儿，朵秀忽地站起来，撂下水桶过了朵石桥，直端端去了花儿山场。

> 四斗的大地哈丢荒了，
> 眼看着没人种了；
> 肚里的疙瘩儿成疮了，
> 有冤着没处诉了。

朵秀跟前很快聚了一大圈人。麻五魁费了好大的劲才挤进人伙里。

> 白马上骑的是薛仁贵，
> 黄草尖上的露水；
> 女婿娃朵着贪瞌睡，
> 娘老子寻给的累赘。

> 大肚子臭虫们咂血哩，
> 咂憋了满炕上滚哩；
> 吃人的牙缝里滴血哩，
> 到时节算你的账哩。

今儿个朵秀满满地揣了一腔子苦水，她要在花儿山场一股脑儿倒出来。

> 桦木劈成碌碡棋，
> 穷人要个家做主哩；
> 豁出脑袋手里提，
> 你把我们啊么哩。

听着尕秀的歌声，麻五魁心里"呼哧呼哧"的，像鼓满风的风匣，尤其是听着红军教给尕秀的这首花儿，麻五魁更觉得浑身的血一股一股往上泛，一张满是窝坑的麻脸红成了一骨朵实登登的高粱穗。

那天，尕秀一直唱到太阳跌窝。

麻五魁屁股没挪，也一直听到太阳跌窝。

194

阿尼念卿山顶的雪被夕晖映照得像着了火。

尕秀的尕脚像鼓槌，有节奏地敲过尕藏街上的石板路。

远远望去，她就像一只从火海中飞出来的红布裆裆。

铺子家大部分去了花儿山场，尕藏街显得格外空旷。

一个五十来岁的女人坐在街旁的石头上纳鞋底。她将亮锃锃的锥子尖在个家的头发上一抹，然后使劲锥进鞋底，再用半揸长的大针将麻绳从锥子窟窿里引出来。

当尕秀经过她身旁时，她刚好又引出一针。

"这不是胭脂岭的尕秀嘛。"那女人一见尕秀，拿针的手僵在半空里不动了。

"多攒劲的一个丫头，找了个拳头大的尕娃，唉，糟过了。"那女人叹了口气，放下针，重新拿起锥子，又在头发上抹一下锥子尖，使劲锥进鞋底。

尕秀像是没听清女人的话，但她能感觉出那女人是在说她。她加快了步子，急急地朝街北头的土门洞奔去。路过麻五魁的铁匠铺时，她不由得停了一下。

铁匠铺的门挂着锁。杂货铺的老板带着货物去了花儿山场。

其实，尕秀早就听说了麻五魁这些日子的境况。她亮清麻五魁从城里的大牢出来后，赌博输了钱把铺子租给了旁人；也亮清麻五魁前几天进了土司府当起了遛马娃……尕秀心里更亮清麻五魁这么多年来一直没有放下她。可是，她却咋也无法把这个一脸窝坑的铁匠哥装进心里。在花儿山场，她喜欢跟麻五魁对花儿，那是因为她喜欢麻五魁的声嗓。麻五魁的声嗓带钢音，能在人心里敲出声响。

自从黑山峡杨五七熏哑了麻五魁的嗓子，尕秀再也没有遇见过麻五魁那样

510

的好声嗓。

今儿个的花儿山场上，尕秀又看见了那张熟悉的脸。以往，她也经常在山场上遇见麻五魁，但她没有在乎过他。可今儿个，她看着那张脸，除了一脸的麻窝坑外，还看出了他埋在骨子里的实诚、固执。

尕秀的心"怦"的一下，她不由得同情起这个男人了。

是的，就是这个男人，用一双打铁的粗手，捧着金贵的冰糖送到她的眼前。是这个男人，在胭脂岭的后山上，替她背着沉重的竹竹竿走下羊肠子一样的盘盘路。是这个男人，在她出嫁的那天，跟着她的花轿，在苞谷地里拼命地奔跑……

"唉！"这声长叹，似乎在尕秀心底里埋了好长时节，她的眼睛里闪起了泪花花。

出了土门洞，尕秀一口气走下河滩地。

过了尕石桥，尕秀看见她早前撂下的水桶还放在河边，紧忙过去舀了水担回家。

哪知她刚踏进家门，就见杨太太一脸怒气地虎在院中间。

杨嫂站在杨太太后面，幸灾乐祸地望着尕秀。

"七斤。"杨太太一声喊，七斤拿着一根早就准备好的的绳子从后院跳出来，他二话不说从尕秀肩上卸下担子，三下五除二就把尕秀捆起来，绑到尕秀新房门前的柱子上。

原来，尕秀出去担水后，杨嫂左等右等不来，就跑到尕藏河边去寻。她到那里一看，河边上只是撂着两个空桶子，根本不见尕秀的影子。

杨嫂紧忙跑回来告诉杨太太，杨太太一听，气炸了，去堂屋找杨老爷。

"看来不动家法不中了。"杨老爷冷冷地说了句。

尕秀被绑在柱子上之后，杨嫂关上大门，上了闩，套上门担，从麦衣子房抽出一根马刺杆，来到尕秀跟前。

"我还以为你上天爷去了呢。"杨嫂在尕秀眼前头晃了晃马刺杆。

尕秀轻蔑地瞪了她一眼，没言喘。

"跟她费啥唾沫渣子，动家法。"杨太太等个及了。

杨嫂扬起马刺杆猛地向尕秀的大腿抽下去。

眼下是六月天，尕秀只穿一条单裤，马刺杆上的利刺毫不留情地扎在她大腿的紫肉上，刺心的疼痛使她浑身上下不停地抽搐，但她用牙使劲咬住下嘴皮，没有出声。

杨嫂第二次抽下来时，孕秀的眼睛绷得大大的，眼珠子快要蹦出来了。

"吃人的牙缝里滴血哩，到时节算你的账哩。"孕秀忍着痛，从牙缝里蹦出两句花儿来。

"嘿，你还有心思唱野曲！"杨嫂咬牙切齿地说着，又向孕秀抽来。孕秀实在忍不住了，"啊——"的一声，惊得新房里睡觉的留留大哭起来。

"忍呀，你咋不忍了？我就不信你的身子不是肉长的。"杨嫂说着，又狠狠地抽过来。

随着杨嫂手中的马刺杆一次次落下，孕秀的喊声越来越大、越来越尖。

"孕秀——"留留从新房奔出来，扑到孕秀的腿子上哭喊起来。

杨太太过来拉留留，但留留死死抱住孕秀的腿子不撒手。

"留留！"孕秀心头一热，豆大的泪珠滴溜溜滚了出来。

"孕少爷是你男人，他的名字是你叫的？贱货！"杨嫂上前冲孕秀脸上狠狠扇了一掴子。

孕秀的牙花破了，一股子血水像蚯蚓一般，从嘴角钻出来。

留留被气得孕嘴儿像风匣一样呼哧着，他放开孕秀，挺着头朝杨嫂顶过来。

杨嫂防不及，叫留留一头顶在肚子上，"哎哟"一声，跌坐在地上。

孕秀挣死亡命叫喊的时节，杨老爷坐在堂屋炕上抽水烟。平常，杨老爷抽烟时喜欢听水烟瓶里"咕噜噜、咕噜噜"的声气，可今儿个，那原本响亮的烟瓶声，完全淹没在孕秀凄惨的喊叫中。

"夫礼者，所以定亲疏、决嫌疑、别同异、明是非也。"杨老爷眯着眼睛，慢慢吐出一口烟雾，悄声念了一句《礼记》。

抽完一瓶烟，杨老爷从水烟瓶的底座上抽出孕铜扦，想把烟锅里的烟屎捅掉，可一转念，他又把铜扦重重地摁在炕桌上。

"没眼色的东西。"那次，杨老爷让孕秀给他揉肚子，没占上便宜不说，反而让太太和杨嫂知道了，惹了一身骚。从那时起，杨老爷就恨上孕秀了。

杨嫂从地上爬起来，气得浑身发颤，可她不敢拿留留撒气，就提了马刺杆，直冲孕秀。当她手中的马刺杆正要落下时，只听"咚"的一声，北厢房前的杏树上跳下一个人来。

"麻五魁！"孕秀一见麻五魁，就像见到了救神。

其实，孕秀从山场下来的时节，麻五魁一直远远地跟在她的后头。

麻五魁今儿个来花儿山场，就是想见见孕秀，想当着孕秀的面感谢她的救命之恩。一路上，有好几次麻五魁想追上尕秀，但总是差了那么一些些勇气。

麻五魁一直悄悄跟到胭脂下川的庄子口，隐在路旁的苞谷地里，偷偷地看着尕秀担着水进了家门。不一会儿，杨老爷家的大门关上了。

麻五魁很失望地从苞谷地走出来，站在路边怔怔地望着杨老爷家的黑漆大门呆了一会儿，可就在他转身要回镇子的当儿，忽地改变了主意。他偷偷来到杨老爷的家门口，将眼睛搭在门缝里朝里边寻摸。

杨老爷家的门道里有照壁，看不见院子里的动静。

就在这时，麻五魁猛听见尕秀凄惨的叫唤。

麻五魁急了，猛推了一下门，但门被闩得死死的，推不动。

"啊——"又传来尕秀的喊叫。

麻五魁不由得心惊肉跳。他离开大门，围着杨府的院墙转了一圈。杨府的院墙很高，翻是翻不进去的。

尕秀的喊叫一声紧似一声。

忽然，麻五魁眼前一亮，他盯住了杨府院墙外的箭杆白杨。

麻五魁尕的时节上树掏雀窝练就了一身爬树的好功夫。

很快，麻五魁像山猫一样爬上离院墙最近的一棵白杨树，然后从白杨树半中腰跳到杨府北厢房的房顶上。

还好，北厢房前的院子里有一棵杏树，麻五魁就悄悄顺着杏树跳到院子里。

麻五魁脚一挨地，一个箭步跳到杨嫂跟前，使劲捏住杨嫂的手腕。

麻五魁的那双手，可是成年累月打铁的，杨嫂哪里受得住，她一声惨叫，跌坐在地上。

麻五魁走到尕秀跟前，动手去解绑在尕秀身上的绳子。

一直躲在堂屋抽水烟的杨老爷听见院子里情况不对，紧忙奔出堂屋。

"七斤，抄家伙。"杨老爷一见麻五魁，冲院子里的七斤大喊一声。

一旁愣神的七斤听见杨老爷的喊声，回过神来，紧忙奔进后院，不一会儿，拿着一杆枪来了。

"要动！"七斤用枪口顶住麻五魁的后脑勺。

麻五魁怔了一下，但他并没有停下来，继续给尕秀解绳子。

"麻五魁，这可是老爷在牛长官那里买的快枪，一扣扳机，脑袋就开花了。"七斤用枪口磕了一下麻五魁的头骨。

麻五魁还是没理会。

麻五魁解下尕秀身上的绳子，慢慢转过身。

七斤望着麻五魁那张充血的麻脸，手一抖，本能地趔了一下。

麻五魁一把抓住七斤的枪管，顺势一拧，七斤的手松开了。

麻五魁将夺过来的快枪使劲剟在地上，大步流星地走到门口，拨开门闩，取下门担，拉开门扇，一步跨出门槛。

195

麻五魁走后，七斤将尕秀推进她的新房，锁了门。

吃黑饭时，杨家人也不跟尕秀言喘，自顾吃了饭，洗了锅。

睡觉的时节，留留要回新房，杨太太不让。杨嫂硬是将留留抱到个家的房子里。留留不肯，一声一声唤着尕秀的名字，又哭又闹，直到哭乏了，才抽抽搭搭地睡着了。

半夜，留留醒了，哭闹着找尕秀。

"半夜三更的，再闹，吃人婆婆来呢。"杨嫂吓唬道。

"我要呃奶。"留留不肯。

杨嫂只得撩起肚兜，将个家的奶头塞进留留的嘴里。可留留没呃一口，就将杨嫂的奶头吐了出来，大声哭起来。

杨嫂怕留留闹醒了杨太太，个家挨骂，就硬摁住留留的头，用个家的奶头堵住留留的嘴。

留留急了，一口咬住杨嫂的奶头。

"啊——"杨嫂惨叫一声，紧着将奶头从留留嘴里拔了出来。

"你个白眼狼。"杨嫂一把推开留留。

"咋了咋了？"杨太太听见留留的哭闹声，披了衣裳朝北厢房走过来。

"尕少爷要呃奶。"杨嫂紧着坐起来，冲屋外喊。

"那你给他呃呗。"杨太太已经走到了杨嫂房子的窗子跟前。

"他要呃尕秀的。"杨嫂气咻咻地说。

半天，杨太太阴沉着脸低声说："那就抱过去呗，这么闹，啥时节天亮呢。"

杨嫂只好穿上衣裳，抱起哭哭啼啼的留留，拿了钥匙，开开尕秀房门。

"尕秀，给尕少爷呃奶。"黑暗中，杨嫂撩开尕秀的被窝筒筒。

尕秀早就被隔壁的哭闹吵醒了，她忍着浑身的疼痛，从窗台找着洋火，点着灯盏。

留留直接从杨嫂怀里跳到炕上，扑向尕秀。

尕秀昨晚没脱衣裳，囫囵滚在被窝里。这会她见留留胖嘟嘟的尕手已经伸进她的衣裳底下了，紧着解开纽子。那对憨乎乎的鸽子样的白奶子，几乎是等不及般地从她腔子跳了出来。尕秀的奶头一塞进留留的嘴里，哭声一下子住了。

整个杨府终于安静了下来。

"都是要命的冤家。"杨太太嘀咕着回了佛堂。

第四十三章

196

转眼，留留到了该上学的年纪了。

可是尕藏学校离胭脂下川的杨老爷家有几里地。

杨永生虽然整天在学校，可他从来没有干过带娃的差事，杨太太自然不放心，最后决定让尕秀每天接送留留。

上学那天，七斤给留留鞴好了杨老爷常骑的那头叫驴，还在鞍子上专意绑了一个扶手架子。

尕秀每天牵着这头驴接送留留。

夏至不过天气不热，夏至一过晒破头哩。刚过夏至节这天，尕藏的天气陡然热了起来。

地里的麦子开始转黄，过不了多少日子，又要拔麦子了，到那时，学校也就放忙假了，尕秀再不用一天两趟往街上跑。

已经有好些天没有下雨了。路上的蹚土厚得能淹过脚面。一只指头蛋大的尕蚂蚱不留神跳进被太阳晒得滚烫的蹚土里，再也跳不起来了。它朝天躺在蹚土空里无望地蹬了几下腿，就不动弹了，任由蹚土把它炒熟。

尕秀牵着叫驴没走一截，就被晒得鼻洼上汗津津的。

到了尕藏河边，尕秀撂下缰绳，跑过去，撩起河水，抹了几把脸，火飒飒的脸骨堆顿时凉簌簌的。

"尕秀，我也热。"留留看着眼馋，骑在驴背上喊。

"没时节了，要迟到。"尕秀站起来，拾起缰绳。

"我阿大是校长，怯啥？"

尕秀"扑哧"一笑，拿着个家的尕手帕放到河水里浸湿，在四角各绾了一个尕疙瘩，帽子样扣在留留头上。

留留给冰得缩了一下脖子，朝尕秀龇嘴一笑。

尕秀牵着叫驴穿过尕藏街，来到校门口，她将留留抱下叫驴。

留留高高兴兴地跳进学校。

尕秀牵着叫驴站在学校矮墙前，一直望着留留蹦进了教室，然后牵着黑叫驴下了尕藏河滩。

"留留去了学校，你就到河滩去荡驴，省得它回家再吃料。"从尕秀头一天送留留上学开始，杨太太就这么嘱咐。

不过不去河滩，尕秀也没有地方可去。那里有那么多的花花草草陪着，还可以自由自在地哼哼花儿，多快活呀。

今儿个，尕秀牵着叫驴从河滩回来时，还用打破碗花编了一个花环。

来到学校门口，还不到散学的时节，尕秀蹴在矮墙下等留留。

长亭外

古道边

芳草碧连天

晚风拂柳笛声残

夕阳山外山

……

学校里传来学娃们唱歌的声气。

那次在土司府广场送土兵上前线的时节，那个领唱《满江红》的女先生正在给学娃们教唱《送别》。

尕秀这是头一次听这样的歌子，她觉得这歌子跟她唱的花儿完全不一样，它是那样地柔婉、凄美……

"长亭外，古道边，芳草碧连天……"听着听着，孕秀的思绪竟然跑到了胭脂岭的后山上。

那一丛一丛的蕨菜，刚刚长出的嫩芽，像月里娃的孕手手，在微风中一晃一晃的。

蓝色的野鹊花是孕秀最稀罕的，尤其金橘色的晨曦照在上面，挂满露水的野鹊花就像一场亮晶晶的梦。

更让她忘不掉的是，那次罩在五彩缤纷的彩虹里面，好多细密的孕水珠，放射着各种颜色的光亮，在她的眼前飘来飘去。

站在那些五颜六色的孕水珠中间，个家就像是腾云驾雾的仙女。

千里的大路上红旗飘，

穆桂英救宗宝哩；

你死了我跟着死去哩，

你活是我陪着老哩。

这不是麻五魁的声气吗？麻五魁早就变成哑哑了，咋会开口唱歌？

可这真真切切是麻五魁的声气，因为整个河州地界，只有麻五魁的花儿带钢音。

让孕秀难以置信的是，眼下，麻五魁就站在离她不远的地方，向她轻轻地招手。

"五魁哥。"孕秀不由得迈开双腿，直端端向麻五魁奔去。

这个一脸窝坑的麻五魁，可是豁出性命救她的人呀。

那天，七斤手中黑乌乌的枪口对准麻五魁，麻五魁镇定得就像寺里的金刚佛。他那张黑里透红的麻脸，活生生一骨朵天不怕地不怕的高粱穗。

"真是一条有血性的汉子！"当时，孕秀的心里清泉一样涌上一股甜蜜。

"丁零、丁零、丁零。"散学的铃子响了，孕秀一个激灵，就像猛然从睡梦中醒来。

"哎呀，瞎想啥呢，羞死人了。"孕秀难怅地捂住脸。

这时，学娃们像雀儿一样，一个个"扑棱棱"从教室里飞扑出来。

人空里，孕秀看见公公杨永生带着留留朝校门口走来。

孕秀紧忙转过身，下意识地抻着衣裳襟角。

杨永生把留留引出来，抱上驴背。

"又麻烦你了。"杨永生每次见尕秀都要客气一番。

尕秀不言喘，一勾头，牵着叫驴朝坡下走。

"给，留留，我给你编了个花环。"

留留一见尕秀手中的花环，高兴坏了，紧着接住，戴到头上。

"咂奶娃，杨留留。咂奶娃，杨留留。"他们刚下了坡，一帮学娃跟在叫驴的屁股后头拼命地叫喊起来。

上学没几天，留留就得了一个"咂奶娃"的妖名。那天，尕秀将留留从学校接下来，一踏上尕藏街的石板路，留留就在驴背上嚷嚷着要咂奶，尕秀不肯。尕秀还从来没在外头给留留咂过奶。外面人多眼杂，她怕羞。

见尕秀不肯，留留又哭又闹。尕秀只好将叫驴牵到一处僻背的巷道里，见四下没人，就把留留从驴背上抱下来，坐在一块石头上，撩起衣襟，露出白晃晃的奶子。哪知留留刚咬住尕秀的奶头，周围呼啦一下冒出一帮学娃。

"咂奶娃，杨留留。咂奶娃，杨留留。"那帮学娃围着尕秀和留留一顿乱嚷。

尕秀羞坏了，紧忙将留留从奶头上扯下来，抱到驴背上，急急忙忙离开了巷道。

那帮学娃一直追到土门洞才罢休。一连几天，只要一散学，那帮学娃就跟在尕秀和留留后头，不停地叫喊："咂奶娃，杨留留。咂奶娃，杨留留。"

"尕秀，放开缰绳。"今儿个，这帮学娃们的叫喊着实把留留喊羞了，他在驴背上冲尕秀吼道。

尕秀装作没听见，依旧牵着叫驴往前走。

"你是聋子？"留留骂道。

尕秀不理留留。

"我回去告阿爷，你欺负我。"留留气得鼻涕都吹起了泡泡。

一提起杨老爷，尕秀忍不住了，赌气地将缰绳搭在驴脖子上，撂下留留个家走了。

恰在这时，有个调皮的学娃朝叫驴扔过来一疙瘩土块，端端砸在叫驴的屁股上，叫驴受了惊，撒开蹄子跑了起来。

留留吓得又哭又叫。

尕秀见状，紧忙拦挡，但已经来不及了，受惊的叫驴顺着尕藏街道狂奔起来。

叫驴跑过土司府时，麻五魁正好牵着雪青马从府里出来，他一见受惊的叫驴驮着留留从眼前狂奔而去，心里叫了声"不好"，便飞身上马，追了过去。

麻五魁在尕藏河滩追上了受惊的叫驴。

他下马拾起叫驴的缰绳。

驴背上的留留已经吓得一脸土色，头上的花环早不知颠到啥地方去了。

尕秀气喘吁吁地追上来时，脸上早已渗出许多细密的汗珠。

麻五魁痴痴地看着尕秀，心里忽地一阵疼。

尕秀轻轻动了一下嘴角，想说啥，但没有说出嘴。

麻五魁将叫驴的缰绳塞到尕秀的手里。

尕秀接缰绳的瞬间，感到一股热烘烘的男人的味气扑面而来。

"麻子心里就装你一个人。"忽地，尕秀又想起达娃的话来。刚才跑得急，尕秀的脸都涨红了，而现在红得更厉害，都红透了，就像秋里挂在树尖上的红果子。

麻五魁真想扑上去狠狠咬一嘴。

两人就这样默默地对视了半天，骑在驴背上的留留不知道两个大人面对面在那里做啥，偏着头瞅瞅这个，又瞅瞅那个。

"尕秀！"留留摇着驴背上的扶手架子，大喊了起来。

尕秀这才意识到个家的失态，心里一阵慌乱，躲过麻五魁，牵着叫驴急急地走了。

望着尕秀走远了，麻五魁一屁股坐在河沿边上。

197

吃过黑饭，尕秀担着水桶走出杨府的黑大门。太阳已经挂西，橘红色的余晖洒在她的身上，使她一向缺少笑意的脸上泛出红润来。

晚风从路旁的苞谷地刮过，发出一阵一阵"窸窸窣窣"的声气。

一只红布衫①趴在地边的一片苞谷叶子上，睁大眼睛，静悄悄地看着尕秀从它眼前走过。

---

① 红布衫：一种红翅膀的蚂蚱。

尕秀过去好久，它才张开翅膀飞起来，在半空中划过一道火红的弧线，消失在远处的河滩地里。

尕秀来到尕藏河边，放下水桶，手搭在眉梁上，朝尕藏河上游望过去。

霞光映在流淌的河面上，整个河面就像风中抖动的缎子，耀得人睁不开眼。

尕秀蹲下身子，开始拿木勺朝木桶舀水。

蓦地，她发现河对岸的一块大石头上，坐着一个人。土司府格列少爷的雪青马在离他不远的河边上静静地吃草。

"麻五魁。"一股热浪将尕秀的心狠狠掀了一把。

原来，麻五魁后晌救了留留后，就一直待在尕藏河滩遛马，没有回府去。

尕秀在河边一露面，麻五魁就发现了。

霞光映在尕秀身上，远远看上去，简直就是一朵开放在河边的鲜艳的牡丹。

麻五魁的心跟尕秀一样，翻腾了起来。

当尕秀发现大麻石上的麻五魁也正朝这边看她，手中的木勺僵住了。

他们互望着，目光就像两条长虫，在河中间紧紧地纠缠在一起。

尕藏河欢快地跳荡着，送来一阵一阵的凉意。

不知过了多长时节，雪青马一边吃着草，一边慢悠悠地溜达到麻五魁的面前。

雪青马就像一把刀子，切断了麻五魁的视线。

等雪青马从眼前走过，麻五魁才发现尕秀不见了，他一骨碌从大石头上站起来，顺着尕石桥追过来。

雪青马挡住麻五魁的时节，尕秀担着木桶走了。刚上了红泥沟的坡坡，尕秀就已经气喘吁吁。她正想放下水桶缓一会儿，感觉身后有人追来。

那人越走越近，尕秀几乎能闻到一股熟悉的热乎乎的味气。

这味气使尕秀脑海里顿时映现出后晌从麻五魁手里接过缰绳的那一刻。

尕秀心里慌乱得不知所措。

麻五魁赶上尕秀，从她肩上轻轻掮过担子，个家挑上，大步流星地朝前奔去。

尕秀沁在地上，望着麻五魁的背影，禁不住泪花花眼眶里打转。

"站住！"麻五魁挑着担子没走多远，忽然从旁边的苞谷地里闪出杨老爷，横在他眼前。

原来，杨老爷吃罢黑饭，来到个家的地边上溜达。

眼前这块地去年种的是麦子，今年改种了苞谷。

胭脂川人种庄稼，每年要倒茬。头年种苞谷，来年就种麦子。头年种麦子，来年就种苞谷。有的时节也用豌豆倒，据说豆茬最能肥地。这样反复倒茬，为的就是地里有一个好收成。可下川人的地是旱地，靠天爷吃饭，没有雨水，种啥也是空的。去年天旱，庄稼歉收。今年雨水广，庄稼就长得格外旺。

苞谷已经结了棒子，棒子尖上冒出来的缨子，被傍晚的阳光映得晶莹剔透的，就像五颜六色的流苏。

杨老爷禁不住伸手捧起一撮缨子，那柔软滑嫩的感觉，让他的心痒酥酥的，身子骨也顿时轻飘了起来。

忽地，地边的路上传来一阵脚步声。

杨老爷一惊，紧走几步，来到地头，撩开长长的苞谷叶子望过去，麻五魁担着杨府的水桶朝这边走过来，后头还跟着尕秀。

杨老爷整个身子就像一捆干柴，"轰"的一声着了。他一个蹦子跳出苞谷地。

而麻五魁并不理会杨老爷，径直往前闯。

前面的木桶正好撞在杨老爷的腿子上，桶里的水漾在他的长衫上。

"你……"杨老爷紧忙往旁边一跳。

麻五魁担着水，一直走到杨府的黑漆大门前放下来。

"你……在外头养汉，丢人呀，丢人呀。"杨老爷冲着赶上来的尕秀大骂起来。

麻五魁看不惯，折转回来，将杨老爷一把搡开。

"麻五魁，要不是看在你先人是我杨家祖师爷的面子上，你早就给丢进土里喂蛆了！"杨老爷气急了，朝麻五魁捣着指头咬牙切齿道。

麻五魁并不跟杨老爷计较，意味深长地望了一眼尕秀，扭过头走了。

"呸，啥东西，吃草的牲口。"杨老爷冲麻五魁的背影狠狠唾了一口。

麻五魁回到土司府，急急忙忙吃了黑饭，就赶到个家家里。一进上房，他跳上炕，揭开破毡，从毡底下找出他焊接好的那只金戒指，凑到窗子口，借着从外面透进来的一丝亮光，仔细端详了一阵。

"豁出老命也要把这戒指戴到尕秀手上。"麻五魁这样狠狠地想着，把戒指紧紧攥到手心上。

198

一只黑蚂蚱从一棵驴耳朵草①跳到野鹊花的尖尖上。它的身子黝黑发亮，后腿长而粗壮，两根比身子还要长的触角，不停地摆动着。要是在夜间，它还会发出"唧唧吱——唧唧吱——"的声气，非常动听。到了夏季，尕藏的娃娃们都喜欢到河滩捉黑蚂蚱。他们提前预备了用麦子秆编成的笼笼，捉了黑蚂蚱，就圈在里面拿回家。吃了黑饭，他们或守在笼笼跟前，听黑蚂蚱的叫唤；或提着笼笼聚到一起，比试哪个的黑蚂蚱叫得受听。

以前，麻五魁都是在尕藏草场遛马。自从那天他见了河边担水的尕秀之后，改变了主意，决定哪儿都不去了，就在尕藏河边遛马。

麻五魁见那只黑蚂蚱跳上野鹊花，便撂下马缰绳，悄悄猫过去。到了野鹊花跟前，他慢慢跪下来，一双红褐色的眼睛紧紧盯着花尖尖上的黑蚂蚱。

黑蚂蚱似乎感觉到了危险的迫近，两条后腿开始偷偷紧缩。麻五魁的手还没接近野鹊花，黑蚂蚱突然弹跳起来，钻进乱草空里不见了。

麻五魁不死心，循着它逃走的方向，仔细地搜寻过去。麻五魁费了好大的工夫，才从一疙瘩牛筋草底里发现了黑蚂蚱的身影。

"这下你可没处逃了。"麻五魁一阵暗喜，将两只手趔得远远的，然后轻轻往一起拢，形成一个合围的架势。

就在这节骨眼儿上，旁里猛乍乍蹿出个绿蚂蚱，黑蚂蚱受到惊诧，一个蹦子，跃出牛筋草。

麻五魁紧忙扬起头，这次黑蚂蚱跳得更高、更远，一下子就到了尕藏河边。黑蚂蚱的踪迹不见了，可麻五魁眼睛里闯进一个人影来。

那人背上还背着个人，一颠一颠、十分吃力地走上尕石桥。

麻五魁紧着站了起来。

那人走下尕石桥时麻五魁才认出来，他就是胭脂岭的尕秀阿大。尕秀阿大弓着腰，摇摇晃晃的，几乎已经支撑不住了，两鬓间大汗淋漓，眼睛睁得圆鼓鼓的。

他背着生病的尕秀阿娘正往尕藏街赶。

———————————

① 驴耳朵草：车前草。

麻五魁一蹦子趔过去，将尕秀阿娘从尕秀阿大背上接过来。

麻五魁将尕秀阿娘一口气背进济世堂。

马神仙正坐在诊案前看书，一见麻五魁闯进济世堂，撂下手头的书，紧着过来拦挡。可麻五魁就像一头牛，凭马神仙那身子骨哪里拦得住。

麻五魁将尕秀阿娘背到诊床前，一侧身，放上去。尕秀阿娘脸色就像一张黄表纸，连呻唤一下的气力都没有了。她衣裳的前襟被吐出来的血炸透了，嘴角还挂着黏糊糊的血丝丝。

"五魁，你咋啥人都往上放。"马神仙气得直跺脚。

"马神仙，娃他娘病得厉害，你行行好，给诊治诊治。"随后进来的尕秀阿大紧着作揖道。

"先拿脉理钱。"马神仙伸出手，在尕秀阿大眼前头有力地晃了几下。

"马神仙，我二姑娘去下川叫我大姑娘，一会会儿就来。"尕秀阿大急得脸都变了色。

"不中，我的规程你也亮清，没有脉理钱不看病。"

"马神仙，娃他娘已经在阴阳的边边了，我给你下跪。"尕秀阿大说着，"扑通"一声跪在地上。

麻五魁急红了眼，一把抓住马神仙的领口。

马神仙哪里受过这样的侮辱，使劲一拖，可麻五魁抓得死，他越拖攥得越紧，勒得马神仙喘不上气来。

"五……五魁，松开，我……我给看还不中吗？"马神仙受不了了，终于嘴软了。

麻五魁丢开手，马神仙一个趔趄，等站稳了脚跟，抹起袖子，给尕秀阿娘号脉。

"气脉弱得很，得慢慢调治，一时半会医不松活。"号了半天，马神仙慢吞吞地说道。

"马神仙，咋说也得抓点药医一医。"尕秀阿大下话道。

"给你白白号脉，已经是眉梁上的福了，要给点桃红染大红。那些药是我拿椭子从河州城买来的，不是干石头街上拾来的。"

麻五魁听到这儿，火又"嗖"的一下冒了出来。他一步跨到药柜跟前，拉开里面的药匣，就要个家抓药。

"麻子，戳人命哩。"马神仙急了，上前来拦。麻五魁用胳膊肘一搠，正好捣在马神仙的麻筋上了，马神仙难受极了，抱着胳臂，龇牙咧嘴地叫唤起来。

"麻子，不要胡来，药要对症才中。"半天，马神仙缓过劲来。

麻五魁哪里肯听，抓起一把药放在前面案子铺开的粗麻纸上。

"好好好，麻子，我服了你了。"马神仙挡下麻五魁，转过头，给尕秀阿大说，"病家是急家。看在下川杨老爷的面上，我给你婆娘扎干针。"说完，到诊案前，拉开抽屉，取出一个包袱。

那包袱已经很旧了，看不出原本的颜色。马神仙打开包袱，里面是一个比拳头大一些的尕枕头，上面密密麻麻别了许多长短不一的银针。

"把病人的后背亮出来。"马神仙给尕秀阿大递了个眼色。

尕秀阿大紧着过去把尕秀阿娘的身子翻过来，然后把衣服揭起来，堆在脖子根儿。

马神仙拿出两根银针，用蘸了青稞酒的布头擦拭了两下，在尕秀阿娘后背上找了两个穴位慢慢捻进去。

"阿娘！"这时，尕秀引着尕豆闯进济世堂。

尕秀阿大背着尕秀阿娘来尕藏街的时节，就使二姑娘尕豆到胭脂下川去叫尕秀。

"我苦命的阿娘哟！"尕秀扑到诊床前，声泪俱下。

麻五魁一看这阵势，鼻子一酸，紧着奔出济世堂。

第四十四章

199

夏天的尕藏河两岸，麦子已经麻黄。苞谷也拔出天穗，在风中轻轻地招摇。三三两两的蝴蝶，围着苞谷树尖的天穗上下翻飞。

一片一片的黄花郎①开着细碎的尕黄花，使往日有些沉闷的河岸显出几分亮

---

① 黄花郎：蒲公英。

丽来。在黄花郎空里，还有一丛一丛红白相间的打破碗花，那一串啦一串啦的花朵，从春天一直开到了夏天，似乎永远开不败。水边蓝莹莹的野鹊花半趔着身子，微风中不停地探望着水中个家的倒影。

麻五魁牵着雪青马，在河边漫不经心地晃悠。

几天来，麻五魁的脑子里都是尕秀。

他为尕秀烦心，又为尕秀兴奋，一会儿烦心，一会儿兴奋，搞得他白日晚夕都不得安生。尤其那天在河滩地拦下留留受惊的叫驴，将缰绳塞进尕秀手里的那一刻，他的心"歘"的一下，亮了。

> 尕藏河沿的柳栽子，
>
> 多会着长成树哩；
>
> 手压着指头数日子，
>
> 多会着肉挨着肉哩。

麻五魁悄悄地发狠心：哪怕尕秀是一坨冻实了的冰疙瘩，他也要用个家的身子慢慢焐热。

今早，麻五魁在街上碰上了胭脂下川杨府的长工七斤。

七斤是杨府的狗腿子，因为尕秀，他差点要了麻五魁的命。可这一次，七斤是单枝子，单打独斗他根本不是麻五魁的对手。麻五魁想，这次一定要给七斤长个记性，让七斤骨头里怯他。

七斤也不是傻子，不会往磨眼里塞指头。他一看情势不妙，就想远远地开溜。

麻五魁哪能放过他，奔上前去，横在他的前头。

"五魁，你想咋呢？"七斤亮清脱不开身了，反而陡起脸来大声说。他想虚张声势镇住麻五魁。

可麻五魁根本不吃这一套，一把揪住七斤的领口，拉到街旁的墙根里。

看热闹的人围了一大圈。

"麻……麻子，你……你会……后悔的。"七斤好不容易喘上一口气来。

麻五魁吃软不吃硬，看七斤嘴硬，猛地将他的领口往上一提，七斤的两只脚一下子离了地。

七斤像被钉在半墙上，癞蛤蟆一样四蹄乱蹬。

"啊哦——"周围的人一阵起哄。

"五……五魁哥，放……放了我吧，我……给你作揖。"七斤的脸涨成了猪肝子，上气不接下气地下话道。

麻五魁鄙夷地瞅了一眼七斤，松开了手。

"麻子……你等着，到时抽你的走筋呢。"跑出去好远，七斤停下来，回过头跳了一蹦子，骂麻五魁。

麻五魁一抹袖子，冲出人群。

七斤见状，撒腿又跑。

其实，麻五魁只在石板路上跺了一阵脚，并没有真追，可七斤被吓得一溜烟逃出土门洞没影了。

> 东方亮了城门开，
> 十八岁的尕妹妹担水来；
> 出了城门上南坡，
> 南坡口遇见了娘家的哥。

麻五魁正想着今早整治七斤的事，忽然，河对岸传来一阵熟悉的歌声。

> 南坡口遇见了娘家的哥，
> 尕妹妹给你说难过；
> 一天里挑水五十担，
> 一晚夕磋磨到三更天。

尕秀正坐在河边的一块大麻石上唱《索菲亚诉苦》。

《索菲亚诉苦》是流行于河州一带、专意表现儿媳妇在婆家受磨劫的歌子。歌里虽然唱的是索菲亚，可尕秀觉得索菲亚就是个家。她唱得那么忧伤、凄切，听得麻五魁心里酸酸的。

> 石板的火炕上没被褥，
> 左面烙来右面烙；
> 四更里婆婆叫我来，
> 手拿上笤帚堂屋里跑。

先叠了被子后扫炕，
尘土落在我身上；
公公过来谩骂我，
小姑子过来撕耳朵。

男人眼睛里看不上我，
头发里抓住毒打我；
四股子麻绳大堂上挂，
浑身打下的青疙瘩。

一家人商量着把我磋，
不给我吃来不给我喝；
左思右想没法活，
立逼着尕妹妹跳黄河。

……

麻五魁再也按捺不住了。尕秀忧伤的歌声像风，将他心中的那团火吹得旺旺的。

他撂下缰绳，直接跳进河里向尕秀跑去。

河水的响声惊动了尕秀，她抬起头。

麻五魁奋力向前扑，溅起的河水像珍珠一样在阳光下闪烁着晶莹的光亮。

尕秀一下子明白过来，麻五魁是冲她而来的，她心里一热，忽地站起来。

在杨府，她没过过一天好日子。她不是杨府的媳妇，是杨府的一个下人，一个替他家没日没夜干活的下苦人。尤其跟留留睡在一起，她就止不住眼泪哗哗地流。她多么渴望有一个真正的男人、一个墙一样的男人让她靠着。

她亮清麻五魁的心里一直有她。

以前她只觉得这个能唱花儿的铁匠有一副好心肠，但她从来没想过有朝一日会跟他在一起。

那次花儿山场回来遭杨府毒打，麻五魁翻墙救了她，她觉得麻五魁不仅有情，还有义。

麻五魁救留留那天，孕秀头一次跟麻五魁挨得那么近，他身上那股热烘烘的男人的味气，一下子唤醒了她那颗沉睡的心。

尤其前两天，麻五魁背她阿娘去济世堂诊病之后，孕秀感觉个家的心，像埋在土里的种子一般，"簌簌簌"地往上顶，她惶恐得吃不成饭、睡不好觉。

麻五魁冲过孕藏河，扑上岸来，跑到孕秀的跟前，不用分说，用一双粗大的手，按住孕秀的肩膀。

"五魁哥。"横在孕秀心里的最后一道堤坝瞬间溃塌，她浑身一抖，倒向麻五魁怀里。

麻五魁用打铁的臂膀，将孕秀有力地抱起来。

孕秀用一双挂着泪珠的眼睛，盯住麻五魁高粱穗一样黑里透红的脸膛。

"五魁哥。"此刻，孕秀觉得在麻五魁宽大壮实的怀里，她轻得就像一只孕啾啾的蝴蝶。

麻五魁抱着孕秀冲进了身旁的苞谷地。

满眼的苞谷树，齐刷刷的天穗竞相吐蕊。

良久，地中间的两棵苞谷树狠狠地动了一下，又动了一下。紧接着，开始疯狂地抖起来。

两只翩翩飞舞的蝴蝶猛乍乍看见疯狂起来的苞谷树，吓坏了，紧忙折转身，向旁处逃去。

头一股风吹来，那一片苞谷树动了起来。当二一股风吹过来时，整个苞谷地都疯狂了起来。天穗乱扬，花粉飞溅，飘飘荡荡，一片尘烟。

就连苞谷地旁的孕藏河，河两岸的胭脂川、孕藏街，甚至更远的胭脂岭、阿尼念卿山都沉醉了一般，摇摇晃晃，把持不住。

不知过了多长时节，河边草地上的雪青马长嘶一声。

苞谷树突然安静下来。

整个世界似乎都屏住了呼吸，悄无声息。

200

入暑后，格列忽然心血来潮，从城里买来一副象棋，又请来木匠师傅做了一个棋盘，天天在院里的皮特果树下琢磨象棋。

这天，格列把旺堆叫过来，说是陪他杀几盘。

"司令，我可从来没摸过棋子的边边，不中不中。"旺堆一见格列摆好的棋阵，头就变得栲栲大。

"我教你嘛。"格列让旺堆在个家的对面坐下，就开始给旺堆讲起象棋的路数来。啥车走直路炮翻山，马走日字象飞田，还有卧槽马、当头炮、马后炮、铁门闩、错车、重炮等一些基本招数。忙活了半天，旺堆终于摸着了些道道，但远不是格列的对手，几盘下来，旺堆输得手忙脚乱。

"司令，少奶奶请你去二堂议事。"这时，茸巴打发战秋来这边请格列。

"议事？"格列手里玩着棋子，看都没有看战秋一眼，说，"你家少奶奶个家决断吧。"

"少奶奶说她个家拿不定。"

"不是还有杨家大少爷嘛。"

战秋不敢接话茬了，僵在地上。

"去吧去吧，覅像个泥塑神戳在地上，我们还要下棋呢。"格列冲战秋摆摆手。

"哦呀。"战秋弯着腰答应一声，一瘸一拐地走了。

旺堆望着战秋的背影一直出了院子门。

"当头炮。"格列将个家的炮拉到当头，等了半天，不见旺堆动作，一抬头，见旺堆眼巴巴地望着院子门出神。

"算了，这人的魂丝已经游走了。"格列将手中的棋子扔在棋盘上，起身走了。

"司令，司令。"旺堆醒转过来喊格列时，格列已经走进个家的内宅，"哐当"一声关了门。

201

阴历八月初的一天，尕藏街上爆出一个惊天的消息。

白无常马神仙把个家的棋盘破了。

人们不相信，都争着去济世堂看究竟。

马神仙果真用斧头把棋盘破了，被破成片片的棋盘散乱地堆在济世堂的门口。

被马神仙破了的还有棋子。

那些个红字的、绿字的棋子都给破成两半个，跟那些棋盘的片片堆在一起。

土司府行刑人赤烈还专意从那破棋子里找出马神仙钉在棋盘上的将爷。

那颗棋子是里头最显眼的，因为几乎没有用手动过，它跟刚买来的差不多，只是钉子钉过的孔眼里有些锈迹。

赤烈手里拿着那半个将爷，意味深长地摇着头。

让人没有想到的是，惹马神仙犯疯病的人竟然是土司府的格列。

地动那天，格列被残瓦砸伤，拉到济世堂去救治，可马神仙一看格列的伤势硬说没救了不给治。

格列清醒后，知道了这件事，心里记恨。从那天起，格列盘算着要治治这个将堂堂土司府的当家人、尕藏民团司令的命视为草芥的白无常。

马神仙最大的爱好是下棋，因为下棋，格列还受过马神仙的奚落。

对，就从棋子上做文章。马神仙是个极要面子的人，要是能把他下输了，等于把他的脊梁骨抽了。

拿定主意，格列先是个家买了副象棋琢磨，还拉旺堆给他当陪练。可琢磨了半个多月也没啥进展，反而把旺堆琢磨成了病汉。格列只好打发行刑人赤烈到河州城用大价钱寻摸下棋的高手。

几天后，赤烈悄悄带着一个四十多岁的中年汉子进了土司府。第二天，这个中年汉子就去济世堂挑战马神仙。

三盘下来，中年汉子没赢一盘。

中年汉子还想下，可马神仙不干了，说："你眼睛还没睁开呢。"

中年汉子生气了，说："马神仙，你棋高，赢就赢了，还要嘴头子上占便宜，欺人太甚。"

"欺人太甚？早知道你这么臭，我就压根儿不让你踏门槛，免得熏了我的药铺。"

中年汉子没法，只得灰溜溜地走了。

"输了？"晚夕，格列把中年汉子叫进府里，问道。

中年汉子点点头，但又说："虽然我没赢，但已经摸透了他的棋路。"

"哦。"

"司令，只要你再给我些日子，我跑趟兰州，找我师父，一定有办法。"

"好。"格列说着，给了中年汉子五个椭子，"要是赢了，我再给你十个。"

半个月后，这个中年汉子又出现在济世堂。

"又是你！"马神仙一见中年汉子，"唰"的一下，变了脸。

"讨教，讨教。"中年汉子紧忙施礼道。

"我早说过，你的眼睛还没睁开呢。"马神仙不屑地瞄了中年汉子一眼，不以为然地说道。

"甭把人看扁了，千年的扁石头还有翻身的一天呢。"

"翻身？做梦呢。"

"马神仙，这次我要是不赢，倒着屁股走出你的药铺，还送你十个椭子。"

"哼，这不是个家找死嘛。"

听说上个月找马神仙下棋的那个外乡人又来挑战马神仙，济世堂里来了不少观战的街坊。

这回，中年汉子的棋路完全变了。

前两盘，马神仙赢得勉为其难，第三盘的时节，形势大变，中年汉子发起反攻，连连要将。

马神仙顾不住了，情急之下，竟然去抓被个家钉死的将爷，还差点把棋盘弄翻，引得看棋的人一阵哄堂大笑。

"旁人都是拿着棋子下，马神仙却拿着棋盘下。"

输了棋，马神仙大丢脸面，再加上众人的风凉话，一下子气急了，拿起立在门背后的一把老斧头，破了棋盘。

第二天一早，马神仙按例早早起来，吃过早饭，从家里出来，准备去济世堂开门坐堂。

到了门口，见土司府的行刑人赤烈像个鬼魂似的立在药铺门口。

马神仙吓了一跳，说："大清早的，你来做啥？"

赤烈的脸皮抽搐了一下，皮笑肉不笑地说："司令使我过来，看看马神仙是不是倒着屁股走路呢。"

马神仙一听，心里一潮，吐出一口血来。

202

苞谷地里很潮，到处长满了灰条、苦苦菜，偶尔还能看见黄花郎。在那些野菜空里，麻五魁蓦地发现一棵黄蛋蛋瓜的秧子。黄蛋蛋瓜的籽儿特别尕，比芝麻粒大那么一丁点。人们吃黄蛋蛋的时节往往无意间会把瓜籽囫囵吞进肚里，再屙到茅坑里。人粪、猪粪、牲口粪都是上地的好肥料，于是，那些瓜籽又随着大粪从茅坑转移到了田里，庄稼地里也就时不时长出一些黄蛋蛋瓜的秧子来。

此刻，从苞谷树空间挤下来一缕阳光，正好照在从瓜秧间伸出来的黄蛋蛋花上。

麻五魁认得那是一朵不能挂果的虚花，但它粉嘟嘟、黄澄澄的，实在受看。麻五魁翻起身，猫着腰，穿过苞谷树，齐根儿掐了那朵花，像得了宝贝似的捧着它，轻手轻脚来到尕秀跟前，别在尕秀的鬓角。

尕秀羞答答一笑，脸骨堆就像一朵灿灿的花儿，在风中摆了一下。

麻五魁忽地想起了啥，翻身从扔在地上的衣裳兜里摸出那只焊好的戒指，轻轻戴到尕秀的无名指上。这是麻五魁聚念了许久的心愿，眼下，他终于如愿以偿将它戴在了尕秀的手上，他身上就像猛然间卸下了八百斤的重担，轻乎乎的。

"五魁哥。"尕秀甜甜地唤了一声。

麻五魁心里一疼，伸开双臂来揽尕秀。

尕秀却挡住麻五魁："尕藏草场的达娃喜欢你？"

麻五魁轻轻点了点头。

"哪你咋不娶了她？"

麻五魁使劲拍了拍个家的腔子，又指了指尕秀。

尕秀的心一热，扑进麻五魁的怀里，将脸骨堆紧紧贴在麻五魁壮实的腔子上……

良久，尕秀抬起头，闪着一双水灵灵的大杏眼，望着麻五魁，随口念出一首花儿来：

墙头上蹲着尕画眉，

鞭子抽死也不飞；

尕妹阿哥一起睡，

铡刀铡死也不亏。

麻五魁呼噜了几下嘴，想说，但说不出声来。

尕秀轻轻用手指摁了一下麻五魁的嘴皮，笑了笑，又念了一首：

铁匠铺里铁打铁，

打一对铁榔头哩；

指头掐着指头算，

啥时节当两口哩。

他俩不亮清这是第几次来这里幽会，但眼前这片苞谷地，实实在在成了他俩真正的新房。

麻五魁光着膀子，一身的紫肉汗津津的，闪着油亮的光泽。

他粗大的结满老茧的手，在尕秀白嫩嫩的肌肤上像耱子一样笨重地碾过。

而尕秀从那只粗糙的手上，直感到有一种烫乎乎的雄浑之力传递到她的身上。她就像一棵快要枯萎的秧苗，忽然吸上了上好的营养，霎时光鲜了起来，饱满了起来。

以前，她觉得活在这个世上，就像随水漂流的浮萍，东摇西晃，既没有根基，也没有指望。如今不一样了，她的生命有了根，就像房前屋后的白杨、柳树，深深地扎进了土里。她感到实在，感到牢靠……

地中间的两棵苞谷树又猛乍乍抖动了起来。

四郎庙的老庙官要到尕藏街去买香表，刚好从苞谷地边路过，他见苞谷地中间的两棵苞谷树悬怪怪地抖动起来，不由得刹住脚。

他抬起头朝远处望了一眼，四周没有风。再说，即使有风，所有的苞谷树都会动，咋就单单只抖两棵呢？

"野兔？对，一定是野兔作的怪。"老庙官拾起一疙瘩土块，扔进苞谷地。

抖动的苞谷树立时停了下来。

老庙官满意地鼓了一下嘴，背搭着手，继续赶路。当他下到河滩地时，回过头不放心地瞭了一眼，发现那两棵苞谷树又抖动开了。

"莫不是獾猪？这尕畜牲，庄稼还没熟呢就跑来祸害，咋这么性急。"老庙官嘟嘟囔囔地说着，过了尕石桥。

当老庙官从土门洞走进尕藏街时，尕秀从苞谷地里探出头来，左右点观了一阵，见没啥人，"哧溜"一下钻出来，急急忙忙赶到尕藏河边，担了水往回赶。

估摸尕秀走过去一大会儿了，麻五魁才从另一头钻出苞谷地。

"麻五魁，你干的好事！"

麻五魁正要下坎子，不想达娃冷不丁出现在地埂上。

麻五魁像一根棍戳在那里不敢动了。

"五魁，你那东西不是不中用嘛。"达娃眉毛挑衅般地上扬了一下。

麻五魁知道达娃是在耻笑他那晚在铁匠铺的炉膛前从达娃怀里挣脱的事儿。但眼下，他没有工夫恨达娃，他只求达娃不要声张，紧着放过他。

可达娃一步步逼过来，不依不饶："你和尕秀大天白日干这种见不得人的事，就不怕杨老爷知道了抽你的走筋？"

麻五魁一下子心惊肉跳起来，他用手不停地比画着，想叫达娃高抬贵手饶下他。

"要我不声张也中，除非你照我说的做。"

麻五魁知道达娃的意思，可他喜欢的是尕秀，他不能做个家不愿意做的事。

他冲达娃狠狠摇了摇头。

"放着眼前的宽大路你不走，偏偏要往窄巷道里挤，麻五魁，你这是拿个家的命当玩意呢。"

达娃虽然也能哼一点花儿，但在花儿会的唱家里，她根本算不上数。记得头一次次仁领着她逛山场时，她就被麻五魁的声气震住了，她从来没有听到过这么好的声嗓。那声嗓，就像附着了一种魔力，能把她的心从腔子里拖去哩。当她亲眼见了麻五魁的真人，又有些失望："这么好的声嗓，咋就配了这么一副又黑又麻的嘴脸。"

后来，他男人次仁死了，龙布给他搬媒，让她嫁给打铁的麻五魁。可让她万万没想到的是，马不跳鞍子跳，他个又黑又麻的铁匠，反倒嫌弃她达娃。

达娃在马尔康的时节，见过些世面。她阿爸的铺子里啥样的人都光顾，所以，她对男人的了解要比那些不出二门的窝里佬要透一些。在尕藏，要看龙布、尼玛这些人都稀罕她，但居家过日子，这种男人是靠不住的。麻五魁为人实诚，要比龙布、尼玛这些逢场作戏的人牢靠十倍百倍。旁的不说，就凭那天火灾时，麻五魁舍命赶来救她，她就亮清了麻五魁的金重。

河道里起风了，田地里传来苞谷叶子互相摩擦时发出的"嘎吱"声。

"我求情下话救了你，你终归还是旁人的。正应了那句老话，吃惯的嘴，跑惯的腿。"达娃说完，转身顺着地埂走了。但走了几步，又回过头，"你要是想通了，就到草场找我，我达娃的奶茶可是全尕藏最香的。"

望着达娃远去的背影，麻五魁眼里忽地涌出一股感激的泪水。

203

尕秀担水走进院子时，杨嫂站在灶火门前骂开了："你是担水去了，还是买水去了？这么长的时节，一趟河州城也赶来了。"

尕秀没言喘，急急地穿过院子。

杨老爷坐在堂屋门前的躺椅上，一直瞅着尕秀从眼前头晃过，进了灶火。

这些日子来，杨老爷总觉得尕秀变了。

就像麦黄时熟透的夏至杏一样，杨老爷老远就能闻出尕秀身上的味气跟以前大不一样。

晚夕里，杨老爷跟杨嫂睡在一起的时节，悄悄给杨嫂说："你看出来了没，尕秀变了。"

"咋，老爷还在打尕秀的主意。"杨嫂心里不高兴了，"你们男人一个厾劲，吃着碗里的，瞅着锅里的。"

"嫑胡想。我看今儿个尕秀那担水的样子，屁股圆鼓鼓的，就像长过了头的黄蛋蛋瓜，腔子上那两疙瘩，憨乎乎的就像圈了两只尕兔娃，走起路来一蹦一蹦的，快把衫子绷破哩。"

"老爷的意思是……尕秀已经破了身？"

"难保。你得把眼睛打亮一些，嫑让她做出啥奘活来，咱杨家丢不起这个人。"

"你杨家还怕丢人？"

"咋了，人活脸面树活皮不是？"

"老爷能做得，尕秀为啥做不得？有你这么个师傅在，尕秀不学坏才怪。"

"你个破屁股货。"杨老爷说着，一把攥住杨嫂的奶子。

杨嫂像夹在门缝里的狗娃一样，"吱——"地叫了一声，顺势贴进杨老爷的怀里……

204

"扛枪打仗，扛枪打仗，杀！杀！"

"扛枪打仗，扛枪打仗，杀！杀！"

格列坐在躺椅上，努着嘴跟挂在皮特果树上的花头麻鹦对得欢实。

这几天天气越来越燥热，格列换了一身府绸衣裤，才觉得凉快了许多。

"幸亏有这么一块阴凉。"坐在皮特果树下，格列还真庆幸当年没有挖掉这棵老树。

茸巴带着羊毛吉去了二堂，达勒被赤烈叫去帮他打磨他那些宝贝刑具。

二院里有了难得的清闲。

因为天热，格列今儿个没有喝盖碗茶，而是用尕瓷壶泡了一壶花茶，慢慢呷摸。

自从马神仙破了棋盘，格列心里格外舒坦，走在街上，就像揭了黄榜，立了天爷大的功劳。经过马神仙的济世堂时，还故意将腔子挺得高高的。

"扛枪打仗，扛枪打仗，杀！杀！"

"扛枪打仗，扛枪打仗，杀！杀！"

格列正和花头麻鹦对得起劲，猛听得二院门"嘭"的一声响，麻五魁风风火火奔了进来。

格列眼角瞭了一下麻五魁，没有理他，继续惹逗花头麻鹦。

麻五魁嘴里"吱吱呀呀"地吼着，急得鼻洼上渗出了汗珠子。

麻五魁的"吱呀"声搅扰了花头麻鹦，它明吼吼的尕眼睛盯着麻五魁不叫了。格列这才转过身来问麻五魁："啥事嘛，看把你急的。"

麻五魁用手往外指了几下。

"咋，要去逛街？我没工夫。"

麻五魁一跺脚，上前来拽格列的胳臂。

"看看看，你这麻子……"

麻五魁不容分说，拉起格列就走。

麻五魁一直把格列拉到土门洞外，狠狠指了一下胭脂下川方向。

密密麻麻的庄子空里，格列隐隐糊糊看见杨府那高出来半截的门楼子。

"五魁，你不想伺候我的雪青马了，要跳槽？"

麻五魁紧着摆手。

"好啦好啦，摆得我发潮。五魁，我没猜错的话，你是想娶杨府的尕秀。"

麻五魁使劲点了一下头，乐了。

"你个麻子，吃了五谷想六谷，门都没有。"

麻五魁狠狠捶了一下腔子。

"我知道你喜欢尕秀，可她是杨府的儿媳妇。太岁头上动土哩，你死了这心吧。"格列一甩袖子走了，任凭麻五魁"吱吱呀呀"叫唤。

麻五魁一直望着格列拐过土司府的牌坊门，才回过头，揸起拳头，狠狠砸在土门洞的土墙上。

"嘭"的一声，被砸酥的墙皮"唰啦啦"掉了下来。

第四十五章

205

尕藏从来没有下过这样大的雪。

阿尼念卿山看不见了，尕藏草场看不见了，胭脂川看不见了，尕藏河看不见了，尕藏街看不见了，所有的活物都看不见了。

满世界只剩下白……

没有风。鸡头大的雪花，就那么悄无声息地下着，落在地上的雪就那么悄无声息地白着。

天黑实以后，雪住了。麻五魁悄悄溜出尕藏街北头的土门洞。

四周围黑得像锅底，啥也看不见。

寂静的夜里只有麻五魁的毡靴踩进雪里的声气。

雪很厚，几乎没过了麻五魁毡靴的沿口。

麻五魁的这双毡靴原先是他阿大的，阿大死后，就归了他。毡靴的底子因为穿几年就通一次，通一次褙一层，已经褙了好几层，穿在脚上十分地笨重。尤其走在雪地上，格外吃力。

对于这条路，麻五魁已经熟悉得闭着眼睛也能走。

不远处传来"咕噜噜，咕噜噜"的声响，麻五魁知道这是冰层下面的尕藏河发出的声气。

上了尕石桥，麻五魁停了下来。离这儿不远，就是尕秀担水的地方。尕秀担水的地方有一块大麻石，尕秀坐在那上面唱过《索菲亚诉苦》，那凄美的腔调，还在麻五魁的耳根萦绕。

河滩地上头就是胭脂上川的苞谷地，即使这样漆黑的夜里，麻五魁也能辨出它的方位。

去年夏里，麻五魁抱着尕秀就是冲进这块苞谷地的。

那是麻五魁终生难忘的一天。那一天，麻五魁真正辨来了啥是男人，啥是女人。

也就在那一天，麻五魁猛然觉得以前那些跟着阿大打铁的日子，那些跟着韩土司征战的日子，那些整天赶着雪青马溜达的日子啥也不是。

也就是那一天，麻五魁觉得以前像个空壳一样的身子突然充实了起来，就像装满粮食的皮胎。

他终于感觉到了个家身体的分量，脚板踏在地上是那么地实落。

尽管麻五魁将系腰系得紧紧的，但冷冰冰的主袄贴在身上，铁皮一样冰得他牙关都僵住了。

好在杨府快到了，他已经闻到了尕秀的味气。

有了尕秀的味气，他的怀里就像揣了一个火盆，暖暖的，骨头里都热。

麻五魁下意识地摸了摸揣在怀里的冰糖。

他知道尕秀爱吃冰糖，前几天就在"德祥号"买了一斤上好的四川冰糖，又专意买了一块白大肚的手巾，把冰糖款款地包上。

想着冰糖，麻五魁心里甜甜的。其实，麻五魁个家已经好几年没吃过冰糖了。

来到尕秀新房背后的箭杆白杨下。

树上有雪，树皮子上坐满冰花，麻五魁试了几次都没有爬上去。他只得脱了靴子，那毡靴实在太滑太笨重了。

麻五魁精脚上了树，轻轻走过房顶。他的脚底下就是杨嫂的房子，他不敢弄出响动。尕秀跟他说过，杨嫂瞌睡轻，一些些响动就会惊醒她。

房顶的雪太冰了，麻五魁的脚都冻麻了，但他顾不上这些。为了见尕秀，哪怕冻掉了脚，也值。

下了杏树，麻五魁猫着腰钻进尕秀的新房。

尕秀早就给他留着门。临睡前她还偷偷在门窝里膏了清油，免得门轴的响动惊动杨嫂。

尽管房子里没有点灯，但麻五魁准确地摸到了尕秀的炕沿。

麻五魁取出怀里的冰糖，放在尕秀的枕头旁边。

黑暗中，尕秀睁着一双大大的杏眼，望着麻五魁。

麻五魁狂热地搂住尕秀热乎乎的身子。

尕秀的炕太烫了。下了一天的雪，今晚夕烧炕时，尕秀偷偷多填了一篮子驴粪蛋。炕上弥漫着一股浓浓的炕胶味和驴粪味相混合的奇怪的味气。

因为热得猛，麻五魁被冻僵的双脚奇痒难耐，痒了一会儿又开始疼了，像数不清的针戳进肉里。麻五魁忍不住了，从炕上跳起来。

尕秀蹿到炕脚，捧起麻五魁的脚放在个家热乎乎的大腿上，使劲抹擦。

尕秀抹擦了好一会儿，麻五魁渐渐缓了过来。

缓过来的麻五魁重新把尕秀揽进怀里。

麻五魁觉得，尕秀柔软的身子，在他的怀里化成了水，正一点一点渗进他的血脉，渗进他的每一个骨卯。

不知过了多久，麻五魁感觉他整个人就泡在一汪蓝色的湖水里，一会儿沉下去，一会儿浮上来。沉下去时，他大口大口地喝水，喝得那么酣畅淋漓。等沉到湖底，他的身子憋得撑不住了，又一个猛劲浮出水面。他看见了蓝蓝的天爷，天爷上雪白的云彩；他看见了绿绿的草场，草场上飞舞的蝴蝶。可他顾不得欣赏这美丽的风景，深深地吸了口气，再次一个猛子扎下去，他更喜欢水里那种喘不上气来的感觉……

206

半夜的时节，天爷慢慢晴明。

田野安静得就像一个睡熟了的月里娃，几乎连呼吸都听不见。

山上的雪，地上的雪，连在一起。月光照在上面，就像刷了一层闪闪发亮的银粉。

房前屋后的树上，也坐满了一疙瘩一疙瘩的积雪。要不是黑乎乎的树干，绝对认不出那是一棵树。

一到秋后，胭脂川每家每户院子的树上，都会架满燕麦、豆秧、苞谷棒子……杨老爷家也是一样，北厢房门前的那棵杏树上，原是架着豆秧的，可没过几天，尕秀拿木杈把它弄走了。杨嫂过来拦尕秀，说，好好的豆秧，挡你路了？尕秀说，罩在头顶上，挡太阳。

尕秀心里明镜似的，她的五魁哥夜里来看她，要从那棵杏树上下来，架在树杈上的豆秧挡脚绊手的，五魁哥会弄出响动来。

每次来杨府，麻五魁总是从杨府院墙外的箭杆白杨爬上北厢房的房顶，再从杏树溜下来。

尕秀总是给麻五魁留着门，总是事先往门窝里偷偷地膏上油，油漉漉的门窝没一些响声。

麻五魁慢慢推开门，再慢慢地关上。

尕秀将被窝焐得热热的。留留被尕秀早早哄进被窝睡得死死的。

麻五魁上了炕，飞快地甩掉衣服，钻进尕秀的被窝里。

自从那次在河滩地边的苞谷地里和麻五魁相好后，尕秀和麻五魁就隔三间五在野地里约会。深秋以后，外面天寒地冻，扎站不住，麻五魁就在夜深人静的时节，像个贼娃子一样偷偷溜进杨府。

尕秀的日子开始像冰糖一样甜丝丝的。一想起这些甜丝丝的日子，尕秀会禁不住笑出声来。

更为奇妙的是，每次跟麻五魁亲热，尕秀总会想起那年去胭脂岭后山打蕨菜时钻进彩虹的情景。

是她的五魁哥活生生把她一次又一次送上了半天爷的彩虹里，她就在五颜六色的水珠间舒坦地飘来飘去……

"五魁哥，我看见天爷上的彩虹了。"有时，尕秀会紧紧扳住麻五魁的肩头，悄声说。

麻五魁说不出话来，将尕秀更紧地搂在怀里。

其实，每次跟尕秀亲热，麻五魁也和尕秀一样，有一种奇妙的感觉，只不过麻五魁看到的不是彩虹，而是铁匠铺砧子上溅起来的星宿。

以前，阿大给他讲他祖先在河州城铁匠铺门口看见星宿的时节，麻五魁总是不以为然。可偏偏他跟孕秀在一起时，眼前头会溅起许许多多亮晶晶的孕星宿。

一屋子亮晶晶的星宿簇拥着麻五魁飘飘悠悠地升起，一直升到了半虚空。

星宿里的麻五魁和彩虹里的孕秀，就这样幸福地纠缠在一起……

207

后半夜的时节，麻五魁的脚不留神踹在留留的肚子上。

留留疼醒了，抱着肚子哭了起来。

"留留乖，覅哭，给你冰糖吃。"孕秀紧忙从枕头旁的白大肚手巾里抠了一疙瘩冰糖塞进留留嘴里。

"噗"的一声，留留把冰糖吐出来，哭得更凶了，他似乎感觉到孕秀的旁里有人哩。

"孕秀，做啥呢。"突然，隔壁传来杨嫂的声气。

杨嫂瞌睡轻，留留的哭声把她吵醒了。

听见杨嫂的声气，麻五魁吓坏了，一手捂住留留的嘴，一手拉起被子，蒙在留留头上。

留留的声气猛乍乍停了，反而让杨嫂感到奇怪。她翻起身，摸出洋火，点了灯笼，出来查看。

杨嫂来到孕秀的新房门前推了一下门，见门从里面扣了，喊道："孕秀。"

孕秀装作没听见。

"孕秀，留留咋了？"

麻五魁紧张得要死，他怕留留再弄出啥响动，干脆扑在留留的身上，把他死死压在被窝里。

孕秀装不住了，顺嘴编了个谎："留留要咂奶。"

"要咂就给咂呗，惹他吼啥呀，半夜三更的。"杨嫂嘟囔着，满心狐疑地离开孕秀的门口。

此时，月亮已经落尽了，但隐隐约约能看见院子里厚厚积雪。

杨嫂正要回个家的房子，忽然发现院子的雪地上有一行脚印从尕秀新房门口一直到了院子的杏树根里不见了。

杨嫂觉得蹊跷，提着灯笼寻摸到杏树下。

她拿高灯笼，往树上一照，吓了一跳。

坐满雪的杏树上，显显留下几处有人攀爬过的痕迹。

忽地，杨嫂想起教训尕秀那天，麻五魁从杏树上跳下来救尕秀的事来。

杨嫂头"嗡"地一响，大叫起来："贼娃子，老爷，家里进贼娃子了！"

不一会儿，堂屋的门响了，随即传来杨老爷的声气："咋了？咋咋呼呼的。"

"老爷，快来看呀，家里进贼娃子了。"杨嫂在院子里抖成一团。

听到吵嚷声的七斤，提着快枪，跑进前院。

外面吵吵嚷嚷、乱作一团的时节，尕秀新房的门"嘭"的一声开了，麻五魁忙不迭地系着系腰，从里面冲了出来。

杨嫂吓傻了，手里的灯笼跌在地上。

麻五魁精脚跑到杏树旁，抱着树身，猴子一样蹿了上去。

七斤举起快枪，朝树上的黑影放了一枪。

只听黑影"哎哟"一声，从树上跌到房顶上。

七斤冲出大门追到房背后时，那黑影已经蹿下房背后的箭杆白杨不见了。

院子里，杨太太提了杨嫂跌在地上的灯笼，奔进尕秀的新房里。

尕秀早已吓得蜷曲在炕脚不敢吭声。

"尕秀，你干的好事。"杨太太一边骂着尕秀，一边上炕去看留留。

"留留，留留。"杨太太揭开被窝，留留像是睡熟了，一动不动。杨太太拉了一下留留的胳膊，留留没反应，她忽然觉得不对劲。

"老爷！"杨太太尖声叫起来。

杨老爷听到太太的喊声，知道出事了，鹰鹞一样扑向尕秀的新房。

"老爷，你看留留咋了？"杨太太快要急哭了。

杨老爷爬到炕沿，将手指轻轻放在留留的鼻子上。

"气脉断了？"杨老爷的心猛地一凉，"快去请马神仙。"

尕秀一听，一下子瘫在炕上。

"佛祖呀！"杨太太惊叫一声，昏死过去。

208

第二天后晌的时节，尕藏来了两个骑马的警察。

一个年轻些的瘦高个警察去了胭脂下川，另一个上了些年纪的胖墩子警察进了土司府。

胖墩子在土司府找了一圈，没找到麻五魁。府里一个知情的下人说，麻五魁这会些在他的铺子那边。

胖墩子急忙出了土司府，顺着石板街朝麻五魁铺子那边赶去。

麻五魁正跪在他的铺子前面，头上还顶着他以前常顶的那块柱顶石。

"五魁呀，你这是何苦呀，白白糟蹋个家。"杂货铺的掌柜出来劝了好几回，麻五魁就是不动。

以前，麻五魁顶着柱顶石跪在铺子前，周围总是围着不少人看稀罕，而如今，人们已经见怪不怪，老远瞅一眼，就各干各的事。

"你叫麻五魁？"胖墩子走到麻五魁跟前口气生硬地问道。

麻五魁顶着柱顶石没法子抬头，只是使劲翻了一下眼皮子，够了一眼胖墩子警察。

胖墩子扔下一直提在手里的毡靴，上前从麻五魁头上搬下柱顶石，"嘭"的一声，撂在前面的阴沟里。回过身再拾起那双毡靴，在麻五魁眼前晃了晃，问："这双毡靴是你的？"

麻五魁点点头。

这双毡靴是七斤在杨府房背后的箭杆白杨底下拾到的。

昨个夜里，麻五魁从杨府房顶蹿下来，来不及找毡靴，精脚跑回尕藏街。

七斤在房背后寻摸了一圈，没找着麻五魁的影子，却发现了麻五魁脱在箭杆白杨底下的毡靴，当下就提回府上让大家辨认。

"这是麻五魁的毡靴？"杨嫂提起毡靴在尕秀眼前晃了晃，审问道。

尕秀木愣愣地望着杨嫂，一言不发。

借着灯光，杨嫂从毡靴里掏出一双袜垫子。

上面绣着鸳鸯、莲花，还有一对红艳艳的大"囍"字。

杨嫂曾亲眼看见尕秀偷偷绣这双袜垫子。当时，她还不怀好意地问尕秀，是给留留的？可留留的脚没这么大呀。孕秀一见杨嫂，吓了一跳，紧忙转过身，背对着杨嫂说，是给兄弟的。杨嫂冷冷一笑，说，寺里的喇嘛也用这种鸳鸯戏水的袜垫子？孕秀一时说不上话来，脸红到脖子根了。

眼下，孕秀蜷曲在炕脚。她见杨嫂从麻五魁的毡靴里掏出那双她一针一线做下的袜垫子，身子一下子瘫了。

"养汉的破货！"杨嫂扬起手中的袜垫子，剜到孕秀脸上。

当下，杨老爷让七斤带着这双毡靴和袜垫子，去城里报案。

"这双袜垫子也是你的？"此时，胖墩子从毡靴里抽出袜垫子，皱着眉头问麻五魁。

麻五魁木木地摇了摇头，随后又重重地点了点。

"是杨府的孕秀给你绣的？"

麻五魁依旧点点头。

"好精道的针线。"胖墩子走上去朝麻五魁屁股踢了一脚，喊道，"站起来。"

麻五魁挖视了一眼胖墩子，乖乖地站了起来。

胖墩子抹起麻五魁右腿的裤脚，麻五魁的右腿好好的。他又抹起左腿的裤脚，麻五魁的左腿上缠着一块破布。

胖墩子一把撕掉麻五魁腿上的破布，一道发紫的血痕跃入胖墩子的眼帘。

"看不出七斤的枪法还不错。"胖墩子嘟囔了一句，又问，"杨老爷的孙子留留是你捂死的？"

麻五魁忽地紧张起来。昨儿个夜里，他一听见外面的响动，知道大事不好了，便慌慌张张逃出孕秀新房，但他并不知道，杨老爷的宝贝孙子留留已经被他活活捂死了。

胖墩子拿出绳子，不容分说，将麻五魁的双手捆了起来。

"麻五魁现今是土司府的人，你们抓人总得给我们司令说一声吧。"闻讯赶来的管家吉美上前拦挡。

"好我的大管家，我们这是奉命行事。"胖墩子一脸的无可奈何。

"不管咋样，得等一会儿，等司令回来，你们咋办就咋办。好兄弟，我也是个当差的，你们这样把人带走，我也不好交代。"

"那好，我另一个兄弟去了胭脂下川，我再等一会儿，只要我兄弟一来，不管格列司令来不来，我们都得走。"胖墩子说着，将绳子的另一头拴在他的马鞍上。

"要不进府里喝口茶，缓口气？"吉美客气道。

"不啦，这是命犯，不敢马虎。"胖墩子说完从制服兜里掏出一根纸烟，个家点上抽开了。

这时，四周围了不少人，指指点点地议论着。

麻五魁将头搐进脖子，不敢看人。

"回啦回啦，各干各事。"吉美过来把那伙人轰散了。

约莫等了半个多时辰，去胭脂下川的那个瘦高个押着尕秀进了尕藏街。

"我们得上路了。"胖墩子拉着麻五魁要走。

"大兄弟，再等等嘛。"吉美央求道。

"大管家，不行呀，再晚就进不了城。"胖墩子说着朝土司府广场那边走去。

土司府门前的广场上，那个瘦高个儿牵着马等在那里。

尕秀被捆着双手，拴在马鞍上，神情木然地站在马跟前。

尕秀贴身只穿了一件夹衣，北风呼呼的广场上，冻得瑟瑟发抖。

昨晚夕，尕秀绑在麦衣子房里，被杨嫂拿着杨老爷的皮鞭，浑身上下死命地抽了一顿。

这一次，尕秀自始至终没有吭一声。

留留死了，她心里很歉疚。留留还是辨不来事的娃娃呀，尕秀不由得有些怪麻五魁，怪他不该下这么重的手，以至戳出人命。可事到如今，怪哪个都没有用，她只盼麻五魁能快些逃出尕藏镇，再也不要回来。

当麻五魁被那个胖墩子押进土司府广场时，尕秀心里才亮清，麻五魁没有逃脱。

其实，她哪里知道，麻五魁根本就没想着离开尕藏街。

尕秀一见麻五魁，脸一下子红了。

麻五魁看见尕秀也勾下了头。

胖墩子跟那个瘦高个打了声招呼，两人便骑上马，拉着麻五魁和尕秀，一前一后出了尕藏街。

209

今儿个后响，就在河州城的两个警察来尕藏前，格列和茸巴骑着马去尕藏

545

草场赏雪去了。

这些日子，格列一直对茸巴不冷不热，有时还阴阳怪气的，茸巴心里觉得憋闷。

昨儿个下了一天的雪，今儿个天爷放晴，后响的时节，茸巴硬拉着格列去尕藏草场看雪景。

两个人骑着马出了尕藏街，顺着草场一直来到阿尼念卿山脚的校场。

自从格列瘫痪以后，他们再也没来过这里。

看着眼前的情景，茸巴想起和格列一起在这儿骑马、打靶的那些日子，不由得思绪荡漾起来。

那雪白的帐篷，帐篷边迎风起舞的打破碗花，还有那个洋女人比天爷还高的歌声。

> 琉璃瓦扣下的大经堂，
> 遮风着挡了雨了；
> 清眼泪淌给着腔子上，
> 伤心着为了你了。

茸巴唱起了花儿，她想用歌声把格列的记忆拉回到那些甜美的日子里。

茸巴知道，格列因为她跟杨府的大少爷杨永生来往密切而着气。她一直想找机会跟格列好好说道说道，好让他理解她的一片苦心，可格列不是有意躲着她，就是拿一些敷衍了事的话搪塞，甚至阴阳怪气地挖苦她。

> 山丹花儿一点血，
> 血滴着你身上了；
> 两个身子一根脉，
> 脉连着你心上了。

茸巴用心中的歌儿，向格列、向空旷的草场、向白雪皑皑的阿尼念卿山深情地倾诉着……

胖墩子去抓麻五魁时，管家吉美紧忙派达勒去给格列报信。

达勒骑着马赶到草场时，格列和茸巴已经到了阿尼念卿山根的校场那儿。

因为距离太远，达勒喊破了嗓子，格列也没听见。

达勒只好打马进了雪原。

雪太厚，马不要说跑起来，走都很困难。

> 孟姜女哭倒了九堵墙，
> 城根里哭出了范郎；
> 三天没吃不惆怅，
> 有你是有我的盼望。

达勒远远听到茸巴唱花儿的声气。

> 大燕麦拉成糁子了，
> 㞷黄谷碾成米了；
> 我把你当成金子了，
> 你把我看成水了。

格列终于忍不住开腔了。

格列刚唱罢，茸巴就紧跟着对过来：

> 霸陵桥送行的贼曹操，
> 绛红袍，关公的刀尖上挑了；
> 我两人好下的天知道，
> 千日的好，你不要一笤帚扫了。

"司令。"达勒好不容易来到格列和茸巴跟前。茸巴和格列一见达勒慌慌张张的样子，紧着停了花儿。

达勒喘着粗气把麻五魁闹出人命的事大粗说了一遍，格列一听，二话不说，勒转马头带着茸巴往回走。可他们赶到㞷藏街时，那两个警察已经拉着㞷秀和麻五魁走得没影了。

210

几只黑老鸦"嘎嘎"叫着，从尕藏河滩的上空飞过去。

河滩边的老柳树光秃秃的枝干在北风中"呜呜"地叫着。

官道上，偶尔被风吹起的尘土，扑向脸面，弄得人睁不开眼来。

那两个警察骑在马上，双手筒在袖筒里，脖子搐进衣领里，时不时拿眼睛瞄一下两个人犯。

> 格桑花儿草坡上开，
>
> 黄鞑子采一回蜜来；
>
> 我把纽扣齐解开，
>
> 你到我怀里咂奶来。

就在他们刚走到尕藏草场和河州南川的交界时，官道左首的草场传来了花儿声。

几个人一起扭过头朝草场望去。

只见一个女人骑着一匹枣红大马，朝这边疾驰而来。

"哎哟！"就在几人纳闷儿的当间，忽地飞来一颗石子，端端丢进后面那个胖墩子的眼窝里，他惨叫一声，跌下马背，满地打滚。

"五魁，快跑！"

麻五魁这才瞧清楚，朝这边驰马而来的是尕藏草场的水萝卜女人达娃，她手里还呼呼地甩动着抛嘎。

就在这时，前面那个瘦高个顺过枪来，朝达娃放了一枪。

"达娃！"麻五魁心里大叫一声，禁不住为这个侠义的女人攥出一把汗来。

好在那瘦高个开枪时，尕秀偷偷拖了一下拴在马鞍上的绳子，那马晃动了一下，子弹只擦着达娃的耳根飞了过去。

达娃怯了，紧着调转马头。

第二声枪响了，子弹打在了达娃的后背上，她的身子猛烈地颠了两颠，伏在了马背上。

当瘦高个第三次推上子弹时，那马已经驮着达娃驰远了……

211

雪消了，河州城的街道上到处是泥糊糊，连搁脚的地方都没有。

格列带着土司卫队的尕队长才告来到警察局门口时，靴子已成了泥棒。

才告解下个家的腰刀，蹲下身子，将格列靴子上的泥刮干净。格列又在地上跺了几下，才进了警察局。

"哎呀，格列司令，有些日子没见了，是不是把我这个老朋友又撂到墙背后了？"刘局长热情洋溢地把格列让到椅子上。

"刘局长，你这衙门可不是随便进的。"格列打趣道。

"司令出马，肯定是有要紧的事情。"

"还不是为了麻五魁，我这次专意请刘局长帮忙。"

"格列司令，这事我帮不了。说实话，人命关天，这一回跟前两回错得尺码大了。"刘局长一副很为难的样子。

"刘局长，这事也不全怪麻五魁，他杨府也要担几分。再说，他是一时失手，罪不当死。"

"我的大司令啊，我们警察局只管抓人，定罪的事可由不得我呀。"

"那好，刘局长，你看这样行不？麻五魁是我们土司府的遛马娃，能不能交给我们土司府个家去处理，就像以前的规程。"

"格列司令，你这是翻的哪一页呀，老黄历早过时了。再说，这件事关系到杨老爷家，你也知道杨老爷的二公子如今是河州驻军的参谋长，在牛长官跟前他可是烧红的碌碡，惹不起呀。"

"刘局长，我也不会让你白忙的。"

"司令，我亮清你是个大方人，可……"刘局长摘下大盖帽，在头上使劲挠了两下，为难地说，"只要军方沾上边，啥事都不好办。上一次……唉，惭愧呀，没给你帮上忙。"

"嗨，买卖不成仁义在。刘局长，我知道规程，这一次是人命关天的事，我给你三百个椭子，不，五百个，外加两条大黄鱼。"

刘局长的眼睛瞪得就像瓦陀罗，说："司令，为一个下人，花这么大的价钱，值吗？"

"值，当然值。"格列微微一笑。

"真不知麻五魁哪来这么大的造化。"刘局长重新把大盖帽扣上，"那好，为了司令的仁义，我刘某就豁上这条老命去。"

"紧着到城里的各商号去筹集五百个橢子、两条大黄鱼，我在河州别园等。"从警察局出来，格列把才告拉到僻静处，悄悄说。

才告听完，顺着泥泞的街道向远处跑去，踏起的泥水四下飞溅。

212

阳洼的雪已经消了一些，但阴洼里还是白花花一片。

树枝上已经看不见雪迹了，消下来的雪水将整个树身打得湿漉漉的。

今儿个不是逢集的日子，尕藏街道上不见人影。而胭脂下川那边却人来人往，一派忙忙碌碌的情景。想必杨老爷府上遭了大难，周围的亲戚交往少不了去府上宽心问候。

大喇嘛在昂欠门前的台子上观望了一阵，觉得心里难受，就挪开步子，朝坡底下走去。

平常，遇到这样的天气，大喇嘛是不想出门的，可这些日子烦心事一件连着一件，待在昂欠里，实在憋闷得透不过气来。

下坡的路，云丹早就扫开一条通道来，走起来一点也不费事。可两边的雪耀得大喇嘛睁不开眼睛，他不得不时时捂着半个脸，从指缝里瞄着脚下的路。

下了坡坡，就是尕藏街了。街道上很安静，几乎听不到一丝丝的声响。

这冰天雪地的，大部分商铺都关门打烊了。

"咯咯咯——"忽地，传来一阵乱纷纷的鸡叫。大喇嘛抬眼看时，只见一只大红公鸡追着一只肥嘟嘟的麻色母鸡，从不远处的一条巷道窜了出来。

母鸡拼命逃窜，忽而左、忽而右地躲着公鸡。

那大红公鸡，毛色油亮，头顶上的冠子，就像喇嘛爷威风凛凛的僧帽。它双腿粗壮，有力的爪子带起的雪渣，到处乱溅。

麻母鸡疯涨疯势地逃上来，可大喇嘛的身子像照壁一样挡在它面前。

麻母鸡想绕过大喇嘛，但爪子底下被雪滑了一下，打了个趔趄，红公鸡乘机赶上去，一嘴咬住它的头，随即跳到它的背上，在大喇嘛眼皮底下踩起蛋来。

大喇嘛像受到了莫大的侮辱，厌恶地瞅了一眼，转过身朝街南头走去。经过管家府的时节，只听"吱"的一声，府门开了，吉美穿着一件白茬子皮袄，捂一顶狐皮冬帽，佝偻着身子钻了出来。

"大喇嘛，我正要找你。"吉美一见大喇嘛，紧走几步跟上来。

大喇嘛冲吉美点了一下头，没有停留，继续赶路。

"大喇嘛，你得管管了，司令总这么由着性子折腾，土司府迟早要腾空。"吉美跟在大喇嘛后头。外面的风很尖，吹在脸上像针扎一样，吉美不由得用膀子夹紧皮袄。

大喇嘛没有吭声。

"听说，为了救麻五魁，司令竟然花了五百个椭子，还有两条大黄鱼。大喇嘛，他一个遛马娃，命也太金贵了吧。"

"你们家司令这是在还命呢。"

"可……他的命咋能跟司令比。"吉美知道大喇嘛说的是那会些麻五魁救格列的事。

"十方草木，皆称有情。何况是条人命呐。"大喇嘛不悦地瞪了一眼吉美。可他走了几步，又停住，喃喃道，"不过，你们司令心太急了，他这不是救命，是在催命呀。"

出了街，大喇嘛顺着路旁的坡坡下了河滩。

吉美站在路旁，望着大喇嘛一直消失在河滩地的林子里，心里比外面的天气还冷。

213

天爷半阴半晴。

庄子上空还有零零星星的雪渣子飘着。

杨府的大门口高高地挂起招魂伞。

今儿个亮半夜，杨太太咽气了。

前儿个夜里，麻五魁捂死了留留，杨太太当场昏死过去。杨府请了马神仙

551

诊治了两天，但到底还是没有救下她。

杨太太在个家佛堂的炕上咽下最后一口气。

杨太太咽气的时节，眼睛一直直勾勾地盯着佛龛里供着的泥菩萨。

杨府一连死了两个人，一下子陷入阴郁之中。

杨老爷缩在堂屋的炕脚不停地抽着水烟瓶，烟雾笼了一屋子。

地下坐满了庄子上的亲近家伍，他们都是来帮杨府办丧事的。

杨永生一边死了后人一边死了阿娘，伤心过度，斜躺在堂屋地下的太师椅上，一副疲惫不堪的样子。

杨嫂带着一帮媳妇在北厢房的廊檐坎上裁纸的裁纸，印纸的印纸。

堂屋炕上，杨老爷趔起身子，拿个细签把水烟瓶里的烟屎掏到炕桌上，说道："丧事还是要大办。"

一屋子的人静悄悄的，睁大眼睛望着炕上的杨老爷。

"老大，把身子骨挺起来，要像一团稀泥。"杨老爷瞪了一眼躺在椅子上的杨永生。

杨永生挪了挪屁股，立起身子。

"我跟你早说过，河里淌的娃娃捞不得，捞了还得找你要衣裳。要不是你上次求情下话救了麻五魁，咱家能遭这么大的灾？"杨老爷责怪起大后人杨永生。

的确，上次麻五魁因为砸了杨五七的石碑，被河州警察局抓了起来，要不是杨永生从中帮忙，他咋会走得出河州大狱呢。要是他不出狱，咋会冒出现今这档子事呢。

杨永生真有些后悔，当初就不该听尕秀的话救他。

"你还有脸进这个家？"昨儿个，杨永生一踏进自家院子，就被杨老爷瞅脸一掴子。

杨老爷虽然跟大后人杨永生一见面就吵嚷，但杨永生从尕到大，杨老爷还没有动过他一指头。可这次杨老爷气淹了心，一见杨永生就想起了遭天杀的麻五魁。

杨永生知道老爷子正在气头上，挨了一掴子，默默地忍了，没有吱声。

眼下，杨老爷又提起这事，杨永生心里烦，但当着满屋子的家伍们，他不敢说啥，更不敢争辩，一味地勾着头，听老子数落。

"恩将仇报也就算了，可他偏偏往我命系系上招呢。"杨老爷越说越来气。

这时，杨建生安排完外面的事进了堂屋。

杨老爷冲杨建生没好气地说："老二，给家伍们装纸烟。"

杨建生紧着拿出烟夹子，给地上的人一人装了一根纸烟。

杨老爷看大家一一点上烟，说："把河州城最好的厨子请来，杀猪宰羊，要让帮忙的人吃好喝好。"

听到这儿，地上的家伍们不由得互相瞅视了一下，似乎想从对方的表情上看看杨老爷刚才说的是不是胡话，因为杨老爷除了留留成婚那次，还从来没这么大方过。平时，他们给杨府帮忙，说好的要管一顿肉饭，可到头来碗里见不着一丝儿的荤腥。

"阿大，念经不？"杨建生问。

"念啥经？这不是七乱的空里搅八乱吗。"杨永生忽地插话道。

"念，要念。"杨老爷一挥手，说道。

"念几堂？"杨建生又问。

"三堂，阴阳、礼生，还有喇嘛，都请上。"

"请喇嘛？那……大喇嘛请不请？"

"请呀，当然要请。"

"那好，我这就去办。"杨建生正要出堂屋，迎面碰上去尕藏街给亲戚朋友报丧回来的七斤。

"老……老爷，倒灶了。"七斤一进堂屋，气喘吁吁地对炕上的杨老爷说。

"哎呀，急啥，缓着说。"杨老爷不高兴地瞪了一眼。

七斤紧忙捯了几口气，等把气捯匀了，说："格列把麻子从河州城带回了土司府。"

"多早的事？"杨老爷吃了一惊。

"今早的事。"

"你听哪个说？"

"尕藏街上都吵红了。"

"老二，你听见了没？"杨老爷一下子从炕上坐起来。

"这不听着嘛，阿大。"杨建生倒是不慌不忙。

"格列这个洋浑子，他要做啥呢？"

"他呀，无非是想要救下麻五魁。"

"救麻五魁？我杨家两条人命呀。不中，我要去趟土司府。"杨老爷说着，蹿到了炕沿头。

杨建生紧忙拦住，说："阿大，这又何必。"

"我要用这身老羊皮换那个洋浑子的羔子皮。"杨老爷振大嗓门儿叫嚣着。

杨建生劝道："阿大，你先甭管。他格列跳弹得越厉害，麻子的头胡噜得越快。"

后响，前来吊唁的人陆续来到杨府。

格列原本不想来杨府，可大喇嘛桑杰说，杨家的事不能不去，毕竟土司府的人祸害了杨府，再说杨府跟土司府是老亲戚，韩土司葬礼的时节，杨家不但来了人，还在半道上设帐路祭，如果杨家殁了人土司府不去吊唁，尕藏人会背后说闲话，土司府的脸面大，丢不起。

格列只好置办了礼数，还有挽幛纸火，去胭脂下川奔丧。

杨太太的灵堂设在堂屋里。

"舅母呀。"格列跪在灵前，哭喊一声，连磕三个响头。

杨永生和杨建生跪在灵堂两侧，象征性地磕头还礼。

"大姑舅节哀。"磕完头，格列冲杨永生安慰了一句。

杨永生木木地点了一下头。

"二姑舅节哀。"格列又冲杨建生说道。

杨建生只是鼻孔里轻轻地"哼"了一下。

从堂屋退出来，格列想找杨老爷问声安，但屋里屋外不见杨老爷的踪影。幸亏有人悄悄告诉格列，杨老爷去了后院。

格列进了后院，只见杨老爷将衫子的长襟别在腰里铡草。

七斤蹲在地上帮杨老爷往铡刀下摅草。

格列一愣，他不亮清这节骨眼儿上，杨老爷竟然跑到后院给头口铡草。

格列紧走几步，来到铡刀跟前，问了一声："阿舅。"

杨老爷没有吭声，依旧铡他的草。

七斤抬起头，愤怒地瞅了一眼格列。

"摅草！"杨老爷冲七斤喝了一声。

七斤紧忙将一股草摅进铡口。

"嚓——"的一声，杨老爷狠狠地将铡刀压下来。

哪个都知道，胭脂下川的杨老爷从来不干粗活。今儿个他在院子里招呼客人的时节，听见门道里接客的人喊："土司府的姑舅到——"他不想见这个洋浑子外甥娃，就紧忙喊了七斤进后院铡草去了。

格列见杨老爷不想理他，准备告辞，忽地，旁边的牲口棚里，尕秀平常接送留留的那头叫驴扯长脖子叫唤了起来。

"听不来人话的牲口。"杨老爷停住手里的活，冲牲口棚狠狠骂了一句。

格列知道杨老爷这是指桑骂槐，脸一红，转身走了。

"嚓——"身后又传来杨老爷有力的铡草声。

214

杨太太下葬后的第三天，土司府来了一队黄颜色的队伍。

格列带着土司府卫队来阻挡时，那队人已经到了土司府死牢的门口。

"各位，麻五魁的事警察局已经移交给了土司府，你们不能硬来。"格列正颜厉色道。

"格列司令，警察局说的不算了，这回我们牛长官说了算。"那队黄颜色的队伍里忽地跳出一个当官的，手里提着盒子枪，牛烘烘地走到格列跟前。

"土司府的犯人哪个敢带走！"格列也掏出了盒子枪。

土司府卫队见格列掏了枪，齐刷刷端起枪，对准黄颜色的队伍。

"抄家伙。"那个当官的一声吼，黄颜色的队伍也一起把枪对准土司府卫队。

"这是土司府，哪个要动粗，我就不客气了。"格列打开盒子枪的机头。

"你敢?！"当官的用枪口顶住格列的头。

"司令。"这时，茸巴忙不迭地跑过来想劝住格列。

"走开。"格列一把掀开茸巴。

"司令。"茸巴一个趔趄，差点摔倒。

"我可是尕藏民团的司令，你要是敢开枪，甭想活着出去。"格列口气十分强硬地说。

"民团司令算啥，要是你敢开枪，牛长官会踏平你的土司府。"当官的毫不服软。

"都把枪放下！"就在这时，大喇嘛桑杰出现在众人面前。

"大喇嘛。"当官的收起了枪，冲大喇嘛点了一下头。

"还不把你那破家什收起来。"大喇嘛狠狠地扫了一眼格列。

格列不情愿地将盒子枪扔给跟前的尕队长才告。

"赤烈。"大喇嘛一声喊，赤烈紧忙跑上前来。

"把牢门打开。"

"大喇嘛。"格列喊道。

"你是聋子？"大喇嘛见赤烈还在犹豫，厉声骂道。

赤烈紧着拿出钥匙开门。

"白白折了五百个椭子、两条大黄鱼。"这时，才告悄声嘟囔道。

格列瞪了一眼才告，才告紧忙捂住嘴，躲到一旁。

麻五魁被押出牢门，来到格列跟前，"扑通"跪了下来。

格列扶起麻五魁，说："你放心，我还会想法子的。"

麻五魁冲格列使劲摇头。

黄颜色队伍押着麻五魁，出了土司府。

麻五魁刚下土司府的台阶，不想正好碰上从这里经过的杨永生。

四目相对，两人同时一愣。

尽管，麻五魁平时并不咋喜欢杨府这个大少爷，但毕竟他捂死了杨永生的宝贝后人、一个辨不来事的娃娃。

麻五魁羞愧地勾下头。

而杨永生的心情要比麻五魁复杂得多。他曾同情过麻五魁，也为麻五魁的不幸遭遇鸣不平。有段时节，他甚至想把麻五魁拉过来，跟他一起干。为此，他还专意到麻五魁的铁匠铺试探过。要不是出了这档子事，或许真能把麻五魁拉到他跟前，成为他的臂膀。

而如今，一切都完了。

杨永生的生活被麻五魁彻底搅烂了。先是麻五魁捂死了个家的尕后人留留，没两天，阿娘又殁了。杨永生一想起这事，心就像被刀割开一般。

今早，他匆匆处理了一下教务上的事，就急着往家赶。今儿个要为他阿娘攒三[1]，他得赶到家帮忙。

没料想，在土司府门口，意外地碰上了麻五魁。杨永生想开口说啥，但又忍住了，咬了咬牙关，从麻五魁身边擦了过去。

---

[1] 攒三：人死后第三天祭坟。

215

进了监门，穿过几个角门，就是一条长长的甬道，两旁是低矮的监房。

甬道里又黑又潮，杨老爷不得不取下茶镜，装进褡裢。

甬道的尽头属于内监，是关押死刑犯的地方。

一个上了年纪的干瘦老狱警将杨老爷引到女监的门口停下来。杨老爷冲他摆摆手，老狱警一缩脖子，乖乖地离开了。

今儿个，杨老爷昧着家人专意到河州城监狱来看尕秀。

隔着牢房的木齿子，杨老爷见尕秀像一只受了伤的猫一样蜷曲在墙角的一堆麦草上。

"尕秀。"杨老爷轻声唤了一下。

尕秀一动不动。

"尕秀。"杨老爷将声气放大了些。

尕秀微微抬起头。

"尕秀，阿爷来看你了。"

"杨老爷。"尕秀这是头一次面对面这样称呼杨老爷。

"过来，过来。"杨老爷朝尕秀轻轻招招手。

尕秀扎挣着站起来，慢慢挪到木齿门跟前。

"哎哟，我的娃，看你遭的这份罪，阿爷心疼死了。"杨老爷极力装出一副很疼肠的样子来。

尕秀转过身，靠在木齿上。

"孽障的娃，阿爷明儿个就接你出去。"

"真的？"尕秀忽地转过头，盯住杨老爷。

"当然是真的，阿爷咋会哄你？"望着尕秀那对又黑又大的杏眼，杨老爷心里"怦"地响了一声。

"那……我五魁哥呢？"

"他……我的娃，他背了我杨家两条人命呀。"

"两条？"尕秀瞪大了眼睛。

"娃，你还不知道吧，你阿奶她……她也殁了。"杨老爷说完，很夸张地叹了口气。

尕秀一听杨太太殁了，身子不由得颤了一下。

"娃，这可是你最后的机会，错过了，可就没救神了。"

"五魁哥不出去，我也不出去。"

"我的娃，阿爷给你交个底，麻五魁瞎好得抵命。再说，要让麻五魁出去，我也做不了主哇。"

"要是五魁哥抵命，我就陪他一起死。"

"我的憨憨娃，你还辨不来事呀。"

"杨老爷，自从跟五魁哥相好，我啥都辨来了，啥都亮清了。"

"娃呀，你亮清啥，瞎着呢。麻五魁一个遛马娃，穷得苦不住屁股，有啥好哩。"

"腊梅花开在三九天，九月菊开在了秋天；杀人的刀子打人的鞭，我俩人拆散是万难。"尕秀悄声念了一首花儿。

"娃，只要你遂了阿爷的心，你浑身的错一笔勾销。"

"留留死得孽障，我下辈子给他做牛做马。"

"不要说下辈子，虚的，就说这辈子。"

"杨老爷，这辈子就像一场云雾，散了。"

"我的娃，你咋这么固执，阿爷是实心稀罕你。"

"花儿坐在门槛上，刀子扎在门板上；我的心邪在阿哥上，哪怕你绑在杀场上。"尕秀又念了一首花儿，然后，默默地回到墙角的麦草上，慢慢躺下来。

第四十六章

216

昨晚夕又揸了一场雪。

街道上的雪足有一尺厚。

来往的大车将道上的积雪轧出两道深深的槽子。

一大队警察押着两辆囚车出了河州监狱的大门，向东校场那边开去。

校场的口子上，贴着两张正法死犯的布告。

一张写的是麻五魁，另一张写的是尕秀。

校场上早就挤满了人，等着看刽子手砍头。

今儿个要砍麻五魁和尕秀的头，四面八方赶来的人将偌大的校场围了个严严实实。

胭脂川杨府的命案，早就惊动了河州四乡。

"没想到啊没想到，响当当的花王花后，竟干出这等下作的事来。"

"奸夫淫妇害死本夫。"

"听说尕秀和麻五魁早就好上了，是胭脂川的杨老爷给活活拆散的。"

"我听说是杨府的童养媳尕秀先勾引的麻五魁。"

"哪儿呀，是麻五魁勾引的尕秀。"

一时里，啥说法都有。

时节将近午时，天爷放晴了，但虚空里还飘着雪片。

太阳照在雪片上，满眼飘舞的晶晶花耀得人睁不开眼。

麻五魁和尕秀分别站在两辆驴拉的囚车上，两人的脸色都很苍白，嘴皮上坐满了血痂。

囚车的前后左右围满了人。弄得押犯人的警察顾不住坛场，又去河州驻军叫了一个排的队伍前来维持秩序。

但今儿个来看砍头的人太多了，像潮水一般涌来涌去，囚车只能走一截停一会儿，走一截停一会儿。

"五魁！"忽然，人群里传来格列的声气。

麻五魁一转头，看见格列正往囚车这边挤。

在那些攒动的人空里，麻五魁还看见了土司府卫队的尕队长才告、行刑人赤烈、尕藏民团番营营长旺堆和那个瘸子战秋，还有打杂的达勒。虽然麻五魁平常跟这些人并没有多少交情，但今儿个看着这些熟悉的面孔，觉得格外亲近，就像见了个家的亲人一样。

蓦地，麻五魁从人空里瞧见了胭脂岭的尕串把式和尕藏草场的水萝卜女人达娃。

"达娃还活着？"麻五魁不由得瞪大了眼睛。

那天，瘦高个警察的第二枪打在了达娃的肩胛骨上，她带着伤回到草场后，吃了伦珠活佛的丸药止住了疼。迟后，伦珠活佛又给她贴了几次膏药，她的伤势渐渐好转。当她听说正法麻五魁的消息后，扎挣着赶到河州城来送送这个听不进劝的犟板筋。

"五魁，你呀你呀，眼前头的宽大路你不走，偏偏要往窄巷道里挤！"人空中，达娃挣破嗓子朝麻五魁喊。

麻五魁心头一热，眼眶里闪起泪花花。

也许，听了龙布的话，娶了这个水萝卜女人就不会有眼前的祸事。可麻五魁不后悔，能跟个家稀罕的女人死在一起，是求佛求菩萨都求不来的。

"五魁！"格列引着那几个人终于挤到囚车跟前。

"喂，做啥呢？"押车的一个尕头头儿见状，跑过来挡住格列。

"这是尕藏土司府的格列司令。"才告紧忙上前解释。

"不行，天神王爷也不能靠近囚车。"尕头头儿的口气硬得像铁。

才告见硬的不行，紧着从兜里摸出两个椭子，塞到尕头头儿手里，说："我们司令给麻五魁送一碗上路酒，麻烦行个方便。"

尕头头将椭子攥在手心，瞅了一眼才告，大喊："停！"

囚车前的驭手勒住缰绳，囚车停了下来。

才告提着酒壶倒了满满一碗酒，端给囚车上的麻五魁。

"五魁，你要怪司令，司令为你的事已经力尽汗干了。"才告说完，将酒碗递到麻五魁嘴边。

"还搭上了雪青马的性命。"旺堆上前一步，补充道。

雪青马可是司令的宝贝啊！麻五魁嗓子里"吼喽、吼喽"响了几声，但他说不出话来，只得一勾头，将才告递到他嘴边的那一碗酒"咕咚咕咚"喝下去。

喝完酒，麻五魁长长舒了口气，朝格列点了一下头，眼里汪了半天的泪花，这时才淌了出来。

这些日子，格列为麻五魁的事上下奔走，费了不少椭子，也吃了不少苦头。前几天，他去省城兰州疏通关系，半路上还险些丢了性命。

那天，格列牵着雪青马刚走出土门洞，旺堆骑着马追了上来。

"你来做啥？"

"少奶奶叫我跟着司令。"

"你们都把少奶奶的话当圣旨。"

"少奶奶也是为你好。"

"我又不是三岁的娃娃。"

"有个臂膀总归好些。"

格列没再说啥，两个人骑着马一路向河州城进发。到了城里，格列拿了银票，就要奔兰州。

"司令，天不早了，咱们在别园歇一晚，明早动身。"旺堆道。

"不成，麻五魁的命悬着呢，趱一天是一天。"格列不依，旺堆只得跟着出了城。

出了东门，就是平展展的河州东川。

时下正是隆冬时节，东川的田地里空荡荡的，偶尔看到一两棵柳树、箭杆白杨在风中瑟瑟发抖。

从尕藏镇方向淌下来的尕藏河绕过河州城，擦着东川的边边，一直到河州的西北角注入黄河。

东川的河滩比尕藏那里的大多了。这里的庄户人为了多种庄稼，不断地挤占河道，渐渐将田地逼进了河滩，有的地方甚至将地埂和河沿合在一起。伸进河滩的这些田地，当地人叫它"撞田"。要是撞上尕藏河发大水，田地淹没，一年的辛劳也就白搭了，要是不发大水，就会有一些额外的收成。

"走捷路！"走到东川下首，格列加马一鞭，离开官道进了那片撞田。

"司令。"旺堆也勒转马头，赶了过来。

"这地疙瘩塄棒的，难走。"旺堆一边走一边嘀咕。

"旺堆，走木桥要绕一个大弯。你没看见嘛，尕藏河已经冻实了，从这儿过冰桥就会捷一大截儿。"

俗话说，冷不过河沿。到了尕藏河边，风更尖，吹得河岸上的红沙柳"呜呜"地打着口哨。

格列掏出狐皮耳套戴在耳朵上，打马下了冰桥。雪青马从来没有走过冰桥，铁马掌刚挨上冰面，一滑，卧了下来。

"当心！"旺堆紧忙下马跑过来。

就在这时，只听"呼——"的一声枪响，格列的狐皮耳套给打飞了。

"司令，快躲到马后头。"格列被旺堆一把从马背上拉下来。

对岸的红沙柳空里又打过来一枪，雪青马忽地长嘶一声仰起头来，护住格列。飞过来的子弹正中雪青马的脑门，它"嗒——"地倒在青冰上，蹄子猛烈地蹬踏着，尖利的马掌刷蹭起来的冰片四处飞溅。

旺堆和格列隐在雪青马后头，一起朝对岸的红沙柳空里射击。

过了一阵，红沙柳空里安静了下来。格列紧着揽起马头，雪青马已经断气了，脑门上的枪眼里还不停地淌着黏糊糊的血水。旺堆跑到河沿拾来一颗尕石子塞住枪眼。

"当年，这尕怪胎死活不肯离开土司府，莫不就是为了今儿个搭救我？"格列用颤抖的手抚摸着马鬃，眼里滚出两行热泪。

"司令，这里不可久留，得紧着离开。"

"这些土匪胆子也太大，竟然大天白日在河州城的门跟前打劫！"格列激愤地说道。

"司令，你以为他们是打劫的？"旺堆望着格列，"我觉得他们不是奔财来的，而是奔你来的。"

"奔我？"格列吓了一跳，"为啥？"

"为啥？司令心里应该亮清。"

格列和旺堆到了兰州城后，即刻去拜访河州乡亲、他阿爸韩土司的好朋友吴大昌。这吴大昌在甘肃军政界很有名气。他早年在河州牛长官部下做哨官，辛亥年，曾和格列阿爸韩土司一道在陕西攻打过乾州。后来，与牛长官不和，跑到兰州宋有才部当了个步兵营营长。民国十五年，他带领两个连的步兵，使用牦牛阵在关山七道梁大败西北军。前些年他还在岷县腊子口阻击过红军，失利后被解除军职，赋闲在家。

格列利用吴大昌和韩土司的交情以及吴大昌和河州牛长官的矛盾，说服吴大昌解救麻五魁。

兰州的事情一办妥，格列就和旺堆一起回到河州别园等消息。可让他万万没想到的是，刚到城里，就猛乍乍听说正法麻五魁和尕秀的日子提前了。

原来，二番场抓回麻五魁后，杨建生害怕再发生啥变故，就派人暗中盯着格列。当他得知格列要去兰州跑关系后，立马在军营里挑了两个枪法上好的心腹，穿了便衣，埋伏在尕藏河边，准备在东川桥上射杀格列。哪知那天格列竟然心血来潮没走东川桥，而是半道上走了冰桥。因为射程太远，杀手只打飞了格列的狐皮耳套，打第二枪时又被雪青马神奇地挡过了。杀手失了手，杨建生慌了，紧着运动牛长官，给行署施压，提前正法麻五魁和尕秀。格列听到消息，方寸大乱，急急忙忙去找牛长官，牛长官闭门不见。他又找刘局长，等了大半天，刘局长派了个手下跑到格列耳根前嘀咕道："刘局长公务在身，不方便见司令，不过他让捎句话给司令：黄台之瓜，不可复摘。"

格列在警察局门口沁了大半天，也没揣摩出刘局长话里的意思。

今儿个一大早，格列就带了一帮人来送麻五魁最后一程。

"半天的嘛呢白念了。"望着囚车上的麻五魁，格列一脸的无可奈何。

"麻子！"囚车刚要走动，前头又蹿出一个人影。

"刘掌柜。"人群里有人认出那人正是河州城有名的大粪王刘掌柜。

刘掌柜将一个大粪桶提到囚车前放下，用木勺舀了一勺粪糊糊，不容分说泼向麻五魁。

"麻子，你这个牲口养的，还我外孙的命来！"刘掌柜一边泼粪糊糊，一边大骂。

泼起来的粪糊糊到处飞溅，一时，囚车周围乱成了一团。

警笛响了，后面的警察赶上来，好不容易把纷乱的人群逼到街道两旁。

囚车又开始行进。

217

麻五魁身上、头上全是粪糊糊，臭得他心里一阵一阵地发潮。

天上依旧零零星星地飘着雪渣子。

飘舞的雪渣子钻进麻五魁的脖子里，冰得他浑身哆嗦。

> 格桑花儿草坡上开，
>
> 黄鲅子采一回蜜来；
>
> 我把纽扣齐解开，
>
> 你到我怀里喱奶来。

忽地，人群中传来达娃的花儿声。

达娃的歌声好像一下子惊醒了在场的人。

有人带头喊了起来。

"尕秀唱一个！"

"麻五魁唱一个！"

一时里，喊叫声此起彼伏。

"尕秀唱一个！"

"麻五魁唱一个！"

麻五魁吃力地扭过头看了一眼后面囚车上的尕秀。

尕秀望着麻五魁，咧咧嘴，苦笑了一下。

"尕秀唱一个！！"

"麻五魁唱一个！！"

腾起的声浪将飘下的雪渣子托在半天爷狂舞着。

"唱就唱。"尕秀说完，亮开嗓子唱了起来：

> 花儿本是心上的话，
> 不唱是由不得个家；
> 刀刀拿来头割下，
> 不死是就这个唱法。

校场里的人众听见尕秀的花儿声，洪水样朝这边涌来。

> 桦木劈成碌碡棋，
> 穷人要个家做主哩；
> 豁出脑袋手里提，
> 你把我们啊么哩。

这是尕秀那年从红军刘指导员那儿学来的，也是她平生最喜欢的一首花儿。

尕秀的歌声让整个校场变成了一大口翻滚的开水锅。

"麻五魁唱一个！"

"麻五魁唱一个！！"

人们的呼声一浪高过一浪。

麻五魁又一次扭过头，看了一眼尕秀。因为尕秀刚才唱得猛，坐了血痂的嘴皮被绷破了，满嘴是血。

麻五魁的心忽地震颤了一下，再加上刚才喝了那碗酒，一股热乎乎的力量从他的腔子里泛起来，那力量猛得叫他收煞不住，一下子冲出了嗓门儿。

　　　　白云彩白着奶子白，

　　　　起骨堆，黑云彩炸了个响雷；

　　　　阎王的面前我跪下，

　　　　免我的罪，我舍不下阳间的尕妹。

　　哪个也没想到，哑了好些年的麻五魁忽然唱出了声来。

　　花儿好家们好久没有听过的钢音，又在他们耳根前震响。他们喜出望外，喊叫声震耳欲聋。

　　麻五魁的歌声感染了尕秀，她扬了扬头，也兴奋了起来：

　　　　黑白无常到来了，

　　　　到来了，脖子上套了个枷了；

　　　　奈何桥上过来了，

　　　　过来了，我看不见阳间的家了。

麻五魁接着唱道：

　　　　童男童女两边站，

　　　　摆香案，孝子们身穿的孝衫；

　　　　前头打的是引魂幡，

　　　　心不死，还唱个阳间的少年①。

尕秀：

　　　　娘老子养下着爱少年，

　　　　十八层地狱哈唱翻；

　　　　死去个阴间鬼门关，

　　　　望乡台上还要唱万年。

① 少年：花儿的别称。

麻五魁：

> 吃人的罗刹两边站，
> 把我俩押到孟婆前；
> 亏死不喝迷魂汤，
> 下一世还转到阳世间。

尕秀：

> 借尸还魂的李翠莲，
> 银簪上染上的紫蓝；
> 好花儿唱到阎王殿，
> 不叫那阎王爷舒坦。

麻五魁：

> 阿哥本是冤死的鬼，
> 阴风吹，手擦了水般的眼泪；
> 拔过肝花连着心，
> 尕妹妹，啥时节再配成对对？

尕秀：

> 王母织下的擦天布，
> 擦明了看，月亮里有一棵树哩；
> 阎王爷造下的生死簿，
> 识字人看，上面有我俩的一条路哩。

麻五魁：

把我的身子用铡刀铡，

不害怕，脑袋割下半空里挂；

唱一句花儿问句话，

阎王爷，我究竟犯了个啥法？

尕秀：

阎王爷一听骨卯散，

打冷战，把生死簿扯成了片片；

写一道奏本告苍天，

免我的官，我经不住阳世的少年。

他俩的歌声凄切而又悲壮。

他俩的歌声就像响雷，滚过河州城的上空。

218

囚车进了校场，来到正法犯人的行刑台前停了下来。

警察打开囚笼，把尕秀和麻五魁拉下囚车，又一步一步押上行刑台。

校场上安静下来。

两个刽子手各执一把钢刀，立在两个大木墩子的旁边。

三声追魂炮响过，行刑开始了。

麻五魁默默地俯下身子，将脖子担在木墩子上。

"五魁哥，你送我的戒指叫杨嫂夺走了。"尕秀将脖子担在另一个木墩子上，声气幽幽地说。

"她拿了戒指不会甜欢的。"麻五魁口气冷冷地说。

就在尕秀被绑在麦衣子房的那一晚夕，杨嫂从她手上抢走了麻五魁给的用银子焊起来的金戒指。其实，杨嫂很早就瞭见了尕秀手上的戒指。起初她还以为是杨老爷背着她送给尕秀的呢。有一次，杨老爷来她屋里的时节，她审问杨老爷，是不是偷偷给尕秀送了金戒指。杨老爷指天吃咒说，没影的事。杨嫂嘀咕说，难不成是麻五魁送的？杨老爷哼了一声说，麻子把个家卖了也值不了几个麻钱。后来，杨嫂心里一直放不下这件事，尕秀手上的戒指到底是哪来的呢，是从天爷上掉下来的？

一脸横肉的刽子手，喝了一碗壮胆酒，将剩下的一口喷在刀口上，然后用一块脏手巾反复擦拭起来。

忽地，麻五魁眼角里瞭见，刽子手的钢刀上錾着一颗五角星。

看见那颗五角星，麻五魁想起那年在黑山峡被红军救下来的事情。

"事不过三，你的好运完了。"这是他被押在土司府死牢的时节，那个老道士给他说的。

可不是嘛，麻五魁已经前后坐了三次班房，前两次都侥幸活了下来，可这次，看来躲不过了。早年，尕藏街上算命的王半仙阿爷就说过，麻五魁命大，头顶上有三尊菩萨，总会逢凶化吉。不过好运气也得省着使，它就像板柜里的面，吃得多，完得快。

其实，早在黑山峡的时节，要不是红军救他，麻五魁这条命就丢在崖顶的那片林子里了。

昨晚夕，监狱里麻五魁又梦见铁匠铺里的星宿。那满屋子的星宿不停地闪呀闪呀。奇异的是，那星宿竟然越闪越大，就像当年红军帽子上的五角星，灿灿的，发着耀眼的光芒。

就在那些密密麻麻的五角星空里，麻五魁高举着铁锤，正在砸一块更大的五角星。那五角星不是一般的五角星，是麻五魁专意加工过的铁包钢的五角星。那五角星刚从炉火中夹出来，金黄金黄的。一锤子砸下去，从上面溅起无数的星宿。

"五魁哥！"忽地，门影里闪进尕秀来。她穿着一身蓝色的军装，留着二毛子，打着绑腿，肩上斜挎着一个药箱子，精神抖擞地站在麻五魁眼前。

"五魁哥！"尕秀来到麻五魁跟前，拉着他出了铁匠铺。

尕藏街上到处都是蓝颜色的队伍，他们打着红旗，就像尕藏河的水一样，浩浩荡荡从南头流向北头。

在那急速行进的队伍空里，麻五魁看见了先前来过尕藏的张连长、刘指导员，他们的后头紧跟着尕藏学校的校长杨永生，还有尕秀的大兄弟、大喇嘛昂欠的豁豁喇嘛云丹，他们都一身蓝颜色的军装，兴高采烈地朝麻五魁招手。

麻五魁有些激动，转过身正要给尕秀说啥，可尕秀龇眯一笑，跳下门前的石台子，像一朵浪花，闪进蓝色的河流里不见了。

第二天一早，麻五魁反反复复揣摩着梦里的情景。他想，要是再遇上红军，或是杨永生再来找他，他会毫不犹豫地带着尕秀一起当兵。

可这样的机会还会有吗？

"这是天意，再不会有黑山峡遇见红军那样的好事了，我没救神了。"麻五魁这样想着，眼睛死死盯住刽子手手里的那口钢刀。

麻五魁心里明白，那是一口好刀，钢水足，刃口阔大，更关紧的是它利，就像当年土司府的行刑人赤烈说的，砍头就像剁豆腐。

今儿个麻五魁个家的刀要砍个家的头，他要亲身尝尝砍头就像剁豆腐的滋味。

麻五魁心里苦笑了一下。

"尕秀妹，我看见铁匠铺里瓒星宿哩。"麻五魁望着刽子手钢刀上的五角星，凄凉地说道。

"五魁哥，我也看见胭脂岭后山上的彩虹了。"麻五魁身后传来尕秀的声气。

"尕秀妹，阿哥先走一步了。"

"五魁哥，我还在河边的大麻石上……等你。"

这当儿，刽子手高高地举起钢刀。

"好刀——"麻五魁炸雷似的吼道。

麻五魁的吼声还没落，"嘭"的一声，头从木墩子上飞了出去。

校场里成千上万的人同时惊叫起来。

麻五魁没有了头的颈子上喷出一股血，那血冒着热气划出一道红透了的弧线，刺向行刑台下的雪地。

"唰"的一下，雪消下去一大片。

那一天正是阴历大寒。

2009 年 5 月 11 日—2014 年 6 月 23 日初稿

2020 年 12 月 28 日定稿

敬请期待《花儿 2》……